Satzglieder → S. 240

m → S. 27
Rückmeldung geben

C → S. 147
Bildergeschichte

Verweise leiten dich auf eine Seite eines anderen Kapitels, auf eine Methode oder eine Lernaufgabe, um Themen genauer nachzuarbeiten.



Digitale Ergänzungen zu deinem Buch erkennst du an dem Symbol Digital+. Dazu zählen u. a. Audiotracks, Videoclips, Arbeitsblätter und interaktive Aufgaben.

Gehe auf www.westermann.de/webcode und gib den Webcode (z. B. WES-128413-001) ein oder scanne den jeweiligen QR-Code.

Am Ende jedes Kapitels gibt es eine blaue Seite, auf der du dein Wissen eigenständig überprüfen kannst. Die Lösung zu den jeweiligen Aufgaben findest du als digitale Ergänzung immer rechts unten auf den blauen Überprüfe-Seiten.

Medienbildung vermittelt dir Wissen, um u. a. digitale Medien gekonnt einzusetzen, selbstbewusst zu nutzen und kritisch zu reflektieren und zu beurteilen.

westermann

# Praxis Sprache 5

Realschule Bayern

Erarbeitet von Dr. Daniel Grassert
Markus Gürster
Birgit Kern
Christian Knüttel
Manuela Vollmuth

Georg-Westermann-Allee 66, 38104 Braunschweig
www.westermann.de



Druck A[1] / Jahr 2024
Alle Drucke der Serie A sind inhaltlich unverändert.

Redaktion: Wiebke Jakobine Cramer
Illustrationen: Raphaela Doğan, Volker Fredrich, Anke Schäfer
Umschlag-,Schriftgestaltung und Layout: Janssen Kahlert Design und Kommunikation GmbH
Satz: Karo Creativ Süd KCS GmbH
Druck und Bindung: Westermann Druck GmbH,
Georg-Westermann-Allee 66, 38104 Braunschweig

ISBN 978-3-14-128413-3

# Sprechen und Zuhören



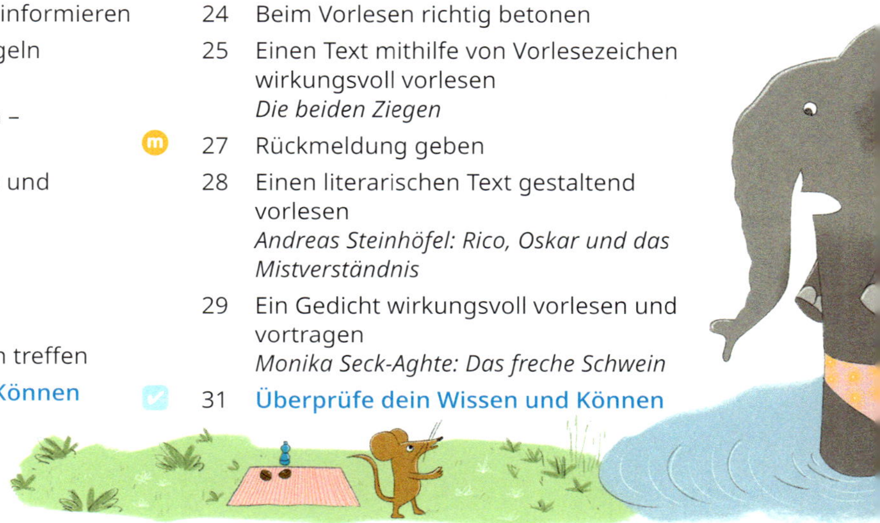

# Lesen – Umgang mit Texten und Medien

Wie man 13 wird und überlebt

ANDREAS STEINHÖFEL

SALON SALAMI

# Schreiben

# Sprache und Sprachgebrauch

# Rechtschreibung und Zeichensetzung

# Anhang

# Mit anderen sprechen

**Der erste Tag an der neuen Schule ist immer besonders aufregend, auch für Sophie und ihre Klasse.**

**1** Lest die Aussagen von Sophies Mitschülerinnen und Mitschülern oder hört euch die Audiodatei an.

Aufgabe 1
Audio
WES-128413-001

**2** Sprecht über die Aussagen der Kinder und darüber, wie es euch am ersten Schultag erging.

**3** Tauscht euch über eure Wünsche und Erwartungen an die neuen Lehrerinnen und Lehrer, Mitschülerinnen und Mitschüler und an das neue Schuljahr aus.

**In diesem Kapitel lernst du (,) …**
- wie man über sich und andere Personen informiert.
- wie man einen Weg beschreibt.
- wichtige Gesprächs- und Verhaltensregeln kennen.
- wie man die eigene Meinung darlegt und begründet.
- wie man ein Anliegen äußert.
- wie man sich richtig entschuldigt.
- Standard-, Umgangs- und Jugendsprache sowie Dialekt zu unterscheiden.
- den Klassenrat kennen.

# Einander kennenlernen

**Vielleicht kennst du bereits einige deiner Mitschülerinnen und Mitschüler aus der Grundschule, über die meisten weißt du aber wahrscheinlich noch nicht viel. Deshalb solltet ihr euch zunächst einmal gegenseitig vorstellen, um euch besser kennenzulernen.**

**1** Lest, wie sich Sophie Klinger ihrer neuen Klasse vorstellt, oder hört euch die Audiodatei an.

**Aufgabe 1**
Audio
WES-128413-002

Hallo, ich heiße Sophie Klinger. Ich bin in Würzburg in die Grundschule gegangen, wo ich auch geboren bin. Weil mein Vater vor ein paar Wochen eine Stelle bei einer Firma in der Nähe von München angenommen hat, sind wir nach Hainstett umgezogen. An die neue Stadt und unsere neue Wohnung muss ich mich erst noch gewöhnen. In Würzburg hatten wir ein eigenes Haus mit Garten und viel mehr Platz. Außerdem vermisse ich meine Freundinnen noch sehr. Aber ich hoffe, dass ich auch in Hainstett bald neue Freunde finde.
Mein Geburtstag ist der 17. Mai. Ich habe noch einen großen Bruder. Er ist 14 Jahre alt und heißt Pascal. Ich liebe Pferde und gehe in meiner Freizeit gerne reiten. Außerdem spiele ich gerne Klavier.

**2** Sprecht darüber, was ihr über Sophie erfahren habt.

**3** Sammelt Fragen, die wichtig sind, um einen neuen Mitschüler oder eine neue Mitschülerin kennenzulernen.
- Orientiert euch dabei daran, was Sophie über sich erzählt.
- Vielleicht fallen euch noch weitere Fragen ein. Ergänzt diese.

**4** Wählt nun die Fragen aus eurer Sammlung aus, die ihr für besonders wichtig und interessant haltet und gestaltet damit einen Steckbrief. Ihr könnt auch den Steckbrief rechts fortsetzen. Nutzt die Portalvorlage.

*Im Portal findet ihr weitere Vorlagen für Steckbriefe:*

**Aufgabe 4**
Portalvorlage
WES-128413-003

W **5** Wählt im Folgenden zwischen a) und b) aus.
a) Sucht euch einen Partner oder eine Partnerin. Befragt euch gegenseitig anhand eurer Steckbriefe und füllt sie aus. Stellt euch anschließend gegenseitig mithilfe der Steckbriefe der Klasse vor.
b) Arbeite allein. Fülle den Steckbrief über dich aus und stelle dich anschließend mithilfe des Steckbriefs der Klasse vor.

*Steckbrief:*

*Name:*
*Spitzname:*
*Wohnort:*
*Zu meiner Familie gehören:*

*Geburtstag:*
*Das kann ich gut:*
*Das mag ich nicht:*
*Hobbys:*
…
…
…
…

*Hängt eure Steckbriefe im Klassenzimmer aus. Klebt zuvor noch ein Foto von euch darauf.*

# Über Wege im Schulgebäude informieren

**Sophie soll in der Pause ihre Busfahrkarte im Sekretariat abholen, aber sie weiß den Weg dorthin nicht mehr. Deshalb fragt sie einige ältere Schüler, auf die sie trifft.**

**Aufgabe 1**
**Audio**
WES-128413-004

**1** Lest das Gespräch zwischen Sophie und den anderen Schülern oder hört euch die Audiodatei an.

**2** Auf der nächsten Seite siehst du einen Plan von Sophies Schule.
a) Schau dir diesen zunächst einmal genau an.
b) Erkläre, welche der obigen Wegbeschreibungen Sophie am meisten weiterhilft. Beziehe dazu auch die Informationen im Merkkasten ein.

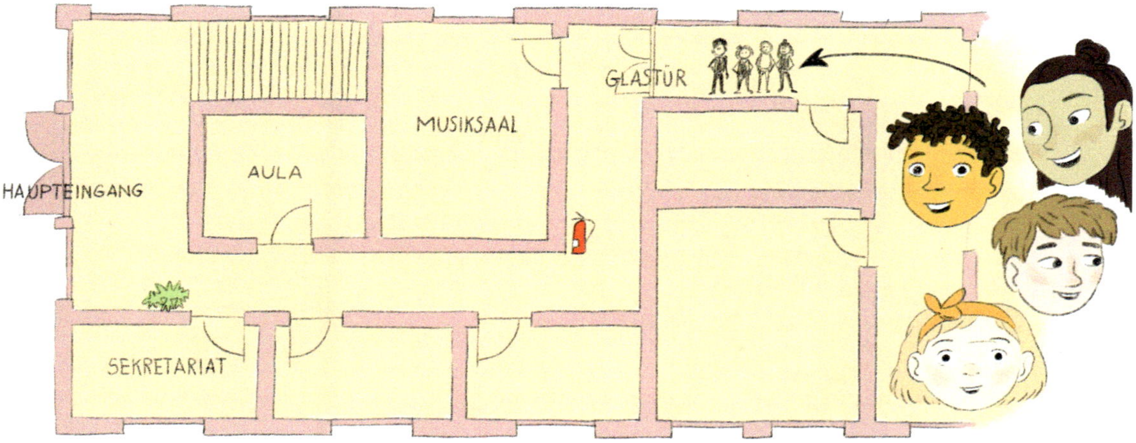


**3** Nun sollt ihr selbst einen Weg in eurem Schulgebäude beschreiben. Da ihr euch an eurer neuen Schule noch nicht so gut auskennt, geht für die Bearbeitung dieser Aufgabe durch das Schulgebäude.

a) Arbeitet in Partnerarbeit. Überlegt euch, wo die Wegbeschreibung beginnen und wo das Ziel sein soll.

b) Notiert euch wichtige Orientierungspunkte, die helfen, das Ziel zu finden. Vergesst auch die Richtungsangaben nicht. Der Merkkasten hilft euch dabei.

c) Geht nun zurück ins Klassenzimmer und beschreibt der Klasse euren Weg. Nennt den Startpunkt, verratet aber noch nicht das Ziel. Die Klasse soll euer Ziel erraten.

d) Sprecht anschließend in der Klasse darüber, ob es möglich war, eurer Wegbeschreibung zu folgen und darüber, wo es noch Schwierigkeiten gab.

**4** Nehmt einen Stadtplan eures Schulortes zur Hand.

a) Ein Schüler oder eine Schülerin bestimmt einen Zielort, der von der Schule aus erreicht werden soll und benennt eine Mitschülerin oder einen Mitschüler, die oder der diese Aufgabe lösen soll.

b) Die ausgewählte Person beschreibt den Weg dorthin möglichst genau. Ist ihr das gelungen, bestimmt sie einen neuen Zielort, und ruft jemanden aus der Klasse auf, der den Weg dorthin erklärt.

c) Dies könnt ihr so lange machen, bis mehrere Schülerinnen und Schüler an der Reihe waren und den Weg beschrieben haben.

*Stadtpläne der meisten Schulorte findet ihr im Internet. Gebt dazu den Begriff „Stadtplan“ und den Namen eures Schulortes in eine Suchmaschine ein.*

## Wege verständlich beschreiben

Deine Wegbeschreibung ist dann verständlich, wenn du

- **auffällige Orientierungspunkte** nennst, z. B. *laufe weiter, bis du zum Infokasten der SMV kommst; gehe am Lehrerzimmer vorbei.*
- genaue **Richtungsangaben** verwendest, z. B. *laufe die Treppe hoch und biege dann nach links ab; gehe ungefähr 10 Meter geradeaus.*
- auf eine **klare** und **deutliche Sprache** achtest, z. B. *wenn du die Tür mit der Aufschrift „Klasse 5b“ siehst, hast du dein Ziel erreicht.*

# Gesprächs- und Verhaltensregeln vereinbaren

**Damit in der Klasse alle zu Wort kommen und sich wohlfühlen, helfen Gesprächs- und Verhaltensregeln.**

**1** Die Situation, wie sie sich gerade in Sophies Klasse abspielt, habt ihr bestimmt auch schon erlebt.

a) Beschreibt, was auf dem Bild zu sehen ist.

b) Sprecht darüber, was in der Klasse falsch läuft.

*1.2 Angeregt durch Bilder/Erlebnisse/Erfahrungen erzählen und Gedanken zu Fragestellungen artikulieren*

**2** Im Folgenden findest du verschiedene Stichpunkte. Diese geben an, welches Verhalten in einer Klasse nicht vorkommen sollte und zeigen Regeln auf, die wichtig für das Zusammenleben in der Klasse sind.

a) Lies zunächst einmal die Stichpunkte.

***auslachen – unterbrechen – Meinung begründen – beleidigen – abgelenkt sein – dazwischen reden – Privatgespräche führen – zuhören – auf Gesprächsbeiträge eingehen – beim Thema bleiben – Gesprächspartner anschauen – aufpassen, auch wenn einen etwas nicht interessiert – sich unverständlich ausdrücken – den Gesprächspartner mit Namen ansprechen***

b) Ordne sie in die richtige Spalte der folgenden Tabelle. Übernimm die Tabelle in dein Heft und schreibe die Lösung auf oder bearbeite die interaktive Aufgabe.

| Regeln, an die wir uns halten | unerwünschtes Verhalten |
|---|---|
| … | … |

**Aufgabe 2b)**
interaktive Aufgabe
WES-128413-005

**3** Legt nun gemeinsam Gesprächs- und Verhaltensregeln für eure Klasse fest. Geht dabei folgendermaßen vor:

- Überlegt, welche der oben genannten Regeln für euch gelten sollen und schreibt diese in vollständigen Sätzen auf.
- Ergänzt eventuell noch weitere Regeln, die ihr für wichtig haltet.
- Gestaltet ein Plakat mit euren Regeln für das Klassenzimmer. Der Methodenkasten hilft euch dabei.

## Inhalte anschaulich darstellen – das Plakat

Mithilfe eines Plakats kannst du Informationen anschaulich darstellen. Bevor du ein Plakat erstellst, solltest du dir anhand einer Skizze Gedanken zur Gestaltung und insbesondere zur Platzeinteilung machen.

- **Größe und Format:**
  Wähle ein DIN-A3 oder DIN-A2-Format, damit du in großer Schrift schreiben kannst. Der Inhalt deines Plakats soll auch von weiter weg gut erkennbar sein.
- **Gliederung:**
  Eine übersichtliche Darstellung hilft beim Orientieren. Dein Plakat sollte nur wesentliche Informationen enthalten.
- **Bilder:**
  Wenn du mit Bildern arbeiten möchtest, achte auf eine passende Größe und darauf, dass das Bild auf einen Blick zu erkennen ist. Eigene Zeichnungen oder Fotos sind besonders ansprechend.
- **Schrift:**
  Schreibe leserlich. Verzichte auf unnötige Verzierungen und schreibe ausreichend groß. Wichtige Informationen kannst du durch Farbe oder Unterstreichen hervorheben. Achte auf die richtige Rechtschreibung.

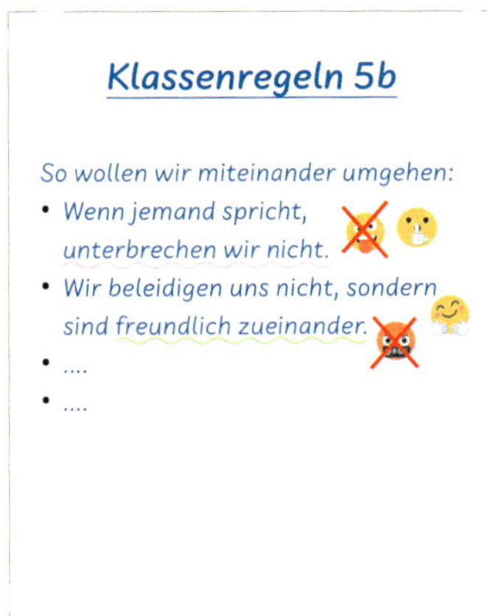

# Die eigene Meinung darlegen und begründen

**Die Klasse 5b will zusammen mit ihrem Klassenlehrer Herrn Doblinger das Klassenzimmer verschönern.**

**1** Lies die Ideen, die den Schülerinnen und Schülern eingefallen sind.

**Amira:** Wir brauchen unbedingt Poster an den Wänden, dann sieht unser Klassenzimmer nicht so leer und langweilig aus.
**Emma:** Wir könnten aber auch Fensterbilder basteln.
**Cem:** Ja, und Pflanzen auf den Fensterbänken wären super!
**Julian:** Die Pflanzen sind mir egal. Hauptsache Poster von Capital Bra!
**Ferdinand:** Ich fände eine Leseecke wie in der Grundschule toll.

**2** Begründe mithilfe des Merkkastens, wer seine Meinung am überzeugendsten vertritt.

**3** Cems Vorschlag mit den Pflanzen im Klassenzimmer ist eigentlich gut. Allerdings fehlt eine überzeugende Begründung.
a) Lies die folgenden Begründungen.

Ⓐ *Wir sollten Pflanzen ins Klassenzimmer stellen, weil ich Pflanzen gerne mag.*
Ⓑ *Wir sollten Pflanzen ins Klassenzimmer stellen, weil sie gut für die Raumluft sind.*

b) Erkläre, welche der beiden Begründungen mehr überzeugt.

**4** Überlege dir für Emmas und Ferdinands Vorschläge passende Begründungen.

**5** In Klassengesprächen treffen oft unterschiedliche Meinungen aufeinander. Um eine gemeinsame Lösung zu finden, ist es wichtig, auf die Beiträge von Mitschülerinnen und Mitschülern einzugehen.
a) Julian will nur Poster von Capital Bra aufhängen, obwohl andere aus der Klasse ganz andere Stars toll finden. Formuliere eine passende Antwort auf seine Meinung, die deutlich macht, dass du seine Ansicht nicht teilst.
b) Schreibe das Gespräch von Aufgabe 1 so um, dass alle Kinder ihre Ideen begründen und auf den Vorschlag der vorhergehenden Person Bezug nehmen. Deine Lösungen aus den Aufgaben 3 und 4 helfen dir dabei.
Beginne beispielsweise so: ***Emma:*** *Amira, ich finde deine Idee mit den Postern gut. Wir könnten aber auch Fensterbilder basteln, denn ...*

**!**

## Die eigene Meinung darlegen und begründen

Du stellst deine eigene Meinung am überzeugendsten dar, wenn du sie **klar** und **sachlich formulierst** und sie **zusätzlich begründest**, z. B. *Wir sollten unbedingt eine Leseecke einrichten, damit man sich dort Bücher ausleihen kann.*

# Ein Anliegen äußern

**1** Hört euch die Audiodatei an oder lest den folgenden Text so vor, dass die Anliegen von Sophie, wie sie in den Klammern beschrieben sind, deutlich werden.

**Aufgabe 1**
Audio
WES-128413-006

Die Deutschstunde bei Herrn Doblinger ist zu Ende und der Lehrer hat das Klassenzimmer bereits verlassen. Da fällt Sophie ein, dass sie schon wieder vergessen hat, ihre Deutschhausaufgabe abzugeben. Sie beschließt, die Arbeit in Herrn Doblingers Fach im Lehrerzimmer legen zu lassen. Sophie geht zum Lehrerzimmer, klopft an, und Frau Bauer öffnet die Tür.

**Sophie** *(fragend):* Können Sie diese Deutschhausaufgabe in Herrn Doblingers Fach legen?

**Sophie** *(befehlend):* Die Hausaufgabe muss in das Fach von Herrn Doblinger!

**Sophie** *(aufgeregt):* Ähm, diese Deutschhausaufgabe ... die müsste ... können Sie die Herrn Doblinger geben?

**Sophie** *(freundlich bittend):* Guten Morgen, Frau Bauer. Ich habe vergessen, meine Deutschhausaufgabe bei Herrn Doblinger abzugeben. Könnten Sie sie bitte in sein Fach legen?

**Sophie** *(weinerlich):* Jetzt habe ich schon wieder vergessen, Herrn Doblinger meine Deutschhausaufgabe zu geben. Hoffentlich bekomme ich keinen Ärger.

**2** Entscheidet, bei welcher Aufforderung ihr Sophie nicht helfen würdet. Begründet eure Entscheidung. Der Merkkasten hilft euch dabei.

**3** Stellt euch folgende Situation vor: Einige aus der Klasse 5b wollen Frau Malik darum bitten, den Termin für die Mathematikschulaufgabe zu verschieben.

a) Bildet zunächst Dreier- oder Vierergruppen.

b) Sprecht in eurer Gruppe darüber, wie das Anliegen geäußert werden soll. Der Merkkasten hilft euch dabei.

c) Schreibt eine kleine Szene auf.

d) Spielt euch eure Szenen gegenseitig vor und gebt euch dazu Rückmeldung.

m → S. 86
*Rollenspiel*

## Ein Anliegen äußern

Willst du einen **Wunsch**, eine **Vorstellung** oder ein **Anliegen** äußern, ist es wichtig, dass du **höflich** und **freundlich** bist. **Höflichkeit** erkennt man an der **Sprache** und der **Stimme**. Neben **„Bitte"** und **„Danke"** gibt es auch andere Ausdrücke, die höflich klingen, wie z. B.: *„Könntest du ...", „Wärst du so nett ...", „Würden Sie bitte ...", „Wären Sie so freundlich ..."*

Höflichkeit und Freundlichkeit zeigen sich aber auch in der Körpersprache, der Gestik (Bewegung) und der Mimik (Gesichtsausdruck).

# Sich entschuldigen

**Wenn man sich einer anderen Person gegenüber falsch verhalten hat, ist es wichtig, sich zu entschuldigen.**

**1** Manchmal fällt es uns allerdings schwer, uns zu entschuldigen. Sprecht in der Klasse darüber, warum das so ist.

**Aufgabe 2**
**Audio**
WES-128413-007

**2** Auch in der Klasse 5b verhalten sich einige Kinder falsch.
a) Lest dazu den folgenden Text oder hört euch die Audiodatei an.

## Das war doch nur Spaß!

Die Pause ist vorbei. Die Schülerinnen und Schüler der Klasse 5b laufen in ihr Klassenzimmer zurück. Sie haben jetzt Mathe bei Frau Malik. Aber Frau Malik ist noch nicht da. In der Klasse ist es deswegen sehr laut. Einige Schüler spielen Fangen, andere unterhalten sich lautstark. Mia, Leyla, Paul, Emma und Cem haben sich Julians Mäppchen geschnappt und werfen es sich gegenseitig zu. Verzweifelt versucht Julian, sein Mäppchen zurückzubekommen.

„Bitte Paul, gib mir mein Mäppchen zurück!", bittet Julian. „Hol es dir doch!", lacht Mia und hält das Mäppchen hoch in die Luft. Dann wirft sie es weiter zu Cem. Wieder gelingt es Julian nicht, an das Mäppchen zu kommen.

„Hier ist es doch!", kreischt Cem und schleudert es Richtung Emma. Doch Emma ist diesmal nicht schnell genug und kann das Mäppchen nicht fangen. Mit einem lauten Knall kracht es gegen die Wand und der Inhalt verteilt sich über den Klassenzimmerboden. Einige Stifte sind zerbrochen. Julian jammert: „Oh nein, meine neuen Stifte! Die habe ich erst letzte Woche bekommen!" Er ist den Tränen nahe.

Gerade in diesem Moment betritt Frau Malik das Klassenzimmer. „Guten Morgen!", ruft sie gut gelaunt. Als sie sieht, was passiert ist, verfinstert sich ihre Miene. „Wer war das?", will sie wissen. Die Klasse schweigt. Emma schaut betreten zu Boden. Das fällt der Lehrerin auf und sie fragt: „Emma, kannst du vielleicht etwas zu der Sache sagen?" Nach einer Weile bricht Emma ihr Schweigen und antwortet leise: „Frau Malik, das waren Cem, Paul, Leyla, Mia und ich." Frau Malik fordert: „Nach der Mathestunde geht ihr sofort zu Julian und entschuldigt euch bei ihm. Und überlegt euch auch, wie ihr es wiedergutmachen könnt!"

b) Beantwortet nun folgende Fragen zum Text.
- Warum haben Emma, Leyla, Mia, Paul und Cem sich falsch verhalten?
- Welche Folgen hatte ihr Fehlverhalten?
- Wie hat Julian auf das Verhalten seiner Mitschülerinnen und Mitschüler reagiert?
- Woran hat Frau Malik erkannt, dass Emma an dem Vorfall beteiligt war?
- Was fordert Frau Malik von Emma und den anderen?

**3** Nach der Mathematikstunde haben sich Emma, Cem, Paul, Leyla und Mia bei Julian entschuldigt. Hier findet ihr die Aussagen einiger Kinder.

a) Lest diese zunächst durch.

Ⓐ **„Sorry, Julian. Das war doch nur Spaß. Und du musst zugeben, ein bisschen lustig war das schon, oder?“**

Ⓑ **„Es tut mir leid Julian, dass wir dich geärgert haben und dabei deine Stifte kaputt gegangen sind. Kannst du mir sagen, wo ihr sie gekauft habt? Dann werde ich dir neue kaufen.“**

Ⓒ **„Also Frau Malik hat ja gesagt, dass wir uns bei dir entschuldigen müssen. Tut uns leid!“**

Ⓓ **„Julian, das mit deinem Mäppchen kommt nie wieder vor. Es tut uns leid!“**

b) Entscheidet mithilfe des Merkkastens, welche Entschuldigung Julian wohl annehmen wird und welche nicht. Begründet eure Entscheidung.

✲ **4** Immer wieder kommen wir in Situationen, in denen wir uns falsch verhalten und uns deshalb entschuldigen müssen.

a) Bildet Kleingruppen und überlegt euch in eurer Gruppe eine solche Situation. Ihr könnt auch eine der folgenden Situationen nutzen:
- Du hast jemanden beleidigt und entschuldigst dich dafür.
- Du hast ein Versprechen nicht eingehalten und entschuldigst dich dafür.

b) Plant, wie ihr die Situation vor der Klasse vorspielen könnt. Überlegt euch, welche Personen ihr dafür braucht und wer welche Rolle übernimmt.

c) Lest euch den Merkkasten durch und besprecht, wie ihr euch entschuldigen wollt und wie euer Gegenüber darauf reagieren könnte.

d) Spielt eure Situation vor der Klasse vor. Eure Mitschülerinnen und Mitschüler geben euch Rückmeldung, ob ihr euch angemessen entschuldigt habt.

m → S. 86
*Rollenspiel*

m → S. 27
*Rückmeldung*

## Sich angemessen entschuldigen

!

Wenn du dich einer anderen Person gegenüber **falsch verhalten** hast, ist es wichtig, dass du dich für dein **Fehlverhalten entschuldigst**.
Eine ernstgemeinte Entschuldigung sollte aus folgenden Bestandteilen bestehen:
- dem **Vorfall**, für den du dich entschuldigst
- dem **Grund**, weshalb dir dein Verhalten leidtut
- einem **Vorschlag** für eine **Wiedergutmachung**

# Sprachebenen unterscheiden

**Wir alle verwenden verschiedene Sprachebenen, je nachdem, mit wem und worüber man spricht.**

**Aufgabe 1**
Audio +
Portalvorlage
WES-128413-008

**1** Auch Julian und seine Gesprächspartner bzw. Gesprächspartnerinnen nutzen in den folgenden Kommunikationssituationen verschiedene Sprachebenen.
a) Lest die Dialoge laut vor oder hört euch die Audiodatei an.

①

*Ich möchte euch heute meine Buchpräsentation zu dem Buch „Wie man 13 wird und überlebt" vorstellen. Geschrieben hat das Buch Pete Johnson. Zunächst erzähle ich euch, wieso ich mich für dieses Buch entschieden habe. Anschließend erfahrt ihr einige interessante Informationen über den Autor und außerdem, worum es in dem Buch geht. Bevor ich zum Schluss meine Lieblingsfigur vorstelle, lese ich euch die Stelle vor, die mir am besten gefällt.*

*Eigentlich lese ich nicht besonders gerne. Das Buch „Wie man 13 wird und überlebt" war ein Geschenk von meiner Oma. Als mir langweilig war, habe ich es angefangen und konnte dann gar nicht mehr mit dem Lesen aufhören …*

②

*Hey Julian, kann ich von dir die Mathehausaufgabe abschreiben? Die Malik lässt mich nachsitzen, wenn ich sie wieder nicht hab!*

*Boah Alder, schon wieder? Na gut, aber das ist echt das letzte Mal!*

*Cool, du bist echt ein Ehrenmann!*

③

*Mama, kannst du mir mal kurz bei den Hausaufgaben helfen? Ich kapier Englisch nicht!*

*Einen Moment. Ich telefoniere grad noch. Dann komm' ich zu dir.*

④

*Geh her, kriagst a Gutti vom Opa!*

*Dangschee, Oma!*

b) Ordne mithilfe des Merkkastens jeder Gesprächssituation die richtige Sprachebene zu und schreibe sie auf das freie Feld in der Portalvorlage.

c) Markiere nun
- alle Wörter, die typisch für die Jugendsprache sind, rot
- alle Wörter, die typisch für die Umgangssprache sind, gelb
- und alle Wörter, die typisch für den Dialekt sind, blau.

d) Erklärt, wann Julian welche Sprachebene verwendet.

**2** Sprecht noch einmal darüber, welche Funktionen die verschiedenen Sprachebenen haben. Der Merkkasten hilft euch dabei.

**3** Laut einer Studie des Fördervereins Bairische Sprache und Dialekt können nur noch die Hälfte der Kinder und Jugendlichen in Bayern Dialekt sprechen.

a) Überprüft, wie viele Schülerinnen und Schüler in eurer Klasse noch Dialekt sprechen können und welche verschiedenen Dialekte in eurer Klasse vorkommen.

b) Überlegt, welche Gründe es haben könnte, dass immer weniger Dialekt gesprochen wird.

✲ **4** Überprüfe nun selbst, wie gut du den Dialekt in deiner Region kennst.

a) Suche fünf Begriffe aus diesem Dialekt. Wenn dir keine Wörter einfallen, kannst du auch im Internet suchen.

b) Lies der Klasse die Wörter vor. Diese soll die richtige Bedeutung erraten.

*Gebt im Internet die Suchbegriffe „Wörter“, „Dialekt“ und den Namen des Regierungsbezirks, in dem ihr lebt, ein (z. B. „Unterfranken“).*

## Sprachebenen unterscheiden

- **Standardsprache:**
  Als Standardsprache (auch Hochsprache oder Hochdeutsch) bezeichnet man eine **allgemein verbindliche** Sprachform. Sie wird in der **Öffentlichkeit gesprochen** und **geschrieben.**
- **Umgangssprache:**
  Umgangssprache (auch Alltagssprache) verwenden wir häufig in **alltäglichen Situationen**, wenn wir **miteinander sprechen**, z. B. mit Freunden oder der Familie. Man sagt dann z. B. *mal* statt *einmal* oder *kriegen* statt *bekommen* oder lässt einzelne Buchstaben weg, z. B. *ne* statt *nein*.
- **Jugendsprache:**
  Die Jugendsprache ist eine **besondere Form der Umgangssprache**, die **nur zwischen Jugendlichen** verwendet wird. Sie enthält oft (abgeleitete) Ausdrücke aus dem **Englischen** (z. B. *cool*, *chillen*, *checken*) und ist sehr **schnelllebig.**
- **Dialekt:**
  Der Dialekt **weicht** oft **stark** von der Standardsprache **ab.** Er wird nur in einer **bestimmten Region** gesprochen und häufig von älteren Menschen verwendet. Für Menschen, die den Dialekt nicht sprechen, ist er oftmals schwer zu verstehen. In Bayern sind das **Schwäbische**, **Fränkische** und **Bairische** die am weitesten verbreiteten Dialekte.

# Im Klassenrat Vereinbarungen treffen

**In der Klasse 5b gibt es immer wieder Themen und Probleme, die besprochen werden müssen. Herr Doblinger, der Klassenlehrer, schlägt deshalb vor, einen Klassenrat einzuführen.**

**1** Vielleicht kennen einige von euch den Klassenrat bereits aus der Grundschule. Sammelt Informationen darüber, was ihr bereits über den Klassenrat wisst.

**2** Beschreibt, welche Rollen die Schüler und Schülerinnen auf dem Bild im Klassenrat übernehmen. Der Merkkasten hilft euch dabei.

**3** Entscheidet nun, wer diese Rollen in eurer Klasse übernimmt.

**4** Sammelt aktuelle Themen und Probleme, die besprochen werden sollen (z. B. in einer Kiste, die auf dem Pult der Lehrkraft steht).

m → S. 13
*Plakat*

**5** Besprecht, welche Gesprächs- und Verhaltensregeln ihr für die Durchführung eures Klassenrates für wichtig haltet. Schreibt diese Regeln z. B. auf eine Seitentafel im Klassenzimmer oder gestaltet ein Plakat.

***Regeln für den Klassenrat:***

*1. Alle schreiben ihren Namen zu ihrem Vorschlag.*
*2. Die Lehrkraft meldet sich auch.*
*3. …*

**6** Nun könnt ihr euren ersten Klassenrat abhalten. Der Merkkasten unten hilft euch dabei.

**!**

## Einen Klassenrat durchführen

Damit der Klassenrat funktioniert, ist Folgendes zu beachten:

**1.** Legt fest, wer welche **Rolle im Klassenrat** übernehmen soll:
- Der **Vorsitz** oder die **Moderation** hat die Aufgabe, die zu besprechenden Themen/Probleme vorzulesen und das Gespräch zu leiten.
- Die **Regelwache** passt auf, dass sich alle **an die** festgelegten **Regeln halten**.
- Die **Protokollführung** schreibt alle **Ergebnisse und Beschlüsse** auf.
- Die **Zeitwache achtet auf die Zeit** und die Zeiteinteilung, damit alle Anliegen besprochen werden können.
- Alle anderen Schülerinnen und Schüler sind **Mitglieder des Klassenrats**. Sie äußern ihre **Meinung** zu den einzelnen Themen, damit Lösungen gefunden werden.

**2.** Achtet bei der Diskussion auf die Einhaltung der festgelegten **Gesprächsregeln**.

**3.** An die gefassten **Beschlüsse** müssen sich **alle** aus der Klasse **halten.**

# Überprüfe dein Wissen und Können

**1** Benenne die beiden Bestandteile, welche für eine Wegbeschreibung unerlässlich sind.
a) genaue Meterangaben
b) Richtungsangaben
c) Orientierungspunkte
d) genaue Zeitangaben

**2** In dem Suchsel sind acht Gesprächs- und Verhaltensregeln versteckt. Finde diese und schreibe die Wörter auf oder nutze die Portalvorlage.

Aufgabe 2
Portalvorlage
WES-128413-009

| | | | | | | | | | | | | | | | | | | | |
|---|---|---|---|---|---|---|---|---|---|---|---|---|---|---|---|---|---|---|---|
| L | O | S | I | C | H | M | E | L | D | E | N | A | D | X | N | L | E | S | T |
| A | C | H | A | R | O | W | I | G | L | R | M | S | N | A | L | I | R | C | H |
| E | D | E | U | T | L | I | C | H | S | P | R | E | C | H | E | N | B | H | D |
| S | U | G | S | R | F | C | E | A | F | L | G | A | K | C | H | A | F | W | H |
| T | N | I | R | A | D | A | L | G | N | D | I | J | E | M | M | E | V | A | B |
| E | R | V | E | G | I | P | U | E | G | U | T | Z | U | H | O | E | R | E | N |
| R | I | O | D | E | A | M | C | F | B | K | O | B | O | R | B | D | A | T | C |
| N | L | M | E | I | F | G | G | E | P | F | A | N | F | I | B | R | F | Z | E |
| K | E | I | N | E | N | A | U | S | L | A | C | H | E | N | E | D | I | E | K |
| A | D | P | L | C | B | N | J | E | K | S | S | P | T | E | N | L | F | N | A |
| R | E | B | A | R | M | U | A | F | S | E | W | S | D | V | P | H | S | L | E |
| C | G | F | S | A | T | D | O | N | B | I | K | A | E | R | G | A | W | C | H |
| H | A | S | S | L | R | E | V | Z | L | D | A | G | Z | N | J | D | E | I | B |
| E | N | I | E | M | A | N | D | E | N | A | U | S | G | R | E | N | Z | E | N |
| F | K | O | N | F | B | G | O | V | E | T | C | H | U | B | O | G | N | D | A |
| A | D | M | C | H | N | A | K | N | I | C | H | T | S | T | O | E | R | E | N |

**3** Folgende Szene rechts könnte sich am Kiosk einer Schule abspielen.
a) Beschreibe, was dort passiert.
b) Erkläre, wie sich die Kinder verhalten sollten, damit kein Streit entsteht. Nutze dafür dein Wissen aus diesem Kapitel zu einem höflichen, freundlichen und rücksichtsvollen Miteinander.

Seite 21
Lösung
WES-128413-010

# Vorlesen und Vortragen

**1** Beschreibt die Situationen, die auf den folgenden Bildern dargestellt werden.

**2** Benennt weitere Situationen, in denen man Texte vorliest oder vorträgt.

**3** Vor anderen zu sprechen ist nicht für alle leicht.
a) Sprecht darüber, welche Schwierigkeiten beim Vorlesen oder Vortragen vor einer Gruppe auftreten können.
b) Erklärt, was dabei helfen kann, diese Schwierigkeiten zu lösen.

**In diesem Kapitel lernst du (,) ...**
- beim Vorlesen richtig Pausen zu machen.
- die Wirkung eines Textes durch unterschiedliche Betonungen zu verändern.
- Sprechgeschwindigkeit, Stimmlautstärke und Stimmfarbe wirkungsvoll einzusetzen.
- konstruktive Rückmeldung zu geben.

# Beim Vorlesen Pausen machen

**Paul möchte mit seiner Klasse eine Lesenacht veranstalten, bei der alle Schüler und Schülerinnen einen selbstgewählten Text eindrucksvoll vortragen. Im Deutschunterricht bereiten sie sich gemeinsam mit Herrn Doblinger darauf vor.**

**1** Lest den folgenden Text durch oder hört die Audiodatei an.

**Aufgabe 1**
**Audio**
WES-128413-011

## Alle meine Tiere

Zwei Katzen habe ich in einem Glas
schwimmen zehn Zierfische in einem Käfig
flitzt mein Hamster umher auf der Wiese
steht mein Pony und das Kaninchen
sitzt in einem kleinen Stall mein Dackel
bellt die Schildkröte
kriecht in einem Karton umher der Kanarienvogel
flattert in seinem Vogelkäfig der Tiger
ist mein Lieblingstier das hängt
als Bild an der Wand das habe ich selbst gemalt.

***Zierfische***
*besonders schöne Fische, die im Aquarium gehalten werden*

**2** Erklärt, warum der Text beim ersten Lesen oder Anhören schwierig zu verstehen sein kann.

**3** Herr Doblinger erläutert, dass der Text dennoch Sinn ergibt.
a) Schreibe den Text zunächst ab. Setze dabei nach jedem Satz ein Satzzeichen und denke daran, dass du die Satzanfänge großschreibst.
b) Lies den Text nun leise für dich durch und setze mithilfe des Merkkastens sinnvolle Pausen.
c) Markiere die Pausen anschließend farbig.
d) Vergleicht eure Lösungen in der Klasse.

### Beim Vorlesen Pausen machen

Ein Text ergibt beim Vorlesen nur dann Sinn, wenn an den richtigen Stellen eine Pause gemacht wird. Zudem helfen Pausen, den Text besser zu verstehen. Die Stellen, an denen eine Pause sinnvoll ist und gemacht werden sollte, erkennt man am **Inhalt** des Textes oder an den **Satzzeichen**.
Damit du beim Vorlesen an alle Pausen denkst, solltest du sie im Text kennzeichnen. Benutze zu diesem Zweck einen **Strich (I)** für eine **kurze** und **zwei Striche (II)** für eine **längere Pause**.

# Beim Vorlesen richtig betonen

**Herr Doblinger erklärt, dass es beim Vorlesen eines Textes auch auf die richtige Betonung ankommt.**

**1** Lies Mias und Ferdinands kurze Unterhaltung über ihre Hunde.

*<u>Mein</u> Hund kann über den <u>Graben</u> springen.*

*Dafür springt <u>mein</u> Hund über den Zaun!*

*Mein Hund ist so schnell wie ein Rennrad!*

*Mein Hund ist sogar so schnell wie ein Auto!*

*Das ist ja noch gar nichts! Mein Hund bringt mir immer die Zeitung!*

*Mein Hund schafft das längst! Er bringt mir sogar die Hausschuhe!*

*Mein Hund ist größer und stärker als deiner.*

**2** Erklärt, welche Absicht die beiden mit ihren Aussagen verfolgen.

**Aufgabe 3**
**Portalvorlage**
WES-128413-012

**3** Bereitet zu zweit den Dialog zwischen Mia und Ferdinand zum Vorlesen vor.
a) Schreibt dazu zunächst den Text ab oder verwendet die Portalvorlage.
b) Unterstreicht dann die Wörter, die ihr besonders betonen wollt. Die Beispiele in den ersten beiden Sätzen und der Merkkasten helfen euch dabei.
c) Lest den Dialog nun mit verteilten Rollen vor.
d) Vergleicht anschließend die Stellen, die ihr im Text unterstrichen habt, mit einer anderen Partnergruppe. Sprecht über mögliche Unterschiede und die Gründe dafür.

## Beim Vorlesen richtig betonen

In jedem Satz gibt es ein oder zwei Wörter, die besonders betont werden sollten. Die Betonung ist meistens von **dem Satz abhängig**, der **davor** steht. Durch eine **Betonung** wird die **Wichtigkeit eines Wortes** hervorgehoben. Besonders wichtige Stellen solltest du daher <u>unterstreichen</u>, um sie beim Vortrag nicht zu überlesen.

# Einen Text mithilfe von Vorlesezeichen wirkungsvoll vorlesen

**Um für die Lesenacht zu üben, hat Paul folgende kurze Fabel ausgewählt. Darin hat er die Pausen und die Betonungen zum größten Teil gekennzeichnet und den Text dann mit dem Tablet aufgenommen.**

**1** Hört euch Pauls Vortrag zunächst an. Lasst ihn euch vorlesen oder hört die Audiodatei.

**Aufgabe 1**
Audio
WES-128413-013

## Die beiden Ziegen

Zwei Ziegen begegnen sich an einer schmalen Brücke. (II)
Die eine wollte hinüber, (I) die andere wollte herüber. (II)
Mitten auf dem Steg trafen sie sich. (II)
„Geh mir aus dem Weg!“, sagte die eine. (I)
„Geh du zurück!“, rief die andere. „Ich war zuerst da.“ (II)
„Was bildest du dir ein!“, rief die erste. „Ich bin älter als du!“ (II)
Keine wollte nachgeben, (I) jede wollte zuerst hinüber. (I)
Wütend stießen sie ihre Hörner gegeneinander.
Von dem Stoß verloren sie beide das Gleichgewicht und stürzten in den Bach. Nur mit großer Mühe konnten sie sich retten.

**2** Als Paul sich seinen Vortrag anhört, ist er damit selbst nicht zufrieden. Sprecht mithilfe des Merkkastens auf Seite 24 darüber, weshalb sich sein Vortrag noch nicht wirkungsvoll anhört.

**3** Bevor du einen Text wirkungsvoll vortragen kannst, musst du ihn verstanden haben. Dabei können insbesondere W-Fragen hilfreich sein. Beantworte die folgenden W-Fragen zur vorliegenden Fabel.
- Wer handelt in dem Text?
- Was machen die beiden Ziegen?
- Wo findet die Handlung statt?
- Warum streiten die beiden?
- Wie wird das Problem gelöst?

*Suche im Text nach Signalwörtern, die dir zeigen, welche Stimmung vorherrscht. Adjektive und Verben können dabei besonders hilfreich sein, z. B. „wutschnaubend“, „schreien“.*

**Aufgabe 4**
Portalvorlage
WES-128413-014

**4** Hilf Paul, indem du die Fabel vollständig zum Vorlesen vorbereitest. Nutze hierfür die Portalvorlage und die Hinweise im Merkkasten auf Seite 24.
a) Ergänze zunächst die fehlenden Vorlesezeichen für Pausen und Betonungen in den letzten drei Zeilen der Fabel.
b) Kennzeichne dann im Text die Redegeschwindigkeit. Passe sie den Ereignissen und der Stimmung an.
c) Mache dir Randnotizen an den Stellen, an denen du deine Stimmfarbe ändern möchtest, z. B. *traurig, wütend*.
d) Markiere, an welchen Stellen du lauter oder leiser sprechen möchtest.

*Bei der wörtlichen Rede kannst du die Stimme verschieden einsetzen und sie an die jeweilige Stimmung und Gefühlslage anpassen.*

**5** Tragt euch die Fabel nun gegenseitig wirkungsvoll vor und gebt euch anschließend mithilfe der Methodenseite 27 eine Rückmeldung.

**Aufgabe 6**
interaktive Aufgabe
WES-128413-015

✲ **6** Finde heraus, welche der folgenden Sätze richtig oder falsch sind. Bearbeite dazu die interaktive Aufgabe oder schreibe die zutreffenden Sätze unverändert und die falschen Aussagen verbessert auf.

Ⓐ *Man sollte den Text, den man vorliest, auch inhaltlich gut kennen und verstanden haben.*
Ⓑ *Man sollte den Text auf jeden Fall auswendig können.*
Ⓒ *Ein guter Lesevortrag zeichnet sich auch dadurch aus, dass man Pausen macht und sinnvoll betont.*
Ⓓ *Beim Vorlesen sollte man stets darauf achten, möglichst mit voller Lautstärke zu sprechen.*
Ⓔ *Eine deutliche Aussprache der Wörter ist für das Verständnis der Zuhörerinnen und Zuhörer wichtig.*
Ⓕ *Ein möglichst schnelles Lesetempo ist immer empfehlenswert.*

## Wirkungsvoll vorlesen mithilfe von Vorlesezeichen

1. Übe den Text, bis du ihn **flüssig lesen** kannst.
2. Setze kurze (|) oder längere **Pausen** (||), um den Text zu gliedern.
3. Betone wichtige Stellen stärker als andere. Unterstreiche diese Stellen.
4. Passe deine **Redegeschwindigkeit** den Ereignissen und der Stimmung an: Sprich schneller (→), wenn sich Ereignisse häufen oder es spannend wird, und langsamer (←), wenn wenig passiert.
5. Unterschiedliche **Stimmungen** eines Textes kannst du besonders gut ausdrücken, indem du deine Stimmfarbe änderst: Du kannst z. B. fröhlich, verärgert, ängstlich, im Befehlston usw. sprechen.
6. Auch über die **Lautstärke** deiner Stimme kannst du Stimmungen und Ereignisse verdeutlichen. Insbesondere bei wörtlichen Reden solltest du an manchen Stellen lauter (↗) oder leiser (↘) sprechen.

Grundsätzlich gilt: Zu viele Zeichen können manchmal auch ablenken oder irritieren. Nutze also immer die Zeichen, die dir persönlich bei deinem Vortrag helfen.

# Rückmeldung geben

m

Im Unterricht gibt es viele Situationen, in denen man Texte vorliest, vorträgt oder szenisch darstellt. Kleinere Unsicherheiten fallen Vortragenden selbst oft gar nicht auf. Dann ist es hilfreich, wenn die Klasse und Lehrkräfte eine Rückmeldung mit Verbesserungsvorschlägen oder weiteren Gestaltungsideen geben. So kann man sich anhand der Tipps fürs nächste Mal verbessern.

Die folgenden Ratschläge helfen dir dabei, eine hilfreiche Rückmeldung für deine Mitschülerinnen und Mitschüler zu formulieren:

1 Schildere deine Beobachtungen genau. Beginne immer mit etwas, das dir positiv aufgefallen ist, z. B.: „Mir hat gut gefallen, dass du im Text viele Wörter betont hast."

2 Sprich dann deine Kritikpunkte an und begründe deine Meinung. Du könntest beispielsweise sagen: „Die Stelle ... habe ich leider nicht so gut verstanden, weil du etwas zu leise / zu undeutlich / zu schnell gesprochen hast."

3 Formuliere zum Abschluss auch Verbesserungsvorschläge, z. B.: „Es wäre gut, wenn du das nächste Mal etwas lauter / deutlicher / langsamer sprichst."

4 Beachte dabei generell: Formuliere deine Rückmeldung stets höflich. Verzichte auf Beleidigungen!

Die folgenden Fragen helfen dir, auf einen Lesevortrag eine gute Rückmeldung zu geben:

- Setzt die bzw. der Vortragende an den richtigen Stellen sinnvolle Pausen, sodass der Inhalt des Gelesenen deutlich wird?
- Betont die bzw. der Vortragende wichtige Wörter?
- Achtet sie bzw. er darauf, dass die Stimmung des Vortrags zu den Gedanken und Gefühlen, die im Text zum Ausdruck kommen, passen?
- Ist die Lesegeschwindigkeit so gewählt, dass der Text verständlich ist?
- Wird die Stimmfarbe an den Text angepasst?
- Werden die wörtlichen Reden anschaulich vorgetragen?
- Achtet die bzw. der Vortragende darauf, laut und deutlich zu sprechen?

# Einen literarischen Text gestaltend vorlesen

**1** Paul hat sich entschieden, bei der Lesenacht den Text „Rico, Oskar und das Mistverständnis" von Andreas Steinhöfel vorzutragen. Lies den Text zunächst durch.

## Rico, Oskar und das Mistverständnis

*Andreas Steinhöfel*

„Der Spielplatz wird verkauft", | fuhr sie mit ihrer eisigen Raschelstimme fort, | „das habe ich bereits gestern mitgeteilt, | in aller Deutlichkeit, | wie ich mich zu erinnern meine." ||

„Wir würden trotzdem gerne mit Ihnen –", setzte Sarah an, | aber die Pommer schnitt die Worte mit einer schnellen Handbewegung einfach ab. ||

„Ich wiederhole mich nur ungern, | aber da ihr einen langen Weg auf euch genommen habt, bitte sehr: Das Grundstück wird verkauft und es wird bebaut. Das steht nicht zur Diskussion. Ihr Kinder findet einen anderen Ort, an dem ihr euch treffen könnt."

Mit jedem Wort, das sie aussprach, wurde ich aufgeregter, ich konnte nichts dagegen machen. [...]

„Ich kaufe Ihnen das Grundstück ab!", sagte ich laut. „Wie teuer ist es denn?"

Magda Pommer stieß ein abgehacktes Lachen aus, das kein bisschen amüsiert klang. „Ich glaube kaum, dass –"

„Aber ich kann den Reichstag für Sie knacken!", rief ich. Das kam von der Aufgeregtheit. Sie konnte ja nicht wissen, dass ich einen Reichstag als Spardose hatte. [...]

„Ich danke dir für dein freundliches Angebot, junger Mann, aber das kann ich wirklich nicht annehmen", sagte Magda Pommer, mit einer Stimme, die kein bisschen so klang, als meinte sie das nicht ernst. „Ich denke, ich werde meine Geschäfte lieber so abwickeln wie bisher geplant."

„Aber –"

„Das wäre dann alles", sagte sie und wandte sich an Sarah. „Du scheinst mir die Vernünftigere von euch beiden zu sein. Nimm bitte deinen intellektuell herausgeforderten Freund – so sagt man das doch heute, ja? – und bringe ihn in die Institution zurück, aus der er zweifelsohne entlaufen ist, bevor er dir oder sich selber Schaden zufügt. Früher gab es für so etwas Schulen."

Sarah stand der Mund offen. Also wirklich!

„Solche Schulen gibt es heute auch noch!", blaffte ich die Pommer an. Jetzt war sowieso alles egal, da konnte ich auch laut sein. „Und für Leute wie Sie sollte es auch welche geben, um Ihnen gute Manieren und Mitgefühl beizubringen!"

**Aufgabe 2**
Portalvorlage
WES-128413-016

**2** Bereite den Romanauszug zum Vorlesen vor. Orientiere dich dabei an den Markierungen in den ersten Zeilen und nutze den Merkkasten auf Seite 26 und die Portalvorlage.

m → S. 27
*Rückmeldung*

**3** Tragt den Text laut vor und gebt euch gegenseitig Rückmeldung.

# Ein Gedicht wirkungsvoll vorlesen und vortragen

**Pauls Mitschülerin Emma nimmt auch an der Lesenacht teil und hat sich entschieden, ein Gedicht wirkungsvoll vorzutragen.**

**1** Lies das nachfolgende Gedicht zunächst leise für dich durch.

## Das freche Schwein

*Monika Seck-Aghte*

Der Maulwurf Tom ist jede Nacht
verärgert und sehr aufgebracht.
Ein dickes, freches, altes Schwein
quetscht sich in seine Hütte rein.

Da drin ist's mollig, weich und warm.
Tom friert und schlägt deshalb Alarm:
„Dies Haus ist meins! Ich hab's bezahlt!
Und auch noch selber angemalt!"

So jammert Tom, es nützt nicht viel:
Das Schwein ist dreist und auch stabil.
Tom klettert auf sein spitzes Dach
und hält sich mit der Zeitung wach.

„Lies vor!" So herrscht das Schwein ihn an.
„Was ist passiert, nun sag's schon, Mann!"
Der Maulwurf schluckt, ihm ist nicht gut.
Ganz tief im Bauch, da wühlt die Wut.

Das Leben könnte schöner sein,
jedoch nur ohne dieses Schwein.

**2** Stellt in eigenen Worten dar, was dem Maulwurf Tom jede Nacht widerfährt.

**3** Beschreibe, wie die Figuren im Gedicht auf dich wirken. Die Adjektive im *Wortspeicher* helfen dir dabei. Vielleicht findest du noch weitere Adjektive, die gut zu den Figuren passen.
Notiere deine Ergebnisse so:

| Maulwurf | Schwein |
|---|---|
| ... | ... |

*bedrückt – erleichtert – ängstlich – ruhig – selbstsicher – verärgert – unsicher – weinerlich – ungeduldig – wütend – verträumt – gelangweilt – verzweifelt – neugierig*

**Aufgabe 4**
**Portalvorlage**
WES-128413-017

**4** Bereite das Gedicht so vor, dass du es wirkungsvoll vortragen kannst. Verwende hierzu die Portalvorlage. Der Merkkasten auf Seite 26 hilft dir dabei.
So kannst du beginnen:

## Das freche Schwein

*Monika Seck-Aghte*

Der Maulwurf Tom ist jede Nacht
verärgert und sehr aufgebracht. (II) (wütend sprechen) ↗
Ein dickes, freches, altes Schwein (lauter werdend) ↘
quetscht sich in seine Hütte rein. [...]

**Nachdem Emma das Gedicht für einen wirkungsvollen Vortrag vorbereitet hat, entscheidet sie sich, es für die Lesenacht auswendig zu lernen, da es sich so besonders wirkungsvoll und anschaulich vortragen lässt.**

**Aufgabe 5**
**interaktive Aufgabe**
WES-128413-018

**5** Emma ist sich zunächst unsicher, wie sie dabei vorgehen soll.
a) Hilf ihr, indem du die folgenden Schritte in die richtige Reihenfolge bringst. Bearbeite die interaktive Aufgabe oder schreibe in dein Heft: 1 = A, 2 = ??? …

Ⓐ *Lies das Gedicht mehrmals laut durch.*
Ⓑ *Stelle dir den Inhalt des Abschnitts, den du lernst, ganz genau bildlich vor.*
Ⓒ *Teile das Gedicht in Abschnitte ein. Wenn das Gedicht aus Strophen besteht, kannst du diese Einteilung leicht übernehmen.*
Ⓓ *Beginne damit, den ersten Abschnitt zu lernen.*
Ⓔ *Wenn du den zweiten Abschnitt ebenfalls gut auswendig aufsagen kannst, wiederholst du Abschnitt eins und zwei und machst dann mit Abschnitt drei weiter.*
Ⓕ *Sprich dir die Verse des Abschnitts laut vor.*
Ⓖ *Wenn du den ersten Abschnitt mehrmals ohne zu stocken vortragen kannst, dann wende dich dem zweiten Abschnitt zu.*
Ⓗ *Wiederhole das gesamte Gedicht in regelmäßigen Abständen, damit du es dauerhaft im Gedächtnis behalten kannst.*

b) Formuliere weitere Tipps, die Emma beim Auswendiglernen helfen können.

**6** Tragt das Gedicht in der Klasse laut vor. Gestaltet euren Vortrag dabei durch Gestik und Mimik lebendiger. Lasst euch anschließend Rückmeldung geben.

***Gestik***
*Gestik bezeichnet vor allem Hand-, aber auch Körperbewegungen, die die gesprochenen Wörter unterstützen oder etwas ohne Worte ausdrücken.*

***Mimik***
*Unter Mimik versteht man den Gesichtsausdruck, der Gefühle und Stimmungen zum Ausdruck bringt.*

m → S. 27
*Rückmeldung geben*

# Überprüfe dein Wissen und Können

**1** Schreibe von den folgenden Aussagen die fünf auf, die wiedergeben, was beim Vorlesen besonders wichtig ist.

*Beim Vorlesen ist wichtig, dass …*
Ⓐ *… ich den Text, den ich vorlese, gut kenne.*
Ⓑ *… ich den Text auswendig kann.*
Ⓒ *… ich das Publikum ab und zu anschaue.*
Ⓓ *… ich Pausen mache und wichtige Wörter betone.*
Ⓔ *… ich möglichst laut lese.*
Ⓕ *… das Publikum Spaß daran hat, mir zuzuhören.*
Ⓖ *… ich mir die Mühe gebe, deutlich zu sprechen.*
Ⓗ *… ich möglichst schnell lese.*

**2** Lies die folgenden Sätze laut und entscheide dann, in welchem Satz die Pausenzeichen sinnvoll gesetzt sind. Begründe deine Antwort.

Ⓐ *Auf einmal hört | er vom Ufer aus eine Maus | rufen.*
Ⓑ *Auf einmal hört er vom | Ufer aus eine | Maus rufen.*
Ⓒ *Auf einmal | hört er vom Ufer aus | eine Maus rufen.*

**3** Auf die folgenden Fragen gibt ein Kind drei Antworten, die zwar gleich aussehen, in denen aber immer ein anderes Wort betont werden soll. Schreibe die Fragen und die Antworten auf. Unterstreiche in den Antworten jeweils die Stelle, die passend zur Frage betont wird.

Ⓐ *„Ich habe gehört, ihr habt 1:0 gewonnen?“ – „Nein, wir haben 3:0 gewonnen.“*
Ⓑ *„Ihr habt doch sicher wieder verloren?“ – „Nein, wir haben 3:0 gewonnen.“*
Ⓒ *„Ich habe gehört, die 5c hat 3:0 gewonnen?“ – „Nein, wir haben 3:0 gewonnen.“*

**4** Schreibe den folgenden Witz ab und bereite ihn mithilfe der Vorlesezeichen für einen Vortrag vor.

Ein Elefant schwimmt in einem See herum. Auf einmal hört er vom Ufer aus eine Maus rufen: „Elefant, komm heraus!“ Der Elefant will aber nicht, doch die Maus lässt nicht locker. Schließlich wird es dem Elefanten zu blöd und er schwimmt ans Ufer. „Was willst du denn?“, fragt der Elefant. „Okay“, sagt die Maus. „Du kannst wieder reingehen. Ich wollte nur mal sehen, ob du meine Badehose geklaut hast.“

Seite 31
Lösung
WES-128413-019

# Fabeln

**1** Auf diesem Bild seht ihr Tiere, die häufig auch in Fabeln vorkommen. Benennt ihre typischen Eigenschaften.

*Löwe – stark, wild …*

**2** Bestimmt habt ihr bereits in der Grundschule Geschichten gehört oder gelesen, in denen ausschließlich Tiere vorkommen. Erzählt davon.

**In diesem Kapitel lernst du, …**
- die Merkmale und den Aufbau von Fabeln zu beschreiben.
- eine Fabel inhaltlich in die richtige Reihenfolge zu bringen.
- eine Fabel als Comic zu gestalten.
- eigene Verhaltensweisen in Fabeln zu erkennen.
- eine Fabel zu Ende zu schreiben.
- eine eigene Fabel zu schreiben.
- eine Fabel zu präsentieren.

# Die Merkmale und den Aufbau einer Fabel untersuchen

**1** Lest zunächst nur die Überschrift der Fabel aus Aufgabe 2. Überlegt, welche Eigenschaften ihr den Tieren zuordnen würdet.

**2** Lest nun die gesamte Fabel.

## Der Löwe und die Maus

*nach Äsop*

Der Löwe lag im Schatten eines Baumes und schlief. Da lief ihm eine Maus über den Leib. Der Löwe schreckte hoch, packte sie mit seinen Pranken und wollte sie fressen. „Ich bitte dich“, flehte die Maus, „schone mein Leben, ich will es dir auch gerne mit einem Gegendienst vergelten.“ Da lachte der Löwe, weil er sich nicht vorstellen konnte, wie ihm eine kleine Maus behilflich sein sollte, und ließ sie laufen.
Nach einiger Zeit aber verfing sich der Löwe in den Netzen von Jägern und konnte sich auch mit aller Kraft nicht mehr aus den Schlingen befreien. Die Maus hörte sein Stöhnen und kam herbeigelaufen. Sie nagte eine von den Schleifen entzwei, eine einzige nur, aber dadurch begannen auch die anderen aufzugehen, und der Löwe konnte seine Fesseln zerreißen. So kam es tatsächlich dazu, dass der Löwe durch die Dankbarkeit der Maus gerettet wurde.
Auch der Schwache kann einmal der Starke sein.

***Äsop***

*Der Grieche Äsop gilt als Begründer der Fabeldichtung. Er soll im 6. Jahrhundert vor Christus als Sklave in Nordasien gelebt haben. „Der Löwe und die Maus“ ist eine seiner bekanntesten Fabeln.*

**3** Erklärt, inwiefern sich die Fabeltiere in der Geschichte anders verhalten, als ihr es in Aufgabe 1 vielleicht erwartet habt. Nutzt dazu die Adjektive im *Wortspeicher*.

*stark – schwach – hilfsbereit – hilflos – klein – groß – überlegen – unterlegen*

**4** Fabeln zeichnen sich durch bestimmte Merkmale aus. Überprüft mithilfe des Merkkastens, welche Merkmale in dieser Fabel zu finden sind. Benennt dabei entsprechende Textstellen.

### Merkmale von Fabeln

Eine Fabel (aus dem Lateinischen „fabula“ = Erzählung) ist eine **kurze Erzählung**, in der meistens zwei **Tiere** in einer **Konfliktsituation** aufeinandertreffen und abwechselnd miteinander reden (= Dialog). Wir Menschen sollen aus Fabeln eine **Lehre für unser eigenes Verhalten gegenüber anderen Menschen** ziehen. Daher verkörpern die aufeinandertreffenden Tiere immer sowohl positive als auch negative **menschliche Eigenschaften**, z. B. *der listige Fuchs, der dumme Esel, die fleißige Biene, der kluge Hase*. Die **Lehre** steht häufig in einem Satz **am Schluss** der Fabel. Fehlt eine solche Lehre, sollen die Leserinnen und Leser sich selbst überlegen, was sie aus der Fabel lernen können. Fabeln sind meist im **Präteritum** geschrieben.

**5** Mia und Ferdinand sind sich uneinig, was die Lehre „Auch der Schwache kann einmal der Starke sein" bedeuten soll.
a) Sprecht über die Aussagen der beiden.
b) Wählt dann die Erklärung aus, die richtig ist. Begründet eure Wahl.

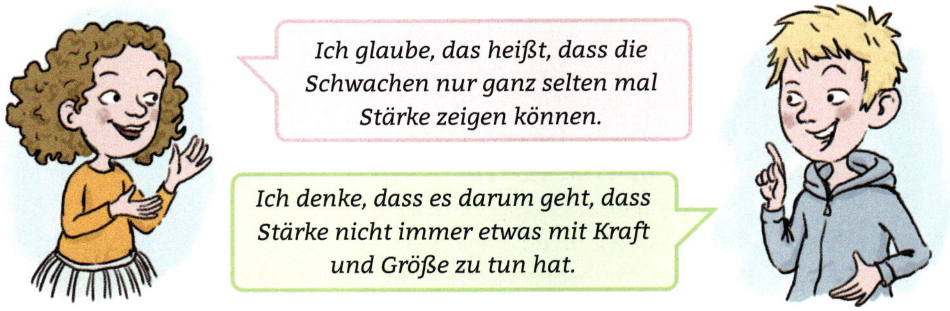


W **6** Wähle im Folgenden zwischen a) und b).
a) Vielleicht warst du auch schon einmal in einer ähnlichen Situation wie die Maus oder der Löwe. Erzähle davon.
b) Formuliere eine weitere Lehre zu der Fabel.

**Aufgabe 7**
**Portalvorlage**
WES-128413-020

**7** Weist mithilfe des Merkkastens die fünf Bausteine einer Fabel an dem Text „Der Löwe und die Maus" nach. Lest dazu zu jedem Baustein die entsprechende Textstelle in der Fabel vor und markiert sie auf der Portalvorlage.

✲ **8** Überprüfe die fünf Bausteine der Fabel an einem selbst gewählten Beispiel. Suche dir dazu eine Fabel aus einem Buch oder dem Internet aus, z. B. „Der Fuchs und der Storch".

**!**

## Die fünf Bausteine einer Fabel

**1. Die Überschrift**
In der Überschrift werden häufig zwei Tiere genannt.

**2. Ausgangssituation**
Zu Beginn der Fabel begegnen sich meist zwei Tiere draußen in der Natur.

**3. Konfliktsituation**
Oft will ein Tier das andere überlisten, betrügen oder töten.
Es kommt zu einem (Wett-)Streit, in dem die Tiere wie Menschen miteinander sprechen.

**4. Lösung/Ergebnis**
Nach einer solchen Auseinandersetzung ist das Problem gelöst oder die Situation geklärt. Häufig gibt es dann einen Gewinner oder einen Verlierer.

**5. Lehrsatz**
Die meisten Fabeln enden mit einem Lehrsatz. Darin steht, was man aus der Fabel lernen kann. Fehlt der Lehrsatz, sollen sich Lesende selbst Gedanken machen, welche Lehre sie aus der Fabel ziehen können.

**9** Auch in folgender Geschichte spielt eine sprechende Maus eine wichtige Rolle.

a) Lies den Text oder höre dir die Audiodatei an.

**Aufgabe 9**
**Audio**
WES-128413-021

## Die Maus im Kornspeicher

*Leo Tolstoj*

Es war einmal eine Maus, die lebte unter einem Kornspeicher. Über ihrem Nest war ein kleines Loch im Holzboden und langsam, ganz langsam, fiel ein Korn nach dem anderen herab.

Die Maus hatte immer genug zu fressen, war wohlgenährt und musste sich nicht auf der Futtersuche anstrengen.

Mit der Zeit aber fand sie, das Loch über ihrem Nest sei zu klein. „Ein wenig größer sollte es sein", dachte sie und fing am Holz zu nagen an. Sie nagte so lange, bis nicht nur dann und wann ein Körnchen herabfiel, sondern viele auf einmal.

„Besser könnte es nicht sein", rief die Maus. „Jetzt sollen alle wissen, wie gut es mir geht."

Sie huschte ins Freie, lief dahin und dorthin und lud alle Mäuse der Umgebung zu einem Festmahl ein.

Als die Maus und ihre Gäste zum Speicher kamen, lag kein einziges Korn im Nest. Der Bauer hatte das große Loch im Boden entdeckt und mit einem Brett zugenagelt, und eine Ratte, die zufällig vorbeigekommen war, hatte alle herabgefallenen Körner aufgefressen.

b) Die Maus in der Geschichte hat zunächst einen schlauen Einfall. Erläutert, was sie sich überlegt hat und welchen Nutzen sie sich davon verspricht.

c) Mit ihrer Idee, das Loch im Holzboden zu vergrößern, hat sich die Maus aber keinen Gefallen getan. Stellt Vermutungen darüber an, welche Folgen ihre Tat für sie haben könnte.

d) Erklärt mit eigenen Worten, was der Autor mit seiner Geschichte möglicherweise zum Ausdruck bringen möchte.

e) Ferdinand ist unschlüssig, wie er den Text einordnen soll. Erkläre, woran das liegen könnte.

f) Entscheide, ob es sich bei vorliegender Geschichte um ein Märchen oder eine Fabel handelt. Begründe deine Entscheidung und beziehe dazu die Fabelmerkmale und -bausteine sowie die Märchenmerkmale ein.

*Märchen → S. 53*

# Die Teile einer Fabel in die richtige Reihenfolge bringen

**1** Der Text der folgenden Fabel ist durcheinandergeraten.

a) Lest die einzelnen Fabelteile A–H zunächst so vor, wie sie hier abgedruckt sind.

## Die beiden Frösche

*Äsop*

Ⓐ Als sie ihren Durst gestillt hatten und wieder ins Freie wollten, konnten sie es nicht. Die glatte Wand der Schüssel war nicht zu bezwingen, und sie rutschten immer wieder in die Milch zurück.

Ⓑ Da fühlte er den ersten festen Butterbrocken unter seinen Füßen. Er stieß sich mit letzter Kraft ab und war im Freien.

Ⓒ Gegen Abend kamen sie in die Kammer eines Bauernhofs und fanden dort eine große Schüssel mit fetter Milch vor. Sie hüpften sogleich hinein und ließen es sich schmecken.

Ⓓ Da quakte der eine Frosch: „Alles Strampeln ist umsonst, das Schicksal ist gegen uns, ich geb's auf!"

Ⓔ Er machte keine Bewegung mehr, glitt auf den Boden des Gefäßes und ertrank.

Ⓕ Sein Gefährte aber kämpfte noch Stunden verzweifelt weiter, bis sich die Sahne der Milch in Butter verwandelt hatte.

Ⓖ Zwei Frösche, deren Tümpel die heiße Sommersonne ausgetrocknet hatte, gingen auf die Wanderschaft.

Ⓗ Viele Stunden mühten sie sich nun vergeblich ab und ihre Schenkel wurden allmählich immer matter.

**Aufgabe 1b)**
interaktive Übung
WES-128413-022

b) Notiere dann die Buchstaben der Fabelteile in der richtigen Reihenfolge oder bearbeite die interaktive Übung.

c) Schreibe die Fabel anschließend mitsamt der Überschrift in der richtigen Reihenfolge auf. Lasse einen Rand für Notizen.

**2** In dem Text finden sich vier der Fabelbausteine von Seite 34 wieder.
Kennzeichne jeden Baustein mit einer geschweiften Klammer ({) am Rand deines abgeschriebenen Textes.
Benenne dann die einzelnen Bausteine.

**3** Der Fabel fehlt noch ein Lehrsatz.

a) Entscheidet, welcher der folgenden Lehrsätze am besten zum Inhalt der Fabel passt. Schreibt ihn dann unter euren Fließtext und kennzeichnet ihn als Fabelbaustein.

*Wer nicht hören will, muss fühlen.* *Wer nicht aufgibt, wird dafür belohnt.*
*Wer zuletzt lacht, lacht am besten.* *Wer nicht schwimmen kann, geht unter.*

b) Habt ihr vielleicht schon einmal ein Erlebnis gehabt, zu dem der Lehrsatz passt? Erzählt davon.

# Eine Fabel als Comic gestalten

Eine Fabel lässt sich auch in Form eines Comics darstellen. Arbeitet allein oder zu zweit.

## Die beiden Frösche

① 

② ?

③ *Man sieht die Frösche, wie sie fröhlich in der Milch plantschen.*

④ *Die Frösche sind verzweifelt, weil sie nicht mehr aus der Milchschüssel herauskommen.*

⑤ ?

⑥ *Der zweite Frosch stößt sich auf den Butterbrocken ab und springt aus der Schüssel.*

**1** Legt auf einem großen Blatt Papier im Querformat sechs Felder an wie in der Abbildung oben. Schreibt den Titel der Fabel darüber.

**2** Zeichnet die Fabel „Die beiden Frösche" jetzt als Comic. Was auf den Bildern 2 und 5 zu sehen sein könnte, müsst ihr aus dem Text erschließen. Haltet euch ansonsten weitgehend an die Beschreibungen. Gestaltet eure Comics mit ...
- Geräuschwörtern (z. B. Patsch!, Wusch!, Hops!)
- Sprechblasen (z. B. „Ich kann nicht mehr!")
- Gedankenblasen (z. B. „Ich werde das schaffen!")

**Tipps zum Zeichnen des Comics**
- Nutze die Anleitung zum Zeichnen eines Froschs im Portal.
- Zeichnet eure Comics zuerst mit Bleistift dünn vor.
- Malt sie anschließend bunt aus. Sprech- und Gedankenblasen bleiben weiß.
- Zieht zum Schluss alle Bleistiftlinien mit einem dünnen schwarzen Filzstift nach.

**Aufgabe 2**
Zeichenanleitung
WES-128413-023

*2.2 Texte produktiv in div. ästhetische Formen umsetzen, um Gestaltungsweisen und Fremdverstehen zu entwickeln*

# Eigene Verhaltensweisen in Fabeln erkennen

**1** Lest die folgenden Fabeln.

## Die Gans, die ein Schwan sein wollte

*Gotthold Ephraim Lessing*

***Schar***
*eine Gruppe*

Auf einem klaren, stillen See hatte sich eine Schar Gänse niedergelassen. Alle waren braun oder grau gefiedert, bis auf eine, deren Federkleid so weiß leuchtete wie frisch gefallener Schnee.
Weiter draußen auf dem See zog ein Schwan einsam und majestätisch dahin. Als die weiße Gans ihn erblickte, sagte sie zu sich: „Wie ähnlich wir sind, mein Gefieder gleicht seinem. Ich bin wohl nur durch Zufall in eine Gänseschar geraten. Was habe ich mit diesem gewöhnlichen, unscheinbaren Volk zu tun?“
Die Gans verließ die anderen Gänse, schwamm einsam – und wie sie glaubte – majestätisch auf dem See herum.
Einmal hob sie den Kopf, wollte den Hals strecken und dehnen, dann wieder versuchte sie ihn anmutig zu biegen. Freilich immer vergeblich, ihr Hals war zu kurz und zu steif. So sehr sie sich mühte, so sehr sie sich plagte, sie wurde kein Schwan, sie blieb eine Gans und noch dazu eine, die sich lächerlich machte.

***majestätisch***
*elegant, stolz*

## Nur Einigkeit macht stark

*Iwan Krylow*

***Karren***
*Wagen*

Einst wollten ein Schwan, ein Krebs und ein Hecht einen Karren ziehen. Alle drei spannten sich davor und begannen mit aller Kraft zu ziehen. So sehr sie sich plagten, so sehr sie sich mühten, der Karren kam nicht vom Fleck.
Die Last war nicht schwer, zu dritt hätten sie es leicht schaffen können. Jeder wollte aber etwas anderes. Der Schwan versuchte aufzufliegen und sich in die Luft zu erheben. Der Krebs kroch rückwärts, wie es seine Art war. Der Hecht zappelte und schnellte umher, weil er in einen nahen Teich springen wollte. Der Karren blieb dort stehen, wo er war.

**2** Wähle für die Tiere aus den Fabeln passende Eigenschaften im *Wortspeicher* aus und begründe deine Entscheidung.

*unzufrieden – stark – zufrieden – eingebildet – hilflos – stur – einsam – habgierig – neidisch – traurig – glücklich – schwach*

**3** In Fabeln verhalten sich Tiere wie Menschen.
a) Lest die folgende Alltagssituation.

Ellen ist ein hübsches Mädchen und dessen ist sie sich sehr bewusst. Auch wenn sie nur mittelmäßig singen kann, ist Ellen davon überzeugt, dass sie einmal als Sängerin berühmt werden wird. Ganz klar, aus ihr muss ein Star werden, der zu Preisverleihungen eingeladen wird und den alle Welt kennt. Ständig postet sie Videos, in denen sie die Songs von ihren Lieblingsstars mehr schlecht als recht nachträllert und versucht, auch deren Tanzschritte nachzuahmen. Dass die anderen sich über sie lustig machen, lässt sie kalt, denn sie denkt, dass ihre Mitschüler und Mitschülerinnen doch nur neidisch sind.

b) Erklärt, zu welcher der beiden Fabeln von Seite 38 die alltägliche Situation passen könnte.
c) Welche Lehre könnte Ellen aus der Fabel für ihr eigenes Verhalten ziehen? Bearbeite die folgenden Punkte:
- Formuliere einen Lehrsatz, den Ellen aus der Fabel für ihr eigenes Verhalten ziehen könnte.
- Lest euch eure Lehrsätze in der Klasse vor.
- Sprecht darüber, welche eurer verschiedenen Lehrsätze euch besonders gefallen.

**4** Eine der beiden Fabeln ist übrig geblieben und auch diese lässt sich auf Alltagssituationen übertragen.
a) Formuliere zu dieser Fabel ebenfalls eine mögliche Alltagssituation.
b) Vergleicht eure Ergebnisse in der Klasse.
c) Erzählt davon, ob ihr selbst schon einmal in einer der beschriebenen Situationen gewesen seid oder eine solche beobachtet habt.
d) Stellt Vermutungen an, was die Verfasser der beiden Fabeln jeweils mit ihren Geschichten verdeutlichen wollten und formuliert eine passende Lehre.

*2.2 Literarische Figuren, Orte, Beziehungen, Handlungsmotive beschreiben, mit eigenen Erfahrungen verknüpfen*

# Eine Fabel weiterschreiben

**1** Lest den folgenden Fabelanfang aufmerksam.

## Der Löwe und der wilde Eber

*Äsop*

Die Sonne brannte vom wolkenlosen Himmel herab auf die Steppe. Seit Wochen hatte es nicht geregnet, das Gras war verdorrt, nur noch vergilbte Halme raschelten in der heißen Luft. Jeder Fluss war zu einem Rinnsal geworden, das im Sand versickerte.
Bei einem Wasserloch, das noch nicht ganz ausgetrocknet war, kamen ein Löwe und ein wilder Eber zur gleichen Zeit an. Sie blieben stehen und nahmen Kampfstellung ein. Der Löwe peitschte den staubigen Erdboden mit dem Schwanz, der Eber fletschte die mächtigen Hauer.
„Ich, der Löwe", brüllte der Löwe, „bin der Stärkste unter allen Geschöpfen. Mir ziemt es, als Erster zu trinken. Geh zur Seite, Eber, und mach mir Platz."
„Geh du zur Seite", grollte der Eber. „Wir werden gleich sehen, wer stärker ist, ich oder du."
Sie fielen übereinander her, aber so hitzig sie auch kämpften, keiner wich zurück, keiner überließ dem anderen den Vorrang. Als sie am Ende ihrer Kräfte waren und anhielten, um Atem zu schöpfen, erblickten sie eine Schar Geier, die sich nahe am Wasserloch niedergelassen hatten und erwartungsvoll dasaßen.
Und mehr und mehr Geier flogen aus dem Himmelsblau herab, angelockt von der Aussicht auf eine reichliche Mahlzeit [...]

***Steppe*** *baumlose Graslandschaft*

***vergilbt*** *gelb verfärbt*

***ziemen*** *einer Regel entsprechend*

**2** Sammelt in der Klasse Vorschläge zum Fortgang der Fabel. Klärt die Frage, wer in der Geschichte als Gewinner und wer als Verlierer hervorgehen könnte.

**3** Schreibe jetzt die Fabel zu Ende. Lass in deiner Fortsetzung auch noch einmal die Tiere zu Wort kommen und formuliere einen Lehrsatz.

**4** Tauscht eure Fabelfortsetzungen zur Korrektur mit der Person neben euch aus. Besprecht eure Korrekturen und nehmt entsprechende Verbesserungen vor.

**5** Tragt eure Fabelfortsetzungen abschließend in der Klasse vor. Geht dabei so vor:
- Beurteilt, welche euch am besten gefällt.
- Berücksichtigt dabei auch, ob der Lehrsatz gut zur Fabel passt.
- Vergleiche deine Vermutungen mit der Lösung auf der Portalvorlage.

**Aufgabe 5**
Portalvorlage
WES-128413-024

*2.2 Literarische Figuren/Orte beschreiben, Beziehungen/Handlungsmotive darstellen*

# Eine eigene Fabel schreiben

**1** Eine eigene Fabel zu schreiben, ist gar nicht so schwer.

a) Wähle aus folgenden Vorschlägen ein Tierpaar mit gegensätzlichen Eigenschaften aus.

*fleißige Biene – fauler Bär; mächtiger Adler – schwache Maus; dummes Schaf – listiger Fuchs; stolzer Pfau – bescheidener Spatz; langsame Schnecke – flinke Ameise*

b) Wähle aus den folgenden Sprichwörtern eines aus, mit dem deine Fabel enden soll. Finde außerdem ein gegensätzliches Tierpaar für deine Fabel.

① *Übermut tut selten gut.*
② *Wer nicht kommt zur rechten Zeit, der muss seh'n, was übrig bleibt.*
③ *Beiß nicht in die Hand, die dich füttert.*
④ *Wer einmal lügt, dem glaubt man nicht, und wenn er auch die Wahrheit spricht.*

**2** Mach dir nun Notizen zu ...

- der Situation, in der die beiden Tiere aufeinandertreffen, z. B. *Ein fauler Bär trifft im Wald auf ein fleißiges Bienenvolk*;
- der Konfliktsituation oder dem Wettstreit und wer daraus als Gewinner oder Verlierer hervorgeht;
- der Überschrift deiner Fabel.

**3** Formuliere deine Notizen nun zu einer Fabel aus. Schreibe alles außer den wörtlichen Reden im Präteritum. Beachte beim Schreiben die Checkliste unten.

**4** Überarbeitet eure Texte in einer Schreibkonferenz. Schreibt sie anschließend noch einmal sauber ab.

m → S. 162 *Schreibkonferenz*

## Checkliste: Eine Fabel schreiben

Ich habe ...

- ✔ in der Überschrift die zwei Tiere genannt.
- ✔ die Tiere wie Menschen handeln lassen.
- ✔ darauf geachtet, dass diese gegensätzliche menschliche Charaktereigenschaften verkörpern.
- ✔ die Tiere abwechselnd miteinander in wörtlicher Rede sprechen lassen.
- ✔ eine Auseinandersetzung oder einen Wettstreit erfunden, aus dem ein Gewinner und ein Verlierer hervorgehen.
- ✔ meine Fabel mit einem passenden Lehrsatz enden lassen.

# Ein (digitales) Fabelbuch erstellen

**Eure Fabeln könnt ihr in einem großen Fabelbuch sammeln, das ihr in eurer Klasse ausstellt oder digital durchblättern könnt. Hierfür bietet es sich an, dass alle ihren Fabeltext am Computer schreiben.**

**1** Einigt euch im Vorfeld auf eine einheitliche Gestaltung eurer Seiten. Zunächst solltet ihr entscheiden, ob ihr eure Texte alle am Computer schreiben wollt oder lieber mit der Hand. Einigt euch dann über die folgenden Fragen:

- Wo steht die Überschrift und wie groß schreiben wir sie?

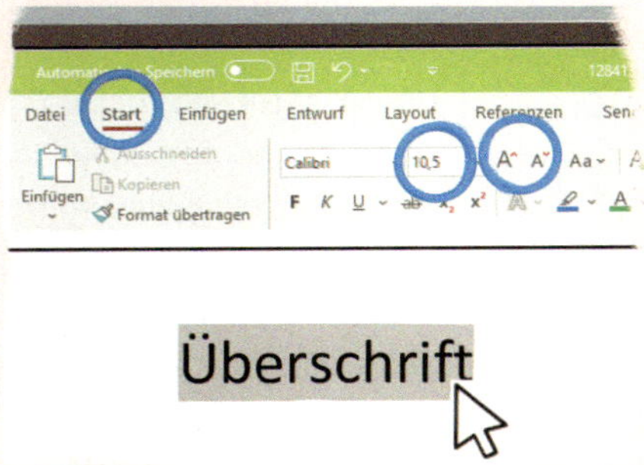


- Wie viel Platz lassen wir rechts und links am Rand?
- Wo schreiben wir unseren Namen auf die Seite?

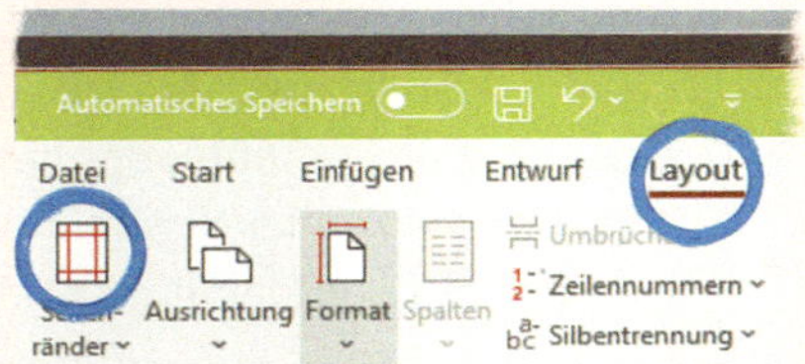

**2** Schreibt nun euren Fabeltext.

**3** Verziert euer Blatt, indem ihr passende Bilder und Verzierungen auf das Blatt zeichnet, malt oder klebt. Falls ihr am Computer gearbeitet habt, druckt euren Text dafür aus.

**4** Sammelt schließlich eure Texte ein. Heftet sie in einer Mappe, eurem „Fabelbuch“, ab. Ihr könnt dazu auch ein passendes Titelblatt erstellen.

# Überprüfe dein Wissen und Können

**1** Zwei der folgenden Aussagen über Fabeln sind richtig. Notiere ihre Buchstaben.

a) Fabeln sind lustige Tiergeschichten für Leser, die Tiere gerne mögen und sich für Tiere interessieren.
b) Fabeln sind kurze Texte, in denen Tiere als handelnde Personen auftreten. Fabeltiere sprechen und verhalten sich wie Menschen.
c) Fabeln wollen den Leser belehren und ihn auf schlechtes menschliches Verhalten aufmerksam machen.
d) Fabeln sind erfundene Geschichten, die nichts mit den Menschen zu tun haben.

**2** Folgende Fabelbausteine sind durcheinandergeraten. Notiere die Buchstaben der fünf Abschnitte in der richtigen Reihenfolge. Schreibe dann die Fabel auf und beschrifte die Bausteine mit der richtigen Bezeichnung am Rand.

Ⓐ *Der Hund und sein Spiegelbild*

Ⓑ *Wer allzu gierig ist, geht leer aus.*

Ⓒ *Als er hineinwatete, erblickte er auf dem ruhig dahinfließenden Wasser sein eigenes Spiegelbild. „Da ist einer, der hat einen noch größeren Brocken als ich", dachte der Hund. „So was lass ich mir nicht entgehen!"*

Ⓓ *Er riss das Maul auf und schnappte nach dem Spiegelbild. Aber da war nichts, wonach er hätte schnappen können. Und sein eigenes Stück Fleisch? Das hatte die Strömung längst fortgetragen.*

Ⓔ *Ein Hund, der ein fettes Stück Fleisch im Maul trug, wollte einen Fluss überqueren.*

**3** In diesem Kapitel hast du verschiedene Fabeln kennengelernt. Begründe, zu welcher Fabel jeweils der folgende Zeitungsausschnitt und das Bild passen könnten.

Kind rettet Frau das Leben

Seite 43
Lösung
WES-128413-025

# Märchen

**1** Herr Doblinger legt der Klasse 5b das folgende Bild vor. Beschreibt es möglichst genau.

**2** Erzählt von Märchen, in denen solche Figuren und Dinge vorkommen.

**3** Sprecht darüber, welche Märchen ihr noch kennt.

**4** Tauscht euch darüber aus, was eurer Meinung nach typisch für ein Märchen ist.

**In diesem Kapitel lernst du (,) ...**

- verschiedene Märchen kennen und ihren Inhalt zu erschließen.
- Wissenswertes über Märchen kennen.
- den Aufbau und die Merkmale von Märchen.
- Märchen anhand von Zauberformeln und Sprüchen zu erkennen.
- einen Märchenanfang fortzusetzen.
- ein eigenes Märchen zu schreiben.

# Ein Märchen lesen und verstehen

**1** In einer der folgenden Stunden liest Herr Doblinger mit der Klasse das folgende Märchen. Lest es ebenfalls oder hört euch die Audiodatei an. Macht bei den Fragen kurze Pausen und sprecht darüber.

**Aufgabe 1**
**Audio**
WES-128413-026

## Prinzessin Sharifa

*Anne Richter*

König Hamed hatte aus Zorn ein neues Gesetz verkünden lassen: Alle Frauen, egal ob jung oder alt, mussten sein Land verlassen und durften es unter Androhung des Todes nicht wieder betreten. Nur seine Mutter lebte noch mit ihm im Palast.

*Mit „Prinzessin Sharifa" erzählt Anne Richter das arabische Märchen „König Hamed bin Bathara und das furchtlose Mädchen" frei nach.*

**Warum könnte König Hamed so zornig sein?**

Im Nachbarreich wunderte sich der ganze Hof über das seltsame Gesetz des Königs. Insbesondere Prinzessin Sharifa konnte sich das Leben in einem Land ohne Frauen nicht vorstellen. Sie wollte das mit eigenen Augen sehen und beschloss, das Reich von König Hamed zu besuchen. „Sharifa, das ist lebensgefährlich!", sorgten sich ihr Vater und ihre Mutter. Die furchtlose Prinzessin ließ sich aber nicht zurückhalten und verkleidete sich als Prinz. Sie übte eifrig, sich wie ein Mann zu benehmen.

***eifrig***
*fleißig, begeistert*

**Was könnte Sharifa hierbei konkret üben?**

Erst als niemand am Hof die Prinzessin im Prinzen erkannte, stach Sharifa mit ihrem Schiff in See. König Hamed empfing Prinz Sharif freundlich. Es machte ihn stolz, dass ein Prinz seinen Männerstaat besuchte. Er zeigte dem Gast, wie gut es sich in seinem Reich leben ließ, und tatsächlich, auch in König Hameds Land wurde geputzt, gekocht und gelacht. Am nächsten Morgen traf eine Nachricht der Mutter von König Hamed beim hohen Gast ein: „Werter Sharif, mein Sohn fragte mich heute Nacht, ob ein Prinz so schön wie der Mond sein könne. Ob ein Mann Lippen so zart wie Pfirsichblüten habe. Hüte dich, er wird dich streng prüfen und wäre sehr zornig, wenn er dich durchschauen sollte."

**Wovor warnt die Mutter des Königs Sharifa?**

Am selben Tag lud König Hamed seinen Gast zu einem Ausflug auf den Markt ein, um ein Geschenk für ihn auszusuchen. „Wie wäre es mit Ohrringen oder mit diesem schönen Seidenstoff?", schlug er vor. Aber Sharifa suchte sich einen spitzen Dolch beim Waffenschmied aus.

**Warum wählt Sharifa den Dolch?**

Als anschließend beim Festmahl allen das Essen scharf im Mund brannte, erinnerte sich Sharifa erneut an die Warnung der Königsmutter: Während auch die stärksten Höflinge nach Wasser und Brot riefen, aß der Prinz scheinbar ungerührt das feurige Mahl weiter.

**Warum wurde das Essen so scharf zubereitet?**

Der misstrauische König ließ nicht locker. Wie durch Zufall schüttete ein Diener dem Gast Kaffee auf das Hemd. Zornig rief König Hamed: „Du Tollpatsch, das musst du büßen. Ruft den Henker!“ Augenblicklich lief der Sohn des Dieners herbei und warf sich Sharifa zu Füßen: „Gnade, hoher Prinz! Ich bitte um das Leben meines Vaters!“ Sharifa aber durfte keinen Fehler machen, also sagte sie kühl: „Sprich nicht von Gnade, gnädig sind nur Frauen. Männer sind gerecht.“ Da wurde es still im Saal. Alle starrten König Hamed an. „Peitsche den Schuldigen lediglich aus, denn es gibt in unserem Land keine Frauen, die er um Gnade bitten könnte“, befahl er hastig. Als der Henker begann, den armen Diener zu bestrafen, flehte dessen Sohn wieder: „Gnade, hoher Prinz, Gnade für meinen Vater!“ Da König Hamed seinen Gast genau beobachtete, durfte Sharifa kein Mitleid zeigen. Erst als alle Höflinge in das Flehen des Jungen einfielen, brach König Hamed die grausame Szene ab. Prinzessin Sharifa hatte auch ihre dritte Prüfung gemeistert.

***büßen***
*für etw. haften, wiedergutmachen*

**Was sollte Sharifa in der dritten Prüfung zeigen?**

Tags darauf lud König Hamed seinen Gast zu einem Ausflug ans Meer ein. Da erschrak die Prinzessin, denn dieser Ausflug konnte ja nur in einem gemeinsamen Bad enden. Heimlich befahl sie ihren Männern, das Schiff für die Heimfahrt klarzumachen. Als der König durch das Stadttor ritt, blieb sie hinter ihm zurück und ritzte mit ihrem neuen Dolch einen Abschiedsgruß in das Holz: Als Prinzessin bin ich gekommen, als Prinzessin bin ich gegangen, dir, König Hamed, Trotz zu bieten. Im Galopp ritt sie König Hamed hinterher, überholte ihn, sprang in voller Kleidung ins Meer und schwamm zum Schiff. Sharifa war in Sicherheit. Zuhause angekommen, erzählte Prinzessin Sharifa alle Einzelheiten ihrer Reise. Bei jedem Bericht spürte sie, wie gern sie an König Hamed dachte. Sie vermisste sein helles Lachen, seinen zornigen Stolz, überhaupt seine Gesellschaft. Monate später wurde ihr ein Besucher aus dem Reich von König Hamed gemeldet. Sie ahnte schon, dass der König selbst gekommen war, und empfing ihn gespannt.

**Was denkt ihr, warum König Hamed zu Besuch kommt?**

Mutig sprach sie: „Ich habe auf dich gewartet, König Hamed. Das Rätsel um deinen geheimnisvollen Besucher ist gelöst: Prinz Sharif, das bin ich, Prinzessin Sharifa. Ich habe nun noch ein zweites Rätsel für dich: Was ist der Tag ohne die Nacht?“

**Was würdet ihr auf diese Frage antworten?**

„Prinzessin Sharifa", antwortete der König, „der Tag ohne die Nacht ist Unsinn, denn das Licht und die Wärme des Tages genießen wir nur im Wechsel mit der Dunkelheit und der Kühle der Nacht. Erst die Ruhe der Nacht gibt uns die Kraft für den Tag." Auf diese Antwort hatte Sharifa gewartet: „Wenn Männer ohne Frauen leben müssen, muss es auch Tage ohne Nächte geben." Darauf fragte König Hamed schmunzelnd: „Was wäre denn die Nacht ohne den Tag, Prinzessin?" „Das wäre ebenso sinnlos", antwortete Prinzessin Sharifa, „denn Tag und Nacht gehören zusammen wie Mann und Frau. Erst gemeinsam ist das Leben schön." Da kniete König Hamed vor Prinzessin Sharifa nieder und bat um ihre Hand. Gemeinsam reisten sie in sein Land, und mit ihnen durften auch alle Töchter, Mütter und Großmütter zurückkehren. Sharifa ritzte im Stadttor noch eine weitere Botschaft ein:

**Frauen und Männer gehören zusammen**
**wie Tag und Nacht, wie Gerechtigkeit und Gnade,**
**wie Freiheit und Gleichheit.**

**2** Beschäftige dich genauer mit Prinzessin Sharifa.
a) Erkläre, weshalb sie unbedingt das Reich von König Hamed besuchen möchte.
b) Erläutere, welche Eigenschaften die Prinzessin hat und woran man das erkennt. Der *Wortspeicher* hilft dir dabei.

*Prinzessin Sharifa ist … Das erkennt man daran, dass sie….*

***mutig – lustig – vorsichtig – eigensinnig – verträumt – sportlich – schlau***

***schlagfertig – leichtsinnig – neugierig – selbstständig***

**3** Prinzessin Sharifa muss drei Prüfungen bestehen.
a) Beschreibe die Aufgaben, die sich der König ausgedacht hat, und gib wieder, wie Sharifa diese meistert.
b) Erkläre, was König Hamed durch die drei Prüfungen herausfinden möchte.
c) Tauscht euch darüber aus, wie ihr diese findet.
✻ d) Vielleicht fällt dir ja noch eine vierte Prüfung für Prinzessin Sharifa ein? Schreibe dazu das Märchen nach Bestehen der dritten Aufgabe weiter (siehe Zeile 40).

**4** König Hamed scheint ein genaues Bild davon zu haben, was Frauen und Männer gern mögen und wie sie sich verhalten.
a) Beschreibt seine Vorstellung von Männern und Frauen und erklärt, ob ihr seine Ansichten teilt oder nicht.
b) Stellt Vermutungen darüber an, was der König durch die Begegnung mit Prinzessin Sharifa wohl gelernt hat. Beachtet dabei auch Sharifas fettgedruckte Botschaft am Ende des Märchens.

# Wissenswertes über Märchen erfahren

**1** Julian interessiert sich sehr für das Thema „Märchen". Er recherchiert deshalb dazu im Internet und stößt auf das Bild des Künstlers Louis Katzenstein.

a) Schaut es euch zusammen mit der Bildunterschrift genau an und beschreibt, wie die Brüder Grimm dargestellt werden und was sie gerade machen.

b) Stellt Mutmaßungen an, wie der Maler Louis Katzenstein sich die Entstehung der Grimmschen Märchensammlung vorgestellt hat.

*Louis Katzenstein, Die Brüder Grimm bei der Märchenerzählerin Dorothea Viehmann*

**2** Julian möchte wissen, wie es dazu kam, dass es heutzutage weltweit so viele Märchen gibt. Er recherchiert weiter und findet folgenden Informationstext.

a) Lies ihn dir durch.

**Volksmärchen**

Diese Märchen haben Eltern ihren Kindern an langen Winterabenden erzählt, aber auch Matrosen, Soldaten oder Frauen in den Spinnstuben oder auf Marktplätzen erzählten sich Märchen zur Unterhaltung und Reisende trugen die Märchen um die Welt. So verbreiteten sich Märchen über die Jahrhunderte mündlich immer weiter und wurden dabei oft verändert. Weil sie vom Volk erzählt wurden, nennt man sie „Volksmärchen".

**Märchensammlungen**

Schließlich wurden die Märchen aufgeschrieben. Die arabische Sammlung „Tausendundeine Nacht" gilt als ältestes Märchenbuch – sie stammt aus dem achten Jahrhundert. Der erste europäische Märchensammler war der Italiener Giovanni Francesco Straparola (1480–1558).

**Jakob und Wilhelm Grimm**

Die bedeutendsten Märchensammler sind aber die deutschen Brüder Jakob (1785–1863) und Wilhelm (1786–1859) Grimm. Sie wurden in Hanau geboren, sie lebten und arbeiteten ihr ganzes Leben zusammen. Man dachte lange Zeit, dass sie durch das Land gereist sind und sich Märchen haben erzählen lassen, die sie dann wortgetreu aufschrieben. In Wahrheit wurden ihnen die Märchen aber eher selten mündlich erzählt. [...] Viel häufiger haben Frauen [...] per Brief Märchen an die Brüder geschickt. Manche Märchen fanden die Brüder Grimm auch in Bibliotheken. Die Brüder Grimm schrieben all diese Volksmärchen auf und 1812 erschien die erste Auflage der „Kinder- und Hausmärchen". Für weitere Auflagen wurden die Märchen bearbeitet, verändert und ergänzt. Bis heute ist die Grimmsche Sammlung in ungefähr 170 Sprachen erschienen.

***Spinnstube***
*Treffpunkt für gemeinsames Handarbeiten*

***Auflage***
*Anzahl gedruckter Exemplare (Bücher, Zeitschriften ...)*

**Ähnlichkeiten zwischen Märchen**

Heute weiß man oft gar nicht mehr, wo ein Märchen eigentlich ursprünglich herkommt, da es zwischen den Märchen aus unterschiedlichen Ländern viele Ähnlichkeiten gibt. Vom Märchen „Rotkäppchen“ gibt es zum Beispiel 58 verschiedene Fassungen. Die Handlung ist dabei oft ähnlich, wurde aber den Besonderheiten des jeweiligen Landes angepasst. So wird in dem europäischen Märchen die Großmutter von einem Wolf gefressen, in dem chinesischen Märchen „Tigeroma“ hingegen ist ein Tiger der Bösewicht.

**Kunstmärchen**

Aber nicht alle Märchen entstanden durch mündliches Weitererzählen wie die Volksmärchen. Manchmal hat sich ein Schriftsteller oder eine Schriftstellerin selbst ein Märchen ausgedacht und aufgeschrieben. Der Autor oder die Autorin ist also bekannt. Diese Märchen nennt man „Kunstmärchen“. [...] Der Däne Hans Christian Andersen (1805–1875) hat viele solcher Kunstmärchen verfasst, zum Beispiel „Die kleine Meerjungfrau“.

b) Notiere die Antworten auf folgende Fragen in deinem Heft oder markiere sie auf der Portalvorlage oder bearbeite die interaktive Aufgabe.

- Wie kamen die „Volksmärchen“ zu ihrem Namen?
- Wie lautet der Name des weltweit ältesten Märchenbuchs?
- Wie heißen die bekanntesten deutschen Märchensammler?
- Wie kamen sie hauptsächlich zu den Märchen für ihre Sammlung?
- In wie vielen Sprachen erschienen ihre „Kinder- und Hausmärchen“?
- Von welchem Märchen gibt es 58 Fassungen?
- Was versteht man unter einem Kunstmärchen?

**Aufgabe 2b)**
Portalvorlage + interaktive Aufgabe
WES-128413-027

**3** Setze dich genauer mit der Verbreitung des Märchens „Rotkäppchen“ auseinander.

a) Stelle Vermutungen an, warum in der chinesischen Variante von „Rotkäppchen“ nicht der Wolf die Großmutter frisst, sondern der Tiger.

b) Erläutere die Abbildung zur Forschung über „Rotkäppchen“. Überlege dir, was die Punkte und die verschiedenen Farben bedeuten könnten.

c) Macht Vorschläge, welches Tier anstelle des Wolfes in anderen Ländern auftreten könnte.

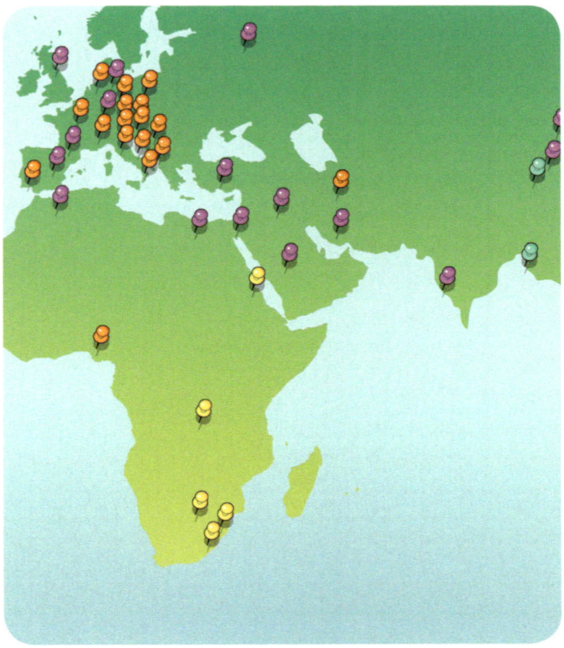

**Aufgabe 3**
Hier findest du weitere Angaben zur Forschung an Rotkäppchen. Auch liegt dort die Grafik vergrößert vor.
WES-128413-028

# Aufbau und Merkmale von Märchen kennenlernen

**Aufgabe 1**
**Audio**
WES-128413-029

**1** Die Klasse 5b liest in der Deutschstunde das Märchen „Die drei Federn". Lest es euch auch durch oder hört euch die Audiodatei an.

## Die drei Federn

*Brüder Grimm*

*1. Merkmal*

*2. Merkmal*

*3. Merkmal*

Es war einmal ein König, der hatte drei Söhne, **davon waren zwei klug und gescheit, aber der dritte sprach nicht viel, war einfältig und hieß nur der Dummling**. Als der König alt und schwach ward und an sein Ende dachte, wusste er nicht, welcher von seinen Söhnen nach ihm das Reich erben sollte. Da sprach er zu ihnen: „Zieht aus, und wer mir den feinsten Teppich bringt, der soll nach meinem Tod König sein." Und damit es keinen Streit unter ihnen gab, führte er sie vor sein Schloss, blies **drei Federn** in die Luft und sprach: „Wie die fliegen, so sollt ihr ziehen." Die eine Feder flog nach Osten, die andere nach Westen, die dritte flog aber geradeaus, und flog nicht weit, sondern fiel bald zur Erde. Nun ging der eine Bruder rechts, der andere ging links, und sie lachten den Dummling aus, der bei der dritten Feder, da, wo sie niedergefallen war, bleiben musste.

Der Dummling setzte sich nieder und war traurig. Da bemerkte er auf einmal, dass neben der Feder eine Falltüre lag. Er hob sie in die Höhe, fand eine Treppe und stieg hinab. Da kam er vor eine andere Türe, klopfte an und hörte, wie es inwendig rief:

**„Jungfer grün und klein,**
**Hutzelbein,**
**Hutzelbeins Hündchen,**
**Hutzel hin und her,**
**lass geschwind sehen, wer draußen wär."**

Die Türe tat sich auf, und er sah eine große dicke Itsche sitzen und rings um sie eine Menge kleiner Itschen. Die dicke Itsche fragte, was sein Begehren wäre. Er antwortete: „Ich hätte gerne den schönsten und feinsten Teppich." Da rief sie eine junge und sprach:

„Jungfer grün und klein,
Hutzelbein,
Hurzelbeins Hündchen,
Hutzel hin und her,
bring mir die große Schachtel her."

Die junge Itsche holte die Schachtel, und die dicke Itsche machte sie auf und gab dem Dummling einen Teppich daraus, so schön und so fein, wie oben auf der Erde keiner konnte gewebt werden. Da dankte er ihr und stieg wieder hinauf.

Die beiden andern hatten aber ihren jüngsten Bruder für so albern gehalten, dass sie glaubten, er würde gar nichts finden und aufbringen. „Was sollen wir uns mit Suchen groß Mühe geben," sprachen sie, nahmen dem ersten besten Schäfers-

***Itsche***
*Kröte*

*1.1 Beiträgen/Hörtexten Informationen entnehmen, aktiv zuhören* weib, das ihnen begegnete, die groben Tücher vom Leib und trugen sie dem König heim. Zu derselben Zeit kam auch der Dummling zurück und brachte seinen schönen Teppich, und als der König den sah, staunte er und sprach: „Wenn es dem Recht nach gehen soll, so gehört dem jüngsten das Königreich." Aber die zwei andern ließen dem Vater keine Ruhe und sprachen, unmöglich könnte der Dummling, dem es in allen Dingen an Verstand fehlte, König werden, und baten ihn, er möchte eine neue Bedingung machen. Da sagte der Vater: „Der soll das Reich erben, der mir den schönsten Ring bringt," führte die drei Brüder hinaus, und blies drei Federn in die Luft, denen sie nachgehen sollten. Die zwei ältesten zogen wieder nach Osten und Westen, und für den Dummling flog die Feder geradeaus und fiel neben der Erdtüre nieder. Da stieg er wieder hinab zu der dicken Itsche und sagte ihr, dass er den schönsten Ring brauchte. Sie ließ sich gleich ihre große Schachtel holen und gab ihm daraus einen Ring, der glänzte von Edelsteinen und war so schön, dass ihn kein Goldschmied auf der Erde hätte machen können. Die zwei ältesten lachten über den Dummling, der einen goldenen Ring suchen wollte, gaben sich gar keine Mühe, sondern schlugen einem alten Wagenring die Nägel aus und brachten ihn dem König. Als aber der Dummling seinen goldenen Ring vorzeigte, so sprach der Vater abermals: „Ihm gehört das Reich." Die zwei ältesten ließen nicht ab, den König zu quälen, bis er noch eine dritte Bedingung machte und den Ausspruch tat, der sollte das Reich haben, der die schönste Frau heimbrächte. Die drei Federn blies er nochmals in die Luft, und sie flogen wie die vorigen Male.

Da ging der Dummling ohne weiteres hinab zu der dicken Itsche und sprach: „Ich soll die schönste Frau heimbringen." – „Ei," antwortete die Itsche, „die schönste Frau! Die ist nicht gleich zur Hand, aber du sollst sie doch haben." Sie gab ihm eine ausgehöhlte gelbe Rübe mit sechs Mäuschen bespannt. Da sprach der Dummling ganz traurig: „Was soll ich damit anfangen?" Die Itsche antwortete: „Setze nur eine von meinen kleinen Itschen hinein." Da griff er auf Geratewohl eine aus dem Kreis und setzte sie in die gelbe Rübe, aber kaum saß sie darin, so ward sie zu einem wunderschönen Fräulein, die Rübe zur Kutsche, und die sechs Mäuschen zu Pferden. Da küsste er sie, jagte mit den Pferden davon und brachte sie zu dem König. Seine Brüder kamen nach, die hatten sich gar keine Mühe gegeben, eine schöne Frau zu suchen, sondern die ersten besten Bauernweiber mitgenommen.

Als der König sie erblickte, sprach er: „Dem jüngsten gehört das Reich nach meinem Tod." Aber die zwei ältesten betäubten die Ohren des Königs aufs neue mit ihrem Geschrei: „Wir könnens nicht zugeben, dass der Dummling König wird," und verlangten, der sollte den Vorzug haben, dessen Frau durch einen Ring springen könnte, der da mitten in dem Saal hing. Sie dachten: „Die Bauernweiber können das wohl, die sind stark genug, aber das zarte Fräulein springt sich tot." Der alte König gab das auch noch zu. Da sprangen die zwei Bauernweiber, sprangen auch durch den Ring, waren aber so plump, dass sie fielen und ihre groben Arme und Beine entzweibrachen. Darauf sprang das schöne Fräulein, das der Dummling mitgebracht hatte, und sprang so leicht hindurch wie ein Reh, und aller Widerspruch musste aufhören. Also erhielt er die Krone und hat lange in Weisheit geherrscht.

**2** Die folgenden Bilder zum Inhalt des Märchens sind durcheinandergeraten. Bringe sie in die richtige Reihenfolge. Schreibe so: 1 = ???
Du kannst auch die interaktive Aufgabe bearbeiten.

**Aufgabe 2**
interaktive Aufgabe
WES-128413-030

**3** Julian meint nach dem Lesen des Märchens, dass der Dummling wirklich viel dümmer sei als seine beiden Brüder. Tauscht euch mithilfe des Textinhalts darüber aus, ob er recht hat oder nicht.

**Aufgabe 4**
Portalvorlage
WES-128413-031

**4** Herr Doblinger erklärt, dass viele Märchen einen typischen Aufbau haben. Mithilfe von Märchenkarten kannst du ein Märchen leichter erschließen.

a) Übertrage die Märchenkarten in dein Heft und fülle sie für das Märchen „Die drei Federn" aus. Du kannst auch die Portalvorlage nutzen.

✻ b) Male für jede der drei Märchenkarten ein passendes Bild.

**Ausgangssituation/Aufbruch**
*Ein Ereignis am Anfang führt in eine außergewöhnliche Ausgangssituation*

*→ Ein junger Mann findet eine versteckte Falltür im Boden …*

**Aufgaben/Gefahren/Prüfungen**
*Auf dem Weg zum Ziel lauern Gefahren und sind Prüfungen zu bestehen*

*→ Er …*

**Ende/Ziel**
*Am Ende wird die Mühe anerkannt. Die Guten werden belohnt und die Schlechten bestraft.*

*→ Der Dummling …*
*→ Seine Brüder …*

**5** Märchen zeichnen sich durch weitere bestimmte Merkmale aus. Im Märchen „Die drei Federn“ sind bereits drei dieser Merkmale markiert.

a) Schreibe mithilfe des Merkkastens in die Kästen auf der Portalvorlage, um welches Merkmal es sich jeweils handelt.

b) Finde drei weitere Merkmale im Märchen. Markiere diese auf der Portalvorlage und schreibe ihre Bezeichnung ebenfalls an den Rand.

**Aufgabe 5**
Portalvorlage
WES-128413-032

✲ **6** Schau dir das Märchen „Prinzessin Sharifa“ auf Seite 45 ff. noch einmal an und notiere, welche Märchenmerkmale darin enthalten sind.

## Märchenmerkmale

Märchen folgen meist einem bestimmten Aufbau:

- **Ausgangssituation/Aufbruch**: Ein Ereignis am Anfang führt in eine oftmals außergewöhnliche Ausgangssituation.
- **Aufgaben/Gefahren/Prüfungen**: Auf dem Weg zum Ziel muss die Heldenfigur viele Gefahren, Prüfungen oder Abenteuer bestehen. Sie benötigt dafür Mut, Tapferkeit und Schlauheit oder magische Hilfe.
- **Ende/Ziel**: Am Ende werden die Guten belohnt und die Bösen bestraft.

Weitere Merkmale von Märchen sind:

- **Anfangsformel**: Oft beginnen Märchen ähnlich (*Es war einmal ... , Vor langer Zeit ...* ).
- **Unbestimmter Ort, unbestimmte Zeit**: Märchen spielen an unbekannten Orten in einer unbestimmten, lang vergangenen Zeit (*Vor langer Zeit in einem Königreich ...*).
- **Die Märchenfiguren**: Die Figuren haben oft gegensätzliche Eigenschaften (*gut ↔ böse, arm ↔ reich, feige ↔ tapfer*). Im Mittelpunkt stehen oft arme oder hilfsbedürftige Menschen, aber auch Prinzen, Prinzessinnen, Könige und Königinnen treten häufig auf.
- **Das Wunderbare**: Es gibt fantastische Orte, Magie und Zauberei, Fantasiewesen (Feen und Zwerge), Tiere und Gegenstände, die sprechen können oder magische Eigenschaften haben. Oft gibt es verwunschene Figuren oder Dinge, die sich zurückverwandeln.
- **Sprüche und Zauberformeln**: Oft gibt es wiederkehrende Sprüche und Zauberformeln (*Ach, wie gut, dass niemand weiß, dass ich Rumpelstilzchen heiß!*).
- **Zahlen**: Häufig kommen die Zahlen 3, 7 und 12 vor (drei Aufgaben oder Wünsche, zwölf Figuren).
- **Schlussformel**: Märchen enden oft mit einem ähnlichen Schluss (*Und wenn sie nicht gestorben sind, dann leben sie noch heute.*).

# Den Anfang eines Märchens fortsetzen

**1** Auch im folgenden Märchen weiß ein König nicht, wem er nach seinem Tod die Herrschaft seines Reiches anvertrauen soll.
a) Lies den folgenden Märchenanfang zunächst durch.

Es war einmal ein mächtiger König, der hatte drei Töchter. Als seine Tage auf Erden sich dem Ende neigten, dachte er darüber nach, welcher Tochter er die Herrschaft seines großen Reiches anvertrauen sollte. Da er sie alle drei gleichermaßen liebte, wusste er sich keinen Rat und bat alle Weisen und Gelehrten des Landes um ihre Meinung. Doch auch sie konnten ihm nicht weiterhelfen, denn alle drei Töchter wurden vom Volk für ihre Weisheit geschätzt. Der König überlegte lange und rief schließlich seine drei Töchter zu sich. Als sie in der großen Halle zusammensaßen, sprach er: „Meine lieben Töchter, ich werde nicht mehr lange auf dieser Erde sein und so liegt es an einer von euch, die Geschicke unseres wundervollen Reichs weiterzuführen. Da nur eine von euch Königin werden kann, habe ich Folgendes beschlossen: Zieht in die Welt hinaus, jede in eine andere Richtung. Reist in fremde Länder, seht euch gründlich um und bringt mir den wundersamsten Gegenstand mit, den ihr finden könnt. Diejenige von euch, die den wundersamsten Gegenstand gefunden hat, soll in Zukunft mein Reich regieren." Die Prinzessinnen waren einverstanden, packten ihre Sachen und zogen noch am gleichen Tag hinaus in die Welt, jede in eine andere Richtung …

b) Überlege dir, wie das Märchen weitergeht, und halte deine Ideen stichpunktartig fest. Folgende Fragen können dir helfen:
- *In welche Richtungen und Länder gehen die Töchter?*
- *Was erleben sie dort jeweils?*
- *Welche Gefahren oder Prüfungen warten auf sie?*
- *Gibt es magische Wesen oder Dinge, die ihnen helfen oder sie in Gefahr bringen?*
- *Was für wundersame Gegenstände finden sie?*
- *Welcher Gegenstand beeindruckt den König am meisten und warum?*
- *Wie entscheidet sich der König und wie gehen die Töchter damit um?*

Aufgabe 2
**Portalvorlage**
WES-128413-033

**2** Schreibe nun mithilfe deiner Notizen den Mittelteil und den Schluss des Märchens. Beachte dabei den Aufbau und die Merkmale eines Märchens auf Seite 53. Du kannst hierfür die Portalvorlage nutzen.

**3** Gib dem Märchen nun noch eine passende Überschrift.

**4** Tragt euch die Märchen gegenseitig vor und gebt euch Rückmeldung.

# Ein eigenes Märchen schreiben

W **1** Wähle im Folgenden zwischen a) und b).

a) Verfasse ein Märchen zum Bild. Gehe dabei folgendermaßen vor:

- Betrachte das Bild genau und überlege dir eine passende Handlung. Folgende Fragen können dir dabei helfen:
  - *Was ist das für ein Ort, an dem die Geschichte spielt?*
  - *Wer sind die beteiligten Personen? Welche Eigenschaften und Ziele haben sie?*
  - *Welche Prüfung muss die Hauptfigur bestehen? Wie schafft sie das?*
  - *Welche magischen Wesen, Tiere oder Gegenstände kommen vor?*
  - *Wie endet das Märchen?*

- Halte deine Ideen stichpunktartig fest. Du kannst dafür die Portalvorlage verwenden.
- Verfasse nun mithilfe deiner Notizen das Märchen zum Bild und beachte dabei Aufbau und Merkmale eines Märchens.
- Gib deinem Text noch eine passende Überschrift.
- Überprüfe dein Märchen schließlich mithilfe der Checkliste auf der nächsten Seite und nimm Verbesserungen vor.

**Aufgabe 1a)**
**Portalvorlage**
WES-128413-034

b) Verfasse ein Märchen zu drei verschiedenen Stichwörtern.
Befolge dabei die folgenden Punkte auf dieser und der nächsten Seite:

- Wähle aus jeder Schatztruhe ein Stichwort aus, das in deinem Märchen eine zentrale Rolle spielen muss.

- Notiere dir stichpunktartig passende Antworten zu folgenden Fragen. Beachte dabei auch deine ausgewählten Stichwörter.
  - *Was ist die Ausgangssituation?*
  - *Wer ist die Heldenfigur und vor welchem Problem steht sie? Wie löst sie es?*
  - *Welche magischen Elemente kommen vor?*
  - *Wie endet das Märchen?*
- Verfasse nun mithilfe deiner Notizen das Märchen zu den Stichwörtern und beachte dabei Aufbau und Merkmale eines Märchens.
- Gib deinem Text noch eine passende Überschrift.
- Überprüfe dein Märchen schließlich mithilfe der Checkliste und nimm Verbesserungen vor.

*Vorlesen und Vortragen → S. 22ff.*

**2** Trage dein Märchen wirkungsvoll vor und lass dir eine Rückmeldung geben.

→ S. 42 *Fabelbuch*

**3** Sammelt eure Märchen in einem Märchenbuch.
- Einigt euch zuerst auf eine einheitliche Gestaltung. Tippt hierzu euer Märchen am Computer ab und verwendet dabei alle die gleiche Schriftart und -größe.
- Verziert euer Blatt, indem ihr entweder am Computer passende Bilder einfügt oder selbst passende Bilder und Verzierungen dazu zeichnet.
- Sammelt schließlich eure Märchen ein und heftet sie in einer Mappe, eurem „Märchenbuch“, ab.

→ S. 86 *Rollenspiel*

→ S. 147 f. *Bildergeschichte*

W **4** Wählt im Folgenden zwischen a) und b) aus.
a) Stellt eine Szene aus einem euch bekannten Märchen mit den erwähnten Personen in einer Rollenspielszene dar.
b) Stellt die Handlung eines Märchens in Form einer Bildergeschichte dar.

## Checkliste: Ein eigenes Märchen schreiben

Ich habe ...
- ✓ einen typischen Märchenanfang gewählt.
- ✓ beschrieben, wie es einer Heldenfigur in einer gefährlichen Situation ergeht.
- ✓ eine wundersame Geschichte erzählt.
- ✓ weitere typische Merkmale in mein Märchen eingebaut.
- ✓ treffende Verben, anschauliche Adjektive und wörtliche Reden verwendet.
- ✓ sinnvolle Satzverknüpfungen gewählt.
- ✓ im Präteritum geschrieben.

## Überprüfe dein Wissen und Können

**1** Lies den Anfang des folgenden Märchens und finde drei Märchenmerkmale heraus, die in diesem Märchen stecken.

# Die drei Wünsche

*Volksmärchen aus den Pyrenäen*

Es waren einmal ein Mann und eine Frau, die waren sehr arm und beklagten sich unausgesetzt über ihr Schicksal. „Mein Gott! Mein Gott!", sagten sie. „Es gibt Leute, die sind so glücklich! Und wir laufen den ganzen Tag nach Holzkohlen umher."
Das hörte ein Greis, der durch den Wald ging. „Ich sehe, ihr seid mit eurem Schicksal nicht zufrieden. Nun! Ich möchte etwas für euch tun. Wünscht euch drei Dinge; sie sollen in Erfüllung gehen."
Am Abend saß der Köhler mit seiner Frau am Feuer. Sie dachten nach. „Was sollen wir uns wünschen?", fragten sie sich. Plötzlich, beim Anblick der kleinen Holzscheite, die lustig knisterten, rief die gute Frau, ohne im Geringsten daran zu denken, dass sie einen Wunsch äußerte: „Ganz gleich, eine Elle Blutwurst auf dieser guten Kohlenglut, das wäre ein Wohltat!" Augenblicklich fiel eine Elle Blutwurst aus dem Kamin mitten in die Kohlenglut hinein.
Der Mann wurde zornig. „Bist du verrückt, altes Weib? Ist das dein Wunsch? Ich möchte wahrhaftig, dass diese Elle Blutwurst sich an deine Nase hängt!" Sofort geschah, was er sagte. Die Blutwurst hängte sich an die Nasenspitze der alten Frau.
Beide, der Köhler wie seine Frau in ihrer Feuerecke, waren höchst betrübt. „Jetzt haben wir nur noch einen Wunsch." Sie überlegten lange, lange, und die Blutwurst hing immer weiter an der Nase der unglücklichen Frau. Der Mann, von Mitleid ergriffen, fasste einen weisen Entschluss. […]

**2** Erkläre, wie es zu diesen Wünschen gekommen ist. Folgende Begriffe helfen dir bei deiner Begründung:

*Unachtsamkeit – Wut – Dummheit – Armut – Versehen – Hunger*

**3** Überlege, welchen weisen Entschluss der alte Mann treffen könnte. Schreibe dann einen Schluss zu diesem Märchen.

**4** Wenn du wissen möchtest, wie das Märchen im Original endet, schaue im Portal nach.
- Vergleiche deinen und den Originalschluss miteinander.
- Erkläre, was die beiden Alten aus ihrem unüberlegten Verhalten gelernt haben.

Aufgabe 4
Portalvorlage
WES-128413-035

Seite 57
Lösung
WES-128413-036

# Gedichtwerkstatt

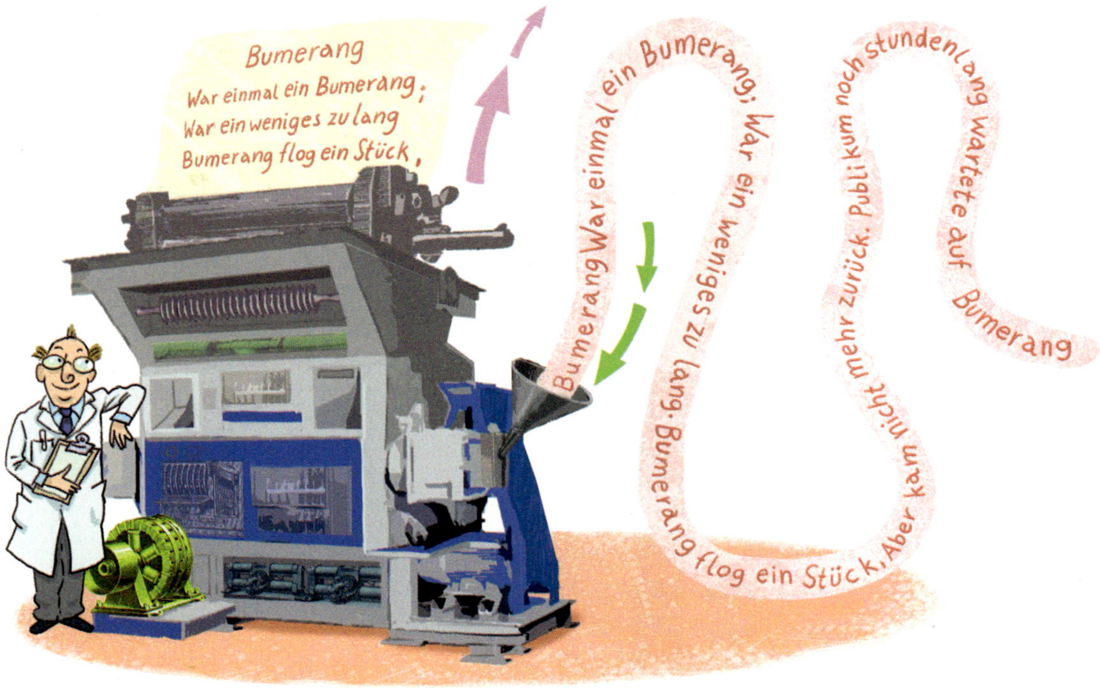


**1** Erklärt, was in der Maschine mit den Wörtern aus der Wortschlange passiert.

**2** Die Maschine ist mit ihrem Arbeitsgang noch nicht ganz fertig.
a) Ergänzt die fehlenden Teile der Wortschlange in der richtigen Form am Gedichtende.
b) Besprecht anschließend, worum es in dem Gedicht geht.

**3** Sicher habt ihr schon einmal Gedichte gelesen oder sogar vorgetragen. Tauscht euch darüber aus,
- welche Gedichte ihr kennt,
- wie sie euch gefallen haben und
- was ihr über Gedichte schon wisst.

**In diesem Kapitel lernst du, ...**
- dich auf verschiedene Art und Weise mit Gedichten auseinanderzusetzen.
- Gedichte und Sachtexte voneinander zu unterscheiden.
- dich mit sprachlichen Besonderheiten und dem Reimschema von Gedichten auseinanderzusetzen.
- dich auf die Stimmung von Gedichten einzulassen.
- Verse zu Gedichten zu kombinieren und eigene Gedichte zu verfassen.
- Gedichte richtig auswendig zu lernen.

# Ein Gedicht mit einem Sachtext vergleichen

**1** Lies den Text „Wie entsteht der Regen?“ aufmerksam durch und beschreibe die Entstehung des Regens.

## Wie entsteht der Regen?

Bei der Entstehung von Regen dreht sich alles um den sogenannten Wasserkreislauf. Dieser bringt das Ganze ins Rollen. Das bedeutet: Wasser aus Meeren, Seen, Flüssen, aber auch Pflanzen verdunstet. Dafür muss es entsprechend heiß oder zumindest warm sein, da die Verdunstung beispielsweise durch Sonneneinstrahlung ausgelöst wird. Dieses gasförmige, unsichtbare Wasser verteilt sich dann weit oben in der Luft. Dort wird es wiederum so kalt, dass aus dem Wasser in Gasform wieder kleine Wassertröpfchen werden. Diese bilden eine Wolke. Wird die Wolke zu schwer, entleert sie sich – es regnet.

**2** Lies nun das Gedicht „Das Wasser“. Tausche dich im Anschluss daran mit der Person neben dir über die inhaltlichen und äußerlichen Unterschiede zwischen dem Sachtext und dem Gedicht aus.

**3** Verbindet mithilfe des Merkkastens die folgenden Satzanfänge mit den passenden Fortsetzungen. Schreibe die vollständigen Sätze in dein Heft. Beginne beispielsweise so:

*Der Sachtext …* *Das Gedicht …*

Ⓐ *… erklärt, wie der Regen entsteht.*
Ⓑ *… malt eine Art Bild vom Regen.*
Ⓒ *… ist in Strophen verfasst und enthält Verse, die sich reimen.*
Ⓓ *… ist in nüchternen Worten verfasst.*
Ⓔ *… ist in aufeinanderfolgenden, ganzen Sätzen geschrieben.*
Ⓕ *… möchte eine schöne Stimmung erzeugen.*
Ⓖ *… möchte unser Wissen über den Regen erweitern.*

## Das Wasser

*James Krüss*

Vom Himmel fällt der Regen
und macht die Erde nass,
die Steine auf den Wegen,
die Blumen und das Gras.

Die Sonne macht die Runde
in altgewohntem Lauf
und saugt mit ihrem Munde
das Wasser wieder auf!

Das Wasser steigt zum Himmel
und wallt dort hin und her.
Da gibt es ein Gewimmel
von Wolken, grau und schwer.

Die Wolken werden nasser
und brechen auseinand’,
und wieder fällt das Wasser
als Regen auf das Land.

Der Regen fällt ins Freie,
und wieder saugt das Licht,
die Wolke wächst aufs neue,
bis dass sie wieder bricht.

So geht des Wassers Weise:
Es fällt, es steigt, es sinkt
in ewig gleichem Kreise,
und alles, alles trinkt!

### Verse, Strophen und Reime

!

Gedichte unterscheiden sich nicht nur inhaltlich von Sachtexten, sondern auch im Äußeren. So ist ein Gedicht statt in Zeilen und Absätzen in **Verse** und **Strophen** unterteilt. Häufig reimen sich in Gedichten die einzelnen Verse am Ende miteinander, z. B. *Regen – Wegen* (Vers 1 und 3), *nass – Gras* (Vers 2 und 4).

# Das Reimschema eines Gedichtes erkennen

**1** Bei den drei Gedichten unten handelt es sich um Tiergedichte.
a) Lest die drei Gedichte aufmerksam durch.
b) Erklärt, was am Inhalt der Gedichte ungewöhnlich und unerwartet ist.

## Im Park

*Joachim Ringelnatz*

Ein ganz kleines Reh stand am ganz kleinen Baum
still und verklärt wie im Traum.
Das war des Nachts elf Uhr zwei.
Und dann kam ich um vier
Morgens wieder vorbei.
Und da träumte noch immer das Tier.
Nun schlich ich mich leise – ich atmete kaum –
gegen den Wind an den Baum,
und gab dem Reh einen ganz kleinen Stips.
Und da war es aus Gips.

## Das Nasobem

*Christian Morgenstern*

Auf seinen Nasen schreitet (a)
einher das Nasobem, (b)
von seinem Kind begleitet. (a)
Es steht noch nicht im Brehm. (b)

Es steht noch nicht im Meyer.
Und auch im Brockhaus nicht.
Es trat aus meiner Leyer
zum ersten Mal ans Licht.

Auf seinen Nasen schreitet
(wie schon gesagt) seitdem,
von seinem Kind begleitet,
einher das Nasobem.

**Brehm**
*Abkürzung für ein Tierlexikon*

**Meyer**
*Kurzform eines Lexikons*

**Brockhaus**
*Kurzform eines Lexikons*

**Leyer**
*ein Instrument*

## Die Schnecke

*Heinz Erhardt*

Mit ihrem Haus nur geht sie aus!
Doch heut lässt sie ihr Haus zu Haus,
es drückt so auf die Hüften.
Und außerdem – das ist gescheit
und auch die allerhöchste Zeit:
sie muss ihr Haus mal lüften!

**2** In einem der Gedichte geht es um ein Nasobem.
a) Überlege, was denn dieses „Nasobem" sein könnte und wie es aussehen könnte.
b) Gestalte ein Bild davon.

*2.2 Gestaltungsmittel epischer, lyrischer, szenischer Texte angeleitet unterscheiden, rezeptiv/produktiv einsetzen*

**3** Ein typisches Merkmal vieler Gedichte ist der Reim. Auch die drei Tiergedichte reimen sich.
a) Lest die drei Gedichte noch einmal.
b) Benennt dann, welche Verse sich in den einzelnen Gedichten aufeinander reimen.

W **4** Verse, die sich reimen, werden mit denselben Buchstaben gekennzeichnet. Lies den Merkkasten durch. Wähle dann zwischen a) und b).
a) Ergänze neben dem Gedicht „Das Nasobem“ von Christian Morgenstern das entsprechende Reimschema. Nutze hierfür die Portalvorlage oder bearbeite die interaktive Aufgabe.
b) Ergänze neben dem Gedicht „Im Park“ von Joachim Ringelnatz das entsprechende Reimschema. Nutze hierfür die Portalvorlage oder bearbeite die interaktive Aufgabe.

**Aufgabe 4**
**Portalvorlage + interaktive Aufgabe**
WES-128413-037

**5** Im Gedicht „Der Walfisch“ sind die Wörter in den kursiv gedruckten Versen durcheinandergeraten.
a) Lest das Gedicht zunächst einmal durch.
b) Stellt die Wörter in den Versen so um, dass sich das Gedicht durchgehend reimt, und vergleicht eure Lösungen.
c) Klärt mithilfe des Merkkastens, welche Reimschemata in dem Gedicht vorkommen.

## Der Walfisch

*Peter Hacks*

Der Walfisch ist kein Schoßtier,
*Ein viel zu groß Tier ist er.*
*Zweihundert Ellen misst er*
Und macht gewaltige Wellen.
Er redet nicht, er bellt mehr,
Er stirbt von keinem Schuss.
*Durch das Weltmeer rudert er*
Als Flossenomnibus.
Ein Zaun sind seine Zähne,
*’ne Fontäne die Nase,*
Der Schwanz sogar ein Plätt-brett,
*Fett brät man aus seinem Leib.*
Das Wasser kräuselt bläulich
Sich um den schwarzen Kloß.
*Abscheulich ist der Walfisch*
Groß.

### Reimschema

Ein Reim ist ein Gleichklang von Silben oder ganzen Wörtern. Die einzelnen Verse von Gedichten können sich am Ende einer Verszeile auf unterschiedliche Art und Weise miteinander reimen:

| | | |
|---|---|---|
| 1) **Paarreim**: | a – a – b – b … | z. B. *Duft – Luft – Sonne – Wonne* |
| 2) **Kreuzreim**: | a – b – a – b … | z. B. *Duft – Sonne – Luft – Wonne* |
| 3) **Umarmender Reim**: | a – b – b – a … | z. B. *Duft – Sonne – Wonne – Luft* |

# Verse zu einem Gedicht anordnen

*Das Gedicht besteht aus vier Strophen zu je sechs Versen mit dem Reimschema a-a-b-c-c-b. Achtet beim Ordnen auf den Inhalt, aber auch auf den Reim.*

**1** Das folgende Gedicht ist etwas durcheinandergeraten.
a) Lest den fettgedruckten Anfang und das fettgedruckte Ende des Gedichts.
b) Beschreibt, was euch auffällt.

## Das gute Schwein

*Robert Gernhardt*

**Da war ein Schwein, das dachte sich:**
**Man braucht mich nicht, man mag mich nicht,**
**das muss sich schleunigst ändern.**

**Doch alle riefen: „Jammer nicht,**
**wir brauchen dich, wir lieben dich!“**
**Da war das Schwein sehr fröhlich.**

Ich kann nicht laufen, nehmt mich mit –
geht es zu zweit, geht‘s auch zu dritt.“
„Das“, sprach das Schwein, „ist richtig.“

Das Schwein traf einen Ziegenbock,
der ging an einem Humpelstock.
„Warum denn? Darf man fragen?“

Die drei, die blieben nicht zu dritt,
die lahme Ente kam noch mit.
Nun langt‘s dem Schwein allmählich.

So trug das Schwein den Bock durchs Land,
die Katze rief vom Straßenrand:
„Ach helft mir, es ist wichtig!

Ich gehe auf der Stelle fort,
liebt man mich nicht an diesem Ort,
dann vielleicht in andern Ländern.

„Ach“, sprach der Bock, „mein Fuß tut weh,
mir fiel ein Stein auf meinen Zeh.“
„Dann will ich dich gern tragen.“

**Aufgabe 2**
Portalvorlage + interaktive Aufgabe
WES-128413-038

**2** Arbeitet zu zweit und geht folgendermaßen vor.
- Erzählt die Geschichte vom guten Schwein, indem ihr die Strophen richtig zusammensetzt und in eine sinnvolle Reihenfolge bringt. Nutzt hierfür die Portalvorlage oder bearbeitet die interaktive Aufgabe.
- Probiert aus, was euch logisch erscheint.
- Achtet auf die Stimmung des Gedichtes und wovon es erzählen will.

**3** Hört euch nun unterschiedliche Ergebnisse an und entscheidet gemeinsam, welches Gedicht die Geschichte vom guten Schwein am besten beschreibt.

# Mit lautmalerischen und bildhaften Mitteln Stimmung erzeugen

**1** In dem folgenden Gedicht sind viele lautmalerische Elemente enthalten. Dadurch wird Zuhörenden das Gefühl vermittelt, selbst am Feuer zu sitzen. Lies das Gedicht durch und setze für die *???* lautmalerische Wörter aus dem *Wortspeicher* ein. Der Merkkasten hilft dir dabei, aber auch der Reim und der Textzusammenhang. Nutze hierfür ggf. die Portalvorlage. Achte auch auf den Reim und den Textzusammenhang.

**Aufgabe 1**
**Portalvorlage**
WES-128413-039

*Knistern – brutzlig – blecken – krachen – rauscht – Brodelt*

## Das Feuer

*James Krüss*

Hörst du, wie die Flammen flüstern,
Knicken, knacken, *???*, knistern,
Wie das Feuer *???* und saust,
*???*, brutzelt, brennt und braust?

Siehst du, wie die Flammen lecken,
Züngeln und die Zunge *???*,
Wie das Feuer tanzt und zuckt,
Trockne Hölzer schlingt und schluckt?

Riechst du, wie die Flammen rauchen,
Brenzlig, *???*, brandig schmauchen,
Wie das Feuer, rot und schwarz,
Duftet, schmeckt nach Pech und Harz?

Fühlst du, wie die Flammen schwärmen,
Glut aushauchen, wohlig wärmen,
Wie das Feuer, flackrig-wild,
Dich in warme Wellen hüllt?

Hörst Du, wie es leiser knackt?
Siehst du, wie es matter flackt?
Riechst du, wie der Rauch verzieht?
Fühlst du, wie die Wärme flieht?

Kleiner wird der Feuerbraus:
Ein letztes *???*,
Ein feines Flüstern,
Ein schwaches Züngeln,
Ein dünnes Ringeln –
Aus.

***schwärmen***
*sich in einer Gruppe bewegen*

***brenzlig***
*gefährlich*

***schmauchen***
*mit Genuss rauchen*

**2** Übernimm die folgende Tabelle in dein Heft und schreibe alle lautmalerischen Wörter aus dem Gedicht heraus und ordne sie dem Brennen und Erlöschen zu.

| **Brennen** | Erlöschen |
|---|---|
| *flüstern* | *leiser knackt* |
| ... | ... |

**3** Im Gedicht „Das Feuer“ werden den Flammen teilweise menschliche Eigenschaften oder Handlungsweisen zugeordnet, was auch als Personifikation bezeichnet wird. Das ist ein häufig verwendetes Gestaltungsmittel in Gedichten. Dadurch wirken Naturerscheinungen viel lebendiger und kraftvoller.

a) Erläutere mithilfe des Merkkastens, weshalb der erste Vers des Gedichtes „Das Feuer“ ein Beispiel dafür darstellt.

b) Finde weitere Beispiele im Gedicht, in denen das Feuer handelt wie ein Mensch. Erkläre, welcher Eindruck dadurch jeweils entsteht.

✲ c) Finde nun Beispiele für dieses bildhafte Mittel im Gedicht „Das Wasser“ auf Seite 59.

**4** Gedichte, in denen lautmalerische und bildhafte Mittel zum Einsatz kommen, eignen sich besonders gut dazu, ihre Stimmung noch deutlicher hervorzuheben, indem man sie vertont, das heißt, das Gedicht mit selbst erzeugten Geräuschen lebendig werden zu lassen. Arbeitet zu zweit.

a) Wählt entweder das Gedicht „Das Wasser“ oder „Das Feuer“ aus.

b) Überlegt euch, an welchen Stellen und wie man durch bestimmte Geräusche die Stimmung besonders deutlich hervorheben könnte.

c) Überlegt euch dann, wie ihr die entsprechenden Geräusche am besten entstehen lassen könnt. Ihr könnt dazu Instrumente verwenden. Auch mit Alltagsgegenständen lassen sich vielerlei Geräusche erzeugen.

d) Probt euer vertontes Gedicht mehrmals.

e) Tragt es dann in der Klasse vor.

f) Sprecht abschließend über eure Darbietungen.

*Unter dem QR-Code bzw. Webcode unten findet ihr eine Sammlung vieler Ideen, wie ihr selbst Geräusche erzeugen könnt.*

**Aufgabe 4**
**Portalvorlage**
WES-128413-040

## Bildhafte Mittel: Lautmalerei und Personifikation

Als **lautmalerisch** werden Ausdrücke bezeichnet, die, wenn man sie laut ausspricht, einen **ähnlichen Klang** haben **wie die Geräusche**, **die sie beschreiben.** *Knacken* und *knistern* als Beschreibung der Geräusche eines Feuers sind Beispiele dafür oder auch der Ausdruck *Kikeriki* für das Krähen eines Hahnes.
Manchmal tun **leblose Dinge**, **Tiere** oder **Naturerscheinungen** etwas in Gedichten, das eigentlich nur **Menschen** tun können. Sie werden dann **personifiziert** (vermenschlicht). Das nennt man eine Personifikation. Dadurch wirkt beispielsweise eine Naturerscheinung viel lebendiger und kraftvoller (z. B. *Hörst du, wie die Flammen flüstern*).

# Ein Gedicht um eine weitere Strophe ergänzen

**1** In diesem Gedicht spielt die Autorin mit dem Wort „Tiger“.
- Lass dir das Gedicht vorlesen.
- Erkläre, weshalb es in dem Gedicht überhaupt nicht um einen Tiger geht.

## Ich bin ein TIGER

*Gerda Anger-Schmidt*

Ich bin ein Tiger,
ein ganz ein Wich-Tiger.
Ich renne durch das ganze Land,
die Aktentasche in der Hand,
das Handy stets am rechten Ohr.
Ich komm mir ja so wichtig vor.
Ich bin ein Tiger,
ein ganz ein Wich-Tiger.

Ich bin ein Tiger,
ein ganz ein Kräf-Tiger.
Ich stemme jede Art Gewicht –
ob Riese, Nilpferd oder Wicht.
Ich schleppe Türme, faule Krähen,
und ich bin nicht zu übersehen.
Ich bin ein Tiger,
ein ganz ein Kräf-Tiger.

Ich bin ein Tiger,
ein ganz ein Mu-Tiger.
Mich schrecken weder Nachtgespenster
noch Monster vor dem Küchenfenster.
Ich fürcht mich nicht vor Teufelskrallen,
auch nicht vor Tests, wenn sie entfallen.
Ich bin ein Tiger,
ein ganz ein Mu-Tiger.

[...]

**2** Nenne das Reimschema. Reimen sich wirklich alle Verse aufeinander?

**3** Verfasse eine vierte Strophe zu dem Gedicht. Wähle dazu ein Adjektiv aus dem *Wortspeicher*. Du kannst auch ein eigenes verwenden.

*prächtig – saftig – artig – deftig – giftig – lustig – hastig – anmutig – durstig – grantig – lästig – tüchtig – einsichtig – aufrichtig – sorgfältig – leichtfertig – schlagfertig – vorsichtig*

Folgende Tipps helfen dir dabei:
- Die ersten und letzten beiden Verse der Strophe sind immer nach dem gleichen Muster aufgebaut.
- Behalte das Reimschema, das du in Aufgabe 2 herausgefunden hast, bei.
- Erkläre in den Versen 3 bis 6 das gewählte Adjektiv in Reimform treffend.

# Aus Wörtern Gedichte entstehen lassen

**1** Gedichte können ganz unterschiedliche Formen haben.
a) Seht euch die folgenden Beispiele erst einmal nur an, ohne sie zu lesen, und beschreibt ihre äußere Form.
b) Lest dann die Gedichte und begründet, welches euch am besten gefällt.

**Akrostichon**

Parade
Friese
Edel
Reiten
Dressur

**Elfchen**

Schimmel
Das Tier
mit weißem Fell
Es sieht edel aus.
Wunderschön!

**Haiku**

Aus dem Stall heraus.
Über Feld und Wiesengrün
reiten wie der Wind.

**2** Jedes der Gedichte zeichnet sich durch bestimmte Merkmale aus.
a) Ordnet den drei Gedichtformen je zwei der folgenden Merkmale zu.

- *Das Gedicht besteht insgesamt aus elf Wörtern.*
- *Bei dem Gedicht ist die Silbenzahl wichtig.*
- *Jeder Vers enthält nur ein Wort, das zum Thema passt.*
- *Der erste Vers besteht aus einem Wort, der zweite aus zwei, der dritte aus drei, der vierte aus vier und der fünfte wieder aus einem Wort.*
- *Die Anfangsbuchstaben der einzelnen Verse ergeben ein Wort, das zum Thema passt.*
- *Die Verse enthalten folgende Silbenzahl: fünf – sieben – fünf*

b) Halte dein Ergebnis nun fest, indem du die folgenden Merksätze vervollständigst.

*Bei einem Akrostichon ergeben ...*
*Ein Elfchen besteht aus ...*
*Bei einem Haiku ist es wichtig, dass ...*

m → S. 141
Cluster

**3** Verfasse selbst ein Akrostichon, ein Elfchen oder ein Haiku zu deinem Lieblingstier.
a) Lege dazu zunächst ein Cluster an, um deine Einfälle zu sammeln.
b) Formuliere aus deinen Ideen dann ein Gedicht.
c) Trage dein Gedicht vor und lass deine Klasse dann erraten, welches Lieblingstier und welche Gedichtform du gewählt hast.

*2.2 Gestaltungsmittel epischer, lyrischer, szenischer Texte angeleitet unterscheiden, rezeptiv/produktiv einsetzen*

# Ein Gedicht richtig auswendig lernen und vortragen

**Um sich ein Gedicht merken zu können, hilft es, dessen Inhalt und Stimmung erfasst zu haben.**

**1** Lies das Gedicht zunächst in Ruhe durch.

## Die Geschichte vom fliegenden Robert

*Heinrich Hoffmann*

Wenn der Regen niederbraust,
Wenn der Sturm das Feld durchsaust,
Bleiben Mädchen oder Buben
Hübsch daheim in ihren Stuben. –
Robert aber dachte: Nein!
Das muss draußen herrlich sein! –
Und im Felde patschet er
Mit dem Regenschirm umher.

Hui, wie pfeift der Sturm und keucht,
Dass der Baum sich niederbeugt!
Seht! den Schirm erfasst der Wind,
Und der Robert fliegt geschwind
Durch die Luft so hoch, so weit;
Niemand hört ihn, wenn er schreit.
An die Wolken stößt er schon,
Und der Hut fliegt auch davon.
Schirm und Robert fliegen dort
Durch die Wolken immerfort.
Und der Hut fliegt weit voran,
Stößt zuletzt am Himmel an.
Wo der Wind sie hingetragen,
Ja! das weiß kein Mensch zu sagen.

**2** Tauscht euch darüber aus, worum es in dem Gedicht geht und welche Stimmung es vermittelt.

**3** Für das Auswendiglernen ist es sinnvoll, sich immer kleine Abschnitte zu merken.

- Teile das Gedicht in kürzere Abschnitte ein, um es auswendig zu lernen. Zerlege hier jede Strophe z. B. in vier Teile, die jeweils aus zwei Versen bestehen.
- Präge dir bestimmte Schlüsselwörter der Abschnitte oder Reimwörter ein, die dich an den Inhalt dieser erinnern.
- Lies dann den ersten Abschnitt mehrmals laut vor und versuche, ihn dir einzuprägen. Es kann helfen, wenn du dabei den Rhythmus besonders betonst.
- Decke nun die ersten beiden Verse ab und probiere, sie auswendig zu wiederholen. Mache dann das Gleiche mit den nächsten beiden Versen.
- Wiederhole dieses Vorgehen bei jedem Abschnitt so lange, bis du diesen auswendig aufsagen kannst.

*Vorlesezeichen → S. 26*

**4** Sucht nach weiteren Tipps für das Auswendiglernen im Internet und tauscht euch darüber aus, welche ihr sinnvoll findet.

**5** Schließlich solltet ihr überprüfen, ob ihr euch das Gedicht richtig eingeprägt habt. Arbeitet mit der Person neben euch zusammen. Geht folgendermaßen vor:
- Schreibt das Gedicht zunächst einmal ab. Lasst nach jeder Zeile eine Zeile frei. Ihr könnt auch die Portalvorlage nutzen.
- Nehmt nun einen schwarzen Stift und übermalt bestimmte Begriffe im Gedicht. Ihr solltet die Lösung aber selbstverständlich kennen. Streicht nicht zu viele Begriffe.
- Anschließend tauscht ihr eure Gedichte und versucht, die Lücken in den Gedichten mit den richtigen Wörtern zu ergänzen.
- Korrigiert euch abschließend gegenseitig.

*Das Abschreiben eines Textes hilft dabei, sich den Text einzuprägen.*

**Aufgabe 5**
**Portalvorlage**
WES-128413-042

**6** Zu einem gelungenen Gedichtvortrag gehört noch mehr als nur das fehlerfreie Aufsagen eines Gedichtes.

a) Sprecht darüber, worauf es bei einem gelungenen Gedichtvortrag ankommt.

b) Bereitet das Gedicht für einen stimmungsvollen Vortrag vor.
Geht dazu folgendermaßen vor:
- Markiert auf einer Kopie des Gedichtes wichtige Stellen, die ihr besonders betonen möchtet.
- Notiert euch am Rand, wenn Stellen im Gedicht mit einer bestimmten Stimmung vorgetragen werden sollten.
- Überlegt euch passende Gesten, um die Wirkung des Vortrages zusätzlich zu verstärken.

c) Um euren Vortrag zu verbessern, könnt ihr euch beim Üben selbst filmen und anschließend euren Vortrag mithilfe folgender Checkliste überprüfen:

## Checkliste:
## Ein Gedicht auswendig und stimmungsvoll vortragen

Ich habe ...
- ✔ das Gedicht fehlerfrei vorgetragen.
- ✔ laut und deutlich gesprochen.
- ✔ nicht zu hastig geredet und Pausen an den richtigen Stellen gemacht.
- ✔ wichtige Begriffe betont und passend zur Stimmung des Gedichtes vorgetragen.
- ✔ passende Gesten eingesetzt, um den Vortrag noch wirkungsvoller zu gestalten.

# Überprüfe dein Wissen und Können

**1** Ordne den folgenden Erklärungen die Begriffe aus dem *Wortspeicher* richtig zu. Nicht alle Begriffe lassen sich sinnvoll zuordnen.
- Mit diesem Begriff wird eine Zeile in einem Gedicht beschrieben.
- Es handelt sich um ein Reimschema, bei dem sich der erste und der dritte sowie der zweite und der vierte Vers reimen.
- So heißt ein Gedicht, bei dem die Anfangsbuchstaben jedes Verses, der nur aus einem Wort besteht, von oben nach unten gelesen, ein Wort ergeben, das in den Versen beschrieben wird.
- Verse, die eine abgeschlossene Einheit im Gedicht bilden, werden so genannt.

*Vers – Absatz – Stimmung – Gedicht – Roman – Strophe – Kreuzreim – Überschrift – Paarreim – Geschichte – Haiku – umarmender Reim – Akrostichon – Elfchen – lyrisches Ich*

**2** Bilde aus den Wörtern unten
- einen Paarreim: a – a – b – b;
- einen Kreuzreim: a – b – a – b und
- einen umarmenden Reim: a – b – b – a.

*Mitternacht – lustiger Traum – aufgewacht – Purzelbaum*

**3** Das Gedicht „Die Geschichte vom fliegenden Robert" auf Seite 67 enthält einige lautmalerische Elemente, die dem Zuhörer das Gefühl geben, den Sturm tatsächlich mitzuerleben.

a) Erkläre, inwiefern *niederbraust* und *durchsaust* Beispiele für solche lautmalerischen Elemente sind.

b) Schreibe weitere lautmalerische Ausdrücke aus dem Gedicht auf.

**4** Schreibe ein Elfchen, ein Haiku oder ein Akrostichon zum Thema „Sturm".

a) Sammle zunächst Wörter, die zum Thema „Sturm" passen.

b) Markiere dann alle Wörter, die dir besonders wichtig sind.

c) Verdichte deine Wörtersammlung schließlich zu einem Elfchen oder zu einem Haiku.

Seite 69
Lösung
WES-128413-043

# Textwerkstatt

**1** Seht euch die folgenden Bilder aufmerksam an und beschreibt, wie sich die Kinder fühlen könnten.

**2** Stellt Vermutungen über die Auslöser ihrer Gefühle an.

**3** Tauscht euch darüber aus, ob es euch beim Lesen eines Buches oder Textes schon einmal ähnlich erging.

**In diesem Kapitel lernst du, ...**

- einen literarischen Text mithilfe der 5-Schritt-Lesemethode zu erschließen.
- das Verhalten literarischer Figuren nachzuvollziehen und dazu Stellung zu nehmen.
- dich in literarische Figuren hineinzuversetzen und deren Gefühle zu verstehen.
- eine Erzählung zu einem szenischen Text umzuschreiben.

# Einen literarischen Text erschließen

**1** Lest den ersten Teil der folgenden Erzählung oder hört euch die Audiodatei an.

**Aufgabe 1**
Audio
WES-128413-044

## Wie Ole seinen Hund bekam

*Astrid Lindgren*

Ole hat keine Geschwister. Aber er hat einen Hund [...]. Der Hund heißt Swipp. Jetzt will ich erzählen, wie es zuging, dass Ole Swipp bekam, so wie er selber es uns erzählt hat. Mitten zwischen Bullerbü und Storbü wohnt ein Schuhmacher, der heißt Nett. Er heißt Nett, aber er ist kein bisschen nett, wirklich kein bisschen. Nie hat er unsere Schuhe fertig, wenn wir kommen und sie abholen wollen, auch wenn er es ganz bestimmt versprochen hat, dass sie fertig sein sollten. Das kommt davon, weil er so viel trinkt, sagte Agda. Ihm hat Swipp früher gehört. Er war nie nett zu Swipp, und Swipp war der schlimmste Hund, den es im ganzen Kirchspiel gab. Immer war er an der Hundehütte angebunden, und wenn man mit den Schuhen zu Nett wollte, kam Swipp aus der Hundehütte herausgestürzt und bellte böse. Wir hatten Angst vor ihm und wagten gar nicht, zu ihm hinzugehen. Wir hatten auch vor dem Schuhmacher Angst, denn er sagte immer: „Kinder sind eine Rasselbande, sie müssen jeden Tag Prügel kriegen." Swipp bekam auch oft Prügel, obwohl er ein Hund war und kein Kind. Nett fand vielleicht, Hunde müssten auch jeden Tag Prügel kriegen. Und wenn Nett betrunken war, vergaß er, Swipp etwas zu essen zu geben. Zu der Zeit, als Swipp noch bei dem Schuhmacher war, fand ich immer, er wäre ein grässlicher Hund. Er war so schmutzig und zerzaust und knurrte und bellte in einem fort. Jetzt finde ich, er ist ein freundlicher und hübscher Hund. Dazu hat Ole ihn gemacht. Ole selbst ist ja auch immer so freundlich.

**2** Astrid Lindgren hat dem Schuhmacher in diesem Text den Namen „Nett" gegeben.

a) Begründe anhand von Textbeispielen, ob dieser Name zu ihm passt.

b) Lest nun, wie die Geschichte weitergeht oder hört euch die Audiodatei an.

Als Ole einmal mit seinen Schuhen zum Schuhmacher wollte, kam Swipp wie gewöhnlich aus der Hundehütte gestürzt und kläffte und sah so aus, als ob er beißen wollte. Ole blieb stehen und sprach mit ihm und sagte, er wäre ein guter Hund, nur er dürfte nicht so bellen. Er stand natürlich etwas entfernt, sodass Swipp nicht an ihn herankommen konnte. Swipp war genauso boshaft wie immer und bellte und riss an der Kette. Als Ole kam, um seine Schuhe abzuholen, brachte er für Swipp einen Knochen mit. Swipp knurrte und kläffte, aber er war so hungrig, dass er sich sofort auf den Knochen stürzte und ihn zerbiss. Während er fraß, stand Ole die ganze Zeit ein kleines Stück entfernt und sagte immer zu Swipp, er sei ein guter Hund. Ole musste ja oftmals hin, um nach seinen Schuhen zu fragen. Denn sie waren doch nie fertig. Und immer brachte er Swipp irgendetwas mit. Und schließlich knurrte Swipp ihn nicht mehr an, sondern bellte nur, wie Hunde bellen, wenn sie einen Menschen sehen, den sie gut leiden können. Da ging Ole zu Swipp hin und streichelte ihn, und Swipp leckte ihm die Hand. Eines Tages fiel der Schuhmacher hin und verstauchte sich den Fuß und er kümmerte sich nicht darum, ob Swipp etwas zu essen bekam.

**3** Zunächst haben Ole und die anderen Kinder vor Swipp Angst.
a) Gebt wieder, wieso dies so ist. Geht dabei auf Swipps Aussehen und Verhalten ein.
b) Erklärt mithilfe des Textinhalts, wieso sich Swipps Verhalten Ole gegenüber allmählich ändert.
c) Lest nun den letzten Teil der Geschichte oder hört euch die Audiodatei weiter an.

Ole tat es leid um Swipp. Deshalb ging er zu Nett und fragte, ob er für Swipp sorgen dürfe, solange Nett den schlimmen Fuß hätte. Dass er das gewagt hat! Aber Nett sagte nur: „Das möchte ich mal sehen! Der fährt dir an die Kehle, wenn du nur in seine Nähe kommst.“ Ole ging zu Swipp hinaus und streichelte ihn, während der Schuhmacher am Fenster stand und zusah. Da sagte er, Ole könne gern für Swipp sorgen, solange er selbst es nicht könne.

Ole machte die Hundehütte sauber, legte frisches Heu hinein, wusch Swipps Trinknapf aus, füllte ihn mit frischem, sauberem Wasser und gab Swipp eine ganze Menge zu essen. Hinterher nahm er ihn mit auf einen langen Spaziergang bis zu uns nach Bullerbü. Swipp hüpfte und sprang und bellte vor Freude, denn er war so lange angebunden gewesen, dass es ihm schrecklich über war. Die ganze Zeit, während Nett den kranken Fuß hatte, holte Ole Swipp jeden Tag ab und spielte mit ihm. Wir spielten auch mit ihm, aber Swipp mochte Ole am liebsten leiden. Als Netts Fuß wieder gut war, sagte er zu Ole: „Jetzt aber Schluss damit! Der Hund ist ein Wachhund. Er muss wieder an die Kette.“ Swipp dachte, er dürfe wie gewohnt mit Ole spazieren gehen, sodass er hüpfte und sprang und bellte. Als Ole fortging, ohne ihn mitzunehmen, heulte Swipp und war schrecklich traurig, sagte Ole. Ole war auch traurig. Schließlich konnte sein Vater es nicht länger mit ansehen, wie traurig er war, und da ging Oles Vater zu Nett und kaufte Swipp für Ole.

**4** Ole kümmert sich in der Zeit, als der Schuhmacher verletzt ist, liebevoll um Swipp. Notiert, was er alles für den Hund tut.

**5** Erklärt, was sich für Ole und Swipp verändert, als der Schuhmacher wieder gesund ist, und wie Ole und Swipp auf diese Veränderung reagieren.

W **6** Wähle im Folgenden zwischen a) und b) aus.
a) Stelle Vermutungen an, wie die Geschichte von Ole und Swipp weitergehen könnte, und schreibe eine Fortsetzung.
b) Stelle dir vor, du würdest dem Schumacher einmal persönlich begegnen. Notiere dir, was du ihn gerne fragen oder ihm sagen würdest.

✲ **7** Verfasse gemeinsam mit deinem Banknachbarn einen Dialog zwischen Oles Vater und dem Schuhmacher Nett. Dabei macht Oles Vater deutlich, was er von Nett und dessen Verhalten gegenüber dem Hund hält. Außerdem erzählt er, wie es Ole und Swipp gerade geht, und er macht deutlich, wie viel besser es Swipp bei seinem Sohn Ole hat.

# Handlungsweisen einer literarischen Figur verstehen

**1** Lest zunächst die Überschrift des folgenden Textes und schaut euch das Bild an. Notiert euch Vermutungen dazu, worum es in der Erzählung wohl gehen könnte.

**2** Lest nun die Erzählung „Arktisches Abenteuer“ von Hugh Barnett Cave.

## Arktisches Abenteuer

*Hugh Barnett Cave*

Am dritten Tage des Hungers dachte Noni an den Hund. Auf der schimmernden Eisinsel mit ihrer Lagune gab es nichts Lebendes außer ihnen beiden. Als das Wetter so plötzlich umschlug, hatte Noni seinen Schlitten, seine Lebensmittel, seinen Pelz und sogar sein Messer verloren. Nur Nimuk hatte er gerettet, einen großen, ihm treu ergebenen Polarhund. Und nun beobachteten sich die beiden auf dieser Eisinsel Gestrandeten mit wachsamen Augen aus sicherer Entfernung.

Nonis Liebe für Nimuk war echt, sehr echt sogar – so echt wie Hunger, kalte Nächte und der bohrende Schmerz in seinem verletzten Bein, das notdürftig mit der selbst verfertigten Schiene eingebunden war. Aber die Männer seines Dorfes töteten zumeist ihre Hunde, wenn das Futter knapp wurde. Oder nicht? Ja, ohne auch nur ein zweites Mal daran zu denken. Auch Nimuk, das musste er sich selber sagen, würde sich Nahrung suchen, wenn er einmal hungrig war. Einer von uns beiden wird bald den andern auffressen, dachte Noni. Daher ...

Er konnte den Hund nicht mit bloßen Händen töten. Nimuk war stark und noch frischer als er. Eine Waffe war daher unerlässlich. Er zog seine Fellhandschuhe aus und band die Schiene vom Bein los. Als er sich vor wenigen Wochen das Bein verletzt hatte, da hatte er die Schiene aus Teilen eines Zuggeschirrs und zwei dünnen Eisenstäben verfertigt. Einen davon steckte er in eine Eisspalte und begann, den andern mit festen, langsamen Zügen dagegenzureiben.

Nimuk beobachtete ihn mit gespannter Aufmerksamkeit, und es schien Noni, als glühten die Augen des Hundes stärker, nun, da sich die Nacht herabsenkte. Er fuhr fort zu schleifen und versuchte, nicht daran zu denken, warum er dies tat. Der Stab hatte nun schon eine Kante. Langsam begann er, Form anzunehmen. Bei Tagesanbruch hatte er die Arbeit vollendet. Noni zog das fertige Messer aus der Eisspalte und befühlte mit dem Daumen seine Schärfe. Der Glanz der Sonne, die davon zurückgeworfen wurde, blendete ihn.

Noni gab sich einen Ruck. „Hierher, Nimuk!“, rief er weich. Der Hund beobachtete ihn misstrauisch. „Komm her!“, rief Noni. Nimuk kam näher.

Noni sah die Furcht in des Tieres Blick. Er spürte Hunger und Mitleid in dem mühsamen Atmen des Hundes und seinem ungeschickten, schleppenden Ducken. Sein Herz schrie. Er hasste sich selbst und kämpfte dagegen.

Nimuk kam näher und beobachtete seinen Herrn argwöhnisch. Noni fühlte einen Druck in der Kehle. Er sah die Augen des Hundes: Sie waren Abgründe tiefer Qual. Jetzt! Das war der Augenblick zuzustoßen!

Ein tiefer Seufzer erschütterte Nonis am Boden knienden Körper. Er verfluchte das Messer, schwankte wie blind und warf die Waffe hinter sich. Mit leeren, ausgestreckten Händen stolperte er hin zu dem Hund und fiel nieder. Das Tier jaulte jämmerlich, als es den Körper des Jungen vorsichtig umkreiste. Und nun fürchtete sich Noni zu Tode. Durch das Wegwerfen des Messers war er waffenlos geworden. Er war zu schwach, um danach zu kriechen. Er war Nimuks Gnade ausgeliefert. Und Nimuk war schrecklich hungrig.

Der Hund hatte jetzt Noni umkreist und schlich ihn von hinten an. Noni hörte das wilde Röcheln in der Kehle. Er schloss die Augen und betete inständig, der Angriff möge rasch vorbeigehen. Er fühlte die Füße des Hundes an seinem Bein und die heiße Wärme von Nimuks Atem an seinem Nacken. In der Kehle des Jungen bildete sich ein Schrei.

Dann fühlte er die Zunge des Hundes sein Gesicht liebkosen. Noni öffnete die Augen und starrte ungläubig um sich. Dann schluchzte er leise auf, legte seinen Arm um den Hals des Hundes und zog dessen Kopf ganz nahe zu sich heran.

Das Flugzeug erschien eine Stunde später aus dem Süden. Sein Pilot, ein junger Mann der Küstenpatrouille, schaute hinunter und erblickte das große, schwimmende Eisfeld mit dem Eisberg in der Mitte. Dann sah er etwas flimmern. Es war die Sonne, die auf einen glitzernden Gegenstand schien, der sich bewegte. Die Neugierde des Piloten war geweckt. Er wendete mit dem Flugzeug, stieß tiefer hinab und landete in einer Lagune offenen Wassers.

Er fand zwei Lebewesen – einen Jungen und einen Hund. Der Junge war bewusstlos, lebte aber noch. Der Hund winselte kläglich, war aber zu schwach, um sich bewegen zu können. Der glitzernde Gegenstand, der die Aufmerksamkeit des Piloten erregt hatte, war ein grob geformtes Messer, das mit der Spitze voran nur wenig entfernt im Eis steckte und sich leicht im Winde bewegte.

**3** Begründe, was dich an dieser Geschichte besonders beeindruckt hat.

**4** Beschreibe, wie du dir den Ort, an dem Noni und sein Hund leben, vorstellst.
Beziehe die folgenden Fragen in deine Überlegungen ein:
- Was erfährst du über den Ort im Text?
- Wie sieht es dort aus?
- Wie wirkt der Ort auf dich?

**5** Erkläre, weshalb Noni dazu entschlossen ist, den Hund zu töten.
Lies dazu die entsprechende Textstelle (Zeile 1 – 13) noch einmal.

**6** Lest in den Zeilen 35 – 60 nach, wie sich die Geschichte wendet.
a) Erklärt, warum Noni den Hund am Ende doch nicht töten kann.
b) Sprecht darüber, womit ihr beim Lesen eigentlich gerechnet hattet.

**7** Das Messer hat für das Überleben der beiden eine besondere Bedeutung.
Beschreibe, welche Rolle es bei der Rettung spielt.

**W 8** Wähle im Folgenden zwischen a) und b).

a) Verfasse einen persönlichen Brief an Noni. Stelle dich zunächst vor und erzähle von dir und deinem Zuhause. Stelle Noni anschließend Fragen zu seiner Heimat, seinem Hund Nimuk, seinen Hobbys usw.

b) Noni ist inzwischen im ganzen Ort bekannt. Eine Reporterin möchte ihn interviewen. Dafür trifft sie ihn einige Tage nach seiner Entlassung aus dem Krankenhaus und befragt ihn zu seinem arktischen Abenteuer. Schreibe folgenden Dialog gemeinsam mit der Person neben dir fort. Nutze hierfür die Portalvorlage. Führt das Interview dann gemeinsam vor der Klasse.

**Aufgabe 8b)**
**Portalvorlage**
WES-128413-046

**1.** *Hallo Noni, toll, dass du Zeit hast. Ich bin Sina Olsson vom Fernsehsender Arctic Sky. Wir sind alle gespannt, mehr über dein arktisches Abenteuer zu erfahren! Wie geht's dir denn inzwischen?*

**2.** *Hallo Sina, danke für die Einladung. Mir geht es jetzt schon wieder viel besser. Nachdem der Pilot uns in Sicherheit gebracht hatte, war ich ja einige Tage im Krankenhaus, aber jetzt ist alles okay.*

**3.** *Das freut mich! Kannst du uns noch mal kurz erzählen, wie es denn überhaupt dazu kam, dass du völlig alleine und ohne Schlitten und Nahrung auf der Eisinsel warst?*

**4.** *Ich war ja zum Glück nicht alleine, ich hatte noch meinen Hund Nimuk!*

**5.** *Stimmt! Aber trotzdem ...*

**6.** *Ja, das war trotzdem eine wirklich gefährliche Situation. Es kam dazu, weil ...*

**7.** *Wahnsinn! Das kann man sich gar nicht vorstellen. Was ging dir denn in der Situation durch den Kopf?*

**8.** ...

**9.** *Wie ging es denn dann weiter?*

**10.** ...

**11.** *Wow! Das ist wirklich eine unglaubliche Geschichte! Wie geht es denn Nimuk, hat er auch alles gut überstanden?*

**12.** *Ja, Nimuk ist gesund und weicht mir nicht mehr von der Seite. Er wartet auch hier vor dem Studio auf mich.*

**13.** *Toll! Das war wirklich ein spannender Einblick, vielen Dank, Noni! Ich wünsche dir alles Gute und bitte sei vorsichtig, wenn du das nächste Mal im Eis unterwegs bist.*

**14.** ...

# Sich in die Gefühlswelt einer Figur hineinversetzen

**1** Erschließt den folgenden Text mithilfe der 5-Schritt-Lesemethode im Methodenkasten auf Seite 78.

## Der Vater

*Hannelore Voigt*

Florian sitzt auf dem Elternbett und schaut zu, wie sein Vater Koffer packt. Beim Kofferpacken hat er ihm schon oft zugeschaut. Der Vater muss viel verreisen, das liegt an seinem Beruf, aber länger als zwei Wochen war er nie weg. Florian kann ganz gut raten, ob sein Vater drei Tage bleibt oder sechs oder mehr. Für ihn ist es ein Spiel, das sogar einen Namen hat. Es heißt das Wie-lange-bleib-ich-Spiel.

Florian überlegt, wer auf die Idee kam, er oder sein Vater. Er erinnert sich nicht. Florian und sein Vater haben viele Spiele miteinander, die nur sie beide kennen, niemand sonst. „Gut, dass du ein großer Junge bist", sagt der Vater. „Weißt du noch, was wir gestern Abend besprochen haben?" „Dass du eine Zeit lang nicht mehr kommst", sagt Florian. „Und dass du in einer anderen Stadt wohnst." „Und?" „Dass sich für mich nicht viel ändert."

Der Vater nimmt seine Hemden aus der Kommode. Alle. Es sind drei Stapel, mit denen der größte Koffer bis oben hin voll wird. Dann öffnet er den Kleiderschrank – die Tür knarzt wie immer – und holt seine Hosen heraus. Es sind auch die alten Jeans dabei, die er sonst nie mitgenommen hat. Um die Taschen herum sind sie ganz abgeschabt.

„Und?", fragt er. „Mehr weiß ich nicht." „Wird dir schon noch einfallen", sagt der Vater und zieht eine Schublade auf. Er ist ganz woanders mit seinen Gedanken. In der Schublade liegt ein Fotoapparat. Der Fotoapparat war bei den Ausflügen immer im Rucksack. „Berg oder Tal?", hatte der Vater am Abend vorher gefragt. Florian konnte aussuchen. Meistens sagte er „Berg". Die Mama wollte nie mit „Geht ihr nur allein", hatte sie gesagt. „Das ist genau was für zwei Männer. Ich mach mir einen schönen Tag zu Hause."

Florian denkt an die Fotos. Sie mussten immer jemand finden, der sie fotografierte. Papa und Florian vor dem „Watzmann". Papa und Florian und eine Kuhherde. Papa und Florian mit vier Flaschen Limo. Eigentlich mag der Papa gar keine Limo, denkt Florian. Wenn sie aber ihren Ausflug machten, dann tranken sie immer das Gleiche. Sie aßen auch das Gleiche. Ganz früher hatte Florian versucht, genauso große Schritte zu machen wie der Papa. Weil er es nicht schaffte, war er wütend geworden. Auf dem „Herzogstand" hatten sie den letzten Sessellift

ins Tal verpasst. Es wurde stockdunkel, und der Weg nach unten endete im Gebüsch. „Wenn der Florian die Taschenlampe nicht gehabt hätte …", erzählte der Papa später.
Einmal hatten sie den Fotoapparat vergessen, auf einem Felsbrocken direkt neben dem Gipfelkreuz. Erst auf halbem Weg nach unten fiel es ihnen ein, und obwohl die Sonne hoch stand, stiegen sie noch mal auf. Der schmale Weg war nicht schwer zu gehen, und es begegneten ihnen Wanderer, die von oben kamen. „Ob ihn einer bei sich trägt?", fragte der Vater. „Der Letzte, der hat so ein Gesicht gemacht. Nein, der da noch mehr." Als sie beim Gipfelkreuz ankamen, lag der Fotoapparat da. Die Sonne ging gerade unter und färbte die Wolken ganz rot.
„Du kommst mich natürlich oft besuchen", sagt der Vater. „Mit dem Zug. Zugfahren macht dir ja Spaß." Da haben wir auch so ein Spiel, denkt Florian. Es heißt Bahnhofs-Spiel. Man muss raten, wann man am nächsten Bahnhof ist. „Wie lange?", fragt er. „Vier Stunden." Vier Stunden hin und vier Stunden zurück denkt Florian. „Und dann die Ferien. Ostern und Pfingsten und Weihnachten." Florian nickt. „In den großen Ferien fahren wir in die Schweiz. Da gibt es viel höhere Berge als hier." Auch, wenn ich die Versetzung nicht schaffe?, denkt Florian. Ihm fällt ein, dass er noch Hausaufgaben machen muss. Hausaufgaben sind ihm gar nicht mehr wichtig. Die ganze Schule nicht.
Vielleicht ist es doch nur für ein paar Wochen, denkt Florian. Der Vater kann sich irren, vielleicht kommt er eher, als er meint. Jeder irrt sich. Hat der Vater oft gesagt. Das war auch so ein Spiel.
Inzwischen holt der Vater wieder zwei Schachteln herein. „Ich hab's bald", sagt er und klappt die Seitenteile auseinander. „Nur noch die Schuhe. Danach gehen wir essen. Bayerisch oder italienisch?" „Mit der Mama?", fragt Florian. Der Vater gibt keine Antwort. Er steht vor seinem Schuhregal. Vielleicht hat er Florians Frage nicht gehört. Wenn er alle seine Schuhe mitnimmt, bleibt er lange, denkt Florian. Wenn er nicht alle mitnimmt, bleibt er nur kurz. Die Gummistiefel und die Sandalen hat er sonst immer stehen lassen. Die blauen Pantoffeln auch. Ein Paar Schuhe nach dem anderen verschwindet in den Schachteln. Wenn er jetzt welche stehen lässt, kommt er bald zurück, denkt Florian noch mal. Im Herbst wohnt er dann wieder bei uns. Im Herbst, wenn ich Geburtstag habe. Im Oktober. Zum Geburtstag wünsche ich mir eine Bergtour zu dritt. Papa, Mama und ich. Wenigstens die Pantoffeln sollen hierbleiben. Sollen doch hierbleiben. Der Vater räumt das ganze Schuhregal leer.

**2** In der Geschichte „Der Vater" packt Florians Vater seine Koffer.
a) Erklärt, wieso das zunächst nichts Ungewöhnliches für Florian ist.
b) Dieses Mal scheint es aber anders zu sein. Gebt Situationen aus dem Text wieder, an denen dies deutlich wird. Folgende Zeilenangaben helfen euch dabei: Zeile 14 – 22, Zeile 51 – 57 und Zeile 69 – 75.
c) Klärt gemeinsam, auf welche „Reise" der Vater gehen wird.

**3** In der Geschichte heißt es: „Hausaufgaben sind ihm gar nicht mehr wichtig. Die ganze Schule nicht."
a) Erkläre, warum für Florian die Schule an Bedeutung verloren hat.
b) Nenne weitere mögliche Folgen, die eine Trennung der Eltern für Kinder haben können. Gehe auch darauf ein, wie man damit sinnvoll umgehen kann.

**4** Stellt euch vor, ihr könntet jetzt in die Geschichte eintreten und mit dem Vater sprechen. Notiert, welche Fragen ihr ihm stellen und was ihr ihm gerne sagen würdet.

W **5** Wähle im Folgenden zwischen a) und b) aus.
a) Nachdem der Vater fortgefahren ist, schreibt Florian am Abend seine Gedanken in einem Tagebuch auf. Verfasse diesen Tagebucheintrag aus der Sicht von Florian.
b) Florian bekommt in einer E-Mail Unterstützung von seiner besten Freundin oder seinem besten Freund. Verfasse diese E-Mail an Florian von seiner besten Freundin oder seinem besten Freund.

*Einen persönlichen Brief schreiben → S. 173*

✲ **6** So wie Florian geht es vielen Kindern nach der Trennung ihrer Eltern. Formuliere Tipps, was Eltern beachten sollten, damit es dem Kind/den Kindern nicht allzu schlecht geht.

m

## Literarische Texte mit der 5-Schritt-Lesemethode erschließen

**1. Schritt: Sich einen Überblick verschaffen**
Lies die Überschrift des Textes und vermute, worum es in dem Text gehen könnte.

**2. Schritt: W-Fragen an den Text stellen**
Formuliere W-Fragen zum Inhalt des Textes, z. B.: Welches ist der zentrale Ort, an dem die Geschichte spielt? Wer sind die Hauptfiguren? Welche Gedanken, Gefühle oder Probleme haben die Hauptfiguren?

**3. Schritt: Den Text genau lesen**
Lies den Text gründlich durch und markiere dabei Schlüsselstellen. Das sind Stellen, die dir den Text „aufschließen". Meist geben sie dir Antworten auf deine W-Fragen. Achte darauf, nicht zu viele Stellen zu markieren. Kennzeichne auch Wörter und Textstellen, die du nicht verstehst. Erschließe dir ihre Bedeutung aus dem Textzusammenhang oder schlage in einem Wörterbuch nach.

**4. Schritt: Wichtiges zusammenfassen**
Gib den einzelnen Abschnitten des Textes sinnvolle Überschriften. Lege einen Notizzettel an, auf dem du die Überschriften festhältst. Ergänze unter den Überschriften weitere Stichwörter zu den jeweiligen Abschnitten auf dem Notizzettel. Sie ergeben sich meistens aus den markierten Schlüsselstellen.

**5. Schritt: Den Inhalt des Textes wiedergeben**
Gib den Inhalt des Textes mithilfe deines Notizzettels in eigenen Worten wieder.

# Zum Verhalten von literarischen Figuren Stellung nehmen

**1** Lest den ersten Teil des folgenden Textes.

## Neid ist grau mit gelben Punkten

*Cili Wethekam*

Wenn sie sehr ehrlich ist, muss Anita vor sich selbst zugeben, dass sie neidisch auf die jüngere Schwester ist, der alles so viel leichter fällt: das Lernen, das Gutsein, das Liebhaben und das Sichfreuen. Mareike sieht nett aus, sie hat herrlich-verrückte Einfälle, über die alle Erwachsenen sich amüsieren. Anita ist nicht so. Mühsam muss sie sich das Wissen und die Sympathie ihrer Umwelt erobern. Dabei wäre sie so gern einmal der fröhliche Mittelpunkt. Nun zählt sie die Tage bis zu ihrem Geburtstag. Da wird sie Glückwünsche und Geschenke in Empfang nehmen, es werden Freundinnen kommen, Briefe wird sie auch erhalten, sie allein.
Aber kurz vor dem großen Tag sagt Mutter nachdenklich zu Anita: „Eigentlich sollte Mareike an deinem Geburtstag nicht leer ausgehen. Ich hab' eine Idee …"

**2** Markiere auf der Portalvorlage, was du über die beiden Schwestern Anita und Mareike erfährst.

**3** Stellt Vermutungen an, welche Idee die Mutter der beiden haben könnte. Lest anschließend, wie die Geschichte weitergeht.

Ah – zersprungen die Vorfreude, lautlos, wie eine schillernde Seifenblase! Natürlich, der alte Zopf: Man muss teilen, sonst blutet dem anderen das Herz. Hat Anita gedacht, sie käme einmal um Mutters Lieblingsspruch herum?
„Vielleicht einen netten Stoff?", hört sie Mutter sagen. „Du suchst ihn aus, ja?"
„Wie du willst, Mutter."
In ihrem Zimmer weint Anita ein bisschen. „Wie – unehrlich!", denkt sie wütend. Nur um Mareike verwöhnen zu können, ist Mutter jeder Vorwand recht …
Mürrisch begleitet sie am nächsten Tag die Mutter in den Laden. So viele Stoffe: farbige Karos, lustige Streifen, kleine Blumen, große Blüten. Da: ein Margeritenmuster auf himmelblauem Grund. Der ist wirklich hübsch. „Na?", fragt die Mutter und prüft die Qualität. Anita schweigt. Es ist, als hielte etwas Gutes, aber Kraftloses in ihrem Innern die Antwort noch zurück. „Nein", sagt sie schließlich. Ihr Blick irrt zu den Regalen. Dort liegt, stiefmütterlich versteckt auf einem letzten Stapel, ein mausgrauer Stoff mit kargen gelben Punkten – ein Nebeltag in einer düsteren Stadt mit sehr wenig Laternen.
„Den!", sagt Anita entschieden und bemüht sich, nicht rot zu werden. „Also schön", sagt die Mutter ohne Begeisterung. Ist sie enttäuscht? Anita will es nicht wissen. Der Stoff wird abgeschnitten, bezahlt und heimgetragen.

**Aufgabe 2**
Portalvorlage
WES-128413-047

**Sympathie**
*Zuneigung, Gefallen*

**schillern**
*glänzen, Farben verändern*

**mürrisch**
*schlecht gelaunt*

**stiefmütterlich**
*achtlos, lieblos*

Abends, unmittelbar vor dem Einschlafen, denkt Anita: Neid ist grau mit gelben Punkten. Das kommt ihr vor wie eine Zeile aus einem Gedicht. Wenn Mareike nicht just vor einigen Tagen noch gesagt hätte, so nebenher, wie Mareike etwas heraussprudeln kann, was ihr eben in den Sinn kommt: „Findest du nicht auch, dass Grau eine schlimme Farbe ist, Anita? Ich glaube, Kummer ist auch grau …" Nun bekommt Mareike also ein graues Kleid. Immerfort muss Anita daran denken. Es überschattet alle Vorfreude.

*Kummer*
*Leid, Sorge*

**4** Anita ist vor ihrem Geburtstag ziemlich durcheinander.

a) Erkläre, was in ihr vorgeht, nachdem sie erfährt, dass sie für ihre Schwester Mareike ein Geschenk aussuchen soll, obwohl doch sie Geburtstag hat.
b) Benenne, für welchen Stoff sie sich entscheidet und erläutere, warum sie gerade diesen auswählt.
c) Erkläre, wie sie sich nach dieser Entscheidung dann am Abend fühlt. Gehe in diesem Zusammenhang auch darauf ein, was du von ihrem Verhalten hältst.
* d) Erläutere, wie du die Idee von Anitas und Mareikes Mutter findest.

**5** Lest nun, wie die Geschichte endet.

Schließlich ist der Geburtstag da: Küsse, Blumen, Geschenke – eine feierliche Ansprache vom Vater vor dem Frühstück, dreizehn brennende Kerzen, das Lebenslicht in der Mitte. Doch, doch, man hat Anita lieb, das kann ein Blinder sehen … Aber Anita sieht nur eins: ein grauer Stoff mit kargen gelben Punkten. Auf ihrem Geburtstagstisch. „Mutter!" ruft sie entsetzt. „Das war doch der Stoff für Mareike …!"

Die Mutter lacht ahnungslos. „Nicht wahr, da habe ich dich überrascht? Man kennt sich als Mutter heutzutage wirklich nicht mehr im Geschmack der eigenen Kinder aus! Das habe ich an diesem Stoff doch wieder gesehen, auf den wäre ich niemals gekommen … Anita, du weinst?"

Anita schluchzt über das verhasste Geschenk, das sie einzig und allein ihrem schäbigen Neid zuzuschreiben hat. Hätte sie doch den himmelblauen gewählt, den mit den Margeriten …

„Es war aber doch ein Geschenk für Mareike! Damit sie an meinem Geburtstag nicht leer ausgeht, hast du gesagt!"

„Ich geh' ja gar nicht leer aus", ruft die jüngere Schwester vergnügt. „Schau doch, Anita! Mir hat Mutter auch vorgeschwindelt, der Stoff sei nicht für mich! Ich habe ihn für dich ausgesucht!"

Der Margeritenstoff – es ist der Margeritenstoff, den Mareike in ihren Händen hält. „Er ist ja noch schöner als damals, Mutter! Und ich hatte ja keine Ahnung, dass er mein Katzentisch sein sollte. Anita! Hör auf zu weinen – willst du – willst du vielleicht lieber diesen haben? Komm, wir tauschen."

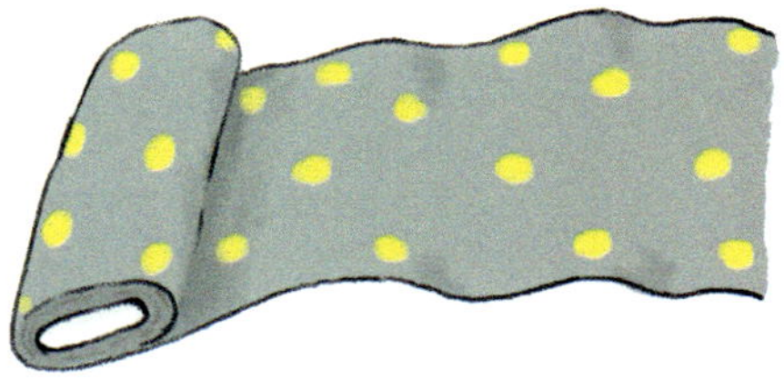

Anita ist beschämt, als Mareike sie spielerisch in den blauen Stoff einwickelt, die Hände der kleinen Schwester liegen so lieb auf ihren Schultern. „Nett siehst du darin aus, Anita!“ „Aber – der andere Stoff ist grau, Mareike“, sagte sie unglücklich. „Es sind ja gelbe Sonnenpunkte darin“, antwortet Mareike. Es klingt kläglich und tapfer zugleich. Die Mutter sieht jetzt aus, als hätte sie in einen Abgrund geschaut.
Da gibt sich Anita einen Ruck, wickelt sich aus dem blauen Margeritenstoff wieder heraus, faltet ihn ordentlich wieder zusammen. „Danke, Mareike“, sagt sie. „Aber das kommt nicht in Frage. Mutter wird mir aus dem grauen Stoff sehr bald ein Kleid nähen. Nicht wahr, Mutter? Es soll mich manchmal an etwas erinnern.“

***kläglich***
*Mitleid erregend*

**6** An Anitas Geburtstag kommt alles anders als gedacht.
a) Gib wieder, welche „Überraschung“ an diesem Tag auf Anita wartet.
b) Markiere Textstellen, die Aufschluss darüber geben, wie Anita darauf reagiert und wie sie sich nun fühlt. Nutze hierfür die Portalvorlage.
c) Benenne, welchen Vorschlag Mareike ihrer großen Schwester Anita macht, nachdem sie sieht, wie diese weint.
d) Erkläre, was mit folgendem Satz gemeint ist: „Die Mutter sieht jetzt aus, als hätte sie in einen Abgrund geschaut.“

**Aufgabe 6b)**
Portalvorlage
WES-128413-049

**7** Geht Anita auf das Tauschgeschäft von Mareike ein oder nicht? Erkläre in diesem Zusammenhang auch, was mit dem Satz „Es soll mich manchmal an etwas erinnern.“ gemeint ist.

W **8** Wähle im Folgenden zwischen a) und b).
a) Anita bereut ihren Neid gegenüber Mareike zutiefst. Am Abend schreibt sie deshalb in ihr Tagebuch. Verfasse in ihrem Namen diesen Eintrag.
b) Die Mutter näht für Anita aus dem grauen Stoff in der Tat ein Kleid. Als sie es ihr übergibt, kommt es zum Gespräch der beiden über Anitas Verhalten an ihrem Geburtstag. Verfasse diesen Dialog. So kannst du beginnen:
*Mutter: Schau mal Anita, hier habe ich dein graues Kleid mit den gelben Punkten. Es ist endlich fertig geworden. Probier es doch gleich mal an und schau, ob es dir passt.*
*Anita: Ach Mama, das Kleid ist wirklich schöner geworden als gedacht. Dabei wollte ich ja lieber den Margeritenstoff, wie du an meinem Geburtstag sicherlich bemerkt hast.*
*Mutter: ...*

**9** Neid ist ein Gefühl, das jeder von uns kennt.
a) Erzähle von einer Situation, in der du schon einmal neidisch warst.
b) Erkläre mit eigenen Worten, was mit folgendem Ausspruch gemeint ist:
*„Wer mit sich selbst zufrieden ist, hat auch keinen Grund, auf andere neidisch zu sein.“*
c) Notiere Charaktereigenschaften, die für ein menschliches Miteinander wichtig sind (z. B. Hilfsbereitschaft ...).

# Eine Erzählung zu einem szenischen Text umschreiben

**Aufgabe 1**
**Audio**
WES-128413-050

**1** Lest die folgende Geschichte oder hört euch die Audiodatei an.

## Kleine, traurige Giraffe

*Saša Stanišić*

Hey, hey, hey, ich steige in ein Taxi ein und die Fahrerin ist eine kleine, traurige Giraffe. Sie ist traurig, weil sie keinen langen Hals hat. Sie sieht mit ihrem kurzen Hals eigentlich total toll aus. So ein wenig wie ein schön geschecktes Kälbchen mit traurigen Augen.
Ich sage, ich würde gerne zum Tierpark. Ja, da wird die kleine, traurige Giraffe noch trauriger, zum Tierpark möchte sie ganz arg ungern, sagt sie, wo alle Giraffen einen langen Hals haben und an alle Äste rankommen und eine viel hellere Singstimme haben. Ich frage die kleine, traurige Giraffe, ob sie denn eine helle Stimme haben möchte. Sie sagt, natürlich möchte sie das. Ich frage, ob sie gerne singt. Sie sagt, natürlich singt sie gern, was ist das überhaupt für eine Frage, und ob ich schon mal eine ungern singende Giraffe getroffen hätte. Hab ich nicht, sage ich, ich hab überhaupt noch nie eine Giraffe singen gehört, und ich frage die kleine Giraffe, ob sie nicht vielleicht Lust hat, etwas zu singen, jetzt gleich. Die Giraffe sagt, man hat als Giraffe eigentlich immer Lust zu singen. Die Hälse der Giraffen, die sind überhaupt so lang, weil sie die recken, um höhere Töne zu treffen. Und da singt die Giraffe los, mein lieber Herr Gesangsverein – hast du schon mal eine kurzhalsige Giraffe singen gehört?

Ich bin hin und weg! Ihre Stimme ist tief und ihr Lied traurig, aber auch lustig. Sie singt davon, wie das ist, anders zu sein als andere – manchmal fällt's ihr schwer/ dann findet sie's nicht fair, dann ist es wieder leicht/ ich zu sein, das reicht.
Sie ist fertig und guckt schüchtern weg. Schüchtern muss man aber überhaupt nicht sein, wenn man so schön singt, oder? Und das sage ich ihr auch: wie schön! Und ich sage auch, es ist doch manchmal besser, etwas auf eigene Weise zu machen, als alles immer so zu machen, wie es alle machen. Tiefe Stimme zu haben und einen kurzen Hals, wenn andere hohe Stimmen und einen langen Hals haben. Wichtig ist doch nicht der Hals, sondern der Gesang!
Weil Gesang super ist und es super ist, super Sachen zu machen! Musik! Frösche retten! Anderen guttun! Es nicht wichtig finden, wie jemand aussieht! Kristalle züchten! So rede ich vor mich hin, doch was weiß ich schon vom Leben der Giraffen?
Ich weiß, dass ich diese hier, die kleine, die traurige, die jetzt doch mal verlegen lächelt, am liebsten mitnehmen würde zu dir, damit du ihren Gesang hörst und siehst, wie genau richtig sie ist, so anders, wie sie glaubt zu sein.

**2** Bei der beschriebenen Taxifahrt fährt eine Giraffe das Taxi.
a) Erklärt, warum sie so traurig ist.
b) Gebt die Textstelle wieder, die erläutert, warum die kleine Giraffe noch trauriger wird, als sie an den Tierpark denkt.

**3** Im Text singt die Giraffe „davon, wie das ist, anders zu sein als andere".
a) Kannst du nachvollziehen, wie es der Giraffe geht? Begründe deine Antwort.
b) Notiere, was du an dir magst. Vielleicht kannst du auch deine Familie, Freundinnen und Freunde sowie deine Lehrkräfte fragen, was sie an dir mögen, und deine Notizen ergänzen.

**4** Der Taxigast gibt sich große Mühe, die kleine Giraffe aufzumuntern.
a) Zähle auf, was er alles zur Giraffe sagt, um sie glücklicher zu machen.
b) Am Ende sagt er:

*„Ich weiß, dass ich diese hier,*
*die kleine, die traurige, die jetzt*
*doch mal verlegen lächelt, am liebsten*
*mitnehmen würde zu dir, damit du*
*ihren Gesang hörst und siehst,*
*wie genau richtig sie ist, so anders,*
*wie sie glaubt zu sein."*

Erkläre, was der Taxigast damit sagen möchte.
c) Überlege, was du an dir vielleicht weniger magst oder was du weniger gut kannst.
d) Erläutere, inwieweit der Gesang der Giraffe und der Ratschlag des Taxigastes dir helfen können, mit deinen Schwächen umzugehen.

**5** Man kann die Taxigeschichte auch zu einem szenischen Text umschreiben.
a) Lies den folgenden Anfang der umgeschriebenen Taxigeschichte durch.

Wir befinden uns im Taxi, welches von einer kleinen, traurigen Giraffe gefahren wird. Ein Fahrgast steigt ein und betrachtet die Giraffe aufmerksam.
Fahrgast: „Ich würde gerne zum Tierpark!"
Giraffe (*traurig*): „Was? Zum Tierpark? Da würde ich Sie nur ungerne hinfahren."
Fahrgast (*irritiert*): „Aber wieso das denn?"
Giraffe (*immer noch traurig*): „Da haben alle Giraffen einen langen Hals, kommen an alle Äste ran und haben eine viel hellere Singstimme als ich."

b) Erkläre mithilfe des Merkkastens, warum es sich bei dem vorliegenden Textausschnitt um einen szenischen Text handelt.
c) Erläutere, welche Funktion die kursiv gedruckten Regieanweisungen haben.
d) Schreibe das szenische Spiel gemeinsam mit der Person neben dir weiter, sodass ihr es als Rollenspiel aufführen könnt. Die Methodenseite 86 hilft euch dabei. Nutzt den Text auf der Portalvorlage und geht folgendermaßen vor:
- Schreibt zunächst den obigen Anfang des szenischen Spiels auf.
- Lest anschließend den Originaltext ab Zeile 8 langsam und abschnittsweise weiter.
- Schreibt den Beginn weiter, indem ihr an Stellen, wo jemand etwas sagt oder wo geschrieben steht, dass jemand etwas sagt, notiert, wer spricht und was gesprochen wird. Ihr könnt euch dabei am obigen Beispiel orientieren.
- Fügt dabei mithilfe des Merkkastens an geeigneten Stellen sinnvolle Regieanweisungen ein.

e) Spielt der Klasse anschließend euren szenischen Text als Rollenspiel vor.

**Aufgabe 5**
**Portalvorlage**
WES-128413-051

**6** Du hast hier eine verrückte Taxigeschichte gelesen. Verfasse nun eine eigene Taxigeschichte. Beachte folgende Punkte:

- Du beginnst deine Geschichte mit „Hey, hey, hey, ich steige in ein Taxi".
- Es passieren magische und ganz unglaubliche Dinge.
- Dein Abenteuer endet damit, dass du wieder nach Hause fährst.
- Du kannst dir selbst eine Idee ausdenken oder aus den folgenden auswählen.

## Szenische Texte

Szenische Texte sind Texte, die geschrieben werden, um **aufgeführt** zu werden.

Das erkennt man daran, dass **immer angegeben** ist, **wer gerade spricht** und sich die Handlung der Geschichte immer durch die **wörtlichen Reden** der Figuren entwickelt. Zudem enthalten szenische Texte oft sogenannte **Regieanweisungen**, die häufig kursiv gedruckt sind. In diesen Regieanweisungen finden sich z. B.:

- **Erklärungen** dazu, wie das **Bühnenbild** gestaltet sein und welche **Requisiten** zur Verfügung stehen sollen.
- **Anweisungen**, **wie** bestimmte Sätze **gesprochen werden sollen** (z. B. *laut, lachend, flüsternd* usw.).
- **Hinweise** zu **Bewegungen** der **Schauspielerinnen/Schauspieler** (z. B. *beim Hinausgehen, legt die Füße auf den Tisch* usw.).

m

# Ein Rollenspiel vorbereiten und durchführen

**Als Rollenspiel bezeichnet man ein kleines Schauspiel, bei dem man in eine andere Rolle schlüpft (z. B. in Figuren aus einer Erzählung). Dabei spielt man bestimmte Szenen nach oder man erfindet eigene Szenen zu einem bestimmten Thema. Durch ein Rollenspiel kann man sehr viel über die Gedanken und Gefühle anderer lernen oder auch üben, wie man sich in bestimmten Situationen richtig verhält.**
**Damit das Rollenspiel gelingt, bereitet man sich gut darauf vor und beachtet bestimmte Dinge. Hier findest du einige wichtige Tipps dazu:**

## 1. Vorbereitung

- Lies zusammen mit deinen Mitspielenden die Anweisungen für euer Rollenspiel genau durch. Macht euch klar, worum es in eurer Szene geht. Klärt, was ihr nicht verstanden habt. Wichtig ist vor allem, dass ihr versteht, was in der Szene dargestellt werden soll.
- Überlege, was deine Figur in der vorgegebenen Situation empfinden könnte. Denk darüber nach, was der Figur im Moment Sorgen bereitet, gefällt, was sie freut oder traurig macht usw. Überlege auch, was du selbst in der gleichen Situation fühlen und wie du reagieren würdest.
- Besprecht eure Ideen dann untereinander.
- Beratet und diskutiert, wie die Gedanken und Gefühle eurer Figuren jeweils am besten von euch dargestellt werden können. Denkt dabei an die Körperhaltung, Mimik und Gestik, die Betonung, die Lautstärke eurer Stimmen usw.
- Überlegt auch, welche Gegenstände (Requisiten) ihr für das Rollenspiel einsetzen möchtet.
- Schreibt eure Dialoge auf. Macht euch Notizen, wie ihr den Text sprechen möchtet.
- Organisiert, wie euer Rollenspiel ablaufen soll.
- Übt dann euer Rollenspiel.

## 2. Spielphase

- Bereitet gemeinsam die „Bühne" so vor, dass ihr optimale Spielbedingungen habt.
- Geht noch einmal euren Text durch und übt leise in eurer Gruppe auf der Bühne.
- Stellt die ausgewählte Szene so realistisch wie möglich dar.

## 3. Nachbereitung

Nach eurem Rollenspiel folgt die Auswertung in der Klasse:
- Hört euch die Rückmeldungen eurer Klasse aufmerksam an.
- Beantwortet eventuell entstandene Fragen.
- Sprecht auch über die Gedanken und Gefühle, die ihr in eurem Rollenspiel besonders herausstellen wolltet. Erklärt, was euch dabei besonders wichtig erschien.
- Fasst zusammen und diskutiert, was man aus der gespielten Situation lernen kann.

## Überprüfe dein Wissen und Können

**1** Lies den folgenden Text aufmerksam durch.

# Ohne mich!

*Yvonne Hergane*

Meine Eltern gehen ins Kino. Samstagabend. Monatlich.
Ich soll schön bei Oma bleiben. Denn sie gehen ... ohne mich!
Meine Mutter trinkt gern Kaffee. Mit den „Mädels“. Lächerlich.
Das sind alles alte Tanten. Sie geht trotzdem ... ohne mich!
Tobi fährt ein rotes Mofa. Er ist schon groß. Ich nicht.
Nicht mal daran schrauben darf ich. Immer fährt er ... ohne mich!
Dass Eileen nach Spanien abdüst, geht mir voll gegen den Strich.
Soll sie halt da Urlaub machen. Aber doch nicht ... ohne mich!
Onkel Pauls Likörpralinen sind tabu. Versteh ich nicht.
Ist doch auch nur Schokolade. Trotzdem mampft er ... ohne mich!
Seinen Bildschirm, sagt mein Opa, hätte ich zerstört. Was, ich?
Waren doch nur ein paar Kratzer ... Seitdem tippt er ... ohne mich!
Isabel darf Cola trinken. Für die Disko schminkt sie sich.
Und egal wie doll ich heule, sie geht immer ... ohne mich!
Tante Bille hat ein Hobby. Bungee Jumping nennt es sich.
Seilhüpfen? Das kann ich auch gut! Trotzdem springt sie ... ohne mich!
Ständig soll ich Haare waschen. Kiwis essen. Widerlich! Brav sein.
Tanta Klara küssen. Wisst ihr was? Nein! OHNE MICH!

**2** Erkläre, was der Titel „Ohne mich!“ mit dem Inhalt des Textes zu tun hat.

**3** Gib für jeden Absatz an, wie sich das Kind fühlt, und erläutere, was sich in den letzten beiden Zeilen verändert.

**4** Du kannst den Text auf dich und dein Leben übertragen. Lege hierzu eine zweispaltige Tabelle an oder verwende die Portalvorlage.

a) Überlege dir, was du (noch) nicht machen darfst oder kannst oder was ohne dich stattfindet, und trage es in die linke Spalte der Tabelle ein.

b) Überlege dir nun, worauf du gerne verzichten würdest, und trage es in die rechte Spalte der Tabelle ein.

**Aufgabe 4**
**Portalvorlage**
WES-128413-052

**5** Verfasse mithilfe deiner Notizen aus Aufgabe 4 eine eigene kleine Geschichte mit dem Titel „Ohne mich!“. Du kannst dich dabei an der Vorlage orientieren.

**Seite 87**
**Lösung**
WES-128413-053

# Kinder- und Jugendliteratur

**1** Ihr seht im Folgenden verschiedene Buchcover. Stellt anhand der Abbildungen Vermutungen an, worum es in den Büchern gehen könnte.

**2** Begründet, welches der Bücher ihr gerne lesen würdet.

**3** Sprecht darüber, welche Bücher ihr in eurer Freizeit lest, und darüber, ob ihr ein Lieblingsbuch habt.

**In diesem Kapitel lernst du (,) ...**

- dir einen ersten Eindruck von einem Buch zu verschaffen.
- deine Leseerfahrungen in einem Lesetagebuch festzuhalten.
- wie man Bücher, die einem selbst gefallen, anderen vorstellt.
- ein Buch so zu präsentieren, dass dein Publikum neugierig wird.
- deine Buchvorstellung anschaulich zu gestalten.
- vor der Klasse einen interessanten und freien Vortrag zu halten.
- dich in einer Bibliothek zurechtzufinden und eine eigene Bibliothek anzulegen.

# Sich einen ersten Eindruck von einem Buch verschaffen

**1** Cem liest am liebsten die Bücher aus der „Rico und Oskar"-Reihe.

a) Sieh dir das Buchäußere des aktuellen Bandes an.

b) Ersetze in den folgenden Textkästen die *???* durch die entsprechenden Fachbegriffe in den blauen Kästen oben.

*Ⓐ Als ??? bezeichnet man die Titelseite eines Buches. Dort steht der Name des Verfassers/der Verfasserin, der Titel des Buches und der Name des Verlages, in dem das Buch erschienen ist. Oftmals findet man hier auch ein Foto oder eine Illustration.*

*Ⓑ Die ??? des Einbands enthält meist einen informierenden Text (= ???) über den Inhalt des Buches, manchmal auch Angaben zum Autor/zur Autorin oder Stimmen aus der Presse. Dort findet man auch die internationale Bestellnummer und Angaben zum Preis.*

*Ⓒ Auf dem ??? befindet sich immer der Name des Schriftstellers/der Schriftstellerin und der Buchtitel. So kann man das Buch beim Suchen im Regal neben anderen Büchern gut finden.*

c) Tauscht euch darüber aus, welcher Bestandteil des Buchäußeren für euch ausschlaggebend ist, wenn ihr ein Buch kauft.

**2** Stellt anhand des Titels und des Bildes auf dem Buchcover auf Seite 89 Vermutungen an, wovon dieses Buch handeln könnte. Beachtet dabei auch die Gesichtsausdrücke der Figuren.

**3** Der Klappentext beinhaltet Informationen zum Buch.

a) Lest nun den Klappentext auf der Rückseite des Einbands. Tauscht euch dann darüber aus, ob sich eure Vermutungen bestätigt haben.

b) Der Klappentext lässt nur erahnen, welche Herausforderungen im Buch auf Rico und Oskar warten. Erklärt, warum hier noch nicht mehr über den Inhalt ausgesagt wird.

**4** „Rico, Oskar und das Mistverständnis" ist der fünfte Roman einer Kinder- und Jugendbuchreihe des Autors Andreas Steinhöfel.

a) Erzählt davon, ob ihr vielleicht schon Vorgängerromane wie „Rico, Oskar und die Tieferschatten" oder eine der Verfilmungen kennt.

b) Informiert euch dann im folgenden Text über den Autor Andreas Steinhöfel.

Andreas Steinhöfel wurde 1962 in Battenberg geboren und wollte ursprünglich Biologie- und Englischlehrer werden. Heute lebt und arbeitet er unter anderem als Kinder- und Jugendbuchautor in Berlin. Zu seinen bekanntesten Büchern zählen „Beschützer der Diebe" und die Abenteuer von Rico und Oskar. Auf die Frage, warum er damit begonnen hat, ausgerechnet Kinder- und Jugendbücher zu verfassen, antwortete er in einem Interview: „Ich habe mich über ein Kinderbuch geärgert, das so gut gemeint war. Ein Buch, wo die Kinder etwas lernen sollten oder noch schlimmer, sie sollten nicht nur etwas lernen, sie sollten sehen, wenn man einfach nur ein bisschen mutiger ist, dann kann man bestimmte Sachen halt machen. Womit keinem Kind geholfen ist, das von sich aus nicht mutig ist. Im Gegenteil, das liest das Buch und ist noch gefrusteter. Und da hat mich die Wut gepackt, denn das ist es doch nicht, worum es in einem Buch für Kinder gehen sollte. Es ist ein Buch, in dem Erwachsene gerne hätten, was Kinder machen. Und aus dem Impuls heraus, habe ich dann das erste Buch ‚Dirk und ich' geschrieben."

c) Bestimmt, welche der folgenden Aussagen zum Autor richtig sind.

*Der Autor hat als Lehrer gearbeitet.*

*Er hat bereits einige bekannte Bücher geschrieben.*

*Die jungen Leser sollen aus seinen Büchern lernen, dass man mutiger sein soll.*

*Steinhöfel lebt und arbeitet in Berlin.*

d) Stelle Vermutungen an, warum Steinhöfels Bücher bei jungen Leserinnen und Lesern so beliebt sind. Notiere deine Überlegungen stichpunktartig.

# Den Anfang einer Lektüre lesen

**1** Lest den Auszug aus dem Buch „Rico, Oskar und das Missverständnis" oder hört die Audiodatei an.

**Aufgabe 1**
Audio
WES-128413-054

Mitten in der schmalen Durchfahrt zwischen unserem vergessenen alten Spielplatz und dem links angrenzenden blauen Haus stand fett und breit ein dunkelbrauner Essjuh-Wie. Das würde böses Gehupe und ordentlich Stress geben, wenn einer der Hausbewohner seinen eigenen Wagen im Hinterhof parken wollte. Aus einem Fenster im ersten Stock guckte die alte Frau Engel, in ihrem eierschalenfarbenen Strickjäckchen und mit ihren lila getönten Haaren, gemütlich aufgestützt auf die Fensterbank. Man sah sie da oben ausschließlich bei gutem Wetter. […]

„Eng heute", sagte die Engel und zeigte dabei auf den Essjuh-Wie. Der hatte so knapp hinter der rostigen alten Halfpipe geparkt, dass man sich noch gerade so dazwischen durchquetschen konnte.

Ich blieb stehen und guckte zu ihr rauf. „Wer issen das?"

„Meine Vermieterin." Ein weißgraues Rauchwölkchen stieg fast senkrecht nach oben in den schönen Herbsttaghimmel, als die Engel an ihrer Zigarette zog. „Aber heute hat se jemand mitgebracht."

Sie machte eine Kopfbewegung in Richtung Spielplatz. Es musste sie ewig nerven, dass ihr, um über die Spielplatzmauer gucken zu können, ein Stockwerk an Höhe fehlte.

Porsche war schon vorausgewuselt. Ich setzte mich neugierig wieder in Bewegung, schob mich an dem Essjuh-Wie vorbei und ging gleich rechts hinter der Halfpipe durch den alten Torbogen aus schönen roten Backsteinen.

Ich liebte diesen Spielplatz, bei Sonne wie bei Regen! Seit letztem Jahr trafen wir uns hier mal verabredet, mal unverabredet – meistens war jemand aus der Gang da, wenn man hinkam. Oft spielten wir irgendwas gemeinsam, oder wir zogen von hier aus los, um zu gucken, was in Kreuzberg los war. Komischerweise fanden nie andere Kinder hierher – nie. Und wenn mal einer von uns andere Kinder mitbrachte, blieben die beim nächsten Mal wieder weg. Es war, als läge eine unsichtbare Glocke über dem Spielplatz, die uns vom Rest der Welt und ihren Menschen nicht nur abschirmte, sondern auch zusammenhielt, gerade so, als konnte es ohne den Spielplatz die Gang gar nicht geben.

[…] Frau Engel hatte mich zwar vorgewarnt, aber ich war trotzdem ein bisschen platt, als ich den Torbogen durchquerte und dahinter fremde Menschen auf dem Platz sah. Erwachsene Menschen. Vier Stück. […]

Dann sah ich die Gang, und spätestens jetzt begriff ich, dass hier, genau in diesem Moment, etwas richtig Schlimmes im Gange war. Meine Freunde saßen nebeneinander auf einer der Bänke vor der Basketball-Mauer. Nuris Augen waren so kugelrund aufgesperrt, als wollte er zweimal so viel mit der doppelten Geschwindigkeit sehen wie sonst. Samira, deren Augen grimmig hinter einem Vorhang aus schwarzen Locken blitzten, drückte sich schutzsuchend an ihren Bruder, und der Lawottny sah aus, als würde er sich aus demselben Grund gerne an den

Checker drücken, hätte aber noch keine passende Stelle gefunden. Nur der Checker sah aus wie immer: unbewegt und ruhig, als wäre ihm das, was da vor seinen Augen passierte, völlig gleichgültig.

Aber das war es natürlich nicht.

Porsche war automatisch zu Checker gerannt. Er hockte sich vor ihn hin und ließ sich von ihm hinter den Ohren kraulen. Mein Blick suchte Sarah und Soo Min, was der Checker bemerkte, denn er nickte nach rechts, in die Ecke; mit der Regenhütte. Die hatten wir im letzten Frühling gebaut, als Schutz vor Gewitter, und seitdem stand sie dort herum, meistens unbenutzt, weil es übers Jahr hinweg kaum mal richtig geregnet hatte. Sarah und Soo Min standen schräg hinter der Hütte, sodass ich kaum ihre Köpfe sah, aber natürlich reichte schon dieses bisschen Ansicht von Sarah, um mein Herz flattern zu lassen. Da war noch jemand bei ihnen, eine Frau, und die war so groß, dass sie die Hütte weit überragte.

Eine rote Frau.

Mann, die war vielleicht unheimlich! Sarah und Soo Min hatten mich noch nicht bemerkt, aber die rote Frau schon. Ihr grauer Blick huschte wie zufällig über mich, schneller als ein Wimpernschlag, bevor sie sich wieder den Mädchen zuwandte. Sie war dünn, aber vom Alter kein bisschen gebeugt. Sie trug einen eleganten blutroten Mantel und ein genauso blutrotes Halstuch. Ihre silbergrauen Haare waren zu einer komplizierten Frisur aufgesteckt. Mein Mund fühlte sich plötzlich ganz trocken an.

*Dracula,* dachte ich. [...]

Ich riss meinen Blick von ihr los und ging zur Bank, auf der die eingeschüchterte Gang saß, oder doch wenigstens Teile davon. Ich deutete auf die Gerätegucker und den Mann im grauen Anzug. „Was machen die denn?“, fragte ich den Checker. Meine Stimme war von ganz alleine leise.

„Die vermessen das hier alles“, sagte er, ohne das Kraulen von Porsche einzustellen. „Das Grundstück.“

„Unseren Spielplatz? Warum denn?“

„Keine Ahnung. Das versuchen Soo Min und Sarah gerade rauszukriegen.“

Nun guckte ich doch wieder zur roten Frau. Wenn sie gerade nicht auf Soo Min und Sarah einredete, stand ihr Mund ein bisschen auf, die Lippen zu einem O gerundet, wie bei jemandem, der dauernd empört ist, aber noch nicht rausgefunden hat, worüber. Jetzt klappte ihr Mund zu. Sie wandte sich von den Mädchen ab, kam hinter der Regenhütte hervor und ging zu den drei Männern. Das heißt, eigentlich schritt sie. Schritt auf die drei Männer zu wie eine Gräfin oder sonst jemand Vornehmes. Der rote, überknielange Mantel umfloss ihre Beine wie weiches Wasser.

Soo Min und Sarah kamen zu uns und stellten sich vor die Bank. Sarah schenkte mir ein kleines, trauriges Lächeln. Ich hatte das Gefühl, sie sofort in den Arm nehmen und sagen zu müssen, dass alles gut wird, allerdings wusste ich ja noch gar nicht, was schlecht war.

„Und?“, flüsterte Nuri.

„Der Spielplatz wird verkauft“, sagte Soo Min, und ich schwöre, dass ihre Stimme dabei völlig zerbrochen klang. In ihren Augen funkelten Tränen. „Alles wird abgerissen. Schatten wird gefällt. Hier kommt ein großes Haus hin, fünf Stockwerke hoch, mit Wohnungen und Büros.“

**2** Beantwortet die folgenden Fragen zu dem Textauszug.
- Aus welcher Sicht ist die Geschichte erzählt?
- Wer ist der Ich-Erzähler? Was erfährst du über ihn?
- Welche Personen/Tiere werden außer Rico in diesem Auszug erwähnt? Was wird über sie erzählt?
- Welche Bedeutung hat der Spielplatz für die Kinder und Jugendlichen?
- Was für Pläne verfolgen die Erwachsenen?

**3** Ihr habt nun einen ersten Einblick in das Hauptthema des Buchs gewonnen. Stellt Vermutungen an, wie es der „Spielplatzgang" gelingen könnte, den Abriss des Spielplatzes zu verhindern.

**4** Manche eurer Fragen lassen sich möglicherweise nur beantworten, wenn ihr einige der Vorgänger-Bände der „Rico, Oskar ..."-Reihe kennt. Lest daher die folgende Inhaltszusammenfassung und macht euch dabei Notizen zu den Fragen rechts.

- *Wo spielen Ricos Geschichten?*
- *Inwiefern ist Rico „tiefbegabt"?*
- *Was erfährt man über Ricos Familie?*
- *Wer ist der im Titel erwähnte „Oskar" und was erfährt man über ihn?*

Rico, eigentlich Frederico Doretti, lebt mit seiner Mutter in der Dieffenbachstraße 93 im Viertel „Kreuzberg" in Berlin. Seine Mutter Tanja arbeitet erst als Geschäftsführerin in einem Nachtclub, später in einer Boutique mit Schneiderei. Sein leiblicher, italienischer Vater ist, so glaubt es Rico, beim Fischen tödlich verunglückt, was sich allerdings als Lüge herausstellt. Ricos Mutter Tanja ist mittlerweile mit dem Polizisten Simon Westbühl verheiratet und hat mit ihm auch eine Tochter, Ricos Halbschwester Penny. Weil Rico manche Dinge nicht gleich versteht, verwechselt oder schnell vergisst und seine Gedanken im Kopf manchmal nur schwer ordnen kann, bezeichnet er sich selbst als „tiefbegabt". In seinem Haus, der „Dieffe 93", ist er bekannt und beliebt. So besucht Rico regelmäßig seine ältere Nachbarin Frau Dahling und schaut mit ihr Filme. Ansonsten hat Rico als Kind zunächst aber keine Freunde. Das ändert sich, als er den hochbegabten und etwas seltsamen Oskar Döring auf dem Spielplatz kennenlernt, der aus Angst vor den Gefahren der Welt als Kind lange Zeit einen blauen Motorradhelm trägt und mit seinem alleinerziehenden Vater Lars nach einiger Zeit in Ricos Haus zieht. Später bilden die beiden Jungen gemeinsam mit sechs Kindern aus der Nachbarschaft eine „Spielplatzgang", wobei es Rico das Bandenmitglied Sarah Bragberg besonders angetan hat. Gemeinsam mit seinem Freund Oskar löst Rico allerlei Kriminalfälle, in denen es z. B. um Kindesentführung, Erpressung und Diebstahl geht. Seine Erlebnisse verarbeitet der Junge in Tagebucheinträgen und Erzählungen.

# Ein Lesetagebuch führen

**Für Rico, dem es manchmal schwerfällt, alles genau zu behalten, ist das Tagebuch die Erfindung des Jahrhunderts, da es „gut gegen kleine Vergesslichkeiten" ist. Auch Cem und seine Klasse wollen ihre Leseerfahrungen in einem Lesetagebuch festhalten, um Kapitelinhalte zu behalten und den Handlungsverlauf besser zu verstehen.**

**1** Wirf einen Blick auf Cems Lesetagbuch und benenne mithilfe des Methodenkastens Bereiche, die es enthält.

## Ein Lesetagebuch führen

Verwende als Lesetagebuch ein DIN-A4- oder DIN-A5-Heft, Ringbuch oder eine Mappe. Du kannst auch ein digitales Lesetagebuch auf deinem Tablet schreiben. Folgendes sollte dein Lesetagebuch auf jeden Fall enthalten:

1) ein selbst gestaltetes **Deckblatt** mit Titel und Namen der Autorin/des Autors,
2) ein **Leseprotokoll** (siehe Seite 95),
3) **Steckbriefe** zu wichtigen Figuren (siehe Seite 96).

Du kannst das Lesetagebuch noch zusätzlich durch z. B. folgende Inhalte ergänzen:

- einen gezeichneten Comic oder ein Bild zu einer Szene aus dem Buch, die dich besonders beeindruckt hat,
- Fotos aus Zeitschriften oder dem Internet, die zur Geschichte passen,
- ein anderer Schluss zur Geschichte, der deinen Vorstellungen mehr entspricht,
- fehlende Erlebnisse oder Szenen, die dich besonders interessiert haben, aber im Buch nicht näher beschrieben wurden,
- Standbilder von bestimmten Szenen, die ihr in der Klasse oder im Freundeskreis nachgestellt habt (z. B. als Fotos),
- Stadt- und Lagepläne, Wegskizzen,
- Gedanken zu Textstellen, die dich besonders beschäftigt haben.

## Ein Leseprotokoll erstellen

**1** Cem hat schon einen Eintrag für sein Lesetagebuch verfasst.
a) Lies sein Beispiel für ein Leseprotokoll durch.

KAPITEL:
Donnerstag
Die rote Frau
(S. 16–44)

PERSONEN:
- Rico
- Oskar
- Spielplatzgang
- …
- …

DAS IST GESCHEHEN

*Oskar stürzt im Treppenhaus, Rico hilft ihm und versorgt ihn. Rico geht allein zum Spielplatz, um sich mit der „Spielplatzgang" zu treffen …*

*Das hat …* o *… mir gefallen* o *… mich gestört* o *… mich überrascht:*

…

b) Erkläre, welche Informationen es enthält und inwiefern diese dir helfen können, den Handlungsverlauf der Lektüre besser zu verstehen.

**2** Führe Cems Eintrag mithilfe des Textauszugs auf Seite 91 ff. weiter und ergänze die noch fehlenden Informationen. Du kannst dazu die Portalvorlage nutzen.

Aufgabe 2
Portalvorlage
WES-128413-055

# Einen Steckbrief zu einer Buchfigur erstellen

**1** Insbesondere über Rico wisst ihr schon einiges.
a) Schaut euch den folgenden Steckbrief zu ihm an.
b) Macht Vorschläge, welche Begriffe anstelle der Fragezeichen passen würden.

| | |
|---|---|
| Name: | *Frederico (Rico) Doretti* |
| Alter: | |
| ???: | *Dieffenbachstraße 93 in Berlin* |
| Familie: | *Mutter Tanja Doretti,* |
| Aussehen: | |
| ???: | *vergesslich, hilfsbereit, freundlich* |
| Was die Person gut kann / nicht gut kann: | *kann sich nicht gut konzentrieren* |
| ???: | *bester Freund: Oskar* |

*Steckbrief → S. 9*

c) Sammelt weitere Merkmale einer Figur, die man in einem Steckbrief aufgreifen könnte.

**Aufgabe 2**
**Portalvorlage**
WES-128413-056

✲ **2** Da man im Laufe des Lesens immer mehr über die Figuren erfährt, muss ein Steckbrief immer wieder aktualisiert werden. Vervollständigt den Steckbrief von Rico daher mit weiteren Informationen. Nutzt dazu die Portalvorlage.

## Einen Steckbrief für eine Buchfigur erstellen

Anders als bei einer realen Person musst du bei einer Buchfigur sämtliche Informationen aus dem Verhalten der Figur in verschiedenen Situationen oder den Beschreibungen im Text entnehmen. Ein solcher Steckbrief sollte also beim Lesen immer wieder durch neue Informationen ergänzt werden.
Als Kategorien bieten sich grundsätzliche Angaben wie **Namen, Alter, Wohnort** oder **Familienmitglieder** an. Daneben sollte der Steckbrief aber auch bestimmte **Charaktereigenschaften**, **Stärken** und **Schwächen** enthalten, um die Buchfigur genauer zu beschreiben.

# Sich in Buchfiguren hineinversetzen

**Als Rico auf eigene Faust gemeinsam mit Sarah versucht, mehr über den Spielplatzverkauf herauszubekommen und Oskar davon erzählt, kommt es zu einem schlimmen Streit zwischen den Freunden.**

**1** Lest, was passiert ist, oder hört die Audiodatei an.

**Aufgabe 1**
Audio
WES-128413-057

Lars war mit Putzen beschäftigt. […]

„Oskar ist nicht da“, teilte er mir mit. „Ist rüber zum Hafen gegangen.“

Ich wusste sofort, wo Oskar war. Es gab da eine ganz bestimmte Bank am Spazierweg beim Urbanhafen, auf der wir gerne mal zusammen sitzen und übers Wasser gucken, wenn wir eine Runde mit Porsche gedreht haben.

„Was ist mit seinen Bauchschmerzen?“, fragte ich.

„Was für Bauchschmerzen?“

„Na heute Vormittag hat er … ach, ist egal.“ […]

„Habt ihr Streit?“, fragte Lars, der mich aufmerksam beobachtete.

Ich schüttelte schnell den Kopf. „Nein, warum?“

„Nur so.“ Er machte eine kurze Pause, als ob er überlegte, ob ich eine nagelneue Bakterie war, der man vorsichtshalber den Putzlappen um die Ohren hauen sollte. „Ich seh euch in letzter Zeit nicht mehr viel zusammen“, fuhr er schließlich fort, „und Oskar ist fast nur noch mies drauf. Liegts an deiner neuen Liebe? Mona?“

„Sarah. Und sie ist nicht meine Liebe“, erwiderte ich heftig und spürte, wie mir dabei das Blut in den Kopf schoss.

“Hey, komm, ich meins ja nicht böse.“ Lars gab mir einen freundschaftlichen Knuff. „Aber ich schätze, Oskar ist eifersüchtig. Er teilt nicht gerne, weißt du.“

Auf dem Weg nach unten rumorten diese Worte mächtig in mir herum. Es war nicht gut, wenn jemand nicht gerne teilte. […]

Ja, jetzt wusste ich es. Oskar wollte seine Zeit lieber mit mir alleine verbringen als mit der Gang oder mit mir und Sarah dabei – daher die Bauchschmerzen heute Morgen, die genauso geschauspielert gewesen waren wie der Treppensturz.

Mann, Mann, Mann!

Eigentlich hätte wenigstens ein Teil meiner Wut auf dem Weg zum Urbanhafen verrauchen müssen. Tat sie aber nicht. Sie verrauchte nur ein wenig, als ich hinter der Kurve am Urbankrankenhaus auf den Sandweg abbog, der am Hafen entlangführt. Durch den Nieselregen sah ich Oskar von Weitem auf unserer Lieblingsbank sitzen. Das Gras auf der Wiese duckte sich nass unterm Regen. Das Wasser im Landwehrkanal war grau und glanzlos. Kraftlose kleine, lautlose Wellen schwappten.

Die üblichen Enten und Schwäne waren unterwegs, sie trieben aber bloß, die Köpfe unterm Gefieder, scheinbar ziellos auf dem Kanal herum.

Oskar schaute ihnen zu. Er wirkte klein und schutzlos. Trotzdem war er tapfer. Wenn er Stress hatte oder Schutz brauchte, setzte er sich immer irgendwas auf den Kopf. Heute nicht.

Heute trotzte er dem trüben Herbst, bloß die Kapuze seines blaugrauen Anoraks hatte er aufgesetzt. Als er meine Schritte auf dem knirschenden Sand hörte, blickte er auf. Seine Miene änderte sich nicht, als er mich erkannte.

Es ist nicht gut, jemandem, mit dem man kritisch reden will, gleich mit einem Vorwurf zu begegnen. Man muss erst etwas Nettes zu ihm sagen, denn dann weiß er, dass man sich mit ihm nur deshalb streitet, weil man ihn eigentlich sehr gerne mag. Wer einem egal ist, mit dem muss man nicht streiten, hatte mir Mama mal erklärt [...]. Also schluckte ich meine rauchende Wut, so gut es ging, erst mal runter [...].

„Hi", sagte ich friedfertig und versöhnungsvoll und hielt Oskar stolz die Visitenkarte von Jérôme Bürger hin. [...].

„Du warst da allein?" Oskar starrte mich an. „Wir wollten doch zusammen da hin. Ich hab stundenlang auf dich gewartet."

„Na ja, es hat sich organisch so ergeben. Und sei froh, dass du die Zeit gespart hast. Wir haben gar nichts erreicht. Die Pommer hat uns nach einer Minute rausgeworfen."

„Wer ist ‚wir'?"

Das lief überhaupt nicht so, wie ich es mir vorgestellt hatte.

„Sahaungie", murmelte ich.

„Wer?"

„Sarah und ich."

Oskars Gesicht verzog sich in mehrere gefährliche Richtungen gleichzeitig. Blitzartig fiel mir ein, dass Irinas Gesprächsrezept mit dem *Erst Nett Sein, Dann Streiten* vielleicht gar nicht so dolle war, denn es führte ja irgendwann bloß wieder zum nächsten Streit. Aber nun war es zu spät.

„Sarah!" Oskar spuckte verächtlich den Namen aus. „Dann ist es ja kein Wunder, dass ihr nichts erreicht habt, mit dieser Tussi dabei."

„Was-„

„Die Künstlerin und der Tiefbegabte, tolle Kombi!"

„Ach ja?" Meine eben noch verschluckte Wut kochte blitzschnell wieder hoch und aus mir heraus. „Dann hätte ich wohl besser den Lügner mitnehmen sollen, oder was?"

„Spinnst du? Warum hätte ich wegen irgendwas lügen sollen?"

„Weil du immer lügst, um zu kriegen, was du willst! Der Bassewitz hast du einen von Asthma erzählt, und dass du kein Fleisch isst und alles war gelogen, nur weil's dir in ihrer Wohnung nicht gepasst hat."

Oskar blitzte mich böse an, auf der Suche nach einer Erwiderung, aber ich war noch nicht fertig.

„Aber viel schlimmer ist, dass du mich verarscht hast, gestern mit der Verstauchung und heute Vormittag mit deinen Bauchschmerzen! Das war alles nur gespielt, weil du nicht gerne teilst. Weil du es nicht erträgst, wenn ich mal was mit anderen unternehme anstatt ständig nur mit dir. Du bist so mies!"

„Das stimmt überhaupt nicht!"

„Und wie das stimmt! Und auf Sarah bist du richtig eifersüchtig, aber da kannst du von mir aus platzen! Du kannst mich nicht für dich alleine haben! So einen bescheuerten Freund brauch ich nicht!"

Vielleicht hätte ich mich zusammengerissen, wenn er jetzt vor lauter Vorwürfen geheult hätte, aber das tat er nicht. Er war einfach nur ein kleiner Junge mit einem hochroten Kopf unter einer blaugrauen Anorak-Kapuze, und in der nächsten Sekunde schrie er mich dermaßen laut an, dass ein paar Enten auf dem Kanal erschreckt aufstoben und mit protestierendem Quaken davonflatterten.

„Wenn ich so schrecklich bin, dann geh doch, du Sonderschüler!", brüllte Oskar. „Dann hau doch ab zu deiner Scheiß-Sarah, du Arschloch!"

Jetzt war da kein Gesicht mehr. Da war nur noch dieses hasserfüllte grüne Funkeln in seinen Augen, die sich wie Trichter vor mir auftaten und alles verschluckten, jedes Gefühl, alle Worte und Gedanken.

**2** In ihrer Wut machen sich die beiden Jungen gegenseitig schwere Vorwürfe.
a) Nennt Beispiele, was sie sich gegenseitig vorwerfen.
b) Begründet, warum sich der Streit immer mehr verschlimmert. Die Begriffe im *Wortspeicher* können dir dabei helfen.

*Wut – Liebe – Vertrauen – Freundschaft – Spaß – Trauer – Neid – Ehrlichkeit – Angst – Eifersucht – Zugehörigkeit*

c) Benennt Textstellen, an denen man erkennen kann, dass Rico ein bisschen Mitleid mit Oskar empfindet.
d) Wessen Position kannst du eher verstehen, Ricos oder Oskars? Begründe deine Ansicht.

W **3** Wähle im Folgenden zwischen a) und b):
a) Lies noch einmal den Textauszug. Formuliere dann drei Verhaltensregeln, die deiner Meinung nach helfen können, einen Streit zu vermeiden bzw. einen Konflikt zu lösen.
b) Vielleicht hast du dich auch schon einmal ganz schlimm mit einem guten Freund oder einer guten Freundin gestritten. Schreibe dein persönliches Erlebnis auf und erzähle, wie es dir nach dem Streit ergangen ist.

**4** Tauscht euch darüber aus, inwiefern auch die Ergebnisse aus Aufgabe 3 in einem Lesetagebuch Platz finden könnten.

✲ **5** In diesem Textauszug erfährt man einiges über Oskar. Fertige auch für ihn einen Steckbrief an, den du im Laufe des Lesens ausfüllst. Orientiere dich an dem Beispiel zu Rico auf Seite 96.

# Eine Buchvorstellung planen und ausarbeiten

Aufgabe 1a)
interaktive Aufgabe
WES-128413-058

**1** Cem hat nicht genau aufgepasst, als Herr Doblinger erklärt hat, aus welchen Teilen eine Buchvorstellung besteht und welche Informationen er in seinen Vortrag einbauen muss.

a) Ordne die Fragen der Reihe nach sinnvoll an. Schreibe dazu entweder die Fragen in der richtigen Reihenfolge in dein Heft oder bearbeite die interaktive Aufgabe.

A) Wer sind die Hauptfiguren?

B) Wie bin ich auf das Buch aufmerksam geworden?

C) Welche Textstelle zeigt sehr gut den Schreibstil der Autorin/des Autors?

D) Wie heißt das Buch und wer hat es geschrieben?

E) Wovon handelt das Buch?

F) Wie würde ich das Buch bewerten?

b) Sammelt weitere Fragen zur Verfasserin/zum Verfasser oder dem Buch, auf die bei einer Buchvorstellung eingegangen werden könnte und an welcher Stelle sie beantwortet werden sollten.

* c) Begründe, inwiefern dir dein Lesetagebuch bei der Erstellung der Buchvorstellung hilfreich sein kann.

**2** Entscheide dich nun für ein Buch, das du gerne deiner Klasse vorstellen möchtest. Bereite deine Vorstellung dann mithilfe des Merkkastens und den folgenden Seiten (Seite 101 – 105) vor. Plane für deinen Vortrag etwa zehn Minuten Zeit ein.

!

## Eine Buchvorstellung planen und ausarbeiten

**1. Schritt:** In einer kurzen **Einleitung** nennst du den Namen des Autors/der Autorin deines Buches und den Titel und erklärst, wie du darauf aufmerksam geworden bist. Du kannst zusätzlich weitere Angaben zum Buch machen.
**2. Schritt:** Gib einen **Überblick** über die Hauptfiguren und die Handlung des Buches. Stelle dazu die Hauptfiguren kurz vor und veranschauliche deine Angaben am besten mithilfe eines Plakates oder bestimmter Gegenstände aus einer Lesekiste. Gib in eigenen Worten wieder, um was es in dem Buch geht. Verrate dabei aber nicht, wie es endet.
**3. Schritt:** Wähle eine besonders spannende, lustige oder interessante Textstelle für deine **Leseprobe** aus. Bereite den Auszug für einen wirkungsvollen Vortrag vor.
**4. Schritt:** Am Ende deiner Vorstellung gibst du eine **Bewertung** ab, aus der deutlich wird, warum du das Buch gerne gelesen hast. Wichtig ist dabei, dass du deine Meinung gut begründest. Hierzu helfen dir folgende Formulierungen:
*Mir hat das Buch gut gefallen, weil ...*
*Besonders spannend/lustig/interessant fand ich ...*
*Ihr werdet nicht mehr aufhören können, in dem Buch zu lesen, denn ...*

# Anschauungsmaterial vorbereiten – das Plakat

**Um deine Buchvorstellung anschaulicher zu gestalten und für deine Zuhörerinnen und Zuhörer noch interessanter werden zu lassen, solltest du verschiedene Anschauungsmaterialien in deinen Vortrag einbeziehen.**

**1** a) Tausche dich mit der Person neben dir aus, welche Möglichkeiten ihr schon aus der Grundschule kennt, einen Vortrag durch Hilfsmittel anschaulich und interessant zu gestalten.
b) Sammelt anschließend eure Ergebnisse in der Klasse.

**2** Eine Möglichkeit, ein Buch zu präsentieren, ist das Plakat.
Schaut euch den Entwurf von Cem an. Überprüfe bei dem vorliegenden Plakat, ob es alle wichtigen Informationen zum Buch enthält.

m → S. 13
*Plakat*

## Rico, Oskar und das Mistverständnis

von Andreas Steinhöfel

***Worum es geht***

*Rico, sein bester Freund Oskar und ihre Spielplatzgang wollen verhindern, dass ihr Treffpunkt, der Spielplatz in Berlin Kreuzberg, zerstört wird. Ihr Lieblingsplatz soll verkauft und mit grauen Hochhäusern zugepflastert werden! Kann die Spielplatzgang ihre Widersacher stoppen und den Spielplatz retten?*

***Hauptfiguren***

| *Rico* | *Oskar* |
|---|---|
| • *ist wissbegierig und stellt immer Fragen*<br>• *spielt gern Detektiv*<br>• *kann gut schreiben*<br>• *hat ADS und fast immer gute Laune*<br>• *ist in Sarah verliebt* | • *ist hochbegabt, kann sich viele Dinge merken*<br>• *Ricos bester Freund*<br>• *hat vor vielem Angst*<br>• *hält Leuten gern mal eine Moralpredigt* |

***lustig***
① ② ③ ④ ~~⑤~~

***spannend***
① ② ③ ~~④~~ ⑤

***romantisch***
① ~~②~~ ③ ④ ⑤

***abenteuerlich***
① ② ~~③~~ ④ ⑤

***insgesamt***
○ ☹ 😐 ☺ ~~😀~~

✻ **3** Um ein Plakat etwas interessanter zu gestalten, sind Elemente zum Drehen oder Aufklappen eine gute Idee. Suche im Internet nach Möglichkeiten der Gestaltung, indem du in einer Suchmaschine den Begriff „Lapbook“ eingibst, und füge das eine oder andere Element deinem Plakat hinzu.

**4** Gestalte nun selbst ein Plakat zu dem Buch, das du gerne deiner Klasse präsentieren möchtest. Achte dabei auch auf eine saubere Gestaltung.

# Anschauungsmaterial vorbereiten – die Lesekiste

**Eine weitere Möglichkeit, einen Vortrag anschaulicher zu gestalten, ist die sogenannte Lesekiste. Cem hatte so viel Spaß am Bauen seiner Lesekiste, dass er gleich zwei gemacht hat.**

**1** Schaut euch die Bilder zu Cems Lesekisten an. Erklärt dann, was man unter einer solchen Lesekiste versteht und was sie enthalten kann bzw. sollte. Der Merkkasten hilft dir dabei.

**2** Eine Lesekiste sollte immer auch einen Steckbrief mit den wichtigsten Informationen zu dem vorgestellten Buch enthalten. Informiert euch anhand des folgenden Steckbriefes, welche Informationen darauf zu finden sein sollten.

**3** Macht Vorschläge, wie man mithilfe der Lesekiste eine Buchvorstellung interessanter gestalten kann. Geht dabei darauf ein, welche Gegenstände und Modelle sich für die Lesekiste anbieten würden und an welcher Stelle man die Kiste bzw. einzelne Gegenstände vorzeigen könnte.

*Steckbrief zu*
(Titel des Buches)
Autor:
Erscheinungsjahr:
Verlag:
Hauptfiguren:

Inhaltsangabe:

Ein Kapitel, eine Seite ..., die für mich besonders wichtig war:

**Aufgabe 4**
Portalvorlage
WES-128413-060

**4** Entwirf und baue nun eine eigene Lesekiste zu einer geeigneten Stelle aus dem Buch, welches du in der Klasse präsentierst. Vergiss dabei nicht den Steckbrief. Im Portal findest du eine Vorlage dafür.

## Eine Lesekiste gestalten

Als Grundlage für eine Lesekiste verwendet man am besten einen (Schuh-)**Karton**. Im Inneren stellt man dazu entweder eine besonders wichtige, interessante oder spannende Stelle aus dem Buch nach oder füllt die Kiste mit **Gegenständen**, die in der Geschichte vorkommen. Dabei können Spielzeugfiguren für die Figuren im Buch verwendet werden. Den Karton gestaltet man außen ansprechend und mit dem **Titel** und **Autor/Autorin des Buchs**. Außerdem fügt man der Lesekiste einen **Steckbrief** mit den **wichtigsten Informationen** rund um das Buch bei: Titel, Autor/Autorin, Informationen zum Autor/zur Autorin, Hauptfiguren, Handlung, Lieblingsstelle ... Diesen klebt man dann in den Deckel des Kartons ein.

# Karteikarten sinnvoll beschriften und richtig einsetzen

**Eine gute Hilfe für deinen Vortrag sind Karteikarten. Auf ihnen kannst du dir die wichtigsten Punkte notieren und hast sie beim Vortrag in der Hand, sodass du darauf schauen kannst, falls du einmal den „roten Faden" verlieren solltest.**

**1** Seht euch die drei folgenden Karteikarten an, die Cem für seinen Vortrag vorbereitet hat.

*In meinem Vortrag geht es um das Buch „Rico, Oskar und das Mistverständnis" von Andreas Steinhöfel. Zum Autor lässt sich sagen, dass er Andreas Steinhöfel heißt und auch schon andere Bücher geschrieben hat, wie „Rico, Oskar und die Tieferschatten", „Rico, Oskar und das Herzgebreche", …*

*„Rico, Oskar und das Mistverständnis" 1*
*von Andreas Steinhöfel*
*Autor: Werke: z. B. „Beschützer der Diebe", vier weitere „Rico und Oskar"-Bücher (z. T. verfilmt).*
*Buch: Geburtstagsgeschenk*
*331 Seiten (auch e-Book/Hörbuch)*

***„Rico, Oskar und das Mistverständnis"***

*– Der Autor ist Andreas Steinhöfel.*

*– Er hat schon mehrere Bücher geschrieben, z. B.:*
- *„Beschützer der Diebe".*
- *„Anders".*

**2** Cem hat während seines Vortrags doch nur eine der Karteikarten benutzt. Vermutet, welche es war, und begründet eure Entscheidung. Achtet dabei besonders darauf, welche Karte ihr am geeignetsten findet, um etwas frei vorzutragen.

**3** Sammelt anschließend alles, was für das Gestalten einer Karteikarte wichtig ist. Sucht dazu aus dem ***Wortspeicher*** sinnvolle Punkte. Notiert eure Ergebnisse anschließend in ganzen Sätzen.

*schöne Farben – Übersichtlichkeit – möglichst kleine Schrift – farbiges Papier – treffende Stichpunkte – Nummerierung – Abkürzungen – ausformulierte Sätze – sinnvolle Zeichen (Spiegelstriche, Pfeile etc.) – wichtige Informationen hervorheben – große Schrift*

**4** Erstelle nun Karteikarten für deine eigene Buchvorstellung. Berücksichtige dabei die in Aufgabe 3 formulierten Kriterien.

# Vor anderen überzeugend auftreten

**Jetzt ist es so weit, du hältst deine Buchpräsentation. Zunächst ist es wichtig zu wissen, wie man überzeugend auftritt.**

**1** Seht euch die folgenden Bilder aufmerksam an. Begründet dann, welche der Personen einen sicheren Eindruck auf euch machen und welche einen weniger sicheren Eindruck machen.

**2** Versetzt euch in die Lage der abgebildeten Figuren oben. Probiert nun die verschiedenen Haltungen einmal vor der Klasse aus. Besprecht, wie ihr euch in welcher Haltung fühlt und wie ihr auf das Publikum wirkt.

**3** Für einen gelungenen Vortrag ist auch die richtige Ausdrucksweise wichtig. Lest die beiden Beispiele unten durch oder hört euch die Audiodatei an.

a) Vergleicht die beiden Beispiele und erklärt die Unterschiede. Achtet dabei vor allem auf den Ausdruck, die Wortwahl, die Verständlichkeit und die enthaltenen Informationen.

b) Findet im weniger gelungenen Beispiel drei Stellen, die ihr als besonders ungeeignet für eine Präsentation vor Publikum erachtet.

**Aufgabe 3**
Audio
WES-128413-061

*Hi, jetzt stell ich euch mal mein Buch vor (lacht). Es geht um den Jungen Rico. Der ist tiefbegabt. Mit seinem Kumpel Oskar erlebt er voll die coolen Abenteuer. Ach so, es heißt ... wartet ... ah ja, „Oskar, Rico und ein Missverständnis“ oder so. Nein, „Rico, Oskar und das Mistverständnis“, so ist es richtig (lacht). Jedenfalls wohnt der Rico in einem Mietshaus, in dem total viele komische Menschen wohnen. Zu einer alten Frau geht Rico immer zum Fernsehen. Der Rico ist verliebt in Sarah (kichert). Darum geht's aber nur am Rande, weil hauptsächlich muss verhindert werden, dass ein Spielplatz zugebaut wird. Mega Buch!*

*Lieber Herr ... / Liebe Frau ..., liebe Klasse, heute stelle ich euch das Jugendbuch „Rico, Oskar und das Mistverständnis“ von Andreas Steinhöfel vor. Der Autor hat auch „Beschützer der Diebe“ geschrieben und noch vier weitere „Rico und Oskar“-Bücher, die auch schon verfilmt wurden ...*
*Die Hauptfiguren der Geschichte sind Rico und Oskar. Rico lebt mit seiner Mutter, seinem Stiefvater und seiner Halbschwester in Berlin. Er bringt manchmal Dinge durcheinander und braucht länger, um etwas zu verstehen, deshalb bezeichnet er sich als tiefbegabt ...*
*Die folgende Stelle im Buch hat mir besonders gut gefallen, ich lese sie euch vor...*

**4** Haltet abschließend in euren eigenen Worten fest, was für einen gelungenen Vortrag wichtig ist und worauf man achten sollte.

**Aufgabe 5**
Portalvorlage
WES-128413-062

**5** Grenzt beim zweiten Beispiel auf der Portalvorlage die drei Teilbereiche einer Buchvorstellung, die hier angesprochen werden, ab und markiert jeweils den Anfangssatz. Der Merkkasten auf Seite 100 hilft euch dabei.

**6** Bereite nun deinen eigenen Vortrag vor. Du kannst dich dabei an den Formulierungen des gelungenen Beispiels oben orientieren.

# Bücher finden

**Da er bereits alle „Rico und Oskar"-Bücher kennt, würde Cem gerne auch noch ein anderes Buch von Andreas Steinhöfel, nämlich „Beschützer der Diebe", lesen. In der örtlichen Bücherei macht er sich auf die Suche nach dem Jugendbuch.**

**1** Anders als vermutet, finden sich in einer Bücherei nicht nur Regale mit Büchern. Werft zunächst einmal einen Blick auf das Bild und beschreibt, was Besuchenden in Cems Bücherei geboten wird.

**2** Begründet, an wen sich die verschiedenen Angebote wenden könnten.

**3** Stellt Vermutungen an, wo Cem möglicherweise den Roman „Beschützer der Diebe" finden könnte.

**4** Besucht eure Schulbücherei oder die Stadtbibliothek.
a) Teilt dafür die folgenden Fragen unter euch auf und notiert die Antworten während eures Besuchs:
- Wo befinden sich Jugendbücher für unsere Altersstufe?
- Welche Medien (Bücher, Filme ...) kann man ausleihen?
- Gibt es besondere Angebote (z. B. Autorenlesungen)?
- Wann ist die Bücherei geöffnet?
- Wie funktioniert die Bücherausleihe?
- Kann man von zu Hause aus nach Büchern suchen und sie bestellen?
- Was passiert, wenn man ein Buch nicht rechtzeitig zurückgibt?

b) Besprecht anschließend eure Antworten und tauscht euch darüber aus, wie ihr vorgehen könntet, um in einer Bücherei ein geeignetes Buch für eine Buchvorstellung zu finden.

*2.2 Literarische Texte aus verschiedenen Angeboten auswählen, strukturiert vorstellen und sich darüber austauschen*

**Cem hat versucht, das Buch „Beschützer der Diebe“ zu finden, ist aber nicht gleich fündig geworden. Nun probiert er die Suchfunktion am Büchereicomputer.**

**5** Verfolge seine Vorgehensweise, indem du die Bilder zunächst in eine sinnvolle Reihenfolge bringst und ihnen dann die entsprechenden Wortkästen zuordnest. Schreibe dazu entweder die Buchstaben mit der passenden Zahl in dein Heft oder bearbeite die interaktive Aufgabe.

**Aufgabe 5**
**interaktive Aufgabe**
WES-128413-063

① Signatur aufschreiben *(Buchstaben/Zahlen)*

② Richtiges Buch/Medium auswählen und anklicken

③ Im entsprechenden Regal nach der Signatur suchen

④ Standort mithilfe des Bibliotheksplans finden

⑤ Suchbegriff eingeben *(Buchtitel oder Autor/-in)*

**6** Bestimmt hat auch eine Bücherei in deiner Nähe einen Onlinekatalog.
a) Gib den Ort der Bücherei und den Vermerk „OPAC“ ein, um auf eine entsprechende Seite zu gelangen (z. B. „Stadtbücherei Regensburg OPAC“).
b) Probiere nun selbst einmal die Suchfunktion aus, um dein Lieblingsbuch oder eines der Bücher auf der ersten Seite dieses Kapitels (Seite 88) zu suchen.

*OPAC*
*Onlinekatalog einer Bücherei*

# Eine Klassenbücherei anlegen

**Um immer genügend „Lesestoff“ zur Verfügung zu haben, könnt ihr eine Klassenbücherei anlegen. Geht dabei folgendermaßen vor.**

1. Sammelt geeignete Bücher in der Klasse. Jeder kann sein Lieblingsbuch oder auch andere interessante Bücher mitbringen und so den anderen zur Verfügung stellen.

2. Stellt die Bücher an einem gut zugänglichen Platz in eurem Klassenzimmer aus. Am besten wäre es, wenn ihr ein Regal oder einen Schrank hättet, in den ihr die Bücher stellen könnt.

*Genre*
*Bereich, Gattung*

3. Ordnet die Bücher sinnvoll, z. B. nach Themen (Familie, Abenteuer, Freundschaft usw.) oder nach Genre (Fantasy, Science-Fiction, Krimi usw.) und gestaltet Hinweisschilder für die einzelnen Abteilungen.

4. Legt einen Büchereidienst fest, den immer mindestens zwei aus der Klasse machen. Dieser Dienst kann auch wechseln (z. B. hat eine Gruppe zwei Wochen Dienst und gibt ihn dann an eine andere Gruppe für die nächsten zwei Wochen weiter.

5. Legt eine Liste an, in die der Büchereidienst folgende Informationen einträgt:

| Buchtitel | ausgeliehen von | ausgeliehen am | zurückgegeben am | Unterschrift |
|---|---|---|---|---|
| … | | | | |

**Aufgabe 7**
**Portalvorlage**
WES-128413-064

6. Führt diese Liste immer zuverlässig, sodass ihr sicherstellt, dass kein Buch abhandenkommt. Legt auch eine Grenze für die Ausleihzeit fest (z. B. längstens vier Wochen).

7. Tauscht euch über eure Leseerfahrungen aus, indem ihr den Büchern kleine Bewertungszettel beilegt. Ihr könnt dazu die Vorlage im Portal nutzen.

8. Krönt am Schuljahresende die Person aus der Klasse zur Lesekönigin bzw. zum Lesekönig, welche die meisten Bücher gelesen hat. Überlegt euch dazu in der Klasse eine Auszeichnung, welche die Person erhalten soll.

# Überprüfe dein Wissen und Können

**1** Nenne die vier Teile, aus denen eine Buchvorstellung besteht.

**2** Lies folgende Aussagen zu einer Buchvorstellung aufmerksam durch. Entscheide anschließend, ob die Aussagen richtig oder falsch sind. Schreibe die falschen korrigiert und die richtigen Aussagen auf.

a) Die Rückseite eines Buches heißt auch „Cover".
b) Ein Buch vorstellen bedeutet, dass ich anderen einige Seiten aus einem Buch vorlese.
c) Eine Lesekiste enthält einen Steckbrief zu dem vorgestellten Buch.
d) Auf Karteikarten schreibe ich meinen Vortrag wortwörtlich auf, um auf gar keinen Fall etwas zu vergessen.
e) Wichtig bei einem Vortrag ist sowohl eine verständliche Ausdrucksweise als auch eine freundliche, dem Publikum zugewandte Haltung.

**3** Überprüfe die Plakatgestaltung zu „Seppis Tagebuch – Ciao Kakao" dahingehend, ob ...

- die wesentlichen Informationen zum Buch enthalten sind.
- die Schriftgröße passend ist.
- das Plakat optisch überzeugend gestaltet ist und mache gegebenenfalls Verbesserungsvorschläge.

**Seppis Tagebuch**

Seppi = 14 Jahre alt

Mutter

Vater hat keine Ahnung von Fußball

Inhalt:
Seppi fährt mit seiner Familie in den Urlaub. Am Ende kommen alle wieder gesund daheim an.

Bewertung:
Mir gefällt das Buch!

Seite 109
Lösung
WES-128413-065

# Sachtexte

**1** Schaut euch folgende Abbildungen an. Sprecht darüber, um welche Art von Texten es sich handelt und wo sie zu finden sein könnten.

**Spiegelei**
Zutaten:
Butter – Eier je nach Hunger – Salz und Pfeffer – Schnittlauch zum Garnieren

1. Butter in einer Pfanne zum Schmelzen bringen, bis die Butter Bläschen wirft, dann die Temperatur zurückdrehen.
2. Frische Eier zunächst einzeln in einer Tasse aufschlagen. Anschließend vorsichtig in die Pfanne geben.
3. Bei niedriger Temperatur braten, bis die gewünschte Konsistenz erreicht ist.
4. Nach Belieben salzen, pfeffern und mit Schnittlauch garnieren. Dazu schmeckt am besten frisches Bauernbrot.

6 Das wahre Wesen der Wölfe

## Wo Wölfe überall leben

Wer einen Globus daheim hat oder im Erdkundeunterricht benutzt, kann mit einer Drehung die Lebensräume der Wölfe erfassen. Fast überall auf der Nordhalbkugel lebten früher Wölfe. In manchen Gebieten leben sie noch immer oder sie leben wieder hier. Es ist kaum zu glauben: Abgesehen vom Menschen, hat kein Säugetier eine größere natürliche Verbreitung als der Wolf.
Wölfe kommen in den unterschiedlichsten Vegetations- und Klimazonen vor. Noch recht häufig sind sie in der arktischen Kältesteppe (Tundra) von Sibirien und Alaska und im geschlossenen Nadelwald (Taiga) von Kanada und Russland. Wer jedoch glaubt, Wölfe seien Spezialisten nur für einsame und kalte Gegenden, der irrt. In Italien und in Spanien leben Wölfe mitten in der Kulturlandschaft und trauen sich sogar bis in die Vorstädte. Wölfe gibt es auch in Mexiko, Arabien und Nordafrika, Indien, China, der Mongolei, im Iran und in der Türkei. Das zeugt von der hohen Anpassungsfähigkeit der Tiere.
Der Lebensraum der Wölfe umfasst auch Wüsten, Halbwüsten, Wälder und Gebirge. Sogar die Alpen in Italien und in der Schweiz werden von ihnen bewohnt.

**Wie sich Wölfe unterscheiden**
Wölfe kommen in verschiedenen Farben und Formen vor. Es gibt schwarze und weiße, graue und rötliche, schwarz-gelbe, gestromerte und blonde Typen. Wegen der vielfältigen Merkmale wurden Wölfe früher in 39 Unterarten unterteilt. Dank moderner mikrobiologischer Methoden, mit denen das Erbgut in Blut- und Knochenzellen bestimmt wird, lassen sich heute 13 Wolfsunterarten unterscheiden: fünf in Nordamerika und acht in Europa und Asien.
Durch die neuen Methoden wurde klar, dass Größe und Fellfarbe selbst innerhalb einer Unterart sehr unterschiedlich sein können. Beides ist auch eine Anpassung an das Klima. Der Arzt und Zoologe Carl Bergmann hat schon 1847 eine Regel aufgestellt, die auch für die Wölfe gilt: Je kälter eine Gegend ist desto größer werden die Tiere einer Art. Und auch die Färbung gibt Hinweise auf die Umgebung. Denn in der baumlosen Tundra gibt es mehr weiße Wölfe. Die dunkleren Wölfe dagegen leben eher in den Waldgebieten, die gelben und braunen stammen oft aus Wüsten und Halbwüsten.

**EUROPÄISCHER WOLF**
Gewicht: 30–50 kg
Größe: 60 - 90 cm Schulterhöhe
Fell: alle Brauntöne, inklusive weißer und schwarzer Färbungen
Nahrung: Rehe, Rotwild, Wildschweine, auch Vögel und Fische
Besonderheit: auffallend sind seine oftmals sehr ausgeprägten Gesichtszeichnungen (Masken)

**ARABISCHER WOLF**
Gewicht: höchstens 20 kg
Größe: bis zu 50 cm Schulterhöhe
Fell: kurzes, dünnes, meist braunes Fell und große Ohren
Nahrung: Kleinsäuger, Reptilien und Vögel
Besonderheit: kleinste und leichteste Unterart; jagt nachts, um sich gegen Hitze zu schützen

*Seite aus WAS IST WAS Band 104, © Tessloff Verlag Nürnberg*

**Das Deutsche Museum**
Das Deutsche Museum ist eines der größten naturwissenschaftlichen Museen der Welt. In rund 20 Abteilungen veranschaulichen Originale und Modelle, wie Technik und Naturgesetze funktionieren. Hier kann man Technik und Naturwissenschaft nicht nur anschauen, sondern hautnah erleben.

**2** Erzählt euch davon, ob ihr schon einmal selbst nach Texten dieser Art gesucht habt und in welchem Zusammenhang ihr das getan habt.

**In diesem Kapitel lernst du (,) …**
- dir einen Text mithilfe der 5-Schritt-Lesemethode zu erarbeiten.
- den inhaltlichen Aufbau eines Textes zu veranschaulichen.
- Aussageabsichten von Texten zu unterscheiden.
- das Äußere eines Textes zu beschreiben.
- Lesevorlieben zu benennen.
- ein eigenes Sachbuch zu gestalten.

# Den Inhalt eines Sachtextes erarbeiten

**Herr Doblinger erklärt der Klasse 5b, dass ein Sachtext im Unterschied zu literarischen Texten (Märchen, Erzählungen usw.) oder manchen Zeitungsartikeln weder eine Geschichte erzählen noch von etwas überzeugen will. Der Sachtext möchte über Themen und Sachverhalte informieren.**

**1** Überfliegt den Text zunächst und beschreibt, was euch auffällt. Achtet auf folgende Fragen:
- Um was könnte es im Text gehen?
- Gibt es eine Überschrift, Zwischenüberschriften, einen Vorspann und Abbildungen – was erfahrt ihr durch sie?

***Vorspann***
*Eine kurze Einführung in einen Text. Er macht neugierig auf den Inhalt und informiert knapp, worum es im Text geht. Häufig wird er kursiv oder fett geschrieben.*

## Faule Falter und furzende Fische – diese Tiere haben erstaunliche Überlebenstricks

*Viele Tiere am Mittleren Oberrhein greifen auf erstaunliche Überlebenstricks zurück. Es gibt Insekten, die ihren Nachwuchs von anderen Arten großziehen lassen. Einen Fisch, der kein Wasser braucht. […]*

**Wiesenknopf-Ameisenbläuling**

Der unscheinbare Schmetterling „Wiesenknopf-Ameisenbläuling" ist in seiner Lebensweise hoch spezialisiert und besonders clever. […] Kaum zu glauben: „Seine Larven lassen sich auf den Boden fallen und locken mit einem Honigsekret die Rotgelbe Knotenameise an", erklärt Martin Klatt, Geschäftsführer des Nabu-Kreisverbandes Rastatt. Damit imitieren sie offenbar den Duft der Ameisenbrut. Außerdem nehmen sie deren Gestalt an, indem sie ihre vorderen Körperteile aufblähen. […] So führt der Schmetterlings-Nachwuchs die Ameisen gezielt hinters Licht: Die fleißigen Arbeiter schleppen die Larven in ihren Bau, die sich dort ungehemmt an ihrer Gastgeber-Brut stärken. Zehn Monate lang bleiben die kleinen Ameisenbläulinge in ihrer geschützten Kinderstube, bis sie sich im Juni verpuppen und 25 Tage später schlüpfen. Aber Achtung: Weil ihre Tarnung als Schmetterling auffliegt, müssen die dreisten Gäste den Ameisenbau schnell verlassen. […]

**Schlammpeitzger**

Beheimatet in Flussauen, ist der aalförmige Fisch „Schlammpeitzger" eine kuriose Kreatur: Er ist Darmatmer. „Er kann Luft an der Oberfläche schlucken oder über seine Haut aufnehmen", weiß Klatt. Damit nicht genug: Über seinen Darm atmet der Fisch sie wieder aus. Dabei macht er ein gut hörbares Geräusch, das Menschen mit unangenehmen Gerüchen in Verbindung bringen. Dieses Markenzeichen brachte dem Schlammpeitzger im Volksmund den Beinamen „Furzgrundel“ ein. „Ein verrückter Fisch“, findet Klatt. […] Und ein gewiefter Überlebenskünstler: „Durch seine Atemtechnik kann er auch dann längere Hitzeperioden überleben, wenn Gewässer austrocknen. Der Fisch harrt dann, daher sein Name, im Schlamm aus. „Der muss zumindest feucht sein“, so Klatt. […]

**Um alle Informationen zu erfassen, erarbeitet die Klasse den Sachtext nun Schritt für Schritt mit der 5-Schritt-Lesemethode. Den ersten Schritt habt ihr in Aufgabe 1 bereits gemacht.**

**2** Mia widmet sich nun dem zweiten Schritt und möchte W-Fragen an den Text stellen.

a) Hilf Mia, indem du zunächst Punkt 2 im Methodenkasten auf Seite 113 liest.

b) Lies die W-Fragen, die Mia bereits formuliert hat.

- *Welche Überlebenstricks wenden Tiere an?*
- *Worin zeigt sich, dass der Wiesenkopf-Ameisenbläuling so clever ist?*
- *Was ist ein Darmatmer?*

c) Übernimm die W-Fragen mit genügend Platz für Antworten in dein Heft. Überlege dir mindestens zwei weitere W-Fragen. Schreibe auch diese in dein Heft.

**Aufgabe 3c)**
**Portalvorlage**
WES-128413-066

**3** Nun möchte Mia die Antworten auf ihre W-Fragen finden.

a) Lies dazu zunächst Punkt 3 im Methodenkasten auf Seite 113.

b) Zu ihren W-Fragen hat Mia schon zwei Schlüsselstellen im Text markiert. Außerdem hat sie ein Wort unterstrichen, das sie nicht kennt. Sieh im Text auf Seite 111 nach.

c) Fahre nun selbst mit der Bearbeitung des Textes fort. Nutze dazu die Portalvorlage und gehe so vor:

- Markiere Schlüsselstellen, die Antworten auf die W-Fragen geben, farbig.
- Unterstreiche unbekannte Wörter und erschließe sie aus dem Kontext oder schlage sie in einem Wörterbuch bzw. online nach. Schreibe ihre Bedeutung neben den Text.

m → **S. 275**
*Wörter nachschlagen*

**4** Mia hat mit ihrem Notizzettel bereits angefangen.

a) Lies zunächst Punkt vier im Methodenkasten auf Seite 113 durch.

b) Sieh dir Mias bisherige Notizen an.

*1. Wiesenknopf-Ameisenbläuling*
*– unscheinbar*
*– Larven locken Ameisen mit Honigsekret an*
*…*
*2. Schlammpeitzger*
*– aalförmig*

b) Schreibe den Notizzettel, den Mia angefangen hat, in dein Heft ab und vervollständige ihn.

**5** Mia gibt Leila nun den Sachtext in ihren eigenen Worten wieder. Dabei lässt sie einige wichtige Informationen weg.

a) Lies zunächst Punkt 5 im Methodenkasten.

b) Lest zu zweit, wie Mia den ersten Abschnitt wiedergibt.

*Im Text geht es um zwei Wildtiere. Das erste ist ein unscheinbares Tier. Seine Larven geben ein Sekret ab, mit dem Ameisen angelockt werden. Die denken dann, dass das ihre Brut ist und nehmen sie mit. Im Ameisennest futtern die Larven jetzt die Ameisenbabys und wenn sie ausgewachsen sind, dann fliegen sie heraus.*

c) Sprecht darüber, welche Informationen euch in Mias Zusammenfassung fehlen. Vergleicht dazu auch eure Notizzettel aus Aufgabe 4 und nehmt sie zu Hilfe.

d) Gebt nun einander den Sachtext wieder. Geht dazu so vor:

- Jeder von euch übernimmt einen Abschnitt.
- Deckt den Abschnitt ab und gib ihn deinem Gegenüber in eigenen Worten wieder.
- Gebt einander Rückmeldung, ob alle wichtigen Informationen enthalten und der Inhalt verständlich wiedergegeben wurde.

✱ **6** Recherchiert nach weiteren Tieren, die besondere Überlebenstricks haben. Schreibt dann einen informierenden Text, der auf einige der folgenden W-Fragen Antworten gibt:

*– Wie heißt das Tier?*
*– Welche Feinde hat das Tier?*
*– Welchen besonderen Überlebenstrick hat es?*
*– Wo lebt es?*

*Gib die Wörter „Überlebenstricks von Tieren" in eine Suchmaschine im Internet ein.*

## Sachtexte mit der 5-Schritt-Lesemethode erschließen

m

1. **Einen Überblick verschaffen:** Überfliege den Text mit den Augen und überlege, um welchen Inhalt es ungefähr geht. Betrachte dazu auch die Überschrift, die Zwischenüberschriften und die Abbildungen.
2. **W-Fragen an den Text stellen:** Denke über das Thema des Textes nach: Was weiß ich schon? Was möchte ich noch wissen? Formuliere dann W-Fragen (*Was …? Wer …? Wo …? Wann …? Wie …? Warum …?*).
3. **Den Text genau lesen:** Lies den Text gründlich durch und markiere dabei Schlüsselstellen. Das sind Stellen, die dir den Text *aufschließen*. Meist geben sie dir Antworten auf deine W-Fragen. Achte darauf, nicht zu viele Stellen zu markieren! Kennzeichne auch Wörter und Textstellen, die du nicht verstehst. Erschließe dir ihre Bedeutung aus dem Textzusammenhang oder schlage in einem Wörterbuch nach.
4. **Den Text gliedern und Informationen festhalten:** Gib den einzelnen Abschnitten des Textes sinnvolle Überschriften. Lege einen Notizzettel an, auf dem du die Überschriften festhältst. Fasse unter den Überschriften die Abschnitte in kurzen Stichpunkten zusammen. Die markierten Schlüsselstellen helfen dabei.
5. **Den Text wiedergeben:** Gib den Sachtext mithilfe deines Notizzettels in eigenen Worten wieder.

# Den inhaltlichen Aufbau eines Textes veranschaulichen

**1** Erschließt den folgenden Text aus einem Biologie-Schulbuch mithilfe der 5-Schritt-Lesemethode.

## Unterwegs nach Afrika

Ende August geht der Storchensommer zu Ende. Die Jungstörche sammeln sich dann in großen Gruppen und brechen noch vor den Altstörchen Richtung Afrika auf. Jung- und Altstörche brauchen keine Führung auf ihrem Weg nach Süden, die Zugrichtung ist ihnen angeboren. Auf ihrem Zug legen sie täglich 150 bis 300 Kilometer zurück.

Die Vögel fliegen wie ein Segelflugzeug und lassen sich von warmen Aufwinden, auch Thermik genannt, in große Höhen tragen. Ohne Flügelschlag können sie im Segelflug weite Strecken gleiten. So schonen sie ihre Kräfte. Das Mittelmeer können die Störche nicht überfliegen. Denn für ihren Segelflug brauchen sie Aufwinde, die es über dem Meer nicht gibt. Deshalb umfliegen die Störche das Mittelmeer im Westen oder im Osten. Dabei begegnen ihnen auch Gefahren, vor allem in der Nähe von Großstädten. Insbesondere an den Flughäfen kommt es immer wieder zu Unfällen zwischen Flugzeugen und Störchen.

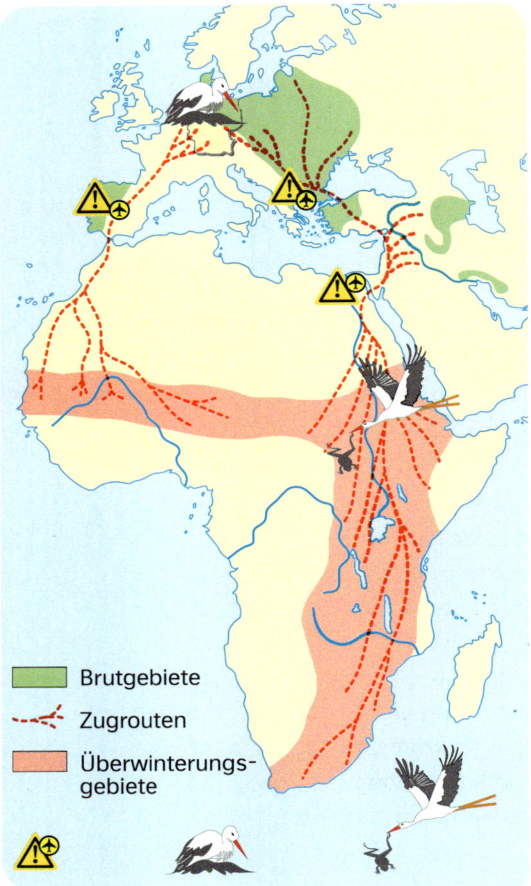


Die Störche, die auf der östlichen Route Richtung Afrika fliegen, werden Oststörche genannt. Bei uns brüten Oststörche in Norddeutschland. Während der Brutzeit müssen sich die Störche vor Eierräubern in Acht nehmen. Wenn sie sich dann auf ihren Zug machen, kommen auf ihrem Weg nach Afrika in Polen und in der Türkei immer mehr Störche dazu. In Ägypten folgen sie dem Nil Richtung Südafrika, und im Sudan legen sie eine mehrwöchige Rast ein.

Dort fressen sie sich Fettreserven für den Weiterflug an. Auf ihrer Speisekarte stehen vor allem Kleintiere wie Regenwürmer, Frösche, Mäuse und Fische. Ihre Reise von Europa nach Südafrika dauert bis zu 15 Wochen.

Neben den Oststörchen gibt es auch noch die Weststörche. Zu ihnen zählen auch die meisten Störche aus Bayern. Auf der Westroute fliegen sie nach Spanien und über Gibraltar weiter nach Afrika. In Marokko treffen die Weststörche auf weitere Störche, mit denen sie dann weiter über die Sahara nach Süden bis in den Senegal ziehen.

Interessant ist, dass mittlerweile viele spanische Störche das ganze Jahr über in Spanien bleiben. Sie haben ihren angeborenen Zugtrieb verloren, da es im Winter nicht mehr so kalt wird und sie das ganze Jahr über Nahrung auf den riesigen Müllhalden der spanischen Großstädte finden.

**2** Herr Doblinger macht mit der Klasse 5b ein Quiz zum Text über Störche, um zu überprüfen, ob die 5-Schritt-Lesemethode den Schülerinnen und Schülern geholfen hat, den Text zu verstehen. Tut euch in Kleingruppen zusammen und beantwortet euch abwechselnd die folgenden Quiz-Fragen.

Ⓐ *Wieso kennen die jungen Störche den Weg nach Afrika?*
Ⓑ *Wie weit fliegen die Störche in etwa jeden Tag?*
Ⓒ *Warum können die Störche das Mittelmeer nicht überfliegen?*
Ⓓ *Welchem Fluss folgen die Oststörche in Afrika nach Süden?*
Ⓔ *Warum bleiben viele spanische Störche zu Hause?*

**3** Das Schaubild neben dem Text hilft dabei, den Text noch besser zu verstehen.
a) Sieh dir das Schaubild in Ruhe an. Nimm den Methodenkasten zu Hilfe und notiere dir Stichwörter zu den folgenden zwei Punkten:
- Was stellt das Schaubild dar?
- Welche Bedeutung haben die roten und grünen Farbflächen sowie die roten gestrichelten Linien?

b) Mia hat sich dazu einige Notizen gemacht. Vergleicht ihre Notizen mit dem Schaubild und besprecht, ob sie richtig oder falsch sind.
*– Oststörche brüten in Norddeutschland.*
*– Die Weststörche rasten im Sudan.*
*– Die Sahara wird von den Weststörchen überquert.*
*– Die Weststörche fliegen bis Südafrika.*

## Schaubilder lesen und verstehen

m

1. **Bestimme zuerst das Thema des Schaubildes**. Verschaffe dir einen **Überblick** und finde heraus, worum es im Schaubild geht, was du erfährst. Auch **Titel** und **Untertitel** geben darauf Hinweise.
2. **Untersuche die Begriffe, Abkürzungen und ggf. Zahlen im Schaubild.** Prüfe, ob du alle **Begriffe** und **Abkürzungen**, die im Schaubild verwendet werden, verstehst. Schlage sie ggf. nach. Wenn möglich, kannst du sie auch auf dem Schaubild markieren und ihre Bedeutung daneben schreiben. Wenn **Zahlen** verwendet werden, prüfe, was du durch sie erfährst, und ob dir besonders hohe oder niedrige Zahlen auffallen.
3. **Betrachte die einzelnen Elemente, aus denen das Schaubild besteht.** Meist bestehen Schaubilder aus **mehreren Bausteinen**, z. B. Texte, Zahlen, Bilder, Symbole, Diagramme, Tabellen. **Finde heraus, was sie bedeuten.** Dabei hilft die **Legende**, in der meist in einer unteren Ecke verwendete Symbole und Farben erklärt werden.
4. **Mache dir abschließend klar, was du an dem Schaubild besonders interessant oder auffällig findest.** Gibt es weitere Informationen oder Angaben, die du gern gewusst hättest und welche Meinung hast du selbst zu dem Thema? Wenn möglich, tausche dich darüber mit einer anderen Person aus oder mache dir Notizen dazu.

**4** Schaubilder können komplizierte Inhalte veranschaulichen und dadurch helfen, Sachverhalte leichter zu verstehen und zusammenzufassen. Dafür müssen sie nicht immer so komplex sein, wie das Schaubild auf Seite 114. Unten seht ihr ein Beispiel für ein einfaches Schaubild, das aber noch nicht komplett ist.

a) Seht es euch an und klärt gemeinsam, was das Schaubild darstellen soll.

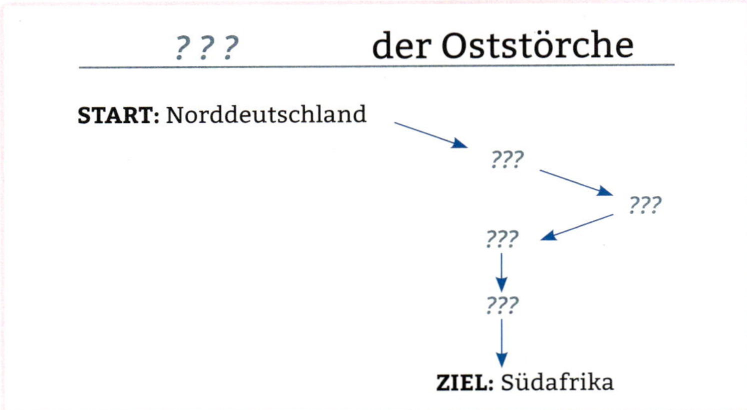


**Aufgabe 4b)**
Portalvorlage
WES-128413-067

b) Ersetze die *???* im kleinen Schaubild anhand des Textes und des Schaubildes von Seite 114. Übertrage es dazu ins Heft oder nutze die Portalvorlage.

c) Fertige nach gleichem Muster ein Schaubild für die Weststörche an.

d) Vergleicht eure Ergebnisse miteinander und korrigiert eure Schaubilder wenn nötig.

* e) Ergänze den Fluss, dem die Oststörche folgen an der richtigen Stelle in deinem Schaubild für die Oststörche als blaue Linie und benenne ihn korrekt.

**5** Das Schaubild auf Seite 114 weist neben den gestrichelten Linien und Farbflächen weitere Bildelemente auf. Sie stehen als Symbole für bestimmte Informationen.

a) Ordnet jedem der Symbole einen der folgenden Begriffe zu.

*Nistplatz – Gefahr – Nahrungsaufnahme*

b) Die Symbole sind auch auf der im Schaubild abgebildeten Landkarte eingezeichnet. Erklärt, warum die jeweiligen Symbole genau an diesen Stellen der Landkarte eingezeichnet sind. Werft dazu auch noch mal einen Blick in den Text auf Seite 114.

**6** Vergleicht nun das Schaubild von Seite 114 mit euren eigenen Schaubildern.

a) Beschreibt, wie sich eure eigenen von dem Schaubild auf Seite 114 unterscheiden. Beachtet dabei folgende Punkte:
- Welche Elemente sind auf den jeweiligen Schaubildern zu sehen?
- Welche Informationen lassen sich den Schaubildern entnehmen und welche nicht?

b) Ergänze nun eines deiner beiden Schaubilder um die noch fehlenden Elemente und Informationen.

c) Tauscht eure Schaubilder zu zweit aus und gebt euch gegenseitig Rückmeldung, ob alle Informationen enthalten sind. Überarbeitet sie, wenn nötig.

*2.3 Pragmatische Texte in eigenen Worten wiedergeben, inhaltliche Zusammenhänge visualisieren*

# Aussageabsichten von Sachtexten unterscheiden

**1** Im Folgenden findet ihr vier Texte, in denen ihr etwas über Biber erfahrt. Lest die Texte aufmerksam durch.

Ⓐ Ein Lexikonauszug

**Biber**

Der Biber ist das zweitgrößte Nagetier der Erde. Er kann bis zu 1,3 Meter lang werden. Schwere Biber wiegen über 30 Kilogramm, normal sind für einen erwachsenen Biber jedoch etwa 20 Kilogramm. Der Biber galt in Deutschland als vom Aussterben bedroht, heute ist wieder recht weit verbreitet.

Ⓑ Auszug aus einem Jugendmagazin:

**BIBER**

Sicher hast du ein Lieblingstier, über das du bereits viel weißt? Aber weißt du auch über den BIBER Bescheid? Nein? Dabei ist der Biber ein wirklich besonders interessantes Tier. Wusstest du z. B., dass der Biber das zweitgrößte Nagetier der Erde ist? Er kann sage und schreibe bis zu 1,3 Meter lang werden. Wahrscheinlich ist es auch neu für dich, dass Biber 12 bis 14 Jahre alt werden?

*Auf dem Bild siehst du Karl – ein Bibermännchen, das sich im Allgäu …*

Ⓒ Ein Plakat:

**Biberfreunde Biberbach**

**Wir fordern:**

SCHÜTZT den Biber! Er ist ein Baumeister der Natur.
ACHTET den Biber! Er ist ein Gestalter unserer Wildnis.
HELFT dem Biber! Schließlich erhalten seine Biotope die Artenfülle und Natürlichkeit unserer Wildnis.
GEBT ACHT und lasst uns zusammenarbeiten, Politik und Naturschutzverbände, um dem Biber in Bayern ein Zuhause zu bieten!

Ⓓ Auszug aus einem Zeitungstext

**Meine Meinung (Franz M. aus Bobrach):** Unverständlicherweise werden Biber gezielt in bayerischen Gegenden angesiedelt. Es ist äußerst kritisch zu sehen, wie sich Menschen in solchem Maße für diesen Nager einsetzen können. Der Biber zerstört durch seine Bauten nicht nur Kanäle und Entwässerungsgräben, zu allem Überfluss vernässt er auch Nutzflächen und zerstört die Ernte, in dem er zahlreiche Feldfrüchte frisst. Die wirtschaftlichen Schäden, die der Biber dabei verursacht, sind sehr groß. Zudem ist die Ansiedlung des Bibers höchst bedenklich, da er auch eine Gefahr für das öffentliche Leben darstellt. Gedacht …

**Aufgabe 2**
**Portalvorlage**
WES-128413-068

**2** Mia hat für die vier Texte jeweils eine Überschrift gefunden.
a) Ordnet die Überschriften den Texten zu. Ihr könnt dazu die Portalvorlage nutzen.
① *Der Biber*
② *Der Biber – eine Gefahr*
③ *Schützt den Biber!*
④ *Der Biber – ein spannendes Tier*
b) Besprecht anschließend in der Klasse eure Ergebnisse.

**3** Jeder der Texte hat eine bestimmte Aussageabsicht. Stellt mithilfe des Merkkastens Vermutungen darüber an, was die Texte jeweils bei den Lesenden bewirken möchten.

**4** Du hast nun ganz verschiedene Texte mit unterschiedlichen Aussageabsichten zum Biber gelesen. Formuliere deine eigene Meinung bzw. deine Einstellung zum Biber in einem kurzen Text. Achte dabei darauf, deine Meinung sinnvoll zu begründen. Die Texte von Seite 117 helfen dir dabei.

m → S. 128
*Suchstrategien*

* **5** Sicher kennst auch du ein Tier, das besonderen Schutz bedarf oder welches du außergewöhnlich interessant findest.
a) Suche dir ein Tier aus und recherchiere in Büchern, Magazinen und/oder Zeitschriften sowie online Informationen zu diesem Tier und seiner Lebensweise.
b) Entscheide dich, ob du über das Tier einen informierenden, appellierenden, kritisierenden oder unterhaltenden Text schreiben möchtest und verfasse diesen in deinem Heft.

## Aussageabsichten von Sachtexten unterscheiden

Um zwischen den verschiedenen **Aussageabsichten** von Sachtexten unterscheiden zu können, muss man herausfinden, was mit dem Sachtext **bewirkt** werden soll. Man unterscheidet dazu **vier Aussageabsichten**:

1 **Informieren:** Soll der Text informieren, ist er inhaltlich **sachlich** und **ohne persönliche Meinung** geschrieben und gibt oft Antworten auf die typischen W-Fragen.
2 **Appellieren:** Soll der Text appellieren, also zu etwas **auffordern**, soll der Inhalt etwas bei den Lesenden **bewirken** und/oder sie von etwas **überzeugen**.
3 **Kritisieren:** Texte können auch (aktuelle) Ereignisse oder Sachverhalte kritisch **beurteilen** und **bewerten**. Oft soll der Text Lesende damit zum **Nachdenken** anregen.
4 **Unterhalten und informieren:** Solche Texte finden sich besonders häufig in (Jugend)-Zeitschriften. Die Texte sind oft **persönlicher** geschrieben und enthalten sowohl **sachliche** Informationen als auch Elemente, die Gefühle hervorrufen können, einen z. B. zum Schmunzeln bringen.

**Beachte**: Viele Sachtexte **vermischen** diese vier Aussageabsichten häufig miteinander. So gibt es Texte, die sowohl informieren als auch kritisieren, oder kritisieren und appellieren usw.

# Das Textäußere beschreiben

**1** Herr Doblinger legt der Klasse zwei Texte vor. Werft einen Blick darauf, ohne diese zu lesen, und begründet im Klassengespräch, welcher euch mehr anspricht.

Text A

Nasenaffen: Sie sehen nicht nur besonders aus, sie gelten auch als besonders gefährdet. Die Affenart lebt auf der südostasiatischen Insel Borneo, dort vor allem an Flussläufen der Galerie-, Mangroven- und Tieflandregenwälder. Die Tiere halten sich vor allem in der Nähe der Ufer auf. Die Nasenaffen erhielten ihren Namen wegen der typischen gurkenförmigen Nase der männlichen Tiere. In jungen Jahren noch recht gewöhnlich, wird die Nase mit zunehmendem Alter länger und knolliger. Die Weibchen haben hingegen relativ kleine Stupsnasen. Die Art steht auf ganz Borneo unter nationalem Schutz. Trotzdem gefährden Wilderei und Zerstörung des Lebensraums das Überleben der Nasenaffen. Hauptnahrung der schlanken Affen sind energiearme Blätter. Ein Bezoar genannter Magenstein, ein Gemisch aus verschluckten Haaren, Pflanzenfasern und Speichel, ermöglicht ihnen, auch Blätter zu fressen, die für viele andere Arten ungenießbar sind.

Text B

## Nasenaffen

Sie sehen nicht nur besonders aus, sie gelten auch als besonders gefährdet.

Die Affenart lebt auf der südostasiatischen Insel Borneo, dort vor allem an Flussläufen der Galerie-, Mangroven- und Tieflandregenwälder. Die Tiere halten sich vor allem in der Nähe der Ufer auf.

Die Nasenaffen erhielten ihren Namen wegen der typischen gurkenförmigen Nase der männlichen Tiere. In jungen Jahren noch recht gewöhnlich, wird die Nase mit zunehmendem Alter länger und knolliger. Die Weibchen haben hingegen relativ kleine Stupsnasen.

Die Art steht auf ganz Borneo unter nationalem Schutz. Trotzdem gefährden Wilderei und Zerstörung des Lebensraums das Überleben der Nasenaffen. Hauptnahrung der schlanken Affen sind energiearme Blätter. Ein Bezoar genannter Magenstein, ein Gemisch aus verschluckten Haaren, Pflanzenfasern und Speichel, ermöglicht ihnen, auch Blätter zu fressen, die für viele andere Arten ungenießbar sind.

**2** Lies nun die beiden Texte durch und notiere, welche Unterschiede dir zwischen ihnen auffallen.

**3** Lest nun den Merkkasten auf Seite 121 durch und besprecht in der Klasse, welche Merkmale des Textäußeren euch bei den einzelnen Texten aufgefallen sind.

**Aufgabe 4**
Portalvorlage + interaktive Aufgabe
WES-128413-069

**4** Ordne die Begriffe im *Wortspeicher* den Zahlen am Rand des Textes „Ein besonderes Raubtier" zu. Nutze dazu die Portalvorlage oder bearbeite die interaktive Aufgabe.

*Vorspann – Spalten – Überschrift – Bild – Zwischenüberschriften – Absätze*

1 ←

# Ein besonderes Raubtier

*Anika Hillmann*

2 **Der Puma wird unter anderem auch als Silberlöwe, Berglöwe oder Kuguar bezeichnet. Obwohl die Verwandten der Hauskatze keine natürlichen Feinde haben, sind sie dennoch gefährdet.**

3 ← *Hier fehlt noch ein Bild.*

Pumas (Puma concolor) sind Säugetiere und gehören zur Familie der Katzen (Felidae). Obwohl Pumas nicht gerade die kleinsten Katzen sind, zählen sie zur Unterfamilie der Kleinkatzen (Felinae). Sie sind enger mit der Hauskatze als mit dem Löwen verwandt.

4 ← **Allgemeines zum Puma**

5 Puma-Männchen werden bis zu 1,5 Meter lang und bis zu 125 Kilogramm schwer. Allein die Schwanzlänge des Pumas beträgt 80 Zentimeter, die Schulterhöhe bis zu 75 Zentimeter. Etwas kleiner und nur halb so schwer sind dagegen die Pumaweibchen. Die Fellfarbe des Pumas reicht von silbergrau bis hin zu rotbraun, je nachdem wo die Tiere leben. Sie sind ihrer Umgebung perfekt angepasst. Vereinzelt kommt Melanismus vor. Das bedeutet, die Tiere sind schwarz gefärbt. Dann sehen sie ähnlich aus wie Schwarze Panther.

**Was frisst ein Puma eigentlich alles?**

Pumas gehören zu den Fleischfressern. Die Größe der Beutetiere ist ihnen egal. Sie verzehren alles: vom Nagetier bis zum Elch. Es kommt auch vor, dass sie Vögel oder Fische fressen. Häufiger sind es jedoch Hirsche, Karibus oder auch Schafe.

6

**Wie lebt ein Puma**

Pumas sind Einzelgänger, die sich lediglich zur Paarungszeit mit Artgenossen zusammenschließen. Ihr Lebensraum erstreckte sich einst über den gesamten amerikanischen Kontinent, von Kanada über Florida bis hin nach Patagonien, über Nordamerika und Südamerika. Mittlerweile ist ihr Verbreitungsgebiet stark geschrumpft. Sie leben in abgelegenen, menschenleeren Gegenden. Je nach Nahrungsangebot kann das Revier eines Pumas bis zu tausend Quadratmeter umfassen. Pumas können bis zu 72 Stundenkilometer schnell laufen. Zum Vergleich: Ein Gepard schafft bis zu 100 Stundenkilometer. Außerdem können Pumas sehr gut klettern. Die Aufzucht der Puma-Jungen liegt ganz in der Hand der Weibchen. Sie bringen nach einer Tragzeit von 90 Tagen zwei bis drei Junge zur Welt. Pumas können bis zu 18 Jahre alt werden.

**Ist der Puma gefährdet?**

Ausgewachsene Pumas haben eigentlich keine natürlichen Feinde. Gefährdet sind sie dennoch. Die größte Gefahr für sie ist leider der Mensch. In den Vereinigten Staaten von Amerika steht der Puma unter Artenschutz, doch leider wird das oft missachtet. Häufig werden sie von Bauern erschossen, die um ihr Vieh fürchten. Daneben werden sie verbotenerweise auch wegen ihres Pelzes getötet.

6

**5** Lies den Text „Ein besonderes Raubtier“ nun genau durch und hilf Mia, ihre jeweilige Aussage sinnvoll zu vervollständigen. Ergänze ihre Satzanfänge in deinem Heft oder bearbeite die interaktive Aufgabe.
Ⓐ *Pumas haben keine Feinde, dennoch sind …*
Ⓑ *Puma-Weibchen sind etwas kleiner als die Männchen, zudem wiegen sie …*
Ⓒ *Pumas sind Einzelgänger, in der Paarungszeit…*
Ⓓ *Die Aufzucht der Puma-Jungen ist …*

**Aufgabe 5**
interaktive Aufgabe
WES-128413-070

**6** Erklärt, welche Aussageabsicht dieser Artikel verfolgt. Belegt dabei eure Meinung am Text.

**7** Du hast in Aufgabe 4 bereits sechs Merkmale des Textäußeren entsprechend zugeordnet. Erkläre nun die jeweilige Funktion des Merkmals anhand des Artikels. Notiere dazu kurze Stichworte in dein Heft oder auf der Portalvorlage.

**Aufgabe 7**
Portalvorlage
WES-128413-071

**8** Im ersten Abschnitt des Artikels fehlt noch ein Bild. Wähle aus den folgenden Bildern das passende aus und begründe deine Entscheidung anhand des Textinhaltes.

Ⓐ

Ⓑ

## Das Textäußere beschreiben (das Layout)

Zum **Textäußeren** gehören folgende **Bestandteile** (Merkmale):
- die **Überschrift** (fett, größere Schrift als der eigentliche Text, oft kein ganzer Satz)
- der **Vorspann** (meist fett oder kursiv , manchmal größer als der Text, aber kleiner als die Überschrift)
- **Spalten** und/oder **Absätze**
- **Zwischenüberschriften**
- **Bilder** oder andere **Illustrationen**.

Alle diese Bestandteile haben auch eine **Funktion**, die sich beschreiben lässt. Das heißt, die Merkmale haben bestimmte **Aufgaben**. Sie wollen:
- **Interesse** wecken,
- den Text **gliedern**,
- den Text **veranschaulichen**,
- das **Wesentliche** des Textes **zusammenfassen** bzw.
- eine **Vorschau** auf den **Inhalt** geben.

## Überprüfe dein Wissen und Können

**Aufgabe 1**
Portalvorlage
WES-128413-072

**1** Erschließe den Text mit der 5-Schritt-Lesemethode. Nutze die Portalvorlage.

# Ameisen

*Von Susanne Wagner*

**Ameisen sind wahre Erfolgsinsekten: Gut zehn Billiarden sollen von ihnen auf der Erde leben. Damit wäre jedes hundertste Tier eine Ameise. Es gibt bis zu 20.000 Arten, etwa 200 davon leben in Europa.**

**Strenge Arbeitsteilung im Ameisenvolk**

Einer der Gründe für den enormen Erfolg der Ameisen ist, dass sie in gut funktionierenden Staaten organisiert sind. Die Anzahl der Tiere in einem Volk schwankt zwischen wenigen Hundert und mehreren Millionen. Ameisen einer Art werden in so genannte Kasten gegliedert, die sich äußerlich deutlich voneinander unterscheiden: geschlechtlich aktive Weibchen (Königinnen), Arbeiterinnen und Männchen. […] Die drei Kasten sind in ihrem Staat auf bestimmte Aufgaben spezialisiert: Die Männchen sorgen ausschließlich für die Befruchtung der Königinnen. Die Königinnen – von denen in einem Nest auch mehrere leben können – sorgen für die Nachkommen. Die Arbeiterinnen erledigen alle übrigen Aufgaben: Sie gehen auf Futtersuche, bauen das Nest, versorgen Brut und Königin mit Nahrung und verteidigen den Bau gegen Angreifer. Jedes Individuum hat dabei eine bestimmte Aufgabe, die jedoch nach Bedarf auch gewechselt werden kann. Je nachdem, welche Arbeit den einzelnen Ameisen zugeteilt ist, kann sich auch die Gestalt der Tiere deutlich voneinander unterscheiden. So besitzen etwa die Nestverteidiger besonders kräftige Oberkiefer.

**Die Königin und die Nachkommen**

Trotz ihrer hohen Stellung hat sie vielleicht die schwerste Arbeit zu erledigen: Die Königin legt vom Frühling bis zum Herbst ununterbrochen Eier. 20 Jahre lang kann beispielsweise die Königin der Roten Waldameise leben. In dieser Zeit legt sie rund eine Million Eier, also mehr als 100 pro Tag. Den Rekord hält allerdings die Treiberameise Dorylus nigricans, deren Königinnen allein in einem Jahr jeweils 50 Millionen Eier produzieren. Doch das geht nicht ohne Hilfe. Die Arbeiterinnen umhegen die Königinnen die ganze Zeit. Sie bringen ihr Futter und kümmern sich sofort nach der Eiablage um die Brut. In der Regel gründet eine Königin nach der Begattung einen neuen Staat. In manchen Fällen gliedern sich die Königinnen auch einfach in ein anderes Volk ein, um hier ihre Brut pflegen zu lassen. […]

**Architektonische Meisterleistungen**

Ameisen nisten fast überall: in Erdlöchern, unter Steinen, in Holz oder hohlen Pflanzenstängeln. Sie gründen ihre Nisthaufen auf der Erde, bauen Nester aus Karton oder gewobenen Blättern. Ameisenbauten bestehen in der Regel aus verzweigten Gängen und mehreren Kammern, in denen Vorräte gespeichert und die Nachkommen versorgt werden. Viele Ameisenarten sind wärmeliebend, auch die Eier und Larven mögen es warm. Daher herrscht in den Bauten ein konstantes Klima. Wird es zu heiß, sorgen die Ameisen durch den Bau von Luftlöchern für Kühlung. Ist es zu kalt, bringen die Tiere Wärme von außen herein: Sie sonnen ihre dunklen Körper und geben die aufgenommene Wärme im Nest wieder ab. [...]

**Ameisen als nützliche Helfer**

Ameisen sind Landschaftspfleger, denn ohne sie wären weite Landstriche karg und fast ohne Grün: Sie lockern mit ihren Gängen den Boden auf und ermöglichen es damit Pflanzen, besser Wurzeln zu schlagen. Durch die Umschichtung des Bodens fördern sie auch die Bildung von fruchtbarem Humus. [...] Die fleißigen Insekten tragen auch zur Verbreitung von Pflanzensamen bei. Waldameisen beispielsweise transportieren die Saat von rund 150 Pflanzenarten. Ameisen säubern zudem den Wald und transportieren tote Tiere ab. Und noch wichtiger: Als räuberisch lebende Tiere vernichten sie Schädlinge in großen Mengen. Außerdem sind sie Nahrungsgrundlage für viele andere Tiere, wie Kröten, Vögel, Eidechsen oder Spinnen.

**2** Mia hat sich intensiv mit dem Text beschäftigt.

a) Bestimme, ob folgende Aussagen von Mia, die sie dem Text entnommen hat, zutreffen und korrigiere sie wenn nötig in deinem Heft.

Ⓐ *Ameisen helfen die Landschaft zu pflegen, diese wäre ohne Ameisen nicht so grün.*

Ⓑ *Ameisen leben in Gemeinschaften, in einem Volk leben zwischen hundert und mehreren tausend Tieren.*

Ⓒ *Die Königin legt das ganze Jahr über Eier.*

b) Mia stellt sich die Frage, warum Ameisen als räuberisch lebende Tiere gelten. Hilf ihr in Stichworten, die Frage zu beantworten.

**3** Begründe, welche Aussageabsicht der Text hat.

**4** Beschreibe das Textäußere, indem du die folgende Tabelle ergänzt. Übertrage sie dazu in dein Heft oder nutze die Portalvorlage.

| Merkmal | Wirkung/Funktion |
|---|---|
| Fettgedruckte Überschrift, die größer als die Schrift des Textes ist | |
| | Er fasst den Text in wenigen Sätzen zusammen und gibt einen Vorausblick |
| Fettgedruckte Zwischenüberschriften | |
| | Sie gliedern den Text |
| Bilder mit Bildunterschriften | |

**Aufgabe 4**
Portalvorlage
WES-128413-073

**Seite 123**
Lösung
WES-128413-074

# Medienwerkstatt

**1** Es gibt viele Medien, die aus unserem Alltag kaum mehr wegzudenken sind.

a) Seht euch die Abbildung an und tauscht euch über Folgendes aus:
- Welche Medien nutzen die Jugendlichen?
- Wieso nutzen sie unterschiedliche Medien und zu welchem Zweck?

b) Ordnet den abgebildeten Medien die folgenden Schlagwörter zu:

*sich informieren – Unterhaltung – miteinander in Kontakt treten – sich austauschen – recherchieren – Informationen finden – Spaß haben – streamen – Videospiel auf der Konsole – einen Film anschauen – Kommunikation – lesen – eine Nachricht schreiben – Musik hören – Online-Game*

**2** Tauscht euch in der Klasse darüber aus, welche Medien ihr besonders häufig nutzt und welche gar nicht. Begründet eure Aussagen.

**In diesem Kapitel lernst du (,) …**
- welche unterschiedlichen Medien es gibt.
- Medien und ihre Funktion zu unterscheiden.
- Medienangebote zu vergleichen.
- über das eigene Medienverhalten nachzudenken.
- für dich gezielt geeignete Medien auszuwählen.
- Medien zur Informationsbeschaffung zu nutzen.
- filmische Mittel zur Erzeugung von Gefühlen zu beschreiben.

# Medienangebote und ihre Funktion kennenlernen

**1** a) Lies die Aussagen in den Sprechblasen.
b) Fülle die Lücken sinnvoll aus. Übernimm dazu den Text aus den Sprechblasen in dein Heft oder nutze die Portalvorlage.

*Nimm auch Aufgabe 1 auf Seite 124 zu Hilfe, um die passenden Medien zu finden. An einigen Stellen gibt es mehrere Möglichkeiten.*

**Aufgabe 1**
Portalvorlage
WES-128413-075

*Wenn ich nach Informationen suche, dann schaue ich im ____________ nach. Dazu verwende ich zum Beispiel die Suchmaschine ____________. Aber wenn ich ein Referat für die Schule vorbereiten muss, dann gehe ich auch in die Schülerbücherei und leihe mir passende ____________ aus.*

*Ich finde einen Messenger wie ____________ super! Damit kann ich mich jederzeit mit meinen Freundinnen, Freunden und Leuten aus der Schule unterhalten. Wir haben auch eine gemeinsame Gruppe, in der wir uns austauschen. Manchmal schicken wir uns auch ____________ oder lustige ____________.*

*Nachmittags schaue ich gerne Filme im ____________ oder ich streame Videos und Serien auf ____________. Mit meinem Bruder zocke ich auch gerne Spiele am/an ____________. Vor dem Schlafengehen höre ich gerne ein ____________ oder lese ein ____________.*

*Mein Opa liest morgens ____________. Aber ich informiere mich immer im Internet über Aktuelles. Dazu schaue ich auf verschiedenen ____________ nach. Manchmal kaufe ich mir auch eine ____________ am Kiosk oder im Supermarkt.*

**2** Arbeitet in Gruppen und setzt euch mit den Medien „Film“, „Zeitung“, „Fernsehen“ und „Internet“ auseinander.
a) Wählt jeweils ein Medium aus und beschreibt es genau.
b) Stellt die Vor- und Nachteile in der Klasse vor.
c) Vergleicht eure Ergebnisse.

**3** Beschreibt, welche Medien die Jugendlichen in der Abbildung nutzen.

**4** Ordnet den Medien die Funktionen „Kommunikation", „Unterhaltung" und „Information" zu.

a) Übernimm die Tabelle in dein Heft und sortiere die unterschiedlichen Medien richtig ein. Manche Medien können mehreren Funktionen zugeordnet werden.

*Fernseher – Handy – Radio – Internet – Tageszeitung – Comic – Buch – Jugendzeitschrift – Laptop – Smartphone – Flyer – E-Mail – BluRay – Hörbuch – Musik-CDs – Filme – Spielekonsolen – Prospekt – Tablet*

| Kommunikation | Unterhaltung | Information |
|---|---|---|
| *Handy …* | *Fernseher, Internet, Buch …* | *Internet, Tageszeitung …* |

b) Tauscht euch darüber aus, weshalb ihr die Medien den jeweiligen Funktionen zugeordnet habt.

**5** Lies den Merkkasten. Ordne die Medien aus Aufgabe 4 Print- oder digitalen Medien zu. Übernimm die Tabelle dazu in dein Heft.

| Printmedien | Digitale Medien |
|---|---|
| *Tageszeitung …* | *DVD …* |

## Printmedien und digitale Medien

**Medien** sind alle Dinge, die genutzt werden, um Informationen von einer Person zur anderen zu übermitteln. Das sind z. B. Körpersprache, Höhlenmalereien, Zeitungen oder Filme. **Printmedien** ist der Sammelbegriff für alle auf Papier gedruckten (engl.: to print = drucken) Medien. Das sind z. B. Zeitungen, Zeitschriften, Bücher und sonstige Druckerzeugnisse (Kataloge, Anzeigenblätter …).
Unter **digitalen Medien** versteht man zum einen elektronische Geräte, mit denen Inhalte vermittelt werden, z. B. Smartphone, Fernseher, Konsole, Computer, Tablet etc. Zum anderen sind digitale Medien auch Inhalte und Informationen, die digital verfügbar sind, z. B. soziale Netzwerke, Musikstreams, Internetseiten, Filme, Computerspiele, E-Mails usw.

# Informationen in Medien finden

**1** Seht euch die Situation unten an. Welche Erfahrungen habt ihr bei Internetsuchen bisher gemacht? Tauscht euch darüber aus.

**2** Nennt Suchbegriffe, die ihr zum Thema „Zootiere“ eingegeben hättet, außer den Begriff „Zootiere“.

**3** Hier siehst du Suchergebnisse zum Thema „Zootiere“.
- Nennt, mit welchem Link ihr etwas über die Lebensbedingungen von Zootieren erfahrt.
- Begründet, welchen Link ihr zuerst anklicken würdet.

1 Zoo – Klexikon – das Kinderlexikon
Ein **Zoo** ist ein Ort, an dem Tiere in Gehegen leben. Dort können Besucher sie sich anschauen. Die Tiere werden von Menschen gepflegt und gefüttert. Das Wort kommt von „Zoologischer Garten“. Die Zoologie ist die Wissenschaft, die sich mit Tieren beschäftigt. Andere Wörter sind „Tierpark“ und „Menagerie“.
https://klexikon.zum.de/wiki/Zoo

2 Was ist die Aufgabe von Zoos? Umwelt & Natur | 1000 ...
11.04.2024. Was ist die **Aufgabe von Zoos?** Ein moderner Zoo soll vier Hauptaufgaben erfüllen: Artenschutz und Arterhalt, Umweltbildung – wir wollen die Menschen über die Tiere aufklären, über ...
https://www.swr.de/wissen/1000-antworten/umwelt-und-natur/1000...

3 Tierpark Hellabrunn: Startseite Zoo München
Der **Münchner Tierpark Hellabrunn** wurde 1911 gegründet. Der **Tierpark** liegt im Landschaftsschutzgebiet der Isarauen. Dort leben aktuell rund 18.500 Tiere in 529 Arten. Also, worauf warten Sie noch? Die Tiere freuen sich auf Ihren Besuch.
https://www.hellabrunn.de

**4** Ordne die folgenden Angaben den Suchergebnissen 1–3 von Seite 127 zu.

*Informationen über einen bestimmten Zoo*

*Informationen über Aufgaben von Zoos*

*Angebot einer Suchmaschine für Kinder*

**5** Führt eine Recherche zum Thema „Astronautinnen und Astronauten" mit unterschiedlichen Suchstrategien durch. Geht dazu folgendermaßen vor:
- Lest den Methodenkasten unten auf der Seite durch.
- Wählt dann für euch selbst eine der Suchstrategien aus und recherchiert nur mithilfe dieser Suchstrategie.

**6** Vergleicht nun eure Recherchen.
a) Tauscht euch über die Vorgehensweise und Ergebnisse der beiden Suchstrategien aus. Beachtet dabei folgende Fragen:
- Womit habt ihr mehr Informationen gefunden, im Internet oder in Büchern?
- Welche Ergebnisse sind ausführlicher und welche noch zu knapp oder ungenau?
- Welche Ergebnisse sind aktueller?
- Welche Ergebnisse sind eher informativ (Zahlen, genaue Angaben etc.) und welche Ergebnisse sind eher unterhaltsam?
- Welche Ergebnisse wirken glaubwürdiger und sind nachprüfbar (Autor/-in, Quellen etc.).

b) Begründet, welche Quellen ihr in einer Präsentation angeben würdet und welche eher nicht.

m

## Suchstrategien mit Print- und digitalen Medien

| Suchstrategie mit Printmedien | Suchstrategie mit digitalen Medien |
|---|---|
| • Ich gehe in die Bücherei/Schülerbücherei und suche nach Büchern zu meinem Thema. Oder ich schaue zu Hause nach, welche Bücher und Zeitschriften ich zu diesem Thema habe.<br>• Ich schaue mir das Inhaltsverzeichnis der Bücher an oder verschaffe mir einen Überblick über die Texte.<br>• Ich schaue in den Texten nach Unterthemen, z. B. Weltall: Planeten, Sonnensystem, Raumfahrt …<br>• Nun versuche ich, die einzelnen Texte mithilfe einer einfachen Methode der Texterschließung zu verstehen. | • Ich gehe in das Internet.<br>• Dort gehe ich auf eine Suchmaschine.<br>• Ich gebe meinen Suchbegriff in das Suchfeld ein.<br>• Ich schaue mir die Treffer an und sortiere sie nach den Unterthemen z. B. Haustiere: Rassen, Haltung, Pflege, Ernährung …<br>• Nun versuche ich, die einzelnen Texte (Ergebnisse meiner Onlinerecherche) mithilfe einer einfachen Methode der Texterschließung zu verstehen. Dazu kann ich mir die Texte ausdrucken. |

# Das eigene Medienverhalten beobachten

**1** Herr Doblinger würde gerne mehr über das Medienverhalten der 5b erfahren und hat den Schülerinnen und Schülern aufgetragen, einmal aufzuschreiben, wie ein typischer Tag von ihnen aussieht.

a) Lies Emmas Ergebnis durch.

Morgens schlafe ich bis halb sieben. Meist schaue ich dann gleich auf mein Smartphone, ob mir Leyla geschrieben hat und chatte dann mit ihr und meinen Freundinnen, während ich frühstücke. Oft geht das dann noch im Schulbus weiter, manchmal spiele ich da aber auch „Sweety Crush". Wenn ich um Viertel vor acht in der Schule ankomme, ist dann erst mal Schluss mit dem Zocken. In der Schule bleibt das Smartphone aus. Um 13 Uhr schalte ich es dann aber wieder ein und vertreibe mir auf der halbstündigen Busfahrt nach Hause die Langeweile mit dem Spielen und Chatten. Dann gibt's Essen. Danach sind so um 14 Uhr die Hausaufgaben dran. Das dauert dann im Schnitt so eineinhalb Stunden. Danach will Mum meistens, dass ich nach draußen an die frische Luft komme, da treff ich mich dann manchmal mit Leyla und sie fährt mit mir gemeinsam wo hin. Wenn schlechtes Wetter ist, bleiben wir aber in meinem Zimmer und surfen im Internet. Hat Leyla keine Zeit, lese ich auch manchmal. Um 18 Uhr muss ich auf jeden Fall daheim sein, weil es Abendessen gibt. Danach schau ich meistens noch meine Lieblingsserie um halb sieben oder irgendwelche Videos, bis mich Mum um acht ins Bett schickt. Und dann geht das Ganze wieder von vorne los.

b) Emmas Aktivitäten lassen sich in einer Tabelle übersichtlicher darstellen. Trage in der Tabelle auf der Portalvorlage die im Text genannten Zeiträume mit farbigen Balken ein, wie im Beispiel vorgegeben ist.

**Aufgabe 1b)**
**Portalvorlage**
WES-128413-076

| Name: *Emma* | 0–6 | 8 | 10 | 12 | 14 | 16 | 18 | 20 | 22 Uhr |
|---|---|---|---|---|---|---|---|---|---|
| schlafen | | | | | | | | | |
| Schule/Hausaufgaben | | | | | | | | | |
| im Internet surfen | | | | | | | | | |
| Chatten/spielen | | | | | | | | | |
| Fernsehen/Videos schauen | | | | | | | | | |
| lesen | | | | | | | | | |

**2** Kontrolliere nun einmal deinen eigenen täglichen Medienkonsum.

a) Führe dazu mindestens einen Tag lang ein Medientagebuch, in dem du festhältst, welche Medien du wie lange am Tag nutzt. Du kannst dazu ebenfalls die Vorlage im Portal nutzen.

b) Vergleicht eure Ergebnisse anschließend in der Klasse. Geht dabei insbesondere auf die Dauer der Mediennutzung ein und begründet, welche ihr für angemessen und welche ihr für übertrieben haltet.

# Eine Umfrage zum Medienverhalten durchführen und auswerten

**Nachdem seine Schülerinnen und Schüler ihr eigenes Medientagebuch ausgefüllt haben, möchte Herr Doblinger die Medienvorlieben der 5b noch genauer erforschen und hat dazu einen Fragebogen erstellt.**

**1** Lies die Fragen, die Herr Doblinger seiner Klasse gestellt hat.

*Medienverhalten von ______________________________ (Name)*

*1) Welches Medium nutzt du in deiner Freizeit am häufigsten?*

☐ *Smartphone* ☐ *Laptop* ☐ *Fernseher* ☐ *Radio* ☐ *Buch*

*2) Wozu nutzt du das Medium bevorzugt?*

☐ *Information* ☐ *Kommunikation* ☐ *Unterhaltung*

*3) Welche Medien nutzt du häufiger?*

☐ *Printmedien* ☐ *digitale Medien*

*4) Wie viel Zeit verbringst du in deiner Freizeit mit Medien?*

☐ *weniger als eine Stunde* ☐ *1–2 Stunden* ☐ *3–4 Stunden*
☐ *mehr als 4 Stunden*

*5) Auf welches Medium könntest du am ehesten verzichten?*

☐ *Smartphone* ☐ *Laptop* ☐ *Fernseher* ☐ *Radio* ☐ *Buch*

**2** Für die Darstellung der Ergebnisse auf die erste Frage hat sich Herr Doblinger für ein Balkendiagramm entschieden. Werft einen Blick auf das Diagramm und sprecht darüber, ...

- ... was genau die beiden Achsen des Diagramms anzeigen.
- ... was die Balken bedeuten.
- ... welche Werte besonders hoch und welche besonders niedrig sind.

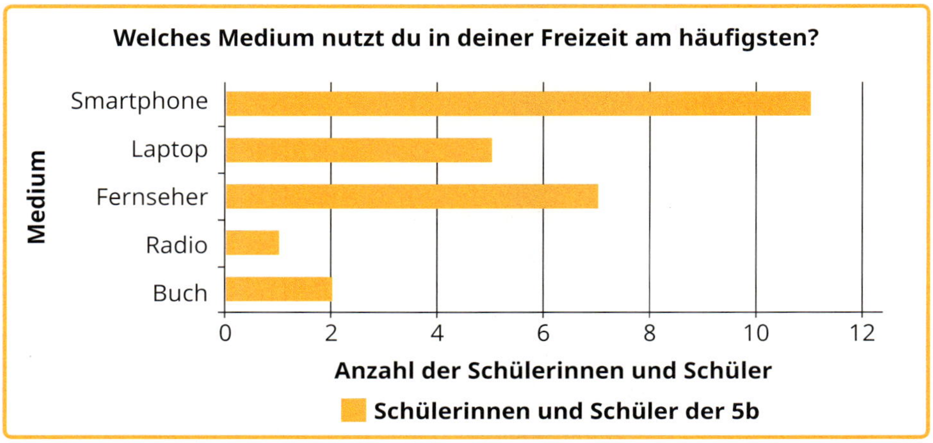

**3** Die Ergebnisse der zweiten Frage des Umfragebogens hat Herr Doblinger in einem Säulendiagramm dargestellt. Seht es euch an und besprecht, welche Informationen ihr dem Diagramm entnehmen könnt. Der Methodenkasten hilft euch dabei.

**Wozu nutzt du das Medium bevorzugt?**

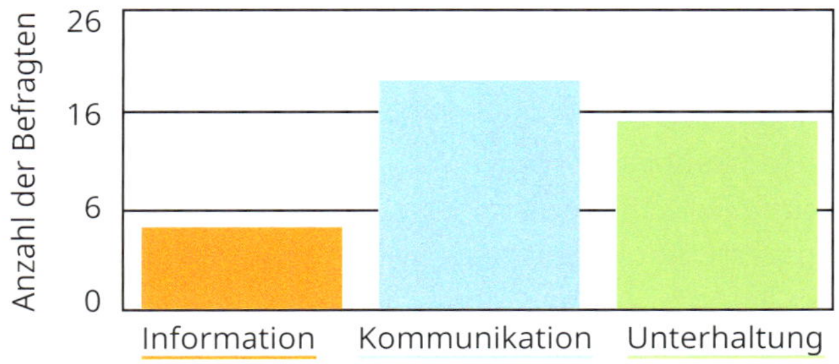


W **4** Die Ergebnisse der dritten Frage hat Herr Doblinger zunächst auf einem Zettel notiert. Wähle im Folgenden zwischen a) und b) und präsentiere dein Ergebnis anschließend der Klasse.

a) Stelle die Ergebnisse der dritten Frage als Balkendiagramm dar.
b) Stelle die Ergebnisse der dritten Frage als Säulendiagramm dar.

*3) Welches Medium nutzt du häufiger?*
*Printmedien: ~~IIII~~ ~~IIII~~ IIII (14)*
*digitale Medien: ~~IIII~~ ~~IIII~~ II (12)*

**5** Wie würde wohl ein Umfrageergebnis zum Medienkonsum für eure Klasse aussehen?

a) Führt zunächst eine entsprechende Umfrage durch. Ihr könnt dazu die Portalvorlage zum Fragebogen von Herrn Doblinger verwenden oder gemeinsam selbst einen Fragebogen mit Ankreuzaufgaben erstellen. Kopiert und verteilt die Zettel in der Klasse. Alle sollten den Zettel wahrheitsgemäß ausfüllen.
b) Wertet die Umfragebögen gruppenweise aus. Führt dazu am besten wie Herr Doblinger eine Strichliste und zählt die einzelnen Ergebnisse anschließend zusammen.
c) Erstellt anschließend gruppenweise zu den einzelnen Fragen entsprechende Diagramme.
d) Präsentiert eure Ergebnisse und tauscht euch darüber aus, welche Werte auffällig oder überraschend sind.

Aufgabe 5a)
Portalvorlage
WES-128413-077

## Diagramme auswerten

Benenne zunächst die **Diagrammform** (z. B. Balken- oder Säulendiagramm). Erkläre dann, worum es in dem Diagramm geht. Dabei hilft dir häufig die **Überschrift**. Erläutere, wofür die **Achsen** stehen, was die **Farben** bedeuten und wofür die **Zahlen** stehen. Beschreibe dann, welche Werte **auffällig** sind, z. B. besonders hoch oder niedrig. Erkläre abschließend, was in dem jeweiligen Schaubild **deutlich** wird und zu welchem **Ergebnis** es kommt.

# Über das eigene Medienverhalten nachdenken

**1** Die Klasse 5b unterhält sich über die Umfrageergebnisse zur Mediennutzung, die Herr Doblinger ihr präsentiert hat.

a) Lies, was die Schülerinnen und Schüler beschäftigt.

Ferdinand: Also für mich ist der Fernseher schon noch wichtig, ich schaue gerne Wissenssendungen, weil man da noch was lernt, und ab und zu die Simpsons. Aber noch lieber mache ich was mit meinen Kumpels oder spiele mit unserem Hund.

Emma: Ohne mein Smartphone würde ich es gar nicht mehr aushalten. Unvorstellbar, wenn man sich keine Nachrichten, Bilder und Videos schicken könnte. Leyla, Sophie und ich unterhalten uns in der Schule immer über Internetvideos. Wenn ich da mal eines nicht gesehen habe, komm ich mir blöd vor, weil ich nicht mitreden kann.

Paul: Ich hab einen Laptop in meinem Zimmer, der läuft oft, egal, was ich gerade mache. Nebenbei mache ich auch Hausaufgaben oder esse. Meine Eltern bekommen oft gar nicht mit, wenn ich abends manchmal noch lange online spiele. Die meinen zwar, ich sollte häufiger mal rausgehen, aber am Computer sitzen macht oft mehr Spaß.

Mia: Auf ein Smartphone und auf das Internet könnte ich komplett verzichten. Im Schulbus starren immer alle wie Zombies ins Handy, da kann man sich mit niemandem mehr richtig unterhalten. Manche zocken sogar noch auf dem Weg zur Schule weiter und achten gar nicht auf die Autos. Andere schauen auch heimlich brutale Sachen oder was für Erwachsene.

b) Ferdinand, Emma, Mia und Paul nutzen häufig Medien. Finde in ihren Äußerungen die Gründe dafür, dass sie fernsehen, im Internet surfen, online spielen oder ihr Smartphone benutzen.

c) Begründet, welcher der vier Aussagen ihr euch eher anschließen könnt.

**2** Aus einigen Äußerungen der Schülerinnen und Schüler kann man nicht nur Positives herauslesen.

a) Benenne mögliche Probleme, die laut Mia durch eine extreme Mediennutzung entstehen können.

b) Beschreibe, wozu die übertriebene Mediennutzung von Emma und Paul führen könnte.

* c) Lies noch einmal Ferdinands Aussage und überlege mit der Person neben dir, welche Aktivitäten es in eurem Alltag gibt, die nichts mit Medien zu tun haben.

**3** Aufgrund der Umfrageergebnisse sind mehrere Mitglieder der 5b etwas verunsichert, da sie im Vergleich zu vielen ihrer Mitschülerinnen und Mitschüler sehr viel Zeit mit Medien verbringen. Herr Doblinger zeigt der 5b daraufhin ein Erklärvideo zum Thema *Mediensucht*.

a) Seht euch das Startbild des Videos an und sprecht in der der Klasse darüber, was ihr auf dem Bild seht.

b) Sieh dir das Video an, scanne dazu den QR-Code. Achte beim Anschauen besonders auf folgende Punkte und mache dir Notizen dazu:
- Woran zeigt sich, dass Max und Emma mediensüchtig sind?
- Warum fällt es den beiden so schwer, auf das jeweilige Medium zu verzichten?
- Welche Folgen hat ihr Suchtverhalten?

c) Klärt in der Klasse zunächst die Frage, was Mediensucht genau ist.

d) Sprecht anschließend darüber, welche Erkenntnisse ihr aus dem Film gewinnen konntet. Nehmt eure Notizen zu Hilfe.

**Aufgabe 3b)**
**Video**
WES-128413-078

**4** Emma findet, dass sie von einer Mediensucht gar nicht so weit entfernt ist und nimmt sich vor, an ihrem Medienkonsum etwas zu verändern.

a) Sammelt in Partnerarbeit Tipps, die Kinder und Jugendliche beachten sollten, um nicht in eine Mediensucht abzurutschen, z. B.:
*Nie bis tief in die Nacht online spielen.*

b) Vergleicht eure Ergebnisse.

*Geht doch einmal für einen Tag auf „Mediendiät" – versucht also 24 Stunden, ohne Fernseher, Laptop, Smartphone usw. auszukommen. Berichtet dann von euren Erfahrungen.*

# Einen Klassenchat sinnvoll nutzen

**Ein Klassenchat hat viele Vorteile und kann allen in der Klasse helfen, immer auf dem Laufenden zu sein. Um die Kommunikation im Chat zu vereinfachen, helfen gemeinsame Regeln.**

**1** Im Klassenchat der 5b hat Toni vor fünf Minuten eine Frage zu den Hausaufgaben gestellt. Die anderen antworten mit unterschiedlichen Posts auf seine Frage.

a) Seht euch die Posts im Klassenchat an.

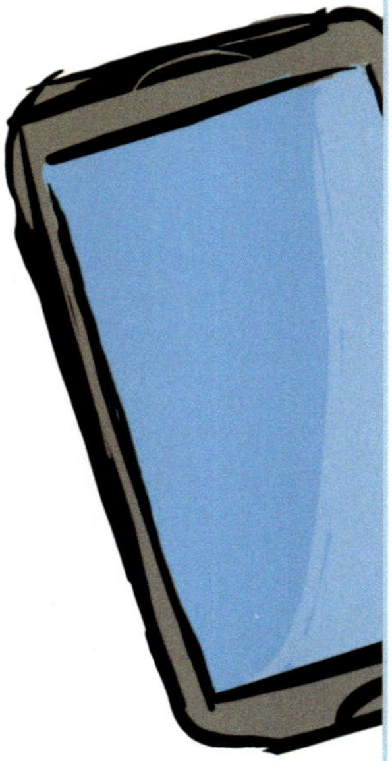

**Toni:** Leute, Bio Hausaufgabe!
Ich check Aufgabe 3 nicht.
Kann mal wer helfen?

**Cem:** Was checkst du denn nicht?

**Julian:** Hausaufgaben – lame! Kommt lieber zum Sportplatz.

**Leyla:** Wann denn?

**Paul:** Kicken?

**Toni:** Aufgabenstellung – was soll ich machen?

**Julian:** ⚽ 15 Uhr

**Leyla:** 😍

**Paul:** 😍

**Cem:** Hmmm ... gib mir n paar Minuten.

**Julian:** 🥸

**Ferdinand:** @Toni: die beiden Zellen vergleichen.
Unterschiede + Gemeinsamkeiten aufschreiben.

b) Bestimmt, welche Posts für Toni hilfreich sein könnten und welche eher nicht. Begründet eure Wahl.

**2** Nach 12 weiteren Posts schreibt Amira in den Chat:

**Amira:** „Ey Leute! Nur wichtige Sachen im Chat.“

Sammelt in der Klasse stichpunktartig, was eurer Meinung nach „wichtige Sachen“ sein könnten, über die im Klassenchat geschrieben werden sollte.

**3** Vier Monate nachdem die Klasse 5b ihren Klassenchat eröffnet hat, reden einige Mitschülerinnen und Mitschüler darüber, wie es ihnen mit dem Klassenchat geht. Lies die Aussagen aus der Klasse 5b.

Ⓐ „Ich finde es gut, dass ich keine Info aus der Klasse verpasse – z. B. Hausaufgaben, Infos zu Schulaufgaben oder was in welcher Projektgruppe abgeht. Aber manchmal sind die Nachrichten einfach viel zu viel ... wer wieder Stinkekäse auf dem Brot hatte oder diese tausend Fotos interessieren mich echt nicht, aber die Gruppe verlassen will ich auch nicht – dann bin ich außen vor."

Ⓑ „Letztens hat Paul ein dummes Foto von mir gepostet, das war mir mega peinlich! Dann hab ich mich mit einem richtig schlimmen Foto von ihm gerächt und alle haben im Chat voll viele Smileys gepostet. Als ich sah, wie geschockt er darüber war, hatte ich ein total schlechtes Gewissen und habe das Foto gelöscht. Aber da hatten es schon alle gesehen und jemand hatte es sogar bereits in eine andere Gruppe weitergeleitet."

Ⓒ „Tausend Bilder, Witze und Kommentare und dann posten alle aus der Klasse noch Smileys dazu ... eigentlich nur unwichtiges Zeug, aber bei jedem „Ping" denk ich, ich verpasse etwas. Und dann frisst das auch noch richtig viel von meinem Datenvolumen. Es ist ja schön, Fotos von anderen anzuschauen – aber das ist dann irgendwie so viel."

Ⓓ Eigentlich ist es cool, dass man im Klassenchat alle etwas fragen kann, aber manche Fragen betreffen gar nicht alle oder sind sogar privat – das nervt dann nur oder geht keinen was an. Darüber sollten alle vorher nachdenken und in solchen Fällen lieber außerhalb der Gruppe schreiben.

**4** Entwickelt nun in Kleingruppen Ideen, wie die Erfahrungen der Klasse 5b dabei helfen können, die Kommunikation im Klassenchat zu vereinfachen. Geht dazu so vor:

- Teilt die Klasse in Kleingruppen auf und verteilt alle obigen Aussagen auf die Kleingruppen.
- Gebt in eigenen Worten knapp wieder, von welcher Erfahrung in eurer Aussage berichtet wird.
- Ordnet eurer Aussage eine der Überschriften aus dem *Wortspeicher* zu.

  *Recht am eigenen Bild – Privatsphäre respektieren – Menge – Verpflichtung*

- Sammelt Ideen, was die Klasse 5b tun kann, um zukünftig die negative Erfahrung zu vermeiden und schreibt sie in Stichpunkten auf.
- Tragt euch nun gegenseitig eure Ideen in der Klasse vor.

✲ **5** Tauscht euch in der Klasse darüber aus, ob euch ähnliche Fälle aus Klassenchats bekannt sind und berichtet davon.

**6** Lest den Methodenkasten und fertigt eine Wandzeitung zum Thema „Regeln für einen Klassenchat" an. Achtet bei eurer Arbeit besonders auf die folgenden Fragen:
- Was ist gut an Klassenchats?
- Was kann an Klassenchats gefährlich sein?
- Welche Regeln sind wichtig für einen Klassenchat?

m

## Eine Wandzeitung gestalten

Eine Wandzeitung kann für unterschiedliche Zwecke eingesetzt werden. Ihr könnt damit über ein Thema informieren, unterschiedliche Meinungen sammeln und gegenüberstellen oder aber den Verlauf einer Projektarbeit abbilden. Um eine Wandzeitung zu erstellen und zu nutzen, geht ihr folgendermaßen vor:

1. **Planung:** Einigt euch gemeinsam darauf, welches Ziel ihr mit eurer Wandzeitung verfolgt (über einen Sachverhalt informieren, verschiedene Meinungen sammeln, den Ablauf eines Projektes darstellen …). Formuliert daraus einen Titel.
2. **Material sammeln:** Material kann aus Bildern, Texten, Grafiken bestehen. Ihr könnt sie aus Büchern und Zeitschriften kopieren, sie selbst schreiben, zeichnen oder basteln. Ihr könnt auch im Internet suchen und die Ergebnisse ausdrucken.
3. **Materialien sichten und auswählen:** Bringt eure Materialien zusammen und prüft, welche Texte, Bilder usw. für eure Wandzeitung infrage kommen. Dabei achtet ihr z. B. darauf, ob sich alles inhaltlich für die Wandzeitung eignet, ob es gut verständlich ist. Auch prüft ihr, ob sich Materialien ähneln und ob sie optisch ansprechend sind. Wählt schließlich gemeinsam die Materialien aus, die sich am besten eignen.
4. **Wandzeitung gestalten:** Die Wandzeitung sollte aus einem großen Bogen Pappe oder sehr dickem Papier bestehen. Legt den Bogen zunächst auf einen Tisch oder den Fußboden und platziert eure ausgewählten Materialien darauf. Ordnet diese so an, dass sie inhaltlich zueinander passen. Klebt die Materialien anschließend ordentlich auf den Bogen. Bringt die Wandzeitung am Ende gut sichtbar an der Wand im Klassenzimmer an.

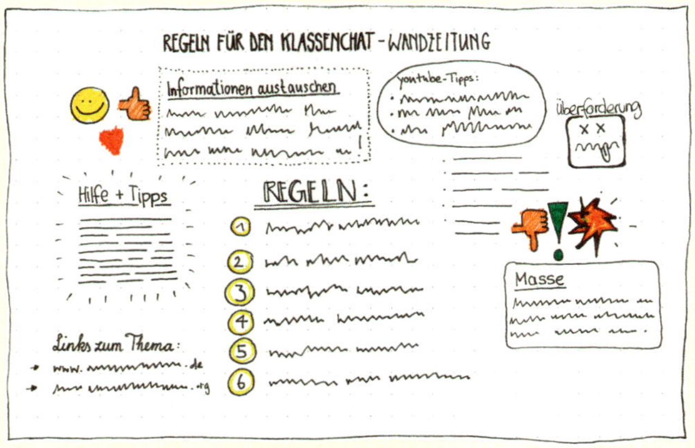

# Die Darstellung von Gefühlen in Filmen beschreiben

**Emma ist ein großer Fan von Animationsfilmen. Einer ihrer Lieblingsfilme ist der Kurzfilm „The Present“, in dem es um einen Jungen geht, der ein ganz besonderes Geschenk erhält.**

**1** Im Folgenden seht ihr ein paar Szenen aus dem Film.

a) Betrachtet die Standbilder und seht euch die Mimik des Jungen genauer an. Achtet dabei besonders auf die Augen, die Augenbrauen und den Mund.

*Mimik*
*Mit Mimik wird der Gesichtsausdruck bezeichnet, durch den ein bestimmtes Gefühl verdeutlicht werden soll.*

b) Stellt Vermutungen an, welche Gefühle des Jungen auf den einzelnen Bildern jeweils zum Ausdruck kommen. Wählt dazu einen passenden Begriff aus dem *Wortspeicher* und begründet eure Entscheidung anhand der Mimik.

*Wut – Angst – Liebe – Freude – Zweifel – Rührung – Trauer – Spannung – Neid – Überraschung – Ekel – Mitleid*

c) Tauscht euch darüber aus, warum der Junge etwas geschenkt bekommt und was der Inhalt des Pakets sein könnte.

*Gebt dazu Folgendes mit den Pluszeichen in eine Suchmaschine ein: The+Present+Film+Jacob+Frey*

**2** Schaut euch nun den Film „The Present" gemeinsam auf einem Videoportal an und geht im Anschluss auf folgende Fragen ein:
- Wie hat dir der Film gefallen? Was fandest du daran gut und was schlecht?
- Was hat dich überrascht?
- Wie findest du die Reaktion des Jungen auf sein Geschenk zu Beginn des Films? Kannst du sie nachvollziehen?
- Warum, denkst du, ändert der Junge seine Einstellung?
- Welchen Hintergedanken hatte die Mutter möglicherweise bei dem Geschenk?
- Gibt es etwas, was man aus diesem kurzen Film lernen kann?

**3** Versuche, die Bilder 1–6 aus Aufgabe 1 den Szenen aus dem Film zuzuordnen und beschreibe, welche Stellen im Film möglicherweise darauf zu sehen sind.

**Aufgabe 4a)**
**interaktive Aufgabe**
WES-128413-079

**4** Der Filmemacher hat sich in seinem Kurzfilm einiger filmischer Mittel bedient, damit sich die Zuschauenden besser in die Figuren hineinversetzen können.

a) Ordne zunächst die Textkästen und die entsprechenden Bilder passend zu. Du kannst dazu auch die interaktive Aufgabe bearbeiten.

A) Durch die **Kameraeinstellung** „Totale" erhalten die Zuschauenden einen größeren Überblick über einen Ort und das Geschehen.

B) Als **„Nahaufnahme"** bezeichnet man eine Kameraeinstellung, die den Kopf und Oberkörper einer Figur zeigt.

C) Aus der **„Vogelperspektive"** (von oben betrachtet) wirkt vieles kleiner, verlassen und einsam.

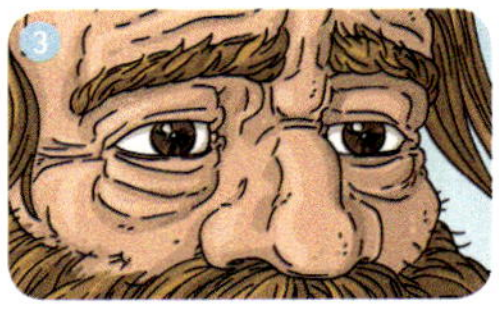

D) **„Detailaufnahmen"** zeigen einen kleinen Teil der Szene ganz groß. Dadurch kann man z. B. den Gesichtsausdruck einer Figur besonders gut erkennen.

E) Aus der **„Froschperspektive"** (von unten betrachtet) wirkt vieles größer, mächtiger und zum Teil bedrohlicher.

F) In der **„Normalperspektive"**, auf Augenhöhe kann man sich gut in die Person und ihre Gefühlslage hineinversetzen.

b) Benennt, welche filmischen Mittel (Kameraeinstellungen und Perspektiven) bei den Bildern 1–6 in Aufgabe 1 jeweils zum Einsatz kommen.

✱ **5** Der Film „The Present" wurde nicht mit realen Menschen gedreht, sondern animiert.

a) Sammelt Vorteile, die Animationsfilme haben können.

b) Begründe, inwiefern du die Figuren glaubwürdig und wirklichkeitsnah findest oder nicht.

# Überprüfe dein Wissen und Können

**1** Bestimmt hast du schon einmal von der „Rico, Oskar und ..."-Buchreihe gehört. Die abenteuerlichen Geschichten der beiden Freunde werden in Form unterschiedlicher Medien angeboten:
- als Hörspiel,
- als Buch,
- als Film.

a) Nenne die einzelnen Vor- und Nachteile der verschiedenen Medienformate.
b) Begründe, welches Medium du bevorzugen würdest.

**2** Nenne jeweils zwei Medien, die man
a) zur Information,
b) zur Kommunikation oder
c) zur Unterhaltung nutzen kann.

**3** Wähle die Ratschläge aus, die bei einer Internetsuche nicht unbedingt sinnvoll sind. Begründe, was an ihnen falsch ist.

**A** Gib im Suchfenster der Suchmaschine weitere Begriffe ein, um ein gezielteres Suchergebnis zu erreichen.
**B** Nutze immer die Informationen aus dem ersten Treffer, das erspart Zeit.
**C** Notiere gute, interessante und informative Internetadressen, damit du sie das nächste Mal auf Anhieb wiederfindest und nutzen kannst.
**D** Verwende grundsätzlich nur eine Suchmaschine, dort findet man die meisten Artikel.
**E** Schreibe ganze Textteile wortwörtlich ab, das erspart dir das Zusammenfassen in eigenen Worten.

**4** Das folgende Bild zeigt eine Szene aus „The Present".
a) Beschreibe anhand der Mimik der Figuren die Stimmung und die Gefühle, die in dieser Szene vorherrschen.
b) Benenne die Kameraeinstellung und die Perspektive, die in dieser Szene gewählt wurden.
c) Begründe, welches Gefühl diese Szene bei dir als Zuschauer auslöst.

**Seite 139**
**Lösung**
WES-128413-080

# Anschaulich erzählen

**1** Sieh dir die Bilder oben an und tausche dich mit der Person neben dir darüber aus, welche Erlebnisse eurer Meinung nach besonders interessant gewesen sein könnten.

**2** Beim Erzählen einer Geschichte ist es wichtig, dass man sein Publikum fesselt und seine Erlebnisse möglichst anschaulich darstellt. Sammelt in der Klasse Möglichkeiten, wie man das beim Erzählen erreichen kann.

**3** Vielleicht habt ihr an einem der vergangenen Wochenenden auch etwas Tolles erlebt oder aber seid bei einer der Szenen schon einmal dabei gewesen. Erzählt in der Klasse von euren Erlebnissen. Beachtet dabei die in Aufgabe 2 gesammelten Merkmale des anschaulichen Erzählens.

**In diesem Kapitel lernst du (,) ...**
- wie du eine schriftliche Erzählung planst,
- wie eine Erzählung aufgebaut ist,
- wie du deine Erzählung anschaulich und spannend gestaltest und
- wie du Erzählungen nach bestimmten Kriterien überarbeitest.

# Eine Erzählung planen

**Eure Erlebnisse könnt ihr nicht nur mündlich erzählen, sondern auch eine schriftliche Erzählung dazu verfassen. Eine Möglichkeit ist, sich zu Reizwörtern eine spannende Geschichte auszudenken. Wie bei jeder Erzählung ist es auch hierbei wichtig, dass ihr nicht einfach anfangt zu schreiben. Macht euch zunächst einmal Gedanken darüber, worüber ihr schreiben möchtet. Dabei kann ein Cluster sehr hilfreich sein.**

**1** Hier seht ihr das angefangene Cluster von Toni zu den Reizwörtern „Schlafsack“, „Nachtwanderung“ und „Katze“. Schaut es euch in Ruhe an.

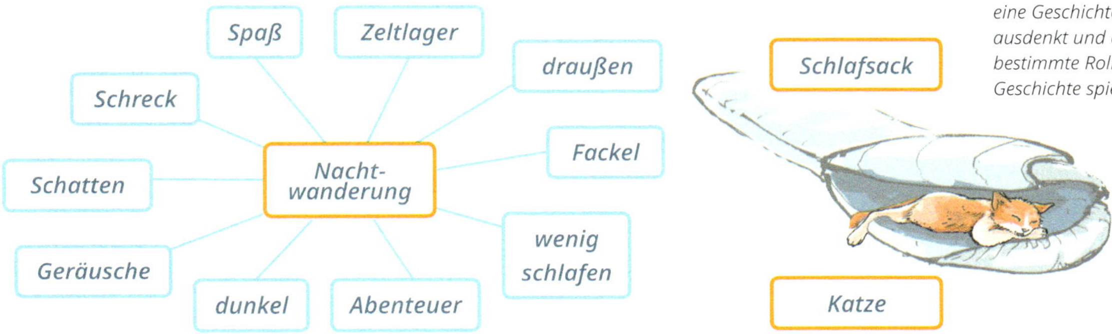


***Reizwörter***
*vorgegebene Wörter, zu denen man sich eine Geschichte ausdenkt und die eine bestimmte Rolle in der Geschichte spielen*

**2** Vervollständige das Cluster zu den Reizwörtern „Schlafsack“ und „Katze“ in deinem Heft. Der Methodenkasten und Tonis Cluster aus Aufgabe 1 helfen dir dabei.

**3** Bevor du anfängst, eine Erzählung zu schreiben, solltest du die Stichworte aus deinem Cluster zunächst ordnen. So vermeidest du, dass deine Erzählung nachher verwirrend wirkt. Dabei kann z. B. eine Schreibpyramide helfen.
a) Gestalte eine eigene Schreibpyramide nach dem Beispiel von Seite 142.
b) Überlege dir ein konkretes Ereignis für deine Geschichte, zu dem möglichst viele Begriffe aus deinem Cluster passen. Trage ein Thema ein, das zu deinen Ideen passt. Notiere daran anschließend auch die Hauptfiguren deiner Geschichte.

## Ein Cluster anlegen

Ein Cluster hiflt dabei, Ideen und Einfälle zu sammeln und übersichtlich festzuhalten. Um ein Cluster anzulegen, gehst du so vor:

1. Schreibe ein **Reizwort**, **Thema** oder einen **Oberbegriff** in die Mitte eines Blattes und umrande es.
2. Um das Reizwort herum schreibst du alle **Ideen**, **Einfälle** und **Gedanken** auf, die dir dazu einfallen.
3. Diese Ideen kannst du ebenfalls umranden und sie durch Linien mit dem Reizwort oder mit weiteren Ideen **verbinden**.

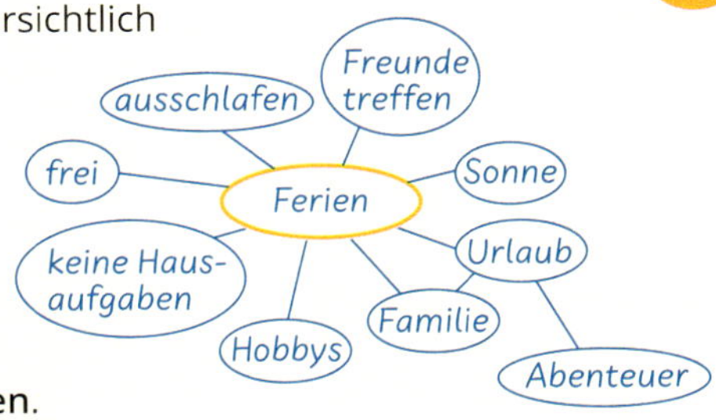

c) Bringe deine Ideen nun in eine sinnvolle Reihenfolge, indem du deine Schreibpyramide vervollständigst. Der Merkkasten hilft dir dabei.

m → S. 27 *Rückmeldung*

d) Erzähle der Person neben dir anhand deiner Schreibpyramide deine Erzählung. Höre dir auch ihre Geschichte an. Gebt euch anschließend gegenseitig eine Rückmeldung.

**Die Schreibpyramide, die ihr hier seht, ist ein Beispiel. Die einzelnen Stufen sind also veränderlich und von der Erzählung abhängig. Das Entscheidende ist, dass eure individuelle Schreibpyramide euch dabei hilft, eure Ideen zu ordnen und die Spannung aufzubauen.**

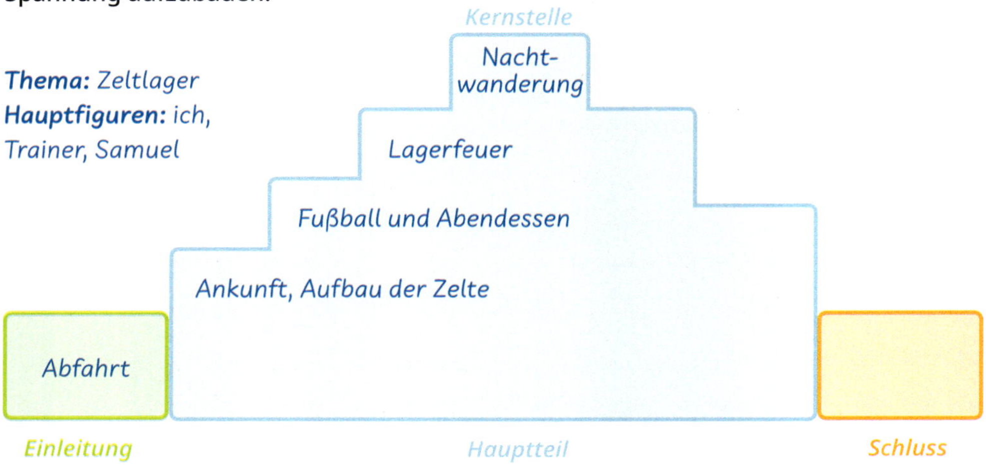


## Eine Erzählung planen

1. Sammle zunächst mithilfe einer Ideensammlung deine Gedanken.
2. Überlege dir ein Thema, zu dem du die Ideen zu allen drei Reizwörtern einbauen kannst.
3. Gestalte die Erzählsituation genauer aus. Entscheide dazu, welche Figuren in deiner Geschichte eine Rolle spielen sollen, wo sich deine Geschichte abspielt und womit alles beginnt. (Einleitung)
4. Überlege dir, welches konkrete Ereignis (Kernstelle) zu deinen Einfällen aus der Ideensammlung passt.
5. Lege dann eine Schreibpyramide an. Beachte dabei, dass ...
   - du passende Ideen aus deiner Ideensammlung mit in die Pyramide aufnimmst.
   - nicht alle deiner Einfälle unbedingt auch in der Schreibpyramide auftauchen müssen.
   - du die Ideen aus deiner Ideensammlung als einzelne Ereignisse formulierst, die sinnvoll aufeinander aufbauen.
   - deine Erzählung auf eine Kernstelle hinausläuft und von da aus relativ zügig auf einen entsprechenden Schluss. Die Kernstelle ist in der Regel ein besonders spannendes, lustiges, interessantes ... Erlebnis in deiner Geschichte.
6. Plane also auch den Ausgang (Schluss) deiner Erzählung voraus.

# Die Einleitung einer Erzählung formulieren

**Jede Erzählung benötigt auch eine Einleitung. Hier führt man zum Thema hin und soll vor allem die Neugier der Lesenden auf das Kommende wecken.**

**1** Zu Tonis Reizwortgeschichte zum Thema Zeltlager gibt es zwei Einleitungsmöglichkeiten.
a) Lies diese aufmerksam durch.
b) Erkläre mithilfe des Merkkastens auf Seite 146, welche W-Fragen in beiden Einleitungen beantwortet werden.
c) Sprecht darüber, welche Einleitung eher eure Neugier auf den weiteren Verlauf der Geschichte weckt. Begründet eure Aussagen.

Einleitung 1

*Letztes Wochenende machte ich mich zusammen mit Freunden aus meinem Sportverein auf in ein dreitägiges Zeltlager in der Nähe von Regensburg. Am Freitagmittag fuhren wir mit einem kleinen Bus und einem Anhänger, auf dem wir unser ganzes Gepäck verstauten, los. Die Vorfreude auf das kommende Ereignis war bei allen groß.*

Einleitung 2

*War das ein Wochenende! Als ich mich letzten Freitagmittag mit meinen Freunden aus dem Sportverein traf, wusste ich noch nicht, was an diesem Zeltwochenende alles auf uns zukommen würde. Schon der Start war das reinste Abenteuer: Wir mussten mit einem alten, klapprigen Bus mit einem viel zu kleinen Anhänger für unser Gepäck starten. Und was sich dann in den drei Tagen alles abspielte, werde ich wohl so schnell nicht wieder vergessen.*

**2** Sicher passen die vorgegebenen Einleitungen nicht zu deiner eigenen Ideensammlung und der von dir erstellten Schreibpyramide.
a) Schreibe eine eigene Einleitung zu deiner Geschichte aus der Schreibpyramide, die alle wichtigen Informationen enthält und die Neugier der Lesenden weckt.
b) Lies deine Einleitung anschließend vor. Sprich mit deiner Klasse darüber, ob es dir gelungen ist, sie neugierig zu machen.

# Spannend und anschaulich erzählen

**Nach der Einleitung baust du deinen Hauptteil Schritt für Schritt zunächst zur Kernstelle hin auf, bevor du anschließend zum Schluss hinführst. Beim Verfassen des Hauptteils ist es wichtig, die Erzählung hier möglichst anschaulich und spannend zu gestalten, damit die Lesenden von der Geschichte gefesselt sind.**

**1** Lies den folgenden Auszug aus Tonis Erzählung aufmerksam durch.

*Der Zeltplatz lag **wunderschön** am Ufer der Donau. Perfekt für Abenteuer. **Eifrig** begannen wir, unsere Zelte aufzubauen. Wir waren **voller Vorfreude** und konnten es kaum erwarten, in das **langersehnte** Campingwochenende zu starten. Obwohl wir **schufteten wie verrückt** und uns unser Trainer beim Aufrichten der Zelte half, dauerte es doch recht lange. Langsam wurden wir **ungeduldig**. Mit vereinten Kräften schafften wir es schließlich doch noch eher als erwartet. So konnten wir noch ein kleines Fußballspiel vor dem Abendessen einschieben. Als es schon etwas dämmerte, **meinte der Coach: „Jetzt habt ihr euch aber ein deftiges Abendessen verdient."** Wir stimmten dem natürlich zu, weil wir schon **unglaublich hungrig** waren. Jeder packte also seine mitgebrachte Brotzeit aus, es **duftete herrlich**. Wir setzten uns **gemütlich** zusammen und begannen **gierig** unser Essen zu **verschlingen**. Es ging zu **wie bei einer Raubtierfütterung**. Als wir so am Lagerfeuer saßen, **hörten** wir immer wieder **Geräusche** aus dem Wald. Mir wurde **mulmig**, als ich daran dachte, dass wir noch eine Nachtwanderung machen wollten. Mittlerweile war es schon richtig **finster** und durch das **flackernde** Licht der Fackeln wirkte alles noch viel **unheimlicher. Ich flüsterte meinem Freund Samuel zu: „Ein bisschen Angst habe ich schon. Du auch?" „Ach, sei kein Feigling!", gab er mir zurück** und schon ging es los. Also machten wir uns auf den Weg und steuerten direkt auf den Wald zu. Die Bäume **warfen gruselige** Schatten und **plötzlich hörten wir die Geräusche immer deutlicher. Es war wie in einem Horrorfilm.***

*Ich bekam es dann doch noch mehr mit der Angst zu tun. Die anderen wohl auch. Samuel blieb mutig. Er ging los und guckte nach, wo das Geräusch hergekommen sein könnte. „Das ist bestimmt nur der Wind. Passt auf, ich schaue mal nach." Einige Zeit blieb er verschwunden. Ab und zu hörte man etwas knacken. Dann lief er an uns vorbei und schrie irgendetwas von einem Waldmonster. Wir wollten der Sache auf den Grund gehen und gingen in dieselbe Richtung wie Samuel vor uns. Wir erblickten eine Katze, die auf einem Baum am Boden saß. Sie warf einen großen Schatten im Licht der Fackeln. Wir mussten alle lachen. …*

**2** Euch ist bestimmt aufgefallen, dass Toni zu einem Reizwort noch gar nichts geschrieben hat. Welches ist das?

W **3** Die fettgedruckten Textstellen machen die Geschichte besonders anschaulich und spannend.

a) Lies zunächst den Merkkasten aufmerksam durch und wähle dann zwischen Aufgabe b) und c).

b) Ordne den Stichwörtern im ***Wortspeicher*** jeweils eine fettgedruckte Textstelle aus Tonis Erzählung zu.

c) Ordne alle fettgedruckten Textstellen aus Tonis Erzählung den Stichwörtern im ***Wortspeicher*** zu.

***anschauliche Adjektive – Spannungswörter – treffende Verben – Vergleiche – wörtliche Rede – Gedanken und Gefühle – Sinneseindrücke***

**4** Im weiteren Verlauf der Geschichte (ab Zeile 21) gelingt es Toni nicht mehr so gut, anschaulich und spannend zu erzählen.

a) Überlegt euch, an welchen Stellen man die im Merkkasten beschriebenen Möglichkeiten für das anschauliche und spannende Erzählen sinnvoll einsetzen kann. Markiert solche Stellen mit ∀. Nutzt dafür die Portalvorlage.

b) Überarbeitet den Text ab Zeile 21 und schreibt ihn in euer Heft.

c) Ergänzt dann den verbesserten Hauptteil mit eigenen Ideen aus euren Schreibpyramiden. Berücksichtigt dabei die Informationen aus dem Merkkasten.

d) Hört euch abschließend einige Fortsetzungen an und besprecht, inwiefern die genannten Kriterien berücksichtigt worden sind.

**Aufgabe 4a)**
**Portalvorlage**
WES-128413-081

*Achtet bei der wörtlichen Rede auf die richtige Zeichensetzung. Behaltet die Zeitstufe „Präteritum“ bei.*

*Zeichensetzung bei der wörtlichen Rede → S. 292*

## Anschaulich und spannend erzählen

Verwende **wörtliche Reden**, um den Lesenden deutlich zu machen, was die Figuren sagen. Achte hier auf die richtige Zeichensetzung.
Erzähle abwechslungsreich, indem du **veranschaulichende Adjektive** und **Vergleiche** verwendest, z. B.: *Das grelle Licht blendete mich wie ein Blitz.*
Auch **treffende Verben** dienen der Abwechslung, z. B.: *sie flüsterte* statt *sie sagte*; *er schlich* statt *er ging*
Erzeuge Spannung durch **Spannungswörter** wie z. B. *plötzlich, auf einmal*.
Lasse Lesende an den **Gedanken und Gefühlen** deiner Figuren teilhaben, z. B.: *Was war das? Ich bekam auf einmal schreckliche Angst.*
Überlege dir, welche Sinne (Hören, Sehen, Riechen, Schmecken, Fühlen) angesprochen werden und gib die **Sinneseindrücke** wieder, z. B.: *Ein lautes Gebrüll ertönte.*

# Zu einer Erzählung einen Schluss und eine Überschrift verfassen

**1** Eine Erzählung endet immer mit einem Schluss.

a) Lies zunächst den Schluss zur Reizwortgeschichte von Toni aufmerksam durch.

*Am nächsten Morgen wurde ich vom hellen Licht der Sonne geweckt. Auf dem Weg zum Verpflegungszelt traf ich unseren Trainer, der mir schon von Weitem mit einem breiten Grinsen entgegenrief: „Na, ausgeschlafen? Hast du den Schock von gestern schon verdaut?" Ich musste bei dem Gedanken an die Ereignisse schmunzeln und entgegnete ihm selbstsicher: „So leicht werde ich mich bestimmt nicht wieder erschrecken lassen im nächsten Jahr."*

b) Verfasse zu diesem Schluss eine mögliche Formulierung für die Schreibpyramide zu Tonis Geschichte.

c) Erkläre mithilfe des Merkkastens, welche Aufgabe der Schluss einer Erlebniserzählung überhaupt hat.

d) Verfasse nun einen Schluss zur Schlussidee aus deiner eigenen Schreibpyramide.

e) Stelle deinen Schluss der Klasse vor. Sprecht darüber, wie gut euch jeweils euer Schluss gelungen ist.

**2** Eine Geschichte braucht natürlich auch eine Überschrift. Diese sollte von Anfang an zum Lesen anregen, indem sie neugierig macht, aber nicht zu viel verrät.

a) Überlege dir eine Überschrift zu Tonis Erzählung.

b) Wählt gemeinsam die Überschrift aus, die euch am besten gefällt.

## Der Aufbau einer Erzählung

Die **Einleitung** informiert über die Hauptpersonen, über den Ort und Zeitpunkt der Geschichte und über das Thema (*Wer? Wann? Wo? Was?*). Außerdem soll die Einleitung deiner Geschichte die Lesenden neugierig machen und sie dazu bringen, weiterlesen zu wollen. Du stellst hier also die Erzählsituation dar.

Der **Hauptteil** enthält die Kernstelle, das Besondere der Geschichte. Schritt für Schritt erzählst du die Ereignisse bis zu einem Höhepunkt.

Mit dem **Schluss** rundest du die Geschichte ab. Du zeigst den Ausgang der Geschichte auf. Außerdem kannst du beispielsweise die Folgen des Ereignisses beschreiben oder einen Blick in die Zukunft werfen.

Die **Überschrift** soll Interesse wecken, dabei aber nicht das Ende der Erzählung verraten.

Beachte, dass eine Erzählung immer im Präteritum verfasst wird.

# Eine digitale Bildergeschichte erstellen

**Geschichten können nicht nur durch Wörter anschaulich erzählt werden, sondern auch mithilfe von Bildern.**

**1** Sicher kennt ihr bereits Geschichten, die mithilfe von Bildern anschaulich und spannend erzählt werden. Tauscht euch über euch bekannte Geschichten aus.

**2** Auch Toni hat seine Erzählung mit Bildern bearbeitet. Dazu hat er eine App benutzt und die Kernstelle seiner Bildergeschichte digital erstellt.

a) Schaut euch die Kernstelle seiner Bildergeschichte unten oder vergrößert auf der Portalvorlage an.

**Aufgabe 2**
**Portalvorlage**
WES-128413-082

Als wir so am Lagerfeuer saßen, hörten wir immer wieder Geräusche aus dem Wald. Mir wurde mulmig, als ich daran dachte, dass wir noch eine Nachtwanderung machen wollten. Mittlerweile war es schon richtig finster und durch das flackernde Licht der Fackeln wirkte alles noch viel unheimlicher. Ich flüsterte meinem Freund Samuel zu: „Ein bisschen Angst habe ich schon. Du auch?" „Ach, sei kein Feigling!", gab er mir zurück ...

... und schon ging es los. Also machten wir uns auf den Weg und steuerten direkt auf den Wald zu. Die Bäume warfen gruselige Schatten und plötzlich hörten wir die Geräusche immer deutlicher. Es war wie in einem Horrorfilm.
Ich bekam es dann doch noch mehr mit der Angst zu tun. Die anderen wohl auch.

Samuel blieb mutig. Er ging los und guckte nach, wo das Geräusch hergekommen sein könnte. „Das ist bestimmt nur der Wind. Passt auf, ich schaue mal nach." Einige Zeit blieb er verschwunden. Ab und zu hörte man etwas knacken. Dann lief er an uns vorbei und schrie irgendetwas von einem Waldmonster.

Wir wollten der Sache auf den Grund gehen und gingen in dieselbe Richtung wie Michael vor uns. Wir erblickten eine Katze, die auf einem Baum am Boden saß. Sie warf einen großen Schatten im Licht der Fackeln. Wir mussten alle lachen.

b) Sprecht darüber, wie euch Tonis Umsetzung seiner Kernstelle gefällt. Begründet eure Meinung. Beachtet dabei folgende Fragen:
- Sind alle wichtigen Inhalte der Kernstelle aus Tonis Erzählung auf den Bildern gut zu erkennen?
- Wird der Inhalt der Kernstelle anhand der Bilder deutlich?

**3** Gestalte nun deine eigene digitale Bildergeschichte. Gehe dabei so vor:

- Sucht gemeinsam nach Apps, mit denen man digitale Bildergeschichten erstellen kann. Beachtet dabei, dass die App einfach zu bedienen ist und über eine verständliche Anleitung verfügt.
- Entscheidet euch für eine App, mit der ihr eure Geschichten erzählen und gestalten wollt.
- Arbeitet nun allein oder zu zweit.
- Schau dir die Anleitung der App genau an. Wenn möglich siehe dir auch vorhandene Beispielgeschichten an, um die Gestaltungsmöglichkeiten der App kennenzulernen.
- Gestalte eine Schreibpyramide nach dem Beispiel auf Seite 142. Prüfe, ob du den Aufbau der Schreibpyramide vielleicht etwas an die Möglichkeiten der App anpassen musst. Wenn nötig, überarbeite den Aufbau deiner Schreibpyramide.
- Plane nun mithilfe der Schreibpyramide eine neue Geschichte. Achte bei deiner Planung auf die Möglichkeiten der App, mit denen du deine Bildergeschichte gestalten kannst und beziehe diese in deine Planung mit ein.
- Erstelle nun deine Bildergeschichte in der App. Wähle frei aus den verfügbaren Gestaltungselementen aus und tippe den Text in das dafür vorgesehene Feld bzw. in die dafür vorgesehenen Felder ein.
- Speichere deine digitale Bildergeschichte ab.

*Einige Apps bieten Beispielgeschichten an. An diesen siehst du die Gestaltungsmöglichkeiten der App und kannst dich an den Ideen orientieren.*

**4** Präsentiert eure digitalen Bildergeschichten in der Klasse.

m → S. 27 *Rückmeldung*

**5** Gebt euch gegenseitig Rückmeldung zu euren Bildergeschichten. Beachtet dabei auch die Fragen aus Aufgabe 2b).

**6** Nun habt ihr selbst digitale Bildergeschichten erstellt. Vergleicht im Klassengespräch mögliche Vor- und Nachteile von digital gestalteten Bildergeschichten.

# Zu Sprichwörtern erzählen

**Geschichten könnt ihr auch zu Sprichwörtern schreiben. Dazu müsst ihr aber ihre Bedeutung genau verstanden haben.**

**1** Sammelt in der Klasse Sprichwörter. Die Bilder geben euch Hinweise auf besonders bekannte Sprichwörter. Sprecht darüber, in welchen Situationen die jeweiligen Sprichwörter benutzt werden und was sie bedeuten.

**2** Klärt gemeinsam die Bedeutung der folgenden Sprichwörter.

Ⓐ *Morgenstund hat Gold im Mund.*

Ⓑ *In der Not frisst der Teufel Fliegen.*

Ⓒ *Es ist nicht alles Gold, was glänzt.*

Ⓓ *Zu viele Köche verderben den Brei.*

Ⓔ *Wenn zwei sich streiten, freut sich der Dritte.*

**3** Beim Erzählen zu einem Sprichwort ist es natürlich wichtig, dass die Handlung der Geschichte zur Bedeutung des Sprichwortes passt.

a) Ordne die beiden folgenden Situationen Sprichwörtern aus Aufgabe 2 zu. Begründe deine Zuordnung.

*Als Peter in den Kühlschrank blickte, musste er feststellen, dass nur noch eingelegte Knoblauchzehen und Erdnussbutter da waren. Weil alle Geschäfte schon geschlossen hatten, aß er vor lauter Hunger beides.*

*Charlotte konnte am Samstag nicht mehr schlafen und erledigte deshalb ihre Hausaufgaben. Was sie noch gar nicht bedacht hatte, war, dass sie so den Nachmittag zum Schlittschuhlaufen frei hatte.*

b) Überlege dir zu einem der vier anderen Sprichwörter selbst ein Ereignis und eine entsprechende Erzählsituation, zu der du eine Geschichte verfassen könntest.

## Sprichwörter

Sprichwörter sind **überlieferte Lebenserfahrungen**, in denen oft eine **bildhafte Sprache** verwendet wird. Das heißt, dass der **eigentliche** oder **tiefere Sinn** des Sprichwortes **nicht direkt angesprochen**, sondern mithilfe eines **bildhaften Ausdrucks verdeutlicht** wird. Sprichwörter sind meist **allgemein bekannt** und werden daher beim Gebrauch **nicht verändert**.

**Aufgabe 4**
Audio
WES-128413-083

**4** Lest die folgende Geschichte zu einem Sprichwort von der vorherigen Seite aufmerksam durch oder hört euch die Audiodatei an.

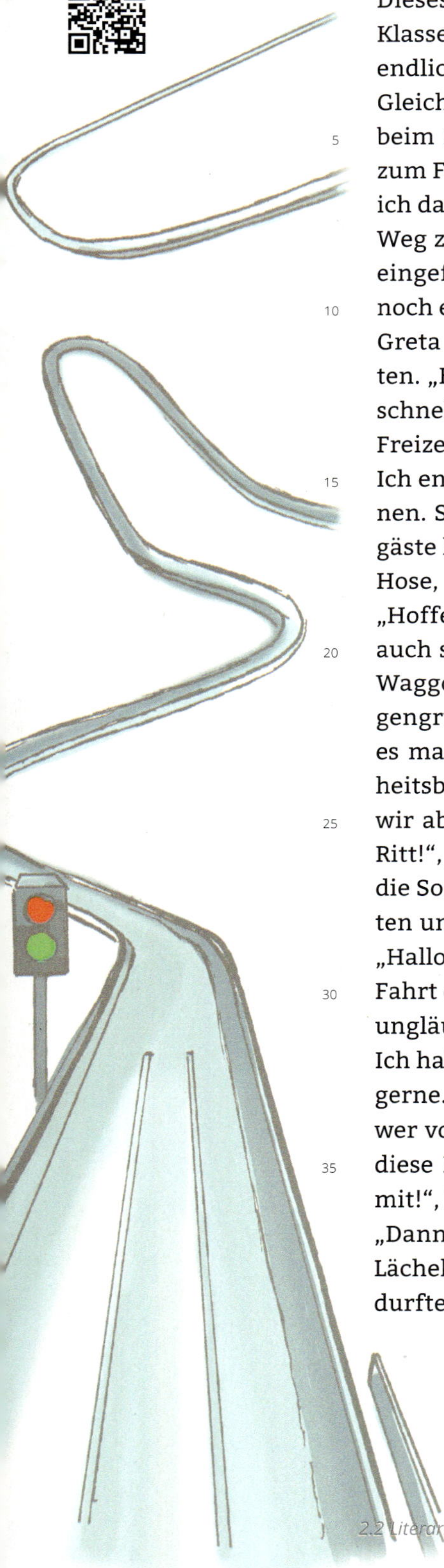

Dieses Schuljahr wollten wir am Wandertag in den Freizeitpark fahren. Die ganze Klasse freute sich schon seit einigen Wochen riesig darauf. Gestern war es dann endlich so weit. Und, was soll ich sagen, es war ein unvergesslicher Tag.
Gleich in der Früh nach dem Aufstehen war ich schon ganz aufgeregt. Bereits beim Frühstück konnte ich von nichts anderem reden als dem Klassenausflug zum Freizeitpark. „Das wird so was von genial!“, tat ich am Tisch kund. Nachdem ich dann meinen Rucksack samt Brotzeit gepackt hatte, machte ich mich auf den Weg zur Schule, wo die meisten aus meiner Klasse sich bereits am Busparkplatz eingefunden hatten. Nach und nach trudelten alle ein, Herr Doblinger zählte noch einmal durch und dann startete der Bus. Die ganze Fahrt über schmiedeten Greta und ich bereits Pläne, mit welchen Fahrgeschäften wir denn fahren wollten. „Es soll auch eine lange Sommerrodelbahn geben, mit der man wahnsinnig schnell wird“, erzählte Greta. „Die müssen wir unbedingt ausprobieren.“ Am Freizeitpark angekommen stürmten alle wie wild in Richtung der Fahrgeschäfte. Ich entschied mich zusammen mit Greta und Tim, mit der Achterbahn zu beginnen. Schon beim Anstehen schlotterten meine Knie etwas, wenn man die Fahrgäste laut schreiend durch die Loopings rasen sah. Mein Herz rutschte mir in die Hose, als es so weit war und wir in unseren Waggons Platz genommen hatten. „Hoffentlich hält die Achterbahn“, schoss es mir durch den Kopf. Doch da war es auch schon zu spät. Mit einer enormen Wucht katapultierte die Achterbahn die Waggons los und wir rauschten in die Kurven und durch die Loopings. Meine Magengrube meldete sich und am ganzen Körper sträubten sich meine Haare, aber es machte unheimlichen Spaß und ich wagte es sogar, die Hände vom Sicherheitsbügel zu nehmen. Laut schreiend schoss ich so in die letzte Steilkurve, bevor wir abbremsten und wohlbehalten wieder am Ausstieg ankamen. „Was für ein Ritt!“, jubelte Tim. „Oh ja, super!“, pflichteten Greta und ich ihm bei. „Wollen wir die Sommerrodelbahn suchen?“, fragte Greta dann. Wir stimmten zu und machten uns auf den Weg. Als wir dort ankamen, entdeckten wir Nina vor der Kasse. „Hallo ihr drei“, begrüßte sie uns freundlich, „ihr wollt also auch bei der letzten Fahrt dieser Monsterrodelbahn mitfahren?“ „Die letzte Fahrt?“, entgegneten wir ungläubig. „Leider ja, die Bahn wird gleich wegen Wartungsarbeiten geschlossen. Ich habe aber noch zwei Chips ergattert. Wenn also zwei von euch fahren wollen, gerne.“ Tim und Greta begannen daraufhin sofort, wild darüber zu diskutieren, wer von beiden denn jetzt fahren darf. „Ich habe mich schon die ganze Zeit auf diese Bahn gefreut!“, rief Greta. „Glaubst du, ich nicht? Ich will da unbedingt mit!“, hielt Tim dagegen. Nina sah mich augenzwinkernd an und winkte mir zu: „Dann fahren wir beide einfach, wenn Greta und Tim sich nicht einigen können.“ Lächelnd nahm ich das Angebot an. Zu zweit setzten wir uns in einen Bob, ich durfte ans Steuerrad. Das Gefährt schoss durch die Rinne, wir johlten vor Freude

und Aufregung. Der Wind blies uns ins Gesicht und als unser Bob plötzlich die obere Kante der Rinne erreichte, setzte mein Herz für einen Schlag aus. „Das war knapp!“, rief Nina. Unten angekommen bremste ich den Bob ab und wir waren überglücklich nach dieser wilden Fahrt. Am Ausstieg entdecken wir Greta und Tim, die immer noch diskutierten. „Wo kommt ihr denn her?“, fragte Tim. Ich antwortete: „Wir haben die Zeit genutzt und uns todesmutig die Rodelbahn hinuntergestürzt.“ Und Nina ergänzte: „*???*“ Ungläubig schauten Greta und Tim uns an, bevor wir alle anfingen zu lachen. „Da waren wir jetzt ganz schön blöd“, stellte Tim fest. Und Greta stimmte zu: „Ja, selber schuld.“ „Dafür laden Nina und ich euch auf eine Kugel Eis ein. Als Entschädigung“, schlug ich vor. Alle stimmten zu: „Oh ja, das ist eine Spitzenidee!“ Wir ließen uns also alle vier eine Kugel Eis schmecken und genossen den restlichen Sommertag im Freizeitpark.
Natürlich fuhren wir auch noch mit einer Menge anderer Fahrgeschäfte, die schnell und nervenaufreibend waren, bevor uns der Bus wieder nach Hause brachte. Aber beim nächsten Mal werden Greta und Tim sicher ganz ohne Streit auskommen, um auch einmal in rasendem Tempo durch die Bobbahn hinuntersausen zu können.

**5** Sprecht darüber, welches Sprichwort von Seite 149 sich hinter den *???* versteckt.

**6** Übernimm die folgende Schreibpyramide zur Geschichte oben in dein Heft. Vervollständige sie anschließend, indem du die Ereignisse, die nacheinander passieren, einträgst.

***Thema:*** *Ein Tag im Freizeitpark*
***Hauptfiguren:*** *ich, …*

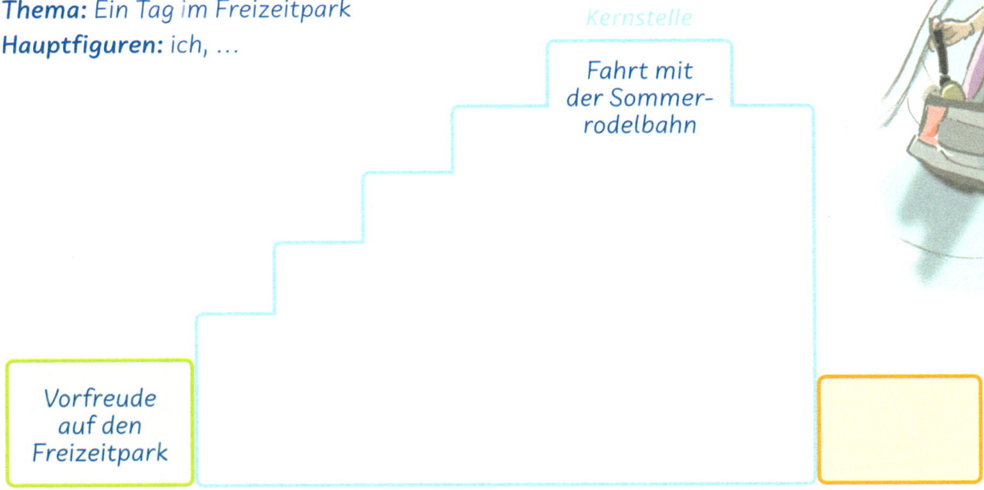


**7** Sprecht darüber, warum sich Sprichwörter im Gegensatz zu Reizwörtern als Titel für Erzählungen eignen.

**8** Nehmt eure Ergebnisse aus Aufgabe 3b) noch einmal zur Hand. Entwerft dazu Schreibpyramiden und stellt sie euch gegenseitig vor.

# Eine eigene Erzählung verfassen und überarbeiten

w **1** Erzähle nun selbst eine Geschichte. Wähle dazu zwischen a) und b).
a) Schreibe eine Geschichte zu den drei Reizwörtern *Lesenacht, Spinne, fliegen*.
b) Verfasse eine Geschichte zu einem der Sprichwörter auf Seite 149.

Gehe dabei folgendermaßen vor.

- Sammle zunächst alle Ideen, die dir zu den Reizwörtern oder dem Sprichwort einfallen, in einer Übersicht.
- Erstelle anschließend eine Schreibpyramide nach dem Muster auf Seite 142. Entwirf dann die Erzählsituation: Welche Hauptpersonen spielen in deiner Geschichte eine Rolle und wo spielt sich das Geschehen ab? Überlege dann, welche Ereignisse nacheinander ablaufen und zu einem Höhepunkt führen. Denk auch über den Ausgang der Handlung nach.
- Baue die Reizwörter sinnvoll in deine Geschichte ein bzw. achte darauf, dass die Handlung der Geschichte zum ausgewählten Sprichwort passt.
- Schreibe die Geschichte im Präteritum. Gliedere sie in Einleitung, Hauptteil und Schluss. Vergiss auch nicht, eine passende Überschrift zu deiner Erzählung zu formulieren. Achte darauf, anschaulich und spannend zu erzählen.
- Lasse beim Schreiben einen ungefähr vier Zentimeter breiten Rand auf der rechten Seite.
- Überarbeitet eure Geschichten anschließend in einer Schreibkonferenz. Dabei setzt ihr euch in Expertengruppen zusammen und überarbeitet eure Texte gemeinsam. Die folgende Checkliste hilft euch beim Überprüfen der Texte.

m → S. 162 *Schreibkonferenz*

## Checkliste: Anschaulich und spannend erzählen

Ich habe …

- ✔ eine Überschrift gewählt, die zum Weiterlesen anregt, aber nicht zu viel vom Inhalt verrät.
- ✔ eine Einleitung formuliert, die zum Thema hinführt, die Neugier der Lesenden weckt und die wichtigsten W-Fragen beantwortet.
- ✔ wörtliche Reden, Vergleiche, Spannungswörter, anschauliche Adjektive und treffende Verben verwendet.
- ✔ Gedanken und Gefühle sowie Sinneseindrücke beschrieben.
- ✔ die einzelnen Ereignisse der Geschichte sinnvoll aufeinander aufgebaut, sodass sie zu einem Höhepunkt führen.
- ✔ einen Schluss geschrieben, der die Erzählung passend abrundet.
- ✔ meine Erzählung im Präteritum verfasst.
- ✔ alle Reizwörter in der Geschichte verwendet bzw. passend zu einem Sprichwort erzählt.

# Überprüfe dein Wissen und Können

**1** Löse zunächst die folgenden Aufgaben zum anschaulichen und spannenden Erzählen schriftlich.
a) Wie kann man Ideen für eine Erzählung sammeln?
b) Wie kann man Ideen für eine Erzählung sinnvoll ordnen?
c) In welcher Zeitform wird eine Erzählung verfasst?
d) Welche vier formalen Bestandteile hat eine Erzählung?
e) Was muss man beachten, wenn man zu Reizwörtern eine Erzählung schreibt?
f) Was muss man beachten, wenn man zu einem Sprichwort eine Erzählung schreibt?
g) Nenne vier der sieben Möglichkeiten, eine Erzählung anschaulich und spannend zu gestalten.

**2** Bereitet gemeinsam das Schreiben einer Erzählung vor. Geht dazu folgendermaßen vor:
- Alle aus der Klasse schreiben drei Reizwörter und ein Sprichwort <u>auf einen Zettel</u> und falten diesen.
- Eure Lehrkraft sammelt nun alle Zettel ein und legt sie in eine Schachtel.
- Nachdem die Zettel ordentlich vermischt worden sind, dürfen alle von euch einen Zettel ziehen. Zieht ihr zufällig euren eigenen Zettel, legt ihr ihn zurück in die Schachtel und zieht noch einmal.

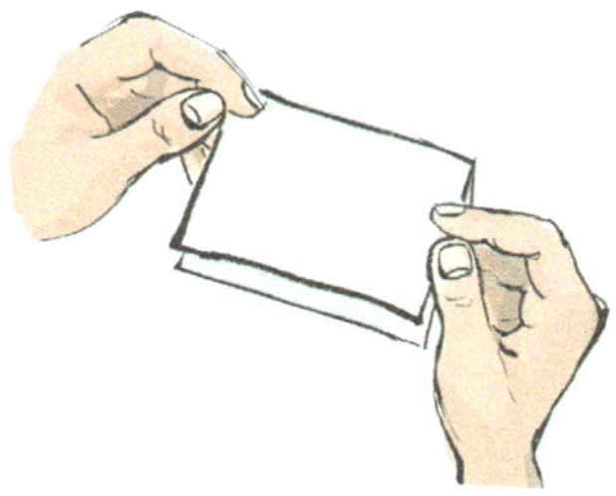

**3** Schreibe nun eine Erzählung zu den drei Reizwörtern <u>oder</u> zum Sprichwort auf deinem Zettel.
a) Gehe beim Verfassen deiner Geschichte so vor, wie du es gelernt hast.
b) Nachdem du deine Geschichte geschrieben hast, lies sie noch einmal sorgfältig mit Blick auf
- Rechtschreibung und Zeichensetzung,
- Grammatik,
- Ausdruck und
- Verständlichkeit.

Überarbeite sie falls nötig.

✻ c) Setze deine Erzählung als digitale Bildergeschichte um.

**4** Tragt eure Geschichten anschließend in der Klasse vor und versucht zu erraten, wer zu euren Reizwörtern oder zu eurem Sprichwort eine Geschichte verfasst hat. Sprecht auch darüber, ob die formalen Punkte für eine Erzählung beachtet wurden.

Seite 153
Lösung
WES-128413-084

*3.2 Eigene erzählende Texte schreiben, Handlungsverlauf gliedern, sprachliche Mittel gezielt einsetzen*

# Tiere beschreiben

**Diese Jugendlichen haben sich Tierrätsel ausgedacht.**

**1** Lest euch die Rätsel gegenseitig vor. Versucht, die Tiere zu erraten.

***Ich kenne ein Tier, …***
*… dessen Lieblingsnahrung Blätter sind.*
*… das ziemlich groß ist und ursprünglich aus Afrika stammt.*
*… das eine lange, blaue Zunge hat.*
*… das, wenn es trinken will, seine Beine weit auseinander stellen muss, um den Boden zu erreichen – das sieht meistens sehr komisch aus.*

***Ich kenne ein Tier, …***
*… das nur Pflanzen frisst und sich hauptsächlich von Gras ernährt.*
*… das den Großteil seiner Zeit im Wasser verbringt.*
*… das eines der größten Landsäugetiere ist und nur in Afrika lebt.*
*… dessen Haut graubraun bis rosa und glatt ist und einige wenige borstige Haare hat.*
*… das seine kleinen Ohren wie Propeller drehen kann.*

***Ich kenne ein Tier, …***
*… das bei uns in Deutschland zu den größten Raubtieren zählt.*
*… dessen Art fast komplett ausgerottet war, das aber mittlerweile in einigen deutschen Regionen wieder heimisch ist.*
*… das im Waldland und in Bergwäldern lebt.*
*… das Einzelgänger ist und meist in der Dämmerung aktiv wird.*
*… zu dessen Lieblingsbeute fast alle Waldbewohner zählen.*
*… dessen auffälligstes Merkmal seine Pinselohren sind.*

**2** Sprecht darüber, welche Information über das gesuchte Tier euch geholfen hat, das Tier zu erkennen.

**In diesem Kapitel lernst du (,) …**

- den Aufbau und die Sprache einer Suchanzeige kennen.
- Informationen über ein Tier in eine sinnvolle Reihenfolge zu bringen.
- ein Tier anschaulich und genau zu beschreiben.
- bei der Beschreibung von Tieren deren Körperteile richtig zu benennen.
- abwechslungsreiche Satzanfänge zu verwenden.
- selbst eine Suchanzeige zu verfassen.
- einem Film Informationen über ein Tier zu entnehmen.
- mithilfe eines Films eine Tierbeschreibung zu verfassen.

# Aufbau und Sprache einer Suchanzeige kennenlernen

**Mia ist traurig. Beim Spazierengehen ist ihr Hund Bonnie weggelaufen. Deswegen hat sie folgende Suchanzeige verfasst und in der Nachbarschaft ausgehängt.**

**1** Lies ihre Suchanzeige zunächst aufmerksam durch.

*Wer hat meine Hündin Bonnie gesehen?*

*Seit Montag, den 12. April, vermisse ich meine Hündin, die mir bei einem Spaziergang entlaufen ist. Sie hört auf den Namen Bonnie, ist zwei Jahre alt und ein Border-Collie-Weibchen.*
*Bonnie ist knapp 50 cm groß, hat einen kräftigen Körper und schwarz-weißes, langes Fell.*
*Ihr Gesicht sieht freundlich aus. Sie hat schöne dunkle Augen. Die Ohren sind schwarz und meist aufmerksam aufgestellt. An der Stirn und um die spitze Schnauze herum ist das Fell weiß. Bonnies Nase ist feucht und schwarz. Oft zeigt sie auch ihre rosafarbene Zunge. Im Nacken hat sie weißes Fell, das wie eine Halskrause aussieht. Ihr Körper ist eher lang und die Beine im Vergleich dazu recht kurz. Die Vorderpfoten und die Brust sind schneeweiß, die Rute schwarz und buschig.*
*Wenn du auf Bonnie treffen solltest, musst du keine Angst haben. Bonnie mag alle Menschen, auch Fremde begrüßt sie mit wildem Schwanzwedeln.*
*Erkennen kannst du Bonnie auch an ihrem lilafarbenen Lederhalsband, auf dem in goldener Schrift ihr Name steht.*

*Solltest du meine Border-Collie-Hündin gesehen haben, dann melde dich doch bitte bei:*
*Mia Schmidt*
*Kämmerstraße 14*
*83211 Hainstett*
*Telefonnummer: 08810-154784*
*Ich freue mich über jeden Hinweis!*

**2** Eine Suchanzeige besteht meist aus drei Teilen. Trenne diese mit Strichen voneinander ab und benenne sie. Nutze dafür die Portalvorlage. Der Merkkasten auf Seite 156 hilft dir dabei.

**Aufgabe 2**
**Portalvorlage**
WES-128413-085

**3** In Mias Suchanzeige sind zahlreiche Informationen über „Bonnie" enthalten.

a) Erstelle eine Tabelle mit zwei Spalten. Trage die Informationen aus dem *Wortspeicher* in die linke Spalte ein. Befolge dabei die Reihenfolge der Informationen, wie sie in Mias Suchanzeige vorkommen.

*besonderes Kennzeichen – Körper – Fell – Größe – Beine – Verhalten – Rasse – Kopf – Körperbau –Rute*

Du kannst folgendermaßen beginnen:

| | |
|---|---|
| Rasse: | ... |
| Größe: | ... |
| ... | ... |

b) Ergänze nun in der rechten Spalte die dazugehörigen Informationen über Bonnie, z. B.: *Rasse: Border Collie*

**Aufgabe 4a)**
**Portalvorlage**
WES-128413-086

**4** Um Bonnie möglichst treffend zu beschreiben, verwendet Mia in ihrer Anzeige anschauliche Adjektive, treffende Verben und einen Vergleich.

a) Unterstreiche auf der Portalvorlage alle Adjektive grün, alle treffenden Verben blau und den Vergleich rot.

b) Vergleiche deine Lösung mit denen deiner Klasse.

**5** Gib an, in welcher Zeitform Mias Suchanzeige geschrieben ist und kreise auf der Portalvorlage alle Verben ein.

## Aufbau und Sprache einer Suchanzeige

Eine Suchanzeige muss so **anschaulich und genau** wie möglich sein. So können sich alle, die sie lesen, das gesuchte Tier gut vorstellen.
Eine Suchanzeige besteht aus **drei Teilen**:

- **Einleitung:**
  In der Einleitung informierst du darüber, um **welche Tierart** es sich bei dem gesuchten Tier handelt, **wie das Tier heißt** und **seit wann** es **verschwunden** ist.
- **Hauptteil:**
  Im Hauptteil beschreibst du das Tier nun möglichst genau. Halte dich dabei an folgende Reihenfolge:
  **1. Größe und Körperbau**
  **2. Kopf (Ohren, Augen, ...)**
  **3. Körper**
  **4. Beine**
  **5. Schwanz**
  **6. besondere Kennzeichen/Verhaltensweisen**
- **Schluss:**
  Am Ende teilst du mit, **bei wem** sich die Finderin oder der Finder des Tieres **melden soll (Name, Adresse oder Telefonnummer)**. **Bedanke dich** außerdem noch für die Unterstützung bei der Suche des Tieres.

**Beachte:** Suchanzeigen werden immer im **Präsens** verfasst.

# Informationen im Hauptteil der Suchanzeige in die richtige Reihenfolge bringen

**Beim Schreiben einer Suchanzeige ist es sinnvoll, die einzelnen Körperteile des Tieres in einer bestimmten Reihenfolge anzusprechen.**

**1** Im Folgenden findest du verschiedene Informationen über den Kater Felix.

a) Lies diese zunächst durch.

Ⓐ Der Schwanz, der an der Spitze abgerundet ist, ist etwas kürzer als bei anderen Katzenrassen.

Ⓑ Mit einer Größe von 40 cm gehört Felix zu den mittelgroßen Katzen. Der Kater besitzt einen kräftigen, muskulösen Körper. Sein kurzes, glänzendes Fell hat die Farbe Grau.

Ⓕ Der Kopf des Katers hat eine runde Form mit weit auseinander stehenden, kleinen, abgerundeten Ohren.

Ⓓ Besonders fallen seine großen, runden Augen auf, die orange leuchten.

Ⓔ Der Körper ist stämmig und robust mit einer breiten Brust.

Ⓒ Felix' Beine sind kurz und stämmig mit großen, runden Pfoten.

b) Bringe nun die Informationen über Felix' Aussehen in die richtige Reihenfolge. Schreibe entweder die Buchstaben in der richtigen Reihenfolge auf oder bearbeite die interaktive Aufgabe. Der Merkkasten auf Seite 156 hilft dir dabei. Beginne mit Infokasten B (*„Mit einer Größe von 40 cm gehört Felix zu den mittelgroßen Katzen …“*).

**Aufgabe 1b)**
interaktive Aufgabe
WES-128413-087

✲ **2** In Büchern, Zeitschriften oder im Internet findest du Fotos verschiedener Tiere.

a) Suche ein Tierfoto aus.

b) Nimm ein leeres Blatt zur Hand und unterteile es in sechs gleiche Streifen.

c) Schreibe auf die einzelnen Papierstreifen Informationen über das Aussehen deines Tieres in der Reihenfolge, wie sie im Hauptteil der Suchanzeige auftauchen sollen. Verwende für jede Information einen Streifen. Auf dem ersten Streifen stehen z. B. Informationen zu Größe und Körperbau, auf dem zweiten Infos zum Kopf usw. Der Merkkasten auf Seite 156 und das Beispiel oben helfen dir dabei.

d) Schneide die Papierstreifen auseinander und vermische sie, sodass sie nicht mehr in der richtigen Reihenfolge geordnet sind.

e) Lasse die Person neben dir die Infos in die richtige Reihenfolge bringen und überprüfe anschließend, ob sie alles richtig geordnet hat.

*Größe: …*
*???*
*???*
*???*
*???*
*???*

# Die Suchanzeige sprachlich richtig gestalten

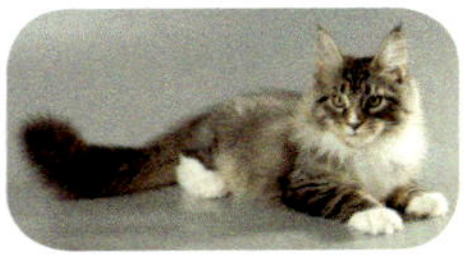

*Maine Coon*

*Bengalkatze*

*Perserkatze*

*Siamkatze*

## Adjektive verwenden

**1** Julian hat ebenfalls eine Suchanzeige verfasst.

a) Lies diese zunächst durch.

*Wo ist Mimi?*
*Seit letzter Woche vermisse ich meine Katze Mimi. Sie ist sieben Jahre alt. Mimi ist nicht sehr groß, sie hat einen schönen Körperbau und tolles Fell. Ihr Gesicht ist hübsch, besonders ihre Augen. Sie hat eine Schnauze mit einer süßen Nase und natürlich auch Ohren. Besonders gut gefällt mir die Farbe von Mimis Fell. Ihr Charakter ist ganz besonders.*
*Falls du meine Mimi findest, wäre es schön, wenn du dich bei mir melden würdest.*
*Julian Adamek* *Telefonnummer: 08810-95623*
*Danke für deine Mithilfe!*

b) Stellt in der Klasse Vermutungen an, welche der links abgebildeten Katzen Mimi sein könnte. Was fällt euch auf?

**2** Erklärt, warum es schwerfällt, Julians Katze zu erkennen und macht Vorschläge, wie man die Suchanzeige verbessern kann. Der Merkkasten hilft euch dabei.

**3** Unterstützt Julian dabei, seine Suchanzeige zu überarbeiten.

a) Arbeitet in Zweiergruppen. Wählt eine der vier abgebildeten Katzen aus.

b) Prüft, welche Körperteile von Mimi Julian in der Anzeige nicht beschrieben hat. Ergänzt diese in eurer Beschreibung.

c) Verbessert die Suchanzeige, indem ihr treffende Adjektive (z. B. aus dem ***Wortspeicher***), Verben sowie Vergleiche einsetzt, die die Katze anschaulich beschreiben.

*Adjektive → S. 213*

***zutraulich – groß – mittelgroß – klein – kräftig – muskulös – zierlich – dünn – lang – kurz – flauschig – weich – schwarz – braun – grau – weiß – gefleckt – getigert – leuchtend – freundlich – scheu – ängstlich***

d) Tragt eure überarbeitete Suchanzeige der Klasse vor. Lasst sie erraten, welche der vier Katzen beschrieben wird.

### Ein Tier anschaulich beschreiben

Die Suchanzeige soll das vermisste Tier **so genau wie möglich beschreiben**, sodass diejenigen, die die Anzeige lesen, das Tier auch erkennen, falls sie es sehen. Genau wird deine Tierbeschreibung, indem du **anschauliche Adjektive** einsetzt (z. B. *schneeweiß, spitz*), **treffende Verben** verwendest (z. B. *bellen, begrüßen*) und **Vergleiche** benutzt (z. B. *weiß wie Schnee, weich wie Watte*).

## Körperteile richtig benennen

**Um ein Tier treffend zu beschreiben, ist es wichtig, die richtigen Begriffe für die verschiedenen Körperteile des Tieres zu kennen.**

**1** Mia verwendet in ihrer Suchanzeige auf Seite 155 die passenden Begriffe für die Körperteile ihrer Hündin.
a) Schreibe die von Mia verwendeten Begriffe in dein Heft.
b) Ordne sie nun dem Foto von Bonnie richtig zu. Nutze dafür die Portalvorlage oder bearbeite die interaktive Aufgabe.

**Aufgabe 1b)**
Portalvorlage + interaktive Aufgabe
WES-128413-088

**2** Im Folgenden findest du eine Beschreibung des Katers Simba, in der allerdings einige Bezeichnungen für die Körperteile des Katers fehlen.
a) Lies die Beschreibung durch und vergleiche sie mit der Abbildung des Tieres.
b) Ergänze die fehlenden Begriffe. Schreibe den vollständigen Text auf oder nutze die Portalvorlage. Der Merkkasten auf der nächsten Seite hilft dir dabei.

**Aufgabe 2b)**
Portalvorlage
WES-128413-089

*Mein Kater heißt Simba. Er ist nicht besonders groß und hat einen kräftigen Körperbau. Sein ??? ist kurz und flauschig und hat eine braune Farbe. Simba hat ein freundliches Gesicht mit weit auseinanderstehenden, spitzen ???. Auffällig sind seine großen, blauen ???. Rechts und links neben seiner rosafarbenen ??? hat er lange, feste ??? die ihm dabei helfen, sich zu orientieren. Während Simbas ??? und der ??? hellbraun sind, sind die beiden ???, alle vier ??? und der lange ??? dunkelbraun. Fremde Menschen mag Simba nicht. Diese müssen sich vor seinen spitzen ??? in Acht nehmen, dass sie nicht gekratzt werden.*

## Abwechslungsreiche Sätze verwenden

**Die folgende Suchanzeige ist sehr eintönig, da der Satzbau und die Wortwahl zu wenig abwechslungsreich sind.**

**1** Lies die Suchanzeige zunächst durch.

*Wer hat meine Nala gesehen?*
*Ich vermisse seit Samstag, den 19. Juni meine Katze. Ihr Name ist Nala und sie ist ein halbes Jahr alt. Sie ist ungefähr 18 cm groß. Sie hat einen zierlichen Körperbau. Ihr Fell ist rotbraun und weiß.*
*Ihr Kopf ist rund. Sie hat rotbraune, spitze Ohren. Ihr Gesicht ist auch rotbraun. Nur die Schnauze ist weiß. Nala hat runde, grün-braune Augen. Sie hat eine kleine rosa Nase. Sie hat lange Tasthaare an der Schnauze. Ihr Körper ist schlank und das Fell sowohl rotbraun als auch weiß. Die Beine sind lang und ganz weiß. Der Schwanz ist dagegen wiederum rotbraun. Nala ist Fremden gegenüber sehr scheu und lässt sich nicht streicheln. Sie fährt auch schnell ihre Krallen aus und kratzt, wenn sie sich bedroht fühlt. Solltest du meine Katze gesehen haben, dann gib mir bitte ganz schnell Bescheid.*
*Toni Berner*
*Telefonnummer: 08810-2485*
*Ich bin dankbar für jeden Hinweis. Ich vermisse meine Nala sehr.*

**Aufgabe 2**
**Portalvorlage**
WES-128413-090

**2** Markiere auf der Portalvorlage die Wiederholungsfehler, die in Tonis Suchanzeige vorkommen. Der Merkkasten hilft dir dabei.

**3** Überarbeite nun die Suchanzeige mithilfe deiner Markierungen. Schreibe deine Lösung auf.

**!**

*Satzglieder → S. 240 ff.*

### Die Suchanzeige sprachlich treffend gestalten

Beim Schreiben einer Suchanzeige solltest du darauf achten, **abwechslungsreich** zu **schreiben** und die **Informationen** über das gesuchte Tier **nicht nur aufzuzählen**.

- Bemühe dich um einen **abwechslungsreichen Satzbau**. **Vermeide** es, deine **Sätze dauernd mit dem Subjekt zu beginnen**.
- Achte darauf, die **Verben „sein" und „haben" nicht zu oft einzusetzen**. Verwende **treffende Verben**.

**Benenne** außerdem **die einzelnen Körperteile** des Tieres **mit den richtigen Begriffen**, z. B. heißt der Fuß eines Hundes oder eines Kaninchens *Pfote*, der Fuß eines Pferdes aber *Huf*.

# Selbst eine Suchanzeige verfassen

**1** Schreibe nun selbst eine Suchanzeige.

a) Wähle dafür zunächst eines der drei Tierfotos aus. Du findest diese auch im Portal. Du kannst stattdessen aber auch ein Foto deines eigenen Tieres nutzen.

**Aufgabe 1**
**Portalvorlage**
WES-128413-091

b) Notiere nun alle Informationen, die über das Tier in der Suchanzeige enthalten sein müssen. Achte auf eine sinnvolle Reihenfolge der Informationen.

c) Verfasse eine vollständige Suchanzeige. Die Checkliste unten hilft dir dabei. Lasse beim Schreiben auf deinen Blättern einen ausreichend breiten Korrekturrand frei.

d) Überarbeitet eure selbst verfassten Suchanzeigen in einer Schreibkonferenz. Die Methodenseite 162 hilft euch dabei.

## Checkliste: Eine Suchanzeige schreiben

Ich habe ...

- ✔ mir das Tier zunächst angeschaut.
- ✔ aufgeschrieben, welche Informationen über das Tier in der Anzeige enthalten sein müssen und auf eine sinnvolle Reihenfolge der Informationen geachtet.
- ✔ in der Einleitung darüber informiert, welches Tier gesucht wird und seit wann das Tier vermisst wird.
- ✔ im Hauptteil das Tier anschaulich beschrieben.
- ✔ im Schlussteil mitgeteilt, wo sich die Finderin / der Finder melden soll und mich für die Mithilfe bedankt.
- ✔ eine passende Überschrift für meine Suchanzeige gewählt.
- ✔ die Anzeige durchweg im Präsens geschrieben.
- ✔ anschauliche Adjektive, treffende Verben und Vergleiche verwendet.
- ✔ auf einen abwechslungsreichen Satzbau geachtet, um nicht jeden Satz mit dem Subjekt zu beginnen.
- ✔ auf eine sachliche Sprache geachtet.

m

# Mit der Schreibkonferenz Texte überarbeiten

**Aufgabe 2**
Portalvorlage
WES-128413-092

Bei einer **Schreibkonferenz** besprecht und überarbeitet ihr gemeinsam in der Klasse oder in mehreren kleinen Gruppen eure selbst geschriebenen Texte.

**Geht dabei folgendermaßen vor:**

1 Schreibt eure Texte auf Blätter mit ausreichend Korrekturrand.
2 Bildet anschließend Gruppen aus mindestens drei Personen. Verteilt in der Gruppe die Expertenrollen. Die Kärtchen dafür findet ihr auch zum Ausdrucken im Portal.

Rechtschreibprofi → Überprüfe **Rechtschreib- und Satzzeichenfehler**.
Markiere alle Fehler, die du findest. Verwende dabei folgende Korrekturzeichen:
*R*: Rechtschreibfehler
*SZ*: Satzzeichenfehler

Sprachprofi → Überprüfe **Satzbau und Wortwahl**.
Markiere umgangssprachliche Ausdrücke, Wortwiederholungen, Zeitfehler und falschen oder eintönigen Satzbau. Verwende dabei folgende Korrekturzeichen:
*GR*: Grammatikfehler *Z*: Zeitfehler *SB*: Fehler im Satzbau
*A*: Ausdrucksfehler (z. B. Umgangssprache) *W*: Wortwiederholungen

Inhaltsprofi → Überprüfe, ob die **Textsortenmerkmale** eingehalten werden.
Dafür ist es wichtig, dass du dir die Merkkästen zu der Textsorte, mit der ihr euch gerade befasst, noch einmal anschaust.
Verwende dabei folgende Korrekturzeichen:
*AB*: Aufbau, z. B. wenn die Einleitung fehlt (Erklärung folgt in Klammern dahinter)
*ST*: Sprachstil (Erklärung folgt in Klammern dahinter)
*I*: Inhaltliche Fehler (Erklärung folgt in Klammern dahinter)
Gib hinter den Korrekturzeichen immer an, was dein Mitschüler/deine Mitschülerin genau verbessern soll, z. B. *ST (Einleitung weckt keine Neugier)*.

3 Verteilt die Texte aller Schülerinnen und Schüler so, dass jede Gruppe ungefähr gleich viele Texte hat, die sie korrigieren soll.
4 Jeder Profi markiert zu verbessernde Stellen im Text und kennzeichnet diese am Rand mit den entsprechenden Korrekturzeichen. Achtet darauf, dass am Ende auch jeder Text von jedem Profi gelesen wurde.
5 Nach dem Verbessern werden die Texte an ihre Verfasser bzw. Verfasserinnen zurückgegeben, welche die Anmerkungen zum Überarbeiten des Textes nutzen.
6 Versteht jemand eine Anmerkung nicht, kann er oder sie jederzeit bei den Profis nachfragen.

*3.3 Kriteriengeleitet (eigene) Texte beurteilen und überarbeiten, Feedback zur selbstständigen Überarbeitung nutzen*

# Die Tierbeschreibung zu einem Film kennenlernen

**Auch mithilfe eines Films kann eine Tierbeschreibung verfasst werden. Mias Klasse hat zu diesem Thema eine Schulaufgabe geschrieben.**

**1** Bevor sie mit dem Ausformulieren ihrer Tierbeschreibung begonnen hat, hat ihr Deutschlehrer Herr Doblinger einen Kurzfilm über Wildschweine gezeigt. Mia hat zu dem Film einen Schreibplan in Stichpunkten ausgefüllt.
a) Lies ihren Schreibplan zunächst durch.

**Schreibplan zum Film „Wildschweine"**

1. Wie sieht das Wildschwein aus? Betrachte Foto und Film.
***Größe und Körperbau:***
*bis 1,20 m groß; dicker, lang gestreckter Körper*
***Fell:*** *langes, borstiges Fell; dunkelbraun-schwarz*
***Kopf:*** *großer, keilförmiger Kopf; kleine, aufrechtstehende Ohren mit Borsten; runde, kleine Augen, mit denen es nur schlecht sehen kann; lange Schnauze mit großen Nasenöffnungen; nach oben gekrümmte Eckzähne*
***Körper:*** *dicker Bauch; kurze Beine; kurzer, hängender Schwanz*

*Aussehen der Wildschweine*

2. Wo ist das Wildschwein verbreitet?
*weit verbreitet; überall dort, wo es Deckung und genügend zu Fressen findet*

*Verbreitungsgebiete*

3. Wie nennt man das männliche Wildschwein und wie werden das weibliche Wildschwein und die Jungtiere bezeichnet?
*männliches Wildschwein: Keiler; weibliches Wildschwein: Bache; Jungtiere: Frischlinge*

*Bezeichnung für Wildschweine*

4. Was sind Wurfkessel?
*Nester aus Ästen, Reisig und Blättern*
*dort bringen Wildschweine die Jungen zur Welt*
*über 20 °C warm bei Außentemperaturen unter 0 °C*
*überlebensnotwendig für den Wildschweinnachwuchs*

*Wurfkessel der Wildschweine*

5. Was erfährst du über das Säugen der Frischlinge?
*in den ersten beiden Wochen nur Muttermilch*
*Frischlinge stupsen und massieren den Bauch der Mutter, steigert Milchfluss*
*durch Nasenkontakt erkennen sie die Mutter*

*Säugen der Frischlinge*

b) Im Schreibplan wurden Stichpunkte verwendet. Begründe mithilfe des Merkkastens, warum dies sinnvoll ist.

c) Neben jeder Frage im Schreibplan hat sich Mia Anmerkungen gemacht. Erkläre, welche Aufgabe diese Anmerkungen später in der ausformulierten Tierbeschreibung haben.

**Aufgabe 1d)**
Video
WES-128413-093

d) Schaut euch den Kurzfilm „Wildschweine“ gemeinsam in der Klasse an und überprüft, ob es Mia gelungen ist, alle wichtigen Informationen auf ihrem Schreibplan zu notieren.

**2** Im Folgenden findest du Mias ausformulierte Tierbeschreibung zum Film.

a) Lies auch diese zunächst aufmerksam durch.

***Wildschweine***

***Aussehen der Wildschweine***

*Wildschweine können bis zu 1,20 m groß werden und haben einen dicken, lang gestreckten Körper. Ihr langes, borstiges Fell ist dunkelbraun-schwarz. Groß und keilförmig ist der Kopf der Wildschweine. Die kleinen, aufrechtstehenden Ohren sind mit Borsten umgeben. Mit ihren runden, kleinen Augen können die Tiere nur schlecht sehen. Am auffälligsten an Wildschweinen sind ihre lange Schnauze mit den zwei großen Nasenöffnungen und die nach oben gekrümmten Eckzähne.*

*Die Beine sind im Vergleich zum massigen Körper eher dünn und kurz. Wildschweine haben keine Ringelschwänze wie die Hausschweine, sondern kurze, hängende Schwänze, die sie oft bewegen und so ihre Stimmung ausdrücken.*

***Verbreitungsgebiete***

*Die europäisch-asiatischen Wildschweine sind weit verbreitet. Man findet sie überall dort, wo sie Deckung und genügend zu Fressen haben.*

***Bezeichnung für Wildschweine***

*Die männlichen Wildschweine werden Keiler genannt, die weiblichen Tiere heißen Bache. Die Jungen werden als Frischlinge bezeichnet.*

***Wurfkessel der Wildschweine***

*Wurfkessel werden die Nester der Wildschweine genannt, die die Tiere aus Ästen, Reisig und Blätter bauen. Dort bringen sie ihre Jungen zur Welt. Sogar wenn die Außentemperatur unter 0 °C liegt, ist es in den Wurfkesseln mit über 20 °C angenehm warm. Der Wurfkessel ist für den Wildschweinnachwuchs überlebensnotwendig.*

*Säugen der Frischlinge*
*In ihren ersten beiden Lebenswochen ernähren sich die Frischlinge nur von Muttermilch. Damit genug Milch fließt, stupsen und massieren die kleinen Wildschweine den Bauch der Mutter. Manchmal wissen die Frischlinge nicht, ob sie bei der richtigen Mutter sind. Dann hilft ihnen der Nasenkontakt dabei, ihre Mutter zu erkennen.*

b) Erkläre mithilfe des Merkkastens, worauf du achten solltest, wenn du die Stichpunkte auf dem Schreibplan ausformulierst.
c) Auch bei der Tierbeschreibung zum Film ist es wichtig, dass anschauliche Adjektive und treffende Verben verwendet werden. Unterstreiche auf der Portalvorlage
- alle Adjektive grün
- alle Verben blau.

Aufgabe 2c)
Portalvorlage
WES-128413-094

## Die Tierbeschreibung zum Film

- **Lies** zunächst den Schreibplan zum Film **genau durch**. So weißt du bereits im Voraus, welche Informationen über das Tier du dem Film entnehmen sollst, z. B. *wovon sich das Tier ernährt*.
- Schau nun den Film das erste Mal an. **Notiere** bereits während des Anschauens möglichst viele **Informationen** auf dem Schreibplan oder versuche sie dir zu merken, sodass du sie im Anschluss ergänzen kannst. Verwende **Stichpunkte**, da es zu lange dauern würde, ganze Sätze zu schreiben.
- Schau den Film ein zweites und letztes Mal an und **ergänze** dabei noch **fehlende Informationen**.
- Meist ist auf dem Schreibplan ein Foto des Tieres abgedruckt, mit dessen Hilfe du das Aussehen des Tieres beschreiben sollst. Befasse dich mit **dieser Aufgabe zuletzt**, da du dich hier nicht beeilen musst, weil du das Foto im Gegensatz zum Film die ganze Zeit vor Augen hast.
- Formuliere, wenn du den Schreibplan ausgefüllt hast, **zu jeder Frage** eine **passende Überschrift** und schreibe diese an den Rand neben die Frage.
- Nun beginnst du mit dem Ausformulieren deiner Tierbeschreibung. Schreibe deine **Überschrift zur ersten Frage** auf und formuliere die **dazugehörigen Stichpunkte** aus. Gehe mit den anderen Fragen ebenso vor.

**Beachte beim Ausformulieren der Stichpunkte Folgendes:**
- Verwende die Zeitform **Präsens**.
- Schreibe **vollständige Sätze** und achte auf einen **abwechslungsreichen Satzbau**.
- Verwende **anschauliche Adjektive** und **treffende Verben**, um die Tierbeschreibung anschaulich zu gestalten.
- Achte darauf, dass du die **korrekten Bezeichnungen** für die einzelnen **Körperteile** des Tieres verwendest.

# Einem Film Informationen über ein Tier entnehmen

**Nun sollst du selbst einem Film Informationen entnehmen und diese auf einem Schreibplan sammeln.**

**1** Lies den Schreibplan zum Film „Jäger in der Nacht – Der Igel" zunächst aufmerksam durch.

**Schreibplan zum Film „Jäger in der Nacht – Der Igel"**

*Aussehen des Igels*

1. Wie sieht der Igel aus? Betrachte Foto und Film.

***Größe und Körperbau:***
*24 – 28 cm lang; rundliche Körperform*
***Stacheln:***
***Kopf:***

***Körper:***

***Schwanz:***

*Nahrung des Igels*

2. Was fressen Igel?

*Ablauf der Jagd*

3. Wie jagen Igel?

*Feinde des Igels*

4. Welche Feinde hat der Igel und wie schützt er sich?

**Aufgabe 2**
**Video + Portalvorlage**
WES-128413-095

**2** Schau den Kurzfilm „Jäger in der Nacht – Der Igel" konzentriert an. Notiere währenddessen schon möglichst viele Informationen auf dem Schreibplan. Nutze hierfür die Portalvorlage oder schreibe die Fragen mit viel Platz auf.

**3** Schau den Film ein zweites Mal an und ergänze die Informationen auf dem Schreibplan, die du beim ersten Ansehen des Films nicht mitschreiben konntest.

**4** Betrachte nun das Foto des Igels und ergänze die fehlenden Informationen bei Frage 1 des Schreibplans.

**5** Vergleiche deine Lösung mit denen deiner Mitschülerinnen und Mitschüler.

m → S. 162
*Schreibkonferenz*

# Die Tierbeschreibung ausformulieren

**Nachdem du die geforderten Informationen über den Igel auf deinem Schreibplan gesammelt hast, werden diese nun zu einem zusammenhängenden Text ausformuliert.**

**1** Cem hat bereits damit begonnen, die Stichpunkte auf seinem Schreibplan auszuformulieren.
a) Lies den Anfang seiner Tierbeschreibung durch.

*Jäger der Nacht – Der Igel*

*Aussehen des Igels*
*Der Körper des Igels hat eine Länge von 24 bis 28 cm und eine rundliche Form. Der Großteil des Körpers des Tieres ist mit Stacheln bedeckt, die braun-weiß-schwarz sind. Im Gegensatz zum runden Körper wirkt der Kopf dreieckig. Die kleinen, seitlich am Kopf angeordneten Ohren sind mit Fell bedeckt. Auffällig sind die großen, runden, schwarzen Knopfaugen …*

*Nahrung des Igels*
*Der Igel frisst so ziemlich alles, was er erbeuten kann, …*

*…*

b) Vervollständige Cems Tierbeschreibung. Nimm dazu die Notizen auf deinem Schreibplan von Seite 166 zu Hilfe. Auch der Merkkasten hilft dir dabei.
c) Tragt gegenseitig eure Tierbeschreibungen vor und gebt euch Rückmeldung, was gut gelungen ist und was noch verbessert werden könnte.

## Die Tierbeschreibung ausformulieren

Auf deinem Schreibplan hast du dir lediglich Stichpunkte notiert, die du nun im nächsten Schritt zu einer Tierbeschreibung ausformulierst.
Beachte dabei Folgendes:
- Achte darauf, dass du **keine Stichpunkte** aus dem Schreibplan übernimmst, sondern stets **vollständige Sätze** formulierst.
- **Vermeide, dass** deine **Sätze dauernd mit dem Subjekt beginnen**. Dies lässt sich durch **Verknüpfen oder Umstellen von Sätzen** vermeiden.
- Verwende **anschauliche Adjektive** und **treffende Verben**.
- Vergiss nicht, deine Tierbeschreibung durch **Zwischenüberschriften** zu gliedern. **Diese lassen sich aus der Fragestellung ableiten**.

*Satzglieder → S. 240 ff.*

# Selbst eine Tierbeschreibung zum Film verfassen

**1** Nun sollst du selbst eine Tierbeschreibung verfassen.
a) Lies zunächst die Fragen auf dem Schreibplan genau durch.

**Schreibplan zum Film „Delfine"**

??? 1. Wie sieht der Delfin aus? Betrachte Foto und Film.

??? 2. Wovon stammen die Delfine ab?

??? 3. Wie kann man die einzelnen Delfine auseinanderhalten?

??? 4. Was sind Delfin-Schulen und welche Aufgabe haben sie?

**Aufgabe 1b)**
**Video + Portalvorlage**
WES-128413-096

b) Schau den Kurzfilm „Delfine" zweimal an und beantworte währenddessen die Fragen zum Film. Nutze hierfür die Portalvorlage des Schreibplans oder schreibe die Fragen mit viel Platz auf.
c) Formuliere nun die Tierbeschreibung aus.
d) Überprüfe deine fertige Tierbeschreibung mithilfe der Checkliste.

## Checkliste: Eine Tierbeschreibung zum Film verfassen

Ich habe ...

- mir die Fragen auf dem Schreibplan genau durchgelesen.
- mir den Kurzfilm über das Tier zweimal konzentriert angeschaut und auf dem Schreibplan alle geforderten Informationen in Stichpunkten notiert.
- mir zu jeder Frage am Rand eine passende Überschrift notiert.
- bei der Ausformulierung der Tierbeschreibung stets vollständige Sätze verwendet.
- anschauliche Adjektive und treffende Verben eingesetzt.
- die Tierbeschreibung durchweg im Präsens verfasst.
- auf einen abwechslungsreichen Satzbau geachtet.

# Überprüfe dein Wissen und Können

**1** Lies die folgenden Aussagen über die Suchanzeige genau durch. Einige davon sind falsch. Schreibe diese verbessert auf.

Ⓐ Die Suchanzeige wird im Präteritum verfasst.
Ⓑ Die Suchanzeige besteht aus drei Teilen: Einleitung, Hauptteil und Schluss.
Ⓒ In der Einleitung der Suchanzeige erfährt man, wer sein Tier sucht.
Ⓓ Zum Schluss bedankt man sich für die Unterstützung bei der Suche nach dem Tier.
Ⓔ Es ist wichtig, in der Suchanzeige alles über das Tier zu schreiben, was einem so einfällt, z. B.: was es gerne frisst, was du in deiner Freizeit mit deinem Tier unternimmst, seit wann das Tier dir gehört, wer sich in deiner Familie besonders um das Tier kümmert usw.

**2** Bringe die folgenden Informationen, die in der Suchanzeige über ein Tier enthalten sein sollten, in die Reihenfolge, wie sie auch in der Suchanzeige auftauchen sollten. Schreibe die Buchstaben in der richtigen Reihenfolge auf.

Ⓐ Schwanz
Ⓑ Kopf
Ⓒ Tierart und Name des Tieres
Ⓓ Größe und Körperbau
Ⓔ Körper
Ⓕ Beine
Ⓖ besonderes Kennzeichen/auffällige Verhaltensweisen

**3** Im Folgenden findest du einen Ausschnitt aus einer Tierbeschreibung über den Hamster Chili, die nicht besonders gut gelungen ist.

a) Notiere in Stichpunkten Möglichkeiten, wie die Tierbeschreibung verbessert werden kann.

*Chilis Körper ist ungefähr 15 cm lang und rundlich. Das Fell ist zweifarbig. Der Kopf hat auch eine runde Form. Der obere Teil des Kopfes ist braun, der untere Teil des Kopfes ist weiß. Die Augen sind auffällig. Die Ohren, die innen dunkelgrau sind, kann Chili in alle Richtungen drehen. Tasthaare befinden sich rechts und links der Nase. …*

b) Schreibe den Ausschnitt aus der Tierbeschreibung verbessert auf.

Seite 169
Lösung
WES-128413-097

# Einen persönlichen Brief schreiben

**1** Benennt anhand der Bilder, was der Inhalt des jeweiligen Briefes bzw. der E-Mail sein könnte.

**2** Erzählt, zu welchem Anlass ihr schon einmal einen Brief erhalten oder selbst geschrieben habt.

**3** Sammelt Gründe für das Schreiben eines Briefes.

**In diesem Kapitel lernst du, ...**

- wie ein persönlicher Brief aufgebaut ist.
- eine Empfängerin oder einen Empfänger richtig anzusprechen.
- Anredepronomen richtig zu verwenden.
- ein Anliegen in einem Brief zu begründen.
- ein Briefkuvert richtig zu beschriften.
- einen Antwortbrief zu schreiben.
- einen eigenen Brief zu schreiben.
- eine E-Mail zu untersuchen und zu verfassen.

# Aufbau und Inhalt eines persönlichen Briefes untersuchen

**Nachdem Leon Schmitt in den Pfingstferien von Aichach nach Hainstett umgezogen ist, schreibt er seinem ehemaligen Klassenkameraden Manolito einen Brief.**

**1** Lies den Brief in Ruhe durch.

*Hainstett, 10.06.2024*

*Hi Manolito,*

*ich hoffe, ihr hattet einen schönen Urlaub am Gardasee und du bist nach den Ferien wieder gut in die Schule gestartet.*

*Unser Umzug nach Hainstett ist gut verlaufen. Wir haben echt ein großartiges Haus. Der Garten ist zwar etwas klein, aber besser als nichts. Tatsächlich habe ich mich hier in den ersten Tagen auch in der Schule ganz gut eingelebt. Meine neue Banknachbarin heißt Ajlina und ist ganz cool. Wir wohnen auch nicht weit auseinander und fahren daher schon in der Früh gemeinsam mit dem Rad zur Schule. Neben wem sitzt du denn jetzt eigentlich oder musst du tatsächlich alleine sitzen?*

*Neben Ajlina sind in meiner Klasse auch die anderen sehr in Ordnung und sie haben mich gut aufgenommen. Nach der Schule spiele ich oft mit einigen Jungs und Mädchen noch Fußball, das dürfen wir sogar auf dem Schulgelände. Ich bin sehr froh, dass ich gleich neue Freunde gefunden habe. Die meisten Lehrerinnen und Lehrer sind übrigens auch sympathisch. Unser Deutschlehrer Herr Doblinger ist richtig cool. Er macht immer Witze und ist sonst auch meist ziemlich locker. Bei ihm machen wir jetzt ein Projekt zu unseren Lieblingsbüchern. Das macht tatsächlich Spaß, da wir nicht nur lesen, sondern auch Theater spielen und Szenen aus dem Buch kreativ gestalten können. Wie läuft es bei dir eigentlich mit dem Referat zu deinem Lieblingssportler? Für wen hast du dich denn jetzt entschieden?*

*Jetzt sind es ja tatsächlich nur noch einige Wochen bis zu den Sommerferien. Ich freue mich schon total, wenn du mich besuchen kommst. Es bleibt doch dabei, oder? Also, bis dahin, mach's gut und grüß' mir die anderen.*

*Beste Grüße auch an deine Eltern*
*Leon*

**Aufgabe 2**
**interaktive Aufgabe**
WES-128413-098

**2** Leon erzählt in seinem Brief von verschiedenen Dingen. Bringe folgende Sätze in die richtige Reihenfolge, in der sie auch im Brief vorkommen. Notiere die Buchstaben der Reihe nach: *B, …* oder bearbeite die interaktive Aufgabe.

*Leon schreibt, dass …*
Ⓐ *… er sich einen Besuch von Manolito wünscht.*
Ⓑ *… der Umzug gut geklappt hat und er in einem großartigen Haus wohnt.*
Ⓒ *… sein Deutschlehrer Herr Doblinger heißt.*
Ⓓ *… er mit seiner Banknachbarin Ajlina mit dem Rad zur Schule fährt.*
Ⓔ *… die Klasse im Deutschunterricht gerade ein Buchprojekt macht.*
Ⓕ *… er nach der Schule mit einigen Klassenkameraden Fußball spielt.*

**3** Briefe können ganz unterschiedliche Funktionen haben, z. B. kannst du jemanden darin über ein Ereignis informieren oder ein Anliegen äußern und begründen. Entscheidet, welche Funktionen Leons Brief hat.

*3.1 Eigene Texte logisch strukturieren, adressatengerecht und nach formalen Regeln gestalten*

**4** Der Inhalt eines persönlichen Briefs folgt in der Regel einem bestimmten Aufbau: Einleitung, Hauptteil und Schluss. Auch in Leons Brief findest du diesen Aufbau wieder. Bearbeite die Aufgaben a) bis e) und nimm den Merkkasten zu Hilfe. Nutze dafür die Portalvorlage.

a) Markiere die Zeilenangaben für die Einleitung, den Hauptteil und den Schluss.
b) Schreibe aus der Einleitung Stellen heraus, an denen Leon Interesse am Empfänger zeigt und Hoffnungen/Wünsche zum Wohlergehen des Empfängers äußert.
c) Notiere aus dem Hauptteil mindestens drei Beispiele, in denen Leon Manolito etwas Persönliches von sich mitteilt.
d) Informiere dich im Merkkasten, welche Möglichkeiten es gibt, den Schluss zu formulieren. Entscheide, welche Möglichkeit Leon in seinem Brief verwendet.
e) In einem Brief ist es wichtig, den Adressaten persönlich anzusprechen. Nenne Stellen, an denen Leon dies tut.

**Aufgabe 5**
Portalvorlage
WES-128413-099

**5** Einen persönlichen Brief kennzeichnen auch Merkmale der äußeren Form. Sieh dir Leons Brief auf Seite 171 noch einmal genau an. Notiere dann, wo sich Datum, Ort, Anrede, Gruß und Unterschrift befinden.

## Der Aufbau eines persönlichen Briefs

Persönliche Briefe sind privat. Sie dienen der schriftlichen Verständigung zwischen Menschen, die sich in der Regel kennen. Persönliche Briefe bestehen meistens aus den folgenden drei Teilen:

1. **Einleitung:** Einen persönlichen Brief beginnst du, indem du **Interesse an der Person zeigst, der du schreibst**. Du kannst Fragen, Hoffnungen oder Wünsche zu ihrem Wohlergehen äußern. Wichtig ist auch, dass du **den Anlass deines Briefes** mitteilst, z. B. dass du dich für etwas bedanken möchtest.
2. **Hauptteil:** Hier teilst du **Persönliches von dir** mit. Erzähle z. B. von deinen Hobbys, Freunden, deiner Schule, Familie oder anderen Dingen, die dich beschäftigen. Im Hauptteil **beantwortest du** auch **Fragen**, die dir vielleicht in einem vorherigen Brief gestellt wurden.
3. **Schluss:** Am Ende des Briefes hast du die Möglichkeit, eine **Einladung** zu formulieren, euren **Briefwechsel fortzusetzen**. Du kannst außerdem noch einmal **Hoffnungen** und **gute Wünsche äußern**.

Gestalte deinen Brief ansprechend, indem du die Person, der du schreibst, immer wieder persönlich ansprichst.

Die **äußere Form** eines persönlichen Briefes kannst du sehr individuell gestalten. Folgende Regeln solltest du aber immer einhalten:

- Der **Ort und das Datum** befinden sich **rechts oben** auf der **ersten Seite** deines Briefes. Nach der Ortsangabe steht ein Komma.
- Die **Anrede** steht eine **Zeile unter der Orts- und Datumsangabe** auf der **linken Seite**. Dahinter steht ein Komma und es wird klein weitergeschrieben, außer es folgt ein Name, eine förmliche Anrede oder ein Nomen.
- Der Brief schließt mit einem **persönlichen Gruß** und der **Unterschrift**.

**Beachte**: Nach dem persönlichen Gruß folgt kein Satzzeichen.

# Den Empfänger eines Briefes richtig ansprechen

**Da der Sportlehrer Herr Holler aufgrund eines gebrochenen Beins krank ist, schreibt Ajlina ihm zu seinem Geburtstag im Auftrag der Klasse einen Brief mit Glückwünschen. Leon hingegen will sich in einem Brief bei seinen Großeltern für ein tolles Geburtstagsgeschenk bedanken.**

**1** Ajlina und Leon überlegen, welche Anrede und Grußformel für ihren jeweiligen Brief passend sind.

a) Wähle für die Briefe von Ajlina und Leon jeweils alle passenden Anreden und Grußformeln aus dem ***Wortspeicher*** aus und lege eine Tabelle nach dem vorgegebenen Muster an. Achte darauf, ob es sich um vertraute oder förmliche Ansprachen handelt. Der Merkkasten hilft dir dabei.

*Liebe ..., Sehr geehrte ..., Guten Tag ..., Hi ..., Servus ..., Sei lieb gegrüßt Mit freundlichen Grüßen Hochachtungsvoll Liebe Grüße*

| Anrede | Anlass | Grußformel | Anlass |
|---|---|---|---|
| *Servus* | *vertraut* | *Ade* | *vertraut* |
| ... | ... | ... | ... |

b) Ergänzt die Tabelle anschließend mit eigenen Vorschlägen.

**Aufgabe 2**
**interaktive Aufgabe**
WES-128413-100

Pronomen → S. 191 ff.

**2** Bearbeite die interaktive Aufgabe oder schreibe die Briefauszüge ab und ergänze die passenden Anredepronomen. Achte dabei auf die richtige Groß- und Kleinschreibung der Pronomen.

Ajlina schreibt ihrem Sportlehrer:

*Herzlich darf ich ??? im Namen der ganzen Klasse zu ??? Geburtstag gratulieren. Hoffentlich hatten ??? trotz des Gipsfußes eine schöne Feier. Die Klasse hat sich auch ein Geschenk für ??? überlegt ...*

Leon schreibt seinen Großeltern:

*Vielen Dank für ??? schönes Geschenk zu meinem Geburtstag, ??? seid einfach die besten Großeltern der Welt! Ich freue mich schon sehr auf ??? Besuch in den Herbstferien!*

## Den Empfänger eines persönlichen Briefes richtig ansprechen

**Kennst du die Empfängerin oder den Empfänger deines Briefes gut**, kannst du sie oder ihn **vertraut ansprechen und verabschieden** (*Hallo ..., Sei lieb gegrüßt ...*). **Stehst du ihr oder ihm nicht so nah**, solltest du **förmlichere Formulierungen** verwenden (*Sehr geehrte/-r..., Mit freundlichen Grüßen).* Im weiteren Verlauf eines Briefes verwendet man häufig Anredepronomen. Die **vertrauliche Form** dieser Pronomen (*du, ihr, dein, euer*) kannst du **klein- oder großschreiben**. Wichtig ist, dass du sie in einem Brief **einheitlich schreibst**. Die **förmlichen Anredepronomen** (*Sie, Ihr*) werden als Höflichkeitsanrede **immer großgeschrieben**. Die **Personalpronomen** (*sie, ihr*) werden hingegen **immer kleingeschrieben**.

# Eigene Anliegen in einem Brief begründen

**Leon ist zu Besuch bei seinen Großeltern in Fürth. Als die Katze der Großeltern Junge bekommt, ist er ganz begeistert und möchte ein kleines Katzenbaby mit nach Hause nehmen. Sein Opa rät ihm, seine Eltern zuerst in einem persönlichen Brief davon zu überzeugen, dass er die Katze als Haustier mitbringen darf.**

**1** Sprecht in der Klasse über die Vorteile, die Leon hat, wenn er einen Brief schreibt, anstatt seine Eltern anzurufen.

**2** Lies Leons Brief.

*Liebe Mama, lieber Papa,*

*die Katze von Oma und Opa hat neun Junge bekommen. Die sind so süß und ich kann eines davon haben. Oma hat es mir erlaubt! Darf ich bitte ein Kätzchen mitbringen? Bitte, bitte, bitte, ich wünsch es mir so sehr und wenn ich keins bekomme, dann bin ich absolut traurig. Also ich bringe einfach mal ein Kätzchen mit, oder?*

*Bis bald –*
*Leon*

**3** Erklärt mithilfe des Merkkastens, warum der Brief noch nicht überzeugend wirkt.

**4** Hilf Leon dabei, einen überzeugenderen Brief an seine Eltern zu schreiben.

a) Verfasse dazu einen eigenen Text aus Leons Sicht. Die Formulierungen im *Wortspeicher* und die Hinweise im Merkkasten helfen dir dabei. Achte auch auf die richtige äußere Form des Briefes.
*Eine Katze hilft dabei, Verantwortung zu übernehmen, weil ...*
*Ihr habt keine finanziellen Kosten mit der Katze, denn ...*
*Wenn ich eine Katze habe, werde ich nicht mehr so viel vor dem Computer sitzen, da ...*

b) Vergleicht zu zweit eure Briefe und überarbeitet sie wenn nötig.

## Ein Anliegen in einem Brief begründen

Wenn du die Empfängerin oder den Empfänger eines Briefes von etwas überzeugen möchtest, reicht es nicht, deine Meinung nur zu nennen. Du musst das, was du sagen willst, **überzeugend** und **sachlich begründen**. Sätze, mit denen etwas begründet wird, beginnen oft mit den Konjunktionen *weil ..., deshalb ..., daher ...* oder mit Formulierungen wie z. B. *aus diesem Grund ...* .

# Ein Briefkuvert richtig beschriften

**1** Leon hat seinen Brief fertig. Nun will er ihn abschicken. Die Adresse seiner Eltern kennt Leon natürlich, auch ein Briefkuvert hat er zur Hand. Allerdings weiß er nicht mehr genau, wie man den Briefumschlag richtig beschriftet. Schau dir seinen ersten Versuch an. Beschreibe, was dir auffällt.

**Aufgabe 2**
**interaktive Aufgabe**
WES-128413-101

**2** Verbessere Leons Briefkuvert. Der Merkkasten hilft dir dabei.

a) Bearbeite die interaktive Aufgabe oder zeichne zunächst ein Briefkuvert in dein Heft und bearbeite dann die Aufgaben b) – e).

b) Beschrifte das Kuvert mit der Adresse von Leons Eltern, wie es im Merkkasten angegeben ist.

c) Erkläre, warum es sinnvoll ist, neben der Adresse der Empfängerin bzw. des Empfängers auch die Adresse der Absenderin oder des Absenders anzugeben.

d) Trage nun auf dem Briefkuvert auch die Absenderadresse ein.

e) Zeichne abschließend eine Briefmarke an die richtige Stelle des Briefkuverts.

## Ein Briefkuvert richtig beschriften

Die **Adresse der Empfängerin oder des Empfängers** steht **unten rechts** auf dem Briefkuvert und enthält immer folgende Angaben:

- Anrede (*Frau, Herr, Familie*)
- Vorname und Nachname der Empfängerin oder des Empfängers
- Straßenname und Hausnummer
- Postleitzahl und Ort

Die **Absenderadresse** steht **oben links**. Sie ist genauso angeordnet wie die Empfängeradresse. Vor den Namen schreibt man jedoch keine Anrede, sondern die **Abkürzung** „Abs.:" für Absender. So wird noch einmal deutlich, wer etwas an wen verschickt. Dadurch weiß die Post auch, an wen der Brief zurückgesandt werden muss, falls er nicht zugestellt werden konnte.

Je nach Gewicht und Größe musst du den **Brief frankieren.** Das bedeutet, du benötigst für den Versand eine dem **Gewicht** und der **Größe des Umschlags** entsprechende **Briefmarke**, die du in die **obere rechte Ecke** klebst.

# Einen Antwortbrief verfassen

**1** Kurz vor den Sommerferien erhält Leon auf seinen Brief von Seite 171 einen Antwortbrief von Manolito.

a) Lies zunächst noch einmal Leons Brief an Manolito durch und unterstreiche auf der Portalvorlage die Fragen, die Leon an Manolito gestellt hat.

b) Lies nun den Antwortbrief von Manolito aufmerksam durch. Erkläre, was dir mit Blick auf die Fragen, die Leon gestellt hat, auffällt.

Aufgabe 1a)
Portalvorlage
WES-128413-102

*Leon, sorry, dass ich erst jetzt schreibe, aber es war unglaublich viel los bei mir. Am Wochenende war ich mit meiner Fußballmannschaft bei einem Turnier in Augsburg. Das Turnier ging von Freitag bis Sonntag, wir haben dort gezeltet, gegrillt und echt viel Spaß gehabt. Insgesamt hatten wir auch vier Spiele. Zwei haben wir gewonnen und zwei verloren. Einmal haben wir eine richtige Klatsche bekommen, aber na ja, so ist es halt. Gestern musste ich noch nachsitzen, da ich zum dritten Mal die Englischhausi vergessen hatte, das passiert mir aber nicht noch einmal. Bei dem Turnier hat übrigens auch Michael mit seiner Mannschaft mitgespielt, aber die haben alles verloren. Insgesamt war das Nachsitzen aber gar nicht so schlimm, nur der Nachmittag war halt danach so schnell rum und meine Eltern haben mir nicht erlaubt, dass ich noch zum Fußballtraining gehen darf. Wie gesagt, das passiert mir nicht noch einmal. Also dann bis bald. Manolito*

**2** Manolitos Brief zeigt einige Fehler im Aufbau und Inhalt.

a) Arbeite mit einer Partnerin / einem Partner und verbessere Manolitos Brief.

b) Schreibe nun mithilfe eurer Notizen und der Checkliste den Antwortbrief noch einmal. Achte dabei sowohl auf den Aufbau als auch auf den Inhalt des Briefes.

## Checkliste: Einen persönlichen Brief schreiben

Ich habe ...

- ✔ meinen Brief in die drei Teile **Einleitung**, **Hauptteil** und **Schluss** gegliedert.
- ✔ die Person, der ich den Brief schreibe, persönlich angesprochen.
- ✔ den Briefanfang und die Grußformel richtig gewählt.
- ✔ Fragen gestellt oder Fragen, die mir gestellt wurden, beantwortet.
- ✔ Interesse geweckt und etwas von mir erzählt.
- ✔ darauf geachtet, Gedankensprünge zu vermeiden.
- ✔ im Brief meine Meinung überzeugend begründet.
- ✔ die äußere Form meines Briefes beachtet.
- ✔ das Briefkuvert richtig beschriftet.
- ✔ auf die richtige Rechtschreibung und Zeichensetzung geachtet.

# Einen persönlichen Brief schreiben

**Mit dem Wechsel von der Grundschule auf die Realschule hat sich für dich bestimmt einiges verändert. Du möchtest einer ehemaligen Klassenkameradin, einem ehemaligen Klassenkameraden oder deiner ehemaligen Grundschullehrkraft einen Brief schreiben und berichten, wie es dir auf der neuen Schule geht.**

m → S. 141
*Ein Cluster anlegen*

**1** Sammle zunächst Gedanken zu deinem Schulwechsel in einer Ideensammlung. Die folgenden Fragen können dir dabei helfen.
- Was ist an der Realschule neu für dich?
- Was gefällt dir an der neuen Schule und in der neuen Klasse gut?
- Was hat dich an der neuen Schule besonders überrascht?
- Was fehlt dir, wenn du an deine alte Schule denkst?

**2** Verfasse nun mit den Vorarbeiten aus Aufgabe 1 deinen persönlichen Brief.
a) Entscheide selbst, ob du einer ehemaligen Mischülerin / einem ehemaligen Mitschüler oder einer ehemaligen Lehrkraft schreiben möchtest. Achte dann darauf, dass du eine angemessene Anrede und Abschiedsformulierung nutzt.
b) Formuliere deine Gedanken aus der Ideensammlung nun in deinem Brief. Beachte den richtigen Aufbau deines Briefes und vermeide Gedankensprünge. Nimm beim Schreiben den Merkkasten auf Seite 173 zu Hilfe.

**3** Gestalte nun das Briefkuvert. Gehe dazu folgendermaßen vor:
- Zeichne ein Briefkuvert in dein Heft.
- Trage die Empfängeradresse ein. Wenn du die Adresse der Person, der du schreibst, nicht kennst, denke dir für diese Aufgabe eine aus.
- Gib deine Absenderadresse an.
- Achte auf die richtige Form.

**4** Überprüfe deinen fertigen Brief anhand der Checkliste auf Seite 177. Achte auch auf die Rechtschreibung und Zeichensetzung. Überarbeite deinen Brief, falls notwendig.

# Eine E-Mail untersuchen und verfassen

## Den Aufbau einer E-Mail untersuchen

**1** Hast du schon einmal eine E-Mail verschickt oder erhalten? Berichte davon.

**2** Im Folgenden ist eine E-Mail abgedruckt.
a) Lies diese aufmerksam durch.

① Von: schulleitung@rs_muenchnerumland.de
② An: jahrgangsstufe@rs_muenchnerumland.de

③ Betreff: Klassensprecherwahl

④ Liebe Schülerinnen und Schüler,

⑤ bitte teilt mir bis spätestens Donnerstag die Klassensprecherinnen und Klassensprecher eurer Klassen mit, sodass wir zeitnah die Schülersprecherwahl abhalten können.

⑥ Mit freundlichen Grüßen

⑦ Eure Schulleitung

b) Beantwortet folgende Fragen im Klassengespräch:
- Wer schreibt hier an wen?
- Was ist der Schreibanlass?
- Was will der Absender mit der E-Mail erreichen?

**3** Ordne die folgenden Bestandteile einer E-Mail mithilfe der Checkliste auf Seite 180 den Ziffern 1–6 zu. Hast du die richtigen Abschnitte richtig zugeordnet, erhältst du ein Lösungswort.

*E-Mail-Adresse des Empfängers (E)*
*Grußformel mit Namen des Absenders (N)*
*Anrede (D)*
*Betreffzeile (N)*
*E-Mail-Adresse des Absenders (S)*
*Brieftext (E)*

## Eine E-Mail verfassen

**1** Sprecht in der Klasse darüber, welche Vor- und Nachteile eine E-Mail gegenüber einem Brief hat.

**2** Leon ist aus den Sommerferien zurück. Am nächsten Tag möchte er seinem Freund Manolito in einer E-Mail von seiner Urlaubsreise erzählen.
a) Lies den Anfang von Leons E-Mail an Manolito.
b) Notiere, welche Unterschiede dir zu einem Brief auffallen.

An: manolito@webnet.org
Betreff: Wieder da!

Hey Manolito,
ich bin aus den 🌴 zurück! Es war so 😍 🤩 ! Erst im ✈️ dann noch 🚌 und dann im Miet- 🚗. Voll der 😴 -Trip. Aber einmal angekommen, waren die ☀️, der 🏖️, das 🌊 Entschädigung genug! Ich habe viel 🍨, 🏄, 🏸 und 🎶. Da will ich wieder hin!
Wie waren deine 🕶️ 🌴? Hast du auch mal die ☀️ gesehen oder die ganze Zeit 🎮?
Ciao und bis bald!
Leon

*Emojis*
*Smileys und vereinfachte Abbildungen von verschiedenen Dingen*

**3** Leon benutzt viele Emojis in seiner E-Mail. Erklärt, an welchen Stellen ihr die Emojis sinnvoll findet und an welchen nicht.

**Aufgabe 4**
**Portalvorlage**
WES-128413-103

**4** Korrigiere und vervollständige nun Leons E-Mail. Nutze dafür die Portalvorlage.
a) Schreibe den Anfang seiner E-Mail verbessert auf. Wähle passende Wörter für die Emojis.
b) Schreibe die E-Mail zu Ende. Erzähle von eigenen oder ausgedachten Ferienerlebnissen. Beachte dabei die Checkliste.

*Falls ihr in der Klasse die Möglichkeit habt, könnt ihr die E-Mail auch in eurem E-Mail-Programm schreiben und sie euch in der Klasse gegenseitig zusenden.*

## Checkliste: Eine E-Mail verfassen

Ich habe ...
- die richtige E-Mail-Adresse angegeben und die Buchstaben und Zeichen noch einmal genau überprüft.
- einen passenden Betreff angegeben, der aussagt, worum es in der E-Mail geht.
- eine passende Anrede- und Grußformel verwendet.
- eine gut lesbare Schriftart und Schriftgröße gewählt (z. B. Calibri, Größe: 10).
- Abkürzungen und Emojis nur selten und leicht verständlich eingesetzt.
- Die Rechtschreibung und Zeichensetzung überprüft und korrigiert.

# Überprüfe dein Wissen und Können

**1** Lies die folgenden Aussagen. Einige davon sind falsch. Schreibe sie verbessert auf.

Ⓐ *Den Ort und das Datum sollte man rechts unten auf das Briefpapier schreiben.*
Ⓑ *Die Anredepronomen „Sie", „Ihnen" werden immer großgeschrieben. Vertrauliche Anredepronomen wie „du", „euer" können groß- oder kleingeschrieben werden.*
Ⓒ *Den Brief schließt man mit einer Grußformel und der Unterschrift ab.*
Ⓓ *Auf einem Briefkuvert steht die Postleitzahl immer vor dem Ort.*
Ⓔ *Nach der Anrede macht man einen Punkt.*
Ⓕ *Die Hausnummer kann man auf einem Briefkuvert vor oder nach der Straße schreiben.*
Ⓖ *E-Mails sind in ihrer Form freier als Briefe.*
Ⓗ *Persönliche Briefe schreibt man nur, wenn man jemanden um etwas bitten möchte.*
Ⓘ *Mit den Formulierungen „Aus diesem Grund", „weil ...", „deshalb ..." und „daher ..." kann man gut eine Begründung einleiten.*
Ⓙ *Ein Brief ist meistens in drei Teile gegliedert: Einleitung – Hauptteil – Begründung.*
Ⓚ *In einer E-Mail sollte man sehr viele Emojis verwenden.*
Ⓛ *Rechtschreibung und Zeichensetzung sind beim Verfassen einer E-Mail unwichtig.*

**2** Stell dir vor, du möchtest unbedingt an einer Jugendfreizeit zum Chiemsee teilnehmen. Du musst aber noch deine Eltern überzeugen, dich mitfahren zu lassen.

a) Lies den Anfang und das Ende des folgenden Briefes.

> *Landshut, 01.08.2024*
>
> *Liebe Mama, lieber Papa,*
> *ihr wisst ja, dass ich gern mit Alexandra, Lukas und Max an der Jugendfreizeit zum Chiemsee teilnehmen würde. Alle drei haben von ihren Eltern nun die Erlaubnis bekommen. Daher frage ich euch nun, ob auch ich mitfahren darf.*
> *...*
>
> *Liebe Mama, lieber Papa, danke, dass ihr noch einmal darüber nachdenkt.*
> *Viele Grüße von*

**Anfang**

**Ende**

b) Ergänze dann den Hauptteil und Schluss. Begründe darin, warum du unbedingt an der Jugendfreizeit teilnehmen möchtest und achte darauf, selbst auch Fragen zu stellen. Du kannst folgende Ideen verwenden:

- *In der Jugendfreizeit wird ein Segelkurs angeboten, das wolltest du schon immer ausprobieren.*
- *Ein Urlaub ohne Eltern würde deine Selbstständigkeit fördern.*
- *Ohne deine Freunde wären Ferien zu Hause sehr langweilig.*

Seite 181
Lösung
WES-128413-104

# Wortarten

Herr Doblinger hat für Paul und seine Klasse folgendes Quiz zu den Wortarten aus der Grundschule entworfen. Probiert es selbst einmal aus. Wenn ihr alle richtigen Antworten gefunden habt, ergeben die Buchstaben vor den Antwortsätzen ein Lösungswort.
<u>Beachte</u>: Manchmal gibt es auch mehrere richtige Antworten zu einem Satz.

(1) An meiner neuen <u>Schule</u> habe ich viele <u>Freunde</u> gefunden.
- E Die unterstrichenen Wörter gehören derselben Wortart an.
- D Die unterstrichenen Wörter sind Adjektive.
- X Die unterstrichenen Wörter sind Nomen.

(2) Ich <u>verstehe</u> mich mit allen in der Klasse gut.
- S Das unterstrichene Wort steht im Präteritum (einfache Vergangenheitsform).
- P Das unterstrichene Wort ist ein Verb.
- U Verben kann man steigern.

(3) Am ersten Wandertag haben wir einen <u>schönen</u> Ausflug gemacht.
- M Das unterstrichene Wort ist ein Verb.
- B Das unterstrichene Wort kann man nicht steigern.
- E Es handelt sich bei dem unterstrichenen Wort um ein Adjektiv.

(4) Ich habe jetzt natürlich auch <u>einen</u> neuen Klassenleiter.
- R Das unterstrichene Wort ist ein Artikel.
- T Es gibt zwei Arten von Artikeln.
- I Das unterstrichene Wort ist ein Nomen.

(5) Unsere Lehrkräfte <u>helfen</u> mir, wenn ich in einem Fach etwas nicht weiß.
- E Das unterstrichene Wort steht im Präsens (Gegenwart).
- G Das unterstrichene Wort steht im Perfekt (zusammengesetzte Vergangenheitsform)
- N Jedes Verb hat eine Grundform.

**In diesem Kapitel lernst du (,) ...**
- die Wortarten Nomen, Artikel, Pronomen, Verb, Adjektiv, Adverb und Numerale kennen.
- Nomen nach Genus, Numerus und Kasus zu bestimmen.
- den bestimmten und unbestimmten Artikel richtig zu verwenden.
- unterschiedliche Arten von Pronomen richtig zu verwenden.
- ausgewählte Tempora von Verben zu bilden und richtig zu verwenden.
- mithilfe von Adjektiven zu beschreiben und zu vergleichen.
- durch Adverbien und Numeralien konkrete Orts-, Zeit- und Zahlangaben zu machen.

# Nomen und Artikel erkennen und gebrauchen

## Die Bedeutung von Nomen erkennen

**1** Pauls Klasse besucht am Wandertag einen Baumwipfelpfad. Nicht alle wissen, was das ist. Deshalb erklärt Herr Doblinger es ihnen auf dem Weg dahin.

a) Lest seine Erklärung und besprecht, warum sie nicht so gut zu verstehen ist.

Hoch oben schlängeln sich schmale *???* aus *???*. *???* links und rechts des *???* geben *???*. *???* informieren über die *???* des Waldes. Der *???* windet sich immer höher und höher. Schließlich endet er auf der *???* eines Aussichtsturmes. Von dort hat man wirklich einen tollen *???*. Wer keine *???* hat zurückzulaufen, nimmt die *???* und saust schnell wie der *???* nach unten. So ein *???* macht am meisten *???* mit *???* oder der *???*.

b) Setzt nun passende Nomen aus dem folgenden *Wortspeicher* in den Text ein, sodass dieser Sinn ergibt. Schreibe ihn dazu ab oder bearbeite die interaktive Aufgabe.

**Aufgabe 1b)**
**interaktive Aufgabe**
WES-128413-105

*Wege – Holz – Geländer – Weges – Sicherheit – Schautafeln – Bewohner – Pfad – Plattform – Ausblick – Lust – Rutsche – Wind – Ausflug – Spaß – Freunden – Familie*

c) Schreibe mithilfe des Merkkastens von den eingesetzten Nomen drei konkrete und drei abstrakte Dinge mit dem dazugehörigen Artikel auf.

**2** Am Baumwipfelpfad angekommen macht sich Pauls Klasse mit einigen Regeln vertraut. Lest sie ebenfalls durch und tauscht dabei die kursiv gedruckten Nomen so durch, dass die Regeln Sinn ergeben.

Ⓐ *Die Anlage der gesamten Anlage erfolgt auf eigene Gefahr.*
Ⓑ *Der Zutritt zum Wetterwechsel ist nur während der Gelände gestattet.*
Ⓒ *Kinder unter 14 Jahren haben nur in Begleitung von Erwachsenen Benutzung.*
Ⓓ *Auf der gesamten Öffnungszeiten gilt striktes Rauch- und Feuerverbot.*
Ⓔ *Bei plötzlichem Zutritt ist den Anweisungen des Personals zu folgen.*

### Nomen

Nomen sind für die Aussage eines Satzes wichtig. Ohne sie kann man einen Text kaum verstehen, denn meistens wird erst durch die Nomen die **Bedeutung** eines Textes klar. Sie bezeichnen **konkrete Dinge** wie Lebewesen *(Menschen, Tiere, Pflanzen)*, Gegenstände *(das Päckchen)* sowie **abstrakte Dinge** wie Gefühle *(die Freude)* und Gedachtes *(die Möglichkeit)*.
Nomen erkennst du daran, dass sie immer **großgeschrieben** werden.

## Das Genus eines Nomens erkennen und verwenden

**1** Nachdem sie sich mit den ersten Regeln auseinandergesetzt haben, kommen Paul und seine Klasse ins Gespräch mit dem Austauschschüler Vincent aus Frankreich und der Austauschschülerin Mary aus England. Die beiden lernen genau wie Paul und seine Mitschülerinnen und Mitschüler neben ihrer Muttersprache auch die Sprache der anderen. Mary behauptet, dass sie es dabei am schwersten habe.

a) Betrachtet zunächst die folgenden Sprechblasen.

b) Erklärt, ob Mary mit ihrer Aussage Recht hat.

**2** Zeichne eine Tabelle nach folgendem Muster und ordne die Nomen aus dem *Wortspeicher* mit dem richtigen Artikel in die Tabelle ein.

*Auto – Buch – Dose – Fehler – Käfig – Kind – Leder – Leim – Märchen – Müsli – Person – Schal – Schaukel – Sonne – Stimme – Vater – Winter*

| Maskulinum (der) | Femininum (die) | Neutrum (das) |
|---|---|---|
| *der Mann* | *die Frau* | *das Kind* |

**3** Mary und Vincent sind ganz verwundert, als sie erfahren, dass im Deutschen vor manchen Nomen zwei verschiedene Artikel stehen können.

a) Schlage in einem Wörterbuch nach und schreibe die Nomen mit beiden Artikeln auf.
*Bonbon – Marmelade – Butter – Gelee – Gulasch – Puder – Joghurt – Ketchup – Lasso – Laptop – Schnipsel – Kaugummi*

b) Schreibe auch die folgenden Nomen mit den beiden möglichen Artikeln auf.
*Steuer – Leiter – Mast – Tau – Kiefer – Junge – Band – Teil*

c) Alle Nomen aus Aufgabe a) und b) haben zwei Artikel. Erkläre, was die Gruppen von Nomen dennoch unterscheidet.

### Grammatisches Geschlecht (lat. Genus)

Nomen haben ein festes Genus. Es wird durch den Artikel der, die oder das in der Grundform angezeigt.

- **Maskulinum** (männlich): der Stuhl
- **Femininum** (weiblich): die Tür
- **Neutrum** (sächlich): das Haus

Das grammatische Geschlecht (Genus) hat meist nichts mit dem natürlichen Geschlecht (Sexus) zu tun. Deshalb ist es wichtig, Nomen mit ihrem Genus zu lernen.

## Nomen im Singular und im Plural verwenden

**1** Ein weiteres Hinweisschild macht Pauls Klasse darauf aufmerksam, was auf dem Baumwipfelpfad noch alles untersagt ist.

a) Lies die noch unvollständigen Regeln zunächst durch.

Auf dem Baumwipfelpfad ist es untersagt,
- Bereiche zu betreten, die nicht für *???* bestimmt sind.
- sich über die *???* zu lehnen und *???* vom Pfad oder Aussichtsturm zu werfen.
- *???* unbeaufsichtigt liegen zu lassen.
- unter dem Einfluss alkoholischer *???* umherzulaufen.
- *???* außerhalb der dazu bestimmten Stellen zu entsorgen.

b) Schreibe die Regeln ab und setze dabei mithilfe des Merkkastens die Nomen aus dem *Wortspeicher* an der passenden Stelle ein. Beachte: Die Nomen im *Wortspeicher* stehen ausschließlich im Singular. Die Regeln ergeben aber nur Sinn, wenn sie im Plural eingesetzt werden.

*Geländer – Tasche – Getränk – Abfall – Besucher – Gegenstand*

**2** Die eingesetzten Pluralwörter unterscheiden sich von deren Singularformen.

a) Ordnet alle Pluralwörter den Beispielen im Merkkasten unten zu.

b) Zwei Wörter fallen euch dabei bestimmt besonders auf. Erklärt, was das Besondere an ihnen ist.

**3** Im Deutschen können die meisten Nomen im Singular und im Plural stehen. Es gibt aber auch Nomen, die nur im Singular oder nur im Plural stehen.

a) Lege eine Tabelle an und ordne die Nomen im *Wortspeicher* richtig zu.

b) Finde weitere Nomen, die nur im Singular oder nur im Plural stehen können.

*Brot – Getreide – Alpen – Milch – Bruder – Quatsch – Fleiß – Duft – Ferien – Idee – Masern – Eltern – Geschwister – Land – Wut*

m → S. 275
*Wörter nachschlagen*

### Der Numerus: Singular und Plural

Der **Singular** (die Einzahl) von Nomen zeigt an, dass nur ein Exemplar gemeint ist: *der/ein Tisch, die/eine Fabrik, das/ein Schiff.* Der **Plural** (die Mehrzahl) von Nomen zeigt an, dass mehrere Exemplare davon gemeint sind: *die Tische, die Fabriken, die Schiffe.*
Der Plural von Nomen kann durch verschiedene Formen angezeigt werden:
- **Umlaut:** *der Boden – die Böden, die Mutter – die Mütter*
- **Suffix:** *die Schüssel – die Schüsseln, das Hotel – die Hotels, der Tag – die Tage, das Bild – die Bilder*
- **Umlaut und Suffix:** *der Ball – die Bälle, das Land – die Länder*

Einige Nomen **verändern sich** im Plural **nicht**: *der Haken – die Haken*

**4** Es gibt gleichlautende Nomen mit unterschiedlicher Bedeutung, die man im Plural unterscheiden kann.

a) Benenne bei den folgenden Nomen die beiden Pluralformen.

*die Mutter – die Bank – der Strauß*

b) Markiere die Merkmale der Pluralformen mithilfe des Merkkastens.

c) Schreibe die folgenden Sätze auf und ergänze das Nomen im passenden Plural. Die Lösungen von Aufgabe 4a) helfen dir dabei.

Ⓐ Im Baumarkt gibt es Kisten mit verschiedenen *???*.
Ⓑ Einige *???* helfen beim Kuchenverkauf mit.
Ⓒ Im Park wurden *???* aufgestellt.
Ⓓ Viele *???* haben Geldautomaten im Außenbereich.
Ⓔ *???* sind große, flugunfähige Vögel.
Ⓕ Im Blumengeschäft kann man zwischen vielen verschiedenen *???* auswählen.

## Den bestimmten und unbestimmten Artikel richtig verwenden

**Aufgabe 1a)**
Audio
WES-128413-106

**1** Als Paul nach Schulschluss auf den Bus wartet, unterhält er sich mit Sophie.

a) Lest das Gespräch mit verteilten Rollen oder hört euch die Audiodatei an. Entscheidet, an welchen Stellen ihr den bestimmten und an welchen ihr den unbestimmten Artikel gebrauchen würdet.

**Paul:** Gestern war ich in *???* Buchhandlung, ich weiß gar nicht mehr so genau, in welcher, irgendwo in der Nähe vom Bahnhof.

**Sophie:** Meinst du etwa *???* Buchhandlung in der Wolfsburger Straße? Dort war ich schon ein paarmal.

**Paul:** Ja, genau. Ich war zum ersten Mal dort. Als ich so rumlief, fiel mir *???* Regal besonders auf. Da standen vielleicht hundert Abenteuerromane drin. Dreißig davon habe ich mir bestimmt angesehen.

**Sophie:** Du, *???* Regal kenn ich. Davor habe ich schon Stunden verbracht.

**Paul:** *???* Buch hat mir besonders gefallen. Es handelt von *???* Mädchen und *???* Jungen ...

**Sophie:** Ach ja, *???* Buch! Die beiden haben sich doch im Ferienlager kennengelernt und gemeinsam ganz verrückte Sachen erlebt. Hast du dir *???* Buch gekauft? Ich würde es auch gerne noch mal lesen.

**Paul:** Ja, na klar kannst du es mal lesen.

b) Begründet mithilfe des Merkkastens, warum ihr manchmal den bestimmten und manchmal den unbestimmten Artikel gebraucht habt. Seht euch dazu noch einmal die Stellen an, an denen der Artikel gewechselt hat.

**2** Im Schulbus sitzend beobachtet Paul interessiert die anderen Fahrgäste.

a) Ermittle, von wie vielen Personen im Text A und von wie vielen Personen im Text B die Rede ist.

**Text A: Im Schulbus**
Paul beobachtet im Schulbus die Leute. Er sieht eine Frau mit einem Kind. Am Fenster hockt ein alter Mann. Eine Schülerin sitzt vor ihm. Ein Mann liest die Zeitung. Eine Frau hat eine große Tasche auf ihrem Schoß. Eine Schülerin kaut Kaugummi. Ein Kind fängt plötzlich an zu schreien. Es ist immer was los!

**Text B: Im Schulbus**
Paul beobachtet im Schulbus die Leute. Er sieht eine Frau mit einem Kind. Am Fenster hockt ein alter Mann. Eine Schülerin sitzt vor ihm. Der Mann liest die Zeitung. Die Frau hat eine große Tasche auf ihrem Schoß. Die Schülerin kaut Kaugummi. Das Kind fängt plötzlich an zu schreien. Es ist immer was los!

b) Begründe, warum in Text B nur halb so viele Personen vorkommen wie in Text A.

**3** Lies den folgenden Text. Setze dabei mithilfe des Merkkastens in die Lücken den bestimmten oder unbestimmten Artikel ein. Du kannst auch die interaktive Aufgabe bearbeiten.

**Aufgabe 3**
interaktive Aufgabe
WES-128413-107

Paul schleckte gerade ??? Eis. ??? Eis war sehr lecker. Plötzlich hörte er ??? Geräusch. ??? Geräusch wurde immer lauter. Es kam von ??? Wespe. ??? Wespe setzte sich direkt auf ??? Eis. Paul kriegte ??? Schreck. Und ??? Schreck war so groß, dass er ??? Eis fallen ließ.

## Unbestimmter Artikel – bestimmter Artikel

!

In einem Text steht der **unbestimmte Artikel** in der Regel dann, wenn ein Nomen zum ersten Mal genannt wird, wenn also etwas oder jemand noch unbekannt ist.
Der **bestimmte Artikel** steht dagegen dann, wenn dasselbe Nomen ein zweites Mal im Text vorkommt, wenn also etwas oder jemand bereits bekannt ist.

## Den Kasus von Nomen bestimmen und diese richtig verwenden

**1** Zu Hause angekommen erledigt Paul rasch seine Hausaufgaben. Dann ruft er seinen besten Freund Toni an.

a) Lest die folgenden Sätze zum Thema „Freundschaft“.
- *In schwierigen Situationen ist ein Freund sehr wichtig.*
- *In diesen Situationen bedarf man des Freundes.*
- *Gerade dem Freund vertraut man dann.*
- *Schön, wenn man dann den Freund hat.*

b) Vergleicht das Nomen *Freund* und den dazugehörigen Artikel in den Sätzen. Benennt, was euch dabei auffällt, und stellt Vermutungen an, woran dies liegen könnte.

c) Ersetzt in den Sätzen das Nomen *Freund* durch die Nomen *Freundin* und *Tagebuch*. Tragt euch die Sätze laut vor.

**Aufgabe 2**
**Portalvorlage**
WES-128413-108

**2** Nomen können in vier verschiedenen Fällen stehen.

a) Übertrage die Tabelle in dein Heft oder nutze die Portalvorlage. Ergänze dann mithilfe des Merkkastens in der ersten Spalte den Kasus.

b) Trage nun die Nomen mit ihren Artikeln in die Tabelle ein. Markiere dabei die Veränderungen des Nomens und des dazugehörigen Artikels.

| Kasus | Freund | Freundin | Tagebuch |
|---|---|---|---|
| 1 | der Freund | ??? | ??? |
| 2 | des Freundes | ??? | ??? |
| 3 | dem Freund | ??? | ??? |
| 4 | ??? | ??? | ??? |

c) Vergleicht eure Ergebnisse in der Klasse.

### Der Kasus: Die vier Fälle

Nomen können im Satz in vier verschiedenen Fällen (Kasus) gebraucht werden:

**1. Nominativ** Wer oder was? **3. Dativ** Wem?
**2. Genitiv** Wessen? **4. Akkusativ** Wen oder was?

Mit den Fragen kannst du den jeweiligen Kasus bestimmen. Nach dem Kasus richten sich die Formen des Artikels und die Endung des Nomens.

| Deklination von Nomen | Maskulinum | | Femininum | | Neutrum | |
|---|---|---|---|---|---|---|
| | **Singular** | **Plural** | **Singular** | **Plural** | **Singular** | **Plural** |
| Nominativ (Wer oder was?) | der Keks | die Kekse | die Maus | die Mäuse | das Lied | die Lieder |
| Genitiv (Wessen?) | des Kekses | der Kekse | der Maus | der Mäuse | des Liedes | der Lieder |
| Dativ (Wem?) | dem Keks | den Keksen | der Maus | den Mäusen | dem Lied | der Lieder |
| Akkusativ (Wen oder was?) | den Keksen | die Kekse | die Maus | die Mäuse | das Lied | die Lieder |

**3** Während des Telefonats erzählt Toni Paul vom Vorhaben seines Vaters.

a) Lies zunächst, was Toni Paul am Telefon genau erzählt.

„Der Baum in unserem Garten ist zu groß geworden. Vater sagt, dass der Baum dringend zugeschnitten werden sollte. Er meint: ‚Wenn die Krone des Baumes nicht zurückgeschnitten wird, dann ist dem Baum nicht mehr zu helfen.' Aber wir wollen nicht, dass der Baum gefällt wird. Morgen kommen zwei Landschaftsgärtner und schneiden den Baum zu."

Leider ist die Verbindung schlecht, weshalb Paul nicht alles versteht. Daher fragt er am Schluss:

- Wer ist zu groß geworden?
- Wessen Krone muss zurückgeschnitten werden?
- Wem ist nicht mehr zu helfen?
- Wen schneiden die Landschaftsgärtner zu?

b) Finde die Antworten auf Pauls Fragen im Text und schreibe sie mithilfe des Merkkastens geordnet nach dem Kasus auf.

*Nominativ: …* *Genitiv: …* *Dativ: …* *Akkusativ: …*

**4** Bestimme mithilfe des Merkkastens auf Seite 188, in welchem Kasus die unterstrichenen Nomen stehen.

Im Garten begegnet man vielen Pflanzen. Am beliebtesten ist oft die Rose. Sie gilt ja als die Königin der Blumen. Doch viele Menschen sehen auch gerne die Tulpen im Garten blühen.

**5** Am Ende des Telefonats erzählt Toni Paul schließlich noch, was seiner Mutter Lustiges passiert ist.

a) Lies Tonis Geschichte durch und setze an den markierten Stellen das Nomen *Sessel* mit dem passenden Artikel im richtigen Kasus ein.

„Mensch, Paul. Du glaubst gar nicht, was meiner Mutter die Tage passiert ist. In der Stadt hat sie sich *1* gekauft. Den wollte sie schon lange. Nach dem Aufstellen *2* in unserem Wohnzimmer hörte sie abends immer wieder ein nerviges Piepen. Keiner wusste, woher dies kam. Irgendwann kamen wir auf die Idee, dass das Piepen vielleicht etwas mit *3* zu tun haben könnte. Also dreht mein Vater *4* um. Und tatsächlich: *5* hatte auf der Unterseite ein kleines Loch, aus dem eine Maus hervorkam. Schnell haben wir sie befreit, sonst hätte unser Kater Tom sie bestimmt gefressen.

b) Bestimme mithilfe des Merkkastens und der entsprechenden Fragewörter, in welchem Kasus das Nomen Sessel in Tonis Ausführungen jeweils vorkommt.

# Überprüfe dein Wissen und Können

**1** Von diesen 14 Nomen kommen jeweils fünf nur im Singular, vier nur im Plural und fünf im Singular und im Plural vor.

a) Schreibe sie geordnet nach diesen drei Gruppen und mit dem dazugehörigen bestimmten Artikel auf.

***Ferien – Auskunft – Silber – Einsamkeit – Trümmer – Unterkunft – Heim – Flausen – Butter – Schande – Gefühl – Dank – Fahrt – Kosten***

b) Bilde drei Sätze, die möglichst viele Nomen aus Aufgabe a) enthalten.

**Aufgabe 2**
**Portalvorlage + interaktive Aufgabe**
WES-128413-109

**2** Entscheide, ob für die Zahlen 1–19 ein bestimmter oder unbestimmter Artikel eingesetzt werden muss. Schreibe dazu den Text ab, nutze die Portalvorlage oder bearbeite die interaktive Aufgabe.

## Der Fuchs und die Trauben

*1* Maus und *2* Spatz saßen an *3* Herbstabend unter *4* Weinstock und plauderten miteinander. Auf einmal zirpte *5* Spatz seiner Freundin zu: „Versteck dich, *6* Fuchs kommt", und flog rasch hinauf ins Laub. *7* Fuchs schlich sich an *8* Weinstock heran, seine Blicke hingen sehnsüchtig an den dicken, blauen, überreifen Reben. Vorsichtig spähte er nach allen Seiten. Dann stützte er sich mit seinen Vorderpfoten gegen *9* Stamm, reckte kräftig seinen Körper empor und wollte mit dem Mund *10* paar Trauben erwischen. Aber sie hingen zu hoch. Etwas verärgert versuchte er sein Glück noch einmal. Diesmal tat er *11* gewaltigen Satz, doch er schnappte wieder nur ins Leere. *12* drittes Mal bemühte er sich und sprang aus Leibeskräften. Voller Gier huschte er nach *13* üppigen Rebe und streckte sich so lange dabei, bis er auf den Rücken kollerte. *14* Spatz, der schweigend zugesehen hatte, konnte sich nicht länger beherrschen und zwitscherte belustigt: „Herr Fuchs, Ihr wollt zu hoch hinaus!" *15* Maus äugte aus *16* Loch und piepste vorwitzig: „Gib dir keine Mühe, *17* Rebe bekommst du nie." Und wie ein Pfeil schoss sie in *18* Loch zurück. *19* Fuchs biss die Zähne zusammen, rümpfte die Nase und meinte hochmütig: „Die Trauben sind mir noch nicht reif genug, ich mag keine sauren Trauben." Mit erhobenem Haupt stolzierte er in den Wald zurück.

**3** Schreibe die folgenden Sätze ab. Setze dabei die Nomen in Klammern im richtigen Kasus in die Lücken ein und bestimme diesen.

Ⓐ *Die Maus war ??? (der Spatz) sehr dankbar für die Warnung.*

Ⓑ *Der Fuchs staunte nicht schlecht, als er sah, dass sich ??? (die Maus) aus ihrem Versteck traute.*

Ⓒ *Der Ärger ??? (der Fuchs) war echt und er überlegte schon, wie er am besten zu ??? (die Trauben) gelangen könnte.*

**Seite 190**
**Lösung**
WES-128413-110

# Pronomen unterscheiden und gebrauchen

## Das Personalpronomen

**1** Toni erzählt seinem Freund Paul von einem spannenden Film über Robinson Crusoe, den er kürzlich gesehen hat. Bevor Paul den Film anschaut, möchte er mehr über den Abenteurer erfahren und findet im Internet eine Zusammenfassung der Geschichte.

a) Lasst euch den ersten Teil vorlesen oder hört euch die Audiodatei an.

**Aufgabe 1**
Audio +
Portalvorlage
WES-128413-111

### Robinson Crusoe

Als Robinson erwachte, war heller Tag. Robinson stellte fest, dass sich der Sturm etwas gelegt hatte. Robinson bemerkte auch, dass das Schiffswrack fast bis auf die Insel getrieben worden war. Die Insel zu erreichen, war für Robinson nicht schwer. Die Insel lag nämlich nur drei Meilen von Robinson entfernt. Die Insel bot eine gute Gelegenheit, sich ein Floß zu bauen. Das Floß sollte für das weitere Leben auf der Insel eine große Hilfe sein. Das Floß konnte von Robinson zum Transport vieler wichtiger Dinge verwendet werden. Robinson machte sich also schon bald an die Arbeit. Die Arbeit ging Robinson gut von der Hand. Robinson stieg an der Schiffswand herunter und band vier Balken an beiden Enden fest, sodass ein Floß entstand. Robinson bemerkte aber, dass das Floß zu leicht war, um schwerere Lasten transportieren zu können. Robinson machte sich von Neuem am Floß zu schaffen und befestigte daran noch eine Stange. Robinson war mit der Arbeit endlich zufrieden. Robinson hatte mehr vollbracht, als Robinson unter gewöhnlichen Umständen vollbracht hätte.

b) Erklärt, weshalb sich der Text seltsam anhört und überlegt, wie man ihn verbessern könnte.

c) Markiere auf der Portalvorlage alle sich wiederholenden Nomen, die du ersetzen möchtest.

d) Setze nun für die markierten Nomen passende Personalpronomen ein. Der Merkkasten auf Seite 192 hilft dir dabei. Nutze auch hierfür die Portalvorlage und schreibe das entsprechende Personalpronomen über die jeweilige Markierung.

**2** Paul ist neugierig darauf, wie die Geschichte weitergeht.

a) Lies die folgende Fortsetzung der Zusammenfassung.

Robinson rief nach den Kameraden, so laut *1 Robinson* konnte. Von nirgendwo kam eine Antwort. *2 Robinson* war verzweifelt und hatte große Furcht. Dann aber erwachte sein Lebenswille. Außerdem hatte *3 Robinson* großen Hunger. Wie konnte *4 Robinson 5 den Hunger* stillen? Die Nacht brach herein. Wo und wie sollte *6 Robinson 7 die Nacht* verbringen? Er kletterte in eine Baumkrone. Sehr bequem war *8 die Baumkrone* nicht. Doch *9 die Baumkrone* bot Schutz vor wilden Tieren. Am nächsten Morgen entdeckte Robinson einen fremdartig aussehenden Mann. *10* Robinson kletterte von seinem Baum herunter. Doch als *11* der Fremde *12* Robinson sah, suchte er das Weite.

b) Schreibe den vorangegangenen Text ab und vermeide zu häufige Wortwiederholungen, indem du an den nummerierten Stellen das Nomen gelegentlich durch ein Personalpronomen ersetzt.

c) Besprecht eure Lösungen und begründet anhand ausgewählter Stellen, weshalb ihr euch für ein Personalpronomen oder das Nomen entschieden habt.

**3** Was es mit dem Fremden auf sich hat, erfährt Paul im letzten Teil der Zusammenfassung.

a) Lies diese zunächst durch.

Zunächst war Robinson enttäuscht, doch dann beschloss er, den Unbekannten zu suchen. Hinter einem umgestürzten Baum entdeckte er *???* schließlich und winkte *???* zu. Robinson sprach den Mann an: „Du brauchst *???* nicht zu fürchten. Ich möchte *???* einfach nur kennenlernen. Vielleicht können *???* zusammen versuchen, irgendwie von dieser Insel herunterzukommen." Der fremde Mann verlor allmählich seine Furcht und kam näher. Robinson sprach weiter: „Heute ist Freitag. Weil ich *???* heute getroffen habe, will ich *???* den Namen Freitag geben. Lass *???* zum Strand gehen." Gemeinsam gingen sie zum Strand, die Tiere blickten *???* aufmerksam nach. Noch wusste Robinson nicht, dass Freitag für lange Zeit sein bester und einziger Freund und *???* in vielen Situationen treu ergeben sein würde.

**Aufgabe 3**
Portalvorlage + interaktive Aufgabe
WES-128413-112

b) Setze mithilfe des Merkkastens in die Lücken des Textes Personalpronomen im richtigen Kasus ein. Schreibe den Text dazu ab, verwende die Portalvorlage oder bearbeite die interaktive Aufgabe.

## Personalpronomen

Wörter, die für ein Nomen stehen, nennt man **Personalpronomen**. Sie sind **Stellvertreter** für Nomen, die im Text **bereits bekannt** sind.

*Sophie lacht. → Sie lacht.*

Sie machen es möglich, dass Nomen **nicht** ständig **wiederholt** werden müssen.
Wie Nomen können sie in den verschiedenen Fällen auftreten:

| | ***Singular*** | | | | | ***Plural*** | | |
|---|---|---|---|---|---|---|---|---|
| **Nominativ** | ich | du | er | sie | es | wir | ihr | sie |
| **Genitiv** | meiner | deiner | seiner | ihrer | seiner | unser | euer | ihrer |
| **Dativ** | mir | dir | ihm | ihr | ihm | uns | euch | ihnen |
| **Akkusativ** | mich | dich | ihn | sie | es | uns | euch | ihnen |

## Das Possessivpronomen

**1** In der großen Pause möchte Paul mit seinem Freund Toni eine Runde Basketball spielen. Sie geraten jedoch in einen Streit um den Ball.

a) Lies die folgenden Sätze zunächst durch.

Paul und Toni streiten sich in der Pause um den Basketball. Paul ruft: „Das ist mein Ball", woraufhin Toni erwidert: „Das ist nicht dein Ball, das ist mein Ball." Da kommen Amira und Leyla hinzu und mischen sich ein: „Hey Jungs, was macht ihr denn mit unserem Ball?"

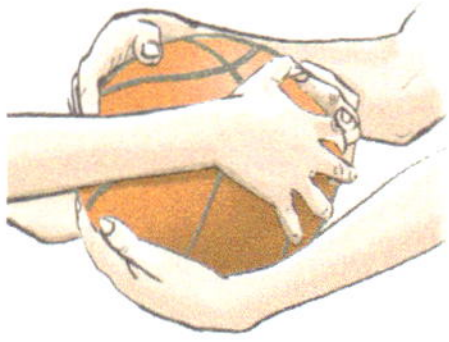

b) Erkläre, welche Funktion die unterstrichenen Wörter in den Sätzen haben.

**2** Die unterstrichenen Wörter heißen Possessivpronomen. In dem folgenden Text fehlen vier dieser Pronomen. Schreibe den Text ab und setzte mithilfe des Merkkastens sinnvolle Possessivpronomen ein.

Auch Herr Doblinger beobachtet die Szene: „Paul, Toni, gebt den Ball euren Klassenkameradinnen zurück." Paul und Toni wehren sich und sagen: „Das ist nicht *???* Ball, das ist *???* Ball." Nun wird es Herrn Doblinger langsam zu bunt: „Wenn ihr euch nicht entscheiden könnt, wem der Ball gehört, ist es ab sofort *???* Ball und ich gebe ihn Lucky, dem Hund, dann ist es *???* Ball."

**3** Zuhause geht für Paul der Ärger weiter. Seine Schwester Miriam meckert mal wieder, weil ihr Zimmer viel kleiner als Pauls Zimmer ist.

a) Lest den Text durch und besprecht, weshalb er nicht gelungen ist.

Paul und Miriam vergleichen Paul und Miriams Zimmer miteinander. Dabei stellen sie fest, dass Pauls Zimmer viel größer ist als Miriams Zimmer. Pauls Zimmer hat einen großen Balkon. Auf Pauls Balkon steht ein bequemer Liegestuhl, in dem Paul gerne im Sommer liegt und liest. In Pauls Zimmer steht außerdem ein großer Computer, vor dem Paul Pauls Abende verbringt, indem Paul eines von Pauls vielen PC-Spielen spielt oder mit Pauls Freunden chattet.

b) Schreibe den Text mithilfe des Merkkastens verbessert auf, indem du an geeigneten Stellen Personal- und Possessivpronomen verwendest.

### Possessivpronomen

!

Possessivpronomen geben an, **wem etwas gehört**. Sie lauten *mein, dein, sein, ihr, sein, unser, euer, ihr.* Sie sind meist Begleiter des Nomens und stehen im gleichen Kasus.

*Wer oder was? = **Mein** Opa ist sehr klug.*

*Wessen? = Das Auto **meines** Opas ist schon 50 Jahre alt.*

*Wem? = Das Buch gehört **meinem** Opa.*

*Wen oder was? = Gestern besuchten wir **meinen** Opa.*

**Aufgabe 4a)**
**Portalvorlage**
WES-128413-113

**4** Am Wochenende wollen Paul und seine Familie die Großeltern, die sie lange nicht gesehen haben, besuchen. Beim Packen der Taschen stellen sie fest, dass ihnen noch einige Sachen fehlen.

a) Schreibe den folgenden Text ab oder nutze die Portalvorlage und setze in die Lücken sinnvolle Possessivpronomen ein.

Paul sucht *???* Ladekabel für *???* neues Smartphone. *???* Schwester Miriam vermisst *???* neue Jacke und *???* Waschbeutel. Die beiden haben auch *???* Schuhe und *???* Tablet noch nicht eingepackt. *???* Mutter meckert *???* Vater an: „*???* Rasierer liegt auch noch im Badezimmer." Der Vater antwortet: „Das lass doch mal *???* Problem sein. Ich bin *???* Ermahnungen wirklich überdrüssig. Sieh nur zu, dass du *???* Zahnbürste nicht vergisst." Die Kinder entgegnen: „Jetzt hört doch mal auf mit *???* Streitereien. Am Ende kommen wir noch zu spät zu *???* Großeltern. Das wäre doch wirklich schade. Wir wollen ja alle zusammen am Abend zu *???* Lieblingsitaliener gehen." „Nun gut!", entgegnet die Mutter. „Jetzt lasst uns keine Zeit verlieren und vernünftig *???* Koffer zu Ende packen. Wegen *???* Unordnung soll der Besuch nun wirklich nicht ins Wasser fallen."

✻ b) Schreibe einen kurzen Text darüber, wie es bei euch zuhause vor einer Reise zugeht. Verwende dabei möglichst viele unterschiedliche Possessivpronomen.

**5** Bei den Großeltern angekommen erzählt Paul, was sich in den letzten Wochen Neues ereignet hat.

a) Lies seine Aussagen zunächst durch und erkläre anhand des Personalpronomens, wieso die Großeltern sie falsch verstehen könnten.

Ⓐ Mein Freund hat einen neuen Hund. Er ist wirklich ein netter Kerl.
Ⓑ Unser Basketballteam gewann das letzte Spiel. Es war sehr gut vorbereitet.
Ⓒ Unsere Sportlehrerin machte uns eine Übung vor. Sie sah sehr elegant aus.
Ⓓ Mein Trainer hat sich den Fuß gebrochen. Er schaut echt übel aus.
Ⓔ Unsere Nachbarin hat eine neue Waschmaschine. Sie ist sehr laut.

b) Formuliere die Sätze nun so um, dass sie eindeutig zu verstehen sind. Wiederhole dazu jeweils das Nomen, auf das sich das Personalpronomen tatsächlich bezieht.

c) Markiere abschließend alle Possessivpronomen in den Sätzen.

✻ **6** Beim Abendessen wollen sich Pauls Großeltern dabei übertrumpfen, wer die besten Ideen für den kommenden Tag hat.

a) Lies die Sätze genau durch.

① Pauls Oma hat ihr typisches Grinsen im Gesicht, denn sie will mit Paul ins Freibad und dort ihre Rekorde in der Loopingrutsche knacken.
② Pauls Opa fällt ihr ins Wort, denn er möchte mit Paul in den Wildpark fahren, um dort ihre Lieblingstiere, die Wölfe, bei der Fütterung zu erleben.

b) Bestimme, um welche Arten von Pronomen es sich bei den Wörtern „*ihr*" und „*ihre*" in den beiden Sätzen handelt.

## Das Demonstrativpronomen

**1** Zu seinem Geburtstag hat Paul einen ganz besonderen Wunsch.

a) Lies den folgenden Text und betone dabei die markierten Wörter.

Seit Langem möchte Paul einen Freizeitpark besuchen. Seine Eltern fanden das aber immer zu gefährlich. Dennoch wünschte er sich auch dieses Jahr dasselbe zu deinem Geburtstag, was er sich schon die Jahre zuvor gewünscht hatte: Einen Besuch im Freizeitpark MEGAFUN. Dieser Freizeitpark ist berühmt für seine Achterbahnen. Und tatsächlich, dieses Jahr sollte es so weit sein.

b) Finde mithilfe des Merkkastens heraus, welche Aufgabe die markierten Wörter in den einzelnen Sätzen jeweils erfüllen und worauf sie sich darin beziehen.

**2** Im Folgenden erfährst du, wie der Text weitergeht.

a) Lies ihn zunächst durch oder höre die Audiodatei an.

**Aufgabe 2**
Audio + Portalvorlage
WES-128413-114

Schon früh am Morgen fuhren sie los. Als sie endlich dort waren, fragte Paul sofort: „Dieser Eingang oder der dort hinten?“ Sein Vater antwortete: „Lass uns doch jenen da vorne nehmen!“ Paul lief los. Am Eingang wartete noch eine weitere Überraschung auf ihn: seine Großeltern. Diese beiden waren nämlich die besten Großeltern aller Zeiten. Mit seinem Opa konnte man immer am meisten Spaß haben. Er fragte auch gleich: „Welches jener Fahrgeschäfte möchtest du denn als erstes ausprobieren? Dasjenige, das rückwärtsfährt oder lieber jenes, bei dem man kopfüber hängt?“ Paul konnte sich wegen der großen Auswahl kaum entscheiden: „Das da vielleicht! Oder nein, doch lieber dieses!“ Schließlich steigt die ganze Familie zuerst einmal in eine Wasserbahn. Als die turbulente Fahrt vorbei war, rief Paul sofort: „Los gleich zur nächsten.“ Und sein Opa antworte: „Dasselbe wollte ich auch gerade sagen.“

b) In diesem Textauszug sind die Demonstrativpronomen nicht hervorgehoben. Schreibe sie heraus oder markiere sie auf der Portalvorlage.

### Demonstrativpronomen

Demonstrativpronomen werden verwendet, um **auf eine Person, einen Gegenstand oder Sachverhalt oder einen ganzen Satz hinzuweisen**. Die Person, Sache etc. wird dadurch besonders hervorgehoben. Sie muss im Satz zuvor oder danach genannt werden.

*Mein bester Freund war gestern beim Kartfahren. **Das** möchte ich auch ausprobieren.*
***Dieses** Foto zeigt meine Klasse.*

Die Demonstrativpronomen sind:
*der, die, das – dieser, diese, dieses – derjenige, diejenige, dasjenige – derselbe, dieselbe, dasselbe – jener, jene, jenes.*

**Aufgabe 3**
**Portalvorlage**
WES-128413-115

**3** Im folgenden Text sind die blau markierten Wörter Demonstrativpronomen. Schreibe den Text ab und finde für einige von ihnen mithilfe des Merkkastens auf Seite 195 Alternativen, damit die Person, die Sache usw., auf die hingewiesen werden soll, stärker hervorgehoben wird. Du kannst hierfür auch die Portalvorlage verwenden.

Paul hat einen unvergesslichen Tag im Freizeitpark erlebt und zeigt ein paar Tage später seiner Tante und seinem Onkel die Bilder von seinem Geburtstagsausflug.
Paul: „Schau, Onkel Klaus, mit dem Fahrgeschäft haben wir begonnen. Es ist das, bei dem wir durch Wasser gefahren sind und Mama gleich nass geworden ist. Auf dem Foto siehst du Opa in einem wild schaukelnden Piratenschiff. Die Person neben ihm ist Oma. So wie sie schaut, ist ihr ganz schlecht gewesen. Dann haben wir erst einmal eine Pause gemacht. Das Foto zeigt Mama, Papa und mich, wie wir uns stärken. Die Pommes waren vielleicht lecker.
Die Achterbahn auf dem nächsten Foto ist die Hauptattraktion des Freizeitparks. Die haben wir uns bis zum Schluss aufgehoben. Aber nur Opa und Mama haben sich getraut, mit mir zu fahren. Die war Papa und Oma zu wild, weil man fünfmal durch den Looping fährt. Die war absolut gigantisch."

✲ **4** Verfasse einen kurzen Dialog zwischen Paul und Toni, in dem sie sich darüber unterhalten, was sie im Freizeitpark besuchen wollen. Verwende dabei an passenden Stellen möglichst viele verschiedene Demonstrativpronomen. Der folgende Lageplan und der Merkkasten helfen dir dabei.

## Das Relativpronomen

**1** So wie viele andere Kinder auch isst Paul für sein Leben gerne Süßigkeiten. Lies den folgenden Text und setze dabei die Wörter aus dem *Wortspeicher* richtig ein.

*welcher – die – der – welche – das*

So ein Mist. Paul, *???* morgens oft zu spät in die Schule kommt, hat schon wieder verschlafen. Die Zeit, *???* er zum Frühstück bräuchte, fehlt ihm jetzt. Schon in der ersten Stunde hören seine Klassenkameraden seinen Magen, *???* laut knurrt. Gehirn und Muskeln machen ihm klar: Es fehlt Zucker. Der ist zwar in Schokolade, *???* Paul gerne isst, reichlich vorhanden, aber die enthält auch den Dickmacher Fett. Also ist ein Gummibärchen, *???* auch lecker schmeckt, genau das Richtige. Eigentlich wären Gummibärchen also ein prima Nahrungsmittel, oder?

**2** Die Wörter, die du eingesetzt hast, sind Relativpronomen.
a) Erkläre, woran du erkannt hast, welche Wörter an welche Stelle kommen.
b) Nenne die Nomen, auf die sich die Relativpronomen im Text jeweils beziehen.

**3** Da Paul sich unsicher ist, ob Gummibärchen gesünder als Schokolade sind, nimmt er sich vor, in der nächsten Biologiestunde Frau Bauer zu befragen.
a) Lies ihre Antwort durch und ergänze mithilfe des Merkkastens die fehlenden Relativpronomen.

*Sind Gummibärchen gesünder als Schokolade?*

*„Nicht so ganz", erklärt Frau Bauer, ??? Paul gleich zu Beginn der Biostunde befragt. „Drei kleine Gummibärchen, ??? man schnell mal eben verputzt hat, enthalten fast die gleiche Menge Zucker wie ein Stück Würfelzucker. Außerdem können die Gummileckereien auch nicht die Vitamine und Ballaststoffe ersetzen, ??? der Körper in Obst, Gemüse oder Vollkornprodukten findet. Zucker, ??? in zu großen Mengen dick macht und die Zähne ruiniert, ist dennoch ein wichtiger Bestandteil unserer Nahrung.*

b) Benenne, auf welches Nomen sich das eingesetzte Relativpronomen jeweils bezieht.

Zwischen s, ß, und ss unterscheiden → S. 276 f.

Nebensätze mit der Konjunktion dass → S. 264

**Aufgabe 4**
**interaktive Aufgabe**
WES-128413-116

Satzglieder → S. 240 ff.

**4** Um zu unterscheiden, ob man nach dem Komma das Relativpronomen *das* oder die Konjunktion *dass* schreibt, kann man die Ersatzprobe anwenden. Führe diese mithilfe des Merkkastens bei den folgenden Sätzen durch und schreibe die Sätze A–E dann entweder mit *das* oder *dass* auf. Du kannst auch die interaktive Aufgabe bearbeiten.

Ⓐ Das rote Gummibärchen, *???* ich am liebsten esse, schmeckt nach Himbeere.
Ⓑ Mittlerweile weiß Paul, *???* Gummibärchen nicht gesund sind.
Ⓒ Trotzdem glaubt er, *???* er ab und zu noch Gummibärchen essen werde.
Ⓓ Das Geld, *???* er für Süßigkeiten ausgibt, spart er jetzt.
Ⓔ Seine Mutter meint, *???* das gesunde Essen, *???* sie kocht, viel besser schmeckt als Süßigkeiten und auch noch gesünder ist.

**5** Verknüpfe die folgenden Hauptsätze A–E mithilfe von Relativpronomen zu einem Satzgefüge. Das vorgegebene Beispiel hilft dir dabei.

Ⓐ Gummibärchen sind Süßigkeiten. Sie schmecken gut.
*→ Gummibärchen sind Süßigkeiten, die gut schmecken.*
Ⓑ Süßigkeiten enthalten oft viel Zucker. Zucker kann zu Zahnproblemen führen.
Ⓒ Gummibärchen sind Süßwaren. Sie werden von Kindern gerne gegessen.
Ⓓ Menschen geben viel Geld für Süßes aus. Das Geld könnte man auch für Obst verwenden.
Ⓔ Süßigkeiten sehen wir immer in der Fernsehwerbung. Sie will uns die Süßigkeiten schmackhaft machen.

**6** In den folgenden Sätzen wurde das Relativpronomen falsch verwendet. Begründe dies und verbessere die Sätze.

Ⓐ Paul schreibt E-Mails mit einem Mädchen, die er gerne mag.
Ⓑ Mit einem anderen Kind, der in der Nachbarschaft wohnt, geht er regelmäßig zum Fußballtraining.
Ⓒ Im Internet verfolgt er den Kanal eines Influencers, das er besonders cool findet.

!

## Relativpronomen

Relativpronomen **beziehen sich auf ein vorangegangenes Nomen**, z. B.:
*Kennt ihr Paul,* ***der*** *morgens oft verschläft?*
Die Relativpronomen sind: *der, die, das, dem, den, welcher, welche, welches, welchem, welchen.*
Relativpronomen **leiten einen Nebensatz ein**. Deshalb steht vor dem Relativpronomen ein **Komma**. Wenn du dir unsicher bist, ob nach dem Komma das Relativpronomen *das* oder die Konjunktion *dass* stehen muss, dann hilft dir die **Ersatzprobe** mit *welches*.
Ersatzprobe: Kann man *welches* an die Stelle des *das* setzen und der Satz ergibt immer noch Sinn, so handelt es sich um das Relativpronomen.

# Überprüfe dein Wissen und Können

**1** Ordne den verschiedenen Pronomen die richtige Erklärung zu und übernimm die vollständigen Sätze in dein Heft.

*Personalpronomen ...* *Possessivpronomen ...*
*Demonstrativpronomen ...* *Relativpronomen ...*

... geben an, wem etwas gehört.
... werden verwendet, um auf eine Person, einen Gegenstand, einen Sachverhalt oder einen ganzen Satz hinzuweisen.
... beziehen sich auf ein vorangegangenes Nomen und leiten einen Nebensatz ein.
... stehen stellvertretend für Nomen, die bereits bekannt sind.

**2** Schreibe den folgenden Text ab und setze für die Fragezeichen *???* passende Personal- oder Possessivpronomen im richtigen Fall ein.

Paul hat heute mit dem Fußball die Fensterscheibe *???* Nachbarn, Herrn Müller, eingeschossen. Dafür will *???* sich bei *???* entschuldigen. Paul will einen Entschuldigungsbrief verfassen und *???* dem Nachbarn geben, um *???* Gewissen zu beruhigen. Gemeinsam mit seiner Mutter überbringt er dem netten Mann aus dem Haus gegenüber den Brief. Paul versichert, dass *???* ein Versehen gewesen sei und die Mutter ergänzt, dass *???* und *???* Mann für den Schaden aufkommen werden. Der Geschädigte ist daraufhin nicht weiter böse und sagt zu Paul: „Das alles ist nicht weiter schlimm. Lass *???* doch das nächste Mal zusammen Fußball spielen. *???* bin nämlich auch ein leidenschaftlicher Kicker."

**3** Setze in die folgenden Sätze passende Demonstrativpronomen ein.

Ⓐ Paul entdeckt auf einem Bauernhof ein äußerst schönes Pferd. *???* will er unbedingt Toni zeigen.
Ⓑ Gemeinsam begeben sie sich erneut zu *???* Hof, auf dem das Pferd untergebracht ist.
Ⓒ Die beiden Jungs vereinbaren, dass *???*, dem das Pferd zuerst aus der Hand frisst, auf dem Hof fragt, ob man es reiten dürfe.

**4** Verbinde immer zwei Sätze mithilfe eines Relativpronomens zu einem Satz. Kennzeichne dabei, auf welches vorangegangene Nomen sich das Relativpronomen jeweils bezieht.

Ⓐ Celina ist eine neue Schülerin. Sie kommt aus Rostock.
Ⓑ Das Mädchen besucht die fünfte Klasse. In diese Klasse geht auch Paul.
Ⓒ Celina und Leyla machen zusammen Hausaufgaben. Die Aufgaben sind heute besonders schwer.

Seite 199
Lösung
WES-128413-117

# Verben erkennen und Tempora richtig anwenden

## Verbformen erkennen und verwenden

**1** Gleich zu Beginn des Schuljahrs haben die Schülerinnen und Schüler der Klasse 5b Steckbriefe erstellt.

a) Lies durch, was Ferdinand über sich preisgibt.

*ALTER: 11 JAHRE*
*HAARFARBE: HELLBLOND*
*AUGENFARBE: BLAU-GRAU*
*LIEBLINGSTIER: HUND*
*HOBBYS: WANDERN, RADELN, ZOCKEN, ESSEN, KLETTERN, MÄDCHEN ÄRGERN*

b) Entscheide mithilfe des Merkkastens auf Seite 201, bei welchen der Wörter es sich um Verben handelt, und gib mit eigenen Worten wieder, welche Aufgabe diese Wortart erfüllt.

**Aufgabe 2a)**
**interaktive Aufgabe**
WES-128413-118

*~~freuen~~ – spielen – lernen – erfahren – treffen – sein – pflücken – kochen – verwenden*

**2** Bei einer Vorstellungsrunde erzählt Ferdinand einem Mitschüler von seinen Erlebnissen im Pfandfinderlager. Allerdings fehlen in seinen Aussagen noch die Verben.

a) Schreibe die Sätze A–G in dein Heft und setze die Verben aus dem *Wortspeicher* links in der passenden Form ein oder bearbeite die interaktive Aufgabe.

Ⓐ *Ich freue mich schon wieder sehr auf die Sommerferien.*
Ⓑ *Ich ??? dann immer im Pfadfinderlager.*
Ⓒ *Dort ??? ich auch meine besten Freunde.*
Ⓓ *Wir ??? fast den ganzen Tag im Zeltlager an einem Waldrand.*
Ⓔ *In diesem Jahr ??? die Teilnehmer auch viel über die Tiere des Waldes.*
Ⓕ *Ich ??? im Pfadfinderlager außerdem, wie man selbst ???.*
Ⓖ *Die Leiterin ??? mit uns frische Zutaten im Wald, dann ??? die Gruppe die Kräuter und Pilze für ein leckeres Essen.*

b) Unterstreiche die eingesetzten Verbformen und kennzeichne mit einem Pfeil, von welcher Person die Verbform abhängt:

Ⓐ *Ich <u>freue</u> mich schon wieder sehr auf die Sommerferien.*

**3** Verben werden in der Grundform (Infinitiv) oder der Personalform verwendet. Erkläre den Unterschied anhand der vorangegangenen Aufgabe 2. Der Merkkasten auf Seite 201 hilft dir dabei.

✲ **4** Erzähle, was du in deinen nächsten Ferien vorhast. Schreibe dazu fünf Sätze auf und unterstreiche die Verbformen.

**5** Über seine Hobbys berichtet Ferdinand seinem Schulkameraden ebenfalls.

a) Lies, was er erzählt.

*Am Wochenende schnüre ich gerne meine Turnschuhe und mache lange Waldspaziergänge. Mein Papa begleitet mich dabei oft. Er genießt die Ruhe und die gute Luft sehr, sagt er. Mein Bruder spielt lieber mit seinen Freunden auf dem Sportplatz. Sie jagen dem Ball nach und versuchen, so viele Tore wie möglich zu schießen. Ich klettere lieber mit meinen Freunden im Wald auf Bäume und baue Verstecke aus Zweigen.*

b) Im Text werden Verben in unterschiedlichen Personalformen verwendet. Bestimme sie näher, indem du zunächst folgende Tabelle übernimmst.

| **Infinitiv** | **Personalform** | **Person** | **Numerus** |
|---|---|---|---|
| *schnüren* | *ich schnüre* | *1. Person* | *Singular* |

c) Vervollständige nun mithilfe des Merkkastens die Tabelle. Gehe dabei so vor:
- Trage darin die Verben aus dem Text in ihrer Personalform ein.
- Bestimme anschließend Person und Numerus wie im Beispiel.
- Bilde auch den Infinitiv und schreibe ihn in die linke Spalte.

**6** Im folgenden Text über Ferdinands Ferienpläne stehen alle Verben im Infinitiv. Schreibe ihn ab und verändere die Verben nach den Vorgaben in den Klammern.

In den Pfingstferien *fliege* *fliegen* (1. Person Singular) ich mit meiner Familie in einem Jumbo ans Mittelmeer. Hoffentlich *sitzen* (1. Person Singular) ich wieder am Fenster, denn ich *lieben* (1. Person Singular) die Aussicht! Meine Eltern *meiden* (3. Person Plural) den Fensterplatz, denn sie *haben* (3. Person Plural) Höhenangst. Tante Elli *fahren* (3. Person Singular) im Urlaub am liebsten ans Meer. Dort *surfen* (3. Person Singular) sie dann auf hohen Wellen, was richtig gut *aussehen* (3. Person Singular). Mein Onkel Mark *paddeln* (3. Person Singular) lieber über Flüsse. Er *fragen* (3. Pers. Singular) mich immer: „Wann *begleiten* (2. Person Singular) du mich endlich einmal?“

## Die Verbformen

!

Verben drücken aus, was jemand tut *(lernen)*, was geschieht *(regnen)* oder was ist *(haben/sein)*. Ohne sie bleibt der Inhalt eines Textes oft unklar. Im Wörterbuch findest du sie häufig im **Infinitiv (Grundform)**: *lernen, regnen, rennen.* Dieser endet auf -en oder -n. In Sätzen werden Verben **konjugiert** (gebeugt/angepasst) und in der **Personalform** (= finite Verbform) verwendet. Die Verbform richtet sich danach, wer etwas tut. Also das Subjekt bestimmt die Personalform und den Numerus.

| Infinitiv | | Singular | Plural |
|---|---|---|---|
| *rennen* | **1. Person** | *ich renn**e*** | *wir renn**en*** |
| | **2. Person** | *du renn**st*** | *ihr renn**t*** |
| | **3. Person** | *er/sie/es renn**t*** | *sie renn**en*** |

## Präsens – Präteritum – Perfekt

**1** Ferdinand ist gerade mit seinen Eltern am Mittelmeer.

a) Lies durch, was er verschiedenen Personen darüber mitteilt.

**Text A**

*Hallo Oma,*
*wir sind eben in Antalya gelandet! Alles hat gut geklappt. Ich habe im Flieger am Fenster gesessen und die Alpen von oben gesehen. Wir sind sogar durch ganz dicke Wolken geflogen! Als wir abgehoben sind, ist Leni kurzzeitig ein bisschen schlecht geworden, aber sie hat dann tapfer durchgehalten. Mir hat das natürlich alles gar nichts ausgemacht.*

**Text B**

*Hey Cem, wir gehen gerade zum Strand. Das Hotel ist echt mega! Die haben eine riesige Poolanlage! Aber jetzt freue ich mich erst einmal auf das Meer. Ich schicke dir Fotos! Ich hoffe, du hast auch schöne Ferien.*

**Text C**

*Voller Freude liefen mein Bruder Tim und ich zum Strand. Wir sahen, wie sich die Wellen am Ufer überschlugen. Die Kinder am Strand kreischten vor Vergnügen, während ihre Eltern die Kleinen hektisch hochhoben und in Sicherheit brachten. Da deutete Tim am Strand auf einen Gegenstand, der im grellen Sonnenlicht funkelte. Erst jetzt bemerkte ich, wie heiß der feine Sand unter meinen Füßen war und hüpfte mit hochrotem Kopf von einem Bein auf das andere, um mich abzukühlen. Doch das glitzernde Ding ließ mich nicht los. Was war das?*

b) Unterstreiche auf der Portalvorlage sämtliche Verbformen in den Texten A – C.

c) Bestimme mithilfe des Merkkastens auf Seite 204, in welcher Zeitstufe die Verben jeweils stehen und begründe, warum die jeweilige Zeitstufe hier verwendet wurde.

d) Setze mithilfe des Merkkastens auf Seite 204 die Verben von Text B in die verschiedenen Zeitstufen. Lege dazu eine Tabelle nach folgendem Schema an:

| Infinitiv | Präsens | Präteritum | Perfekt |
|---|---|---|---|
| *gehen* | *wir gehen* | *wir ???* | *???* |
| *???* | *das Hotel (es) ist* | *es ???* | *???* |
| *???* | *???* | *???* | *???* |

**Aufgabe 1a)**
**Portalvorlage**
WES-128413-119

**2** Die richtige Bildung von Zeitstufen fällt nicht immer leicht, wie folgendes Gedicht beweist.

a) Lies es zunächst einmal durch.

## Ein schlechter Schüler

*Bruno Horst Bull und Gerhilde Karteris*

Als ich noch zur Schule gehte,
zählte ich bald zu den Schlauen,
doch ein Zeitwort recht zu biegen,
bringte immer Furcht und Grauen.

Wenn der Lehrer mich ansehte,
sprechte ich gleich falsche Sachen
für die andern Kinder alle
gebte das meist was zum Lachen.

Ob die Sonne fröhlich scheinte
oder ob der Regen rinnte,
wenn der Unterricht beginnte,
sitz ich immer in der Tinte.

Als nun ganz und gar nichts helfte,
prophezieh mir unser Lehrer,
wenn die Schule ich verlasste,
würde ich ein Straßenkehrer.

Da ich das nicht werden willte,
kommte bald ich auf den Trichter,
stak die Nase in die Bücher
und so werdete ich Dichter.

b) Bestimmt ist dir aufgefallen, dass das Gedicht seltsam klingt. Erkläre, was der „schlechte Schüler" falsch gemacht hat. Der Merkkasten auf Seite 204 hilft dir dabei.

c) Unterstreiche auf der Portalvorlage sämtliche Verben, die im Präteritum falsch gebildet wurden. Verwende dabei für die starken Verben und für schwache Verben verschiedene Farben, z. B. blau für die starken und grün für die schwachen Verben.

d) Schreibe die korrekt gebildete Präteritumform neben die Verszeile. Der Merkkasten auf Seite 204 hilft dir bei der Unterscheidung von starken und schwachen Verben.

* e) Ergänze bei jeder Präteritumform auch noch die Perfektform.

**Aufgabe 2**
**Portalvorlage**
WES-128413-120

**3** Bestimme in folgenden Beispielsätzen die Personal- und Zeitform der unterstrichenen Verben. Ordne dazu die Zahl der Beispielsätze im grünen Kasten, den entsprechenden Buchstaben aus dem blauen zu. Notiere die richtige Kombination in dein Heft.

① Ferdinand <u>ließ</u> sich auf seine Luftmatratze neben Mamas Liegestuhl fallen.
② „<u>Spinnst</u> du?", schrie Leni aufgebracht.
③ Tim und sie <u>hatten</u> sich gerade erst <u>eingecremt</u>.
④ „Ihr <u>seht</u> <u>aus</u> wie panierte Schnitzel", lachte der Vater.
⑤ „Oh, sorry! Das <u>habe</u> ich nicht mit Absicht <u>gemacht</u>!", grinste Ferdinand.
⑥ „Warte nur, ich <u>werde</u> mich <u>rächen</u>!"
⑦ „Ruhe, Mama und ich <u>haben</u> gerade <u>geschlafen</u>", meinte der Vater.

Ⓐ 1. Pers. Sg., Futur
Ⓑ 2. Pers. Sg., Präsens
Ⓒ 2. Pers. Pl., Präsens
Ⓓ 3. Pers. Sg., Präteritum
Ⓔ 3. Pers. Pl., Plusquamperfekt
Ⓕ 1. Pers. Sg., Perfekt
Ⓖ 1. Pers. Pl., Perfekt

**4** Schreibe nun eigene Sätze im Präteritum in dein Heft.
a) Formuliere mithilfe der Wörter aus dem ***Wortspeicher*** mindestens fünf Sätze über ein eigenes schönes Ferienerlebnis.

***schwimmen – essen – kommen – spazieren – spielen – suchen – sonnen***

b) Unterstreiche anschließend die Verbformen in deinen Sätzen, verwende dabei verschiedene Farben für schwache Verben (grün) und starke Verben (blau).

!

## Die Zeitformen (Tempora) des Verbs: Präsens, Perfekt und Präteritum

1. Das **Präsens** verwendet man vor allem dann, wenn man über ein Geschehen spricht oder schreibt, das sich gerade ereignet: *Ich <u>gehe</u> an den Strand und <u>sammle</u> Muscheln.*
   Das **Präteritum** verwendet man, wenn man *schriftlich* mitteilt, was in der Vergangenheit geschah: *Ich <u>ging</u> an den Strand und <u>sammelte</u> Muscheln.*
   Das **Perfekt** verwendet man, wenn man *mündlich* von einem Geschehen in der Vergangenheit berichtet. Man bildet es mit den Hilfsverben *sein (bei Verben, die eine Bewegung ausdrücken)* und *haben (bei Verben, die keine Bewegung ausdrücken)*: *ich <u>bin</u> an den Strand <u>gegangen</u>, ich <u>habe</u> Muscheln <u>gesammelt</u>.*
2. Bei **starken** (unregelmäßigen) Verben ändert sich im Präteritum und im Perfekt bei vielen Verben der Vokal (a, e, i, o, u) oder Diphthong (au, äu, ei, eu) im Wortstamm: *<u>ge</u>hen – ging, <u>lau</u>fen – lief.*
   Bei den **schwachen** (regelmäßigen) Verben wird zur Bildung der genannten Vergangenheitsformen die Silbe *-te* an den Präsensstamm angehängt: *<u>sammeln</u> – sammel<u>te</u>.*

## Plusquamperfekt

**Im Urlaub hat Ferdinand den neunten Band von „Seppis Tagebuch" an einem Tag ausgelesen. Er fand die Art und Weise, wie Seppi das Verhalten seiner Familie im Italienurlaub beschrieb, sehr witzig und hat Lust bekommen, jetzt sein eigenes „Ferdis Tagebuch" auf dem Tablet zu schreiben.**

**1** Lies seinen ersten Eintrag über den Flug nach Hause durch.

*Liebes Tagebuch,*
*endlich saßen wir im Flieger. Heute Morgen hatte es nicht danach ausgesehen, dass wir den Flieger nach Hause noch rechtzeitig erwischen würden. Dad hatte im Halbschlaf beim Wecker auf die Schlummertaste gedrückt, weil er vor Aufregung erst sehr spät eingeschlafen war, und hatte den Rest der Familie viel zu spät aufgeweckt. Dann war natürlich Panik im Hotelzimmer ausgebrochen! Jetzt schlief Dad friedlich neben Tim, aber vor einer Stunde war er noch wie ein aufgescheuchtes Huhn durchs Hotelzimmer gehüpft und hatte gejammert: „Das schaffen wir nicht mehr! Um 6 Uhr geht der Flieger!" Aber Mum war wie immer cool geblieben und hatte zwischenzeitlich seelenruhig ein Taxi angerufen. Nun rollte der Flieger langsam in Startposition und ich merkte, dass es schon in meinem Magen kribbelte. Oh, oh …*

**2** Finde heraus, was bereits vor Ferdinands Abreise und was beim Abflug geschah.
a) Unterstreiche dazu auf der Portalvorlage im Text alle Vergangenheitsformen.
b) Übernimm anschließend die nachfolgende Tabelle in dein Heft und ordne alle unterstrichenen Verbformen aus dem Tagebucheintrag richtig zu.

| Ereignisse vor dem Abflug | Ereignisse beim Abflug |
|---|---|
| *hatte … ausgesehen*<br>… | *saßen*<br>… |

c) Die Verben in der linken Spalte stehen im Plusquamperfekt. Beschreibe mithilfe des Merkkastens auf Seite 206, wie diese Zeitform gebildet wird.
d) Erkläre, warum Ferdinand diese Zeitform in seinem Tagebucheintrag verwendet. Der Merkkasten hilft dir bei der Erklärung.
e) Die Zeitform in der zweiten Spalte kennst du schon. Benenne sie.

**Aufgabe 2**
**Portalvorlage**
WES-128413-121

**3** Setze Ferdinands Eintrag fort. Schreibe dazu die Beispielsätze so um, dass das jeweils weiter zurückliegende Ereignis im Plusquamperfekt steht und der andere Teil im Präteritum. Verwende dazu passende Konjunktionen (z. B. *nachdem, weil, da, als* …).

- *Das Flugzeug ruckelt. Vorher gibt es Turbulenzen.*
- *Mir ist schlecht. Zuvor esse ich heimlich ein Päckchen Gummibärchen.*
- *Tim grinst. Er beobachtet mich vorhin beim Essen.*
- *Mein Magen beruhigt sich etwas. Die Turbulenzen hören auf.*

**Ferdinand berichtet in seinem Tagebuch noch weiter, was auf dem Heimflug geschah.**

**Aufgabe 4**
**Portalvorlage**
WES-128413-122

**4** Setze die Verbformen in Klammern in die richtige Vergangenheitsform. Nutze dazu die Portalvorlage. Achte darauf, dass das weiter Zurückliegende im Plusquamperfekt stehen muss.

*Nachdem der Pilot wieder Entwarnung (geben), (kommen) auch schon die Stewardess und (fragen) uns, ob wir etwas zu trinken (wollen). „Eine Spezi!", (rufen) Tim, obwohl er noch gar nicht an der Reihe (sein). Die Dame (ansehen) ihn seltsam. „Bitte was?", (fragen) sie höflich. Mein peinlicher Bruder (plärren) noch lauter: „EINE SPEZI!" Ich (tun) so, als ob ich diesen komischen Kerl nicht (kennen), da die ersten Passagiere schon zu lachen (anfangen). „EINE SPEZI FÜR MEINEN BRUDER UND MICH!", (schreien) er und (deuten) auch noch auf mich. Hilfesuchend (schauen) ich zu meinem Vater, da der mich schon oft aus brenzligen Situationen (retten). Aber ich (sehen), dass der seine Lippen (aufeinanderpressen), um nicht loszulachen. Da (melden) sich jemand aus einer der hinteren Reihen: „FÜR MICH AUCH!" und die ältere Dame neben uns (kichern): „Ich hätte auch gern eine Spezi!" Nachdem auch noch zwei weitere Passagiere eine Spezi (bestellen), (verschwinden) die verunsicherte Flugbegleiterin und (tuscheln) mit ihrem Kollegen. Mit hochrotem Kopf (zurückkommen) sie und (meinen): „So etwas haben wir nicht. Eine Cola vielleicht?" „Nein, dann an Kaba", (antworten) mein Bruder enttäuscht. „EINEN KABA", (rufen) er noch lauter als vorher, da ihn die Dame wieder ratlos (anschauen). Ich (stecken) meine Kopfhörer an, um mir den Rest der Diskussion zu ersparen. Bei Mum und Leni zu sitzen, (sein) weitaus entspannter.*

!

## Zeitliche Abfolgen in der Vergangenheit ausdrücken: Plusquamperfekt und Präteritum

Wenn du über Ereignisse in der Vergangenheit schreibst, verwendest du das Präteritum. Wenn du aber von etwas berichtest, dass noch **vor diesen Ereignissen** passierte, musst du das **Plusquamperfekt** verwenden. Darum wird diese Zeitform auch **Vorvergangenheit** genannt:

**Plusquamperfekt** — **Präteritum** — **Gegenwart**

*Wir hatten alle Koffer verstaut,* → *bevor wir im Flieger saßen.*

Die zeitliche Abfolge der Geschehnisse kannst du oft auch durch **Konjunktionen** wie *nachdem, ehe, bevor* oder *als* ausdrücken und erkennen.
Das Plusquamperfekt bildest du mit den **Präteritumsformen der Hilfsverben** *haben (hatte)* und *sein (war)* und dem **Partizip Perfekt der Verben** *(abgehoben, aufgewacht): Nachdem das Flugzeug abgehoben hatte, flogen wir durch die Wolken. Ich war aufgewacht und sah aus dem Fenster.*

## Zukünftiges ausdrücken – Futur und Präsens

**1** Neben der Natur und Urlaubsreisen interessiert sich Ferdinand auch für Forschung und Technik. In einem Wissensmagazin wird über die Fortbewegungsmittel der Zukunft berichtet.

a) Lies die Einschätzung der Forschenden genau durch.

b) Sieh dir die beiden unterstrichenen Textstellen an. Erkläre mithilfe des Merkkastens, welche Zeitstufen hier jeweils gewählt wurden, um etwas Zukünftiges auszudrücken.

*Wir sind noch weit davon entfernt, mit Flugtaxis durch die Gegend zu fliegen. In ein paar Jahren verschicken aber vielleicht auch bei uns schon Firmen Pakete mit Drohnen. Bestimmt werden Forscher aber noch neue Wege finden, Menschen auf dem Luftweg zu transportieren.*

**2** Entscheide, um welche Zeitstufe es sich bei den folgenden Sätzen handelt und nenne bei der Präsensform entsprechende Signalwörter.

Ⓐ *Die Fahrzeuge werden sich immer weiterentwickeln.*
Ⓑ *Bald sind E-Autos in der Überzahl.*
Ⓒ *Flugautos wird es aber nicht so schnell für alle geben.*
Ⓓ *In der Zukunft kann das aber durchaus möglich sein.*

**3** Ferdinand macht sich am Abend Gedanken über seine eigene Zukunft.

a) Setze die Verben, die etwas Zukünftiges ausdrücken sollen, in der richtigen Zeitform ein. Schreibe dazu den Text ab, nutze die Portalvorlage oder bearbeite die interaktive Aufgabe.

**Aufgabe 3a)**
Portalvorlage + interaktive Aufgabe
WES-128413-123

*Liebes Tagebuch,*
*ich habe eine Mission: Ich (reise) als erster Mensch durch die Zeit! Stell dir das einmal vor! Dann (besuchen) ich meine Ururgroßeltern oder Ururenkel und ich (versuchen), die nächsten Lottozahlen herauszubekommen, um den Jackpot zu knacken. Mit dem Geld (erfüllen) ich mir später einige meiner größten Wünsche …*

b) Schreibe einen eigenen Tagebucheintrag. Berichte davon, was du in der Zukunft einmal machen möchtest und wie du dir das zukünftige Leben vorstellst. Unterstreiche anschließend die Verbformen (Präsens = grün, Futur = blau)

### Zukünftiges ausdrücken: Futur und Präsens

!

Zukünftiges kannst du auf zwei Arten ausdrücken:
Mit der Zeitform **Futur**, die du mit dem **Hilfsverb** werden und dem **Infinitiv des Verbs** bildest: *Ich werde als erster Mensch durch die Zeit reisen.*
Mit der Zeitform **Präsens**, wenn durch **Signalwörter** *(später, nächste Woche, bald …)* oder aus dem **Textzusammenhang** deutlich wird, dass etwas in der **Zukunft geschieht**: *Später treffe ich mich mit Toni.*

## Die Zeitformen richtig anwenden

**Aufgabe 1**
**interaktive Aufgabe**
WES-128413-124

*sein*
*schütten*
*kippeln*
*verlieren*
*einfallen*
*vergessen*
*bekommen*
*warnen*
*geben*
*denken*
*verpassen*
*drücken*
*aufstehen*
*sitzen*
*kichern*
*stehen*
*ankommen*
*bemerken*
*liegen lassen*
*ausfragen*
*spielen können*
*gehen*
*werden*

*Ganz hinten im Buch findest du eine Liste mit schwierigen Vergangenheitsformen einiger Verben.*

**Aufgabe 2**
**Portalvorlage**
WES-128413-125

**1** In seinem mittlerweile täglichen Tagebucheintrag berichtet Ferdinand von seinem verkorksten Tag. Setze die passenden Verben aus dem ***Wortspeicher*** links in der vorgegebenen Reihenfolge und der richtigen Zeitform ein. Schreibe den Text in dein Heft oder bearbeite die interaktive Aufgabe.

*Liebes Tagebuch,*
*der heutige Tag ??? eine absolute Vollkatastrophe. Erst ??? ich mir am Morgen den heißen Kakao auf meinen Lieblingspulli, weil ich auf dem Stuhl ??? und das Gleichgewicht ???. Dann ??? mir, dass ich ???, die Englischvokabeln abzuschreiben. „Beim nächsten Mal ??? du eine Strafe!", ??? mich Frau Miller letzte Stunde. „Oje, das ??? Ärger", ??? ich mir noch. Den Zug ??? ich beinahe, weil Dad versehentlich wieder auf seine Schlummertaste ??? und wir alle zu spät ???. Im Zug ??? dann auch noch Amira und Mia hinter mir, die die ganze Zeit ???, weil meine Haare in alle Richtungen ???. Bad-hair-day! Als ich in der Schule ???, ??? ich erst, dass ich meinen Turnbeutel im Zug ???! Das auch noch! Natürlich ??? mich Frau Miller ausgerechnet heute über die neuen Vokabeln und selbstverständlich ??? ich im Sportunterricht mit meinen weißen Chucks auf dem nassen Fußballfeld nicht richtig ???. Ich ??? jetzt freiwillig ins Bett. Hoffentlich ??? es morgen besser.*

**2** Die Bildung der Zeitstufen von Verben lässt sich auch auf spielerische Weise üben. Verwendet die Portalvorlage für das folgende Würfelspiel mit der dazugehörigen Spielanleitung und legt Spielfiguren und Würfel bereit. Solltet ihr euch bei der richtigen Verbform nicht sicher sein, könnt ihre eure Lehrkraft um Rat bitten.

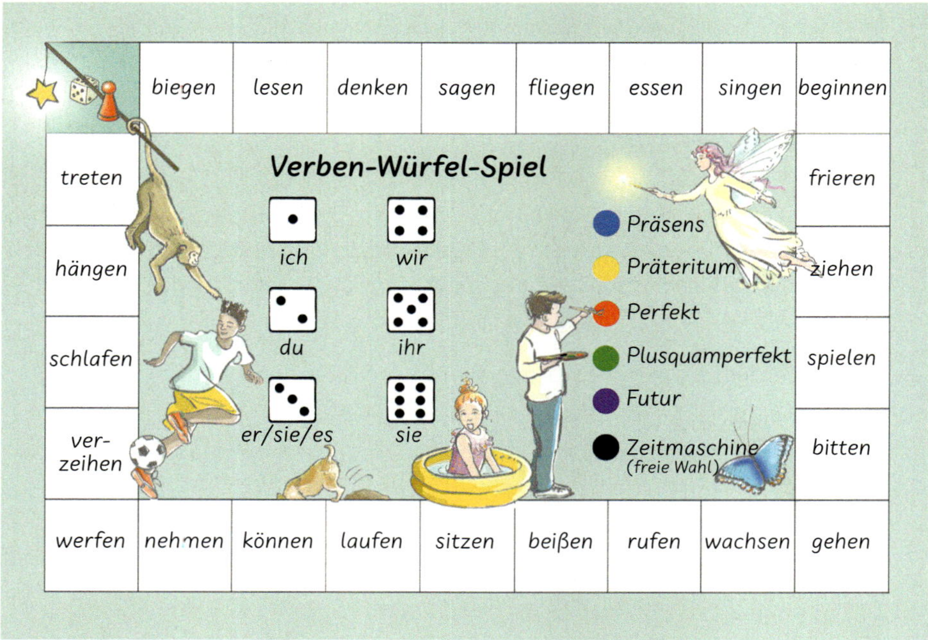

# Überprüfe dein Wissen und Können

**1** In diesem Kapitel hast du viele verschiedene Zeitstufen kennengelernt.

a) Bestimme die Personalform und Zeitstufe der kursiv gedruckten Verben und notiere dein Ergebnis: Ⓐ *mag = 1. Pers. …*

Ⓐ *Ich mag die Sommerferien.*
Ⓑ *Warst du schon einmal in Italien?*
Ⓒ *Dort hat man ganz berühmte Sachen gebaut.*
Ⓓ *Leni und ich hatten uns auf das Meer gefreut.*
Ⓔ *Aber ihr Erwachsene wollt ständig Sehenswürdigkeiten anschauen.*
Ⓕ *Nächstes Jahr werden die Ferien bestimmt besser sein.*

b) Ändere die Sätze A–E in die nun angegebene Zeitform um und schreibe sie anschließend ab.

Ⓐ *Präteritum* Ⓑ *Perfekt* Ⓒ *Plusquamperfekt*
Ⓓ *Futur I* Ⓔ *Präteritum* Ⓕ *Präsens*

**2** Setze im nachfolgenden Text über Ferdinands Erlebnis im Pfadfinderlager die in Klammern angegebenen Verben in die richtige Zeitform. Nutze dazu die Portalvorlage.

Aufgabe 2
Portalvorlage
WES-128413-126

*Liebes Tagebuch,*
*im Pfadfinderlager (sein) es dieses Jahr echt gruselig. Nachdem wir das Zelt (aufbauen), (hören) wir zum ersten Mal von einem Gespenst, das im Wald sein Unwesen (treiben). So ein Blödsinn! Wir (machen) uns natürlich keine allzu großen Sorgen, weil wir nicht an Gespenster (glauben). Nachdem wir das Zelt (beziehen), (geben) es jede Nacht merkwürdige Geräusche, die aus dem Wald (kommen). „Glaubt ihr, dass uns tatsächlich ein Geist die Zeit hier (vermiesen)?", (fragen) Cem. „Das (können) schon (sein)", (antworten) Toni. „Ich (werden) hier kein Auge (zumachen)!", (jammern) Samuel. Solche Angsthasen!*

**3** Schreibe je drei Sätze in dein Heft, die Vergangenes, Gegenwärtiges oder Zukünftiges ausdrücken. Nutze dazu die Signalwörter im *Wortspeicher*. Schreibe die jeweilige Zeitform in Klammern hinter die Sätze.

*bald – gestern – soeben – neulich – nun – vorhin – demnächst – gerade – im Jahr 2050 – morgen – letzten Montag – in vier Wochen – nachher – im Augenblick*

Seite 209
Lösung
WES-128413-127

# Adjektive erkennen und einsetzen

## Adjektive erkennen

**Ferdinand wünscht sich sehnlichst einen Hund. Heimlich recherchiert er auf der Homepage des örtlichen Tierheims.**

**1** Lies den folgenden Aufruf, den er dort entdeckt hat.

**Wer will mich?**
Ich heiße Folko und bin ein temperamentvoller, anpassungsfähiger, intelligenter und kinderlieber Terrier. Grundsätzlich bin ich neugierig auf alles ringsum und stelle gerne Unsinn an. Dabei bin ich aber freundlich und liebevoll. Ich bin wachsam und kann mitunter sehr laut bellen, was vielleicht einen empfindlichen Nachbarn stören könnte. Meine große Leidenschaft ist das Buddeln, Gartenliebhaber sollten ihre Beete also lieber hundesicher umzäunen. Manchmal habe ich einen leichten Hang zum Größenwahn, beispielsweise bei Begegnungen mit anderen, viel größeren Hunden. Ich liebe das Plantschen im Wasser und bin sehr ausdauernd und aktiv. Weil ich genau weiß, was ich will, bin ich manchmal ganz schön stur. Aber wenn ich dich mit meinen treuen, braunen Augen anschaue, wirst du mir kaum böse sein können.

**Aufgabe 2**
Portalvorlage
WES-128413-128

**2** Der Text enthält viele Informationen über Folko.
a) Unterstreiche auf der Portalvorlage sämtliche Adjektive, die die Eigenschaften des Terriers genauer beschreiben. Beachte dabei den Merkkasten.
b) Besprecht, inwiefern die Adjektive dem zukünftigen Hundebesitzer eine Hilfe bei seiner Entscheidung für oder gegen Folko sein können.
c) Die Anzeige enthält noch weitere Adjektive, unterstreiche auch diese.

**3** Notiere Eigenschaften, die dir bei einem Haustier besonders wichtig wären.

!

### Adjektive

Mit Adjektiven kannst du **Eigenschaften** von **Lebewesen** und **Dingen** genauer **bezeichnen** *(dunkle Haare, große Augen, dicke Jacken)* sowie **Tätigkeiten** und **Vorgänge** *(hoch springen, kräftig schneien)* näher **beschreiben**. Adjektive lassen sich mit der Frage „Wie ist etwas?" ermitteln, z. B. *der lustige Hund* → *Wie ist der Hund?* Außer am Satzanfang werden Adjektive immer **kleingeschrieben**.

## Adjektive bilden und in Texten verwenden

**1** Ferdinand hat sich sofort in den kleinen Terrier verliebt und versucht, seine Eltern nun zu überreden, Folko aus dem Tierheim zu holen.

a) Lies seine Aussage.

*Folko ist sooo niedlich und witzig. Es wäre fantastisch, wenn er zu uns käme und endlich dauerhaft ein Zuhause hätte. Ihr seid doch sooo wunderbare, verständnisvolle Eltern und wollt bestimmt, dass wir Kinder lernen, Verantwortung zu übernehmen …*

b) Im Text finden sich Adjektive mit typischen Endungen. Schreibe die Adjektive heraus und unterstreiche die Endung.

*niedlich, …*

c) Bilde aus den vorgegebenen Nomen Adjektive, indem du eine passende Adjektivendung aus dem Merkkasten anhängst. Manchmal musst du dabei die Form des Nomens ein klein wenig ändern:

*Beispiel: Mann → männlich*

*Mann – Wunder – Kind – Riese – Glück – Fehler – Traum – Pracht – Fantasie – Zauber – Mühe – Sturm – Furcht – Sache – Herz – Grauen – Gewissen – Schweigen – Angst*

*Durch Ableitungen vom Wortstamm Wörter bilden → S. 222*

**2** Am Abend schreibt Ferdinand wieder auf, was er am Tag erlebt hat.

a) Setze in seinem Tagebucheintrag passende Adjektive aus Aufgabe 1c) ein. Nutze dazu die Portalvorlage.

b) Vergleicht eure Ergebnisse.

Aufgabe 2a)
**Portalvorlage**
WES-128413-129

*Liebes Tagebuch,*
*heute war ein ??? Tag. Im Zug saß ich heute wieder neben der ??? Amira, weil alle anderen Plätze schon belegt waren. Sie ist mehr so ein ??? Typ, aber wir haben uns dann doch ganz gut unterhalten. Erste Stunde Deutsch! Unter meinem Aufsatz stand, dass er ??? gewesen wäre. Mit einem ??? Gefühl kam ich später nach Hause. Keiner da. Also surfte ich im Internet und bin dabei auf einen ??? Hund gestoßen. Folko! Das wäre so ??? , wenn ich den bekommen könnte! Mum und Dad wollen es sich überlegen!*

### Adjektivendungen

!

Häufig erkennst du Adjektive bereits an ihren **Suffixen** (Nachsilbe/Endung). Folgende Endungen sind typisch für Adjektive:
*-bar (sonderbar), -haft (lachhaft), -ig (winzig), -isch (spielerisch), -lich (sportlich), -sam (einsam), -voll (verantwortungsvoll), -los (hilflos)*
In der Regel werden die Adjektive **an Nomen angepasst**: *der regnerische Tag.*

## Mit Adjektiven vergleichen und unterscheiden

**1** Ferdinand ist überglücklich, dass er Folko aus dem Tierheim holen durfte. Stolz präsentiert er seinen neuen Hund und vergleicht ihn mit den Hunden von Cem und Mia. Dabei ziehen sich die Freunde gegenseitig auf.

a) Stelle Vermutungen an, welche Eigenschaften die Kinder dem eigenen Hund und dem der Freunde zuschreiben. Verwende dazu die Begriffe im *Wortspeicher* und schreibe die Aussagen auf.

*groß – klein – dick – dünn – schön – klug – hässlich – süß – schwer – leicht – stark*

b) Vergleicht eure Ergebnisse.

**2** Im Gespräch kommen drei Steigerungsformen zum Einsatz, die Grundstufe (Positiv), die Steigerungsstufe (Komparativ) und die Höchststufe (Superlativ).

a) Nennt für jede dieser drei Steigerungsstufen ein Beispiel aus euren vervollständigten Sprechblasentexten. Der Merkkasten auf Seite 213 hilft euch dabei.

b) Formuliere für die einzelnen Begriffe aus dem *Wortspeicher* von Aufgabe 1a) jeweils alle Steigerungsformen. Übernimm dazu die folgende Tabelle oder nutze die Portalvorlage.

**Aufgabe 2b)**
**Portalvorlage**
WES-128413-130

| Positiv | Komparativ | Superlativ |
|---|---|---|
| *schwer* | … | … |
| … | *größer* | … |
| … | … | *am leichtesten* |
| … | … | … |

**3** Nicht immer lassen sich Adjektive steigern. Erkläre, bei welchen der folgenden Adjektive das Steigern keinen Sinn ergibt.

*rot – offen – komisch – gesund – leer – verrückt – nett – eckig – weich – tot – blind – langsam – verschieden*

**4** Die Vergleichswörter „als" und „wie" werden häufig verwechselt. Setze beim Abschreiben des Textes unten die Vergleichswörter *als* und *wie* richtig ein. Der Merkkasten hilft dir dabei.

Emma hatte in der Mathearbeit eine bessere Note *???* Ferdinand. Allerdings hatte er genauso viel gelernt *???* Emma. Er war enttäuscht: „Ich bin eben langsamer *???* du." „Nein, Ferdinand, du bist bestimmt genauso gut *???* ich", entgegnete Emma. „Vielleicht musst du bei Arbeiten einfach nur ruhiger bleiben *???* bisher."

**5** Ferdinand möchte, dass sich Folko in seinem neuen Zuhause wohlfühlt und hat im Internet einen Ratgeber für Hundeanfänger gefunden.
a) Setze im Text die eingeklammerten Adjektive in die passende Steigerungsstufe. Nutze dazu die Portalvorlage oder bearbeite die interaktive Aufgabe.
b) Entscheide zudem, ob du stellenweise das Vergleichswort „als" oder „wie" einsetzen musst.

**Aufgabe 5**
Portalvorlage + interaktive Aufgabe
WES-128413-131

**Die (gut) Tipps für deinen (neu) Vierbeiner**
Je (früh) Hunde die (wichtig) Erziehungsgrundlagen lernen, desto (wenig) Probleme werden sie (spät) bereiten. Natürlich lernen (jung) Hunde – ebenso als/wie Kinder – häufig (schnell) als/wie (erwachsen). Sie lassen sich (leicht) „formen", weil sie (neugierig) sind und vieles spielerisch lernen. (Alt) Hunde verhalten sich dagegen oft (ruhig) als/wie (jung). Mit ihnen sind bereits (lang) Spaziergänge möglich und auch bei den (verschieden) Übungen brauchen erwachsene Hunde (wenig) Pausen als/wie (verspielt) Welpen. Je (gut) du die Ursachen hinter dem Verhalten deines Hundes kennst, desto (gezielt) kann das Training des Hundes sein. Für Hundeanfänger ist der Besuch einer Hundeschule (sicher) am (sinnvoll).

## Adjektive steigern, um mit ihnen zu vergleichen und zu unterscheiden

Mit Adjektiven kann man Lebewesen, Dinge, Sachverhalte und Tätigkeiten miteinander **vergleichen** und **unterscheiden**.
Vergleichen kann man vor allem mit **Steigerungsstufen**:
- **Positiv** (Grundstufe): *hoch*
- **Komparativ** (Steigerungsstufe): *höher*
- **Superlativ** (Höchststufe): *am höchsten*

Wenn Adjektive im **Positiv** stehen, folgt das Vergleichswort **wie**:
*Anna ist genauso groß wie Kathrin.*
Wenn Adjektive im **Komparativ** stehen, folgt das Vergleichswort **als**:
*Anna ist größer als Kathrin.*

# Adverbien

**1** Ferdinand und sein Freund Toni haben viel gemeinsam.

a) Lies durch, was sie erzählen.

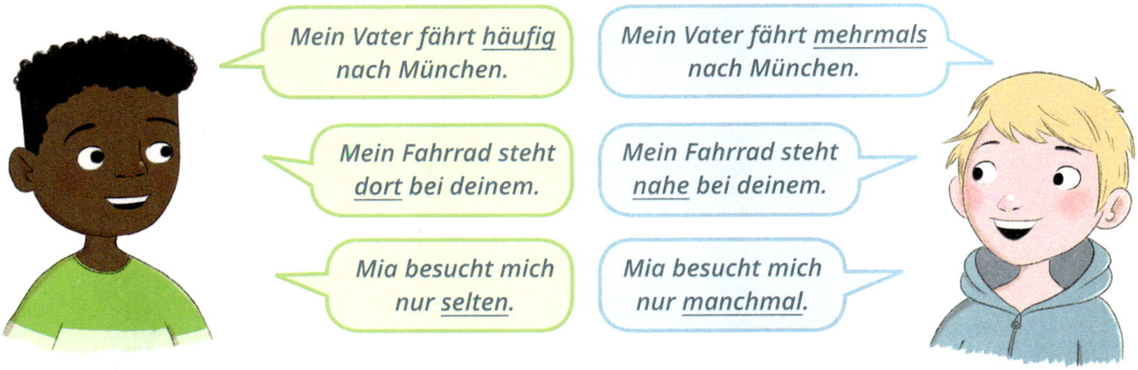


b) Die unterstrichenen Wörter bedeuten je etwas Ähnliches. Allerdings gehören sie zwei unterschiedlichen Wortarten an, den Adjektiven bzw. den Adverbien. Finde mithilfe des Merkkastens unten heraus, welche unterstrichenen Wörter jeweils Adverbien oder Adjektive sind.

c) Entscheide mithilfe des Merkkastens, ob es sich bei den Wörtern im ***Wortspeicher*** um Adjektive oder Adverbien handelt.

*rot – selten – immer – schmal – hoch – hier – tief – kaputt – heute – stets – gut*

d) Ordne sie dann mithilfe des Merkkastens nach Lokal- und Temporaladverbien. Übernimm dazu diese Tabelle und trage die Adverbien in der richtigen Spalte ein.

| Lokaladverbien | Temporaladverbien |
|---|---|
| … | … |

! 

## Adverbien

**Adverbien** können in Sätzen **nicht verändert** (flektiert) werden. Um zu erkennen, ob es sich um ein Adjektiv oder ein Adverb handelt, kannst du das Wort zwischen einen Artikel und ein Nomen setzen, z. B. *der … Test*. Ein Adjektiv lässt sich sinnvoll verändern: *der leichte Test* (Adjektiv); ein Adverb nicht: *der manchmale Test* (Adverb). Es gibt **unterschiedliche Arten** von Adverbien:

- Adverbien des **Ortes (Lokaladverbien)**: Mit ihnen können die Fragen nach dem Wo, Wohin und Woher beantwortet werden (z. B. *hier, dort, links, unten, überall*);
- Adverbien der **Zeit (Temporaladverbien)**: Sie geben Informationen darüber, wann, seit wann und wie lange etwas dauert (z. B. *immer, gestern, manchmal, dann, freitags*).

**2** Ferdinand macht sich Sorgen um seinen neuen Hund Folko.

a) Setze im folgenden Text die Adverbien aus dem Wortspeicher anstatt der Zahlen 1–9 ein, um zu erfahren, was passiert ist. Nutze dazu die Portalvorlage.

**Aufgabe 2**
**Portalvorlage**
WES-128413-132

*gleich – dort – nachts – danach – dann – davor – dorthin – dreimal – sofort*

*Liebes Tagebuch,*
*die letzten Tage waren richtig übel. Folko bekam 1 plötzlich Krämpfe. Wir waren sehr besorgt und fragten uns 2, ob jemand unseren Hund vergiftet hatte. Am nächsten Morgen beschlossen wir 3 mit ihm zum Tierarzt zu fahren. Weil wir Folko alle sehr gern haben, wollten ihn auch alle 4 begleiten. Wir deckten ihn mit einer Decke zu und 5 trugen mein Vater und ich Folko in einem Korb zum Auto. Dass mein Vater aufgeregt war, merkte ich 6, als er den Autoschlüssel kaum ins Zündschloss bekam. Die Fahrt dauerte eine gefühlte Ewigkeit. Zu allem Überfluss schalteten Ampeln auch 7 auf Rot, als wir 8 standen. Trotzdem waren wir nach einer Viertelstunde schon 9.*

b) Sortiere die Adverbien in die Tabelle aus Aufgabe 1d) ein.

c) Lies, wie es weitergeht.

*Die Praxisräume befanden sich zu allem Überfluss auch noch oben im dritten Stock. Also mussten wir Folko mitsamt seinem Hundekorb bis hinauf über unzählige Treppen schleppen. Ich begann schon im ersten Stock zu schwitzen und je weiter wir vorwärts kamen, umso schwerer wurde Folko. Schließlich waren wir da. Aber was war das? Ein Zettel klebte draußen an der Tür. „Das gibt es nicht!", rief ich, nachdem ich ihn gelesen hatte. Darauf stand: „Wegen Krankheit muss heute die Praxis geschlossen bleiben. Wir bitten um Ihr Verständnis. Morgen wird die Praxis wieder geöffnet sein."*

d) Schreibe aus diesem Text alle elf Adverbien heraus und ordne die Adverbien ebenfalls in die Übersicht aus Aufgabe 1 d) ein.

* e) Am nächsten Tag geht es Folko wieder gut. Stelle Vermutungen an, was nach dem Praxisbesuch passiert ist, und formuliere dazu fünf Sätze, in denen einige der Adverbien im *Wortspeicher* vorkommen.

*rein – drinnen – nirgendwo – nebenan – gestern – früher – später – bald – seither – nun – anfangs – jetzt – augenblicklich*

# Numeralien erkennen und richtig verwenden

**1** In der Matheschulaufgabe hat Ferdinand eine schlechte Note bekommen. Daheim versucht er seine Mutter zu besänftigen.

a) Lies durch, was er ihr erzählt.

*Bevor du dich aufregst, weil ich eine **Fünf** geschrieben habe, wollte ich nur sagen, dass jeder **Dritte** aus der Klasse eine schlechte Note hat. **Viele** waren noch schlechter als ich. **Mehrere** hatten eine **Sechs** und das bei nur **zweiundzwanzig** Leuten. Die **gesamte letzte** Reihe hat versagt. Wenn ich in der **zweiten** Schulaufgabe eine **Eins** schaffe, bekomme ich eine **Drei** ins Zeugnis. In **vier** Tagen schreiben wir Deutsch, da wird bestimmt **etwas** Besseres herauskommen.*

b) In Ferdinands Aussage sind insgesamt dreizehn Mengenangaben enthalten. Diese nennt man Numeralien. Schreibe sie mithilfe des Merkkastens sortiert in einer Tabelle nach folgendem Schema auf.

| Kardinalzahlen | Ordnungszahlen | Unbestimmte Zahl-/ Mengenangaben |
|---|---|---|
| ... | ... | ... |

**Aufgabe 2**
Portalvorlage +
interaktive Aufgabe
WES-128413-133

**2** Entscheide mithilfe des Merkkastens bei den Lücken jeweils, ob du für die Zahl in Klammern eine Kardinal- oder eine Ordnungszahl einsetzen musst. Schreibe die Zahlen dabei als Wörter aus. Nutze dazu die Portalvorlage oder die interaktive Aufgabe.

*Liebes Tagebuch,*
*in (2) Tagen habe ich Geburtstag. Aus meiner Klasse kommen (12) Leute. Zum (1) Mal hab ich heuer auch Mia, Amira und Sophie eingeladen. Die (3) sind voll nett. Mia kenne ich ja auch schon seit der (2) Klasse, die anderen habe ich erst jetzt in der (5) kennengelernt. Ich bin schon gespannt, was ich von Oma bekomme. Da fällt mir ein, sie hat ja auch bald ihren (65) Geburtstag. Vielleicht backe ich ihr etwas.*

**!**

### Das Numerale (Pl. die Numeralien)

Mit Numeralien kann man Mengen angeben.
Man unterscheidet bei den Zahlwörtern beispielsweise folgende Kategorien:

- **Kardinalzahlen:** Sie nennen die Anzahl, z. B. eins, zweiundzwanzig, fünfhunderttausend.
- **Ordnungszahlen:** Sie nennen die Reihenfolgen, z. B. *die zweite Woche*.
- **unbestimmte Zahl- oder Mengenangaben:** *wenige, ein paar, einzelne, gesamte, ganze*.

# Überprüfe dein Wissen und Können

**1** Ferdinand berichtet in seinem Tagebuch vom Zuspätkommen zur Matheschulaufgabe bei Frau Malik.

a) Lies den Tagebucheintrag aufmerksam durch.

*Liebes Tagebuch,*
*morgens komme ich so gut wie immer pünktlich zur Schule, doch mein Fahrrad hat seit gestern einen Platten, sodass ich nicht wie geplant mit meinem Gefährt dorthin fahren konnte. Ausgerechnet heute schrieben wir eine Matheschulaufgabe! Gerade an der Schule angekommen, hörte ich drinnen schon den lauten Gong zur ersten Stunde. Sofort lief ich los, links um das hohe Gebäude und durch den großen Haupteingang hinein, die steilen Treppen hinauf in den ersten Stock. Jetzt stand ich atemlos und mit hochrotem Kopf draußen vor der offenen Klassenzimmertür und versuchte langsam wieder zu Atem zu kommen. „Keine Sekunde zu früh!", hörte ich Frau Maliks Stimme hinter mir. Das wird mir so schnell nicht mehr passieren.*

b) Schreibe die Adjektive in dein Heft und ergänze die jeweils fehlenden Steigerungsstufen.

*pünktlich – pünktlicher – am pünktlichsten*

c) Schreibe aus dem Text auch alle Adverbien geordnet nach Temporal- und Lokaladverbien heraus.

**2** Lege eine dreispaltige Tabelle an und sortiere darin alle Kardinal-, Ordnungszahlen sowie unbestimmte Mengenangaben ein, die im folgenden Text vorkommen.

Das Tier, das ich meine, gehört zu den unzähligen Landwirbeltieren. Kaum vorstellbar ist, dass das Tier viele Merkmale von Vögeln aufweist. Es gibt insgesamt 25 verschiedene Arten. Die meisten davon leben an Flüssen oder Seen in Äquatornähe ungefähr zwischen dem dreiundzwanzigsten nördlichen und südlichen Breitengrad. Die größten Exemplare des Lauerjägers werden sieben Meter lang. Man weiß aber durch Fossilienfunde, dass die Urahnen des gesuchten Raubtiers bis zu zwölf Meter lang wurden. Über 100 scharfe Reißzähne findet man in der Schnauze des Reptils. Fällt einer der Zähne aus, so wächst er nach, erstaunlicherweise bis zu 50 Mal. Pro Jahr nimmt das Tier nur etwa 40 Mahlzeiten zu sich, wobei man sagen muss, dass die Beutetiere oft bis zu einer Tonne wiegen können. Bemerkenswert ist auch die Haut des Tiers. Aus 24 Schichten besteht der außergewöhnliche Panzer, deren oberste Schicht aus vielen Knochenplatten besteht. Das Tier, das Ähnlichkeiten zu Dinosauriern zeigt, schleicht sich ganz langsam an seine Beute an und verbirgt sich so gut im Wasser, dass man meist nur die zwei Augen sieht. Welches Tier könnte gemeint sein?

Seite 217
Lösung
WES-128413-134

# Wortschatzarbeit

**Leyla und ihr kleiner Bruder Ali spielen in ihrer Freizeit manchmal mit Bildkarten. Die Kärtchen ergeben zusammengesetzt neue Nomen. „Ich kann locker zwölf neue Wörter bilden", behauptet das Mädchen.**

**1** Betrachtet die Bilder und findet mindestens zwölf Begriffe heraus, welche sich aus den Abbildungen kombinieren lassen.

**2** Ali meint, es gäbe mehr als zwölf Möglichkeiten. Findet gemeinsam mit eurem Sitznachbarn weitere solche Zusammensetzungen.

**3** Einige der auf den Karten dargestellten Begriffe lassen sich auch in Verben oder Adjektive umwandeln. Macht Vorschläge, z. B. *Geschenk – schenken*.

**In diesem Kapitel lernst du (,) ...**

- neue Wörter zu bilden, indem du Nomen zusammensetzt und Präfixe oder Suffixe an den Wortstamm anfügst.
- die Funktion von Grundwort und Bestimmungswort zu beschreiben.
- wie eine Wortfamilie aufgebaut ist und wie du sie bildest.
- Wortfelder zu Verben und Adjektiven zu bilden.
- dein Wissen über Wortbildung, Wortfamilien und Wortfelder zu nutzen, um deine Rechtschreibung zu verbessern und deinen sprachlichen Ausdruck zu stärken.
- die Bedeutung gebräuchlicher Fremdwörter aus dem Englischen zu erklären und diese situationsgerecht zu verwenden und richtig zu schreiben.
- zwischen Standard- und Umgangssprache sowie zwischen mündlichem und schriftlichem Sprachgebrauch zu unterscheiden und so dein Sprachbewusstsein zu vertiefen.

# Neue Wörter durch Zusammensetzungen bilden

**1** Wenn Leyla Geburtstag feiert, kommt immer die ganze Familie zusammen.

a) Lies, wie ihr elfter Geburtstag verlaufen ist.

*Zu Leylas Geburtstag kamen viele Gäste, um mit ihr zu feiern. Ihre Tante Gülcan, die ein gemustertes Kopftuch trug, schenkte eine neue Sportjacke, die sie in buntes Geschenkpapier verpackt hatte. Während Leyla sich darüber freute und sich bedankte, bereiteten ihre Eltern im Esszimmer alles vor. Sie legten eine Tischdecke auf und stellten anschließend jede Menge Backwaren und Süßspeisen bereit. Neben die Teller kamen jeweils eine Kuchengabel und ein Teelöffel. Dann setzten sich alle an den Tisch, ließen es sich schmecken und tranken Zitronenlimonade und Heißgetränke.*

b) Im vorangegangenen Text findet ihr insgesamt zwölf Wörter, die aus je zwei Nomen zusammengesetzt sind. Schreibt sie mit passender Erklärung so auf:
*Kopftuch = Ein Tuch, das man auf dem Kopf trägt; Sportjacke = …*

**2** Leylas Tante Gülcan ist erst vor Kurzem nach Deutschland gezogen und lernt die Sprache noch. Den Erzählungen ihrer Nichte über die Schule und ihren Alltag kann sie manchmal nicht ganz folgen. Daher versucht Leyla ihrer Tante manche Begriffe zu erklären. Bestimmt weißt du, welches Wort jeweils gemeint ist. Lies die Erklärungen Ⓐ–Ⓘ aufmerksam durch und schreibe die zusammengesetzten Nomen so auf:
*A Mathematikstunde, B …*

Ⓐ *Eine Stunde, in der Mathematik unterrichtet wird, ist eine ???.*
Ⓑ *Ein Lehrer, der für eine Klasse verantwortlich ist, ist ein ???.*
Ⓒ *Eine Tafel, die an der Wand befestigt ist, ist eine ???.*
Ⓓ *Ein Heft, in das ein Aufsatz geschrieben wird, ist ein ???.*
Ⓔ *Eine Reise in den Ferien ist eine ???.*
Ⓕ *Eine Zimmer, in dem Kinder leben, ist ein ???.*
Ⓖ *Eine Wanne, in der man ein Bad nimmt, ist eine ???.*
Ⓗ *Ein Stadion, in dem Fußball gespielt wird, ist ein ???.*
Ⓘ *Ein Zwerg, der in einem Garten steht, ist ein ???.*
Ⓙ *Eine Fahrt mit einem Auto nennt man ???.*

**3** Die Gäste unterhalten sich über Filme. Dabei fallen Leyla die folgenden zusammengesetzten Nomen auf. In fünf der kombinierten Wörter steht das Nomen *Film* am Anfang, in den anderen fünf steht *Film* am Ende.

a) Schreibt die Wörter in einer Tabelle geordnet auf.

*Farbfilm – Filmkinder – Filmkritik – Abenteuerfilm – Filmmusik – Filmrolle – Naturfilm – Kinderfilm – Filmplakat – Musikfilm*

| Nomen + Film | Film + Nomen |
|---|---|
| Farbfilm<br>… | Filmkinder<br>… |

b) Sprecht mithilfe des Merkkastens darüber, worin sich die Begriffe in der linken und rechten Spalte unterscheiden. Erklärt, welche Aufgabe das erste und das zweite Nomen in den Wörtern übernimmt.

c) Begründet, warum bei folgenden Nomen der Artikel nicht stimmt:

*die Farbfilm – der Filmkritik – das Abenteuerfilm*

✲ **4** Weil ihm die Gespräche der Erwachsenen am Geburtstagstisch zu langweilig sind, schlägt Ali vor, dass alle gemeinsam doch das „Wortkettenspiel" spielen könnten. In diesem Spiel muss das Grundwort des ersten Wortes das Bestimmungswort im neuen Wort sein. Versucht, möglichst lange Wortketten zu bilden. Probiert dieses Spiel selbst einmal aus. Alle haben fünf Sekunden Zeit, das nächste Wort zu bilden. Wer auf diese Weise kein neues Wort bilden kann, scheidet aus.

Fensterscheibe → Scheibenglas → Glaskugel → Kugelfisch → Fisch...

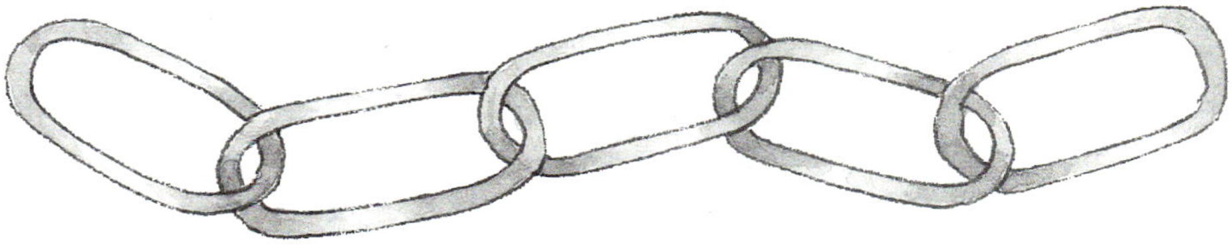

Tischbein → Beinbruch → Bruchbude → Budenzauber → Zauber...

## Zusammengesetzte Wörter

Wenn du zwei Nomen zusammensetzt, entsteht ein neues Wort, ein zusammengesetztes Wort: *Abenteuer + Film → Abenteuerfilm; Bilder + Buch → Bilderbuch*

Das Wort, das am Ende steht, nennt man **Grundwort**, denn es legt die Grundbedeutung des zusammengesetzten Wortes fest: *Der Abenteuerfilm ist ein Film, das Bilderbuch ist ein Buch.*

Der Artikel bezieht sich immer auf das Grundwort: *der Abenteuerfilm, das Bilderbuch*

Das Wort, das am Anfang steht, nennt man **Bestimmungswort**, denn es bestimmt die Bedeutung des Grundwortes näher: *Der Abenteuerfilm ist ein Film über Abenteuer, das Bilderbuch ist ein Buch mit vielen Bildern.*

*4.2 Zusammensetzung zur Wortbildung nutzen; Funktion von Grund- und Bestimmungswort beschreiben*

**5** Leyla hat noch ein weiteres Wörterrätsel für ihren Bruder. Finde das gesuchte Grundwort und schreibe die zusammengesetzten Wörter wie im Beispiel Ⓐ in dein Heft.

Ⓐ Hund, Ski, Stroh, Lehm → **Hütte** *(Hunde**hütte**, Ski**hütte**, Stroh**hütte**, Lehm**hütte**)*
Ⓑ Schaukel, Garten, Camping, Holz
Ⓒ Kino, Ansicht, Spiel, Land
Ⓓ Brett, Fußball, Computer, Online

*Überlege, welches **Grundwort** zu den Wörtern einer Reihe passt.*

W **6** Nun geht es umgekehrt. Wähle im Folgenden zwischen a) und b).

a) Finde mit der Person neben dir möglichst viele zusammengesetzte Wörter, in denen die Nomen „Schrank“, „Tasche“ und „Geld“ einmal als Grundwort und einmal als Bestimmungswort gebraucht werden. Schreibt so:

**Schrank** *als Grundwort: Kleiderschrank, Schuhschrank …*
**Tasche:** …
**Geld:** …
**Schrank** *als Bestimmungswort: Schranktür, …*
**Tasche:** …
**Geld:** …

b) Erstelle für die Person neben dir ein Rätsel nach dem Muster von Aufgabe 5. Lass sie nach einem gemeinsamen **Bestimmungswort** suchen, z. B.:
*Zimmer, Arbeit, Buch, Sprecher → Klasse (Klassenzimmer, Klassenarbeit, Klassenbuch, Klassensprecher)*

**7** Leyla erzählt ihrer Tante von ihren Plänen für die ersten Ferientage. Allerdings klingt das, was sie sagt, an manchen Stellen sehr umständlich, da anstelle der zusammengesetzten Nomen deren Umschreibungen verwendet wurden.

a) Ersetze die unterstrichenen Umschreibungen durch einen kürzeren entsprechenden Begriff und notiere beides, z. B. Ende der Woche = *Wochenende*

*Am Ende der Woche, wenn endlich die Ferien beginnen, fahren wir mit dem Auto zu Opa nach Berlin. Dafür fangen wir schon immer zwei Tage zuvor an, unsere Taschen für die Reise zu packen. An unserer Fahrt nach Berlin mag ich am liebsten, dass wir zweimal an den Plätzen an der Autobahn anhalten, wo man Rast machen kann. Dafür packen wir am Morgen unserer Abreise immer noch Brote mit Wurst und Käse und Mineralwasser gemischt mit Apfelsaft ein. Nach einer langen Fahrt im Auto erreichen wir meistens erst gegen Abend unser Ziel. Schnell verteilen wir unser Gepäck in die Zimmer, in denen wir schlafen. So können wir im Anschluss daran noch eine kleine Fahrt mit dem Boot auf einem nahe gelegenen See machen. Dabei kann man ganz toll den Untergang der Sonne beobachten. Auf unserem Programm für die nächsten Tage steht: eine Erkundung der Stadt für Kinder, eine Tour mit dem Fahrrad, ein Besuch im Museum und ein eintägiger Ausflug nach Potsdam.*

b) Finde im Text weitere Umschreibungen und schreibe sie gemeinsam mit dem verkürzten Begriff auf.

# Durch Ableitungen vom Wortstamm Wörter bilden

**1** Sieh die folgende Darstellung eines Baums an und stelle mithilfe des Merkkastens Vermutungen an,

- was man unter einem „Wortstamm" versteht,
- was die Äste rechts und links darstellen sollen,
- inwiefern Ableitungen zur Erweiterung deines Wortschatzes beitragen können.

**2** Der Baum bildet viele Möglichkeiten zur Bildung neuer Wörter.

a) Bilde zehn zusammengesetzte Wörter, indem du die Begriffe im Wortstamm mit einer passenden Vor- und/oder Nachsilbe ergänzt und notiere das entstandene Wort, z. B. *gefährlich, zählen*.

b) Markiere in den neuen Wörtern jeweils den Wortstamm wie im Beispiel oben.

c) Tauscht euch darüber aus, woran man bei Wörtern erkennen kann, was der jeweilige Wortstamm ist.

**3** Schreibe nun folgende Begriffe ab und unterstreiche den Teil, den du als Wortstamm ausfindig machen kannst.

***Belohnung – anmalen – Erfinder – wunderbar – leserlich***

## Wortstamm und Ableitungen

Viele Wörter sind aus verschiedenen Wortbausteinen zusammengesetzt. Der **Wortstamm** bildet dabei die Basis des Wortes und trägt dessen eigentliche Bedeutung. An diesen Wortstamm kannst du weitere Wortbausteine anfügen und so neue Wörter bilden. Diesen Vorgang nennt man dann **Ableitung**.
Dabei gibt es zwei Möglichkeiten, vorangestellte und nachgestellte Bausteine:
**Präfixe** (Vorsilben) kannst du **vorn** an ein Wort anfügen. Dieses Wort bekommt dann eine andere Bedeutung, z. B. *stellen: abstellen, anstellen, ...*
Mit **Suffixen** (Nachsilben), die **an das Ende** des Wortstammes angefügt werden, können neue Wörter gebildet werden. Solche Nachsilben legen die **Wortart** des neuen Wortes fest:
Wichtige Suffixe für die **Nomen** sind: *-heit, -ung, -keit, -schaft, -tum, nis.*
Wichtige Suffixe für **Adjektive** sind: *-bar, -lich, -ig, -haft, -isch, -sam, -los, -voll.*
Am Suffix *-en* kann man **Verben** (im Infinitiv) erkennen: *laufen, spielen.*
Wörter mit einem gleichen oder ähnlichen Wortstamm gehören zu einer **Wortfamilie**.

# Ableitungen mit Präfixen bilden

**1** Mit ihrem neuen Geburtstagsgeschenk hat Leyla viel Spaß, aber nicht alle in ihrem Umfeld teilen ihre Freude.

a) Lest, was passiert ist.

*Leyla hat zum Geburtstag ein neues Fahrrad entkommen, allerdings fährt sie damit häufig viel zu schnell. Erst neulich hat sie sich beim Fahren wieder einmal tüchtig geschätzt. Erst hätte sie beinahe einen Fußgänger ausgefahren, dann hat sie zu spät gebremst und deshalb das parkende Auto des Nachbarn Stümpfl leicht unterschädigt. Jetzt muss ihr Vater den Schaden verzahlen. Die Raserei seiner Tochter hat ihn sehr zutäuscht. Er schickt sie deshalb zum Nachbarn. Leyla vorschuldigt sich bei ihm und bespricht ihm, dass so etwas nicht mehr unterkommen wird. Sie will von nun an zukünftig mit ihrem Rad fahren.*

b) Bei einigen Formulierungen im Text wurde das Präfix nicht korrekt verwendet. Markiere die fehlerhaften Vorsilben auf der Portalvorlage.

c) Bessere die Begriffe mit den falsch verwendeten Vorsilben aus und schreibe sie korrigiert auf. Wähle dazu eine geeignete Vorsilbe aus dem *Wortspeicher*.

*ent – ab – er – be – ver – auf – vor – an – ein – aus – unter – zu*

d) Unterstreiche die Vorsilbe, die du angefügt hast: *bekommen*

Aufgabe 1b)
**Portalvorlage**
WES-128413-135

**2** Zu den folgenden Verben passen besonders viele verschiedene Vorsilben.

a) Kombiniere jedes einzelne Verb mit möglichst vielen Präfixen aus Aufgabe 1c) zu sinnvollen Wörtern und notiere die neu gebildeten Begriffe.

*laufen – spielen – gehen – kommen – sagen - machen*

b) Vergleicht eure Ergebnisse.

✲ c) Wähle insgesamt sechs neu gebildete Verben aus und formuliere mit diesen jeweils einen Satz, in denen das neue Verb sinnvoll verwendet wird.

**3** Bald bietet sich Leyla die Gelegenheit, ihrem Nachbarn etwas Gutes zu tun. Erfahre, was geschehen ist, indem du in folgendem Text die Verben mit passenden Präfixen anstelle der *???* ergänzt. Verwende dazu die Portalvorlage oder bearbeite die interaktive Aufgabe. **Beachte**: Bei zusammengesetzten Verben wird das Präfix im Satz manchmal nachgestellt.

Aufgabe 3
**Portalvorlage**
WES-128413-136

*„Katze ???laufen!“, las Leyla laut ???. Ihr kleiner Bruder sah sie fragend ???. Er selbst hatte sich schon öfter einmal ???laufen, aber was sollte dieses „???laufen“ sein? Leyla sagte: „Tinky, die Katze vom Stümpfl ist weg. Wir müssen ihn ???stützen. Wir sollten das Gelände ???suchen.“ Ali sah sich ???. Wahrscheinlich hatte sich Tinky nur irgendwo ???steckt. Nach langer Suche gab er frustriert ???. Aber Leyla nicht! Bis zum Abend suchte sie alles ???. Als der Nachbar spät die Klingel hörte und die Tür ???machte, hielt Leyla ihm Tinky vor die Nase und grinste ihn fröhlich ???: „Die Kleine war in einer Garage ???gesperrt.“ Herr Stümpfl ???dankte sich überglücklich bei Leyla.*

# Ableitungen mit Suffixen bilden

**1** Am letzten Schultag kommt Leyla freudestrahlend mit ihrem Zeugnis nach Hause. Lies, was ihr Klassenlehrer Herr Doblinger über sie geschrieben hat.

*Leyla ist eine freundliche, temperamentvolle Schülerin, die sich lebhaft am Unterricht beteiligte. Sie arbeitete unermüdlich mit, zeigte sich vielseitig interessiert und folgte dem Unterricht aufmerksam. Sichtbare Fortschritte machte sie in den Hauptfächern. In Deutsch bewies sie großen Fantasiereichtum. Aufgaben erledigte sie allgemein zielstrebig und pflichtbewusst. Lob verdient auch ihr tadelloses Verhalten. Mit ihrer sympathischen, kameradschaftlichen Art erfreute sie sich großer Beliebtheit und konnte mit vielen Mitschülern Freundschaft schließen. In der Gruppe bewies sie Teamfähigkeit. Die Erlaubnis zur Vorrückung hat sie erhalten.*

**Aufgabe 2**
Portalvorlage
WES-128413-137

**2** Herr Doblinger verwendet in seiner Zeugnisbemerkung zahlreiche Adjektive, die sich an den typischen Nachsilben (Suffixen) erkennen lassen.

a) Finde für jedes der acht Suffixe aus dem Merkkasten von Seite 222 ein Beispiel im Text und trage es neben der entsprechenden Endung in der Tabelle ein. Übertrage dazu die Tabelle in dein Heft oder nutze die Portalvorlage.

| **Suffixe bei Adjektiven** | |
|---|---|
| *-bar* | ... |
| *-lich* | *freundlich* |
| ... | ... |

b) Finde für jede Adjektivendung mindestens noch ein weiteres Beispiel und schreibe es in die Tabelle. Viele Adjektive lassen sich auch von den Nomen im *Wortspeicher* ableiten, z. B. *Dank → dankbar*

***Wache – Mühe – Wunder – Kind – Furcht – Dank – Typ – Macht – Märchen – Sonne – Brauch – Trauer – Tier – Namen – Regen***

**Aufgabe 3**
Portalvorlage
WES-128413-138

**3** In Leylas Zeugnisbemerkung tauchen zahlreiche Nomen mit typischen Suffixen auf.

a) Lege für diese ebenfalls eine Tabelle an oder nutze die Portalvorlage. Trage mithilfe des Merkkastens auf Seite 222 zunächst die sechs typischen Suffixe von Nomen in der ersten Spalte ein.

b) Ergänze anschließend je ein Beispiel aus der Zeugnisbemerkung.

| **Suffixe bei Nomen** | |
|---|---|
| *-heit* | ... |
| *-tum* | *Fantasiereichtum* |
| ... | ... |

c) Bilde je ein weiteres Nomen mit den angegebenen Suffixen. Einige lassen sich ebenfalls von den Nomen aus Aufgabe 2b) ableiten, z. B. *Dank → Dankbarkeit.*

**4** Im Gegensatz zu seiner Mutter freut sich Ali gar nicht über Leylas gutes Zeugnis.
a) Lies zunächst den Text über seine Reaktion durch.

*Als Ali Leylas Zeugnisbemerkung sieht, ist er (Neid). „Da steht doch gar nicht die (wahr) drin! Zu mir bist du nie nett und (Freund). Dabei hättest du jeden Tag die (möglich) dazu. Ich mache immer meine (üben), ich bin immer (Fleiß)!", behauptete er. Seine Schwester machte sich daraufhin über ihn (Lust): „Also wenn es gute Noten für (gemein), (träg), (frech) und (faul) gäbe, dann wärst du überall der Beste." „Haha, sehr (Komik). Ich kenne dein (geheim). Du meinst wohl mit deiner (Sage) (schön) und (klug) kannst du dir alles erlauben," schrie Ali aufgebracht. „Hört auf zu streiten, das ist ja (Furcht)! Wie wär's mit etwas mehr (höflich)", meinte ihre Mutter mit (Sorge) Miene. Dann strich sie ihrem Sohn (Liebe) über den Kopf und meinte lächelnd: „Mit euch beiden bin ich (Wunsch) (Glück), (Ernst)."*

**Aufgabe 4b)**
Portalvorlage + interaktive Aufgabe
WES-128413-139

b) Die Begriffe in den Klammern müssen noch durch Suffixe angepasst werden. Die Farbe der eingeklammerten Begriffe gibt dir vor, ob du ein Nomen oder ein Adjektiv bilden musst. Trage die neu gebildeten Begriffe auf der Portalvorlage ein oder bearbeite die interaktive Aufgabe.

w **5** Wähle im Folgenden zwischen a) und b).
a) Leyla hat ihrer Klassenkameradin Emma am letzten Schultag ein ganz persönliches Zeugnis ausgestellt. Vervollständige in ihrem Text die großgeschriebenen Wörter mit den passenden Suffixen. Achte beim Aufschreiben auf die Groß- und Kleinschreibung.

*Emma ist eine HERZ*, WITZ*, VERLÄSS* Freundin. Da sie UNHEIM* viele Ideen hat, hatten wir schon so manches schönes ERLEB* miteinander. Ihre HILFSBEREIT* und KAMERADSCHAFTLICH* sind besonders hervorzuheben. Man kann sich immer VERTRAUENS* an sie wenden, denn ein GEHEIM* ist bei ihr immer gut aufgehoben. FREUND* ist ihr sehr wichtig. Mit LEIDEN* setzt sie sich für andere ein. Emma ist ein WUNDER*, FABEL* Mensch, eine Freundin für die EWIG*.*

b) Bilde durch das Einfügen des richtigen Anfangsbuchstabens sinnvolle Wörter. Schreibe dann einen kurzen Text mit den Begriffen. Ob sie groß- oder kleingeschrieben werden, erkennst du am Suffix.

*???itelkeit – ???efährlich – ???leißig – ???rfolglos – ???auberkeit – ???reundschaft – ???iedlich – ???ohnung – ???ückenhaft – ???orgsam – ???rlaubnis*

# Überprüfe dein Wissen und Können

**1** Überprüfe, welches der vier Nomen im *Wortspeicher* jeweils als Grundwort zu den Wortreihen Ⓐ–Ⓓ passt. Schreibe die zusammengesetzten Wörter auf.

| |
|---|
| Ⓐ *Fenster, Wasser, Sicherheit, Gurken* |
| Ⓑ *Zoo, Haus, Plüsch, Murmel* |
| Ⓒ *Stamm, Laub, Obst, Nadel* |
| Ⓓ *Sonne, Glocken, Topf, Schlüssel* |

| |
|---|
| *Baum* |
| *Blume* |
| *Tier* |
| *Glas* |

**2** Finde zu jeder Reihe von Nomen das passende Bestimmungswort und schreibe die zusammengesetzten Wörter auf.

① *??? Schrift, Stand, Schuh, Tuch*
② *??? Zimmer, Arbeit, Buch, Sprecherin*
③ *??? Arzt, Ruf, Landung, Lüge*
④ *??? Klinke, Schloss, Rahmen, Klingel*

**3** Häufig verwendet man Wörter, die aus verschiedenen Bausteinen zusammengesetzt sind.

a) Übernimm die folgende Tabelle in dein Heft:

| ... | ... | ... | Wortart |
|---|---|---|---|
| *zer* | *brech* | *lich* | *???* |

b) Ergänze in der ersten Zeile der Tabelle die Begriffe *Suffix, Wortstamm* und *Präfix* an der richtigen Stelle.

c) Bestimme dann die Wortart des Begriffes *zerbrechlich*.

d) Sortiere nun die folgenden Wörter nach demselben Muster in die Tabelle ein.

*Entfernung – unschlüssig – missmutig – Berühmtheit – Ereignis – Bekanntschaft – umständlich – zerbrechlich – bespielbar – Erfinderin*

**4** Bilde weitere Wörter, die sowohl ein Präfix als auch ein Suffix enthalten und schreibe sie auf. Du kannst die folgenden Präfixe, Wortstämme und Suffixe benutzen.

| *Präfixe* | *Wortstämme* | *Suffixe* |
|---|---|---|
| *UN-, ER-, ENT-,* | *-MACHT-, -BRAUCH-, -GLÜCK-* | *-UNG, -BAR, -LICH* |
| *AB-, VER-, ZER-* | *-STELL-, -MAHN-, -STÖR-* | *-BAR, -UNG* |

Seite 226
Lösung
WES-128413-140

*4.2 Wortfamilien sowie Wortfelder zur Wortschatzerweiterung bilden und als Rechtschreibstrategie nutzen*

# Wortfamilien

**1** Herr Doblinger erklärt der Klasse 5b, dass auch Wörter Familien bilden. Als Beispiel schreibt er die folgenden Wörter an die Tafel.

a) Lies diese zunächst aufmerksam durch.

b) Erkläre mithilfe des Merkkastens auf Seite 228, woran man erkennen kann, dass die Wörter derselben Wortfamilie angehören.

c) Markiere in allen Wörtern den Wortstamm. Schreibe dazu die Wörter auf oder bearbeite die interaktive Aufgabe.

**Aufgabe 1c)**
**interaktive Aufgabe**
WES-128413-141

**2** Neben den in Aufgabe 1 genannten gibt es noch zahlreiche weitere Wörter, die in diese Wortfamilie passen.

a) Bilde weitere Wörter mit dem Wortstamm *-spiel-* und schreibe sie auf. Du kannst auch die Wörter aus dem *Wortspeicher* nutzen.

*-dose- – -brett- – -frei- – -ball- – -ver-*
*-finger- – -puppen- – -unterhaltungs- – -tennis-*

b) Untersuche, welchen Wortarten man die Wörter zuordnen kann.

✲ **3** Überlegt euch nun in eurer Klasse möglichst viele Wörter, die zur Wortfamilie *-fahr-* gehören.
Geht dazu folgendermaßen vor:

- Ein Schüler bzw. eine Schülerin beginnt, nennt das erste Wort und bestimmt die Wortart.
- Gehört das Wort zur Wortfamilie *-fahr-* und wurde auch die Wortart richtig bestimmt, darf der nächste Schüler bzw. die nächste Schülerin aufgerufen werden und nennt sein bzw. ihr Wort.
- Ihr könnt so lange weitermachen, bis die ganze Klasse an der Reihe war oder euch keine Wörter mehr einfallen.

**4** Zu jedem der folgenden Wörter aus dem *Wortspeicher* gibt es ein Wort der Wortfamilie, das mit *a* bzw. *au* geschrieben wird, z. B. *Erkältung – kalt*.

a) Arbeitet zu zweit. Lies der Person neben dir die Wörter der ersten Zeile des *Wortspeichers* vor. Sie soll dir zu jedem vorgelesenen Wort ein passendes Wort der Wortfamilie mit *a* bzw. *au* nennen.

*Erkältung – näher – fällig – Bäuche – häufen – Gebäude – Läufer –*
*Fläche – länger – Zähne – ängstlich – Läuse – glätten*

b) Nun liest dir die Person neben dir die Wörter der zweiten Zeile des *Wortspeichers* vor und du suchst passende Wörter mit *a* bzw. *au*.

**5** Herr Holler, der Sportlehrer, hat mit der Klasse 5b einen Spendenlauf veranstaltet.

a) Lies den Text, den Emma für die Schulhomepage geschrieben hat.

*Die Läuferinnen und Läufer der Klasse 5b trafen sich letzten Dienstag zum Waldlauf im nahegelegenen Wald. Damit sich niemand verläuft, hat Herr Holler die Laufstrecke gut markiert. Sicherheitshalber ist er vor dem Lauf die Strecke auch noch einmal abgelaufen. Einige Klassen ließen es sich nicht nehmen, neben dem Waldweg herzulaufen und die Laufenden anzufeuern. Auf einmal sprang ein entlaufener Hund auf den Laufweg. Nachdem er ein Stück mitgelaufen war, verschwand er aber zum Glück wieder im Wald. Spannend wurde es beim Zieleinlauf, wo es ein Kopf-an-Kopf-Rennen gab. Am Ende gelang es der Klasse 5b, mit dem Spendenlauf einen Betrag von knapp 1200 Euro zu erlaufen.*

b) Erkläre, warum ihr Text nicht besonders gut gelungen ist.

c) Markiere auf der Portalvorlage alle Wörter mit dem Wortstamm *-lauf-*.

**Aufgabe 5c)**
Portalvorlage
WES-128413-151

**6** Schreibe die folgenden vermischten Wortfamilien geordnet nach ihren Wortstämmen mit *s, ss, ß statt der ???* auf. Der Merkkasten hilft dir dabei.

*Fu???boden – Futtergra??? – Schlangenbi??? – gra???grün –*
*barfu??? – Gra???halm – Imbi??? – bi???ig – Tausendfü???er*

## Wortfamilien

Eine Wortfamilie besteht aus **Wörtern**, die sich **in ihrem Wortstamm ähnlich** sind. An den Wortstamm kannst du **weitere Wortbausteine anfügen**.
Diese Wortbausteine können **vor und nach dem Wortstamm** stehen, z. B. *Lesebuch, vorlesen, leserlich, Lesenacht, auflesen, Leseecke, durchlesen.*

Der Wortstamm hilft dir bei der Schreibung verwandter Wörter. So lassen sich ä- und äu-Wörter in einer Wortfamilie auf a- und au-Wörter zurückführen, z. B. *Zähler, zählen, verzählen, Zählung, ...: Zahl; Laubbäume, aufbäumen, Nadelbäume, ...: Baum*
Wörter, die am Stammende ein *ss* oder *ß* haben, behalten diese Konsonanten auch in anderen Wörtern einer Wortfamilie, z. B. *Wissen, ungewiss, wissbegierig, Grundwissen; Fuß, Fußball, Gipsfuß, barfuß, leichtfüßig.*

# Wortfelder aus Verben und Adjektiven

## Wortfelder aus Verben

**1** Im Deutschunterricht soll die Klasse 5b einen kurzen Text über ein Erlebnis am Wochenende schreiben. Leyla hat einen Text über einen Ausflug mit ihrer Familie verfasst.

a) Lasst euch den Text vorlesen oder hört euch die Audiodatei an.

*Am Morgen gingen wir los. Zuerst gingen wir über eine Wiese. Da konnte man nicht so gut gehen, weil das Gras so hoch war. Dann gingen wir zu einem Brunnen. Um ihn herum standen einige Kühe. Wir beobachteten sie eine Weile, dann gingen wir weiter. Auf einmal standen wir vor einem Wassergraben. Weil wir keinen Umweg gehen wollten, mussten wir hindurchgehen. Danach gingen wir einen Berg hinauf. Auf der anderen Seite gingen wir wieder hinunter zu einem See. Eine halbe Stunde gingen wir noch am See entlang. Dann gingen wir wieder nach Hause.*

b) Erklärt, woran es liegt, dass sich Leylas Text etwas langweilig anhört. Der Merkkasten auf Seite 230 hilft euch dabei.

**Aufgabe 1a)**
Audio
WES-128413-152

**2** Bestimmt fallen euch für das Verb *gehen* andere „Bewegungsverben" ein.

a) Schreibe auf ein Blatt drei Beispiele. Achte darauf, dass niemand deine Wörter liest.

b) Stelle eines deiner Verben vor der Klasse pantomimisch dar, das heißt, ohne dass du etwas sagst oder irgendwelche Geräusche machst.

c) Lass die Klasse raten, welches Bewegungsverb du dargestellt hast.

d) Sammelt die bereits erratenen Verben an der Tafel.

**3** Ihr habt jetzt verschiedene Verben gesammelt, die alle etwas mit dem Wortfeld *gehen* zu tun haben.

a) Lest eure gesammelten Verben noch einmal laut vor und überlegt, welche Unterschiede es zwischen ihnen gibt.

b) Legt eine Tabelle nach folgendem Muster an.

| langsames Gehen | schnelles Gehen | unsicheres Gehen | mit Geräuschen | leises Gehen |
|---|---|---|---|---|
| *trödeln* | *rennen* | *???* | *???* | *???* |
| *???* | *???* | *???* | *???* | *???* |

c) Ordne gemeinsam mit der Person neben dir die Verben aus eurer Sammlung von Aufgabe 2 der passenden Spalte zu.

d) Ordnet folgende Verben aus dem *Wortspeicher* ebenfalls in die Tabelle ein, sofern diese nicht bereits enthalten sind.

***eilen – fliehen – hasten – heranpirschen – humpeln – hüpfen – huschen – sich nähern – poltern – rasen – rennen – schlendern – schlurfen – spazieren – sprinten – stampfen – stapfen – staksen – stolpern – stolzieren – trotten***

**4** Du hast nun viele verschiedene Verben kennengelernt, mit denen du das Verb *gehen* ersetzen kannst.
a) Überarbeite den Text aus Aufgabe 1, indem du treffendere Verben verwendest. Schreibe deine Lösung auf.
b) Vergleicht eure Lösungen in der Klasse.

W **5** Wähle im Folgenden zwischen a) und b).
a) In den folgenden Sätzen fehlen stets die Verben. Schreibe die Sätze ab. Setze statt der *???* treffende Verben des Wortfeldes *gehen* ein und begründe anschließend, warum du dich für das von dir gewählte Verb entschieden hast.

Ⓐ *Amira hat ein bisschen Zeit und ??? durch die Stadt an den Schaufenstern vorbei.*
Ⓑ *Paul liebt es, in den Ferien mit seiner Familie in den Bergen lange Strecken zu ??? und den Ausblick zu genießen.*
Ⓒ *Julians kleiner Bruder Lukas hat die viel zu großen Pantoffeln seines Opas an und ??? durch das Wohnzimmer.*
Ⓓ *Weil Sophie ihren Vater nicht aufwecken will, ??? sie leise in ihr Zimmer.*
Ⓔ *Es hat die ganze Nacht geschneit und Mia ??? mit ihrem Hund Bonnie durch den tiefen Schnee.*
Ⓕ *Paul muss zum Bus ???, denn er hat beim Frühstück zu lange getrödelt.*

b) Erkläre, was an den folgenden Sätzen merkwürdig ist. Schreibe die Sätze anschließend verbessert auf.

① *Lautlos poltern Paul und seine Schwester Miriam durch die Gänge der Schule.*
② *Cem watet durch das Klassenzimmer.*
③ *Mit hohem Tempo schlendern Leyla und Emma zum Klassenzimmer.*
④ *Flink humpelt Ferdinand zu seinem Stuhl.*
⑤ *Im Sportunterricht muss die Klasse 5b zuerst 50, dann 100 Meter staksen.*
⑥ *Im 100-Meter-Lauf war Amira die Beste von allen: Sie ist die Strecke in glatten 15 Sekunden geschlurft.*

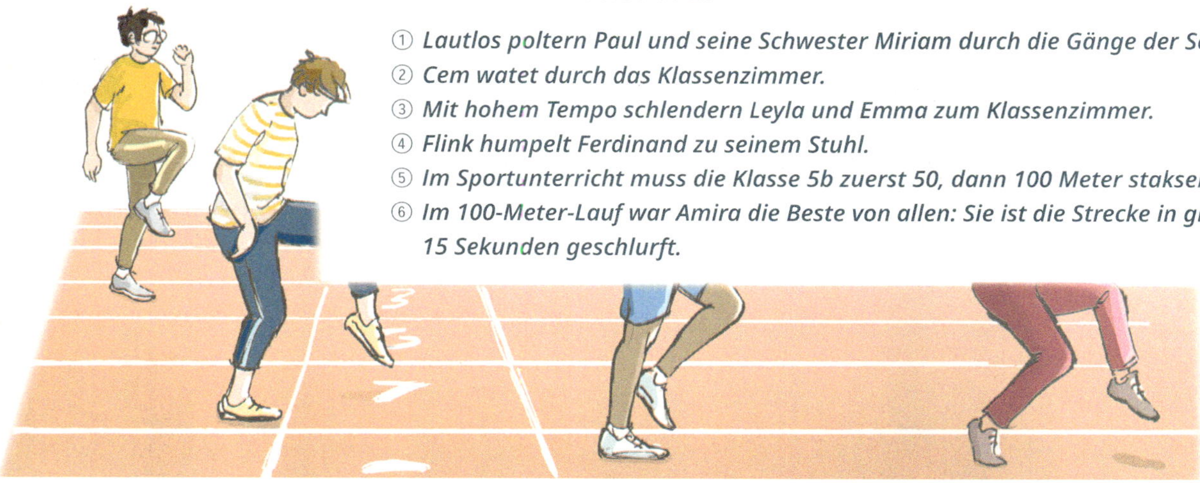

## Wortfelder

Zu einem Wortfeld gehören alle Wörter, die eine **ähnliche Bedeutung** haben. Alle diese Wörter gehören auch **meistens** zur **gleichen Wortart**, z. B. *schlafen, schlummern, dösen, träumen, ein Nickerchen machen, ruhen, ...*
**Je mehr Wörter eines Wortfeldes** du kennst, desto **genauer und abwechslungsreicher** kannst du **sprechen und schreiben**.

**6** Auch in dem Gedicht „Hauchte, wetterte, sprach, brüllte“, das Herr Doblinger mit der Klasse 5b im Unterricht behandelt, geht es um ein Wortfeld.

a) Lies das Gedicht zunächst leise durch.

## Hauchte, wetterte, sprach, brüllte

*Josef Guggenmos*

Gestern Abend, sprach er.
Es war schon dunkel,
erzählte er.
Wollte ich zu meinem Schwager,
berichtete er.
Aber in dem Fliederbusch vor seinem Haus,
raunte er.
Sah ich etwas glühen,
zischte er.
Zwei grüne Augen,
keuchte er.
Da lauerte ein Gespenst,
schrie er.
Ich-,
stieß er hervor.
Auf und davon wie der Blitz!,
gestand er.
Da hättest du auch Angst gehabt,
behauptete er.
Nun haben sie ohne mich Geburtstag gefeiert,
jammerte er.
Es war bestimmt sehr lustig,
schluchzte er.
Aber das nächste Mal,
knurrte er.
Nehme ich einen Prügel mit,
drohte er.
Und dann haue ich es windelweich,
dieses freche, böse, hinterhältige,
gemeine, ...,
brüllte er.
Hoffentlich hat es das nicht gehört,
hauchte er.
Aber untertags schläft es,
versicherte er.
Wahrscheinlich,
meinte er.
Dieses verdammte Gespenst,
wetterte er.
Oder war es eine Katze?,
fragte er.

Das kann gut sein,
sagte ich.

b) Markiere alle Verben, die in den Begleitsätzen vorkommen. Nutze dafür die Portalvorlage.

**Aufgabe 6b)**
**Portalvorlage**
WES-128413-153

c) Bestimmt, zu welchem Wortfeld die markierten Verben gehören.

d) Lest das Gedicht nun zu zweit laut vor. Geht dabei so vor:

- Ein Schüler bzw. eine Schülerin liest den Redesatz, ein weiterer Schüler bzw. eine weitere Schülerin liest den Begleitsatz.
- Versucht, den Redesatz so zu sprechen, wie es das Verb im Begleitsatz vorgibt.

**7** In dem Gedicht von Josef Guggenmos hast du zahlreiche Verben kennengelernt, die zum Wortfeld *sagen* gehören.

a) Ordne gemeinsam mit der Person neben dir die markierten Verben von Aufgabe 6 den Arten des Sprechens zu. Übernimm dazu die Tabelle auf der nächsten Seite. Beachte: Manche Verben passen auch zu zwei verschiedenen Spalten.

| laut | leise | schnell | sachlich | traurig | wütend |
|---|---|---|---|---|---|
| *brüllen* | *hauchen* | *???* | *???* | *???* | *???* |
| *???* | *???* | *???* | *???* | *???* | *???* |

b) Ergänze die Tabelle mit eigenen Ideen.
c) Vergleicht eure Lösungen.

**8** Leyla und ihre Klasse unterhalten sich über den Film, den sie mit Herrn Doblinger im Rahmen der Schulkinowoche angeschaut haben.
a) Lest das Gespräch mit verteilten Rollen.

Leyla sagte: „Das müssen wir unbedingt wieder einmal machen. Der Kinobesuch mit der ganzen Klasse war super!"
Cem sagte: „Da hast du Recht! Ich fand es auch total cool!"
Toni sagte: „Ja schon, aber beim nächsten Mal schauen wir uns einen spannenderen Film an. Oder etwas Gruseliges!"
Julian sagte: „Du immer mit deinen Gruselfilmen! Und dann klammerst du dich wieder die ganze Zeit vor lauter Angst an meinem Arm fest."
Sophie sagte: „Was hast du gegen den Film? Ich liebe *Die Schule der magischen Tiere*! Ich habe schon den ersten Film mit meiner Familie im Kino angeschaut.
Ferdinand sagte: „Und ich habe sogar alle 13 Bände gelesen!"
Amira sagte: „Herr Doblinger hat gemeint, dass wir vielleicht einen Band als Lektüre im Deutschunterricht lesen."
Mia sagte: „Oh ja, gute Idee!"
Emma sagte: „Meine Cousine hat erzählt, dass der 9. Band spannend sein soll. Er heißt *Versteinert*."

**Aufgabe 8b)**
**Portalvorlage**
WES-128413-154

b) In den Redebegleitsätzen taucht dauernd das Verb *sagen* auf. Schreibe das Gespräch ab oder nutze die Portalvorlage und ersetze *sagen* durch treffendere Verben. Die Tabelle von Aufgabe 7 hilft dir dabei.
c) Vergleicht eure Lösungen.

## Wortfelder aus Adjektiven

**1** Die folgenden Adjektive gehören zu den beiden Wortfeldern *schnell* und *mutig*.

*beherzt – geschwind – tapfer – blitzartig – blitzschnell – kühn – draufgängerisch – verwegen – entschlossen – rasant – flink – zügig – forsch – schleunigst*

a) Ordne die Adjektive den Wortfeldern richtig zu und schreibe sie auf. Du kannst folgendermaßen beginnen:
***schnell:*** *geschwind, …*
***mutig:*** *beherzt, …*
b) Ergänze die Wortfelder um weitere Adjektive, die dir noch einfallen.

**2** In dem Ausschnitt aus Tonis Aufsatz kommt das Adjektiv *mutig* sehr oft vor.

a) Ersetze *mutig* durch andere Adjektive des Wortfeldes. Schreibe dazu den Text ab oder nutze die Portalvorlage.

*Mein Cousin Max ist kein sehr mutiger Junge. Aber neulich hat er seinen Freunden erzählt, dass er sich traut, vom Fünfmeterturm in unserem Schwimmbad zu springen. Heute musste er es beweisen. Max wirkte sehr mutig. Mutig lief er zum Sprungturm und stieg mutig die Stufen hinauf. Auf der Plattform angekommen, ging er geradezu mutig nach vorn. Er schaute kurz nach unten und sah seine Freunde dort mutig an. Anschließend ging er zwei Schritte zurück, lief an und sprang mutig in die Tiefe. Das Wasser spritzte. Die Freunde klatschten, als Max kurze Zeit später lächelnd auftauchte. Die Mutprobe hatte er wirklich glänzend bestanden.*

b) Vergleiche deinen Text mit dem ursprünglichen Text und erkläre, was dir auffällt.

**Aufgabe 2a)**
**Portalvorlage**
WES-128413-155

**3** Setze in die Lücken im Text Adjektive aus dem Wortfeld *schnell* ein. Verwende das Adjektiv *schnell* selbst nur einmal. Nutze die Portalvorlage.

**Aufgabe 3**
**Portalvorlage**
WES-128413-156

Leylas Mutter rief: „Leyla, komm *???* her!“ Wenn ihre Mutter so rief, musste sie *???* reagieren. So *???* sie konnte, kam sie herbei. Mutter sah nur kurz auf, zeigte auf ihren Schreibtisch und forderte: „Räume deinen Schreibtisch auf! Und das geht *???*“ Sie verstand es, denn ihre Mutter hatte ja recht. Der Schreibtisch sah wirklich so aus, als hätte sie zwei Wochen lang alles liegengelassen. *???* begann sie mit dem Aufräumen. Sie fing mit den vielen Notizzetteln an, die sie *???* zusammensammelte und in *???* Tempo zum Papiermüll brachte. Danach ordnete sie die Bücher und stellte sie *???* ins Regal. Zum Schluss legte Leyla noch *???* alle Schulhefte in die Schreibtischschublade. „Fertig!“, rief sie. Ihre Mutter kam ins Zimmer und meinte zufrieden: „Na bitte, geht doch!“

**4** In den folgenden Sätzen fehlen Adjektive.

a) Finde für jeden Satz zwei mögliche Lösungen aus dem gleichen Wortfeld. Schreibe die Wörter auf.

Ⓐ *Ein Junge, der in der Schule gute Noten schreibt, ist ein ??? Schüler.*
Ⓑ *Eine Person, die immer zu spät kommt, ist ???.*
Ⓒ *Wenn es geregnet hat, ist draußen alles ???.*
Ⓓ *Jemand, der immer alles herumliegen lässt, ist ein ??? Mensch.*
Ⓔ *Ein Mensch, der viel lacht, ist ???.*
Ⓕ *Wenn man unter der Dusche friert, dann ist das Wasser ???.*
Ⓖ *Nachdem die Sonne untergegangen ist, ist es draußen ???.*
Ⓗ *Eine Person, die Ihre Mitschüler/-innen ständig ärgert, ist eine ??? Person.*

b) Vergleicht eure Lösungen miteinander.

# Fremdwörter aus dem Englischen und deren Schreibung

**1** Im folgenden Text sind Fremdwörter aus dem Englischen enthalten.

a) Lies den Text zunächst durch.

**Leyla ist ein großer Fan des FC Hainstett. Den Desktop ihres Computers ziert deshalb ein großes Bild ihres Lieblingsvereins. Wann immer es möglich ist, verfolgt sie zudem Matches ihrer Mannschaft entweder auf dem Fußballplatz oder im Regionalfernsehen. Auch Interviews mit Spielern des Teams interessieren sie sehr, da sie dabei viel Wissenswertes und viele News über die Player ihrer Lieblingsmannschaft erfährt. Den Trainer des Vereins findet Leyla ebenfalls super, da die Mannschaft mit seiner Hilfe auch in diesem Jahr bestimmt wieder viele Derbys gewinnen wird. Leyla und ihre fußballbegeisterten Freunde diskutieren in den Schulpausen immer wieder gerne über das Auftreten des Vereins im letzten Spiel. Fairness ist ihnen besonders wichtig. Sie selbst spielen in ihrer Freizeit ebenfalls oft Fußball, da es kein Hobby gibt, das ihnen so gut gefällt.**

**Aufgabe 1b)**
**Portalvorlage**
WES-128413-157

b) Markiere auf der Portalvorlage alle Fremdwörter aus dem Englischen. Der Merkkasten auf Seite 236 hilft dir dabei.

c) Lies die gefundenen Fremdwörter deiner Klasse laut vor.

d) Erkläre mithilfe des Merkkastens, woran man erkennen kann, dass es sich bei einem Wort um ein Fremdwort handelt.

e) Übernimm die folgende Tabelle und trage die Fremdwörter in die linke Spalte ein.

| Fremdwort | deutscher Begriff |
|---|---|
| *Fan* | *Anhänger* |
| *Desktop* | *???* |

m → S. 275
*Wörter nachschlagen*

f) Versuche nun, zu jedem Fremdwort die deutsche Bedeutung zu finden und trage diese in die rechte Spalte der Tabelle ein. Du kannst die Wörter auch nachschlagen.

g) Erkläre, was dir auffällt.

✲ **2** In eurem Alltag verwendet ihr bestimmt noch viele weitere Fremdwörter aus dem Englischen.

a) Sammelt einige, die ihr besonders häufig gebraucht und bildet damit sinnvolle Sätze.

b) Sprecht darüber, warum ihr statt der englischen keine deutschen Wörter benutzt.

**3** Finde zu folgenden Begriffserklärungen das entsprechende Fremdwort aus dem Englischen und trage es an die richtige Stelle im Kreuzworträtsel ein, z. B. *1 = Scanner*. Nutze die Portalvorlage.

**Aufgabe 3**
Portalvorlage
WES-128413-158

1. Gerät zum Einlesen von Bildern und Texten in den Computer
2. Oberteil mit kurzen Ärmeln
3. Person, die in den sozialen Medien große Bekanntheit hat
4. in mäßigem Tempo laufen
5. elektronische Nachricht
6. flacher, tragbarer Computer
7. kosmetisches Produkt für das Gesicht
8. Kleidung, die das äußere Erscheinungsbild bestimmt
9. sich entspannen, abhängen
10. Schwimmbecken

✲ **4** a) Finde und notiere drei Fremdwörter, deren Bedeutung du wie in Aufgabe 3 beschreibst.
b) Lies nur die Beschreibung vor und lasse deine Mitschülerinnen und Mitschüler das dazu passende Fremdwort erraten.

**5** Vervollständige folgende Sätze. Verwende dafür die Fremdwörter aus dem *Wortspeicher*. Nutze dafür die Portalvorlage.

**Aufgabe 5**
Portalvorlage
WES-128413-159

*Action, stylisch, Party, City, Shorts, trainieren*

Ⓐ *Um beim kommenden Fußballspiel gut zu sein, muss ich viel ???*
Ⓑ *Wir gehen heute in die ??? und kaufen ein.*
Ⓒ *Im Kino läuft ein neuer ???film, den ich gerne anschauen würde.*
Ⓓ *Mein Bruder hat sich gestern neue ??? gekauft.*
Ⓔ *Mit deiner neuen Frisur siehst du richtig ??? aus.*
Ⓕ *Emma hat am Samstag Geburtstag. Sie feiert eine ??? mit ihren Freunden.*

**6** Herr Doblinger schreibt einige Fremdwörter an die Tafel, die aus verschiedenen Sprachen stammen.

a) Lies die Wörter zunächst einmal durch.

**Aufgabe 6b)**
Portalvorlage
WES-128413-160

b) Finde mithilfe eines Wörterbuchs heraus, welche Fremdwörter aus dem Englischen stammen und markiere diese auf der Portalvorlage. Der Merkkasten hilft dir dabei.

c) Überlege dir zu jedem markierten Fremdwort einen sinnvollen Satz.

d) Trage deine Ergebnisse der Klasse vor.

* **7** Sprecht darüber, aus welchen anderen Sprachen wir neben dem Englischen auch Fremdwörter übernehmen.

a) Überprüft mithilfe eines Wörterbuches oder des Internets, aus welchen Sprachen die übrigen Fremdwörter aus Aufgabe 6 ins Deutsche übernommen wurden.

b) Ordnet alle Wörter der Sprache zu, aus der sie stammen.

## Fremdwörter

Fremdwörter sind Wörter, die **aus anderen Sprachen übernommen** worden sind. Meist erkennst du sie daran, dass sie **anders betont**, **anders ausgesprochen** und **anders geschrieben** werden als ein deutsches Wort, z. B. *Computer, Teenager.*

**Viele Fremdwörter**, die im Deutschen verwendet werden, stammen **aus der englischen Sprache**. Häufig handelt es sich um Fachausdrücke, für die eine gleichwertige, deutsche Entsprechung fehlt, z. B. *E-Mail, T-Shirt.*
Folgende Endungen bzw. Buchstabenfolgen sind für englische Fremdwörter typisch:
**-y**: Hobb**y** **-oo**: c**oo**l **-ing**: Walk**ing** **-ea**: Fr**ea**k **-ity**: Interc**ity**

# Mündlichen und schriftlichen Sprachgebrauch unterscheiden

**Aufgabe 1**
Audio +
Portalvorlage
WES-128413-161

**1** Leyla erzählt von einem Unfall, den sie miterlebt hat, als sie mit ihrer Familie in den Urlaub gefahren ist.

a) Hört euch die Audiodatei an oder lest die Geschichte so vor, wie sie dasteht. Bei „…" müsst ihr immer eine kurze Pause machen.

*Wir waren mal auf der Autobahn. Wir verreisen nämlich viel, ähm, wir sind schon oft verreist. Und einmal, … müsste unser vorletzter Urlaub gewesen sein …, da mussten wir von der Autobahn runter. Also auf dem Heimweg. Und da war so ein … so ein Lastwagen. Der ist mit nem anderen voll zusammengekracht. Und der … dann war der … der Anhänger von dem Lastwagen, ähm, der war quer auf der Straße. Direkt auf unserer Fahrbahn! … Und da konnten wir nicht weiterfahren. … Sind dann halt runter von der Autobahn. Und dann nach München und dann, ähm, nach … nach … ach, ich weiß nicht mehr! Habs vergessen. … Hat ewig gedauert, bis wir endlich daheim waren. War schon stockdunkel draußen.*

b) Erklärt, woran man erkennt, dass Leyla diese Geschichte nicht geschrieben, sondern mündlich erzählt hat.

c) Markiert auf der Portalvorlage alle Kennzeichen für das mündliche Erzählen und finde mithilfe des Merkkastens auf Seite 238 für jedes Merkmal des mündlichen Erzählens ein Beispiel, z. B. *wir waren mal = Ausdruck aus der Umgangssprache.*

**2** Im Deutschen spricht man anders, als man schreibt. Unterhaltet euch darüber, woran das liegt.

**3** Leyla schreibt ihr Erlebnis auf der Autobahn später auf.

a) Lies ihren Text zunächst durch.

*Auf der Rückfahrt aus dem Urlaub waren wir auf der Autobahn unterwegs. Auf einmal stand da ein Lkw, der mit einem anderen Lkw zusammengestoßen war. Der Anhänger des Lkws hatte sich dabei so gedreht, dass er unsere Fahrspur vollkommen blockierte. Deshalb standen wir erst einmal im Stau und konnten nicht weiterfahren. Die Polizei leitete uns dann von der Autobahn ab und wir fuhren auf der Landstraße weiter. Wir mussten dann zwar einen Umweg über München machen und kamen erst im Dunkeln zu Hause an, aber im Stau mussten wir nicht mehr stehen.*

**4** Erklärt, inwiefern sich Leylas geschriebener Text von dem mündlich erzählten unterscheidet. Betrachtet dafür Satzlänge, Satzaufbau und Wortwahl genauer.

**Aufgabe 5**
Audio +
Portalvorlage
WES-128413-162

**5** Im folgenden Text ist das, was Paul über seinen Unfall mit dem Skateboard mündlich erzählt hat, mit Sätzen, die er später aufgeschrieben hat, vermischt.

a) Lest den Text laut vor oder hört euch die Audiodatei an.

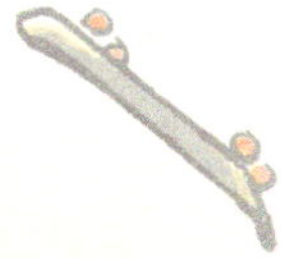

Ⓐ *Letzte Woche fuhr ich auf unserem Hof Skateboard.*
Ⓑ *Ich stürzte, weil ich zu schnell um die Kurve gefahren war.*
Ⓒ *Ich hab dann ne kleine Schramme am Fuß gehabt.*
Ⓓ *War aber zum Glück nix Schlimmes.*
Ⓔ *Deswegen fuhr ich am nächsten Tag wieder Skateboard.*
Ⓕ *Und da bin ich wieder … da hab ich mich richtig am Fuß verletzt.*
Ⓖ *Hat das geblutet!*
Ⓗ *Obwohl meine Mutter die Wunde sofort sauber gemacht hatte, fing sie am nächsten Tag an zu eitern.*
Ⓘ *Dann ähm … ham wir halt doch zum Doktor fahren müssen.*
Ⓙ *Der Arzt reinigte die Wunde und nähte sie.*
Ⓚ *Und dann hab ich da so `nen komischen … der hat so geklebt … so `nen Verband rumgekriegt.*
Ⓛ *Und ausruhen sollt ich mich zwei Wochen .. ähm, glaub ich.*
Ⓜ *Ich musste danach noch einige Male zur Kontrolle ins Krankenhaus.*
Ⓝ *Da haben die dann den … äh Verband … gewechselt.*
Ⓞ *Zum Glück war die Wunde aber bald verheilt, dann konnte ich endlich wieder Skateboard fahren.*

b) Notiere die Buchstaben der Sätze, die gesprochen wurden, oder nutze die Portalvorlage. Begründe deine Entscheidung. Der Merkkasten hilft dir dabei.

c) Schreibe die mündlich erzählten Sätze so um, dass sie in einen schriftlichen Text passen.

d) Vergleicht eure Lösungen miteinander.

**!**

## Mündliche und schriftliche Sprache

Wenn du etwas **mündlich** wiedergibst, hast du **wenig Zeit** zum Überlegen. Deswegen sind deine Sätze manchmal **unvollständig** und **grammatisch unvollkommen**. Auch benutzt du dabei oft Ausdrücke aus der **Umgangssprache** und **Störlaute** (z. B. „äh“, „ähm“). Zudem werden beim mündlichen Erzählen **Sprechpausen** gemacht, einzelne **Wörter wiederholt**, Wörter **verkürzt** oder **zusammengezogen** und oftmals **gleiche Satzanfänge** benutzt. Typisch ist auch, dass beim mündlichen Erzählen die **Zeitformen Präsens und Perfekt** verwendet werden.
Wenn du etwas **schriftlich** wiedergibst, hast du dagegen **viel mehr Zeit** zum Überlegen. Deswegen sind deine Sätze meistens **vollständig** und **grammatisch richtig**. **Ausdrücke aus der Umgangssprache** werden dabei **kaum** verwendet. Beim schriftlichen Erzählen benutzt man die **Zeitform Präteritum**.

# Überprüfe dein Wissen und Können

**1** Die folgenden Wörter gehören zu drei verschiedenen Wortfamilien.

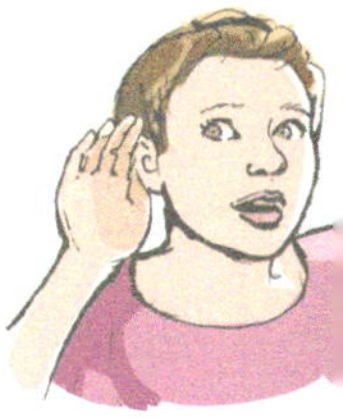

*Schulfreund – entschuldigen – schuldig – befreundet – bezahlen – Zahlung – unfreundlich – gezählt – Freundeskreis – Schuldner – Brieffreund – Zahltag*

a) Finde heraus, welche Wörter zusammengehören.
b) Lege eine Tabelle an und trage die Wörter nach Wortfamilien geordnet ein.
c) Ergänze jede Spalte der Tabelle mit mindestens drei weiteren Wörtern.

**2** Im Folgenden sind die Wörter der Wortfelder *hören, arbeiten* und *sehen* durcheinandergeraten. Schreibe sie geordnet nach Wortfeldern auf.

*schuften – gucken – vernehmen – blinzeln – sich beschäftigen – lauschen – horchen – schauen – sich plagen – die Ohren spitzen – zupacken – beobachten – blicken – zuhören – betrachten – sich abmühen – glotzen*

**3** Schreibe zu den folgenden Adjektiven des Wortfeldes *klug* je einen sinnvollen Satz auf.

*clever – schlau – intelligent – begabt – fähig – talentiert – genial*

**4** Finde heraus, bei welchen der folgenden Fremdwörtern es sich um Fremdwörter aus dem Englischen handelt und bilde sinnvolle Sätze.

*Garage – Definition – Looping – Theater – Shopping – Friseur – Toilette – Produkt – Shampoo – Camping – Café – Konkurrenz – Party – Mikroskop – Pool*

**5** In den folgenden Sätzen, die aus einem Gespräch zwischen Schülerinnen stammen, befinden sich umgangssprachliche Ausdrücke und Wendungen, die im Schriftlichen nicht verwendet werden dürfen. Finde sie heraus und schreibe die Sätze so um, dass sie in einen geschriebenen Text passen.

Ⓐ „Ham wir heute in der Dritten Deutsch oder Bio?"
Ⓑ „Es nervt. Schon wieder nur ne Vier in Mathe!"
Ⓒ „Ich kann heut nicht mit zum Sport. Muss noch Englisch lernen."
Ⓓ „Kann mir mal einer Mathe erklären?"

**6** Begründe mithilfe eines Beispiels, welcher der beiden Sätze richtig ist.

a) Wortfelder helfen mir dabei, richtig zu schreiben und meine Texte abwechslungsreich zu gestalten.
b) Wortfamilien helfen mir dabei, richtig zu schreiben und meine Texte abwechslungsreich zu gestalten.

Seite 239
Lösung
WES-128413-163

*4.1 Fremdwörter aus dem Englischen erkennen und verwenden*
*4.2 Worfamilien und Wortfelder bilden sowie mündlichen und schriftlichen Sprachgebrauch unterscheiden*

# Satzglieder

**Aufgabe 1**
**interaktive Aufgabe**
WES-128413-164

**1** Toni und Amira schreiben sich Textnachrichten auf dem Handy, diese sind aber etwas durcheinander geraten.

a) Bearbeite die interaktive Aufgabe und ordne die Wörter so an, dass ein sinnvoller Satz entsteht. Die Bilder helfen dir dabei.

b) Vergleicht eure Nachrichten untereinander und tauscht euch darüber aus, wie viele unterschiedliche Möglichkeiten ihr bei jedem Satz gefunden habt.

① NACHMITTAG GEHE ICH
HUND HEUTE MIT
KLEINEN SPAZIEREN MEINEM

② ICH FUSSBALLTRAINING
HABE HEUTE ABEND

③ DIE WIR MIT JULIAN
UND LEYLA IN
GEHEN MORGEN EISDIELE

**2** Überlegt euch selbst einen Satz, der beschreibt, was ihr am liebsten nachmittags macht. Schreibt dabei jedes Wort auf einen eigenen Zettel und lasst die Person neben euch daraus einen Satz bilden.

**In diesem Kapitel lernst du (,) …**

- Satzglieder mit der Umstell- und der Ersatzprobe zu ermitteln.
- mit der Umstell- und Ersatzprobe Sätze in eigenen Texten besser aufeinander zu beziehen und dadurch deinen sprachlichen Ausdruck zu verbessern.
- welche Satzglieder es im Deutschen gibt und wie du diese bestimmst.

# Satzglieder ermitteln mit der Umstellprobe

**1** Erklärt, worin sich die beiden folgenden Sätze unterscheiden, obwohl sie die gleichen Wörter enthalten.

*Die Klasse 5b plant für den Wandertag eine dreistündige Fahrradtour.*

*Eine dreistündige Fahrradtour plant die Klasse 5b für den Wandertag.*

**2** Die Klasse freut sich bereits seit Wochen auf diesen Wandertag.

a) Stelle folgende Sätze jeweils zweimal um und trenne dabei zunächst wie im Beispielsatz vorgegeben die Satzbausteine voneinander ab. Der Merkkasten hilft dir dabei.

*Amira fährt mit ihrem Fahrrad am liebsten durch den Wald.*

*Toni und seine Freunde fahren am Ende der Gruppe.*

*Leyla braucht häufig eine kurze Pause.*

b) Schreibe anschließend die Anzahl der Satzglieder in Klammern hinter den Satz.

Beispiel: Die Fahrradtour / beginnt / um 8 Uhr / an der Schule. (4)
An der Schule / beginnt / …

✲ **3** Schreibe selbst einen kurzen Satz über die Fahrradtour der Klasse 5b auf. Anschließend trennt die Person neben dir die Satzglieder voneinander ab und stellt den Satz mindestens einmal um.

**4** Herr Doblinger schreibt der Klasse 5b folgende Sätze an die Tafel.

a) Lest die beiden Sätze durch. Erklärt anschließend mithilfe des Merkkastens, worin der Unterschied zwischen den beiden Sätzen besteht.

Ⓐ *Katzen jagen nachts am liebsten Mäuse.*

Ⓑ *Mäuse jagen nachts am liebsten Katzen.*

b) Stellt Satz A so um, dass sich der Sinn nicht ändert. Es gibt mehrere Möglichkeiten.

## Satzglieder mit der Umstellprobe ermitteln

Satzglieder kannst du durch die Umstellprobe ermitteln. Die Teile eines Satzes, die du umstellen kannst und die dabei zusammenbleiben, heißen **Satzglieder**.
*Amira | fotografiert | am liebsten | Tiere. – Am liebsten | fotografiert | Amira | Tiere.*
Achtung: Bei einer Umstellprobe darf sich **nur die Betonung des Satzes** verändern, **nicht aber der Sinn**. So etwas ist also nicht sinnvoll: *Schnecken fressen am liebsten Igel.*

# Satzglieder ermitteln mit der Ersatzprobe

**1** Neben der Umstellprobe könnt ihr auch mit der Ersatzprobe ermitteln, welche Wörter eines Satzes zu einem Satzglied gehören.

a) Lest die Sätze A – G aufmerksam durch.

Ⓐ *Amira zockt am PC.*

Ⓑ *In den Ferien fliegt Toni nach Ägypten.*

Ⓒ *Am liebsten liest Herr Doblinger Romane.*

Ⓓ *Die Suppe schmeckt lecker.*

Ⓔ *Julian gießt am Nachmittag die Blumen.*

Ⓕ *Am Himmel scheint die Sonne.*

Ⓖ *Pauls Büchertasche ist heute sehr schwer.*

b) Führt dann mithilfe des Merkkastens die Ersatzprobe bei den Sätzen A – G durch. Nutzt in den Sätzen A – C die bereits unterstrichenen Satzglieder. Wählt in den Sätzen D – G selbst ein Satzglied für die Umstellprobe aus. Schreibt die neu entstandenen Sätze auf.

W **2** Wähle im Folgenden zwischen a) und b) aus.

a) Ermittle mit der Umstellprobe, aus wie vielen Satzgliedern die Sätze A – G bestehen und schreibe die Sätze nach folgendem Muster in dein Heft:
*A) Amira zockt am PC → Am PC | zockt | Amira. (3)*

b) Ermittle mit der Ersatzprobe, welche Wörter in den Sätzen A – G zu einem Satzglied gehören. Schreibe so: *Amira zockt am PC → Sie | spielt | Konsole. (3)*

**!**

## Satzglieder mit der Ersatzprobe ermitteln

Mithilfe der Ersatzprobe kannst du erkennen, welche **Wörter eines Satzes zu einem Satzglied** gehören. Als Satzglieder stellen sich hierbei Wörter oder Wortgruppen heraus, die sich durch andere Einzelwörter **ersetzen** lassen.

*Lachend | gehen | die Kinder | in die Pause. → Lachend | gehen | sie | in die Pause.*

Die Wortgruppe *die Kinder* bildet ein Satzglied, da sie durch das Wort *sie* ersetzt werden kann.

*Im Garten | stehen | bunte Blumen. → Dort | stehen | bunte Blumen.*

Die Wortgruppe *Im Garten* bildet ein Satzglied, da sie sich durch das Wort *dort* ersetzen lässt.

**Beachte**: Das ersetzte Satzglied steht **immer im gleichen Kasus wie das Satzglied**, welches ersetzt wurde.

# Das Subjekt

**1** Die folgenden Sätze sind unvollständig. So ergeben sie keinen Sinn.
a) Lies die Sätze durch.

Ⓐ *??? ist mit einem Gipsbein zu Hause und langweilt sich.*

Ⓑ *??? sitzt am Fenster und schaut auf die Straße.*

Ⓒ *??? läutet plötzlich.*

Ⓓ *??? geht mit ihren Krücken zur Tür.*

Ⓔ *??? erscheint.*

Ⓕ *??? spielen zusammen Karten.*

Ⓖ *??? vergeht nun sehr schnell.*

b) Setze jeweils eines der Satzglieder aus dem *Wortspeicher* ein, sodass ein sinnvoller Text entsteht. Schreibe die Sätze dazu in dein Heft oder bearbeite die interaktive Aufgabe.

*Amira – es – sie – die Zeit– beide – sie – ihre Freundin Mia*

**Aufgabe 1b)**
**interaktive Aufgabe**
WES-128413-165

**2** Das eingesetzte Satzglied nennt man *Subjekt*. Begründe, weshalb ein Subjekt für das Verständnis eines Satzes wichtig ist. Der Merkkasten hilft dir dabei.

**3** Gestalte den Text oben abwechslungsreicher. Stelle einige Sätze um, sodass das Subjekt nicht immer am Anfang steht.

**4** Bestimme mithilfe des Merkkastens im folgenden Text jeweils das Subjekt und unterstreiche es blau. Verwende die Portalvorlage.

**Aufgabe 4**
**Portalvorlage**
WES-128413-166

In der Schule hatte Amira neulich richtig Pech. Sie wollte in der großen Pause schnell zum Pausenverkauf laufen. Die Apfeltaschen sind dort besonders lecker. Auf der Treppe übersah sie dabei eine Stufe. Mit voller Wucht fiel die Schülerin hin. Daraufhin schmerzte ihr Bein furchtbar. Die anderen kümmerten sich sofort um sie. Der herbeigerufene Arzt stellte später einen Beinbruch fest. Nun trägt die 11-Jährige einen Gips. Dieser wird erst in drei Wochen wieder abgenommen.

## Das Subjekt

Das **Subjekt** ist ein notwendiger Bestandteil eines vollständigen Satzes und gibt an, **wer oder was** etwas tut, fühlt, sagt, erlebt ... also denjenigen, der im Satz aktiv ist. Es steht immer im **Nominativ** und kann aus **einem** oder **mehreren Wörtern** bestehen (Nomen oder Pronomen im Nominativ). Du ermittelst das Subjekt mit der Frage **Wer oder was?** Beispiel: <u>Amira</u> *kränkelt* → *Wer oder was kränkelt?* <u>Amira</u>

# Das Prädikat

**Aufgabe 1**
Portalvorlage
WES-128413-167

**1** Lies folgende Geschichte und markiere anschließend in jedem Satz rot, was getan wird oder passiert. Du kannst dazu die Portalvorlage nutzen.

Ⓐ *Amira fehlte in der Schule zwei Wochen.*

Ⓑ *Sie erholte sich aber bald wieder.*

Ⓒ *Mia besuchte sie fast jeden Tag zu Hause.*

Ⓓ *Sie hat ihr manchmal dort etwas vorgelesen.*

Ⓔ *Einmal spielten sie Uno.*

Ⓕ *Amira gewann das Spiel.*

Ⓖ *Ohne Gips kommt sie nach zwei Wochen wieder in die Schule*

Ⓗ *Sie hat aber ihr Attest vergessen.*

Ⓘ *Die Lehrerin sagt freundlich zu ihr:*

Ⓙ *„Das musst du morgen unbedingt mitbringen!"*

Ⓚ *Amira verspricht es ihr hoch und heilig.*

**2** Vergleicht eure Markierungen der Sätze D), H) und J) mit den Markierungen in den anderen Sätzen. Beschreibt mithilfe des Merkkastens, was euch auffällt.

**3** Das Satzglied, das du in Aufgabe 1 rot markiert hast, nennt man Prädikat. Erkläre mit welcher Wortart es gebildet wird und an welcher Stelle es in Aussagesätzen immer steht. Der Merkkasten hilft dir dabei.

**4** Trenne mithilfe der Umstellprobe die einzelnen Satzglieder in den Sätzen A–K voneinander ab.

**5** Unterstreiche in deinem abgeschriebenen Text auch alle Subjekte blau oder arbeite mit der Portalvorlage weiter.

✲ **6** Verfasse einen kurzen Text zum Thema „Das mache ich am liebsten in meiner Freizeit". Unterstreiche in allen Sätzen das Subjekt mit blauer und das Prädikat mit roter Farbe.

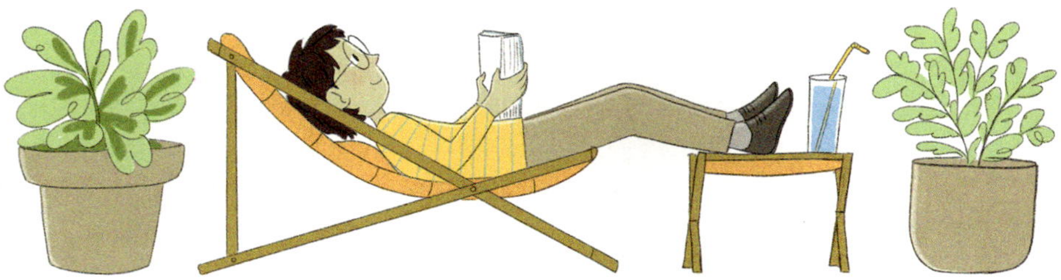

**7** Schreibe folgende Sätze in dein Heft und setze dabei das Prädikat im Präsens sinnvoll ein. Markiere es anschließend rot. Orientiere dich am Beispiel:

Ⓐ *Nach ihrem Beinbruch Amira mit ihren Eltern in den Urlaub. (fahren)*

Nach ihrem Beinbruch fährt Amira mit ihren Eltern in den Urlaub.

Ⓑ *Im Bayerischen Wald sie am ersten Tag mit ihnen in den Bergen. (wandern)*

Ⓒ *Mühsam Amira die steilen Hänge. (hinaufklettern)*

Ⓓ *Dort sie die schöne Aussicht. (genießen)*

Ⓔ *Ihr Vater ihr sogar ein leckeres Eis. (kaufen)*

Ⓕ *Am späten Nachmittag die Familie wieder. (herabsteigen)*

Ⓖ *Am nächsten Tag Amira traurig. (sein)*

Ⓗ *Es wie aus Eimern. (regnen)*

Ⓘ *Ihre Eltern sie jedoch wieder. (aufmuntern)*

Ⓙ *Denn sie mit ihr das schöne Schwimmbad. (besuchen)*

W **8** Wähle im Folgenden zwischen a) und b).

a) Kennzeichne die einzelnen Satzglieder der Sätze A–J. Unterstreiche das Subjekt blau. Schreibe so: Nach ihrem Beinbruch | fährt | Amira | mit ihren Eltern | in den Urlaub. (5)

b) Bilde mit den Verben im *Wortspeicher* drei sinnvolle Sätze zum Thema „Ein Ferientag mit meinem besten Freund/meiner besten Freundin“. Schreibe sie in dein Heft und markiere die Prädikate rot, unterstreiche die Subjekte blau. Schreibe so: In unseren Ferien | fuhren | Ferdinand und ich | mit einer Gruppe | zum Wandern. (5)

*hochspringen – umdrehen – weglaufen – dazwischenkommen – wegschwimmen – abbeißen – andeuten – nachgeben – fahren – auslachen*

## Das Prädikat

Das **Prädikat** ist ein notwendiger Bestandteil eines vollständigen Satzes und sagt aus, **was getan wird** oder **was geschieht**. Das Prädikat kann aus **einem** oder **mehreren Wörtern** (**zweiteiliges Prädikat**) bestehen:

*Amira geht gerne wieder in die Schule. (gehen)*

*Sie liest im Deutschunterricht gerne Gedichte vor. (vorlesen)*

In Aussagesätzen steht der finite Teil des Prädikats immer an zweiter Satzgliedstelle. Der andere Prädikatsteil schließt den Satz in der Regel ab (Prädikatsklammer).

# Die Objekte im Dativ und Akkusativ

**Aufgabe 1**
Portalvorlage + interaktive Aufgabe
WES-128413-168

**1** Herr Doblinger erklärt, dass neben dem Subjekt und dem Prädikat auch Objekte wichtige Satzglieder darstellen. Er legt der Klasse folgende Sätze vor.

a) Bearbeite die interaktive Aufgabe oder nutze die Portalvorlage und ergänze jeweils das passende Objekt aus dem *Wortspeicher*, sodass die Sätze einen Sinn ergeben.

Ⓐ Der Detektiv stellt *???*
Ⓑ Die Radfahrerin weicht *???* aus.
Ⓒ Der Junge geht mutig *???* entgegen.
Ⓓ Die Radfahrerin beachtet *???*
Ⓔ Der Junge fürchtet *???*
Ⓕ Der Detektiv lauert *???* auf.
Ⓖ Die Fans hören *???* im Stadion zu.
Ⓗ Die Fans hören *???* im Stadion singen.

*dem Fußgänger*
*dem bellenden Hund*
*dem Kaufhausdieb*
*dem Sänger*
*den Fußgänger*
*den bellenden Hund*
*den Kaufhausdieb*
*den Sänger*

b) Erkläre, mit welchen Fragewörtern du feststellen kannst, ob es sich bei den eingesetzten Objekten um ein Dativ- oder ein Akkusativobjekt handelt. Der Merkkasten hilft dir dabei.

c) Markiere dann die Dativ- und Akkusativobjekte in den Sätzen aus Aufgabe 1 jeweils in anderen Farben.

**2** Setze beim Abschreiben der folgenden Sätze die Dativ- oder Akkusativobjekte aus dem *Wortspeicher* sinnvoll ein und unterstreiche sie mit verschiedenen Farben:

*Toni – ein Märchen – eine Medizin – der Klasse – einen Ball – der kranken Frau Bauer*

① *Die Mutter schenkte (wem?) (wen oder was?) zum Geburtstag.*
② *Im Vorlesewettbewerb liest Emma (wem?) (wen oder was?) vor.*
③ *Die Ärztin flößt (wem?) (wen oder was?) ein.*

✲ **3** Schreibe drei Sätze zum Thema „Mein Geburtstag", die unterschiedliche Objekte enthalten, und unterstreiche diese ebenfalls mit verschiedenen Farben.

**!**

## Die Objekte

Viele **Prädikate** fordern außer dem Subjekt noch **eine oder zwei Ergänzungen**, welche man **Objekte** nennt und die den Satz vervollständigen:

- Das **Dativ-Objekt** ermittelst du mit der Frage ***wem?***:
  *Ich helfe* (wem?) *meinem Freund.*
- Das **Akkusativ-Objekt** ermittelst du mit der Frage ***wen? oder was?***:
  *Ich unterstütze* (wen?) *meinen Freund. Ich suche* (was?) *meinen Schlüssel.*

# Die Adverbiale

**1** Amira hat ihre Freundin Mia mit einer Karte zum Geburtstag eingeladen. Doch leider hat Mia die Karte versehentlich im Regen liegen lassen, weshalb die Schrift an manchen Stellen verwischt ist.

a) Lest die Einladung aufmerksam durch.

*Liebe Mia,*

*zu meinem 12. Geburtstag, den ich … feiere,*
*möchte ich dich herzlich einladen.*
*Die Party beginnt … und endet …*
*Da ich geplant habe, … mit meinen Gästen … zu gehen,*
*möchte ich dich bitten, Sportsachen mitzubringen.*
*Wir treffen uns dann auch direkt und gehen dann später …*
*Ich freue mich total auf dich.*

*Deine Freundin Amira*

b) Begründet, warum Amiras Einladung nun kaum noch verständlich ist.

c) Schreibe den Text von Amiras Karte neu auf oder nutze die Portalvorlage. Setze dabei die Satzglieder aus dem *Wortspeicher* an der entsprechenden Stelle ein, sodass der Text wieder verständlich wird.

*um 15.00 Uhr – dort – gegen 20 Uhr – zuerst – auf die Bowlingbahn – am 8. März – zu mir nach Hause*

**Aufgabe 1c)**
**Portalvorlage**
WES-128413-169

d) Unterstreiche die Satzglieder, die du eingesetzt hast. Verwende für die Lokal- und Temporaladverbiale zwei unterschiedliche Farben. Der Merkkasten hilft dir dabei.

**2** Lest im folgenden Text zunächst nur die Sätze A – D.

a) Erklärt dann, mit welchem Fragewort ihr das unterstrichene Satzglied jeweils ermitteln könnt.

Ⓐ *Ich komme ursprünglich aus Regensburg.*
Ⓑ *Dort wohnten wir früher.*
Ⓒ *Ich ging in dieser Stadt in die 1. Klasse.*
Ⓓ *Wir sind vor drei Jahren umgezogen.*
Ⓔ *Wir wohnen heute in Hainstett.*
Ⓕ *Ich besuche in dieser Stadt die Realschule.*
Ⓖ *Ich gehe morgens zum Bus.*
Ⓗ *Ich fahre mit ihm dann in die Schule.*

b) Die unterstrichenen Satzglieder sind Adverbiale. Klärt gemeinsam, ob in den Sätzen A–D jeweils ein Temporaladverbial oder ein Lokaladverbial verwendet wird. Die Angaben im Merkkasten helfen euch dabei.

c) Schreibe die Sätze A–D dann neu auf, z. B.: *A) Ich komme ursprünglich aus Regensburg → Woher komme ich? aus Regensburg (= Lokaladverbial)*

d) Ermittle auf die gleiche Art die Adverbiale in den Sätzen E–H und schreibe sie nach dem Muster von Aufgabe c) auf.

✲ **3** a) Der Text in Aufgabe 2 liest sich recht holprig. Verbessere ihn und gestalte ihn abwechslungsreicher, indem du die Umstellprobe durchführst.

b) Ergänze deinen Text anschließend um drei weitere Sätze, die jeweils ein Lokal- und ein Temporaladverbial enthalten.

c) Unterstreiche die Adverbiale mit zwei unterschiedlichen Farben.

**Aufgabe 4a)**
**Portalvorlage +**
**interaktive Aufgabe**
WES-128413-170

W **4** Wähle im Folgenden zwischen Aufgabe a) und b).

a) Vervollständige die folgenden Sätze mit dem entsprechenden Adverbial aus dem *Wortspeicher*. Notiere in Klammer dahinter, um welche Art der Adverbiale es sich jeweils handelt. Bearbeite dazu die interaktive Aufgabe oder nutze die Portalvorlage.

*in einer Woche – anschließend – vor der Klasse – in dieser Stunde – im Klassenzimmer*

Ⓐ **Die Schülerinnen und Schüler versammeln sich zu Unterrichtsbeginn** *???*.
Ⓑ **Herr Doblinger steht** *???* **und begrüßt die Kinder.**
Ⓒ *???* **werden die Hausaufgaben gemeinsam verbessert.**
Ⓓ **Auch die Satzglieder werden** *???* **genau wiederholt und geübt.**
Ⓔ *???* **schreibt die Klasse darüber eine Schulaufgabe.**

b) Schreibe drei Sätze mit verschiedenen Lokal- und Temporaladverbialen aus dem *Wortspeicher* oben auf. Gib in Klammern an, um welche Art der Adverbiale es sich jeweils handelt.

## Adverbiale bestimmen

Adverbiale sind Satzglieder, die etwas über Zeit und Ort aussagen:

- **Temporaladverbiale** (Adverbiale der Zeit) kannst du mit **wann**, **seit wann**, **wie lange** erfragen:
  *Toni war letztes Jahr* (wann?) *Grundschüler.*
  *Er besucht seit Kurzem* (seit wann?) *die Realschule.*
  *Er besucht die Schule voraussichtlich sechs Jahre lang* (wie lange?).
- **Lokaladverbiale** (Adverbiale des Ortes) kannst du mit **wo**, **wohin**, **woher** erfragen:
  *Er kommt aus Regensburg* (woher?).
  *Er zog nach Hainstett* (wohin?).
  *Er wohnt dort* (wo?).

# Satzglieder erkennen und einfügen

**1** Amira erzählt ihren Eltern von einem Besuch bei Sophie. Vervollständige die Sätze, verwende hierzu die Portalvorlage und setze die Objekte und Adverbiale aus dem *Wortspeicher* an der passenden Stelle ein.

*ein Pferd – dem Tier – auf seinen Rücken – einen Klaps – auf der Koppel – das Pferd – ihren Eltern*

Ⓐ Meine Freundin Sophie hat (wen oder was?) *???*
Ⓑ Das steht meistens (wo?) *???* und gehört (wem oder was?) *???*
Ⓒ Aber man kann (wen?) *???* natürlich auch reiten.
Ⓓ Man setzt sich (wohin?) *???*
Ⓔ Dann gibt man (wem?) *???* (wen oder was?) *???*

**Aufgabe 1**
Portalvorlage
WES-128413-171

**2** Kennzeichne in jedem Satz die Subjekte blau, die Prädikate rot, die unterschiedlichen Objekte (Dativ und Akkusativ) und Adverbiale (Lokal und Temporal) mit verschiedenen Farben.

**3** Hier seht ihr, wie die Geschichte weitergeht. Setze die Wörter in den Klammern im richtigen Kasus wie im Beispiel ein. Denke auch an den (bestimmten oder unbestimmten) Artikel.
Zum Beispiel: *??? heißt übrigens Paul. (Pferd)* → *Das Pferd heißt übrigens Paul.*

① *???* heißt übriges Paul. (Pferd)
② Wir waren heute *???* bei Paul. (ganzer Nachmittag)
③ Zuerst misteten wir *???* aus. (Stall)
④ Später brachten wir *???* frisches Futter. (Tier)
⑤ Sophie fragte mich, ob ich Lust auf *???* hätte. (Ausritt)
⑥ Gemeinsam ritten wir *??? ???*. (große Runde/Koppel)
⑦ Dass dauerte fast *???*. (halber Tag)
⑧ Das war wirklich das *???* seit Langem. (schönes Erlebnis)

# Durch Umstellen von Satzgliedern Texte sprachlich verbessern

**1** Herr Doblinger behandelt mit der Klasse 5b eine Bildergeschichte.

a) Schaut euch die Bilder zunächst genau an und beschreibt, was ihr darauf seht.

b) Lies nun den Text zu den einzelnen Bildern.

Ⓐ *Herr Knopp ging eines Tages noch ein Stück spazieren.*
Ⓑ *Er sah plötzlich einen Reißnagel mitten auf der Straße liegen.*
Ⓒ *Er bückte sich gerade und wollte ihn aufheben.*
Ⓓ *Er hörte in diesem Augenblick das Klingeln eines Radfahrers.*
Ⓔ *Er trat erschrocken einen Schritt beiseite.*

c) Der Text kann noch deutlich abwechslungsreicher klingen. Schreibe die Geschichte hierzu verbessert auf. Du kannst die Portalvorlage verwenden.

d) Schreibe die Geschichte anschließend zu Ende (Bilder 4 und 5), achte auch hier darauf, dass der Text nicht eintönig klingt.

*4.2 Satzgliedgrenzen identifizieren, Satzglieder bewusst umstellen zur abwechslungsreichen Gestaltung von Texten*

**2** Herr Doblinger ließ die Schülerinnen und Schüler nun eigene Geschichten schreiben. Lasst euch den Anfang von Amiras Geschichte vorlesen oder hört euch die Audiodatei an.

**Aufgabe 2**
Audio
WES-128413-172

*Ich erinnere mich noch genau an die folgende Geschichte. Sie spielt an einem Tag im letzten Winter. Ich saß den ganzen Tag gelangweilt zu Hause. Ich entschied mich gegen Abend meine beste Freundin noch kurz zu besuchen. Meine beste Freundin Mia fehlte in der Schule die letzten Tage, weil sie krank war. Sie hatte eine fiese Erkältung erwischt. Ich machte mich gegen 17 Uhr auf den Weg zu Mia. Es war schon recht dunkel. Ich musste durch eine schlecht beleuchtete Straße gehen. Ich musste auch noch an einem Gartengelände vorbeilaufen. Ich hörte plötzlich von vorne ein unheimliches Geräusch. Ich fragte mich, was das wohl gewesen sein mag? Es hörte sich an wie ein Scheppern und lautes Rasseln. Ich bekam Angst und versteckte mich hinter einer Mauer. Die Mauer hatte einige kleine Löcher, sodass ich hindurchsehen konnte. Ich sah dann etwas …*

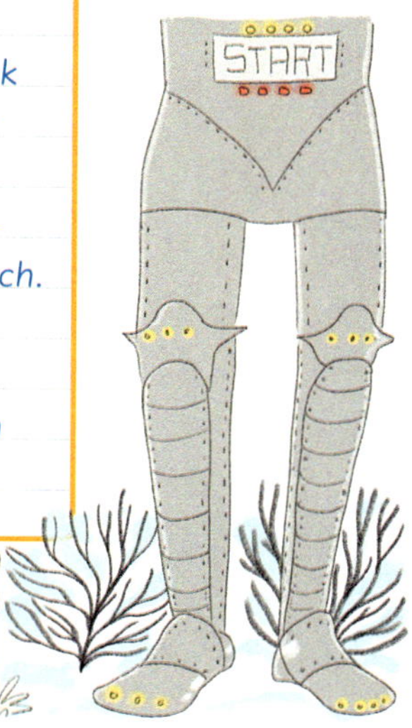

**3** Amiras Text klingt noch recht eintönig und stellenweise sehr holprig.
a) Erkläre, warum der Text nicht flüssig klingt.
b) Verbessere Amiras Aufsatz mithilfe des Merkkastens in deinem Heft. Wende in einigen Sätzen die Umstellprobe an, damit sich ihre Geschichte abwechslungsreicher und flüssiger anhört.

**4** Schreibe Amiras Aufsatz nun zu Ende. Achte dabei darauf, dass du sprachlich abwechslungsreich formulierst.

* **5** Teile den Aufsatz nun in zusammenhängende Abschnitte ein und zeichne zu jedem Abschnitt ein passendes Bild (maximal fünf Abschnitte). Anschließend kannst du deine geschriebene Geschichte auseinanderschneiden und den jeweiligen Abschnitt unter das passende Bild kleben.

## Mit der Umstellprobe Texte sprachlich verbessern

Ein Text wirkt lebendiger, wenn du die **Reihenfolge der Satzglieder** in den Sätzen **abwechselst.** Dies erreichst du mit der **Umstellprobe**. Mit dieser Probe kannst du Texte verbessern, sodass sie weniger eintönig klingen. Satzglieder, die dabei am Anfang des Satzes stehen, werden meist besonders betont.
*Ich | spiele | am liebsten | Fußball.* oder *Am liebsten | spiele | ich | Fußball.*
*Ich | mag | Tischtennis | nicht.* oder *Tischtennis | mag | ich | nicht.*

*4.2 Satzgliedgrenzen identifizieren, Satzglieder bewusst umstellen zur abwechslungsreichen Gestaltung von Texten*

# Überprüfe dein Wissen und Können

**1** Erkläre, welche Satzglieder man mit den folgenden Fragen ermitteln kann.
Ⓐ Wem?
Ⓑ Wo?
Ⓒ Wann?
Ⓓ Wen oder was?
Ⓔ Wer oder was?

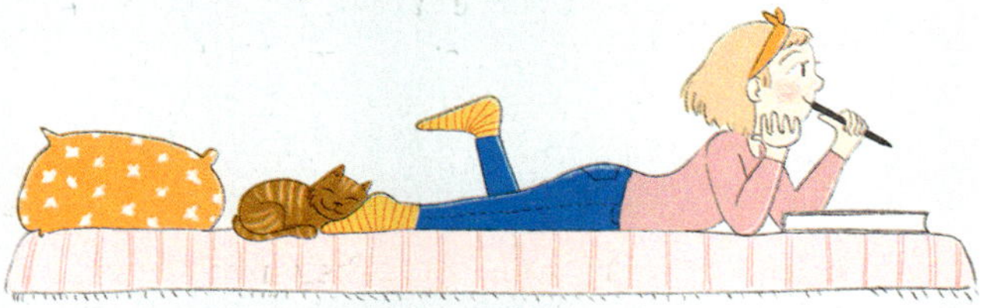

**Aufgabe 2**
**Portalvorlage**
WES-128413-173

**2** In der Klasse 5 b herrscht große Aufregung.

a) Lies die Sätze und bestimme mithilfe der Umstellprobe oder Ersatzprobe, aus wie vielen Satzgliedern diese bestehen. Trenne die Satzglieder mit Strichen voneinander ab. Nutze dazu die Portalvorlage.

① *Die Klasse soll am Sommerfest ein Theaterstück aufführen.*
② *Die Schülerinnen und Schüler möchten ein lustiges Stück vorspielen.*
③ *Herr Doblinger stellt der Klasse in der heutigen Stunde einige Stücke vor.*

b) Bestimme nun die einzelnen Satzglieder des Satzes. Schreibe ihre jeweilige Bezeichnung darunter.

**3** Stelle beim Abschreiben der Sätze 4–7 jeweils ein anderes Satzglied an den Anfang.

④ *Die Klasse wird „Das fliegende Klassenzimmer" aufführen.*
⑤ *In einer Woche beginnen die Proben.*
⑥ *Emma möchte eine Hauptrolle spielen.*
⑦ *An einem Samstag wird in der Turnhalle die erste Aufführung stattfinden.*

**Aufgabe 4**
**Portalvorlage**
WES-128413-174

**4** Setze die Satzglieder aus dem *Wortspeicher* im richtigen Kasus ein. Bestimme anschließend das jeweilge Satzglied und schreibe die korrekte Bezeichnung in Klammern hinter den Satz.

⑧ Leyla bittet *???* um Hilfe.
⑨ Er übt mit Leyla *???*.
⑩ Emma lernt *???* hingegen lieber allein.
⑪ Mia lädt *???* zur ersten Aufführung ein.
⑫ Sie schickt sogar *???* in Bremen eine Einladung.

*ihr Bruder*
*der Text*
*der Text*
*die ganze Familie*
*ihr Opa*

**5** Amira hat für die Klassenhomepage einen Artikel über die Theateraufführung geschrieben.

a) Lies den folgenden Text aufmerksam.

„Das fliegende Klassenzimmer“ fand am vergangenen Samstag in der Turnhalle statt. Das Theaterstück war wirklich sehr lustig. Wir haben das Stück etwas umgeschrieben und noch einige witzige Szenen eingebaut. Wir mussten schon bei den Proben häufig lachen. Wir haben uns daher alle sehr auf die Aufführung gefreut. Das Theaterstück wurde im Orginal übrigens von Erich Kästner verfasst. Erich Kästner ist ein ganz bekannter und bedeutender deutscher Schriftsteller. Er hat unter anderem auch *Emil und die Detektive, Pünktchen und Anton* sowie *Das doppelte Lottchen* verfasst. Emma spielte in unserer Aufführung eine Hauptrolle. Sie war wirklich großartig. Sie hat nicht nur ihren Text fehlerfrei gekonnt. Emma hat auch mit einer tollen schauspielerischen Leistung überzeugt. Das Publikum war insgesamt völlig begeistert und am Ende des Stücks gab es einen langanhaltenden Applaus. Herr Doblinger war auch sehr angetan. Er meinte, dass wir im nächsten Jahr gerne wieder ein Stück aufführen können. Ich würde mich sehr freuen, wenn das klappen würde.

b) Begründe, warum der Text sprachlich noch nicht ganz gelungen ist.

c) Verbessere den Text sprachlich anhand der Umstellprobe und schreibe ihn auf.

**6** Schreibe sinnvolle Sätze zum Thema „Theater an der Schule“ nach folgenden Satzbauplänen in dein Heft. Achtung: In einem Fall lässt sich kein sinnvoller Satz bilden. Erkläre, wo und warum dies der Fall ist.

Ⓐ *Lokaladverbiale / Prädikat / Subjekt / Akkusativobjekt.*
Ⓑ *Subjekt / Prädikat / Temporaladverbiale / Dativobjekt / Akkusativobjekt.*
Ⓒ *Lokaladverbiale / Prädikat / Subjekt / Dativobjekt / Prädikat.*
Ⓓ *Dativobjekt / Prädikat / Subjekt / Temporaladverbiale / Lokaladverbiale / Akkusativobjekt*
Ⓔ *Dativobjekt / Subjekt / Akkusativobjekt / Prädikat*
Ⓕ *Subjekt/ Prädikat/ Lokaladverbiale / Akkusativobjekt*

Seite 253
Lösung
WES-128413-175

# Satzarten

**1** Ordnet den folgenden Bildern die passenden Satzzeichen zu. Überlegt euch anschließend einen möglichen Satz, der zum jeweiligen Bild passt und welcher mit dem zugeordneten Satzzeichen endet, z. B.:
*Bild 1: Können Sie mir bitte sagen, wie ich zum Rathaus komme?*

**2** Folgender Satz lässt sich auf dreierlei Weise sprechen, je nachdem, mit welchem der drei Satzzeichen aus Aufgabe 1 man ihn beendet.

*Tonis Mannschaft hat gewonnen*

Probiert es aus.

**3** Denkt euch selbst Sätze aus, die ihr sowohl als Frage sowie als Ausruf und als Aussage sprechen könnt.

**In diesem Kapitel lernst du, ...**
- wann man einen Aussage-, Frage-, Ausrufe- und Aufforderungssatz verwendet.
- mit welchen Satzschlusszeichen man diese Sätze beendet.
- welche Merkmale ein Hauptsatz und ein Nebensatz besitzen.
- wie man eine Satzreihe und ein Satzgefüge bildet und dabei das Komma bzw. die Kommas richtig setzt.
- wie Nebensätze mit der Konjunktion „dass“ gebildet werden.

# Aussagen, Fragen, Ausrufe und Aufforderungen erkennen

**1** In der Schule beschäftigt sich Tonis Klasse mit den verschiedenen Satzschlusszeichen. Dazu lesen sie folgenden Text.
a) Lies diesen zunächst einmal leise durch.

## Die Satzzeichen streiten sich

Ⓐ Hinterhältig fragt das Fragezeichen den Punkt: „Wie groß bist du eigentlich “
Ⓑ Und das Ausrufezeichen lästert: „Dich sieht man ja kaum “
Ⓒ Das Fragezeichen setzt noch eins drauf: „Wozu bist du eigentlich nütze “
Ⓓ Und das Ausrufezeichen brüllt: „Ein Nichtsnutz  Ein Taugenichts “
Ⓔ Der Punkt gibt den beiden erst einmal recht: „Zugegeben, ich sehe wirklich nach nichts aus “
Ⓕ Das Fragezeichen fragt: „Du gibst es also zu “
Ⓖ Da sagt der Punkt: „Kein Problem  Was bleibt mir übrig “
Ⓗ Höhnisch lacht das Ausrufezeichen: „Nichts  Du bist rein gar nichts “
Ⓘ Doch der Punkt ist listig: „Wie oft kommt ihr beiden wohl in Texten vor “
Ⓙ Das Fragezeichen sagt zum Ausrufezeichen: „Ich komme jedenfalls häufiger als du vor “
Ⓚ Und das Ausrufezeichen schreit:„Aber ich bin wichtiger “
Ⓛ Da muss der Punkt lachen: „Geratet ihr euch jetzt etwa in die Haare “
Ⓜ Das Ausrufezeichen brüllt: „Schweig  Wo ich stehe, da wird gehorcht “
Ⓝ Und das Fragezeichen keift: „Und wo ich stehe, da wird geantwortet “
Ⓞ Der Punkt muss grinsen: „Aber wo ich stehe, ist die Geschichte zu Ende “

**Aufgabe 1b)**
Portalvorlage
WES-128413-176

b) Verwende die Portalvorlage und ergänze mithilfe des Merkkastens die richtigen Satzschlusszeichen an den markierten Stellen. Achtung: Manchmal sind auch mehrere Lösungen möglich.
c) Lest den Text nun mit verteilten Rollen. Ihr braucht vier Lesende (Fragezeichen, Ausrufezeichen, Punkt und Sprecher). Achtet darauf, dass man aus den wörtlichen Reden heraushört, ob darin eine Aussage getroffen, eine Frage gestellt, ein Ausruf oder eine Aufforderung getätigt wird.

*Die Verben in den „Sprecher“-Sätzen helfen euch dabei, das richtige Satzschlusszeichen zu bestimmen.*

### Aussage-, Frage-, Aufforderungs- und Ausrufesatz unterscheiden

In geschriebenen Texten werden die Satzarten durch Satzschlusszeichen gekennzeichnet. **Aussagesätze** beendet man mit einem **Punkt**. Mit ihnen teilt man etwas mit oder stellt etwas fest, z. B. *Ich gehe heute Abend ins Kino.*
**Fragesätze** beendet man mit einem **Fragezeichen**. Sie werden verwendet, wenn man etwas wissen möchte, z. B. *Welche Hausaufgaben haben wir heute auf?*
Mit **Aufforderungssätzen** will man jemanden dazu bewegen etwas Bestimmtes zu tun, z. B. *Sprich bitte etwas lauter!* **Ausrufesätze** benutzt man hingegen, wenn man ein Gefühl, eine Bitte oder einen Wunsch ausdrücken möchte, z. B. *Ich würde heute gerne ins Kino!*
Aufforderungs- und Ausrufesätze werden mit einem **Ausrufezeichen** beendet.

**2** Toni unterhält sich in der Pause mit seiner Freundin Mia. In ihrer Unterhaltung sehen alle Sätze wie Aussagesätze aus. Doch einige davon könnten auch als Aufforderungssätze oder Ausrufesätze verstanden werden.

a) Entscheide mithilfe des Merkkastens auf Seite 255, wie die Sätze A–H deiner Meinung nach zu verstehen sind. Schreibe sie dann mit den entsprechenden Satzschlusszeichen auf.

Ⓐ *Am Wochenende hat Bayern München schon wieder gewonnen*
Ⓑ *Und ich war dieses Mal sogar im Stadion*
Ⓒ *Das möchte ich auch einmal besuchen*
Ⓓ *Es war eine tolle Stimmung*
Ⓔ *Heute Nachmittag kommen Ferdinand und Sophie zum Fußballspielen vorbei*
Ⓕ *Ich frage daheim gleich, ob ich auch kommen kann*
Ⓖ *Dann spielen wir zwei gegen zwei*
Ⓗ *Das wird ein Spaß*

b) Überlege dir drei weitere Sätze und schreibe sie auf. Setze dabei die Satzschlusszeichen so, dass klar wird, ob es sich um eine Aussage, eine Aufforderung oder einen Aufruf handelt.

c) Gib deine Sätze der Person neben dir zum Kontrollieren.

**3** Beim Fußballspielen am Nachmittag sind folgende Sätze zu hören. Sie sehen alle wie Fragesätze aus. Doch einige davon könnten auch als Aufforderungssätze oder Ausrufesätze verstanden werden.

a) Verdeutliche die verschiedenen Absichten, indem du die Sätze 1–8 mit den passenden Satzschlusszeichen aufschreibst.

① *Spielst du jetzt auch mal zu mir*
② *Wann machen wir denn eine Essens- und Trinkpause*
③ *Denkst du an deine Trinkflasche*
④ *Du willst doch auch gewinnen*
⑤ *Treffen wir uns morgen wieder*
⑥ *Wohin soll ich denn spielen*
⑦ *Wie spät ist es*
⑧ *Liegen wir immer noch hinten*

b) Tragt eure aufgeschriebenen Sätze in der Klasse vor.

**4** Nach dem Fußballspielen setzen sich Toni und Mia zusammen an Tonis Schreibtisch und möchten die restlichen Hausaufgaben erledigen.

a) Lest zunächst den Text.

*Zurück zu Hause waren Toni und Mia mal wieder ratlos, welche Hausaufgabe hat Frau Malik denn nun in Mathe aufgegeben sollten sie das Kopfrechnen auf dem Arbeitsblatt üben oder doch die Aufgaben zum Bruchrechnen im Buch erledigen sie wussten es nicht mehr, weil sie am Ende der Stunde nicht aufgepasst hatten sie sprachen über das gestrige Fußballspiel ihres Lieblingsvereins FC Bayern München sie überlegten gemeinsam, was sie nun tun könnten denn wenn sie die Hausaufgaben diesmal wieder nicht vorzeigen können, müssen sie beide nachsitzen plötzlich kam Mia die rettende Idee „Komm, wir rufen Sophie an die sitzt in der ersten Reihe und hat bestimmt mitbekommen, was zu tun ist", rief er laut schnell sprangen die beiden zum Telefon Sophie konnte ihnen tatsächlich sagen, welche Hausaufgaben auf waren.*

b) Setzt nun die passenden Satzschlusszeichen auf der Portalvorlage ein.
- Denkt daran, dass ihr das erste Wort eines Satzes großschreiben müsst.
- Manchmal gibt es mehrere Möglichkeiten, die Sätze zu beenden. Probiert die verschiedenen Varianten aus.

**Aufgabe 4b)**
Portalvorlage
WES-128413-177

✻ **5** Die Geschichte um Toni, Mia und Sophie geht noch weiter.

*Außerdem gab sie Toni und Mia noch einen Tipp Lernt eifrig wir schreiben mit Sicherheit in der nächsten Stunde eine Stegreifaufgabe dankbar legten Toni und Mia auf ob Sophie wohl Recht behalten wird mit ihrer Aussage*

- Schreibe diesen letzten Teil ab und setze die passenden Satzschlusszeichen an der richtigen Stelle ein.
- Achte besonders auf Sophies Tipp. Hier musst du zusätzlich die Zeichen der wörtlichen Rede einsetzen.

*Zeichensetzung bei der wörtlichen Rede → S. 292*

# Hauptsätze verbinden: Satzreihe

**1** Toni spielt im Verein Fußball. Der folgende Bericht zu dessen letztem Spiel besteht nur aus Hauptsätzen. Lest ihn laut vor und findet dabei die acht Hauptsätze.

*TONIS MANNSCHAFT QUALIFIZIERTE SICH FÜR DAS FINALE ALLE SPIELER WAREN GLÜCKLICH ÜBER DIESEN ERFOLG SIE STELLTEN SICH SCHON AUF DEN PLATZ IN DIESEM MOMENT REGNETE ES DER SCHIEDSRICHTER SCHAUTE RATLOS DER HALBE SPORTPLATZ STAND UNTER WASSER DIE WOLKEN WAREN SCHWARZ DIE SONNE LIEß SICH NICHT BLICKEN*

**2** Schreibe den Text nun in richtiger Groß- und Kleinschreibung auf. Setze dabei zwischen die einzelnen Sätze einen Punkt.

*Das Prädikat → S. 245*

**3** Unterstreiche in deinen Sätzen alle Prädikate rot. Erkläre, an welcher Stelle sie immer stehen.

**4** Du kannst zwei Hauptsätze auch miteinander verbinden, indem du folgende Wörter einfügst:

*und – oder – denn – aber – doch*

Man nennt diese Wörter *Konjunktionen*. Probiert die Sätze aus Aufgabe 1 mit den Konjunktionen zu verbinden. Der Merkkasten auf Seite 259 hilft euch dabei.

**5** Verbinde die Sätze A–G mithilfe der Konjunktionen aus Aufgabe 4.
- Schreibe die neu entstandenen Sätze auf.
- Beachte dabei die Anmerkungen im Merkkasten auf Seite 259 zur Kommasetzung.
- Kreise die verwendete Konjunktion anschließend ein.

Ⓐ *Endlich hörte der Regen auf. Die Sonne schien wieder vom Himmel.*
Ⓑ *Die Spieler des gegnerischen Teams wollten spielen. Sie ließen sich nicht blicken.*
Ⓒ *Dann kamen sie aber doch angetrabt. Der Schiedsrichter hatte sie holen lassen.*
Ⓓ *So konnte das Spiel doch noch beginnen. Es wurde ein richtiges Schützenfest.*
Ⓔ *Tonis Mannschaft gewann das Spiel. Einige Verletzte mussten sie leider auch beklagen.*
Ⓕ *Sie freuten sich trotzdem. Die letzten drei Spiele hatten sie verloren.*
Ⓖ *Haben sie das nächste Mal wieder Erfolg? Müssen sie eine Niederlage einstecken?*

**W 6** Wähle im Folgenden zwischen a) und b) aus.

a) Schreibe den folgenden Text in dein Heft. Setze dabei entweder einen Punkt oder ein Komma zwischen die Hauptsätze oder verbinde sie mit einer geeigneten Konjunktion zu einer Satzreihe. Denke daran, Satzanfänge großzuschreiben.

*die Spieler der gegnerischen Mannschaft waren natürlich sehr traurig über ihre Niederlage konnten sie ja auch wirklich nicht glücklich sein über den Regen konnten sie es auch nicht gut gespielt hatten sie nicht das Wetter hatte ihnen die Laune verdorben so fuhren sie wieder ab Tonis Mannschaftskollegen winkten ihnen nach Mitleid hatten sie nicht mit ihnen sie haben selbst schon mit einigen Niederlagen umgehen müssen das gehört beim Sport einfach dazu es ist alles nur ein Spiel.*

b) Formuliere aus den Hauptsätzen A–E eine Satzreihe. Setze dabei entweder Kommas oder verwende passende Konjunktionen.

Ⓐ *Toni ist fast jeden Tag auf dem Fußballplatz. Er spielt gerne Fußball. Er verbringt damit oft stundenlang Zeit.*
Ⓑ *Er fährt auch gerne Fahrrad. Er spielt gerne Basketball. Er ist sehr sportlich.*
Ⓒ *Mathe ist sein Lieblingsfach. Er kann gut rechnen. Er findet Deutsch auch toll.*
Ⓓ *Ferdinand ist sein bester Freund. Sie spielen zusammen Fußball. Sie machen oft gemeinsam Hausaufgaben.*
Ⓔ *Bald sind Ferien. Mit seiner Familie fährt er dann in die Berge. Er wandert nicht gerne.*

## Hauptsätze miteinander zu einer Satzreihe verbinden

Ein **Hauptsatz** enthält **mindestens ein Prädikat**. Das **Prädikat** oder **der finite Teil des Prädikats** steht in einem Aussagesatz an **zweiter Satzgliedstelle**. Aussagesätze enthalten zudem **immer ein Subjekt**, das als **einzelnes Wort** vorkommt (*Ich spiele Fußball.*) oder als **Subjektsatz** auftritt (*Wer mich kennt, weiß, dass ich Fußball spiele.*).
Hauptsätze können zu einer **Satzreihe** verbunden werden. Diese besteht aus **mindestens zwei Hauptsätzen**, die meistens durch **Kommas** voneinander **getrennt** sind, z. B.: *Ich gehe in die Schule, ich möchte etwas lernen.*
**Konjunktionen**, die zwei Hauptsätze miteinander **verbinden**, sind:
- *und* und *oder* – vor ihnen **muss kein** Komma stehen, z. B.: *Ich spiele Fußball(,) und ich gewinne oft.*
- *denn, doch, aber* – vor ihnen **muss ein** Komma stehen, z. B.: *Im Fußballspielen bin ich stark, denn ich spiele seit fünf Jahren im Verein.*

# Haupt- und Nebensätze verbinden: Satzgefüge

**1** Lest die folgenden Sätze vor. Macht immer dort eine Pause, wo ein Komma steht.

*Toni verbringt mehr Zeit zu Hause, seit er einen eigenen Computer besitzt. Er nimmt sich viel Zeit dafür, obwohl er kein Anfänger mehr ist. Er meldet sich sofort, als eine Computer-AG angeboten wird. Er beteiligt sich an der Erstellung eines Klassen-Blogs, nachdem er die Programme beherrscht. Toni wünscht sich sehr einen Beruf als Programmierer, da sein Hobby ihm viel Spaß macht.*

**2** Die Sätze vor den Kommas sind alle Hauptsätze. Wiederholt anhand dieser Sätze, an welcher Stelle das Prädikat in einem Aussagesatz steht.

**Aufgabe 3**
**Portalvorlage**
WES-128413-178

**3** Schreibe den Text aus Aufgabe 1 ab oder nutze die Portalvorlage. Unterstreiche dann das Wort, das unmittelbar nach dem Komma steht, und kreise das Wort am Ende des Satzes ein, z. B.:
*Toni verbringt mehr Zeit zu Hause, seit er einen eigenen Computer besitzt.*

**4** Erklärt,
- wo sich die Konjunktion befindet,
- wo das Prädikat im Nebensatz steht und
- was der Nebensatz nicht „kann".

*Lies dazu den Nebensatz einmal ohne den Hauptsatz.*

**5** Verschiebt die Nebensätze aus dem obigen Text mithilfe des Merkkastens an den Anfang, z. B.:
*Seit er einen eigenen Computer besitzt, verbringt Toni mehr Zeit zu Hause.*

**6** Vergleicht eure Ergebnisse. Achtet dabei auf die Stellung der Kommas. Sprecht auch darüber, was beim Verschieben mit dem Prädikat im Hauptsatz passiert.

## Haupt- und Nebensatz zu einem Satzgefüge verbinden

Einen **Nebensatz** erkennst du an folgenden Merkmalen:
- Am Anfang steht eine **Konjunktion** (z. B.: *als, da, weil, nachdem, obwohl* ...) oder ein **Relativpronomen** (z. B.: *der, die, das, dem, den, welcher, welche, welches* ...).
- Das **Prädikat** oder **der finite Teil des Prädikats** steht immer **am Ende** des Nebensatzes.
- Ein **Nebensatz** kann **nicht allein stehen**, da er so keinen Sinn ergibt. Haupt- und Nebensatz bilden gemeinsam ein **Satzgefüge** und werden immer durch ein Komma voneinander getrennt. Der Nebensatz kann an verschiedenen Stellen stehen:
  - **nach** dem Hauptsatz: *Anton räumt auf, obwohl er nicht dazu aufgefordert wurde.*
  - **vor** dem Hauptsatz: *Obwohl er nicht dazu aufgefordert wurde, räumt Anton auf.*
  - in den Hauptsatz **eingeschoben**: *Anton räumt, obwohl er nicht dazu aufgefordert wurde, auf.* Vor dem Beginn und am Ende eines eingeschobenen Nebensatzes ist je ein Komma zu setzen.

**7** Schreibe die folgenden Sätze ab oder verwende die Portalvorlage. Unterstreiche dabei den Nebensatz, umkreise die Konjunktion, die ihn einleitet, und markiere das Komma.

① *Toni fände es gut, wenn er das Schreiben mit dem Zehnfingersystem beherrschen würde.*
② *Vielleicht besucht er ja bald einen Schreibkurs, sodass er es lernt.*
③ *Weil er daran Freude hat, schreibt er manchmal einen Text in verschiedenen Schriften.*
④ *Wenn er ihn im Blocksatz schreibt, sieht der Text besonders schön aus.*
⑤ *Manchmal fügt er, obwohl ihm das keiner gezeigt hat, bunte Bilder ein.*
⑥ *Seiner Mutter schenkt er, als diese Geburtstag hat, eine selbst gestaltete Glückwunschkarte.*

**Aufgabe 7**
**Portalvorlage**
WES-128413-179

W **8** Wähle im Folgenden zwischen Aufgabe a) und b).
a) Schreibe drei Satzgefüge auf, in denen der Nebensatz immer an einer anderen Stelle steht. Nutze dazu Sätze aus Aufgabe 7.
b) Schreibe drei Satzgefüge auf, in denen der Nebensatz immer an einer anderen Stelle steht. Denke dir eigene Sätze aus.

*Beachte, dass sich beim Bilden der Satzgefüge der Satzbau ändert. Denke auch an die Kommas.*

**9** Nebensätze können auch durch Relativpronomen eingeleitet werden.
a) Schreibe die Sätze ab oder verwende die Portalvorlage und füge passende Relativpronomen ein.
b) Unterstreiche anschließend die Nebensätze und umkreise das Relativpronomen. Ziehe einen Pfeil zum Bezugswort im Hauptsatz.

① *Toni sitzt im Unterricht neben seinem besten Freund Ferdinand, ??? er schon seit drei Jahren kennt.*
② *Ferdinand, ??? auch an Computern interessiert ist, meldet sich ebenfalls für die Computer-AG an.*
③ *Der Blog, ??? sie erstellen, ist sehr arbeitsaufwendig.*
④ *Die Informationen und Neuigkeiten, ??? er enthält, müssen ständig aktualisiert werden.*
⑤ *Die Schüler geben hier auch Empfehlungen zu Filmen, ??? sie kürzlich gesehen haben.*
⑥ *Den Mitschülern, ??? gerne lesen, stellen sie spannende und lustige Bücher vor.*

**Aufgabe 9**
**Portalvorlage**
WES-128413-180

*Relativpronomen → S. 198*

✲ c) Schreibe die folgenden Sätze ab. Setze dabei sowohl passende Konjunktionen oder Relativpronomen ein. Vergiss nicht, die fehlenden Kommas zu setzen.

⑦ *Die IT-AG hat die neue Rubrik „Witze“ im Blog erstellt ??? die Mitschülerinnen und Mitschüler zum Lachen zu bringen.*
⑧ *Für diese Rubrik sammeln einige der AG Witze ??? Toni abtippen kann.*
⑨ *Beim Abtippen der Witze musste Toni laut lachen ??? er viele von ihnen noch nicht kannte.*

**10** Durch das Verbinden von Sätzen kannst du Texte auch sprachlich verbessern.
a) Lies den folgenden Blogeintrag zu Tonis geplanter Geburtstagsfeier durch.
b) Beschreibe, wie er auf dich wirkt.

tonisabenteuer.blogspot.com

## Tonis Abenteuer

Ⓐ Die Gäste können etwas Tolles erleben. Ich feiere am Sonntag Geburtstag.
Ⓑ Wir gehen gemeinsam in den alten Steinbruch. Alle Gäste treffen sich bei mir.
Ⓒ Die einen machen eine Schnitzeljagd. Andere bauen einen Unterschlupf im Wald.
Ⓓ Dann zünden wir ein Lagerfeuer an. Jedenfalls wenn es nicht regnet.
Ⓔ Danach grillen wir Würstchen. Der Vorrat reicht aus.
Ⓕ Ich habe tolle Preise besorgt. Wir können eine Tombola veranstalten.
Ⓖ Wir fahren mit einer Kutsche nach Hause. Wir toben uns aus.

*Achte auf das Perfekt bei Vorzeitigkeit!*

*Die Zeitformen → S. 204*

c) Schreibe den Text verbessert auf, indem du die Sätze A–G mit den Konjunktionen aus dem *Wortspeicher* verbindest.

*solange – wenn – während – sobald – nachdem – falls – sodass*

d) Tausche deine verbesserten Sätze mit der Person neben dir. Überprüft eure Sätze und gebt euch gegenseitig Rückmeldung. Korrigiere deine Sätze gegebenenfalls.
e) Findet euch wieder zu zweit zusammen und überlegt, wie ihr die Stellung des Nebensatzes abwechslungsreicher gestalten könnt. Schreibt eure Lösungen auf.
f) Suche drei deiner verbesserten Sätze aus, formuliere jeweils einen passenden Relativsatz und füge ihn in die Sätze ein. Z. B.:
*Wir gehen gemeinsam in den alten Steinbruch, in dem nicht mehr gearbeitet wird, nachdem sich alle Gäste bei mir getroffen haben.*

m → S. 27 *Rückmeldung*

g) Lest eure Sätze aus Aufgabe 10f) in der Klasse vor und gebt euch gegenseitig Rückmeldung.

# Nebensätze mit der Konjunktion „dass"

**Auch das Wort *dass* ist eine Konjunktion. Es leitet ebenfalls Nebensätze ein. Viele haben das Problem, diese Konjunktion zu erkennen und richtig zu schreiben. Auch das Komma vor dem *dass* wird oft vergessen.**

**1** Mia musste für die Geburtstagsfeier von Toni leider absagen. Daraufhin hat Toni ihr folgende Nachricht geschrieben.

a) Schreibe den Text ab oder nutze die Portalvorlage. Unterstreiche mit unterschiedlichen Farben die Konjunktion *dass* und das Verb, das im Hauptsatz davorsteht.

**Aufgabe 1**
**Portalvorlage**
WES-128413-181

*Ich höre, dass du nicht zu meinem Geburtstag kommst. Wir finden es alle sehr schade, dass du abgesagt hast. Natürlich wissen wir, dass du gerne mit uns feiern würdest. Mein Bruder hat gesagt, dass du ein super DJ bist. Wir haben uns schon darauf gefreut, dass du tolle Musik mitbringst. Ich hoffe, dass du es dir noch einmal überlegst.*

b) Schreibe auch den Antworttext ab oder nutze die Portalvorlage. Setze beim Abschreiben die Verben aus dem Wortspeicher sinnvoll ein.

*bedauern – wünschen – erfahren – meinen – glauben*

*Ich ???, dass ich zu deinem Geburtstag nicht kommen kann. Ich habe aber ???, dass an diesem Tag unser Tischtennisturnier stattfindet. Ich ??? gern, dass ihr mich alle dabeihaben wollt. Doch ich ???, dass ihr auch ohne mich tolle Musik machen werdet. Ich ??? euch jedenfalls, dass ihr eine schöne Party habt.*

c) Betrachte die Verben aus Aufgabe 1a) und 1b) und erkläre, welche Gemeinsamkeit sie haben. Kontrolliere mithilfe des Merkkastens auf Seite 264, ob du es richtig erkannt hast.

**2** Ferdinand hat sich einen Scherz mit Tonis Fahrrad erlaubt, was dieser aber gar nicht lustig findet.

a) Verbinde die beiden Aussagen links und rechts mit der Konjunktion *dass*. Forme dazu den Satz rechts in einen Nebensatz um und setze die Kommas.

| | |
|---|---|
| Ⓐ *Mia hat genau gesehen* | *du hast aus dem Reifen die Luft gelassen.* |
| Ⓑ *Warum behauptest du dann* | *du bist es nicht gewesen.* |
| Ⓒ *Ich verstehe nicht* | *du findest es lustig.* |
| Ⓓ *Ich finde es wirklich nicht gut* | *du machst so etwas.* |
| Ⓔ *Du sagst doch immer* | *du willst mein bester Freund sein.* |
| Ⓕ *Ich bin enttäuscht* | *du behandelst mich so.* |
| Ⓖ *Ich wünsche mir* | *du bist in Zukunft wieder netter zu mir.* |

b) Schreibe mithilfe des Merkkastens auf Seite 264 selbst fünf Sätze, mit denen Ferdinand sich bei Toni entschuldigt. Benutze dazu Verben des Sagens, Denkens und Fühlens sowie die Konjunktion *dass*. Achte auf die Kommasetzung.

*4.2 Mit der Stellung von Nebensätzen experimentieren, zur Produktion eigener variantenreicher Texte nutzen*

**3** Für ihren neusten Blogeintrag hat sich Tonis Computer-AG dazu entschieden, etwas zur Geschichte des Automobils zu posten.

a) Verfasse diesen Blogeintrag, indem du die folgenden Aussagenpaare mit der Konjunktion *dass* zu Satzgefügen verbindest.

b) In einigen Sätzen kann man den *dass*-Satz auch an den Anfang verschieben, ohne dass dabei ein Wort verloren geht. Schreibe diese Sätze auf.

c) Notiere, bei welchen Sätzen ein Wort bei der „Verschiebung" verloren geht und bei welchen Sätzen man den *dass*-Satz nicht an den Anfang verschieben kann.

tonisabenteuer.blogspot.com

| | |
|---|---|
| ① *Wir erinnern uns heute kaum noch daran:* | *Der erste Motorwagen von Carl Benz hatte nur drei Räder.* |
| ② *Es wird gesagt:* | *Gottlieb Daimler hat seine erste Motorkutsche aus dem Jahre 1886 nie selbst gefahren.* |
| ③ *Die Geschichte der Autos berichtet:* | *1907 gelangte der erste Rolls-Royce auf den Markt.* |
| ④ *Im Laufe der nächsten 20 Jahre konnten es die Menschen dann selbst erleben:* | *Das Auto entwickelte sich in rasantem Tempo zu einem Fließbandprodukt.* |
| ⑤ *In Deutschland konnte man 1924 sehen:* | *Die ersten Opel P4 fuhren durch die Straßen.* |
| ⑥ *Dieser grüne „Laubfrosch" sah so lustig aus.* | *Die Menschen mussten darüber lachen.* |
| ⑦ *1936 geschah es dann.* | *Ferdinand Porsche entwickelte den ersten Volkswagen.* |
| ⑧ *Dieses Auto ist sehr berühmt geworden.* | *Der VW wurde zum ersten Verkaufsschlager der gesamten Autoindustrie.* |
| ⑨ *Über 60 Jahre lang ging es dann nur noch darum:* | *Man entwickelte immer größere Autos.* |
| ⑩ *Und diese Autos waren so konstruiert:* | *Sie fraßen immer mehr Benzin.* |

## Nebensätze mit der Konjunktion *dass* bilden

Das Wort *dass* ist eine **Konjunktion**, die **Nebensätze einleitet**. Nebensätze mit *dass* werden durch **Kommas** vom Hauptsatz **getrennt** und bilden zusammen mit diesem ein **Satzgefüge**. Die Konjunktion *dass* steht häufig nach Hauptsätzen, in denen **Verben** des **Sagens**, **Denkens** und **Fühlens** vorkommen, z. B. *denken, finden, sich freuen, fürchten, glauben, hoffen, hören, meinen, merken, sagen, sehen, wissen*.

# Überprüfe dein Wissen und Können

**1** Schreibe die folgenden Sätze ab. Setze dabei jeweils die passenden Satzschlusszeichen.

① *Sophie konnte gestern nicht kommen*
② *Was für ein Pech*
③ *Warum antwortest du mir nicht*
④ *So ein schöner Tag*
⑤ *Toni geht morgen wieder in die Schule*

**2** Erkläre anhand der Sätze in Aufgabe 1 die Aufgabe der folgenden Satzzeichen:

**3** Schreibe die folgenden Sätze ab. Setze dabei die Kommas an der richtigen Stelle ein.

Ⓐ *Ferdinand hat sich bei Toni entschuldigt da er ihm einen Streich gespielt hatte.*
Ⓑ *Nachdem er sich entschuldigt hatte vertrugen sich die beiden wieder.*
Ⓒ *Sie verbrachten jeden Nachmittag miteinander denn die beiden waren wieder die besten Freunde.*
Ⓓ *Sie spielten zusammen Fußball bei schlechtem Wetter beschäftigten sie sich mit ihrem Klassenblog.*

**4** Gib an, ob es sich bei den Sätzen in Aufgabe 3 um eine Satzreihe oder ein Satzgefüge handelt.

**5** Nenne ein Signal, das auf die Konjunktion *dass* hindeutet.

W **6** Wähle im Folgenden zwischen a) und b).

a) Schreibe jeweils einen Beispielsatz zu den Begriffen im *Wortspeicher*.

*Aussagesatz – Satzreihe – Ausrufesatz – Satzgefüge – Konjunktion dass – Fragesatz*

b) In den folgenden Sätzen haben sich sechs Fehler eingeschlichen. Schreibe sie korrigiert auf. Unterstreiche deine Korrekturen.

① *Mia spielt gern Tennis oder Toni fährt gern Rad.*
② *Toni kommt zu spät zum Fußballtraining, obwohl er eine Fahrradpanne hat.*
③ *Er erzählt Sophie, das er im nächsten Spiel, dass am Wochenende stattfindet, nicht dabei sein kann.*
④ *„Das ist aber schade. Wieso das denn!", entgegnet Sophie daraufhin?*

Seite 265
Lösung
WES-128413-182

# Aufbau und Schreibung von Wörtern

**1** Julians Klasse hat im Internet nach Strategien zur richtigen Schreibung von Wörtern gesucht. Dabei sind sie auf folgende Ergebnisse gestoßen.

a) Lies die Suchergebnisse A–F genau durch.

*A Wörter deutlich mitsprechen*
*B Wörter ableiten*
*C Auf Wortbausteine achten*
*D Kurze und lange Vokale unterscheiden*
*E Wörter verlängern*
*F Signale der Großschreibung von Nomen kennen*

**Aufgabe 1b)**
interaktive Aufgabe
WES-128413-183

b) Ordne jedem Suchergebnis eine der folgenden Erläuterungen zu. Schreibe die Buchstaben mit der jeweils richtigen Zahl auf oder bearbeite die interaktive Aufgabe.

① Sprich die Wörter deutlich mit und zerlege sie in Silben. So machst du die einzelnen Buchstaben hörbar und weißt, wo du ein Wort trennen kannst.

② Sprich deutlich und höre genau hin! Achte darauf, ob der betonte Vokal kurz (*offen*) oder lang (*Ofen*) gesprochen wird.

③ Verlängere das Wort, um zu erfahren, ob ein einsilbiges Wort mit einem Doppelkonsonanten oder einem silbentrennenden *h* geschrieben wird.

④ Achte auf die Signale der Großschreibung. Überprüfe dabei z. B., ob sich ein Artikel vor das Wort setzen lässt (= Artikelprobe): *das Buch, ein spannendes Buch, beim (bei + dem) Schreiben* oder das Wort eine typische Nomenendung wie *-heit, -keit, -ung, -nis, -schaft* besitzt.

⑤ Zerlege die Wortzusammensetzungen in Einzelwörter. Beispiel: *Fremdwörterbuch* → *Fremd-wörter-buch*. Trenne außerdem Prä- und Suffixe vom Wortstamm ab: *Ver-sprech-ung*

⑥ Wenn du dir nicht sicher bist, ob man ein Wort mit *ä* oder *e* bzw. *äu* oder *eu* schreibt, suche in der entsprechenden Wortfamilie nach einem Wort mit *a* oder *au*. Beispiel: *erneuern* → *neu, säubern* → *sauber*

**2** Tauscht euch darüber aus, welche Rechtschreibstrategien ihr bereits aus der Grundschule kennt.

**In diesem Kapitel lernst du (,) ...**

- Rechtschreibstrategien kennen. Sie helfen dir, die richtige Schreibung eines Wortes herauszufinden.

# Vokale und Konsonanten unterscheiden

**1** Herr Doblinger behandelt mit der Klasse ein ABC-Gedicht von James Krüss, es fehlen aber die Anfangsbuchstaben der Wörter. Ergänze diese in der Reihenfolge des Alphabets und lies das Gedicht laut vor.

## Das Räuber-Abc

*James Krüss*

?ls
?auer
?hristoff
?üwels-
?ck
?ünf
?ulden

?atte
?m
?ackett
?am
?eider
?it
?er

?llen
?istol
?uintilius
?äuberrabstätt,
?tahl
?aler
?nd

?erschiedenes
?eg,
?
?
?

**2** Das Alphabet besteht aus Vokalen und Konsonanten. Konsonanten kann man nur mithilfe von Vokalen aussprechen, z. B. spricht man ein *b* zusammen mit einem *e* aus, also *be*.

a) Ordnet das Alphabet nach Vokalen und Konsonanten. Der Merkkasten hilft euch dabei. Beginnt so:
*Vokale sind: a, …* *Konsonanten sind: b, …*

b) Überlegt, in welche Spalte die Umlaute *ä, ö, ü* und die Diphthonge *ai, au, äu, ei, eu* einzuordnen sind.

**3** Füge passende Vokale in die Lücken ein und schreibe die Wörter auf.

*Pfl__m_nk_mp_tt – M_rm_l_d_nbrötch_n – Schw__n_br_t_n – _rdb__r_rnt_h_lf_r*

✻ **4** Schreibt zu zweit ein eigenes ABC-Gedicht. Präsentiert es anschließend in der Klasse.

### Vokale und Konsonanten

Die Buchstaben unseres Alphabets werden in **Vokale** und **Konsonanten** eingeteilt. Buchstaben, die allein ausgesprochen werden können, heißen **Vokale** (Selbstlaute): *a, e, i, o, u*. Sie klingen im Mund von allein, man muss den Mund nur unterschiedlich weit aufmachen. Die **Umlaute** *ä, ö, ü* und die **Diphthonge** (Zwielaute) *ai, ei, au, äu* und *eu* gehören ebenfalls zu den Selbstlauten. Buchstaben, die noch andere Buchstaben brauchen, damit man sie aussprechen kann, heißen **Konsonanten** (Mitlaute). Um sie auszusprechen, kommen auch die Lippen, die Nase, die Zähne usw. zum Einsatz.

# Kurze und lange Vokale unterscheiden

**1** Herr Doblinger gibt den Hinweis, dass es sinnvoll ist, die folgenden einsilbigen Wörter deutlich auszusprechen, um etwas über deren Schreibung zu erfahren.

*Kuh – Lachs – Schaf – Gans – Bär – Frosch – Hund – Aal – Elch*

a) Ermittelt, in welchen Wörtern ihr den Vokal kurz oder lang aussprecht.
b) Schreibt die Wörter dann sortiert auf.
*Wörter mit langem Vokal:*
*Wörter mit kurzem Vokal:*

**2** Untersucht bei den Wörtern aus Aufgabe 1, wie viele Konsonanten auf einen kurzen und wie viele auf einen langen Laut folgen.

**3** Lest die zweisilbigen Wörter im ***Wortspeicher***. In den Wortpaaren wird immer der gleiche Vokal betont, aber jeweils unterschiedlich lang gesprochen.
a) Zerlegt die Wörter in Silben und schreibt sie mit Silbenbögen auf:
*Kro ne – Son ne …*

***Krone – Sonne*** ***sparen – scharren*** ***gaffen – strafen***

b) Prüft, welcher Vokal lang und welcher kurz gesprochen wird. Markiert den langen Vokal mit einem Strich, den kurzen mit einem Punkt:
*Kro ne – Son ne …*
c) Beschreibt mithilfe des Merkkastens, wie euch Silben beim Erkennen von langen und kurzen Vokalen helfen können.

**!**

## Kurze und lange Vokale unterscheiden

Wenn du die Silben eines Wortes untersuchst, erkennst du, ob du den Vokal lang oder kurz sprechen musst.

**Geschlossene Silben: kurze Vokale**
Das Wort *Sonne* besteht aus zwei Silben: *Son ne*
Die erste **betonte Silbe** endet auf einem Konsonanten, dem Buchstaben *n*, und wird dadurch **geschlossen**. Der Vokal wird **kurz gesprochen**.

**Offene Silben: lange Vokale**
Das Wort *Krone* besteht aus zwei Silben: *Kro ne*
Die erste **betonte Silbe** endet auf einem Vokal, dem Buchstaben *o*, und bleibt dadurch **offen**. Der Vokal wird **lang gesprochen**.

Beachte: *ch*, *ck* und *sch* gelten als **ein Laut**. Sie können daher nicht wie die Doppelkonsonanten *nn*, *mm* usw. getrennt werden. Die Silbe bleibt daher **offen**. Der **Vokal** wird in diesen Wörtern aber **trotzdem kurz gesprochen** (z. B. *la-chen, ba-cken und lau-schen*).

# Wörter deutlich mitsprechen

**1** Julian weiß noch aus der Grundschule, dass man Wörter in Silben zerlegen kann. So kann man ein Wort ganz deutlich aussprechen. Das hilft einem dabei, alle Buchstaben eines Wortes zu hören.

a) Untersuche die Anzahl der Silben in den Wörtern im *Wortspeicher*. Der Merkkasten hilft dir dabei.

*Affenhaus – Krokodilanlage – Schlangen – Elefant – Gnu – Raubtierhaus – Löwenkäfig – Giraffenplatz – Gorillakäfig – Eisbärgehege – Zoo*

b) Übertrage die folgende Tabelle und ordne anschließend die Wörter entsprechend der Vorgabe.

| Einsilbige Wörter | Zweisilbige Wörter | Wörter mit drei oder mehr Silben |
|---|---|---|
| *Zoo* | *Schlangen* | *Affenhaus* |

c) Ergänze die Tabelle um zehn weitere Wörter aus dem Bereich der Tierwelt.

**2** Zerlege die folgenden Wörter in Silben.
Schreibe sie mit Trennstrichen auf: z. B. *fres – sen*.

*fressen – ausmisten – beobachten – lauern – schlafen – schmutzig – gefährlich bissig – brüllen – schleichen – verteidigen – verspielt*

**3** Das Wissen über Silben hilft dir auch, dein Heft ordentlich zu führen.

a) Finde heraus, an welcher Stelle die Wörter, die über den Rand geschrieben wurden, hätten getrennt werden müssen.

b) Schreibe den Text dann sauber auf.

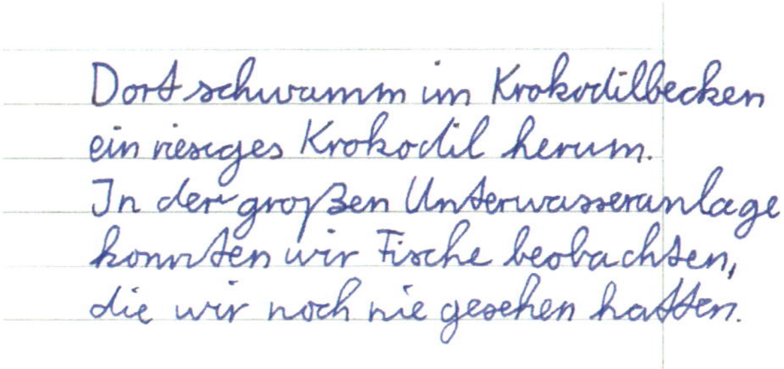


## Silben ermitteln

Im Allgemeinen trennt man Wörter so, wie es sich beim **langsamen Sprechen** eines Wortes ergibt, also nach **Sprechsilben**. In jeder Silbe kommt entweder ein Vokal (*a, e, i, o, u*), ein Umlaut (*ä, ö, ü*) oder ein Diphthong (*äu, au, ai, ei, eu*) vor. Die zweite Silbe (auch die dritte und vierte) fängt bei den meisten Wörtern mit einem Konsonanten an: *Fir-ma, Tor-te, Recht-schrei-bung, Af-fen-kä-fig*
Wörter mit *ch, ck,* und *sch* werden so getrennt: *su-chen, pa-cken, hu-schen*
Einzelne Vokale dürfen nicht abgetrennt werden: Also nicht **E-le-fant*, sondern *Ele-fant*!

# Einfache und Doppelkonsonanten richtig schreiben

**1** Schreibt die folgenden Wörter in Paaren auf – eines mit einem langen Vokal und eines mit einem kurzen Vokal und Doppelkonsonanten.

*Schafe – Ofen – kämen – schaffe – offen – Nase – Krume – Polen – Schotten – krumme – Pollen – nasse – Schoten – kämmen*

*Wenn du dir unsicher bist, ob ein Wort am Ende mit einem Doppelkonsonanten geschrieben wird, nutze die Rechtschreibstrategie der Verlängerung, z. B.: hell – hel-ler.*

**2** Herr Doblinger schreibt der Klasse folgende Wörter an die Tafel:

*be-ten – Qua-len – ra-ten – Hü-te – Scha-ren – Scha-len – Ha-sen*

a) Lest euch die Wörter gegenseitig vor und beschreibt, wie ihr den Vokal in der ersten Silbe aussprecht.
b) Verdoppelt jetzt den Konsonanten in der Mitte. Dabei entstehen neue Wörter mit einer anderen Bedeutung. Schreibt sie auf. Achtet dabei auf die Groß- und Kleinschreibung.
c) Erklärt, wie ihr den Vokal in der ersten Silbe nun aussprecht, der Merkkasten hilft dir dabei.

**3** Suche jeweils das Gegenteil. Alle Lösungswörter haben Doppelkonsonanten.

*leer – v...* *gerade – k...* *Flut – E...* *schlau – d...*
*dunkel – h...* *dick – d...* *Liebe – H...* *außen – i...*
*mager – f...* *trocken – n...* *langsam – sch...* *verlieren – ge...*

**4** Auch *tz* und *ck* sind Doppelkonsonanten.
a) Lest die Verse und ermittelt, wie ihr die Vokale vor *tz* und *ck* aussprecht.

Fritz hat Angst vor allen Katzen,
die plötzlich mit den Tatzen kratzen.

Eine Mücke keck und dick.
Fliegt dem Bücker ins Genick.

b) Schreibt die markierten Wörter mit Trennstrichen auf. Lest dazu den Merkkasten.

✲ **5** Übernimm die Tabelle und ergänze immer mindestens zwei Reimwörter.

| Platz | Block | Jacke | petzen | schmecken |
|---|---|---|---|---|
| ... | ... | ... | ... | ... |

## Einfache und Doppelkonsonanten richtig schreiben

Wird der **betonte Vokal** in der ersten Silbe **lang** gesprochen, dann wird der Konsonant in der Mitte **nicht verdoppelt**.
Ist der **Vokal** der ersten betonten Silbe **kurz**, so wird der Konsonant beim Schreiben **verdoppelt**.
Wenn du nach einem **kurzen Vokal** ***z*** oder ***k*** verdoppelst, schreibst du ***tz*** bzw. ***ck***.
Beachte: Bei der Worttrennung bleibt *ck* zusammen, z. B.: *Ja-cke; Na-cken*

# Zwei Arten von *h* unterscheiden

## Das Dehnungs-*h*

**1** Julian soll das *h* in verschiedenen Wörtern untersuchen.

a) Lies die Wörter und überprüfe, welche Konsonanten dem *h* folgen.

*Bahn – fahren – fehlen – Fohlen – führen – ihm – ihr – kahl – Kahn – kühl – lahm – mehr – nehmen – ohne – Ohr – rühren – Sahne – sehr – Sohn – stehlen – wehren – wohl – wohnen – Zahl – zahlen – zählen – zahm – zehn*

b) Lege eine Tabelle nach folgendem Muster an und schreibe die Wörter in die richtigen Spalten.

| Wörter mit ***hl*** | Wörter mit ***hm*** | Wörter mit ***hn*** | Wörter mit ***hr*** |
|---|---|---|---|
| *fehlen* | ... | ... | ... |

c) Bestimme, zu welcher Silbe das *h* in den zweisilbigen Wörtern gehört.

*Einmal h, immer h! Das Dehnungs-h bleibt innerhalb einer Wortfamilie immer bestehen.*

**2** Herr Doblinger legt der Klasse den Merkvers rechts vor. Ergänze diesen und schreibe ihn auf. Der Merkkasten hilft dir dabei.

**Merkvers**
Nach langem *???*, *???*, *???* und *???*
steht manches Mal ein Dehnungs-h.
Doch schreibe es nicht gar zu schnell!
Es steht nur vor *???*, *???*, *???*, *???*:
bei *Lehm* und *Ohren*, *Mohn* und *sehr*,
bei *Zahl* und *wohnen* und noch *mehr*.

**3** Füge die Wörter aus dem *Wortspeicher* an den passenden Stellen der folgenden Geschichte ein. Nutze hierzu die Portalvorlage oder bearbeite die interaktive Aufgabe.

**Aufgabe 3**
Portalvorlage+ interaktive Aufgabe
WES-128413-184

*berühmtesten – wohnhaft – Jahr – Befehl – ohne – Ohr – ihm – sehr – Ohren – belohnt – wohl – Ruhm*

**Grimassen-Künstler**

Einer der *???* Grimassen-Künstler, *???* in London, ist Mike Plumm. Er hat es dadurch zu *???* großem *???* gebracht, dass er mit seinen *???* wackeln kann wie *???* kein anderer. Im letzten *???* wurde er für sein Training auf der Grimassen-Olympiade *???*. Dort gelang *???*, was noch kein anderer geschafft hatte. Er wackelte abwechselnd auf *???* mit dem rechten oder dem linken *???* einzeln, *???* dabei sein Gesicht zu verziehen.

## Das Dehnungs-h

In manchen Wörtern steht ein **Dehnungs-h**. Es macht darauf aufmerksam, dass der vorausgehende **Vokal lang ausgesprochen** wird. So kann man die Wörter *in* und *ihn* gut unterscheiden. Das Dehnungs-*h* steht **nur vor** den Konsonanten *l, m, n, r*. Bei der **Silbentrennung** steht dieses *h* **immer bei dem Vokal**, z. B.: *feh-len, Sah-ne*

*Einmal h, immer h! Das Dehnungs-h bleibt innerhalb einer Wortfamilie immer bestehen.*

## Das silbentrennende *h*

**1** Herr Doblinger präsentiert der Klasse folgende Verse. Benennt, was ihr feststellt.

*In manchen Flüssen kann man seen*
*bis auf den Grund, doch nicht drauf steen.*

*Im Walde laufen manchmal Ree,*
*Verheiratete führen eine Ee.*

**2** Schreibt die Verse ab und fügt dabei das fehlende *h* ein.

**3** Schreibt die folgenden Wörter mit Silbenbögen auf. Schreibe so: Ru he

| | | |
|---|---|---|
| *Ruhe* | *sehen* | *Schuhe* |
| *Höhe* | *Mühe* | *wehen* |
| *beinahe* | *früher* | *ruhig* |
| *krähen* | *verleihen* | *Reihe* |

**4** Verlängere die einsilbigen Wörter mithilfe des Merkkastens zu zweisilbigen. Schreibe sie dann mit Trennungsstrichen auf: *droht – dro-hen*

| | | |
|---|---|---|
| *droht* | *blüht* | *geht* |
| *zieht* | *steht* | *glüht* |
| *flieht* | *Floh* | *Kuh* |

**5** Schaue dir die folgenden Wörter genau an. Entscheide, ob es sich um ein Dehnungs-*h* oder ein silbentrennendes *h* handelt. Achte dazu auf die Vokale und die eventuell folgenden Konsonanten.

| | | |
|---|---|---|
| *ruhig* | *Ohr* | *fehlen* |
| *fliehen* | *zählen* | |

✲ **6** Schreibe eine kurze Geschichte mit maximal sechs Sätzen zum Thema „Mein Zirkusbesuch“. Versuche möglichst viele Wörter mit *h* einzubauen und markiere anschließend die Wörter mit einem Dehnungs-*h* blau und die Wörter mit einem silbentrennenden *h* gelb. Du kannst so beginnen:

*Neulich fuhr ich mit meinen Eltern in den Zirkus. Wir hatten Karten für die dritte Reihe, von dort sahen wir sehr …*

!

### Das silbentrennende *h*

Endet eine Silbe auf einem Vokal und beginnt die nächste Silbe mit einem Vokal, so wird dazwischen meistens ein *h* eingefügt, z. B.: *ruhen → ru-hen.*
Dieses *h* wird als **silbentrennendes *h*** bezeichnet. Es gehört zur **zweiten Silbe**.
Bei einsilbigen Wörtern weiß man oft nicht, ob man sie mit *h* schreibt oder nicht.
Verlängere diese Wörter, um eine Entscheidung zu treffen.
Bilde bei **Nomen** den **Plural**, z. B.: *Schuh → Schu-he.*
Bilde bei **Verben** den **Infinitiv**, z. B.: *er steht → ste-hen.*
Setze zu **Adjektiven** ein **Nomen**, z. B.: *früh → der frü-he Morgen.*

# Wörter mit *ie* und Doppelvokal erkennen

## *i* oder *ie*

**1** Die Klasse 5b hat von Herrn Doblinger folgendes Gedicht bekommen. Lies das Gedicht.

### Das ästhetische Wiesel

*Christian Morgenstern*

Ein Wiesel
saß auf einem Kiesel
inmitten Bachgeriesel.

Wisst ihr
weshalb?

Das Mondkalb
verriet es mir
im Stillen:

Das raffinier-
te Tier
tat's um des Reimes willen.

**ästhetisch**
*feinsinnig, kunstvoll, stilvoll, geschmackvoll*

**2** Schreibe aus dem Gedicht die unterstrichenen Wörter mit Silbenbögen auf.
a) Benenne, ob es sich um offene oder geschlossene Silben handelt. Der Merkkasten hilft dir dabei.
b) Beschreibe, wie der *i*-Laut deshalb ausgesprochen werden muss.

*Kurze und lange Vokale unterscheiden → S. 268*

**3** Manchmal wird das lange *i* aber nur mit *i* gekennzeichnet.
a) Schreibe die Wörter mit einfachem *i* aus der Wörterschlange in dein Heft. Präge dir deren Schreibung gut ein.
✲ b) Bilde mit den Wörtern aus der Wortschlange Sätze.

*ROSINEVIOLINEMASCHINEKINO*
*AUGENLIDVAMPIRBLONDINE*
*APFELSINEMINEGARDINEIGEL*
*KROKODILTIGERBIBERBENZIN*
*LAWINEKANINCHENTURBINE*

### Wörter mit *ie* erkennen

!

Der **langgesprochene** *i*-Laut wird in der **offenen betonten Silbe** meist mit *ie* geschrieben, z. B.: *nie-sen, Rie-sen.*
Bei **einsilbigen** Wörtern ermittelst du die richtige Schreibung durch die **Strategie „Wörter verlängern"**, indem du eine **zweisilbige Form** bildest. Steht das **lange *i*** dann **am Ende** der **ersten offenen Silbe**, wird es meist mit ***ie*** geschrieben, z. B.: *Tier → Tie-re, spielt → spie-len.*
**Beachte:** Es gibt wenige Lernwörter, in denen der lange *i*-Laut nur mit *i* geschrieben wird, z. B.: *Maschine, Apfelsine.*

## Doppelvokale

**Aufgabe 1**
Portalvorlage
WES-128413-185

**1** Nutze die Portalvorlage und markiere in dem Gitterrätsel die 15 Wörter mit Doppelvokal oder schreibe diese heraus. Unterstreiche jeweils den Doppelvokal.

| | | | | | | | | | | | | | | | |
|---|---|---|---|---|---|---|---|---|---|---|---|---|---|---|---|
| X | S | E | E | L | M | O | O | R | P | L | K | V | R | T | U |
| T | K | R | E | E | T | K | T | E | E | K | X | Y | B | M | N |
| A | L | L | E | E | I | E | H | Z | S | T | T | S | M | U | Z |
| K | X | E | D | I | W | W | E | S | C | B | J | C | Y | X | Y |
| A | E | D | P | A | A | R | K | B | H | H | H | B | O | O | T |
| F | M | T | S | A | A | L | U | E | N | Q | W | E | R | S | F |
| F | O | A | A | M | G | R | A | R | E | J | I | M | N | N | N |
| E | H | A | A | R | E | K | L | E | E | N | N | H | L | K | I |
| E | U | S | T | A | A | T | M | K | W | T | Z | U | I | O | O |
| Z | O | Z | R | U | B | I | O | T | A | N | M | Z | O | O | P |

**2** Lege eine Tabelle mit Reimwörtern aus dem Gitterrätsel zu den beiden vorgegebenen Wörtern an.

| Fee | Meer |
|---|---|
| … | … |

**3** Schreibe lustige Reime mit den gefundenen Wörtern und trage sie deiner Klasse vor. Z. B.: *Eine Fee im Schnee isst Klee.*

**Aufgabe 4**
interaktive Aufgabe
WES-128413-186

**4** Julian hat als Hausaufgabe einen Text über das vergangene Wochenende geschrieben. Dabei sind ihm 14 Fehler unterlaufen. Bearbeite die interaktive Aufgabe oder schreibe den Text richtig ab. Achte dabei vor allem auf Wörter mit *h*, Doppelvokal und *i*. Falls du dir unsicher bist, schlage das Wort in einem Wörterbuch oder online nach. Nimm dazu Methodenseite 275 zu Hilfe.

*Am Wochenende wollte ich mit meiner Freundin Leyla ins Kieno. Aber wie es der Zufall wollte, kam mier etwas dazwischen. Ich sollte für meine Mutter auf dem Markt ein halbes Kielo Behren holen. Sie wollte nähmlich Marmelade kochen. Auf dem Rückweg liehf ich über einen Feldweg. Der Boden dort war sehr leemig. Als ich zu Hause war, wahren meine Schuhsoolen ganz schmutzieg. Da war erst einmaal Putzen angesagt. Das dauerte so lang, dass ich den Film vergessen konnte – ganz schön dohf. Leyla und ich beschlossen dafür, einen DVD-Ahbend zu machen. So wurde es doch noch ein schöhnes Wochenende.*

# Wörter nachschlagen

m

**Du kannst sowohl in einem gedruckten als auch in einem digitalen Wörterbuch nach einem Wort suchen:**

**In einem gedruckten Wörterbuch nachschlagen:**

1. Es ist hilfreich, sich im Alphabet gut auszukennen, um gesuchte Wörter schnell zu finden. Übe das Alphabet immer wieder, damit du Wörter schneller findest.
   - Die Wörter in einem Wörterbuch stehen in der Reihenfolge des Alphabets. So stehen die Wörter mit Anfangsbuchstaben „A“ ganz vorne und die mit Anfangsbuchstaben „Z“ ganz hinten.
   - Auch die nachfolgenden Buchstaben sind nach dem Alphabet geordnet. Z. B. findet man die Wörter *Paddel, Pause, Pyramide* unter „P“. *Paddel* und *Pause* stehen vorne, weil ihr zweiter Buchstabe „a“ ist. Pyramide steht weit hinten, weil der zweite Buchstabe „y“ erst am Ende des ABC kommt. *Paddel* und *Pause* werden weiter nach ihrem dritten Buchstaben geordnet. Also steht *Paddel* vor *Pause*, weil „d“ vor „u“ im ABC kommt. So werden alle Buchstaben der Wörter nacheinander nach dem ABC geordnet.
2. In allen Wörterbüchern findet man „Kopfzeichen“. Das sind Zeichen oder Wörter, die links oder rechts oben auf einer Seite stehen. Diese zeigen das erste und letzte Wort der jeweiligen Seite an. Sie helfen dir dabei, dich zu orientieren.

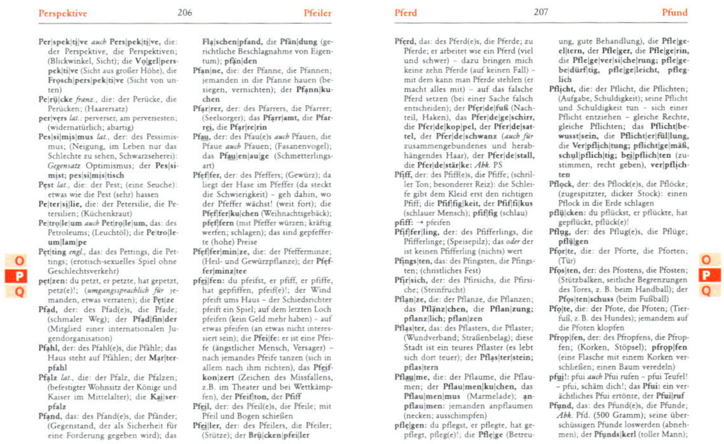


**Digital nach einem Wort suchen:**

1. Gib zunächst den Begriff „Wörterbuch“ in eine Suchmaschine im Internet ein und schau dir verschiedene Wörterbücher an. Sprecht in der Klasse darüber, welche Aufmachung und Herangehensweise der angesehenen Wörterbücher dich am meisten anspricht.
2. In der Regel haben digitale Wörterbücher ein Suchfeld, in das du dein Wort eingeben kannst. Meist kommen nach wenigen eingegebenen Buchstaben bereits Vorschläge, um welches Wort es sich handeln könnte. Das hilft vor allem dann, wenn du dir unsicher bist, wie ein Wort geschrieben wird.

**Sowohl Wörterbücher als auch digitale Nachschlagewerke können dir bei der richtigen Rechtschreibung eines Wortes helfen. Sie verraten zusätzlich etwas über die Bedeutung und Herkunft eines Wortes.**
**Recherchiere daher auch zu Hause in einem Wörterbuch, wenn du dir unsicher bist, wie ein Wort geschrieben wird oder welche Bedeutung ein bestimmtes Wort hat.**

# Zwischen *s*, *ß* und *ss* unterscheiden

**Herr Doblinger erklärt, dass man den *s*-Laut stimmhaft (summend wie eine Biene) wie in *brausen* oder stimmlos (zischend wie eine Schlange) wie in *Maus* aussprechen kann. Für die Rechtschreibung ist diese Unterscheidung wichtig.**

**1** Lest die folgenden Wörter und bestimmt, ob das *s* stimmhaft oder stimmlos ist.

*Hasen – hassen* *reisen – reißen* *lasen – lassen*
*Riesen – genießen* *Strauß – Maus* *Preis – heiß*

**2** Herr Doblinger hat noch einen Tipp für die Klasse: Bei einsilbigen Wörtern kann man nicht hören, ob sie am Ende mit *s* oder *ß* geschrieben werden. Erst wenn du das Wort verlängerst, hörst du, ob das *s* stimmhaft oder stimmlos ist.

a) Bilde zu den einsilbigen Wörtern eine längere Form und entscheide, wie der *s*-Laut verschriftlicht wird.

*Fu?* *Gla?* *Hau?* *hei?* *Prei?* *Spa?* *die?* *Krei?*

b) Vervollständige den folgenden Merksatz von Julian, wann man am Wortende ein s schreibt, obwohl der *s*-Laut stimmlos gesprochen wird.

*Obwohl der s-Laut stimmlos gesprochen wird, schreibt man am Wortende ein s, wenn …*

**3** Bilde Sätze, in denen möglichst viele Wörter mit *s* und *ß* vorkommen. Es dürfen auch unsinnige Sätze sein, z. B.:
*Der Kloß grüßt, grinst und genießt das Eis.*

**!**

## Stimmhaftes und stimmloses *s*

Wenn du dir die Ohren zuhältst und das Wort *reisen* aussprichst, kannst du das *s* in deinen Ohren summen hören. Diesen Laut nennt man **stimmhaftes *s***, das wird **immer als *s* geschrieben**.
In einem Wort wie *reißen* hörst du den ***s***-Laut nur leise zischen. Deswegen nennt man ihn **stimmloses *s***. Dieses kann als ***s, ß* oder *ss* geschrieben** werden. Mithilfe der Verlängerungsprobe kannst du herausfinden, welche Schreibung am Wortende die richtige ist.
**Die Schreibung der *s*-Laute**
Achte auf den vorherigen Vokal:
Ist der **Vokal lang**, schreibt man ***ß***: *Grü-ße*
Ist der **Vokal kurz**, schreibt man ***ss***: *Küs-se*
Auch ***ei, ie, au, äu, eu*** gehören zu den langen Vokalen. Nach ihnen steht **niemals** ein ***ss***: *beißen, draußen*.

**4** Sprich die Wörter deutlich aus und erkläre, wann man *ss* und wann *ß* schreibt. Achte dabei auf die Vokale. Der Merkkasten auf Seite 276 hilft dir dabei

*Klasse – Straße – Fässer – Gefäß – Flüsse – Füße – Schlösser – Größe*

**5** Sprich auch diese Wörter deutlich aus und entscheide dich mithilfe des Merkkastens für die richtige *s*-Schreibung.

*Schü_e – Grü_e – Ta_e – Spro_e – Fü_e – Stö_e – Nü_e – Flo_e – Ka_e*

a) Schreibe die Wörter richtig auf.
b) Markiere in den Wörtern die langen Vokale mit einem Strich darunter.

**6** Die folgenden Verben werden wegen ihrer besonderen *s*-Schreibung häufig falsch geschrieben. Übertrage die Tabelle in dein Heft und vervollständige sie.

| Präsens | Präteritum | Perfekt |
|---|---|---|
| *ich esse* | … | … |
| | *ich goss* | |
| | | *ich habe gebissen* |
| *ich zerreiße* | | |

**7** In seiner Nachricht an Toni, hat Julian Schwierigkeiten mit der *das*- und *dass*-Schreibung. Hilf ihm, indem du die Lücken entweder mit dem Wort *dass* oder *das* vervollständigst. Nutze hierzu die Portalvorlage oder bearbeite die interaktive Aufgabe. Notiere anschließend die Begründung für deine Wahl.

**Aufgabe 7**
Portalvorlage + interaktive Aufgabe
WES-128413-187

*Hey Toni,*
*ich höre, ??? du dich erkältet hast. ??? finde ich sehr schade. So kannst du am Wochenende wohl kaum mit zu unserem Auswärtsspiel. ??? ist echt ein herber Verlust für das Team. Ich weiß ja, ??? du gerne dabei wärst! Ich bin mir sicher, ??? du beim nächsten Mal dabei bist. Ich hoffe, ??? es dir schnell besser geht.*
*Ciao*

## *das* oder *dass*

Vielen fällt es schwer, zu entscheiden, in welchen Fällen man ***das*** oder ***dass*** schreibt. ***Das*** schreibst du, wenn du es als **Artikel** oder **Pronomen** (Relativ- oder Demonstrativpronomen) nutzt. Ob es sich um einen Artikel oder Pronomen handelt, findest du heraus, indem du ***das*** durch die Wörter ***dies, dieses*** oder ***welches*** ersetzt. Wenn der Satz dann noch Sinn macht, schreibst du ***das***.
Macht der Satz dann keinen Sinn mehr, schreibst du ***ss***, denn es handelt sich bei ***dass*** um die **Konjunktion**. Die **Konjunktion *dass*** steht häufig nach **Verben des Sagens**, **Fühlens** oder **Denkens**, z. B.: *Ich denke, dass du gerade träumst.*

# *ä* und *äu* von *e* und *eu* unterscheiden

**1** Lies die Wörter und schreibe sie als Wortpaare auf: *jährlich – Jahr*

| | | | | | |
|---|---|---|---|---|---|
| *sauber* | *jährlich* | *mächtig* | *ernähren* | *Verkäuferin* | *baden* |
| *Traum* | *läuten* | *zähmen* | *verlängern* | *kämmen* | *laut* |
| *säubern* | *lang* | *Kamm* | *kaufen* | *Nahrung* | *Macht* |
| *zahm* | *Jahr* | *träumen* | *Bäder* | | |

**2** Hier haben sich fünf Wortfamilien vermischt. Schreibe sie geordnet auf:
*Angst, ängstlich, …*

| | | | | |
|---|---|---|---|---|
| *Angst* | *länger* | *ängstlich* | *angstvoll* | *Alte* |
| *arm* | *zählen* | *am längsten* | *Alter* | *verlängern* |
| *lang* | *ärmer* | *am ärmsten* | *verarmt* | *gezählt* |
| *Zahl* | *älter* | *am ältesten* | *ärmlich* | *länglich* |
| *Ängste* | *bezahlen* | *erzählen* | *beängstigend* | *veraltet* |

**Aufgabe 3**
**interaktive Aufgabe**
WES-128413-188

**3** Leyla hat für die Schülerzeitung folgenden Text über ihren Traum, Fußballerin zu werden, verfasst. Dabei hat sie noch einige Schwierigkeiten bei der Schreibung von Wörtern mit *ä/äu* und *e/eu*. Ihr sind 11 Fehler unterlaufen. Schreibe den Text richtig auf oder bearbeite die interaktive Aufgabe. Der Merkkasten hilft dir dabei.

*Immer wenn ich auf einem der vielen Sportpletze in der Region spiele, treume ich davon, speter einmal eine richtige Torjegerin zu werden. Auch wenn ich schon einige Bälle über Zeune oder Fangnetze geschossen habe, glaube ich fest an meine Chance. Mein Trainer sagt, dass ich nicht engstlich sein darf und als Stürmerin dorthin gehen muss, wo es weh tut. Außerdem habe ich den Vorteil, dass ich eine gute Leuferin bin. Meine Sterke ist es auch, hart zu schießen und Bälle ins Tor zu gretschen. Nässe, Kelte und schäußliches Wetter machen mir gar nichts aus. Dafür liebe ich den Sport zu sehr. Ich hoffe daher sehr, dass ich in einigen Jahren Fußballprofi sein werde.*

**!**

## Wörter mit *ä* und *äu* von *e* und *eu* unterscheiden

Die meisten Wörter mit ***ä*** und ***äu*** stammen von Wörtern ab, die in ihrer **Kurzform** (in ihrem Wortstamm) mit ***a*** oder ***au*** geschrieben werden: *ängstlich ↔ Angst, säuerlich ↔ sauer*.
Wenn du unsicher bist, ob ein Wort mit ***ä*** oder ***äu*** geschrieben wird, suche in der **Wortfamilie** nach einem Wort mit ***a*** oder ***au***.

# Präfixe richtig schreiben

**1** Herr Doblinger hat in Leylas Aufsatz falsch geschriebenen Wörter unterstrichen. Lies den Abschnitt und überlege, warum Leyla diese Wörter falsch geschrieben haben könnte.

*Obwohl er mir das Versteck nicht veraten hat, konnte ich anehmen, dass es im Keller sein würde. Auf dem Weg nach unten bekam ich plötzlich etwas Angst. Ich beruhigte mich und sagte mir: „Das ist doch völlig unötig, bleib cool" …*

*Überprüft, wie ihr die Wörter ausgesprochen habt.*

**2** Die folgende Wortliste besteht aus Wörtern mit Präfixen.
a) Setzt die Wörter aus der linken Spalte zusammen und sprecht sie deutlich aus.
b) Trenne von den Wörtern der rechten Spalte jeweils das Präfix ab und schreibe die Wörter getrennt auf, z. B.: *annehmen → an-nehmen*

| | | |
|---|---|---|
| *ver-* | *-raten, -rückt* | *annehmen, annageln* |
| *ab-* | *-brechen, -biegen* | *weggehen, weggeben* |
| *zer-* | *-reißen, -reiben* | *unnötig, unnachgiebig* |
| *er-* | *-reichen,-richten* | *zerfließen, zerdrücken* |

**3** Formuliert einen Rechtschreibtipp, um Fehler wie in Aufgabe 1 zu vermeiden.

**4** Die Vorsilbe *ent-* kommt in vielen Wörtern vor.
a) Setze die Wörter zusammen und sprich sie deutlich aus.
b) Schreibe die Wörter ab, achte dabei auf die Großschreibung der Nomen. Überprüfe anschließend, auf welcher Silbe die Betonung liegt und markiere diese.

*Ent-/ent-* *-kommen, -gegen, -fernung, -setzlich, -werfen, -scheidung, -laufen -führen, -lang, -deckung, -täuschung, -spannen, -schuldigung, -zwei*

**5** Auch die Vorsilbe *end-* ist in vielen Wörtern zu finden.
a) Schreibe die Wörter richtig zusammengesetzt ab und achte auf die Großschreibung der Nomen.
b) Überprüfe, auf welcher Silbe nun die Betonung liegt und markiere diese.

*End-/end-* *-spiel, -stand, -los, -station, -gültig, -runde, -ergebnis, -lauf*

## Präfixe

Vor viele Wörter kann man sogenannte **Präfixe** (Vorsilben) setzen. Die Wörter erhalten dadurch eine neue Bedeutung, z. B.: *raten: er-raten, ver-raten, be-raten, ab-raten.* **Präfixe** sind immer vom **Wortstamm abtrennbar**, dieser hat aber weiterhin eine Bedeutung, z. B.: *ver-suchen → suchen* im Gegenteil zu *fertig* oder *Ferkel*.
**Vorsicht:** Die Präfixe ***ent-*** und ***end-*** gilt es zu **unterscheiden**. Das Präfix ***ent-*** bedeutet oft so etwas wie ***weg, fort***, z. B.: *entlaufen*. Das Präfix ***ent-*** bleibt **unbetont**. Das Präfix ***end-*** hat etwas mit dem Wort **Ende** zu tun, z. B.: *endlos*. Hier wird das ***end-*** betont.

# Suffixe richtig schreiben

*Ableitungen mit Suffixen bilden → S. 224*

**1** Folgenden Text möchte Leyla Julian in dessen Freundebuch schreiben. Bei einigen Wörtern ist sie sich aber unsicher, wie diese geschrieben werden.

a) Schreibe folgenden Text ab und ergänze jeweils die Endung *-ig* oder *-lich*. Der Merkkasten hilft dir dabei.

b) Lies den Text nun laut vor und betone die Wörter mit *-ig* und *-lich*.

*Julian ist sehr ehr???, anständ??? und total lust???. Doch manchmal ist er ein bisschen ungeduld???. Er kann sogar unglaub??? empfind??? sein, wenn ihn jemand ärgert. Doch meistens ist er fried??? und oft richt??? witz???.*

**2** Mithilfe der Suffixe *-ig* und *-lich* entstehen Adjektive.

a) Bilde aus den folgenden Wörtern Adjektive, indem du die angegebenen Suffixe anfügst. Achte auf die richtige Rechtschreibung. Beginne so: *Berg – bergig; Eis – …*

*-ig: Berg – Eis – Matsch – Sonne – Dreck*

*-lich: Abenteuer – Winter – Gefahr – Tag – Glück*

b) Schreibe einen kurzen Text, maximal eine halbe Seite, in welchem vier dieser Adjektive vorkommen.

**3** In den folgenden Wörtern hörst du am Ende den Laut *-lich*. Dennoch werden nicht alle diese Wörter mit *-lich* geschrieben. Schreibe die Wörter richtig auf.

*ärgerli-? – gemütli-? – gruseli-?*

*angweili-? – fürchterli-? – bläuli-?*

**4** Schreibe einen Text, in dem möglichst viele Wörter mit *-ig* oder *-lich* vorkommen. So kannst du beginnen:

*Neulich ging ich gemütlich von der Schule nach Hause. Zuerst war mir fürchterlich langweilig. Doch dann fiel mir plötzlich ein, …*

## Suffixe *-lich* und *-ig* richtig schreiben

Mit den **Wortbausteinen *-ig*** und ***-lich*** kannst du aus manchen **Nomen Adjektive** werden lassen. Wenn du unsicher bist, ob ein Wort mit *-ig* geschrieben wird, kannst du es verlängern. Dann hörst du das *g* deutlich, z. B.: *bergig* → *bergige Landschaft*. Wenn du ein *l* im Wort hörst, wird es meistens mit *-lich* geschrieben.

# Nomen erkennen und richtig schreiben

Nomen → S. 183

**1** Wer die folgenden fünf Wörter nicht kennt, kann nicht wissen, ob es Nomen sind oder nicht. Überlegt, welche von ihnen Nomen sein könnten.

*NACHEN* *ERLEN* *RÜMPFEN* *LUNTEN* *PIRSCHEN*

**2** Jetzt stehen dieselben Wörter in Sätzen.

a) Lies die Sätze genau.

Ⓐ *Ein NACHEN ist ein kleiner Kahn.*
Ⓑ *Die ERLEN sind Bäume, die am Bach stehen.*
Ⓒ *Wenn Kinder etwas nicht mögen, dann RÜMPFEN sie die Nase.*
Ⓓ *Die LUNTEN sind die Schwänze von Füchsen.*
Ⓔ *Die Jäger PIRSCHEN sich an die Wildschweine heran.*

b) Jetzt kann man schon viel besser erkennen, welche der Wörter Nomen und welche Verben sind. Schreibe die Sätze mit der richtigen Groß- und Kleinschreibung ab und unterstreiche die Nomen.

**Nomen** schreibt man immer **groß**. Es gibt im Satz verschiedene **Signale**, die darauf hindeuten, dass es sich um ein Nomen handelt.

⚠ **Signal: bestimmter und unbestimmter Artikel**

Artikel → S. 187

**3** Die Klasse 5b hat zum Umwelttag der Schule eine Imkerei besucht. Julian hat darüber einen Text für die Schülerzeitung verfasst. Dabei hat er alle Nomen klein geschrieben. Herr Doblinger gibt ihm zur Verbesserung des Textes den Tipp, dass vor jedem Nomen in diesem Text ein Artikel steht.

a) Lies zunächst Julians fehlerhaften Text.

*Der besuch in der imkerei startete super. Es gab eine torte für die klasse. Kaum war die torte auf dem tisch, summten jedoch die anderen gäste über die terrasse. Sie sind zwar ungebeten, aber das stört die tiere nicht. Der obstkuchen lockte aber nicht die bienen sondern die wespen an. Schnell noch eine runde über den tisch gedreht, und der sturzflug auf die beute beginnt. Wenig später verschwand schon das erste tier mit einem bröckchen aus einer frucht.*

b) Markiere auf der Portalvorlage alle bestimmten Artikel blau und alle unbestimmten Artikel gelb oder bearbeite die interaktive Aufgabe.

c) Schreibe anschließend die Nomen mit Artikel richtig auf und ordne sie nach den Artikeln: *bestimmter Artikel + Nomen: der Besuch; …*
*unbestimmter Artikel + Nomen: eine Torte;…*

**Aufgabe 3b)**
Portalvorlage + interaktive Aufgabe
WES-128413-189

**4** Schreibe nun den Rest von Julians Text verbessert auf. Achte dabei auf die richtige Groß- und Kleinschreibung. Der Merkkasten hilft dir dabei. Denke auch daran, Satzanfänge großzuschreiben.

nach dem gelungenen start erfuhren wir, dass der bienenhonig von den menschen schon immer begehrt wurde. in der antike war der honig nicht nur ein lebensmittel. er diente auch der schönheitspflege und der heilung. mit dem honig konnte man sogar die schulden, die man gemacht hatte, bezahlen. der bienenhonig blieb auch in den jahren danach wertvoll. wer einen baum fällte, der von einem bienenschwarm bewohnt wurde, wurde hart bestraft. das kostete ihn eine hand oder das vermögen. da können wir heute froh sein, dass in dem supermarkt von nebenan das honigregal gut gefüllt ist.

**!**

## Der Artikel als Signal für die Großschreibung

**Artikel** weisen auf Nomen hin, z. B.: *der Lauf, ein Lauf; die Kerze, eine Kerze; das Spiel, ein Spiel*. Die **Artikelprobe** besagt: Kann man einen **bestimmten** oder einen **unbestimmten** Artikel **vor ein Wort** setzen, dann ist das Wort ein **Nomen** und muss **großgeschrieben** werden.
**Beachte:** Nicht immer folgt unmittelbar nach dem Artikel das Nomen! Zwischen Artikel und Nomen kann sich ein Adjektiv (Eigenschaftswort) schieben, z. B.:
*der schnelle Lauf, die brennende Kerze*

**⚠ Signal: versteckter Artikel**

**5** Nach dem Besuch beim Imker berichtet Cem am darauffolgenden Montag in der Klasse, dass er am Wochenende ein Erlebnis mit einer Hummel hatte.
a) Lies den Text zunächst aufmerksam durch.

Wie jeden Samstag ging ich zum Schwimmtraining. Wie immer bin ich zunächst vom Einmeterbrett ins Wasser gesprungen. Beim Auftauchen hörte ich es schon summen. Da sah ich eine große Hummel, die mich im Flug direkt anvisiert hatte. Ich versuchte schnell zum Beckenrand zu schwimmen. Doch die Hummel verfolgte mich. Ich wurde ganz panisch und beim Versuch nach dem Tier zu schlagen, schluckte ich Wasser und musste mich am Beckenrand festhalten. Die Hummel war verschwunden. Meine Trainerin meinte, dass sie mich noch nie so schnell schwimmen sah.

b) In diesem Text sind die meisten Artikel versteckt. Schreibe sie mithilfe des Merkkastens auf: *zum Schwimmtraining, …*

**!**

## Der versteckte Artikel als Signal für die Großschreibung

Die Wörter, die einen **versteckten Artikel** enthalten, muss man sich gut **einprägen**. Sie sind häufig Signale für die **Großschreibung** von Wörtern:
*am → an dem* *ins → in das* *ans → an das* *vom → von dem*

## Signal: Possessiv- und Demonstrativpronomen

Pronomen → S. 191 ff.

**6** Julian, Mia, Cem und Leyla sitzen am Samstagnachmittag vor dem Radio und hören sich die Liveübertragung ihrer Lieblingsfußballmannschaft an.

a) Lies den Textausschnitt zu der Liveübertragung genau durch.

Vor dem Spiel war sein Selbstvertrauen nahezu weg und es galt als sicher, dass sein Vertrag nicht verlängert werden würde. Doch nun, nach den beiden Toren sieht alles etwas anders aus. Mit dieser Schusstechnik und seiner Kopfballstärke drückte er dem Spiel seinen Stempel auf. Zweifelsohne wird sein Marktwert nach diesem Spiel deutlich steigen. Wir können gespannt sein, wie viele Tore dieser Stürmer in dieser Saison noch schießen wird ...

b) Du findest darin 13 Nomen. Vor neun Nomen steht ein Pronomen. Schreibe die Nomen mit dem dazugehörigen Pronomen heraus und markiere diese sowie den ersten Buchstaben des Nomens. Der Merkkasten hilft dir dabei.
Beginne so: *sein Selbstvertrauen, ...*

**7** In den Sätzen A–F fehlen Pronomen. Setze die Pronomen aus dem *Wortspeicher* richtig ein.

*diesem – seines – ihre – sein – dieser – seiner*

Ⓐ *Der Mittelstürmer schoss erstes Tor in der 13. Spielminute.*
Ⓑ *Wieder einmal rettete der Torwart Mannschaft den Sieg.*
Ⓒ *Es ist klar, dass man mit Leistung nicht gewinnen kann.*
Ⓓ *Die Fans lieben Mannschaft, auch wenn es nicht immer rund läuft.*
Ⓔ *Trotz des Eigentors war der Trainer mit der Leistung Abwehrchefs zufrieden.*
Ⓕ *Viele Fans waren sich sicher, dass sie nach Spiel Tabellenführer sein werden.*

**8** Schreibe den folgenden Text verbessert ab.

Julian war sich sicher, dass dieses spiel darüber entscheiden würde, ob ihre lieblingsmannschaft weiter in der bundesliga spielen würde. „Mein tipp ist, dass wir gewinnen“, war sich Cem sicher. Doch Julian war nicht so zuversichtlich. „Unser torwart war lange verletzt und unsere fans machen kaum noch stimmung. Aber ich hoffe, dass unsere stürmer zumindest ihre ladehemmung überwunden haben.“

### Pronomen als Signal für die Großschreibung

**Pronomen** signalisieren, dass das Wort nach ihnen ein **Nomen** ist und somit **großgeschrieben** werden muss.
**Possessivpronomen:** *mein Fahrrad, ihr Geschenk, seine Angst, unsere Freunde ...*
**Demonstrativpronomen:** *diese Tasche, dieser Stand ...*
**Beachte:** Nicht immer folgt unmittelbar nach dem Pronomen das Nomen! Zwischen Pronomen und Nomen kann sich ein Adjektiv schieben, z. B.: *mein neues Fahrrad.*

Ableitungen mit Suffixen bilden → S. 224

## Signal: Suffix (Nachsilbe)

**9** Seht euch die sieben Wortpaare an. Ein Wort davon ist immer ein Nomen und muss großgeschrieben werden. Es hat ein „eingebautes" Signal. Benennt die Nomen.

*schön – schönheit* *sendung – senden* *finsternis – finster*
*sauber – sauberkeit* *erben – erbschaft* *reich – reichtum*
*erzeugen – erzeugnis*

**10** Schreibt die Nomen aus Aufgabe 9 geordnet nach den verschiedenen Signalen auf. Ergänzt die Übersicht durch je drei weitere Beispiele.

*-ung: …* *-heit: Schönheit …* *-keit: …*
*-nis: …* *-tum: …* *-schaft: …*

**11** Nomen mit den Suffixen *-ung, -heit, -keit, -nis, -tum, -schaft* stammen von Verben oder Adjektiven ab. Ordne die Nomen unten danach, ob sie von einem Verb oder einem Adjektiv abstammen. Schreibe die Nomen mit dem Artikel auf und unterstreiche das jeweilige Suffix.

*Zeichnung – Frechheit – Hoffnung – Dummheit – Flüssigkeit – Erlaubnis – Erzählung – Sauberkeit – Fröhlichkeit – Verzeichnis – Werbung – Ergebnis – Rechnung – Seltenheit – Krankheit – Geheimnis – Reichtum*
Abstammung vom Verb: *die Zeichnung → zeichnen …*
Abstammung vom Adjektiv: *die Flüssigkeit → flüssig …*

**12** Lies den folgenden Text mit den Fantasiewörtern. Schreibe die Wörter, die du als Nomen erkannt hast, zusammen mit den Signalen auf.

### fantastische nomen

Arima schribbelte einen bruff an ihre limste fründane. Arima bunitzte dagur einen nüen fugger. Den hatte Arima beim vorlusenwebwab am wochante geworren. Arimas leiseltung hatte die zulauscherer begustert. Arima beschribbelte ihrer fründane im bruff, wie der webwab abgerullert war.

### Suffixe als Signale für die Großschreibung

Manche Wörter erkennt man sofort als Nomen, weil sie über ein „eingebautes" Signal verfügen. Dieses Signal für die Großschreibung nennt man **Suffix** (Nachsilbe). Es ist an das **Ende** des **Wortstamms** angefügt, z. B.:

*meld(en) + -ung → Meldung* *sicher + -heit → Sicherheit*
*reich + -tum → Reichtum* *sauber + -keit → Sauberkeit*
*erleb(en) + -nis → Erlebnis* *erb(en) + -schaft → Erbschaft*

# Überprüfe dein Wissen und Können

**1** Im folgenden Text sind 18 Fehler enthalten. Schreibe die falschen Wörter verbessert in dein Heft. Beispiel: *Mehr → Meer*

Julian verbringt die Ferien bei seiner Tante in Italien am Mehr. Seine Tante ist eine leidenschafftliche Köchin. Am ersten Abend kocht sie für Julian ein interesantes Gericht, das dieser gleich neugirig probiert. Das Essen wird in einer großen Pfane auf den Tisch gestelt. Julian nimmt sich einen Löfel und kostet davon. Zuerst schmekt es süslich, dann sehr stark nach Kohl und Walnüssen. Plötzlich fengt es in seinem Mund an zu brennen. Pfefer! Julians Lippen werden feuerot. Dieses Essen ist höllisch scharf! Julian beginnt, vom Kopf bis zu den Zeenspitzen zu schwitzen. Er rennt zum Küchenschranck, hohlt sich ein Glas und füllt es mit Wasser. In großen Schlucken trinkt er es aus. Doch erst als seine Tante ihm Broot reicht, hört es allmählich auf zu brennen. Nach ein par Minuten geht es ihm schon ein bischen besser.

**2** Welche drei Aussagen sind richtig? Am Ende des Satzes findest du jeweils ein Wort in Klammern. Setzt die Wörter der richtigen Antworten in der richtigen Reihenfolge zusammen und du erhältst das Lösungswort.

- *Ein Verb weist darauf hin, dass das nachfolgende Wort ein Nomen ist und großgeschrieben werden muss. (SPIEL)*
- *Ein Artikel weist darauf hin, dass das nachfolgende Wort ein Nomen ist und großgeschrieben werden muss. (PROFI)*
- *Alle Wörter, bei denen das Suffix -lich am Ende des Wortstammes steht, sind Nomen und werden großgeschrieben. (TRAUM)*
- *Versteckte Artikel sind häufig ein Signal für die Großschreibung von Nomen. (SCHREIB)*
- *Pronomen wie „sein“ und „dieser“ begleiten Nomen und weisen auf deren Großschreibung hin. (RECHT)*

**3** Im folgenden Text von Cem sind fünf Fehler enthalten. Finde sie und schreibe die Wörter mit den Signalen richtig auf.

Ich bin jemand, der am morgen gern einmal verschläft. Meine Eltern besitzen seit Jahren einen schönen, alten Wecker. Den haben sie mir geschenkt, und den stelle ich nun jeden Abend brav auf 6:30 Uhr. Es ist schon eine richtige gewohnheit geworden. Eines Tages wurde ich durch das laute geräusch des Weckers aus meinen schönen träumen gerissen. Ich wollte schon aus dem Bett springen, da fiel mein Blick auf den Wecker: Es war erst 3:30 Uhr! Sicherlich hatte ich ihn gestern vor lauter Müdigkeit falsch gestellt. Da war ich aber froh. Jetzt hieß es nur noch: Bettdecke bis an die Nase ziehen und noch drei stunden schlafen.

Seite 285
Lösung
WES-128413-190

# Zeichensetzung

**1** Unten findet ihr jeweils zweimal denselben Satz, allerdings sind an verschiedenen Stellen Kommas gesetzt.
a) Lest die Sätze zunächst laut vor.

Computer arbeitet nicht, ausschalten!

Computer arbeitet, nicht ausschalten!

Komm, wir essen Opa!

Komm, wir essen, Opa!

Schüler/-innen sagen, Lehrkräfte haben es gut.

Schüler/-innen, sagen Lehrkräfte, haben es gut.

b) Erklärt, welche Bedeutung die Sätze jeweils haben.
c) Begründet mithilfe der Beispiele aus Aufgabe 1a), warum es so wichtig ist, die richtige Zeichensetzung zu beherrschen.

**2** Auch Satzschlusszeichen sind wichtig für die Bedeutung eines Satzes.
a) Lest folgende Sätze, die mit verschiedenen Satzschlusszeichen enden, laut vor.

Das kannst du nicht machen.

Das kannst du nicht machen!

Wir gehen heute nach der Schule ins Schwimmbad.

Wir gehen heute nach der Schule ins Schwimmbad!

b) Erklärt, wie sich die Bedeutung der Sätze durch die verschiedenen Satzschlusszeichen verändert.

**In diesem Kapitel lernst du (,) …**
- wie du deine Absicht mithilfe von Satzschlusszeichen verdeutlichst.
- die wörtliche Rede richtig zu kennzeichnen.
- das Komma in Aufzählungen, Satzreihen und Satzgefügen richtig zu setzen.

# Satzschlusszeichen

Die Ferien stehen bevor. Emma und Leyla freuen sich schon und unterhalten sich über ihre Pläne.

*Aussagen, Fragen, Ausrufe und Aufforderungen erkennen* → *S. 255*

**1** Lest das Gespräch der beiden Mädchen mit verteilten Rollen.

*Was macht ihr denn in den Ferien Wisst ihr das schon*

*Das ist ja cool Ich beneide dich so*

*Meinst du das ernst Haben deine Eltern auch nichts dagegen*

*Wenn nichts dazwischen kommt, fahren wir in einen Freizeitpark und gehen ins Schwimmbad*

*Dann frag doch deine Eltern, ob du mitkommen darfst*

**2** Benennt am Ende jedes Satzes das passende Satzschlusszeichen und begründet eure Entscheidung. Der Merkkasten hilft euch dabei.

**Aufgabe 3**
interaktive Aufgabe
WES-128413-191

**3** Auch in dem folgenden Text fehlen die Satzschlusszeichen. Schreibe den Text ab und setze die Satzschlusszeichen richtig ein oder bearbeite die interaktive Aufgabe.

Am zweiten Ferientag fuhr Emma mit Leyla und ihrer Familie in den Freizeitpark □
„Bin ich aufgeregt □“, kreischte Leyla, als sie von Weitem die gewaltige Achterbahn und das Riesenrad sah.
Ob sie sich trauen würde, mit der Achterbahn zu fahren □
Wahrscheinlich nicht □
Langsam bog das Auto von Leylas Vater auf den Parkplatz ein □
Auch Emma rutschte mittlerweile aufgeregt auf ihrem Sitz hin und her □
„Wir sind da □ Alle aussteigen □“, rief Leylas Vater.

## Satzschlusszeichen

Jeder Satz endet mit einem Satzschlusszeichen. Insgesamt gibt es **drei verschiedene**.

- Der **Punkt** (.) steht nach Aussagesätzen. In einem **Aussagesatz** gibst du eine **Information** wieder, **erzählst** oder **berichtest** etwas.
- Das **Fragezeichen (?)** steht am Ende einer **Frage**. Du stellst sie jemandem und erwartest eine Antwort.
- Das **Ausrufezeichen (!)** steht nach einer **Aufforderung**, wenn jemand etwas tun soll. Es kann aber auch am Ende eines **Ausrufs** stehen.

# Das Komma bei Aufzählungen

**Die Schülerinnen und Schüler der Klasse 5b sprechen im Deutschunterricht bei Herrn Doblinger über ihre Hobbys.**

Aufgabe 1
Portalvorlage
WES-128413-192

**1** Setze in den folgenden Text die fehlenden Kommas ein. Du kannst dafür die Portalvorlage nutzen. Der Merkkasten hilft dir dabei.

*Mias Hobbys sind Fotografieren Zocken Schwimmen und Freunde treffen. Cem interessiert sich für Zocken Computer Tiere und seine Freunde. Ganz andere Hobbys hat dagegen Sophie, sie mag Reiten Lesen und Fahrradfahren.*

*Zocken ist das Hobby von Mia Cem Ferdinand Emma sowie Amira. Und Ferdinand Emma Sophie und Paul lesen gerne.*

* **2** Auch in deiner Klasse gibt es manche Schülerinnen und Schüler mit den gleichen Hobbys, aber auch manche, die ein außergewöhnliches Hobby ausüben.
a) Notiere dir von vier Mitschülern bzw. Mitschülerinnen deren Hobbys.
b) Schreibe nun einen kurzen Text, in welchem du die Hobbys der vier vorstellst. Orientiere dich dabei an den Beispielen in Aufgabe 1. Achte auf die richtige Kommasetzung.
c) Tausche mit einem Mitschüler oder einer Mitschülerin den Text aus. Überprüft gegenseitig, ob die Kommas richtig verwendet wurden.

**3** Verbessere den folgenden Text, indem du an einigen Stellen *und* weglässt und stattdessen ein Komma setzt, sodass die Sätze besser klingen. Schreibe den verbesserten Text auf.

*Zum Fußballtraining fahre ich montags und mittwochs und freitags. Zum Skaten gehe ich dienstags und donnerstags und manchmal sonntags. Jeden dritten Dienstag und jeden Samstag und jeden Feiertag besuche ich meine Oma. Dort gibt es dann immer heißen Kakao, leckeren Apfelsaft und frischen Streuselkuchen und selbstgemachtes Erdbeereis.*

## Das Komma in Aufzählungen

In **Aufzählungen** werden **Wörter und Wortgruppen durch Kommas abgetrennt**.
- **Wörter:** *Deutsch, Englisch, Mathematik sind Hauptfächer.*
- **Wortgruppen**: *Wir haben fünf Stunden Deutsch, zwei Musikstunden, drei Sportstunden pro Woche.*

Man setzt aber **kein Komma**, **wenn** zwischen den **aufgezählten** Wörtern oder Wortgruppen die Wörter **und, oder, sowie stehen**:
*Deutsch, Biologie und Sport sind meine Lieblingsfächer.*
*Deutsch, Biologie oder Sport sind meine Lieblingsfächer.*
*Deutsch, Biologie sowie Sport sind meine Lieblingsfächer.*

# Das Komma zwischen Sätzen

## Das Komma zwischen Hauptsätzen

**Die Klasse 5b befasst sich in Geografie momentan mit dem Thema „Vulkane". Heute lernen die Schülerinnen und Schüler, wie es zu einem Vulkanausbruch kommt.**

*Hauptsätze verbinden: Satzreihe → S. 259*

**1** Die Geografielehrerin zeigt den Schülerinnen und Schülern zunächst drei Zeichnungen.

a) Beschreibe die Bilder und schreibe die drei Sätze auf.

*Rauch steigt auf.* *Der Vulkan bricht aus.* *Lava läuft den Berg hinunter.*

b) Verbinde alle drei Sätze nun zu einem Satz. Der Merkkasten hilft dir dabei.

**2** Der folgende Text informiert genauer darüber, wie es zu einem Vulkanausbruch kommt. Der Text besteht allerdings nur aus Hauptsätzen.

a) Lies ihn zunächst aufmerksam durch.

b) Schreibe den Text ab. Verbinde, wo dies Sinn ergibt, die Hauptsätze entweder durch ein Komma oder mit *und*. Der Merkkasten hilft dir.

*Die Erde besteht aus mehreren Schichten. In der Mitte liegt der Erdkern. Um den Erdkern herum befindet sich der Erdmantel. Er besteht aus geschmolzenem Gestein. Dieses nennt man Magma. Umschlossen wird der Erdmantel von der Erdkruste. Auf dieser ziemlich dünnen Schicht leben wir. An einigen Stellen hat die Erdkruste Risse. Einige tiefe Risse reichen sogar bis zur Schicht mit dem Magma. Das Magma befindet sich ungefähr in einer Tiefe von 25 bis 100 Kilometern unter der Erdoberfläche. Es steht unter großem Druck. Bei besonders hohem Druck gelangt das Magma durch die Risse explosionsartig an die Erdoberfläche. Nun heißt das Magma Lava. An der Oberfläche kühlt die Lava ab. Sie bildet einen Hügel. So entsteht ein Vulkan. Durch diesen Vulkan kann immer wieder Magma an die Oberfläche gelangen.*

### Das Komma zwischen Hauptsätzen

**!**

**Zwischen Hauptsätzen** kannst du **anstelle eines Punktes auch ein Komma setzen**. Wenn **Hauptsätze durch ein Komma miteinander verbunden** werden, spricht man von einer **Satzreihe**. Eine Satzreihe besteht aus **mindestens zwei Hauptsätzen**. Werden die Hauptsätze beispielsweise mit ***und*** bzw. ***oder*** verbunden, muss kein Komma stehen.

**Hauptsätze:** *Leyla mag das Fach Biologie nicht. Emma kann Physik nicht leiden.*
**Satzreihe:** *Leyla mag das Fach Biologie nicht, Emma kann Physik nicht leiden.*

*Haupt- und Nebensätze verbinden: Satzgefüge → S. 260*

**Aufgabe 1b)**
**Portalvorlage + interaktive Aufgabe**
WES-128413-193

## Das Komma zwischen Haupt- und Nebensatz

**1** Im folgenden Text geht es um die größten Vulkane der Erde.

a) Lies den Text zunächst aufmerksam durch.

b) Markiere auf der Portalvorlage alle Nebensätze oder bearbeite die interaktive Aufgabe. Der Merkkasten hilft dir dabei.

*Der größte aktive Vulkan auf unserer Erde ist der Mauna Loa, der auf Hawaii zu finden ist. Er liegt ungefähr 4170 m über dem Meeresspiegel. Weil der Mauna Loa eher flach und breit ist, gehört er zu den Schildvulkanen. Schildvulkane entstehen immer dann, wenn die Lava besonders dünnflüssig ist.*

*Der größte Vulkan, der nicht mehr aktiv ist, ist der Mauna Kea. Auch er liegt auf Hawaii. Seit etwa 4000 bis 6000 Jahren kam es zu keinem Ausbruch mehr. Das ist aber keine Garantie dafür, dass der Vulkan nicht doch irgendwann wieder Lava spuckt. Da die Lava so dünnflüssig ist, sind Vulkanausbrüche auf Hawaii nicht explosiv.*

**2** Da Leyla sich verletzt hat und beim Arzt war, hat sie im Unterricht gefehlt.

a) Lies, was sie ihrer Klasse am nächsten Tag erzählt.

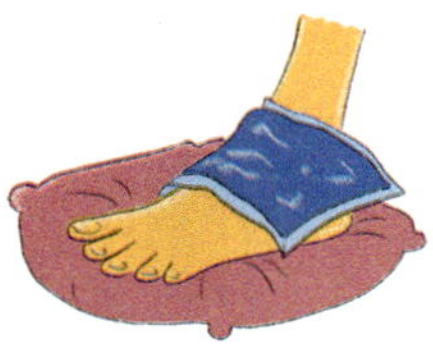

*„Ich konnte gestern nicht in die Schule gehen weil ich mich verletzt habe. Ich bin mit dem linken Fuß umgeknickt als ich die Straße überquert habe. Meine Mutter die immer alles besser weiß sagte zu mir dass das nur passiert ist weil ich nicht aufgepasst habe. Ich aber bin der Meinung dass es einfach Pech war. Beim Arzt musste ich lange warten bis ich an der Reihe war. Jetzt muss ich meinen Knöchel der sehr geschwollen ist die ganze Zeit kühlen."*

b) Schreibe den Text mit Platz zum Markieren ab.

c) Unterstreiche alle Nebensätze und kreise die Konjunktion bzw. das Relativpronomen, wodurch der Nebensatz eingeleitet wird, ein.

d) Setze die fehlenden Kommas. Der Merkkasten hilft dir dabei.

## Das Komma zwischen Haupt- und Nebensatz

Die **Verbindung aus Hauptsatz und Nebensatz** nennt man **Satzgefüge**. Haupt- und Nebensatz werden dabei durch ein Komma getrennt.

| **Hauptsatz (HS)** | **Nebensatz (NS)** |
|---|---|
| *Emma lernt Geografie,* | *weil sie eine Probe schreiben.* |
| | **Konjunktion** **finites Verb** |

Einen **Nebensatz** erkennst du daran, dass er **für sich allein keinen Sinn** ergibt, durch eine **Konjunktion** (z. B. *als, bis, damit, …*) **oder** ein **Relativpronomen** (z.B. *der, die, das, dessen, dem, den, …*) **eingeleitet** wird und das **finite Verb am Ende** steht.
Der Nebensatz kann

- **vor** dem Hauptsatz stehen: *Weil sie eine Probe schreiben, lernt Emma Geografie.*
- **nach** dem Hauptsatz stehen: *Emma lernt Geografie, weil sie eine Probe schreiben.*
- oder **im Hauptsatz** eingebettet sein: *Emma lernt, weil sie eine Probe schreiben, Geografie.*

**3** In dem Text über Pauls Fahrradunfall fehlen Konjunktionen und Kommas.

a) Lies den Text zunächst aufmerksam durch.

*Der Unfall wäre nicht passiert ... Paul sein Fahrrad geschoben hätte.*
*... sein Fahrrad kein Licht hatte fuhr er abends auf der Straße.*
*Sein Vater hatte ihm das verboten ... Paul hat nicht auf ihn gehört.*
*Ein Pkw hatte ihn nicht rechtzeitig gesehen ... musste deswegen scharf bremsen.*
*Trotzdem erfasste der Wagen Paul ... auch der Junge nicht ausweichen konnte.*
*Es gab einen lauten Knall ... Paul flog in hohem Bogen von seinem Rad.*
*Man konnte dann noch sehen ... Paul auf der Straße lag.*
*Nach kurzer Zeit kam schon der Krankenwagen ... eine Augenzeugin hat diesen gerufen.*
*... zum Glück nichts Ernstes passiert war konnte Paul schon bald das Krankenhaus wieder verlassen.*

b) Setze die passenden Konjunktionen (Bindewörter) und fehlende Kommas ein. Nutze dafür die Portalvorlage.

c) Unterstreiche alle Nebensätze und bestimme für jeden Satz, ob es sich um eine Satzreihe oder ein Satzgefüge handelt.

**Aufgabe 3b) + c)**
**Portalvorlage**
WES-128413-194

**4** Die folgenden Sätze sollen so miteinander verbunden werden, dass ein Satzgefüge entsteht. Dabei kann der Nebensatz vorne oder hinten stehen.

a) Verwende dazu die Konjunktion am Zeilenende und vergiss das Komma zwischen Haupt- und Nebensatz nicht. Schreibe deine Sätze auf.

| | | |
|---|---|---|
| Ferdinand liest oft Bücher über Vulkane. | Er interessiert sich für Vulkane. | *weil* |
| Toni lernt den Hefteintrag über die Vulkane ganz genau. | Er will in der Probe eine gute Note schreiben. | *da* |
| Ihre Geografielehrerin wird eine Probe über Vulkane schreiben. | Die Klasse 5b hat es gestern erfahren. | *dass* |
| Die Geografielehrerin weiß es noch nicht. | Die Klasse 5b will ein Vulkanmodell basteln. | *ob* |
| Amira findet das Thema Vulkane spannend. | Eigentlich mag sie das Fach Geografie nicht besonders. | *obwohl* |
| Sophies Familie fährt in den Urlaub nach Italien. | Sie will den Vulkan Ätna besichtigen. | *wenn* |
| Die Lehrerin befasst sich mit dem Thema „Vulkane“ ausführlich. | Alle Schülerinnen und Schüler der Klasse 5b verstehen es. | *sodass* |

b) Unterstreiche alle Nebensätze und umkreise die benutzte Konjunktion.

# Zeichensetzung bei der wörtlichen Rede

## Redebegleitsatz vor der wörtlichen Rede

**Emma, Leyla und Cem unterhalten sich über den Test, den sie heute im Englischunterricht bei Frau Miller geschrieben haben.**

**1** Lest die Sprechblasen zunächst vor.

**2** Wenn man aufschreiben will, was die drei Kinder gesagt haben, dann braucht man die Zeichensetzung bei der wörtlichen Rede.

a) Sprecht darüber, was ihr über diese noch aus der Grundschule wisst.

b) Schreibe nun auf, was Cem und Emma gesagt haben. Orientiere dich dabei an folgendem Beispiel: *Leyla jubelte: „Der Vokabeltest war ziemlich leicht!“*
Auch der Merkkasten hilft dir dabei.

*Wortfelder → S. 230*

c) Ergänze das Gespräch um weitere vier Sätze. Achte darauf, dass der Begleitsatz immer vorne steht und du das Verb *sagen* nicht zu oft wiederholst, sondern Alternativen benutzt.

d) Trage deine Lösung der Klasse vor.

## Die Zeichensetzung bei der wörtlichen Rede

Die wörtliche Rede gibt in einem Text **Aussagen** und **Gedanken von Personen** wieder. Sie besteht aus zwei Teilen, dem **Redebegleitsatz** und der **wörtlichen Rede**: Im **Redebegleitsatz** erfährt man, **wer etwas sagt**. In der **wörtlichen Rede** steht das, **was gesagt wird**.
Der **Redebegleitsatz** kann an drei verschiedenen Stellen stehen: **vor der wörtlichen Rede**, **nach der wörtlichen Rede** und **in der Mitte der wörtlichen Rede**.

**1. Möglichkeit:** Der **Redebegleitsatz** steht **VOR der wörtlichen Rede**.
Steht der Begleitsatz vorne, folgt **nach dem Begleitsatz** ein **Doppelpunkt**. Er kündigt die wörtliche Rede an. Die wörtliche Rede beginnt mit **Anführungszeichen (unten)** und endet **nach dem Satzschlusszeichen (!.?)** mit **Anführungszeichen (oben).**
Da die wörtliche Rede ein eigener Satz ist, wird das erste Wort großgeschrieben.

| **Redebegleitsatz** | **wörtliche Rede** |
|---|---|
| *Emma ruft:* | *„Leyla, wo bist du?“* |
| *Leyla antwortet:* | *„Ich bin in meinem Zimmer!“* |

## Redebegleitsatz nach der wörtlichen Rede

**Frau Miller hat der Klasse 5b heute den Vokabeltest zurückgegeben. Leider ist er nicht besonders gut ausgefallen und Frau Miller ermahnt die Klasse dazu, besser zu lernen.**

**1** Leylas Erinnerung daran ist etwas durcheinandergeraten.

a) Lies die wörtlichen Reden und die nebenstehenden Begleitsätze zunächst einmal durch.

| | |
|---|---|
| Ⓐ *Der Vokabeltest ist nicht gut ausgefallen* | ① *will sie wissen.* |
| Ⓑ *Habt ihr die Vokabeln überhaupt gelernt* | ② *fordert die Lehrerin.* |
| Ⓒ *Die Vokabeln müsst ihr können* | ③ *fügt sie hinzu.* |
| Ⓓ *Sonst werdet ihr in Englisch Probleme haben* | ④ *informiert Frau Miller.* |

b) Schreibe die Sätze ab und ordne dabei den wörtlichen Reden die passenden Redebegleitsätze zu.

c) Setze anschließend die fehlenden Zeichen: Fragezeichen, Ausrufezeichen, Anführungszeichen und Komma. Der Merkkasten hilft dir dabei.

d) Vergleicht eure Lösungen miteinander.

**2** Stelle die folgenden Sätze so um, dass der Redebegleitsatz am Ende steht. Achte dabei auf die richtige Zeichensetzung. Schreibe deine Lösung auf.

Ⓐ *Cem jammert: „Englischvokabeln kann ich mir einfach nicht merken!“*

Ⓑ *Leyla freut sich: „Zum Glück fällt mir das Vokabellernen leicht.“*

Ⓒ *Amira meint: „Wenn ich die Vokabeln gelernt habe, fragen mich meine Eltern immer ab. Das hilft mir.“*

Ⓓ *Cem sagt: „Vielleicht sollte ich meine Eltern auch mal fragen, ob sie mir helfen können?“*

Ⓔ *Ferdinand schlägt vor: „Wenn du willst, können wir für Englisch ab jetzt gemeinsam lernen.“*

### Die Zeichensetzung bei der wörtlichen Rede

**2. Möglichkeit:** Der **Redebegleitsatz** steht **NACH der wörtlichen Rede**.
Die Information, wer spricht, kann auch nach der wörtlichen Rede stehen. Der **nachgestellte Begleitsatz** wird **durch ein Komma von der wörtlichen Rede getrennt**.
Die **wörtliche Rede** beginnt mit **Anführungszeichen (unten)**. Ist die **wörtliche Rede** ein **Aussagesatz**, **wird am Ende der Punkt weggelassen**. Das **Fragezeichen** beim Fragesatz und das **Ausrufezeichen** beim Befehls- oder Ausrufesatz **werden** dagegen **nicht weggelassen**. **Die wörtliche Rede endet mit Anführungszeichen (oben)**.

| **Wörtliche Rede** | **Redebegleitsatz** |
|---|---|
| *„Leyla, wo bist du?“,* | *ruft Emma.* |
| *„Ich bin in meinem Zimmer!“,* | *antwortet Leyla.* |
| *„Dann komme ich zu dir“,* | *sagt Emma.* |

## Redebegleitsatz in der Mitte

**Leyla hat im Vokabeltest eine gute Note und zeigt ihre Arbeit zu Hause stolz ihrer Mutter.**

**1** Leyla und ihre Mutter unterhalten sich über den Test.
a) Lies den ersten Satz des Gesprächs der beiden durch.

*„Mama, stell dir vor", ruft Leyla, „ich habe im Vokabeltest eine Eins!"*

b) Erkläre mithilfe des Merkkastens, welche Zeichen gesetzt werden müssen, wenn der Redebegleitsatz in der Mitte steht.
c) Lies nun die beiden anderen Sätze durch.

*Das ist ja super freut sich die Mutter dass es so gut gelaufen ist*
*Das stimmt meint Leyla denn es gab viele in der Klasse, die keine gute Note haben*

d) Schreibe die zwei Sätze auf und setze die Zeichen bei der wörtlichen Rede richtig ein.

**Aufgabe 2**
**Portalvorlage**
WES-128413-195

**2** Auch Cem spricht zu Hause mit seinen Eltern über den Englischtest.
a) Lies auch dieses Gespräch durch.

Ⓐ *Als Cem die Haustür öffnet, ruft er Mama, Papa, ich bin wieder zu Hause*
Ⓑ *Und ich habe heute den Vokabeltest in Englisch zurückbekommen fügt er hinzu*
Ⓒ *Und wie ist es gelaufen wollen die Eltern wissen*
Ⓓ *Ganz ok antwortet Cem ich habe eine Drei geschrieben Leyla hat natürlich wieder eine Eins ergänzt er*
Ⓔ *Die Mutter lacht Englisch ist ja auch Leylas Lieblingsfach Dafür bist du in Deutsch besser*
Ⓕ *Ja schon meint Cem aber ich hätte die Vokabeln besser lernen können*

b) Markiere auf der Portalvorlage alle Redebegleitsätze.
c) Setze nun auch alle Zeichen bei der wörtlichen Rede richtig in die Sätze ein.
d) Vergleicht eure Lösungen.

### Die Zeichensetzung bei der wörtlichen Rede

**3. Möglichkeit:** Der **Redebegleitsatz** steht **in der Mitte**.
Handelt es sich bei dem Begleitsatz um einen eingeschobenen Begleitsatz, der zwischen der wörtlichen Rede steht, dann wird **vor und nach dem Begleitsatz ein Komma** gesetzt.
Das Satzschlusszeichen (?.!) steht immer vor dem letzten Anführungszeichen.

| Wörtliche Rede (Teil 1) | Redebegleitsatz | Wörtliche Rede (Teil 2) |
|---|---|---|
| *„Hast du Lust",* | *fragt Emma,* | *„dass wir ins Kino gehen?"* |
| *„Ich glaube",* | *erwidert Leyla,* | *„ich muss zu Hause helfen."* |

# Überprüfe dein Wissen und Können

**1** Setze bei den folgenden Sätzen das richtige Satzschlusszeichen ein. Nutze die Portalvorlage oder bearbeite die interaktive Aufgabe.

**Aufgabe 1**
Portalvorlage + interaktive Aufgabe
WES-128413-196

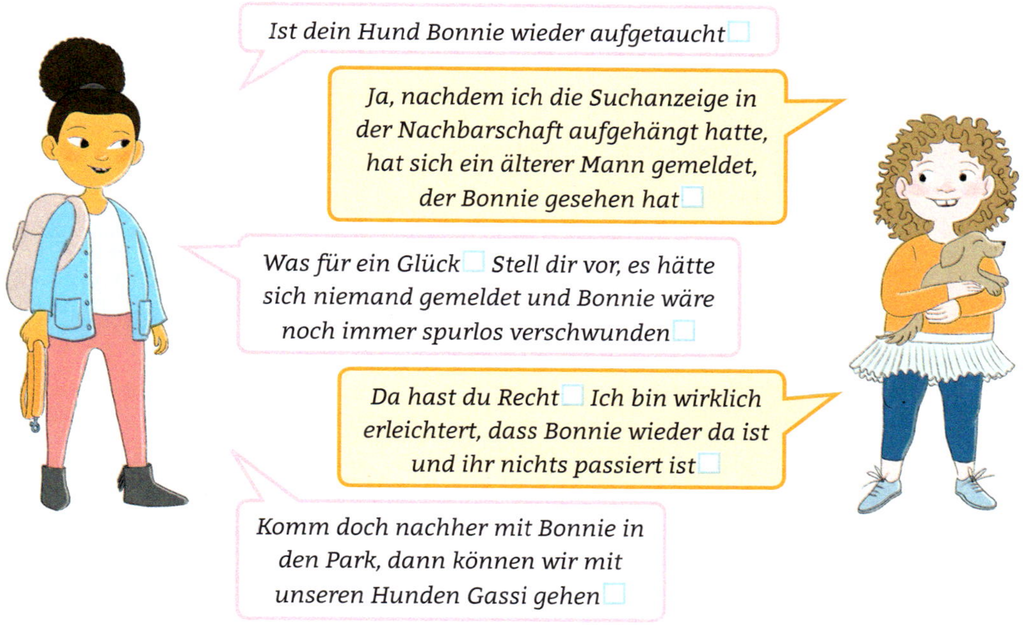


**2** Schreibe das Gespräch zwischen Amira und Mia auf. Beachte dabei die Zeichensetzung bei der wörtlichen Rede und halte dich an die folgenden Vorgaben:

- erste Aussage von Amira: Redebegleitsatz vorne
- erste Aussage von Mia: Redebegleitsatz in der Mitte
- zweite Aussage von Amira: Redebegleitsatz hinten
- zweite Aussage von Mia: Redebegleitsatz hinten
- dritte Aussage von Amira: Redebegleitsatz vorne

**3** In den folgenden Sätzen fehlen Kommas.

a) Setze die fehlenden Kommas. Nutze die Portalvorlage.

*Mia ist froh dass ihr Hund Bonnie wieder aufgetaucht ist.*
*Auch Amira freut sich darüber denn sie ist Mias beste Freundin.*
*Amiras Familie besitzt auch einen Hund der Socke heißt.*
*Die beiden Mädchen unternehmen gemeinsam viel mit ihren Hunden sobald sie ihre Hausaufgaben erledigt haben.*
*Sie gehen zum Beispiel im Park spazieren spielen Ball oder streifen durch den Wald.*
*Wenn das Wetter schlecht ist bleiben sie aber lieber zu Hause.*

b) Begründe für jeden Satz, warum ein Komma gesetzt werden muss.

**Aufgabe 3**
Portalvorlage
WES-128413-197

**Seite 295**
Lösung
WES-128413-198

# Methoden im Überblick

### Inhalte anschaulich darstellen – Das Plakat

Mit einem Plakat (auch Poster genannt) kannst du komplizierte Inhalte veranschaulichen. Bei der Gestaltung achtest du besonders auf eine ausreichende Größe und das passende Format, eine übersichtliche und sinnvolle Gliederung, große und gut lesbare Schrift sowie auf den ersten Blick erkennbare und eindeutige Abbildungen. → 13

### Rückmeldung geben

Rückmeldungen helfen dir dabei, zu merken, was du gut kannst und woran du für das nächste Mal noch arbeiten kannst. Wenn du selbst Rückmeldung gibst, achte darauf, dass deine Rückmeldung sachlich, nicht verletzend oder beleidigend und gut verständlich für dein Gegenüber ist. Wenn du eine Rückmeldung bekommst, achte darauf, erst einmal nur zuzuhören und über das Gehörte nachzudenken, bevor du auf die Rückmeldung eingehst. → 27

### Literarische Texte mit der 5-Schritt-Lesemethode erschließen

Einen schwierigen literarischen Text kannst du mithilfe der 5-Schritt-Lesemethode leichter verstehen. Die fünf Schritte im Überblick:

1. Einen Überblick verschaffen
2. W-Fragen an den Text stellen
3. Den Text genau lesen
4. Wichtiges zusammenfassen
5. Den Inhalt des Textes wiedergeben → 78

### Ein Rollenspiel vorbereiten und durchführen

Ein Rollenspiel ist wie ein kleines Theaterstück oder Schauspiel. Ihr könnt es in vielen Unterrichtssituationen einsetzen, z. B. um einen Text, eine Situation oder einen Dialog zu veranschaulichen. Rollenspiele eignen sich besonders dafür, sich in die Gefühle anderer Personen oder literarischer Figuren hineinzuversetzen. → 86

### Ein Lesetagebuch führen

Das Lesetagebuch gibt dir die Möglichkeit, deine Erfahrungen beim Lesen eines Buches auf deine eigene Weise auszudrücken und festzuhalten. Du kannst malen, zeichnen, basteln, kleben, schreiben, sammeln usw. Beginne mit einem Deckblatt, halte mit einem Leseprotokoll fest, wann du in deinem Buch liest und gestalte Steckbriefe zu deinen Lieblingsfiguren aus der Geschichte. → 94

### Sachtexte mit der 5-Schritt-Lesemethode erschließen

Sachtexte können manchmal sehr kompliziert sein und schwer zu verstehen. Die 5-Schritt-Lesemethode kann dir auch bei Sachtexten helfen, diese zu knacken. Sie unterscheidet sich nur ein wenig von der 5-Schritt-Lesemethode für literarische Texte:

1. Einen Überblick verschaffen
2. W-Fragen an den Text stellen
3. Den Text genau lesen
4. Text gliedern und Abschnitte zusammenfassen
5. Text in eigenen Worten wiedergeben → 113

### Schaubilder lesen und verstehen

Mit Schaubildern werden schwer verständliche Aspekte eines Textes oder komplizierte Inhalte anschaulich dargestellt. Dabei werden Bilder, Formen, Farben, Zahlen miteinander kombiniert und übersichtlich angeordnet. Auch Tabellen und Diagramme können Teil von Schaubildern sein. Um Schaubilder zu erschließen, bestimmst du am besten zunächst das Thema des Schaubildes. Dann benennst du Abkürzungen, Zahlen und Begriffe, die du im Schaubild findest. Erkläre auch alle einzelnen Elemente, aus denen das Schaubild besteht. Kläre nun, welche Information du aus dem Schaubild ziehst und was dir besonders aufgefallen ist. → 115

## Suchstrategien mit Print- und digitalen Medien

Nach Informationen kannst du analog (mit Printmedien) und digital (mit digitalen Medien) suchen. Wenn du analog nach Informationen suchst, schaust du in Büchern, Zeitschriften und Magazinen nach, was du zu deinem Thema findest. Suchst du mit digitalen Medien, nutzt du zunächst Suchmaschinen, gibst dort deinen Suchbegriff (dein Thema) ein und suchst in den Ergebnissen nach hilfreichen Inhalten. → 128

## Diagramme auswerten

Mit Diagrammen werden komplexe Inhalte übersichtlich dargestellt. Diagramme gehören zu den nichtlinearen (oder diskontinuierlichen) Texten, da sie Inhalte nicht wie lineare (oder kontinuierliche) Texte Wort für Wort, von links nach rechts behandeln, sondern anhand von Formen und Zahlen vermitteln. Balken- und Säulendiagramme erschließt du, indem du

1. die Diagrammform bestimmst;
2. das Thema herausfindest;
3. benennst, wofür die Achsen, Formen/Farben und Zahlen stehen;
4. beschreibst, welche Werte auffällig sind und
5. erklärst, was im Diagramm deutlich wird und welches Ergebnis du daraus ziehst. → 131

## Eine Wandzeitung gestalten

Mit der Wandzeitung könnt ihr als Klasse ein Projekt begleiten, über ein bestimmtes Thema informieren oder auch verschiedene Meinungen sammeln und sichtbar machen. Die Wandzeitung muss nicht abgeschlossen sein, wenn ihr sie an die Wand hängt. Ihr könnt sie auch immer weiter pflegen und erweitern. → 136

## Ein Cluster anlegen

Um deine Ideen zu sammeln und Gedanken festzuhalten, eignet sich das Anlegen eines Clusters. Man nennt es auch Ideensammlung oder Mindmap. Du schreibst ein Wort, zu dem du Ideen sammeln möchtest (z. B. ein Reizwort, ein Referatsthema, eine Überschrift usw.), in die Mitte eines Blattes. Dann kreist du es ein und schreibst deine Einfälle und Gedanken einfach drumherum. Diese kannst du einkreisen und mit Linien mit dem Wort in der Mitte und anderen Wörtern verbinden. → 141

## Schreibpyramide

Eine Schreibpyramide kann dir dabei helfen, deine Ideen für eine Erzählung zu ordnen. Sie dient dazu, die Ereignisse deiner Erzählung geordnet zusammenzustellen und Spannung stufenweise aufzubauen. Zuerst sammelst du Ideen, zum Beispiel in einem → Cluster, und überlegst dir ein Thema für deine Erzählung. Anschließend solltest du entscheiden, welche Figuren eine Rolle in deiner Erzählung spielen und wo deine Geschichte spielt. Entscheide auch, womit deine Erzählung beginnt (Einleitung). Als nächstes überlegst du dir eine Kernstelle, die das Hauptereignis deiner Erzählung ist und welche besonders spannend, lustig oder interessant sein sollte. Nimm danach passende Ideen aus deiner Sammlung als Ereignisse in die Pyramide auf. Achte darauf, dass sie sinnvoll aufeinander aufbauen, zur Kernstelle hinführen und von dort aus auf einen passenden Schluss hinauslaufen. Das Schlussereignis solltest du auch planen. → 141 f.

### Mit der Schreibkonferenz Texte überarbeiten

Texte zu überarbeiten ist ein wichtiger Teil des Schreibens. Dabei ist es besonders hilfreich, wenn andere die eigenen Texte lesen und dazu Anmerkungen machen, denn oftmals haben sie ganz neue Eindrücke, auf die man selbst gar nicht gekommen wäre und sehen Flüchtigkeitsfehler, die einem während des Schreibens überhaupt nicht aufgefallen sind. Mit verteilten Expertenrollen lest ihr eure Texte durch und achtet dabei auf unterschiedliche Dinge (Rechtschreibung, Ausdruck, Inhalt usw.). Diese merkt ihr in einer Korrekturspalte am Rand an und die Verfasserin oder der Verfasser kann den Text dann anhand der Anmerkungen erfolgreich überarbeiten. → 162

### Schreibplan

Ein Schreibplan ermöglicht es dir, z. B. zu einem Film einen strukturierten und inhaltlich vollständigen Text (z. B. eine Tierbeschreibung) zu schreiben. Den Schreibplan füllst du vor dem Ausformulieren deines Textes aus. Lies den Schreibplan vor dem Schauen des Films genau durch, damit du weißt, auf welche Informationen du achten musst. Schau den Film dann an und notiere Informationen zu den Fragen auf dem Schreibplan in Stichpunkten. Schau den Film ein zweites Mal an und ergänze deine Stichpunkte. Im Anschluss überlegst du dir zu jeder Frage auf dem Schreibplan eine passende Überschrift, die du am Rand neben der Frage notierst. Nun kannst du deine Stichpunkte zu einem Text ausformulieren. → 165

### Wörter nachschlagen

Bist du dir über die Schreibung oder die Bedeutung eines Wortes unsicher, kannst du den Begriff nachschlagen. Dafür eignen sich Wörterbücher oder Lexika, wie z. B. die Printausgabe des Dudens, oder digitale Wege, wie z. B. das Digitale Wörterbuch der Deutschen Sprache (www.dwds.de). Schlägst du den Begriff in einem Buch nach, musst du nach dem Alphabet geordnet vorgehen. Online gibst du das fragliche Wort in ein Suchfeld ein und und klickst das vorgeschlagene Ergebnis an. → 275

# Merkwissen

## Literatur

**Akrostichon:** Gedichtform, bei der die Anfänge (Buchstaben bei Wortfolgen oder Wörter bei Versfolgen) hintereinander gelesen einen Sinn, beispielsweise einen Namen oder einen Satz, ergeben. → 66

**Beschreibung:** sachlicher Text, in dem zum Beispiel Tiere, Menschen, Wege, Gegenstände oder Orte anschaulich dargestellt werden, damit andere sie sich genau vorstellen können. → 154 ff.

**Diagramme:** Bildliche Darstellungen von Informationen. Mit ihnen kann man Zahlen aus einem Text anschaulich darstellen. Sie helfen dabei, sich etwas besser vorzustellen. Die Zahlen, mit denen man ein Diagramm erstellt, werden auch als Werte bezeichnet. Die senkrechte Achse bezeichnet man als die y-Achse, die waagerechte Achse nennt sich x-Achse. Auf der y-Achse werden die Werte festgehalten, sodass der Balken senkrecht nach oben geht. Die x-Achse zeigt den Inhalt der Werte, die sogenannten Rubriken an. Es gibt ganz verschiedene Arten von Diagrammen: *Säulen-, Kreis-, Balkendiagramm …* → 130 f.

**Dialog:** *(griech. dialogos = Unterredung)* Die von mindestens zwei Personen abwechselnd geführte Rede und Gegenrede (oder auch Frage und Antwort). Ein Dialog dient dem Austausch von Meinungen oder Informationen. → 24, 33

**Digitale Medien:** Darunter versteht man zum einen elektronische Geräte, mit denen Inhalte vermittelt werden, z. B. Smartphone, Fernseher, Konsole, Computer, Tablet etc. Zum anderen sind digitale Medien auch Inhalte und Informationen, die digital verfügbar sind, z. B. soziale Netzwerke, Musikstreams, Internetseiten, Filme, Computerspiele, E-Mails usw. → 126 ff.

**Elfchen:** Diesen Gedichten liegen bestimmte Regeln zugrunde: Die erste Zeile besteht aus einem Wort, die zweite aus zwei Wörtern, die dritte aus drei Wörtern, die vierte Zeile enthält vier Wörter und die fünfte enthält ein Wort. Elfchen erzählen immer eine kurze Geschichte, deren Schluss – also die fünfte Zeile – auch überraschend sein darf. → 66

**Erzählung:** In einer Erzählung wird mündlich oder schriftlich der Verlauf von Geschehnissen dargestellt, die tatsächlich passiert oder aber erdacht sind. Auch der Akt des Erzählens an sich wird als „Erzählung" bezeichnet. → 140 ff.

**Fabel:** *(lat. fabula = Erzählung)* Eine Fabel ist eine Erzählung, die in gereimter oder ungereimter Form verfasst sein kann. Tiere sind in einer Fabel die Hauptfiguren, die in der Regel sprechen und handeln wie Menschen. Die Tiere verkörpern in Fabeln menschliche Charaktereigenschaften, z. B. der listige Fuchs, der mächtige Löwe, der dumme Esel. In Auseinandersetzungen und Streitsituationen siegt oft der Stärkere oder der Listigere. Wir Menschen sollen aus Fabeln Lehren für unser eigenes Verhalten gegenüber anderen Menschen ziehen. → 32 ff.

**Figur:** Figuren nennt man die Personen, die in literarischen Texten vorkommen. Man nennt sie Figuren, da es sich bei ihnen um erfundene Personen, oft auch um Tiere (wie in Fabeln) oder um Hexen und Geister (wie in Märchen) handelt. → 96 ff.

**Gestik:** Hand- und Fußbewegungen, die die gesprochenen Worte unterstützen oder ohne Worte etwas ausdrücken. → 15, 30

**Haiku:** *(jap. = Scherz, Posse)* Ein Haiku ist eine reimlose japanische lyrische Kurzform aus drei Zeilen zu 5–7–5, also zusammen 17 Silben. In einem Haiku wird ein Gegenstand (ein Thema) sehr knapp erfasst. → 66

**Kameraeinstellung:** Die Einstellungsgröße eines Bildes bestimmt, wie groß eine Figur oder ein Gegenstand auf der Leinwand zu sehen ist. Die sieben wichtigsten Einstellungsgrößen sind *Weit, Totale, Halbtotale, Halbnah, Nah, Groß* und *Detail*. Jede Einstellungsgröße hat ihre eigene Funktion und Wirkung. → 138 f.

**Kameraperspektive:** Mit dem Begriff Perspektive ist der Blickwinkel gemeint, aus dem die Zuschauer – durch die Kamera – Figuren, Gegenstände oder Räume sehen. Die Perspektive ist für die Wirkung eines Filmbildes von großer Bedeutung. Neben der *Normalsicht* gibt es die *Frosch-* und die *Vogelperspektive*. → 138 f.

**Kreuzreim:** Den Kreuzreim bezeichnet man auch als „Wechselreim“, eine paarweise gekreuzte Reimstellung, sodass sich der erste Vers mit dem dritten, der zweite mit dem vierten und so weiter reimt (Reimfolge: *a b a b c d c d*). → 60 f.

**Lautmalerei:** Sprachliches Gestaltungsmittel. Bei einer Lautmalerei wird versucht, einen bestimmten Klang durch Wörter wiederzugeben *(klatschen, patschen ...)*, die so ähnlich wie das Geräusch selbst klingen. → 63 f.

**Lineare Texte:** Texte, die ihre Informationen in einem fortlaufenden Text, der in der Regel „von oben nach unten“ zu lesen ist, vermitteln.

**Literarische Texte:** Als solche werden lyrische Texte (Gedichte), epische Texte (Romane) und dramatische Texte (Dramen) bezeichnet. → 28, 58 ff., 70 ff., 88 ff.

**Lyrik (das Lyrische):** Eine der drei Grundformen der Dichtung neben Drama und Prosa. Diese Form besteht im Wesentlichen aus vier Elementen: 1. aus der regelmäßigen Zeilenanordnung wie → Versen, → Strophen; 2. aus Klängen wie → Reim und Lautmalerei, 3. aus regelmäßiger Bewegung wie Metrum und Rhythmus; 4. aus Bildern wie Vergleichen und Metaphern. → 58 ff.

**Märchen:** *(zu mhd. maere = Kunde)* Märchen sind unterhaltende Prosaerzählungen von fantastisch-wunderbaren Begebenheiten. Sie sind frei erfunden und ihre Erzählweise folgt dem Muster der Wiederholung (oft Dreizahl). Märchen sind zeitlich und räumlich nicht festgelegt. Man kann sie an ihren häufig formelhaften Anfängen *(„Es war einmal ...“)* und Schlussformeln *(„... und lebten glücklich bis an ihr Ende.“)* erkennen. Oftmals findet man in Märchen redende und Menschengestalt annehmende Tiere, auch Riesen, Zwerge, Drachen, Feen, Hexen und Zauberer. Häufig wird der Held durch gute oder böse Mächte geprüft, das Gute wird belohnt, das Böse bestraft. Es gibt auch märchenhafte Zahlen, z. B. drei (drei Wünsche oder Aufgaben), sieben (sieben auf einen Streich), 12 (12 Feen) und 13 (13. Fee). → 44 ff.

**Medien:** Dinge, die genutzt werden, um Informationen von einer Person zur anderen zu übermitteln. Das sind → Printmedien (z. B. Zeitungen, Zeitschriften, Bücher) und → digitale Medien (z. B. Smartphones, Computer). → 124 ff.

**Mimik:** Veränderung des Gesichtsausdrucks, um Gefühle, Stimmungen und Wünsche zu zeigen. → 137 f.

**Paarreim:** Ein Paarreim bezeichnet die einfachste und beliebteste Form der Reimbindung von jeweils zwei aufeinanderfolgenden Versen: *aa bb cc* usw. → 60 f.

**Personifikation:** Darunter wird die „Vermenschlichung“ z. B. von Dingen, Tieren, Pflanzen verstanden: *Der Wind zieht seine Hosen an*. → 64

**Printmedien:** Der Begriff Printmedien ist ein Sammelbegriff für alle auf Papier gedruckten (engl.: to print = drucken) Medien. Das sind z. B. Zeitungen, Zeitschriften, Bücher und sonstige Druckerzeugnisse (z. B. Kataloge, Anzeigenblätter). → 126 ff.

**Reim:** Die einzelnen Verse von Gedichten können sich auf unterschiedliche Art und Weise miteinander reimen: → Paarreim, → Kreuzreim und → umarmender Reim. → 61

**Sachtexte:** Texte in Sachbüchern, journalistische Sachtexte (z. B. Zeitungsberichte), Lexikonartikel, Kochrezepte, Bastel- und Spielanleitungen, Schaubilder und Diagramme. Sachtexte informieren über bestimmte Themen. Manche Sachtexte wollen auch zu etwas anleiten und auffordern. Die Sprache im Sachtext ist klar und sachlich. Gefühle oder Gedanken finden sich hier in der Regel nicht. Sachtexte lassen sich mit der 5-Schritt-Lesemethode gut erschließen. → 110 ff.

**Sprachliche Bilder:** Viele Dichter „malen" häufig mit der Sprache, sodass Bilder und Vorstellungen in den Köpfen entstehen, die bestimmte Bereiche veranschaulichen, hervorheben oder spannender machen. Zu sprachlichen Bildern gehören manchmal Redewendungen, die durch das Bild, welches sie uns vor Augen führen, eine bestimmte Aussage haben: *Schmetterlinge im Bauch.* → 63 f., 144 ff.

**Strophe:** *(griech. = Wendung)* Als Strophe bezeichnet man die einzelnen Absätze eines Gedichtes. → 59

**Umarmender Reim:** Ein Reimpaar wird von einem anderen umschlossen *(a b b a c d d c).* → 60 f.

**Vers:** *(lat. = versus)* Als Vers bezeichnet man die einzelne Zeile eines Gedichtes. → 59 ff.

## Grammatik

**Ableitung:** Art der → Wortbildung. Durch Vorsilben (→ Präfixe) kann die Bedeutung eines Wortes verändert werden *(Spiel → Nachspiel, schreiben → abschreiben ...).* Durch Nachsilben (→ Suffixe) kann die Wortart eines Wortes verändert werden *(Schrift → schriftlich, wohnen → Wohnung ...).* → 222 ff.

**Adjektiv:** Wortart (→ flektierbar). Adjektive können die Eigenschaften von Dingen näher bezeichnen *(schön, schnell, witzig ...).* Wörter, die als Attribut zwischen Artikel und Nomen stehen können, sind Adjektive: *das schnelle Auto.* Viele Adjektive können auch an anderen Stellen im Satz stehen: *Das Auto fährt schnell* (Adjektiv als → Adverbial). Viele Adjektive lassen sich steigern: *groß, größer, am größten.* → 210 ff.

**Adverb:** Wortart. Adverbien können nicht verändert (flektiert) werden. Sie geben nähere Umstände an. Es gibt unterschiedliche Arten von Adverbien: Lokaladverbien (z. B. *hier, dahin, unten*) bestimmen den Ort näher; Temporaladverbien (z. B. *heute, immer, montags*) informieren über die zeitliche Einordnung des Geschehens. → 214 f.

**Adverbial:** Satzglied (auch: adverbiale Bestimmung). Adverbiale können aus → Adverbien, Adjektiven oder längeren Ausdrücken bestehen. Es gibt Adverbiale der Zeit (temporal: *wann: gestern, am frühen Morgen*), und Adverbiale des Ortes (lokal: *wo: hier, auf der Straße*). → 247 f.

**Akkusativ:** 4. Fall des Nomens, Artikels, Pronomens und Adjektivs, Wenfall: *den Brief, an den Schüler, an ihn, an einen netten Menschen.* → 188 ff.

**Akkusativ-Objekt:** Satzglied. Das Akkusativ-Objekt kann man mit den Fragen wen oder was ermitteln: *Die Lehrerin lobt* (wen?) *den Schüler. Der Spieler trifft* (wen oder was?) *den Ball.* → 246

**Artikel:** Wortart. Begleiter des → Nomens. Man unterscheidet den → bestimmten Artikel *(der, die, das)* und den → unbestimmten Artikel *(ein, eine).* Die Artikel geben das Genus (das grammatische Geschlecht) an, also ob ein Nomen → Maskulinum *(der Löffel),* → Femininum *(die Gabel)* oder → Neutrum *(das Messer)* ist. → 184 ff.

**Aufforderungssatz:** Satzart, mit der man jemanden zu etwas auffordert oder ihn um etwas bittet *(Geh mir aus dem Weg! Gib mir bitte dein Heft!)* oder mit der man einen nachdrücklichen Wunsch äußert *(Käme er doch einmal pünktlich!).* Nach Aufforderungssätzen steht im Allgemeinen ein Ausrufezeichen. → 255 ff.

**Aussagesatz:** Satzart, mit der man eine Aussage macht: *Ich war gestern im Kino.* Am Ende des Aussagesatzes steht ein Punkt. → 255 ff.

**Begleitsatz:** Satz, der bei einer wörtlichen Rede steht. Er kann vorausgestellt sein *(Sie sagte: „Ich habe nicht die geringste Lust dazu.“),* er kann nachgestellt sein *(„Ich habe nicht die geringste Lust dazu“, sagte sie.),* er kann eingeschoben sein *(„Ich habe“, sagte sie, „nicht die geringste Lust dazu.“).* → 255 ff.

**Bestimmter Artikel:** Der bestimmte Artikel gibt in einem Text oder in einer Situation an, dass das zu ihm gehörende Nomen bereits bekannt oder vorher schon einmal genannt worden ist: *Vor der Tür steht das Taxi, auf das wir gewartet hatten.* → 187

**Bestimmungswort:** Der erste Teil eines zusammengesetzten Wortes (→ Kompositum). Das Wort *Haus* in der Zusammensetzung *Haustür* bestimmt näher, um welche Art von Tür es sich handelt. → 219 ff.

**Dativ:** 3. Fall des Nomens, Artikels, Pronomens und Adjektivs, Wemfall: *dem Brief, in dem Briefkasten, in einem kleinen Kästchen.* → 188 f.

**Dativ-Objekt:** Satzglied. Das Dativ-Objekt kann man mit der Frage wem ermitteln: *Die Lehrerin hilft* (wem?) *dem Schüler.* → 246

**Deklination:** Beugung von → Nomen, → Adjektiven und → Pronomen nach den vier → Kasus. Nominativ: *mein neuer Freund,* Genitiv: *meines neuen Freundes,* Dativ: *meinem neuen Freund,* Akkusativ: *meinen neuen Freund.* → 188 f.

**Dialekt:** Erscheinungsform der Sprache; Unterart der Sprache, die seit früheren Zeiten in mehr oder weniger großen Regionen gesprochen (selten geschrieben) wird, z. B. *Plattdeutsch, Berlinerisch, Bairisch, Sächsisch.* → 18 f.

**Ersatzprobe:** Probe zur Ermittlung der → Satzglieder. Einzelne Wörter oder Wortgruppen sind ein Satzglied, wenn sie sich durch Einzelwörter ersetzen lassen. Dabei muss das ersetzende Satzglied immer im gleichen → Kasus stehen wie das ersetzte Satzglied. Die Ersatzprobe dient auch der Verbesserung von Texten: *Der Gärtner | sieht | <u>die schöne Pflanze</u>.* → *Der Gärtner | sieht | <u>sie</u>.* → 242

**Femininum:** Grammatisches Geschlecht des Nomens, weiblich: *die Katze, die Gabel, die Wut.* → 184, 188

**Finite (gebeugte) Verbform:** nach Person, Zahl und Zeit veränderte Form des → Verbs, auch finite Verbform: *du sprichst, wir hielten an, er ist gekommen.* Die finite Verbform ist also die Verbform, die sich ändert, wenn das Subjekt vom Singular in den Plural gesetzt wird (oder umgekehrt). Beispiel: *Das Kind <u>hat</u> gegessen.* → *Die Kinder <u>haben</u> gegessen.* Gegensatz: ungebeugte Verbform (infinite Verbform, z. B. Grundform): *sprechen, anhalten, kommen.* → 290 ff.

**Fragesatz:** Satzart, mit der man eine Frage stellt *(Kommst du? Warum kommst du nicht?).* Am Ende eines Fragesatzes steht ein Fragezeichen. → 255 ff.

**Fragezeichen:** Satzschlusszeichen nach Fragesätzen. → 255 ff.

**Futur I:** → Zeitform des Verbs, mit der man auf etwas hinweist, das in der Zukunft geschieht oder das unsicher ist. Es wird mit dem Hilfsverb *werden* gebildet: *Morgen werde ich mitspielen. Du wirst wohl recht haben.* → 207 ff.

**Gebeugte Verbform** → finite Verbform

**Genitiv:** 2. Fall des Nomens, Artikels, Pronomens und Adjektivs, Wesfall: *Das Auto des Vaters / meines Vaters / meines lieben Vaters.* Einige Präpositionen stehen mit dem Genitiv: *wegen des Wetters.* → 188 ff.

**Genus (Grammatisches Geschlecht):** Nomen haben ein grammatisches Geschlecht, das durch die Artikel *der, die, das* bestimmt wird: → Maskulinum *(der Löffel),* → Femininum *(die Gabel),* → Neutrum *(das Messer).* Das grammatische Geschlecht hat mit dem natürlichen Geschlecht nichts zu tun. Nur noch an wenigen Wörtern wird das natürliche Geschlecht deutlich *(der Mann, die Frau, der Kater, der Hahn, die Henne, der Ochse, die Kuh, die Sau …).* → 184 ff.

**Gesprochene – geschriebene Sprache:** Die gesprochene Sprache ist von unvollständigen Sätzen, Wiederholungen, Unterbrechungen und spontan verwendeten Ausdrücken geprägt; der Sprecher hat wenig Zeit für seine Formulierungen. Die geschriebene Sprache dagegen besteht im Wesentlichen aus vollständigen Sätzen und aus Ausdrücken, die treffend gewählt sind; der Schreiber hat hinreichend Zeit für seine Formulierungen. → 238

**Grammatisches Geschlecht** → Genus

**Grundwort:** Hauptteil einer Wortzusammensetzung, eines → Kompositums, der die Grundbedeutung des Wortes bestimmt (im Gegensatz zum → Bestimmungswort): *Fußball, Fußballspiel.* → 219 ff.

**Hauptsatz:** Ein Hauptsatz ist ein Satz, der mindestens ein Prädikat enthält. In einem Hauptsatz steht das → Prädikat in der Regel an zweiter Stelle: *Wir spielen. Wir spielen* *morgen Fußball.* Im Gegensatz dazu steht der → Nebensatz. → 258 ff., 290 f.

**Hilfsverb:** Die Wörter *haben, sein, werden* nennt man Hilfsverben, weil sie dabei „helfen“, das Perfekt oder das Futur zu bilden: *Sie ist gekommen, sie hat geweint, es wird sich geben, sie wird gelobt.* → 204 ff., 207

**Infinitiv:** Grundform des Verbs mit dem Wortbaustein *-en: geb/en, fahr/en, lauf/en ...* In Wörterbüchern sind alle Verben im Infinitiv (in der Grundform) aufgeführt. → 200 ff., 207, 222

**Jugendsprache:** Sprache, die Jugendliche in ihrer Gemeinschaft sprechen; sie verbindet sie nach innen. → 8 ff., 18 f.

**Kasus:** Nomen sind flektierbar und können in vier Kasus (mit langem u) vorkommen: → Nominativ *(der Hund),* → Akkusativ *(den Hund),* → Dativ *(dem Hund),* → Genitiv *(des Hundes).* → 188

**Komparation (Steigerung):** Viele Adjektive lassen sich steigern (→ Komparativ / Superlativ): *groß, größer, am größten.* Bei einigen Adjektiven ist aber eine Steigerung nicht möglich *(viereckig, täglich, tot ...).* Bei einem Vergleich mit einem gesteigerten Adjektiv verwendet man das Wort *als (Sie ist größer als ich.).* Ist das Adjektiv aber nicht gesteigert, verwendet man das Wort *wie (Sie ist genauso groß wie ich. Sie ist doppelt so groß wie ich.).* → 212 ff.

**Komparativ:** Steigerungsform des Adjektivs, auch: Vergleichsstufe, Steigerungsstufe *(näher, weiter, größer).* Der Komparativ wird mit dem Vergleichswort *als* gebildet: *Sie ist größer als ich.* → 212 f.

**Konjunktion:** Wortart (unveränderlich/unflektierbar). Mit Konjunktionen werden einzelne Wörter oder Sätze miteinander verbunden. Man unterscheidet nebenordnende Konjunktionen wie *und, oder, denn ...* und unterordnende Konjunktionen *wie als, weil, dass, wenn ...: Lotte und Tina können sich gut leiden, weil sie viel gemeinsam haben.* → 175, 206, 263 f.

**Maskulinum:** Grammatisches Geschlecht des Nomens, männlich: *der Nachbar, der Löffel, der Mut.* → 184, 188

**Nachsilbe:** Gemeint sind damit Suffixe. Nachsilben sind zum Teil keine wirklichen Sprechsilben, sondern → Wortbausteine, die an den → Wortstamm angefügt werden: *lieb/lich, Wahr/heit* (Hier sind die Suffixe zugleich Silben.), *witz/ig, Lad/ung* (Hier sind die Suffixe keine echten Silben, denn die Wörter werden nach Sprechsilben anders getrennt: *wit-zig, La-dung.*). → 185 f.

**Nebensatz:** Ein Nebensatz ist, wie der → Hauptsatz, ein Satz, der mindestens ein Subjekt und ein Prädikat enthält. Im Gegensatz zum Hauptsatz steht das Prädikat im Nebensatz an letzter Stelle. Nebensätze werden in der Regel durch ein Wort eingeleitet, das Haupt- und Nebensatz miteinander verbindet (→ Konjunktion oder → Pronomen). So erstrecken sich Nebensätze von dem Verbindungswort am Anfang bis hin zum Prädikat am Ende: *<u>Weil</u> sie gestern krank im Bett <u>lag</u>, konnte sie nicht trainieren.* Ein Nebensatz kann vor oder nach dem Hauptsatz stehen; er kann auch zwischen dem Anfang und dem Ende des Hauptsatzes stehen: *<u>Weil sie krank im Bett lag</u>, konnte sie nicht trainieren. – Sie konnte nicht trainieren, <u>weil sie krank im Bett lag</u>. – Sie konnte, <u>weil sie krank im Bett lag</u>, nicht trainieren.* → 256 ff.

**Neutrum:** Grammatisches Geschlecht des Nomens, sächlich: *das Kind, das Messer, das Glück.* → 184, 188

**Nomen:** Wortart (auch: Dingwort, Hauptwort). Mit Nomen bezeichnet man Lebewesen *(Kind, Affe),* Dinge *(Haus, Buch),* Gedanken und Gefühle *(Wut, Idee).* Nomen haben einen → Artikel *(<u>der</u> Hammer, <u>das</u> Haus, <u>die</u> Langeweile).* Dieser ist abhängig vom Genus (→ Grammatisches Geschlecht: → Maskulinum, → Femininum, → Neutrum). Nomen können in den vier → Kasus gebraucht werden *(<u>der</u> Hund, <u>des</u> Hundes, <u>dem</u> Hund, <u>den</u> Hund).* Nomen schreibt man groß. → 183 ff.

**Nominativ:** 1. Fall des Nomens, Artikels, Pronomens und Adjektivs. Subjekte stehen stets im Nominativ: *Der Hund bellt.* → 188 ff., 243

**Numeralien:** Wortart. Mit Numeralien kann man Mengen angeben. Man unterscheidet Kardinalzahlen: *eins, zwei, drei, … 100, …;* Ordnungszahlen: *die zweite Woche, die vierte Spielminute …;* unbestimmte Zahl- oder Mengenangaben: *wenige, ein paar …* → 216

**Numerus:** die Anzahlform bei → Nomen. Der Numerus zeigt an, wie viele Exemplare oder Handelnde gemeint sind. Es gibt den → Singular (Einzahl, *das Haus*) und den → Plural (Mehrzahl, *die Häuser*). → 185 ff.

**Objekt:** Satzglied, das das Prädikat verlangt (auch: Ergänzung des Prädikats). Objekte können aus einem oder mehreren Wörtern bestehen: *Sie füttert ihn. Sie füttert den Kater. Sie hilft dem kleinen Kind. Man unterscheidet* → Dativ- und → Akkusativ-Objekt. → 246

**Partizip Perfekt:** Form des Verbs. Es gibt zwei Partizipien: das Partizip Präsens, das mit *-d* gebildet wird: *rasend, laufend …,* und das Partizip Perfekt, das mit *ge-* am Anfang und mit *-en* oder *-t* am Ende gebildet wird: *geglaubt, gelaufen …* Das Partizip Perfekt dient vor allem zur Bildung des → Perfekts und → Plusquamperfekts: *sie ist / war über den Platz gelaufen, sie hat / hatte ihm geglaubt.* → 206

**Perfekt:** → Zeitform des Verbs, mit der man auf etwas hinweist, das schon vergangen ist. Zusammengesetzte Vergangenheitsform, die mit den → Hilfsverben *haben* und *sein* und dem Partizip Perfekt gebildet wird: *Ich habe ihn vorhin gesehen. Ich bin gerade gekommen.* Das Perfekt kommt besonders häufig in der mündlichen Rede vor. → 202 ff.

**Plural:** Anzahlform des Nomens (auch: Mehrzahl). Gegensatz zum → Singular. Der Plural gibt an, dass es sich um mehr als eins handelt: *die Kinder, die Autos, die Frauen, die Bäume.* → 185

**Plusquamperfekt:** → Zeitform des Verbs. Mit dem Plusquamperfekt weist man darauf hin, dass etwas vor der Vergangenheit geschah, von der man erzählt. Vergangenheit: *Als ich zur Haltestelle kam,* Vorvergangenheit: *war der Bus schon abgefahren.* Das Plusquamperfekt wird mit *war* oder *hatte* und dem → Partizip Perfekt gebildet: *war abgefahren, hatte geholt.* → 205 f.

**Positiv:** Grundstufe des Adjektivs *(nahe, weit, groß)* – im Vergleich zum → Komparativ und → Superlativ. Der Positiv wird mit dem Vergleichswort *wie* gebildet: *Sie ist genauso groß wie ich. Sie ist doppelt so groß wie ich.* → 212 f.

**Prädikat:** Satzglied (auch: Satzaussage). Jeder Satz enthält ein Prädikat. Das Prädikat ist der Mittelpunkt oder Kern eines Satzes. Man unterscheidet Prädikate, die nur aus einer Verbform und die aus mehreren Verbformen bestehen: *Die Kinder spielen. Joschi hat den Ball bekommen. Er spielt ihn Felix zu. Der hat sich erschrocken.* → 244 f.

**Präsens:** → Zeitform des Verbs, mit der man auf etwas hinweist, das in der Gegenwart geschieht (auch: Gegenwartsform): *Sie fährt Rad.* Oft weist man mit dem Präsens auch auf etwas hin, das erst in der Zukunft geschieht: *Morgen habe ich Geburtstag.* → 202 ff., 207 ff.

**Präteritum:** → Zeitform des Verbs, mit der man auf etwas hinweist, das schon vergangen ist (auch: einfache Vergangenheitsform im Gegensatz zum → Perfekt, der zusammengesetzten Vergangenheitsform): *Sie fuhr Rad.* Das Präteritum wird vor allem in geschriebener Sprache gebraucht. → 202 ff.

**Pronomen:** Wortart (auch: Fürwort). Pronomen stehen entweder vor einem Nomen *(mein Fahrrad)* oder anstelle eines Nomens *(Tina kommt zu Besuch. Sie bleibt bis Sonntag.).*

- Anredepronomen: Die höflichen Anredepronomen *Sie, Ihre, Ihnen …* werden großgeschrieben: *Ich gebe Ihnen hiermit Ihre Schlüssel zurück.*
- Demonstrativpronomen: Die Demonstrativpronomen (Hinweispronomen) *dieses, jenes, das …* weisen mit Nachdruck auf etwas hin: *Dieser Text ist von mir.*

- Personalpronomen: Die Personalpronomen *ich, du, sie, wir …* stehen stellvertretend für ein → Substantiv: *Das Haus gefällt mir, weil es so geräumig und hell ist.*
- Possessivpronomen: Die Possessivpronomen (besitzanzeigende Pronomen) *mein, dein, sein, unser …* weisen auf einen Besitz oder eine Zugehörigkeit zu etwas hin: *Mein Freund sagt mir, dass unser Bus heute ausfällt.*
- Relativpronomen: Die Relativpronomen (Beziehungspronomen) *der, die, das …* leiten Relativsätze ein, die sich auf ein → Substantiv beziehen, das im Hauptsatz vorausgeht: *Ich sehe das Mädchen, das* dort drüben steht. → 191 ff.

**Satz:** Sprachliche Form eines abgeschlossenen Gedankens. Mit jedem Satz in einem Text beginnt ein neuer Gedanke. Beim Sprechen macht man nach einem Satz eine Pause. Beim Schreiben setzt man danach einen Punkt. Sätze bestehen in der Regel mindestens aus Subjekt und Prädikat: *Der Apfel schmeckt. Die Blume blüht.* → 254 ff.

**Satzgefüge:** Verbindung von → Hauptsatz und → Nebensatz. In einem Satzgefüge werden Haupt- und Nebensatz immer durch ein Komma voneinander getrennt. Der Nebensatz beginnt mit einer → Konjunktion *(Tanja verzeiht ihrem Bruder, nachdem er sich bei ihr entschuldigt.)* oder mit einem → Relativpronomen *(Tanja verzeiht ihrem Bruder, der sich bei ihr entschuldigt.)*. Im Satzgefüge kann der Nebensatz vor dem Hauptsatz, nach dem Hauptsatz oder zwischen Teilen des Hauptsatzes stehen. → 260

**Satzglied:** Teil eines Satzes, den man umstellen kann. Ein Satzglied kann aus einem oder aus mehreren Wörtern bestehen: | *Manche Kinder* | *essen* | *am liebsten* | *Bratwurst mit Ketchup* |.
→ | *Am liebsten* | *essen* | *manche Kinder* | *Bratwurst mit Ketchup* |. Man unterscheidet vier verschiedene Arten von Satzgliedern: → Subjekt, → Prädikat, → Objekt, → Adverbial. → 240 ff.

**Satzreihe:** Verbindung von mindestens zwei → Hauptsätzen. Die Hauptsätze werden entweder durch ein → Komma getrennt *(Ich gehe in den Supermarkt, ich möchte Apfelsaft kaufen.)* oder sie werden mithilfe von → Konjunktionen verbunden *(Ich habe heute Deutsch(,) und ich schreibe eine Klassenarbeit.)*. → 258 f.

**Singular:** Anzahlform des Nomens (auch: Einzahl). Gegensatz zum → Plural. Der Singular gibt an, dass es sich um etwas Einzelnes handelt: *ein Kind, das Auto, die Frau, ein Baum.* → 185 ff.

**S-Laute:** Die *s*-Laute können in unserer Sprache stimmhaft *(reisen)* oder stimmlos *(reißen)* ausgesprochen werden. Den stimmhaften *s*-Laut schreibt man immer als *s (rasen, Riesen, sausen)*. Den stimmlosen *s*-Laut kann man auf dreierlei Weise schreiben:
1. nach langem Vokal mit *ß (aß),*
2. zwischen zwei kurzen Vokalen mit *ss (essen),*
3. am Wortende mit *s*, wenn er von einem stimmhaften *s*-Laut abstammt *(Mäuse → Maus)*. Darüber hinaus gibt es eine Fülle von Wörtern mit *st, sp* usw., die mit *s* geschrieben werden *(Fest, Wespe)*. → 276 ff.

**Steigerung** → Komparation

**Subjekt:** Satzglied (auch: Satzgegenstand). Fast jeder Satz enthält ein Subjekt. Das Subjekt steht oft am Anfang eines Satzes. Mit ihm wird gesagt, wer etwas tut, von wem eine Handlung ausgeht: *Der Jäger schießt einen Hasen.* Das Subjekt kann aus einem → Nomen, → Pronomen oder mehreren Wörtern bestehen, die zu dem Nomen gehören: *Jakob geht in die 5. Klasse. Er geht in die 5. Klasse. Der aufgeweckte Schüler Jakob geht in die 5. Klasse.* → 243

**Superlativ:** Steigerungsform des Adjektivs. Höchststufe: *Sie ist am größten von allen.* → 212 f.

**Tempus (Pl. Tempora)** → Zeitformen

**Umgangssprache:** Die Umgangssprache ist die Sprache, die wir im täglichen Umgang mit anderen Menschen mündlich verwenden. Bestimmte umgangssprachliche Ausdrucke werden in der Schriftsprache oftmals nicht akzeptiert und in Wörterbüchern mit dem Vermerk ugs. versehen: *klauen* (statt *stehlen*), *runtermachen* (statt *schlechtmachen*). → 237 f.

**Umstellprobe:** Die Umstellprobe wird auch Verschiebeprobe genannt: Probe zur Ermittlung der Satzglieder. Einzelne Wörter oder Wortgruppen, die man gemeinsam im Satz verschieben kann, ohne dass sich der Sinn verändert, sind Satzglieder. Die Umstellprobe dient auch der Verbesserung des Stils von Texten: *Er | hatte | heute | keinen Appetit.* → *Heute | hatte | er | keinen Appetit.* → 241, 250 f.

**Unbestimmter Artikel:** Der unbestimmte Artikel gibt in einem Text oder in einer Situation an, dass das → Nomen, zu dem er gehört, vorher noch nicht genannt oder noch unbekannt ist: *Vor dem Haus steht ein Taxi. Auf wen wartet das nur?* → 186 f.

**Verb:** Wortart (auch Zeitwort, Tätigkeitswort). Mit Verben kann man Tätigkeiten *(laufen, arbeiten)* oder Zustände *(blühen, schlafen)* bezeichnen. Verben können in den verschiedenen Zeitformen gebraucht werden *(lügen, log, hat gelogen)*. Viele von ihnen können das Passiv bilden *(er wird belogen)*. Verben bilden das → Prädikat eines Satzes. → 200 ff.

**Wortart:** In der deutschen Sprache gibt es verschiedene Wortarten: 1. Nomen, 2. Artikel und Pronomen, 3. Adjektive, 4. Verben, 5. Adverbien, 6. Konjunktionen, 7. Präpositionen, 8. Numerale. Sie unterscheiden sich nach grammatischen Merkmalen und nach der Bedeutung. → 182 ff.

**Wortbaustein:** Wortbausteine sind Teile von Wörtern, die an den → Wortstamm angefügt werden. Es gibt Wortbausteine, die der Bildung von Wörtern dienen, wie → Präfixe und → Suffixe *(an/spiel/bar, über/heb/lich …)*, und solche, die der Beugung von Wörtern dienen *(ge/komm/en, ge/hol/t …)*. → 218 ff.

**Wortbildung:** Ein → Wortstamm wie *-zahl-* kann auf verschiedene Arten erweitert werden: durch → Präfixe, die seine Bedeutung erweitern: *ab-zahlen, be-zahlen, ein-zahlen …*, sowie durch → Suffixe, durch die der Stamm zu einer anderen Wortart wird: *Zahl-ung, zahl-bar …* Es können auch zwei selbstständige Wortstämme aneinandergefügt werden, so etwas heißt → Kompositum: *Lotto/zahl, Zahlen/reihe …* → 219 ff.

**Wortfamilie:** Eine Wortfamilie besteht aus Wörtern, die den gleichen → Wortstamm haben: *fahr: Fahrt, Fähre, gefährlich, Fährte, Gefährte …* → 227 f.

**Wortfeld:** Ein Wortfeld besteht aus Wörtern, die etwas Ähnliches bedeuten: *gehen, laufen, rennen, stapfen, rasen, marschieren …* → 229 ff.

**Zeitform:** Form des Verbs (auch: Tempus). Unsere Sprache kennt sechs Zeitformen (Tempora): 1. Präsens *(du schläfst)*, 2. Perfekt *(du hast geschlafen)*, 3. Präteritum *(du schliefst)*, 4. Plusquamperfekt (du hattest geschlafen), 5. Futur I *(du wirst schlafen)*, 6. Futur II *(du wirst geschlafen haben)*. → 202 ff.

**Zusammensetzung:** Zusammensetzungen dienen der Bildung neuer Wörter. Im Gegensatz zu → Ableitungen werden bei der Zusammensetzung Wortstämme aneinandergefügt: *Spiel/feld, Fuß/ball, hell/blau …* → 219 ff.

## Rechtschreibung und Zeichensetzung

**Anführungszeichen:** Anführungszeichen kennzeichnen den Anfang und das Ende eines wörtlichen Redesatzes: *„Wir fahren morgen früh", sagte er, „nach München."* → 292 ff.

**Dehnungs-h:** Ein *h*, das einen langen betonten Vokal besonders auffällig macht. Das Dehnungs-h steht nur in einigen Wörtern vor den Buchstaben *l, m, n, r (fehlen, nehmen, gähnen, fahren).* Es steht aber auch in diesen Fällen niemals nach Silbenanfängen mit *sch (schälen), t (tönen), qu (quälen), gr (grölen), sp (sparen), kr (kramen), p (pulen).* → 271

**Diphthonge:** Laute (→ Vokale), die aus zwei Lauten bestehen und entsprechend mit zwei Buchstaben geschrieben werden: *ai, au, äu, ei, eu: Waise, Haut, Säule, Meise, Kreuz.* Obwohl das ie auch aus zwei Buchstaben besteht, zählt man es nicht zu den Zwielauten, weil es beim Sprechen nur aus einem langen *i* besteht. → 204, 267, 269

**Doppelkonsonant:** → Konsonant, der beim Schreiben verdoppelt wird, wenn in Wörtern mit zwei Silben der vorausgehende betonte Vokal kurz ist. Bei Worttrennung steht der Trennungsstrich zwischen den beiden Konsonanten *(kom-men, bit-ten …).* → 270

**Doppelpunkt:** Der Doppelpunkt steht nach einem Satz, der einen zweiten Satz eröffnet: *Ich sehe das so. Er hat recht.* Nach dem vorausgehenden → Begleitsatz wird eine wörtliche Rede eröffnet; deswegen steht danach ein Doppelpunkt: *Sie lachte ihn an und sagte: „Das ist doch Unsinn!"* Folgt auf einen Doppelpunkt ein vollständiger Satz, schreibt man den Anfang groß. → 292 ff.

**Geschlossene Silbe:** Die betonte Silbe eines Wortes kann auf einem Konsonanten enden, dann nennt man sie geschlossene Silbe – im Gegensatz zu einer offenen Silbe: *En-de, Mor-gen, lus-tig …* Der Vokal in geschlossenen Silben ist in der Regel kurz. → 268

**Großschreibung:** Großgeschrieben werden Namen, → Nomen, Überschriften, Höflichkeitsanreden und Satzanfänge: *Der kleine Felix ist ein großer Angeber.* Welche Wörter Nomen sind und großgeschrieben werden, kann man meistens an „Erkennungszeichen" sehen: → Artikel *(<u>das</u> Glück)*, versteckte Artikel *(<u>zum</u> Glück)*, Adjektive *(<u>großes</u> Glück)*, → Pronomen *(<u>dein</u> Glück)* und an bestimmten Endungen *(Fröhlich<u>keit</u>, Gesund<u>heit</u>, Verwandt<u>schaft</u>, Zeich<u>nung</u>, Ärger<u>nis</u>, Eigen<u>tum</u>).* → 266, 281 ff.

**Komma:** Satzzeichen zwischen Aufzählungen *(Kai, Lore, Tina spielen, lachen, toben miteinander.)*, → Satzreihen, also zwischen Hauptsatz und Hauptsatz *(Sie waren immer zusammen, denn sie hatten Ferien.)*, und → Satzgefügen, also zwischen Haupt- und Nebensatz *(Sie waren immer zusammen, als sie Ferien hatten.).* Auch zur Hervorhebung von Wörtern werden Kommas gesetzt *(Sven, nun komm endlich! Nein, nicht schon wieder!).* → 286 ff.

**Konsonant:** Konsonanten (Mitlaute) sind Laute, bei denen Lippen, Zunge oder Zäpfchen mitschwingen, wenn wir sie aussprechen. Die Buchstaben für Konsonanten sind *b, c, d, f, g, j, k, l, m, n, p, q, r, s, t, v, w, x, z.* Sie bilden den Gegensatz zu den → Vokalen. → 267

**Kurzform:** Die meisten Wörter unserer Sprache sind zweisilbig *(träumen, läuten, Fläche, Fächer).* Bildet man von solchen Wörtern eine Kurzform, kann man zum Beispiel meistens erkennen, wie sie geschrieben werden *(träumen → Traum, läuten → laut, Fläche → flach, Fächer → Fach).* → 278

**Offene Silbe:** Die betonte Silbe eines Wortes kann mit einem Vokal enden, dann nennt man sie offen (Gegensatz → geschlossenen Silbe, die mit einem Konsonanten endet): *sa-gen, kau-fen, leben …* Der Vokal in der offenen Silbe ist lang. → 268

**Präfix:** Sogenannte „Vorsilbe" von Wortstämmen. Präfixe dienen dazu, die Bedeutung des Wortes zu verändern. Aus *zählen* wird *er-zählen, ab-zählen, ver-zählen, aus-zählen …* Es gibt zwei Arten von Präfixen: 1. unselbstständige, die nicht allein stehen können, wie *be-, er-, ver-, un-: ver-zählen* → *sie ver-zählt sich;* 2. selbstständige Präfixe, die vom Wort abgetrennt werden können, *wie ab-, aus-: abzählen* → *sie zählt ab.* → 279

**Punkt:** Satzschlusszeichen. Der Punkt steht am Ende eines Aussagesatzes. Nach dem Punkt wird großgeschrieben. → 255, 258 ff., 287

**Redesatz:** Der Teil eines Textes, in dem etwas wiedergegeben wird, das jemand gesagt hat. Der Redesatz wird durch → Anführungszeichen hervorgehoben: *Sie war damit nicht einverstanden und rief: „Das glaube ich nicht!"* → 231

**Silbe:** Teil eines Wortes. Beim Sprechen kann man Wörter durch kleine Pausen in ihre Silben zerlegen *(Ja|nu|ar, Ok|to|ber).* Beim Schreiben trennt man die Silben durch Silbentrennungsstriche ab *(Ja-nu-ar, Ok-to-ber).* Eine Silbe besteht aus mindestens einem Vokal, der von einem oder mehreren Konsonanten eingerahmt wird. In jedem Wort gibt es eine betonte Silbe *(Já-nu-ar, Ok-tó-ber).* → 268 ff.

**Silbentrennung:** Am Ende einer Zeile kann man beim Schreiben Silben abtrennen *(Apfel-baum, Ap-felbaum).* → 269

**Silbentrennendes h:** Wenn in einem zweisilbigen Wort zwei → Vokale nacheinanderstehen, so steht zwischen ihnen oft ein *h, das stimmhaft ist (se-h-en, Schu-h-e).* Dieses *h* gehört beim Trennen des Wortes zur zweiten Silbe *(se-hen, Schu-he).* → Dehnungs-h → 272

**Suffix:** Sogenannte „Nachsilbe" von Wortstämmen. Suffixe dienen dazu, ein Wort in eine andere Wortart zu überführen: *Spiel* (Nomen) → *spiel-bar* (Adjektiv). Die gebräuchlichsten Suffixe von Nomen sind *-ung, -heit, -keit, -tum,* die von Adjektiven *-lich, -ig, -sam, -bar.* Es gibt besondere Suffixe für Nomen *(Frei<u>heit</u>, Zeit<u>ung</u>, Dankbar<u>keit</u>, Finster<u>nis</u>, Eigen<u>tum</u>, Wirt<u>schaft</u>)* und Adjektive *(gelb<u>lich</u>, ek<u>lig</u>, lang<u>sam</u>, dank<u>bar</u>, kind<u>isch</u>).* Manche Nachsilben sind keine echten Silben, weil man sie allein nicht abtrennen kann *(Zei-tung, kin-disch).* → 280

**Umlaut:** Umlaute nennt man diejenigen Buchstaben (Vokale), die zwei Pünktchen haben: *ä, ö, ü, äu.* Sie heißen Umlaute, weil sie meistens von Wörtern mit *a, o, u, au* umgelautet sind: *Bad – Bäder, Ohr – Öhrchen, Hut – Hüte, Baum – Bäume.* → 267 ff.

**Vokal:** Vokale sind Selbstlaute, im Gegensatz zu den → Konsonanten (Mitlauten). Sie werden ohne die Unterbrechung von Lippen, Zähnen, Zäpfchen und Zunge zum Klingen gebracht. Die Buchstaben für Vokale sind *a, e, i, o, u.* Die → Umlaute *ä, ö, ü* gehören genauso zu den Vokalen wie die → Diphthonge *ei, au, eu.* Vokale können lang und gedehnt ausgesprochen werden wie in *Hüte, Qualen, Schoten* oder kurz und knapp wie in *Hütte, Quallen, Schotten.* → 267 ff.

**Wörtliche Rede:** Die wörtliche Rede ist derjenige Teil eines Textes, in der ein anderer spricht als der Erzähler selbst: *Gestern war ich im Kino. Als der Film zu Ende war, sagte mein Freund: „Der Film war aber ziemlich langweilig!" Ich war aber ganz anderer Meinung.* Die wörtliche Rede wird durch → Anführungszeichen aus dem übrigen Text herausgehoben. → 292 ff.

**Wortstamm:** Der Wortstamm ist der Kern oder Mittelpunkt eines Wortes: *Er-<u>fahr</u>-ung, ge-<u>fähr</u>-lich.* → 222 ff.

# Stichwortverzeichnis

# Textsortenverzeichnis

## Sachtexte/informierende Texte



## Schülertexte



## Suchanzeigen



## Tagebucheinträge



## Zeitungstexte

# Quellen

## Texte


**Seite 23:** Wolfgang Menzel: Alle meine Tiere. Aus: Texte lesen – Texte verstehen 5. Hg. v. Wolfgang Menzel. Braunschweig: Westermann 2003, S. 9.

**Seite 25:** Albert Ludwig Grimm: Die beiden Ziegen. Nacherzählt von Wolfgang Menzel. Aus: Praxis Sprache 5. Differenzierende Ausgabe. Hg. v. Wolfgang Menzel. Braunschweig: Westermann 2017, S. 20.

**Seite 28:** Andreas Steinhöfel: Rico, Oskar und das Mistverständnis. Aus: Rico, Oskar und das Mistverständnis. Hamburg: Carlsen 2020.

**Seite 29:** Monika Seck-Aghte: Das freche Schwein. Aus: Überall und neben dir. Hg. v. Hans-Joachim Gelberg. Weinheim, Basel: Beltz 1986.

**Seite 30:** Monika Seck-Aghte: Das freche Schwein ... seine Hütte rein. Aus: Überall und neben dir. Hg. v. Hans-Joachim Gelberg. Weinheim, Basel: Beltz 1986.

**Seite 33:** Nach Äsop: Der Löwe und die Maus. Aus: Äsop. Fabeln. Hg. v. Rainer Nickel. Düsseldorf: Artemis Winkler, 2007.

**Seite 35:** Leo Tolstoj: Die Maus im Kornspeicher. Aus: Die schönsten Fabeln. Hg. v. Käthe Reicheis. Wien: G&G 2007, S. 73.

**Seite 36:** Äsop: Die beiden Frösche. Aus: Einhundert Fabeln. Hamburger Lesehefte. Heft 118. Husum, Nordsee: o.J.

**Seite 38:** Gotthold Ephraim Lessing: Die Gans, die ein Schwein sein wollte. Aus: Die schönsten Fabeln. Hg. v. Käthe Reicheis. Wien: G&G 2007, S. 40.

**Seite 38:** Iwan Krylow: Nur Einigkeit macht stark. Aus: Die schönsten Fabeln. Hg. v. Käthe Reicheis. Wien: G&G 2007, S. 72.

**Seite 40:** Äsop: Der Löwe und der wilde Eber. Aus: Die schönsten Fabeln. Hg. v. Käthe Reicheis. Wien: G&G 2007, S. 54.

**Seite 45–47:** Anne Richter: Prinzessin Sharifa. Aus: Zaeri, Mehrdad / Richter, Anne: Prinzessin Sharifa und der mutige Walter © 2013 Baobab Books, Basel ISBN 978-3-905804-52-2

**Seite 50–52:** Brüder Grimm: Die drei Federn. Kinder- und Hausmärchen. große Ausgabe. Band 1. Göttingen: Verlag der Dieterichschen Buchhandlung, 1850.

**Seite 57:** Die drei Wünsche. Aus: Volksmärchen aus den Pyrenäen. Französische Märchen. Hg. v. Ré Soupalt. Düsseldorf: Diedrichs, 1963.

**Seite 58:** Joachim Ringelnatz: Bumerang. Aus: Das Gesamtwerk in sieben Bänden. Zürich: Diogenes, 1994.

**Seite 59:** Wie entsteht Regen? Berlin: Mentorium GmbH. Veröffentlicht: 26. Oktober 2020. Geändert: 21. Dezember 2021. URL: <https://www.sivakids.de/regen-entstehung> (Zugriff 05.04.2023).

**Seite 59:** James Krüss: Das Wasser. Aus: Der wohltemperierte Leierkasten. 12 mal 12 Gedichte für Kinder, Eltern und andere Leute. Gütersloh: Sigbert Mohn Verlag, 1961.

**Seite 60:** Joachim Ringelnatz: Im Park. Aus: Das Gesamtwerk in sieben Bänden. Zürich: Diogenes, 1994.

**Seite 60:** Christian Morgenstern: Das Nasobem. Aus: Alle Galgenlieder. 14. Aufl. Frankfurt am Main: Insel-Taschenbuch Nummer 6, 1996.

**Seite 60:** Heinz Erhardt: Die Schnecke. Aus: Die Gedichte. Illustriert v. Jutta Bauer. Oldenburg: Lappan, 2015.

**Seite 61:** Peter Hacks: Der Walfisch. Aus: Der Flohmarkt. Berlin: Eulenspiegel, 2001.

**Seite 62:** Robert Gernhardt: Das gute Schwein. Aus: In wenigen Worten die ganze Welt. Gedichte für Kinder und Erwachsene. Hg. v. Christine Knödler. Stuttgart, Wien: 2009. S. 85 (verändert).

**Seite 63:** James Krüss: Das Feuer. Aus: Der wohltemperierte Leierkasten. Mit einem Nachwort von Erich Kästner. Gütersloh: Sigbert Mohn, 1961.

**Seite 65:** Gerda Anger-Schmidt: Ich bin ein TIGER. Aus: In wenigen Worten die ganze Welt. Gedichte für Kinder und Erwachsene. Hg. v. Christine Knödler. Stuttgart, Wien: Thienemann 2009, S. 75–76.

**Seite 67:** Heinrich Hoffmann: Die Geschichte vom fliegenden Robert. Aus: In wenigen Worten die ganze Welt. Gedichte für Kinder und Erwachsene. Hg. v. Christine Knödler. Stuttgart, Wien: 2009, S. 100.

**Seite 71–72:** Astrid Lindgren: Wie Ole seinen Hund bekam. Aus: Die Kinder aus Bullerbü. Übersetzt von Else von Hollander-Lossow und Kurt Peters. Hamburg: Oetinger Verlag, 1970.

**Seite 73–74:** Hugh Barnett Cave: Arktisches Abenteuer. Aus: Gisela Hartmann: Das neue große Buch der Erzählungen. Stuttgart: Union-Verlag, 1961.

**Seite 76–77:** Hannelore Voigt: Der Vater. Aus: Was für ein Glück. Neuntes Jahrbuch der Kinderliteratur. Hg. v. Hans-Joachim Gelberg. Weinheim, Basel: Beltz Verlag, 1993. Programm: Beltz & Gelberg.

**Seite 79:** Cili Wethekam: Neid ist grau mit gelben Punkten. Aus: Bei uns zu Hause und Anderswo. Hg. v. Michael Ende, Irmela Brender. Stuttgart: K. Thienemanns Verlag, 1976, URL: <https://kindergeschichten.wordpress.com/2007/12/15/neid-ist-grau-mit-gelben-punkten> [Zugriff 05.04.2023].

**Seite 79–80:** Cili Wethekam: Ah – zersprungen die ... überschattet alle Vorfreude. Aus: Neid ist grau mit gelben Punkten. Bei uns zu Hause und Anderswo. Hg. v. Michael Ende, Irmela Brender. Stuttgart: K. Thienemanns Verlag, 1976, URL: <https://kindergeschichten.wordpress.com/2007/12/15/neid-ist-grau-mit-gelben-punkten> [Zugriff 05.04.2023].

**Seite 80–81:** Cili Wethekam: Schließlich ist der ... an etwas erinnern. Aus: Neid ist grau mit gelben Punkten. Bei uns zu Hause und Anderswo. Hg. v. Michael Ende, Irmela Brender. Stuttgart: K. Thienemanns Verlag, 1976, URL: <https://kindergeschichten.wordpress.com/2007/12/15/neid-ist-grau-mit-gelben-punkten> [Zugriff 05.04.2023].

**Seite 82–83:** Saša Stanišić: Kleine, traurige Giraffe. Aus: Hey, hey, hey, Taxi! Illustriert von Katja Spitzer. Hamburg: mairisch, 2021.

**Seite 87:** Yvonne Hergane: Ohne mich! Aus: Wer tanzt schon gern allein? Bilder, Geschichten, Gedichte zur Demokratie. Hg. v. Karin Gruß. Illustriert von Dorota Wünsch. Bonn: Bundeszentrale für politische Bildung 13.10.2020, S. 18.

**Seite 91–92:** Andreas Steinhöfel: Rico, Oskar und das Mistverständnis. Aus: Rico, Oskar und das Mistverständnis. Hamburg: Carlsen 2020.

**Seite 93:** Andreas Steinhöfel: Rico, Oskar und das Mistverständnis. Aus: Rico, Oskar und das Mistverständnis. Hamburg: Carlsen 2020.

**Seite 97–99:** Andreas Steinhöfel: Rico, Oskar und das Mistverständnis. Aus: Rico, Oskar und das Mistverständnis. Hamburg: Carlsen 2020.

**Seite 111–112:** Faule Falter und furzende Fische: Diese Tiere haben erstaunliche Überlebenstricks. Badische Neueste Nachrichten: 13. März 2020, 11:37 Uhr (aktualisiert 24. Juli 2020). URL: < https://www.muenchen.de/sehenswuerdigkeiten/museen/deutsches-museum-muenchen> [Zugriff 04.04.2023].

**Seite 114:** Unterwegs nach Afrika. Frei nach: Wolfgang Menzel.

**Seite 120:** Anika Hillmann: Ein besonderes Raubtier. GEOlino, G+J Medien GmbH. URL: < https://www.geo.de/geolino/tierlexikon/1759-rtkl-tierlexikon-puma> [Zugriff: 04.04.2023].

**Seite 122–123:** Susanne Wagner: Ameisen. Südwestrundfunk, Stuttgart, 23.03.2020. URL: < https://www.planet-wissen.de/natur/insekten_und_spinnentiere/ameisen/index.html> [Zugriff 04.04.2023].

**Seite 190:** Nach Äsop: Der Fuchs und die Trauben. Aus: Hekaya. c/o Guido Adam. Hamburg: Lüttkamp, S. 119, URL: <https://hekaya.de/fabeln/der-fuchs-und-die-trauben--aesop_20.html> [Zugriff 05.04.2023].

**Seite 203:** Bruno Horst Bull und Gerhilde Karteris: Ein schlechter Schüler. Florian Malich, Löbstedter Straße, 1207749 Jena, Deutschland. URL: <https://www.festpark.de/folio/915-ein-schlechter-schueler> [Zugriff 05.04.2023].

**Seite 267:** James Krüss: Das Räuber ABC. Aus: Mein Urgroßvater und ich. München: Süddeutsche Zeitung – Junge Bibliothek, 2005 (verändert).

**Seite 273:** Christian Morgenstern: Das ästhetische Wiesel. Aus: Gesammelte Werke in einem Band. Hg. v. M. Morgenstern. München: Piper, 1965.

# Bilder

akg-images GmbH, Berlin: 48.1. |Alamy Stock Photo, Abingdon/Oxfordshire: Bagosi, Zoltan 52.8, 117.2. |Alamy Stock Photo (RMB), Abingdon/Oxfordshire: Buschkind 115.1; Digital Pics Titel; Savage, Maurice 264.3. |arsEdition GmbH, München: Pete Johnson: Wie man 13 wird und überlebt 4.4, 88.3. |Assies, Juliane, Berlin: 48.2. |Carl Hanser Verlag GmbH & Co. KG, München: Finn-Ole Heinrich & Rán Flygenring, Die erstaunlichen Abenteuer der Maulina Schmitt – Mein kaputtes Königreich. © 2013 Carl Hanser Verlag GmbH & Co. KG, München 88.5. |Carlsen Verlag GmbH, München: Autor: Andreas Steinhöfel, Illustration: Peter Schössow: Rico, Oskar und das Mistverständnis, Carlsen Verlag GmbH, Hamburg 2020 4.5, 88.2, 91.1, 101.2; Autor: Andreas Steinhöfel, Illustration: Peter Schössow: Rico, Oskar und das Mistverständnis, © 2020 Carlsen Verlag, Hamburg 89.1. |Colourbox.com, Odense: WOLFFGANG PHOTO 71.1, 72.1, 155.1. |Cramer, Wiebke Jakobine, Hannover: 136.1. |Deutsches Museum, München: Deutsches Museum 264.2. |Dogan, Raphaela, Berlin: 3.2, 4.1, 4.3, 4.7, 4.9, 5.1, 6.1, 6.3, 6.4, 7.1, 7.2, 7.3, 7.4, 7.5, 8.1, 8.2, 8.3, 8.4, 8.5, 8.6, 8.7, 10.1, 10.2, 10.3, 10.4, 10.5, 11.1, 12.2, 15.1, 16.1, 17.1, 18.2, 18.3, 18.4, 18.5, 19.1, 20.1, 21.1, 21.2, 22.1, 23.1, 24.2, 24.3, 25.1, 26.1, 27.1, 29.1, 30.1, 31.1, 31.2, 47.2, 94.1, 97.1, 98.1, 99.1, 102.1, 104.2, 105.1, 105.2, 106.1, 107.1, 108.1, 132.1, 132.2, 135.1, 135.2, 135.3, 135.4, 145.1, 149.2, 157.1, 157.2, 184.1, 184.2, 184.3, 188.1, 195.1, 211.1, 212.1, 212.2, 212.3, 214.1, 214.2, 216.1, 240.1, 240.2, 240.3, 241.1, 242.1, 243.1, 244.1, 244.2, 245.1, 246.1, 247.1, 247.2, 248.1, 249.1, 249.2, 250.1, 251.1, 252.1, 252.2, 253.1, 254.1, 256.1, 257.1, 257.2, 258.1, 259.1, 261.1, 262.1, 262.2, 262.3, 264.1, 264.6, 265.1, 267.1, 268.1, 268.2, 269.1, 269.2, 270.1, 271.1, 271.2, 273.1, 274.1, 276.1, 276.2, 277.1, 278.1, 279.1, 280.1, 280.2, 280.3, 280.4, 281.1, 283.2, 284.2, 285.1, 286.1, 286.2, 286.3, 287.1, 287.2, 289.1, 290.1, 291.1, 291.2, 292.1, 292.2, 292.3, 293.1, 295.1, 295.2. |Drescher, Heinrich, Münster: 138.1, 138.2, 138.3, 138.4, 138.5, 138.6. |Dressler Verlag GmbH, Hamburg: 4.6, 88.6. |Ellert, Mario, Bremen: 134.1. |Evelyn Neuss Illustration, Hannover: 18.1, 49.1. |Filmakademie Baden-Württemberg, Ludwigsburg: Szenenbild aus dem Kurzfilm THE PRESENT 137.1, 137.2, 137.3, 137.4, 137.5, 137.6, 139.1. |fotolia.com, New York: baranov_555 53.1, 54.1, 120.1; Dogs 73.2, 159.1. |Fredrich, Volker, Hamburg: 2.1, 3.3, 3.4, 4.2, 4.8, 12.1, 12.3, 13.1, 22.2, 22.3, 23.2, 24.1, 31.3, 32.1, 33.1, 33.2, 34.1, 35.1, 36.1, 36.2, 37.1, 37.2, 37.3, 37.4, 38.1, 38.2, 38.3, 38.4, 39.1, 39.2, 40.1, 40.2, 40.3, 41.1, 41.2, 42.1, 42.2, 43.1, 43.2, 44.1, 46.1, 47.1, 50.2, 50.3, 51.1, 52.1, 52.2, 52.3, 52.4, 52.5, 52.6, 53.2, 54.2, 55.2, 55.3, 56.2, 57.1, 58.1, 60.1, 60.3, 62.1, 62.2, 63.1, 64.1, 65.1, 65.2, 65.3, 66.1, 66.2, 66.3, 67.1, 68.1, 69.1, 70.1, 72.2, 73.1, 74.1, 75.2, 76.1, 78.1, 79.2, 80.2, 81.1, 81.2, 82.1, 83.1, 84.1, 85.1, 86.1, 87.1, 147.1, 147.2, 147.3, 147.4. |Getty Images (RF), München: (Kinder), iStockphoto.com, Calgary (Holz in der Hand des Jungen) Titel. |iStockphoto.com, Calgary: georgeclerk 264.4; Neil_Burton 163.1; Tramino 264.5; Zocha_K 52.7, 117.1. |Kracke, Burkhard, Hannover: 220.1. |PantherMedia GmbH (panthermedia.net), München: Monika Lache 116.2. |Rosenheimer Verlagshaus GmbH & Co. KG, Rosenheim: Hans-Peter Schneider: Seppis Tagebuch. Ciao Kakao! 88.1, 109.1. |Rudolph, Dr. Günter, Dresden: 269.3. |Schäfer, Anke, Laubach: 3.1, 5.2, 5.3, 6.2, 60.2, 64.2, 74.2, 84.2, 87.2, 90.2, 101.1, 104.1, 108.2, 111.1, 118.1, 123.2, 124.1, 125.1, 125.2, 126.1, 126.2, 127.1, 127.2, 127.3, 140.1, 140.2, 140.3, 140.4, 140.5, 140.6, 140.7, 141.1, 143.1, 144.1, 148.1, 148.2, 149.1, 150.1, 151.1, 152.1, 153.1, 153.2, 153.3, 154.1, 154.2, 154.3, 157.3, 159.2, 162.1, 170.1, 170.2, 170.3, 172.1, 175.1, 176.1, 178.1, 179.1, 180.1, 181.1, 182.1, 183.1, 185.1, 186.1, 187.1, 187.2, 189.1, 189.2, 190.1, 191.1, 192.1, 193.1, 193.2, 193.3, 196.1, 197.1, 199.1, 203.1, 207.1, 207.2, 208.1, 209.1, 210.1, 213.1, 215.1, 215.2, 217.1, 218.1, 218.2, 218.3, 218.4, 218.5, 218.6, 218.7, 218.8, 218.9, 218.10, 218.11, 218.12, 218.13, 219.1, 222.1, 223.1, 224.1, 225.1, 226.1, 226.2, 226.3, 227.1, 227.2, 228.1, 230.1, 231.1, 233.1, 234.1, 235.1, 236.1, 237.1, 238.1, 239.1. |Schössow, Peter, Hamburg: Illustration aus: Andreas Steinhöfel: Rico, Oskar und das Mistverständnis, © 2020 Carlsen Verlag, Hamburg 93.1. |Shutterstock.com, New York: Andronache, Florian 116.1. |stock.adobe.com, Dublin: 55.1, 122.1; Alekss 76.4, 161.1; Anne-Laure Affre 56.1, 123.1; Archer7 281.2, 282.1, 283.1, 284.1; Deer, Andrew 121.1; DigiClack 84.4, 84.8, 180.4, 180.7; dionoanomalia 158.3, 158.4; Erich Schmidt 158.2; Farinoza 76.2, 161.3; fefufoto 79.1, 166.1; Kjersti 119.1; lexuss 158.1; Mabelle Photography 115.2; marofotodesign 167.1; Nicola 50.1, 111.2; Nynke 75.1, 160.1; Oksana Tkachuk 76.3, 161.2; Starzer, Andreas 121.2; streptococcus 84.3, 84.5, 84.6, 84.7, 84.9, 84.10, 84.11, 84.12, 84.13, 84.14, 84.15, 84.16, 84.17, 84.18, 84.19, 134.2, 180.2, 180.3, 180.5, 180.6, 180.8, 180.9, 180.10, 180.11, 180.12, 180.13, 180.14, 180.15, 180.16, 180.17, 180.18; Sughra 13.2, 13.3, 13.4, 13.5, 134.3, 134.4, 134.5; Tropicalens 80.1, 168.1; Vad Viz Studio 50.4, 111.3; Víctor 55.4, 122.2; ZaZa studio 169.1. |TESSLOFF VERLAG, Nürnberg: Seite 6 aus WAS IST WAS Band 104 Wölfe, © 2013, Tessloff Verlag Nürnberg 110.1. |ullstein bild, Berlin: WELT/ Lengemann, Martin 90.1. |Universitätsklinikum Hamburg-Eppendorf – DZSKJ – Deutsches Zentrum für Suchtfragen des Kindes- und Jugendalters, Hamburg: 133.1. |© Thienemann Esslinger Verlag GmbH, Muenchen: Mina Teichert: Ich glaub mein Reh pfeift! Mit Illustrationen von Stephanie Reis. © 2022 Planet! In der Thienemann-Esslinger Verlag GmbH, Stuttgart 88.4.

## Häufig gebrauchte unregelmäßige Verben

| Infinitiv | Präsens | Präteritum | Perfekt |
|---|---|---|---|
| befehlen | du befiehlst | er befahl | er hat befohlen |
| beginnen | du beginnst | sie begann | sie hat begonnen |
| beißen | du beißt | er biss | er hat gebissen |
| biegen | du biegst | er bog | er hat gebogen |
| bitten | du bittest | er bat | er hat gebeten |
| blasen | du bläst | er blies | er hat geblasen |
| bleiben | du bleibst | er blieb | er ist geblieben |
| brechen | du brichst | er brach | er hat/ist gebrochen |
| bringen | du bringst | er brachte | er hat gebracht |
| denken | du denkst | sie dachte | sie hat gedacht |
| erschrecken | du erschreckst/<br>du erschrickst | er erschreckte/<br>er erschrak | er hat erschreckt/<br>er ist erschrocken |
| essen | du isst | er aß | er hat gegessen |
| fahren | du fährst | er fuhr | er hat/ist gefahren |
| fallen | du fällst | er fiel | er ist gefallen |
| fangen | du fängst | sie fing | sie hat gefangen |
| finden | du findest | er fand | er hat gefunden |
| fliegen | du fliegst | er flog | er hat/ist geflogen |
| fließen | es fließt | es floss | es ist geflossen |
| fressen | du frisst | er fraß | er hat gefressen |
| frieren | du frierst | sie fror | sie hat/ist gefroren |
| geben | du gibst | er gab | er hat gegeben |
| gehen | du gehst | er ging | er ist gegangen |
| gelingen | es gelingt | es gelang | es ist gelungen |
| geschehen | es geschieht | es geschah | es ist geschehen |
| gewinnen | du gewinnst | sie gewann | sie hat gewonnen |
| gießen | du gießt | er goss | er hat gegossen |
| greifen | du greifst | er griff | er hat gegriffen |
| haben | du hast | er hatte | er hat gehabt |
| halten | du hältst | er hielt | er hat gehalten |
| hängen | du hängst | er hing | er hat gehangen |
| heben | du hebst | er hob | er hat gehoben |
| heißen | du heißt | er hieß | er hat geheißen |
| helfen | du hilfst | sie half | sie hat geholfen |
| kennen | du kennst | er kannte | er hat gekannt |
| klingen | du klingst | er klang | er hat geklungen |
| kommen | du kommst | er kam | er ist gekommen |
| können | du kannst | sie konnte | sie hat gekonnt |
| laden | du lädst | er lud | er hat/ist geladen |
| lassen | du lässt | er ließ | er hat gelassen |
| laufen | du läufst | er lief | er hat/ist gelaufen |
| leihen | du leihst | er lieh | er hat geliehen |
| lesen | du liest | sie las | sie hat gelesen |
| liegen | du liegst | er lag | er hat/ist gelegen |
| nehmen | du nimmst | er nahm | er hat genommen |